独秀学术文库

《三管英灵集》研究

张 彦 著

社会科学文献出版社
SOCIAL SCIENCES ACADEMIC PRESS (CHINA)

"广西一流学科·中国语言文学"经费资助成果

"广西高校人文社科重点研究基地·桂学研究院"经费资助成果

2018年国家社会科学基金一般项目"清代岭南地方诗总集研究"阶段性成果

序

　　张彦的《〈三管英灵集〉研究》即将出版，她希望我为之作序。说到作序，这一向是我不太愿意的事，原因无他，主要是担心对书稿了解不够，容易胡说八道。但是，张彦开口，我就不好拒绝了。因为一是因为她随我读的博士后，二是同事多年，对她有较多的了解。

　　张彦从北师大毕业后来到广西师大，她原来主要从事唐诗的研究，到桂林后，除研究唐诗之外，也做些广西地方诗文的研究。工作几年后，文学院可以招博士后，于是我就建议她进站读博士后，并给她指定了一个研究题目，就是做《三管英灵集》的研究，以此作为博士后出站报告。她欣然接受了我的建议，顺利办理了入站手续，并进行了长达四年的研究，终于在 2017 年进行了出站报告的答辩，顺利通过，并获得了答辩专家的高度肯定。完成答辩之后，张彦又进行了一些修改，计划于近期出版。至此，她的《三管英灵集》研究工作就告一段落了。

　　当初之所以建议张彦研究《三管英灵集》，主要是考虑到它作为广西文学史上最重要的诗歌总集，其作者梁章钜也是清代文化名人，虽然也已有一些研究论文，但迄今尚无系统全面的研究成果。正因为如此，人们对于《三管英灵集》的许多看法是粗浅甚至错误的。张彦在充分吸收前人研究成果的基础上，通过对《三管英灵集》文本及相关资料的深入细致的研究，从《三管英灵集》的编纂背景与过程，编纂体例与文献采撷，小传、选诗、诗话考订及况周颐批注辑考，编纂内容与编纂价值，与《粤西诗载》和《峤西诗钞》的比较及其所表现出来的梁章钜的诗学思想等方面进行了全面的研究，这样的全面研究是前所未有的。

　　如果仅仅是全面而无深入，这样的成果往往会失于平庸。张彦此著的可贵之处是，在做到全面的同时，对其中的一些问题作了较深入的探讨。

例如第三章"《三管英灵集》小传、选诗、诗话考订及况周颐批注辑考"对《三管英灵集》的人物小传、所选作品及所引诗话等进行考订，提供了更为完备的资料，这就需要下极为细致的功夫。如考订甘振的字，《三管英灵集》卷五甘振传："振，字天声……"，张彦根据雍正《广西通志》卷八十三、《粤西文载》卷七十甘振传校改"振，字大声。"认为"天"与"大"形近错讹。又《三管英灵集》卷十七黎龙光传："字宾王，一字晴川，平南人。乾隆十八年拔贡生，官泗城府教授。"张彦根据《广西方志传记人名索引》载，黎龙光传见道光《平南县志》、光绪《平南县志》，均作黎龙光"字清川"，于是校订"一字清川"。又《三管英灵集》卷八李永茂传云："永茂，字孝源，容县人。官至兵部尚书。"张彦则根据王夫之《永历实录》卷五《李文方列传》、雍正《河南通志》、计六奇《明季南略》等，订正错误，完善资料，将李永茂传校改为："李永茂，字孝源，河南邓州人，天启乙丑举人，崇祯丁丑进士，官至兵部尚书。后流寓容县。"资料远比原传丰富。作为大型诗歌总集，往往会出现了重出的现象，《全唐诗》、《全宋诗》等也未能幸免，《三管英灵集》也是如此。张彦对《三管英灵集》中诗歌重出的现象一一指出，如指出卷三王惟道的《再登都峤》与卷六王贵德的《再游都峤》重、卷三李冲汉的《游灵犀水》与卷十一李之玠的《游灵犀水》重等。也指出了《三管英灵集》误收诗的问题，如卷三郁林陈昌之下，误收嘉兴平湖陈昌《送吴素行之广西》；卷三黄佐九首，误收广东香山黄佐九首；卷三藤县陈暹五首，误收福建闽县陈暹五首等。这些问题，如果不是对《三管英灵集》下了一番功夫，是绝对无法发现并加以订正的。此外，书中对况周颐批注的辑考，也是以前的研究者极少涉及的。

《三管英灵集》成于众手，加上编撰时间仓促，因此难免存在诸多问题。自问世以来，存世极少，有关文献、文字问题自然鲜有人提及。张彦在《三管英灵集》文献及文字上所做的工作，是以前的研究者很少注意的，这成为此著的一大亮点。

张彦不仅在文献与文字上下了功夫，而且对《三管英灵集》的有关理论问题也进行了深入的研究和探讨，例如对《三管英灵集》的编纂内容与编纂价值，《三管英灵集》与广西诗史建构，《三管英灵集》的价值、疏漏与历史地位等，均发表了与众不同的看法。因为有文献功夫，所以，张彦在对这些理论问题进行研究时，就可以做到得心应手，提出自己独到的看法。例如，认为《三管英灵集》的编纂标准为选粤西诗人之诗、录已故诗人之诗、收录诗之正体、即诗存诗与因人存诗、选诗人诗歌之精华，从中可见梁章钜存地域诗歌和文化的编纂思想、诗史互补的文献整理意识、择长不择古的校勘思想等。诸如此类的看法，都是张彦的新见。

总之，经过张彦的努力，《三管英灵集》的一些主要学术问题得到了较好充分的研究，在很多方面并取得了实质性的突破，这是十分令人欣喜的事，值得大书特书。

张彦的研究能够取得如此成绩，可谓来之不易。她家在北京，工作却在桂林，要克服生活和工作上的许多困难。为了研究《三管英灵集》，她曾长时间在国家图书馆阅读查找有关资料。查阅资料结束后，她几易其稿，终于撰成这部书稿，这对于她来说是一次磨炼，也是一次修炼。自此以后，她仿佛打通任督二脉，以此为基础，获得了国家社科基金一般项目，又获得了广西高校青年教师教学竞赛一等奖、广西五一劳动奖章和全国高校青年教师教学竞赛二等奖，可谓捷报频传，喜事连连。

学术研究如何找到自己的方向和方法，这是决定研究者在学术上能否成功的关键。通过对《三管英灵集》的研究，我想张彦对此应有所感悟。希望她能百尺竿头，更进一步！

王德明

2019 年秋于桂林

目　录

Contents

下　编

绪　言

　　《三管英灵集》是广西第一部由官方出版的诗歌总集。清道光十六年
（1836）至道光二十一年（1841），由广西巡抚梁章钜主持编纂，梁命广西
各府、州、县采送乡邦人士诗文集、石刻、地方志、丛书等资料，由杨季
鸾、闵鹤雏、彭昱尧、朱琦、黄暄等选辑编成大型诗总集《三管英灵集》，
后交付桂林十字街刻书坊汤日新堂刻印。现仅存三本，分别藏于国家图书
馆、广西图书馆、桂林图书馆。《三管英灵集》的"三管"，原指唐代岭南
五管中的广西三管：即桂管、邕管、容管，所辖境相当于今广西壮族自治
区，因此后人把"三管"作为广西的代称，此书未刊印之前梁章钜命名为
《三管集》，后编刊者仿唐代殷璠《河岳英灵集》，故命名《三管英灵集》，
全书共 57 卷，约 20 万字，收录诗作上始中唐，下迄梁章钜所在的清道光年
间已故广西文人传世之诗，共收作者 569 人，作品 3546 首，作者绝大部分
是广西人，此外还兼收流寓、闺秀、方外之诗，并附有作者小传，梁章钜
还在编纂《三管英灵集》的同时，附录有关诗人诗事的《退庵诗话》，并将
其先于《三管英灵集》整理出来，付梓刊印，出版时更名为《三管诗话》，
共上、中、下三卷。

　　《三管英灵集》是清代广西地域诗歌总集的代表之一，同类性质的总
集，明以前不见编选。入清以后，先后有汪森《粤西诗载》和张鹏展《峤
西诗钞》两部广西地域诗歌总集问世。《粤西诗载》收录上迄汉代，下至明
末有关广西的诗词作品，诗歌占绝大多数，仅附词一卷，未录入清代文人
作品，所关注也不完全是广西籍贯的诗人诗作。《峤西诗钞》所录，上起明
代诗人蒋冕，下迄清代道光初年的广西籍诗人诗歌，则又忽略唐宋广西诗
人诗歌。于是，梁章矩在充分吸取前人成就基础上，针对上述二书的不足
而加以弥补，广泛搜罗各代广西籍诗人的诗集，注意辑佚挖掘，既精选古

作，以反映历朝广西诗歌发展格貌；同时又重视数量众多的清代作家作品，广加搜辑，略加评论，体例详备，规模宏大，兼有《粤西诗载》与《峤西诗钞》之所长。

一 研究现状和研究意义

1. 研究现状

本课题研究《三管英灵集》的编纂及其价值。下面分三部分梳理与本课题相关研究的学术史。

第一，关于《三管英灵集》与《三管诗话》的文献整理与编纂研究。

《三管英灵集》现有 2015 年广西师范大学出版社的影印本，以国家图书馆所藏道光刻本为底本影印；另有广西大学谢明仁先生，2005 年开始《三管英灵集》校注工作，至今尚未完成，他刊发两篇论文：《清代广西籍诗人的总集：〈三管英灵集〉价值略论》（2005）、《〈三管英灵集〉文献价值略论》（2005），介绍《三管英灵集》的编纂体例、题名由来、版本流传，例述了其辑佚价值、史料价值和校勘价值，尚未从总集编纂的角度对《三管英灵集》进行全面的文献考察和理论研究。另王德明先生《论〈峤西诗钞〉的编纂思想及独特价值》（2013）一文，简要论述《峤西诗钞》对《三管英灵集》编纂体例、收录标准的影响，而对《三管英灵集》编纂特点和编纂价值未着力论述。

《三管诗话》是梁章钜在《三管英灵集》刊刻前，将总集中附缀的《退庵诗话》先行整理刊刻而成，现有蒋凡先生的《三管诗话校注》（1996），校订时与《三管英灵集》之《退庵诗话》进行比对、订误、补录、考证，注解也颇见功力。蒋凡在序言中介绍了梁章钜其人其作、学术背景、诗法渊源、诗学理论等，未着力研究《三管诗话》的文献来源和诗学思想。

概言之，以上研究尚属文献整理的基础研究，《三管英灵集》编纂的文献依据和理论问题还需专门深入研究。

第二，关于《三管英灵集》主编者梁章钜的研究。

关于梁章钜的研究，主要有王军伟的《传统与近代之间——梁章钜学术与文学思想研究》（2004）、蔡莹涓的《梁章钜研究》（2009）、欧阳少鸣的《梁章钜评传》（2012），三书均开辟章节研究梁章钜的诗学思想。王军伟更重视挖掘梁章钜学术背景下的诗文观念，而蔡莹涓更重视其诗文成就及诗学思想，欧阳少鸣专节论述《三管诗话》的体例、特点和诗学思想。三者均不是有关《三管英灵集》编纂的直接研究，未能通过《三管英灵集》的编纂揭示梁章钜的文献整理、考辨编纂的学术思想及其诗学主张，却为进一步研究清中叶学术、诗学背景下梁章钜的诗歌总集编纂作出了基础性的贡献。

第三，关于《三管英灵集》对广西诗史建构的研究。

韦湘秋的《广西百代诗踪》（1995）、王德明的《广西古代诗词史》（2009）、杨骥的《清代广西诗歌研究》（2011）等，或是梳理广西古代诗歌的通史，或是梳理清代广西诗歌的发展史，均借鉴《三管英灵集》对广西诗史建构的成果，但未深入研究《三管英灵集》在编纂体例、诗人排序、收录诗歌和总集诗话中灌注的诗歌史的建构意识，及建构意识形成的原因和独特性。

总之，上述研究成果提供了理论上的支撑和实践上的指导，但仍存在三点不足：其一，有关《三管英灵集》的研究还只是少量论文，研究专著尚未出现；其二，关于《三管英灵集》的研究还只是文献价值的研究较为突出，其编纂价值的研究薄弱；其三，对《三管英灵集》的诗史建构意识、诗学思想、地域文化的系统研究均未出现。因此，有必要对《三管英灵集》进行全面的文献考察、文本研究和文化解读，对《三管英灵集》的价值作出理论总结。

2. 研究意义

本课题相对已有研究的独到学术价值主要有两点：

第一，学界尚未从总集编纂的角度对《三管英灵集》进行全面的文献考察和理论研究，而《三管英灵集》编纂本身在广西诗歌总集编纂史，乃至清诗总集编纂史、中国古代总集编纂史、学术史中具有独特的学术研究价值。《三管英灵集》在文献辑考方面显示出浓厚的实证学风和学术史意识，对此前诗歌总集编纂既有继承又有超越；对此后广西诗歌总集及其他地域诗歌总集编纂产生影响。而《三管英灵集》的编纂动因、编纂过程、文献来源、收录标准、编纂思想等文献层面的统计和理论层面的探讨还暂付阙如。

第二，学界尚未对《三管英灵集》的选诗与诗评展开深入研究，而本课题认为，只有深入研究《三管英灵集》选诗、诗评蕴藏的诗史建构、诗学思想、地域文化、民族文化，才能总结《三管英灵集》在诗歌史、诗学史和文化史上的意义与价值。并且，以往的研究只是注意到《三管英灵集》保存广西诗人、诗歌、诗学、文献、历史、文化的价值，而没能进一步将《三管英灵集》所选广西地域诗歌的成就放置于全国诗坛内进行讨论，认识广西诗歌在全国诗坛的地位和影响；将《三管英灵集》的诗评放置于古代诗学史的层面上去考察，总结其诗学思想的独特价值与地位。

本课题的应用价值则是：

第一，对古代广西诗人诗歌别集的辑佚和校注提供文献整理的基础和经验，对其他地域诗歌总集的编纂研究提供经验与启示；

第二，还可为今人编撰广西诗歌总集或广西诗歌史提供可资借鉴的资料与经验；

第三，对清代诗歌总集、诗歌史的研究和清代诗学的研究也有借鉴意义。

二　研究内容和思路方法

本课题以《三管英灵集》的编纂为研究对象，以古典文献、古代诗学、古代学术研究为理论基础；以研究《三管英灵集》的编纂背景、文献来源、编纂内容、诗史建构、编纂价值等为研究路径；以解决《三管英灵集》在总集编纂上的价值与疏漏、《三管诗话》的诗学思想在诗学史上的独特价值、广西古代诗歌在全国诗坛的地位与影响等问题；以总结《三管英灵集》的编纂价值、诗学价值、文学价值和文化价值为最终目标。

1. 研究内容

第一，《三管英灵集》编纂动因与过程研究。

首先，研究《三管英灵集》的编纂动因，探究清中叶地域总集编纂风气对编者的影响、梁章钜地域诗歌总集编纂和诗话编纂经验对《三管英灵集》编纂的影响、梁章钜对广西诗歌总集继承与超越的编纂意图；其次，研究《三管英灵集》的编纂过程，考察编纂时间、编组成员及分工、刊刻流传情况等。

第二，《三管英灵集》编纂的文献来源研究。

辑录《三管英灵集》选诗的文献来源和《三管诗话》撰写的文献依据，考察所引文献的范围与类型，及文献的版本情况；进而考订《三管英灵集》的诗人小传，重收、误收诗作考辨，删改原诗校订；分析文献的可靠性。辑录《三管英灵集》况周颐批注，探讨况周颐对《三管英灵集》诗人小传、所选诗作、诗话的补充、考辨、考订与评价；进而总结《三管英灵集》的文献价值与疏漏，及其在清代学术史上的意义。

第三，《三管英灵集》编纂内容研究。

首先，探究《三管英灵集》的编纂体例；其次，统计《三管英灵集》诗人诗作数量配比、诗人里居分布、诗人科举出身、诗人学官职务、选诗时代分布、诗体数量配比等，透视广西古代诗坛发展和诗歌地理；然后，从编纂体例和统计数据中，探索《三管英灵集》的编纂思想、文献考据观念、选录弃录蕴含的选诗理念和收诗标准、收诗的合理性和代表性；最后，探究清中叶诗学视阈下《三管诗话》的诗学思想和诗学价值。

第四，《三管英灵集》诗史建构研究。

首先，探究《三管英灵集》构建诗史的独特意识，总结时代流变下广西籍诗人的诗歌成就，及其在全国诗坛中的地位与影响。揭示《三管英灵集》的地域诗学价值与地域文化价值。

第五，《三管英灵集》编纂价值比较研究。

从编纂目的、编纂体例、收录标准、诗人异同、选诗多寡、诗史建构等方面比较《三管英灵集》与《粤西诗载》、《峤西诗钞》等清代广西诗歌总集，及其他地域或全国性诗歌总集，总结《三管英灵集》对此前诗歌总集的继承与超越，总结《三管英灵集》在诗歌总集编纂史上的价值与疏漏。

2. 主要目标

本课题以探索《三管英灵集》的编纂价值、诗学价值、文学价值和文化价值为主要目标。

首先，探索《三管英灵集》的编纂价值。通过《三管英灵集》编纂动因、编纂过程、文献辑考、编纂内容、诗史建构、总集比较、况周颐批注等多方面的研究，探讨《三管英灵集》的编纂价值与疏漏，考察其继承了哪些前代总集的编纂经验，实现怎样的超越，是否称得上清代广西诗歌总集的集大成，在总集编纂史上具有怎样的地位与影响。

其次，探索《三管英灵集》的诗学价值。通过《三管英灵集》与《三管诗话》诗评的研究，探讨清中叶诗学背景下梁章钜的诗学思想，总结《三管英灵集》与《三管诗话》在广西地域诗学发展史中的地位与意义，总结《三管英灵集》诗学思想在中国古代诗学发展史中的意义和地位。

再次，探索《三管英灵集》的文学价值与文化价值。通过《三管英灵集》诗史建构的考察，探讨有哪些诗人群体活动在粤西诗坛，这些诗人群体以怎样的亲缘结构、地缘结构、诗学崇尚集合在一起，有着怎样的创作趋同性和特异性，在所在时代的广西诗坛有着怎样的地位与影响，在所在时代的全国范围的诗坛中，有着怎样的时代律动和影响力，并挖掘《三管英灵集》保存民族诗歌诗学、民俗文化和文化传播的意义与价值。

总之，对《三管英灵集》编纂形式和内容的全面研究，从文献编纂、诗学趋向和地域文化的层面上，使学界充分注意《三管英灵集》这部地域诗歌总集的多种宝贵而独特的价值。

3. 研究重点与难点

研究重点有两方面：

第一，研究《三管英灵集》编纂的文献来源。

梳理并考察《三管英灵集》编纂的文献来源，考订《三管英灵集》的诗人小传、诗作、诗话，考察《三管英灵集》所引古籍文献著录与流传，是探究《三管英灵集》收录诗歌与广西古代诗人别集和总集关系的基础，也是分析《三管英灵集》收录标准、编纂思想、诗学好尚的基础，更是全面评价清中叶学术背景下《三管英灵集》文献价值、编纂价值、学术价值和诗学价值的基础。因此，文献来源的考察是《三管英灵集》最重要的基础，是研究《三管英灵集》编纂的重点之一。

第二，研究《三管英灵集》的编纂内容。

在文献来源考察的基础上，研究《三管英灵集》收录诗人、诗作、诗话的具体形式和内容也是本课题的重点之一。因为从编纂体例、收录标准等方面可以窥见《三管英灵集》的编纂思想和诗学理念，也是总结《三管英灵集》编纂价值的基础。再将《三管英灵集》所选诗人的生平时代、籍贯里居、诗歌数量、诗体数量等分类统计，可以更为直观呈现广西古代诗歌的发展状况、广西古代诗人的地域分布情况等，从而从编纂的角度引出《三管英灵集》对广西诗史建构意识的考察。

研究难点是：考察《三管英灵集》文献来源时，所收作品的可靠性如何甄别，考察《三管英灵集》收诗标准时，如何判断所收作品的合理性、代表性。《三管英灵集》所收诗人的诗歌别集散佚严重，大多只有刻本或抄本流传于世，文本研读和诗作比对、订误具有一定难度，别集失传的情况下，辨识总集所选之诗是否为诗人的代表作具有难度。诗人别集留存，则需通读，向古代编纂诗歌总集者看齐，以才学识，辨析《三管英灵集》所选诗作是否具有代表性。

所以，拟在两方面解决这一问题：其一，借鉴其他学者广西诗歌别集、总集校注的成果，通过学术交流共享学术资源，学习学术经验；尽可能搜集相关古籍文献，在研究过程中，对诗歌总集和别集中的诗作进行仔细的校订和考辨。其二，鉴赏诗歌不以主观好恶为标准，尽量回归清中叶诗学语境和总集编纂者的学术背景和诗学观念下，去分析编纂者选诗的代表性和合理性，以此做到客观公正。

4. 研究方法

第一，文献分析法。

运用版本、校勘、目录、考据等文献学方法，考证《三管英灵集》版本，考辨校订诗人小传、选诗，分类叙录文献来源，以此总结《三管英灵集》的编纂思想和文献价值。

第二，列表统计法。

列表统计《三管英灵集》收录各时代诗人诗歌数量、诗人里居分布、所选诗体数量、科举出身、本土学官、著录的诗人别集情况等，以此分析《三管英灵集》的诗史建构。

第三，对比研究法。

对比《三管英灵集》与其他地域诗歌总集及全国诗歌总集，在选编体例和收诗标准、诗史建构上的异同，总结《三管英灵集》独特的编纂价值、诗学价值和地域文化价值。

5. 创新点

第一，学术思想创新。本课题以编纂研究为视角，以文献、诗学、文学和文化多重维度，探索《三管英灵集》对总集编纂史、诗歌史、诗学史、文化史的影响。学术界的诗歌总集编纂研究，往往只注重大型诗歌总集的研究，缺乏对地域诗歌总集文献的整理与研究，而诗人的地域性创作活动和对文学史的影响是不容忽视的。

第二，学术观点创新。本课题不仅注意到《三管英灵集》的地域价值。而且首次指出《三管英灵集》在总集编纂史上继承与超越，形成特有的编纂理念：其一，模范《文选》录已故诗人之诗，继承《明诗综》不以官爵名位排序论诗；其二，继承《国朝松陵诗征》等地域诗歌总集的诗史互补；其三，不录无名氏之诗，比《文选》等总集更为严谨；其四，只录诗之正体，在辨体基础上超越《全唐诗》等，不选应试之体和娱乐之体。

第三，研究方法创新。

本课题研究方法不再是单一的，而是将文献学、文艺学、学术史的研究方法环环关联、纵深挖掘。用文献学方法对《三管英灵集》进行文献整理和考辨；在此基础上，以文艺学方法发掘总集编纂所蕴含的诗学观念；进而在学术史视野下，总结总集所具备的学术价值。

上
编

第一章 《三管英灵集》的编纂
背景与过程

第一节 梁章钜寓桂考

梁章钜（1775—1849），福建长乐人，字闳中，又字茝林、茝邻，晚号退庵。乾隆五十九年（1794）举人，嘉庆七年（1802）进士。十二年，主讲福建南浦书院。十七年，在南浦开藤花吟馆，与乡里名流觞咏其间。二十年，与刘芙初、吴兰雪、陈石士、李兰卿学诗于翁方纲。次年入京，考取军机章京，入宣南诗社。二十三年，入值军机章京。道光元年（1821），任制仪司员外郎、通礼馆纂修。次年，出任荆州知府。三年，任淮河兵备道道员。次年，署理江苏按察使。五年，授山东按察使。六年，调江苏布政使。九年，护理江苏巡抚。十五年，任甘肃布政使。次年，实授广西巡抚。二十一年，曾带兵到梧州布防堵击英军。同年，调任江苏巡抚、署理两江总督。次年，因病辞官。生平事迹见梁章钜自著《退庵自订年谱》、林则徐《诰授资政大夫兵部侍郎都察院右副都御史江苏巡抚梁公墓志铭》。

梁章钜编纂《三管英灵集》是在广西巡抚兼学政任上，梳理梁章钜在广西仕宦的具体政治经历，及其在广西的交游与著述情况，是研究《三管英灵集》编纂背景的首要任务。前有杨莹在《梁章钜与广西》[①] 一文，分政治业绩、文化教育、交游创作等方面论述详细，现以此为基础，补充考证如下。

---

① 杨莹：《梁章钜与广西》，《中国民族博览》2016 年第 4 期，第 105 页。

一 梁章钜寓桂仕宦经历

梁章钜任职广西，从道光十六年（1836）八月始，于道光二十一年（1841）五月终，共约五年寓居广西桂林。五年间兢兢业业，政绩卓著，为广西的政治、文化、教育等事业做出了贡献。

据《退庵自订年谱》云："丙申，六十二岁……正月，调授直隶布政使，以留办计典迟至，三月杪始成行，途次接奉擢抚广西之命。五月，抵京，递折谢恩，蒙连日召见六次，赐克食五次，即陛辞出京，挈丁儿、敬儿赴广西任，兼署广西学政。"① 62 岁的梁章钜于道光十六年（1836）三月接到任广西巡抚的调令，五月进京谢恩，后携家眷赴广西任。道光十六年（1836）八月到达桂林，任广西巡抚兼学政，此据梁章钜道光二十年（1840）秋所作《池司业庙堂碑》所云。池司业即池生春，梁章钜前一任广西学政，碑文记："道光十有六年七月辛卯，广西学政池君卒于位。……余闻而慕之积十余年而终不相见，比余抚是邦，而君已于一月前卒矣。"② 可见梁章钜到达桂林的时间是道光十六年（1836）八月。

《退庵自订年谱》又载："辛丑，六十七岁，二月，闻广东英夷滋事，带兵至梧州府防堵。……旋调授江苏巡抚，即回桂林，……五月，挈家登舟，由湘江、荆江顺流而东。七月，赴江苏任。"③ "辛丑"，即道光二十一年（1841），是年二月，梁章钜抵达梧州领兵对抗英国侵略者，后接到调江苏巡抚令，返回桂林，五月携家小离开桂林北上。又据梁章钜之三子梁恭辰记，"辛丑入都"赴进士试，"是夏，余返桂林。适家大人调抚江苏……"④ 皆证梁章钜离开桂林的时间是道光二十一年（1841）五月，七月到达江苏。

约五年中，梁章钜在广西政绩卓著，主要表现在：恪尽职守查禁鸦片，鸦片战争中积极防御英军；治理接待越南使臣驿站走私之弊，暂停宝桂局铸钱；治理广西乡试考场弊端，整顿不良风气，以文治教化广西士子等。

---

① （清）梁章钜：《归田琐记》，《附退庵自订年谱》，中华书局，1981，第 190 页。
② 桂林市文物管理委员会编《桂林石刻》，下册，桂林市文物管理委员会，1977，第 294 页。
③ （清）梁章钜：《归田琐记》，《附退庵自订年谱》，中华书局，1981，第 191 页。
④ （清）梁恭辰：《北东园笔录》，卷二，进步书局民国影印本，藏国家图书馆。

1. 查禁鸦片，防御英军

十九世纪三十年代，英国殖民者向中国进行鸦片走私，且日益猖獗。鸦片流毒遍及全国，西南边陲广西也出现了种植鸦片、私贩鸦片之事，"梁章钜执行朝廷查禁鸦片的命令，在桂省境内通令禁止种罂粟，查拿烟犯，处分禁烟不力的官员，打击了鸦片走私活动。"①

道光十八年（1838）十一月梁章钜调查得知，上奏清廷："广西鸦片，来自广东，全在梧州、浔州两关口。……浔州自饬查后，获犯已多，而梧州甚属寥寥。率以宽限日期为请，办理实属迟缓。知府刘锡方请旨摘去顶带，仍责令挈获大起烟贩自赎。"② 梁章钜首先抓住鸦片流入广西的两个港口要道，命令二府阻截盘查，对查禁不力的梧州知府，主张暂停其官严惩，督其继续查办烟贩事宜。

道光十九年（1839）二月，梁章钜又上奏清廷，称广西烟贩并不多，"良多莠少"，已大力查办，以儆效尤，"期之一年，必当奏效。"③ 但短短两个月后，又查出烟贩，梁章钜自请失察之罪，渐觉形势并不乐观；八月制定不可私种罂粟的法规条例，以规范化的制度约束查禁的官员及种植罂粟的地主、客农。

道光二十年（1840），英国侵略者发动了鸦片战争，两广总督林则徐率广东军民抵抗侵略，反被朝廷撤职。道光二十一年（1841），梁章钜在广西巡抚任听闻此讯，立即自请率兵进驻两广交界要地梧州、浔州，以备防堵，以安民心。林则徐《诰授资政大夫兵部侍郎都察院右副都御史江苏巡抚梁公墓志铭》云："辛丑春，粤东英吉利夷人滋扰滨海虎门一带，逼广州城，公率兵驻梧州防堵。"④ "及因粤东夷务，亲驻梧州。密计粤西与东省壤地相错者，梧州之外，尚有南宁、浔州、平乐、郁林三府一州，皆山路纷歧，奸匪易于潜匿，乃相度山川形势，择其要隘，添拨官兵驻守，严密巡查；复刊发规条通行各属，晓谕居民团练壮丁自相保聚，水路则临流设险，陆

---

① 清史编委会编《清代人物传稿（下编）》，第 6 卷，辽宁人民出版社，1990，第 3 页。
② （民国）蔡冠洛：《清代七百名人传》，中国书店，1984，第 263 页。
③ （民国）蔡冠洛：《清代七百名人传》，中国书店，1984，第 263 页。
④ （清）林则徐著，林则徐全集编辑委员会编《林则徐全集》，第 5 册文录卷，海峡文艺出版社，2002，第 482 页。

路则筑卡挖濠，无事则力农贸易，各安其生，有事则闭栅登埤，守望相助，并选殷实晓事之绅耆为之总长，使理一团之事，俾专责成；又派丞倅州县数员为各府总捕，会同地方文武分路查搜，以补兵力民团之所不及，境内帖然。适奉上谕饬查，遂将现办情形具奏，盖公之先事绸缪，有以仰符圣意也。"[1] 梁章钜于《退庵自订年谱》中也记录："辛丑，六十七岁，二月，闻广东英夷滋事，带兵至梧州府防堵。梧州界连东粤，匪徒乘机啸聚。余力行团练之法，境内帖然。奉旨选将调兵送炮，协济东省。"[2] 正是梁章钜及时遣将调兵驻守梧州港口，协助林则徐，保卫粤西门户，并及时组织广西军民，实行团练制度，勘察地形，选拔团长，随时备战，才使广西境内井然有治，免受侵犯。梁章钜更是支持林则徐的禁烟运动和反外敌入侵的守护战，反对朝中的守旧派，主张积极抗争到底，后不久调任江苏巡抚，也不遗余力在江浙港口抵抗殖民者的入侵。

2. 治理驿站、铸钱之弊

道光十七年（1837），给事中陈功奏："上届越南贡使入关，每站用夫至五千名，并有搭差、搭贡各名目，附载者利其便安，私带者资其津贴，沿途不胜扰累。"[3] 正因上一年广西接待安南使臣，每个驿站配给的侍者数目多有五千人，还有搭贡、搭差多种名目的侍者，开支过大，携带走私等驿站弊端出现。梁章钜接到朝廷整治驿站弊端之命，立即严查虚报浮夸之官，精确计算今年安南使者在每个驿站所需的人夫数目，合理合情，酌实俱报，上交朝廷，为朝廷节省了人力、物力和钱力的开支，维护了越南入贡访问期间的秩序和安全，更在一定程度上抑制了走私的猖獗。

道光十八年（1838），梁章钜上奏朝廷："广西宝桂局设立鼓铸，旧以钱一千作银一两搭放兵饷，今银七钱易钱一千，每两亏银三钱，养赡备操之用不免支绌。若钱价愈贱，不但兵食有妨，即民间完纳钱粮，以钱易银亏折不少。请暂停鼓铸以裕民食，平市价。"[4] 奏入，朝廷从之。宝桂局是

---

[1] （清）林则徐著，林则徐全集编辑委员会编《林则徐全集》，第 5 册文录卷，海峡文艺出版社，2002，第 484 页。

[2] （清）梁章钜：《归田琐记》，《附退庵自订年谱》，中华书局，1981，第 191 页。

[3] （民国）蔡冠洛：《清代七百名人传》，中国书店，1984，第 263 页。

[4] （民国）蔡冠洛：《清代七百名人传》，中国书店，1984，第 263 页。

康熙七年（1667）在桂林府设立的铸钱局，按照乾隆朝的旧例，地方上的军营，给士兵发放军饷，可以发地方所铸造的铜钱，发一千文钱，代替一两白银。"乾隆帝此令，原是为加惠兵丁起见，使兵丁在银贱钱贵的时候，得沾格外的恩惠，但遇到银贵钱贱的时候，却有亏兵丁的生计。"① 道光中期，钱价大跌，银贵铜钱贱，士兵再发一千文钱，只相当于七钱白银，就亏损了三钱银子，为了保证士兵的日常开支和操练开支，地方政府只能支出更多的钱，入不敷出，为了填补空缺，宝桂局只好继续铸钱，造成了钱价大跌，通货膨胀，铸钱屡赔，且百姓的购买力和生活质量下降，恶性循环。梁章钜体恤兵艰民难，乃奏暂时停止宝桂局铸钱，稳定物价，梁章钜还寄希望于停止铸铜钱，铸造大钱白银救市，被户部驳回。

白银的短缺和变贵，源于大量鸦片的输入，清朝的白银大量外流，由贸易顺差急转为贸易逆差，出现了"银贵钱贱，官民交困"② 的现象。梁章钜对此深有识见，"乃至以中国白银，易外洋之鸦片，而耗中之耗，愈不可问矣"。③ 白银源源不断流向外国，中国市场白银越来越少，"在白银供给严重不足的背景下，林则徐在广东省领导了禁烟运动，以打击英国的鸦片走私分子。但是，鸦片走私的巨额利润，最终刺激英国挑起了鸦片战争。战争的结果是，中国逐渐改变了1729年以来的禁烟政策。清政府不仅在战败的情景下赔偿了2100万两白银，还默许了英国的鸦片走私政策"。④ 再没能找到合适的办法之前，梁章钜努力呼吁暂停铸币，虽然没有扭转广西乃至全国的货币和经济弊端，但其初衷确为粤西兵民的生计着想，献计出力。

3. 治理考弊，文治教化

道光十七年（1837），梁章钜在广西学政任上，主持文武考试，发现广西乡试诸多弊端，并大力整治。梁章钜在自订年谱中云："广西乡试文闱积弊多端，闱中辄派兵六十名，列坐于明远楼之上下前后，名为稽查弹压，

---

① 罗尔纲：《绿营兵志》，商务印书馆，2011，第389页。
② （清）梁章钜：《浪迹丛谈》，中华书局，1981，第68页。
③ （清）梁章钜：《退庵随笔》，《卷七政事》，《续修四库全书·子部·杂家类》，上海古籍出版社，1996，第253页。
④ 陈锋：《清代财政政策与货币政策研究》，武汉大学出版社，2013，第615页。

而枪替传递之弊即伏其中，甚至有能文之举人，身穿号褂于楼上起草，交他兵传递号舍中者。既乃悉力革除之。"① 为了杜绝守卫士兵与考试士子联合作弊的现象，革除门第关系的不正邪风，梁章钜上奏朝廷，完善考试纪律制度，严惩作弊者，还广西考试公平竞争选拔人才的清肃之风，广西学子感激涕零，真正有才华的人才提拔上来，有些选为优贡，有些进入梁章钜的幕府。

梁章钜署理广西学政期间，除了整顿广西的学风，提拔人才之外，还进行广西地域文化建设，主要表现在三方面，一是修铜鼓楼，二是建五咏堂，三是修双忠亭。自记云："复署东铜鼓楼，成《铜鼓联吟集》两卷。又于独秀峰下重建五咏堂。为诗纪之，远近和者百余家"②

铜鼓是广西少数民族歌舞娱乐的乐器，也是古代人民祭祀拜神、练兵打仗的工具，就像汉族的大鼎一样，铜鼓是广西民族文化、权利和财富的象征。因此，雍正八年（1730），广西巡抚金鉷将从桂平获得的铜鼓带回桂林，放在巡抚衙门，供大家观览。乾隆元年（1736），袁枚到桂林来探望在广西巡抚衙署任职的叔父袁鸿，以铜鼓为题，当众作赋，才思敏捷，洋洋洒洒写下千言《铜鼓赋》，举座皆惊，金鉷命人将赋刻入省志。嘉庆年间，谢启昆在广西巡抚衙建造铜鼓楼收藏此鼓，楼壁上刻有谢启昆和学使钱楷的唱和诗《铜鼓歌》，谢启昆编纂《广西通志》金石卷，辑成《粤西金石略》，于卷末附录《铜鼓考》，收集铜鼓文献，考证分析，云铜鼓在伏波将军马援之前就已有，非伏波所制。谢启昆离开后，铜鼓楼渐渐荒废，梁章钜道光十七年（1837），将铜鼓移到怀清堂前，将桂林知府许苪友所得铜鼓分列左右，一时远近俊贤皆来观览，40余人唱和谢裴两人之《铜鼓歌》，包括广西布政使花杰、按察使宋其源、学政丁善庆、秀峰书院吕璜、朱琦等，梁章钜将这些和诗汇编成《铜鼓联吟集》四卷，由吕璜作序，并自撰一篇《后铜鼓记》记述此举：

……道光丙申，余奉命承之是邦，初视事未暇旁及，楼又僻处东南角，为足迹所不到，亦竟不知有所谓铜鼓者。后缉志乘，展转得之。逾

① （清）陈寿祺：《福建通志》，《列传》，第71册，华文书局影印清同治刻本，1968。
② （清）梁章钜：《归田琐记》，《附退庵自订年谱》，中华书局，1981，第190页。

年丁酉春，遂移怀清堂前，涤其尘封，加之拂拭，盖上距谢钱作诗时又三十余年矣。适权桂林守许君芍友新获一鼓来献，视前鼓尺寸稍减，而色泽之古，纹理之明过之，遂与前鼓分列庭之左右，宾僚咸纵观焉。惟金记前鼓谓周围有六蟾叠踞，重之为数十二，意取律吕相生。今细加谛视，实只六蟾，蟾各四足，不见有叠踞之迹。而新来之鼓亦六蟾，各三足，是肖物又较前鼓为精矣。按言铜鼓者，或谓始于马伏波，或谓始于诸葛武侯。然伏波得骆越铜鼓，铸为马式，语载《后汉书》，最为可据。伏波不应自铸而自销之，是铜鼓实出伏波前无疑。若诸葛，更后于伏波，可不必辨。今粤西铜鼓径尺余者颇多，而四旁有蟾者绝少，或出后来仿造，若此前后两鼓形模之壮，则断非近物。周去非《岭外代答》所云："虽非三代彝器，谓制自三代时可也"。蕴山先生作省志，极辨伏波诸葛之误，其诗更痛诋袁赋之非，不知赋家体裁，不主考据，非可深求，且此赋虽非极笔，而以伏波武侯对举，不下断词，正其用笔狡狯处，遽斥为支辞无根，不已左乎。余既拓取谢钱旧诗，约同人各次韵以张其事。时幕中宾皆能诗，僚自丁自庵学使以下，都人士自吕月沧上长以下皆有作，裒然成帙，因合录金记袁赋及谢钱诗于前，而以新诗次之，题曰：铜鼓联吟集。金记只一鼓，余更合两鼓记之，聊为此邦增一故实。若如金记所云"以待有德"，则非余之所敢当也。道光丁酉小暑节记。[1]

梁章钜重建铜鼓楼，叙述衙署所藏铜鼓的渊源流变，观察描绘铜鼓极为详致，又赞同谢启昆考证的铜鼓历史由来，反驳谢启昆对袁枚赋的评价，诗人岂能长于考据，见其宽阔接纳之胸襟见识，无论是长于汉学考据的学者，还是能文能诗的才子，不论是广西本土文人，还是外来游宦广西的文人，都能够以铜鼓乐之友之。梁章钜与署僚郡贤聚会雅集，观瞻唱和，将铜鼓作为广西的文化标志，作为聚集广西文人的宝物和继承广西文脉的象征，文治教化不治而治。

此外，梁章钜还重建桂林独秀峰下的五咏堂，将桂林文人的传统彰显发扬。梁章钜在桂林府学独秀峰下发现了古代文人游宦粤西的胜迹：

---

① （清）梁章钜：《铜鼓联吟集》，国家图书馆藏道光刻本。

独秀峰为桂林主山，颜延年守郡时赋诗云："未若独秀者，峨峨郭邑间。"山因以名。然此语但见唐人郑叔齐所作《独秀山新开石室记》，而颜遗集中未见此诗也。山麓有讲书岩，范石湖谓有便房，石榻石牖，如环堵之室，颜延年读书其中。似唐以前，府治即在是。宋元祐中，郡守孙览构五咏堂，镌"五君咏"于石中。今遗址皆不可考。余于道光戊戌冬，始与僚采商复五咏堂，而以家藏黄山谷先生所书"五君咏"墨迹勒石堂壁。不两月而规抚大具，顿成壮观。因撰一联云："得地领群峰，目极舜洞尧山而外；登堂怀往哲，人在鸿轩凤举之中。"①

南朝宋颜延之出任始安郡（今桂林）太守，在独秀峰东南麓岩洞里读书，留下了广西文教的发祥地——读书岩，他追慕竹林七贤中的嵇康、阮籍、刘伶、向秀、阮咸，曾作《五君咏》向五位魏晋风流名士致敬。至唐代，桂州刺史兼桂管防御观察使李昌巙在独秀峰下建立桂林府学；宋哲宗元祐五年（1090），桂州太守孙览在学校旧址上建五咏堂，并刻颜延之《五君咏》于堂内。后五咏堂、碑石皆毁塌不存。清道光十八年（1838）冬天，广西巡抚梁章钜惋惜文化遗迹不存，与署僚商议修建五咏堂，道光十九年（1839）春修复完成②，并以家藏北宋黄庭坚书写的《五君咏》真迹刻于龙隐岩内，还为五咏堂撰楹联，又写《修复独秀峰五咏堂纪事》二首，远近文人皆来聚会粤西，欣赏先贤胜迹，赋诗庆贺，赞美梁章钜此举之意义，梁章钜汇聚和激励广西学子，传承文脉，读书仕进，功不可没，正如林直《壮怀堂诗初稿》卷二《和中丞梁茝林章钜先生修复独秀峰五咏堂纪事原韵二首》其二所言："雕甍画栋起峥嵘，几日华堂赋落成。访古人来酣夜话，研经客去感秋声。清游敢擅千年胜，佳什犹传五咏名。愿待西风丹桂熟，更陪驺从到蓬瀛。"③ 此一文化盛事正是上传五君之清名遗韵，下开粤西文

---

① （清）梁章钜：《楹联丛话》，卷七胜迹下，中华书局，1987，第 89 页。

② 卞斌跋："岁己亥，茝林中丞规度其地，即起垣宇，刻五君咏壁间。"载于（清）梁章钜《楹联丛话》，卷七胜迹下，中华书局，1987，第 90 页。

③ （清）林直：《壮怀堂诗初稿》，卷二，清咸丰六年福州刻本《和中丞梁茝林章钜先生修复独秀峰五咏堂纪事原韵二首》其一云："咫尺名山不厌看，朝朝携客共凭栏。灵根拔地千寻起，孤石擎天一柱安。雨过诸峰遥送翠，霞明飞阁欲流丹。纤埃不到仙源路，尽日松声入座寒。"

风,为粤西聚集培育更多人才,期望粤西士人他日折桂学有所成。惜堂今已不存。但诸文人之楹联与唱和诗留存下来,成为清道光年间广西文人汇聚的佳话,为后人留下了宝贵的文学精神财富,也成为广西文教事业兴盛的标志。

梁章钜还自己捐资重修双忠亭。叠彩山麓的双忠亭,怀念的是南明桂王时期,抵抗清军,尽忠守节,与桂林城俱亡的瞿式耜和张同敞两位先贤,清初建,久已荒芜,道光二十年庚子(1840)广西巡抚梁章钜与同僚捐资修建,焕然一新,并亲自撰写楹联:"崖山柴市同千古,楚尾吴头共一心。"① 于风洞山为之立碑,书"常熟瞿忠宣、江陵张忠烈二公成仁处。"

正如林则徐所说:"桂管远在西南陬,政简民淳,可以从容坐镇。在任五年,随事整顿,咸著成效。"② 梁章钜在广西巡抚和广西学政任五年,惠政不断,在政治、军事、经济、文化等方方面面均有卓然成就,不愧为封疆大吏。

二 梁章钜寓桂交游考

梁章钜寓桂五年,处理繁忙政事之暇,与远近师友佐僚诗酒交酬,游览桂林山水胜迹;与故交书信往来频繁,切磋学问诗艺,商讨国家大事。梁章钜71岁高龄时,将一生交游事迹辑录于《师友录》,共记录与二百余位清代文人的交往情状,在广西交游者也是毕生难忘,今择其要者,考述如下。

第一,梁章钜与福建林则徐交游。林则徐《梁公墓志铭》云:"则徐与公同乡,又为词馆后进,泊官江左,宦迹辄相先后"③,可知,二人同为福建人,中举后都在福建福州鳌山书院就读,同受鳌山书院山长郑光策"经世致用"实用化儒学思想的影响,梁章钜还成为郑光策的女婿;后二人又同为福建巡抚张师诚幕僚,无论在京师做官,与林则徐、魏源、黄爵滋诸

---

① (清)蒋凡校注《三管诗话》校注,梁章钜著,广西人民出版社,1996,第284页。
② (清)林则徐著,林则徐全集编辑委员会编《林则徐全集》,第5册文录卷,海峡文艺出版社,2002,第484页。
③ 嘉庆十六年(1811),林则徐中进士,点翰林院编修,过三年,梁章钜亦返京,考取军机章京,充内廷方略馆纂修、大清通礼馆纂修等职。参见王碧秀、林庆元主编《林则徐经世思想研究》,中国文史出版社,2002,第177页。

人结成宣南诗社，还是仕宦江左岭南，二人的官宦仕途多有重合之迹。梁章钜在广西巡抚任上，林则徐曾赠其一联："诏起家山，著述已成千卷；官同岭海，因缘宿缔三江。"① 一方面赞梁章钜平生著作等身，一方面珍惜彼此宿友因缘。道光十九年（1839），林则徐作为钦差大臣前往两广查禁鸦片，而梁章钜则任广西巡抚，梁章钜积极配合和支持林则徐，为禁烟工作出力颇多。其间二人书信不断，诗赋往来。

第二，梁章钜与广西吕璜交游。梁章钜寓桂期间整顿广西的文治教化，与秀峰书院山长吕璜交谊颇深。在梁章钜幕府的文人集会中，都有吕璜的参与，无论是铜鼓联吟，还是修复五咏堂，还是纪念东坡生日，吕璜均与梁章钜唱和诗歌，梁章钜深爱其诗其才，其学问与人品。吕璜去世梁章钜感万分悲痛，将其诗歌五十五首收录《三管英灵集》，以存斯人。《三管英灵集》卷四十四有吕璜《丙申十二月十九日梁茝林中丞招同宾侣数君于署斋为东坡作生日》②、《铜鼓歌和梁中丞……》等。其《梁中丞和苏集聚星堂韵元什见示因和一首》有句，赞美梁章钜的学问与粤西政绩："中丞读书数万卷，众山一览差不屑。直将干济为文章，岭雾全开风扫瞥。良辰厄酒持寿公，小拓吟怀尤有说。笔墨之外真气存，最爱铮铮骨似铁。"③ 梁章钜与吕璜彼此敬重，吕璜认为梁章钜有胸襟有魄力，将广西古代落后凋敝的文风扫除，文学文化的传统为之一续。

第三，梁章钜与广东张维屏（号松心子）交游。刚刚辞官归隐的张维屏，道光十七年（1837）二月至五月游桂林，与桂林官员文人相交，畅游桂林山水，临走时将桂林见闻集成《桂游日记》三卷。张维屏与梁章钜一见如故，"松心曰：余闻桂林最奇，道光丁酉往游焉。时梁茝林为粤西巡抚，一见如故，唱酬觞咏，永日望疲。余留一月遍游诸岩洞，遂挂席东旋。茝林赋诗送行，有云：'鱼山不作芷湾沓，后起何分形影神。'……其殷勤不尽之意，于诗见之矣。（张维屏《听松庐诗话》）"④ 二人题诗赏画，相

---

① 李焱：《对联漫话》，中国文史出版社，2015，第70页。

② 梁章钜将京城翁方纲为中心的为东坡寿之文化雅集活动，带到了广西，影响广西的文化发展。

③ （清）梁章钜：《三管英灵集》，卷四十四，清道光桂林汤日新堂刻本，藏国家图书馆。

④ 钱仲联：《近百年诗坛点将录》，程千帆等辑校《三百年来诗坛人物评点小传汇录》，中州古籍出版社，1986，第151页。

交甚密，互相敬佩。张维屏有《茝邻中丞以灯窗梧竹图属题次覃溪师韵二首》①，其一云："江南云树荆南梦，癸未屏承乏松滋到荆州而公已观察淮海。桂岭山川庾岭邻。笑我浪游如海客，知公馀事作诗人。敦盘当代谁为主？面目诸家各有真。话到师门同怅望，竹风梧月总凄神。"二人均与诗坛前辈翁方纲学诗论诗，有同出师门之谊，张维屏是翁方纲（号覃溪）中年的学生，梁章钜在京城入宣南诗社，后拜晚年的翁方纲学诗。"嘉庆二十年（1815），梁章钜同刘嗣绾、吴嵩梁、陈用光②、李彦章谒翁方纲，从此为苏斋诗弟子。这应是一次正式的拜师，这一年梁章钜四十二岁。"③ 其中，梁章钜和李彦章入覃溪之门较晚，此年是翁方纲去世的前三年，翁方纲后为梁章钜所作的《藤花吟馆诗抄》题词。因为翁方纲诗里有"多少灯窗梧竹响"句，梁章钜作《灯窗梧竹图》，请诸人题诗，张维屏见到此作，难免思念故师旧友。其二云："成连去后少知音，难得苔岑证素心。一幅画禅如水澹，十年诗境与山深。优游艺圃闲情在，绥靖蛮疆伟略任。学术易岐尤悔集，感公为示指南针公所著《退庵随笔》中多先哲名言。"张维屏称赞梁章钜在广西的学术成就和诗画艺术的进益。梁章钜和诗《竹图韵二首》："桂林山水甲天下，粤东粤西如比邻。空际群灵伫奇语，翩然单舸来诗人。精微酣放寄所托，轩豁呈露存其真。鱼山不作芑湾杳，后起何分形影神。""千馀里外登闻音，三十几载钦迟心。相思竟成萍水合，乍见翻似苔岑深。北山回驾我方愧，南国扶轮君自任。漓江别绪那足道，两地神交如芥针。"从诗中见出粤西粤东山水为缘，书画为媒，二位文人神交之谊。

第四，梁章钜与广西陈继昌的交游。两人同为阮元的门生，陈继昌临桂人，广西清代唯一一个三元及第的人，时任两广总督的大学者阮元为他立"三元及第"碑铭，现存桂林王城正阳门内侧门额上。道光十七年（1837）至道光二十三年（1843），陈继昌因病修养，其间在桂林与梁章钜

---

① （清）张维屏：《花甲闲谈》，卷十五，清道光富文斋刻本。
② 《三管诗话》卷中，引吴嵩梁、陈用光题朱凤森《守濬日记》之诗，梁章钜与二人同为京城宣南诗社成员。
③ 魏泉：《翁方纲发起的"为东坡寿"与清中叶以后的宗宋诗风》，曹虹、蒋寅、张宏生主编《清代文学研究集刊》，第一辑，人民文学出版社，2008，第 162～163 页。

交游，道光二十年（1840）正月为梁章钜《楹联丛话》作序。

此外，在多次举办的文化雅集活动中，梁章钜幕府佐僚和秀峰书院的学生很多都与梁章钜留有唱和诗或楹联，吴江陈标、连江陈肇波、山阴余应松、丹徒张骐、湖南宁远杨季鸾、福建长乐邱藜辉、广西临桂朱琦、临桂闵鹤雏、临桂陈应元、平南彭昱尧、灵川唐遇隆，及桂林秀峰书院讲学黄暄等。他们将交游行迹留在桂林的山水之中。桂林独秀峰玉皇阁附近有刻梁章钜像的摩崖，上书"尹佩棻、兴仁、恒梧、许惇书、杨时行、何鲲、吴楷、吴家懋同敬观，唐遇隆、银源、闵光弼、朱辂、陈瑃、彭昱尧、陈应元、王锡振同敬观，道光十九年十一月，梁莅林师修复五咏堂粤西诸弟子抚刻师像于堂中以志师承。"① 石刻上所刻诸人，或门生或幕府僚属，以梁章钜为师者范，礼敬之。伏波山还珠洞也有梁章钜携僚友游玩的石刻："道光十八年七月廿六日福州梁章钜、汉军李恩绎、归安赵炳言、蒙自尹佩棻、仪征卞士云、汉军兴仁、盱眙吴楷同来游。"② 还有道光十八年（1838）秋梁章钜书"诗境"二字被刻于龙隐岩，罗城县主簿余应松作跋文。

三　梁章钜寓桂著述考

林则徐在《梁公墓志铭》中列举梁章钜六十八种著作，一生勤于著述，正如陈继昌所言"莅邻先生，八闽硕儒，吐纳经范，无书不读，有美必彰。"③ 在广西任官五年除了公府政务和交游之外，梁章钜甲子之年仍勤于读书考据，笔耕不辍。据《退庵自订年谱》载："丁酉，六十三岁，辑《论语集注旁证》二十卷、《孟子集注》十四卷。……《铜鼓联吟集》两卷。"④ "戊戌，六十四岁，……校梓《文选旁证》四十六卷，阮云台师、朱兰坡同年各为之序。盖二十年经历所萃，至是始成书云。辑《国朝臣工言行记》十二卷。"⑤ "己亥，六十五岁，……辑《制艺丛话》二十四卷，朱兰坡、

---

① 桂林市文物管理委员会编《桂林石刻》，下册，桂林市文物管理委员会，1977，第276页。
② 桂林市文物管理委员会编《桂林石刻》，下册，桂林市文物管理委员会，1977，第292页。
③ （清）郭琳校点《楹联丛话》，《陈继昌〈楹联丛话〉序》，梁章钜著，鹭江出版社，1996，第3页。
④ （清）梁章钜：《归田琐记》，《附退庵自订年谱》，中华书局，1981，第190页。
⑤ （清）梁章钜：《归田琐记》，《附退庵自订年谱》，中华书局，1981，第191页。

杨芸士明经各为之序。"① "庚子，六十六岁，……辑《楹联丛话》十二卷。陈莲史方伯继昌为之序。"②

可知梁章钜在广西完成如下著作 9 部：《论语集注旁证》二十卷、《孟子集注》十四卷、《铜鼓联吟集》两卷、《文选旁证》四十六卷、《国朝臣工言行记》十二卷、《制艺丛话》二十四卷、《楹联丛话》十二卷，另外增补《退庵随笔》成二十卷，编成《三管英灵集》五十七卷。

根据梁章钜的《退庵自订年谱》记载，《退庵随笔》一书是于道光十四年（1834）编撰而成的，共二十卷，据梁章钜在自序中言，编撰成书后的第二年，即道光十五年（1835）夏，带着书稿进京，道光十六年（1836）途经关中时，为友人付梓，同时呈阮元审阅，阮元不仅亲为此书作序，并且为此书题写了书名。同年，梁章钜擢为广西巡抚，兼署广西学政，在广西期间，利用公馀时间，他对书稿复加勘补增删，终成十五门二十二卷，道光十七年（1837），再行刊刻。

道光二十年（1840）梁章钜《楹联丛话》编成，是书有梁章钜自序，"道光庚子立春日，福州梁章钜撰于桂林抚署之怀清堂。"③ 陈继昌序云："比年为吾粤采风陈诗，征文考献，将有《三管英灵》之集。而公暇搜罗，孳孳未已。乃复以所辑楹帖见示，谀遍八方，稿凡三易。每联辄手叙其所缘起，附以品题，判若列眉，了如指掌。夫道体之罔弗该也，文字之罔弗喻也。语其壮，则鲲海鹏霄；语其细，则蚊睫蜗角。须弥自成其高也，芥子不隘于纳也。……故于前所著诸集，见公之综贯百氏，取精用宏。而于斯集有以见公心源治法，以整以暇。为天授，非人力所能及也。道光二十年庚子春正月，陈继昌谨序。"④ 称扬梁章钜之《楹联丛话》之富征博引及体例文字之精，梁章钜在广西风景名胜留下的楹联也收囊其中，不但自己为楹联大家，且为后世开创了联话的文体和批评论著，成前无来者之功。陈继昌还肯定了梁章钜五年间进行的《三管英灵集》编纂工作，更是采粤西陈诗，征考文献，将成宏赡之作。

---

① （清）梁章钜：《归田琐记》，《附退庵自订年谱》，中华书局，1981，第 191 页。
② （清）梁章钜：《归田琐记》，《附退庵自订年谱》，中华书局，1981，第 191 页。
③ （清）郭琳校点《楹联丛话》，梁章钜著，鹭江出版社，1996，第 5 页。
④ （清）郭琳校点《楹联丛话》，梁章钜著，鹭江出版社，1996，第 3~4 页。

第二节 《三管英灵集》的编纂动因

梁章钜编纂《三管英灵集》既受到了清初至清中叶地域诗歌总集编纂的时代学术风气的影响；也在于自身对地域诗歌总集编纂的学术积累和学术关注；梁章钜巡抚广西后，意识到广西诗歌总集未有集大成之作，欲在清前期文人编纂广西诗歌总集的基础上，实现继承与超越，完成更大规模广西诗歌总集编纂的文化建设事业。

一 地域总集编纂的时代风气之影响

地域文学总集的编纂实际上是地域文学和地域文化的一种建构方式，或是郡邑文坛宿老、知识分子对地方文学文献、地方文化有意识的整理、保存、弘扬；或是仕宦地方的官员进行文化建设，调配地方政府的力量和当地的文化资源，大力编修出版的文化成果。清初至清中叶清政府对文化事业的重视，对文献的搜集整理的重视，是促成士人纂辑地域文学总集的重要因素，如康熙帝亲自主持了多达九百卷的《全唐诗》、七十四卷的《全金诗》、三百一十二卷的《四朝诗》；乾隆间，则开展了全国性的征书工作，编辑卷帙浩繁、工程巨大的《四库全书》等，上行下效，在地方任上的知识分子也深具保存地方文化遗产的责任感与使命感，学术型文人，皆欲以编纂总集的形式贯通地方文学、文化的发展脉络，接续文学、文化的道统。

清初（顺治、康熙朝）开始，"地方士人对纂辑地方文学总集表现出空前的兴趣和热情。"① 规模性与系统性等方面均取得了远超前人的成就。就诗歌总集而言，出现在经济发达或文化传统深厚的地域，且府、县两级的诗歌总集较多，而一省之诗歌总集凤毛麟角，仅江苏、浙江、湖北、福建、广东、广西等几省有所纂辑，如黄登的《岭南五朝诗选》、廖元度《楚风补》、曾士甲《闽诗传初集》、汪森《粤西诗载》等。广西虽地处边陲，开发较晚，但自汉代已有诗歌出现，唐宋谪居广西的文人也有诗歌流传，明

---

① 陈庆元：《清代前期福建区域文学总集及诗话的编纂》，《中国典籍与文化》编辑部编《中国典籍与文化论丛》第六辑，中华书局，2000，第168页。

清广西诗家辈出，诗作数量大大增多。汪森康熙年间先后任桂林、太平（今广西崇左）两府通判，感受到时代风气，率先编纂广西历代诗歌总集。据《四库全书总目提要》载成书过程："森在粤西，以舆志阙略殊甚，考据难资，因取历代诗文有关斯地者，详搜博采，记录成帙。归田后，复借朱彝尊家藏书，荟萃订补"① 而成，辑录了历代广西籍著名作家及客桂著名文人有关广西的诗词，弥补了明以前广西诗歌总集不见编纂的空白，也成为清初规模较大的一省诗歌总集的代表之一。

清中叶（乾隆、嘉庆、道光朝），"总集编纂的地域范围不断扩大，几乎遍及全国。大量之前极少或从未有过此类总集的地区也都纷纷加入到这一活动中来，可谓盛况空前。"② 此时出现诸多"国朝"地域诗歌总集，即只辑录清代的地域诗人诗歌总集，而通代一省的诗歌总集也是蔚为大观，仍然集中在江浙、湖南、江西、甘肃、云南、贵州、广东、广西等南方诸省。如阮元《两浙輶轩录》、邓显鹤《沅湘耆旧集》、曾燠《江西诗征》、梁善长《广东诗粹》、温汝能《粤东诗海》、李调元《蜀雅》、李苞《洮阳诗集》、袁文典袁文揆《滇南诗略》、傅玉书《黔风》、张鹏展《峤西诗钞》、梁章钜《三管英灵集》等。一省之中，诗歌总集编纂者前赴后继，总集又不止一二，诸多后出转精之作堪称一省通代诗歌总集之大成。这些诗总集的编纂目的皆欲保存一省之从古至今之诗人，及诗人优秀的诗歌作品，一来，不淹没地方之人才事迹和诗歌成绩，促进诗歌的交流与传播；二来，为后学者树立模范，可观一时之时代风气、纵览几代之文学发展，考一省之文献集成，"后之君子必有据，而取之者无惑也。"③ 而清初至清中叶的地域诗歌总集编纂的确在客观上实现了选诗家的编纂目的，洋洋乎大观，深具保存地域文学、文献、文化的意义。

张鹏展与梁章钜先后编选广西通代诗歌总集，皆为感受时代风气之士。清代乾隆年间的张鹏展乃广西上林人，曾祖父张鸿翮，是清初著名的壮族

---

① （清）永瑢、纪昀主编《四库全书总目提要》，卷一百九十，海南出版社，1999，第 1039 页。

② 夏勇：《清代地域诗歌总集编纂流变述略》，《西南交通大学学报（社会科学版）》2009 年第 1 期，第 6 页。

③ 张维、朱琦：《〈怡志堂诗文集〉校注》，朱琦：《〈国朝正雅集〉序》，广西大学硕士论文，1999，第 203 页。

诗人；祖父张友朱是庆远教授；父亲张滋，是全州学正。在地域诗歌总集编纂的时代风气下，其生长坏境、家学传统无不对其编纂事业产生深刻影响，辞官回乡后的张鹏展，又先后于桂林秀峰书院、上林澄江书院、宾州宾阳书院讲学，其间对广西诗歌不断加以搜集、整理。"峤西诗之刻，凡以存一省之文献也。粤西士司，大抵务实而不务名。上焉者生平刻励于道德经济之业，不屑于雕章棘句以示长。间有山林学绩之士，风雨一编，苦心镂刻，只以自怡，未尝刻集以炫于世。是以粤西之诗，少有存者。……粤西自唐代有二曹专集行世，……迨宋数百年，现有专集者，惟一方外契嵩。"① 张鹏展有感于广西诗人诗歌文献的散佚不传，用将近十年时间整理、汇集成第一部广西籍诗人诗歌总集《峤西诗钞》，对保存广西诗人诗歌做出了贡献。

清代道光年间，梁章钜巡抚广西，在编纂地方诗歌总集的时代风气下，有意识的在两部前人的诗歌总集基础上，进一步收集整理广西诗人诗歌文献，主持编纂更大规模的广西诗歌总集《三管英灵集》。

二　梁章钜的地域诗歌总集编纂经验

梁章钜一生勤于著述。其成果卷帙浩繁，内容题材极其丰富，涉及政治经济、文化历史、考证实录、笔记丛谈、科学技术、文学艺术诸类；其著述之丰，在清代罕有其匹，50余年著作有70余种，为清代各省督抚中著作最多者。他随仕宦经历之处，努力整理当地的诗歌文献，编纂地域性的诗歌总集及整理编辑地域性诗话，尤其对福建的地域诗歌和诗话关注颇深，因梁章钜是福建长乐人，对家乡文学文化的热忱可想而知。梁章钜《退庵自订年谱》云："己巳（嘉庆十四年，1809），三十五岁，仍赴南浦讲席，辑《东南峤外诗文钞》若干卷，陈恭甫为之序。"② 梁章钜《归田琐记》卷六《已刻未刻书目》云："《东南峤外诗文钞》三十卷，陈恭甫编修序，皆录五代以前作，未刻。"③ 另外，梁章钜还辑录了"《闽诗抄》五十卷，皆录宋以后至国朝各诗，未刻。"④ 因未及时刊刻，后散佚，两

---

① 杨盟修，黄诚沅纂《上林县志》，卷十四，台北：成文出版社影印民国二十三年本，1968。
② （清）梁章钜：《归田琐记》，《附：退庵自订年谱》，中华书局，1981，第183页。
③ （清）梁章钜：《归田琐记》，《附：退庵自订年谱》，中华书局，1981，第120页。
④ （清）梁章钜：《归田琐记》，《附：退庵自订年谱》，中华书局，1981，第120页。

部总集今已无从得见，乃梁章钜及今人之憾事。但这两部福建诗文总集的编纂为其编纂广西诗歌总集提供了编纂方法、编纂体例上可资借鉴的经验，如梁章钜编纂《东南峤外诗文钞》时，录入诗人的里居事迹，后来他在编纂《三管英灵集》时，也加入了诗人的简单传记，以备后人读书学诗能够知人论世，更好地理解诗歌作品的情感和意义。陈寿祺为《东南峤外诗文钞》作序，品评是书云："由五代上溯三唐、六朝捃摭殆备，又各具其爵里事迹．于是叹仪曹用心深至，俾学者诵读古人诗书，有以知人论世而不迷于远也。"[1] 梁章钜编纂《东南峤外诗文钞》的同时，还编录了《东南峤外诗话》，这也对后来在广西编纂《三管英灵集》、编纂《三管诗话》提供了体例和方法上的借鉴。在编纂《三管英灵集》之前，除了编集上述福建的诗歌总集之外，梁章钜还编纂了福建诗话《补萝山馆诗话》、《长乐诗话》、《南浦诗话》等，这些地域诗话的编纂也为后来梁章钜编纂《三管诗话》产生了影响，在编选广西诗人诗作的同时，也对这些诗人籍贯生平进行考证，探讨诗人别集的版本与诗人手稿佚诗的来源，辨析诗作词句声韵的正误优劣，辑录各家诗话对广西诗人诗歌的评论，并发表自己对广西诗人诗歌鉴赏的见解。梁章钜从创作构思论、审美风格论、语言韵律论等多方面形成自己对广西诗人诗歌的诗学观。

总之，受到时代编纂地域诗歌总集风气的影响，入清以来广西地域总集编纂活动的启发，加之梁章钜编纂福建诗歌总集诗话的学术积累等，皆成为梁章钜编纂《三管英灵集》和《三管诗话》的基础。道光十六年（1836 年）四月，梁章钜接到升任广西巡抚兼学政令，此时，梁章钜已 62 岁高龄，到任后，用了 5 年的时间，悉心搜集广西籍诗人的别集，编选《三管英灵集》，梳理了清中叶之前广西诗歌的发展与流变。

三 对广西诗歌总集的继承与超越

梁章钜《三管英灵集·凡例》第一条就指出自己编纂《三管英灵集》的原因。他认为："粤西诗向无汇集，上林张南松通政始有《峤西诗钞》之

---

① 转载自陈庆元《文学：地域的观照》，上海远东出版社，2003，第 154 页。

刻，征采阅十载而成创辟之功勤矣，顾览者犹有未餍于心。兹编则搜罗较广而体例亦加严，非竞美于前人，实增华于踵事。"① 梁章钜认为此前广西诗人诗歌总集凤毛麟角，且未成规模，所以欲在汪森《粤西诗载》和张鹏展《峤西诗钞》的基础上，将粤西诗人诗歌文献更广泛的搜集、整理、汇编。广西学政池春生也曾汇集广西诗人诗文，没有编成，梁章钜继之。

首先，梁章钜认为在张鹏展《峤西诗钞》之前"粤西诗向无汇集"，《三管英灵集》与《粤西诗载》的编纂理念不同。广西地处岭外，虽广西诗人诗歌由来已久，但因流传极少，难以汇集，道光年间临桂人廖鼎声有感于"粤人固非无能诗，以僻在岭外，流传遂少"（《拙学斋论诗绝句序》)②，梁章钜也认为在张鹏展《峤西诗钞》之前"粤西诗向无汇集"。虽然在张鹏展之前，有汪森编集了《粤西诗载》，《粤西诗载》是一部诗词总集，其中诗 24 卷，3118 首，他搜集的广西诗词，上始汉代，下至明末。但《粤西诗载》只选入写广西的诗歌，而不录广西籍诗人并未作于广西、并非写广西的诗作。有些著名作家虽未到过广西，但只要所写作品与广西的人和事有关，亦一律收录。例如，韩愈虽未到过广西，因他的《送桂州严大夫》写的是想象中的桂林景物，也收入《粤西诗载》，《粤西诗载》虽不是收录广西籍贯作家作品的总集，但为保存广西地理风物、民俗人情等地域文化做出贡献，是研究广西地域文化的重要参考。梁章钜不满足只是选录写广西的诗歌，更关注所有粤西籍贯诗人的诗歌，因此他得出在张鹏展《峤西诗钞》之前"粤西诗向无汇集"的论断，或者说，张鹏展和梁章钜所谓的"粤西诗"指的是广西籍诗人的诗歌，与汪森所谓的"粤西诗"涵义有所不同。

梁章钜《三管诗话》录宋人笔记《郡阁雅谈》所载宋代广西恭城诗人周渭《赠吴崇岳》一诗的诗事，并在《三管英灵集》之中收入了这首《赠吴崇岳》。梁章钜说"此诗非为粤西而作，故《粤西诗载》不录，岭外宋诗存者无几，因亟收之《三管集》中。"③ 这就表明了梁章钜编纂《三管英灵集》的理念与汪森编纂《粤西诗载》的理念不同，宋代广西诗人的诗歌被保存下来的本来就少，梁章钜将极为珍贵的周渭的诗歌和诗事文献收录，

---

① （清）梁章钜：《三管英灵集》，凡例，桂林汤日新堂清道光刻本，藏国家图书馆。
② 林东海、宋红编《万首论诗绝句》，第三册，人民文学出版社，1991，第 1328 页。
③ （清）梁章钜著，蒋凡校注《〈三管诗话〉校注》，广西人民出版社，1996，第 48 页。

就弥补《粤西诗载》只收关于广西诗歌的不足，实现了存广西地方文献和地方诗人诗作的目的。

其次，梁章钜编纂《三管英灵集》欲学习《峤西诗钞》编纂体例、收录标准等，并欲完善其编纂之不足，编纂一部更具严谨性和规模性的广西诗歌总集。在编纂思想和编纂实绩上有所超越。

《峤西诗钞》全书共 21 卷，收入粤西 250 多位诗人的诗作 2100 多首。张鹏展嘉庆年间在北京就已经开始收集广西的诗人诗作，收集诗歌采阅整理达十年之久。梁章钜肯定张鹏展的《峤西诗钞》对关注并整理广西籍诗人和诗歌有开创之功，是清代广西地域诗选前无古人的力作。但梁章钜认为张鹏展的《峤西诗钞》虽有"创辟之功"，仍然读来让人有未能满足之感。

第一，《峤西诗钞》的收录范围并不全面，只存明清两代的广西籍诗人诗作，没有收录唐宋两代的广西诗人诗歌。所收上自明代蒋冕，下迄清代道光初年，由于搜集的局限，和编纂思想的不同，《峤西诗钞》有许多遗漏未录的广西诗人诗作，选录广西诗人的诗作数量比之诗人别集诗歌数量也较少，张鹏展虽是去粗取精，却也未免令人遗憾。

在张鹏展采录编纂过程中，由于广西地域广阔，诗人众多，诗人活动也不仅仅限于广西，省外的文献资料查找更为不易，因此采集不可能周遍；且在郡县志等地方文献中查找到诗人已有诗歌别集，但仍有很多没有能够寄到张鹏展的手中，使得最终收录的诗人诗歌范围并不全面。如《三管英灵集》收录了《峤西诗钞》没有收录的明代平南诗人袁崇焕的诗歌六十六首，梁章钜在《三管诗话》卷上讲到收录的原因："公《省志》无传。朱氏《明诗综》及张氏《峤西诗钞》均无诗。余搜访得醴庭所辑《乐性堂遗稿》二卷，如获珙璧，亟登之《三管集》中者，盖十之七八。"① 梁章钜之前的广西诗歌总集《峤西诗钞》和《粤西诗载》，以及朱彝尊编纂的《明诗综》均未录袁崇焕的诗歌，就连《广西省志》都没有袁崇焕的传记，《明史》本传称袁崇焕是广东东莞人，而梁大力搜寻考证，得出袁崇焕是广西平南人的论断，并从袁崇焕的家族后人平南袁珏那里得到袁崇焕的集子，便将他所存诗歌的大多数都录入《三管英灵集》，加以颂扬，独具慧眼，成为保存

---

① （清）梁章钜著，蒋凡校注《〈三管诗话〉校注》，广西人民出版社，1996，第 84 页。

袁崇焕诗歌的功臣。可见梁章钜有意识的在《峤西诗钞》所选诗歌之外，钩沉搜集，对广西诗人诗歌加以辑佚和保存。

再比如《三管英灵集》收录了清代全州谢济世的两首狱中诗作《丙午十二月初七日下狱次日旋奉旨免死释放发军前效力赎罪感恩述事次东坡狱中寄子由韵寄从弟佩苍实夫二首》，并在《三管诗话》卷中云，谢济世被赦免后，自求外出，授湖南粮道，"长沙士人感其遗爱，片纸只字，俱珍重之，故传此二首。而《峤西诗钞》遗之。"① 受到诗人活动范围的扩大，广西籍诗人因仕宦等经历，足迹遍布全国各地，诗歌搜集的范围也不能集中于广西，谢济世的此二首诗就是从长沙的文献中得到，梁章钜认为极为珍贵，录入《三管英灵集》中即可见谢济世其人的君子豪情，又能补《峤西诗钞》所遗之缺憾。正因为有所珍贵的诗人诗作，有前人总集留下的遗憾之处，梁章钜才想要补充规模更大的广西诗人诗歌总集。

另外，由于编纂思想的不同，编纂标准的不同，对于同样的诗人别集中的诗歌，张鹏展选录较少。梁章钜《三管诗话》卷上云："朱竹垞《明诗综》第录《湘山寺》五绝一首，固难免俞廷举反唇之讥。而张南崧《峤西诗钞》所收，亦尚有遗珠之叹。"② 俞廷举乃广西全州人，曾任四川营山、定水县令。俞廷举于清代嘉庆二十一年（1816 年）为本乡先贤蒋冕刻印了《湘皋集》四十卷。梁章钜称，俞廷举曾讥讽清初朱彝尊编纂《明诗综》时，仅仅收蒋冕一首诗歌，数量实在太少。梁章钜认为不仅仅是朱彝尊，就连关注广西诗人的张鹏展编集《峤西诗钞》时，也只是选录蒋冕诗歌五十四首，未免让人有"遗珠之叹"。故梁章钜编纂《三管英灵集》，收录了蒋冕诗歌六十三首。这就在选诗数量上超过了《峤西诗钞》，也将蒋冕集中更多质量上乘的诗作展示于众。

再如，《三管英灵集》卷二十二黎建三小传后附注，《退庵诗话》云：

> 家宫詹九三叔父尝序谦亭诗曰："谦亭以孝廉作循吏，往来数十年，不辍于诗，今读其诗而知其性情之和平忠孝，且以知其政之恺悌

① （清）梁章钜著，蒋凡校注《〈三管诗话〉校注》，广西人民出版社，1996，第 95 页。
② （清）梁章钜著，蒋凡校注《〈三管诗话〉校注》，广西人民出版社，1996，第 73 页。

慈祥；读其诗而知其学问之明通淹贯，且以知其政之敏练廉能。至于古体滂浡豪迈，五言短章駸駸乎登古乐府之堂，而律之俊逸浑厚、流丽清新，固人人所共爱。而余独爱其以见道之言发溉于草木虫鱼以抒其抱负，所谓真学问真性情者也。"此宫詹视学粤西时，谦亭之子槐门所请序也。《峤西诗钞》所登未尽其菁华，杨紫卿所选亦约，适平南彭先生兰畹携谦亭全集来，故悉录其尤雅者，足以传谦亭矣。[①]

梁章钜认为《峤西诗钞》所选黎建三诗歌数量不多，并未能选出其诗歌之精华，因此在黎建三的集中，选出尤为雅正的作品，希望能够以诗传人，保存粤西诗人及诗歌。

第二，梁章钜继承《峤西诗钞》的收录标准，编选粤西籍贯诗人之诗；并在辨体基础上编选正体之诗。张鹏展所收录广西诗人必须是寄寓广西数十年者，侨居广西的诗人不在选录之列。梁章钜虽未对寓居广西诗家寓居时间做规定，《三管英灵集》"凡例"第九条亦云："闺秀、方外各编为卷于后，流寓又后之，非久于粤者不阑入。"[②]《三管英灵集》收录更为严谨，闺秀、方外、流寓编于最后，除方外、流寓22家外，所收录皆广西人，方外、流寓也都是长期寓居广西者。《三管英灵集》还规定，凡未能考证诗人里居、生平的广西籍诗人诗歌则单卷收录；不录无名氏之诗；诗人里居若存争议，未能确定广西籍者，不录入《三管英灵集》，而在《三管诗话》录入，表示存疑，以上诸收录标准的订立都要比《峤西诗钞》更为细致清晰。

另外《三管英灵集》只编选诗歌之正体，文体意识明晰。《峤西诗钞》的收录标准就比较严谨了，联句诗、集古诗、回文诗等游戏娱乐的诗体皆排除在外。《三管英灵集》继承之，"凡例"之七云："应制之作，唐人编集未尝区别，后人则厘为别体。兹集摘收其赓歌、朝庙之篇，其科场试帖概不屡入。""凡例"之八云："全唐诗谚谜、占辞、酒令皆编为卷，是编唯录正体，外此，虽填词亦不载。"[③] 梁章钜收录诗歌的标准之一是只录正体诗

---

① （清）梁章钜：《三管英灵集》，卷二十二，《桂林汤日新堂清道光刻本》，藏国家图书馆。
② （清）梁章钜：《三管英灵集》，凡例，清道光桂林汤日新堂刻本，藏国家图书馆。
③ （清）梁章钜：《三管英灵集》，凡例，清道光桂林汤日新堂刻本，藏国家图书馆。

歌，而不录别体诗歌，他以《全唐诗》为例，认为唐人没有区别应制之诗的艺术价值，诸如试帖诗、唱和诗、颂赞诗等一概收录；而《三管英灵集》只收录其中艺术价值较高的唱和诗和颂赞诗，没有收录试帖诗。另外，谜、占辞、酒令、词等皆弃而不录，因为严格来讲，均非诗之正体。在收录诗之正体的标准上，《三管英灵集》与《峤西诗钞》一以贯之，均以选录具艺术价值的诗歌为本位。

第三，梁章钜学习《峤西诗钞》的编纂体例，同时完善其不足。在体例上，《峤西诗钞》以粤西诗人的科名先后为主要依据排列诗人次序，《三管英灵集》继承之，"凡例"第十条表明录入诗人的次序按照诗人乡试或会试的中式年先后排列，若诗人并未参加过上述考试，则根据其生平估略其年代，大概排序。梁章钜《三管诗话》卷上批评《峤西诗钞》将明代宰辅蒋冕排在第一位的编排，"张通政《峤西诗钞》托始于蒋文定公，即未免有名位之见。而梅轩尚书诗又列文定之后，尊弟而抑兄，岂真所谓近人论诗多序爵耶?"① 梁章钜认为首列蒋冕，又将其兄蒋昇之诗排在蒋冕之后，透露出张鹏展以名位先于诗人诗歌的选编意识。梁章钜则主张诗人排序及选诗的多寡都应摒弃这种政治功利的编纂意识。梁章钜在《南浦诗话》卷八又借朱彝尊之话语，批评清初以来多有总集编纂者以名爵地位论诗排序，所以他在《三管英灵集》中不论诗名大小，尽可能收录所有粤西诗人之诗，主要按照乡试、会试或中式的年代编次诗人先后，上承朱彝尊《明诗综》不以诗人身份地位编选诗歌的编纂思想。

综上所述，梁章钜编纂《三管英灵集》既受到清初至清中叶地域诗歌总集编纂的时代学术风气之影响；也因梁章钜本人积累了地域诗歌总集编纂经验，尤其是其家乡福建地域诗歌总集及诗话的编纂经验、诗学思想，使其具备了选诗家的手眼和鉴诗家的质素；更主要的是梁章钜巡抚广西，见广西诗歌总集仅有一二创辟之功，又自有收录范围、收录标准、编纂体例的不足，所以梁章钜欲模仿前贤的编纂活动，在广西任所积极准备，在对《粤西诗载》和《峤西诗钞》的学习继承，发扬光大基础上，查缺补漏，搜罗范围更广泛，编纂标准、体例更为严谨，即所谓"兹编则搜罗较广而

---

① （清）梁章钜著，蒋凡校注《〈三管诗话〉校注》，广西人民出版社，1996，第 76~77 页。

体例亦加严。非竞美于前人，实增华于踵事。"① 欲成就有益于广西诗歌整理选录汇集的事业，存一省文献之精华，理一省文化发展之统绪。梁章钜主持编纂的《三管英灵集》也的确超越前人之总集，成为粤西通代诗总集的集大成者。

第三节 《三管英灵集》的编纂刊刻过程

梁章钜在《三管诗话》的《自序》中，简要介绍了《三管英灵集》的编纂过程："公抚粤西将五年，随时访录都人士旧诗，已得数百家，约可编成四十余卷。闲缀诗话若干条，附于各家之后。初属楚南杨紫卿明经总司校勘，不终事以去。继之者为临桂闵鹤雏孝廉，又以计偕而止。而余亦遂量移吴下，匆匆治装。其编次之义例，卷数之分合，字句之歧伪，皆未遑手定也。濒行，乃以全稿归秀峰山长黄春亭明府。春亭沈潜好学，必能是正而督成之。惟所缀诗话，好事者皆以先睹为快，乃复略加删润，别为三卷，先付梓人。昔秀水朱氏编《明诗综》，缀以《静志居诗话》；近人即有专取诗话别订成书者。今亦窃仿其例。楮墨无多，则时地限之。而区区抱残守阙之心，当亦都人士所不忍听其湮没者。拾遗捃逸，尚望同志者扩而充之云尔。道光二十一年岁次辛丑孟夏之月，福州梁章钜撰。"② 从这篇序中，可以窥见《三管英灵集》编纂的大致过程，包括《三管英灵集》编纂的时间、编纂人员的变动、《三管英灵集》的结集等。但具体编纂起始时间、编组成员及分工、结集出版情况则需进一步考证，现述如下。

一 《三管英灵集》的编纂时间考

《三管诗话·自序》云："公抚粤西将五年，随时访录都人士旧诗，已得数百家，约可编成四十余卷。"③ 知梁章钜到任广西巡抚不久即开始主持搜集、访录广西文人诗集、佚作，在职期间收录了几百家诗人，约可编集

---

① （清）梁章钜：《三管英灵集》，凡例，清道光桂林汤日新堂刻本，藏国家图书馆。
② （清）梁章钜著，蒋凡校注《〈三管诗话〉校注》，广西人民出版社，1996，第1页。
③ （清）梁章钜著，蒋凡校注《〈三管诗话〉校注》，广西人民出版社，1996，第1页。

四十余卷。则《三管英灵集》编纂的起始时间应在梁章钜到广西巡抚任不久。

据梁章钜《退庵自订年谱》云："丙申，六十二岁……正月，调授直隶布政使，以留办计典迟至，三月杪始成行，途次接奉擢抚广西之命。五月，抵京，递折谢恩，蒙连日召见六次，赐克食五次，即陛辞出京，挈丁儿、敬儿赴广西任，兼署广西学政。"① 梁章钜于道光十六年（1836）三月接到调令，五月进京谢恩，后携家眷赴广西任，八月到达桂林。此据梁章钜道光二十年（1840）秋所作《池司业庙堂碑》所云。池司业即池生春，梁章钜前一任广西学政，碑文记："道光十有六年七月辛卯，广西学政池君卒于位。……余闻而慕之积十余年而终不相见，比余抚是邦，而君已于一月前卒矣。"② 可见梁章钜到达桂林的时间是道光十六年（1836）八月。因此，梁章钜开始主持编纂《三管英灵集》，当在道光十六年（1836 年）八月到任广西巡抚兼学政后不久。

《退庵自订年谱》又载："辛丑，六十七岁，二月，闻广东英夷滋事，带兵至梧州府防堵。……旋调授江苏巡抚，即回桂林，……五月，挈家登舟，由湘江、荆江顺流而东。七月，赴江苏任。"③ "辛丑"，即道光二十一年（1841），是年二月，梁章钜抵达梧州领兵对抗英国侵略者，后接到调江苏巡抚令，返回桂林。《三管诗话·自序》作于"道光二十一年岁次辛丑孟夏之月"④，可知，是年四月临行前，梁章钜将《三管英灵集》中缀于各粤西诗家诗歌后的"退庵诗话"先整理付梓，效仿朱彝尊编《明诗综》先期刊刻《静志居诗话》，刻为《三管诗话》三卷。将未订稿的《三管英灵集》交付秀峰书院山长黄暄。五月，便携家登舟离开桂林，赴江苏任所。又据梁章钜之三子梁恭辰记，"辛丑入都"赴进士试，"是夏，余返桂林。适家大人调抚江苏……"⑤ 也证梁章钜离开桂林的时间是道光二十一年（1841）夏五月。至此，梁章钜主持编纂《三管英灵集》的工作也就告一段落。而

① （清）梁章钜：《归田琐记》，《附退庵自订年谱》，中华书局，1981，第 190 页。
② 桂林市文物管理委员会编《桂林石刻》，下册，桂林市文物管理委员会，1977，第 294 页。
③ （清）梁章钜：《归田琐记》，《附退庵自订年谱》，中华书局，1981，第 191 页。
④ （清）梁章钜著，蒋凡校注《〈三管诗话〉校注》，广西人民出版社，1996，第 1 页。
⑤ （清）梁恭辰：《北东园笔录》，卷二，进步书局民国影印本，藏国家图书馆。

后黄暄又进行最后的校勘结集工作，直至交付出版商，《三管英灵集》的编纂才最终完成，时间约在梁章钜离桂不久。

因此，《三管英灵集》的编纂时间，从道光十六年（1836）八月梁章钜到任广西巡抚兼广西学政后不久，至道光二十一年（1841）夏四月梁章钜将《三管集》手稿交付黄暄，再到黄暄最后结集出版，至少五年有余。

二 《三管英灵集》的编纂人员组成及分工考

《三管英灵集》由梁章钜亲自主持编纂，并身体力行从事各项繁重的编纂工作。命令各州府县乡采送广西籍乡邦士人的诗集诗作，搜录各种文献中的粤西士人散佚之诗；随时访录亲朋好友、粤西士人家藏的粤西诗人遗稿遗作；订立《三管英灵集》的收录范围、收诗标准、编纂体例等；鉴别甄选，审定上乘，并进行文献的整理、比对和考订；对诗人诗事考证，对诗歌评价鉴赏等。

《三管英灵集》的编集工作繁重浩大，仅梁章钜个人无法短时间内完成，参与编纂的人员目前可考者有：湖南宁远杨季鸾、广西临桂朱琦、临桂闵鹤雏、平南彭昱尧，及桂林秀峰书院讲学临桂黄暄等，由于诸编纂者分工不同，所从事编纂活动的着力方向和贡献也有所不同。

1. 杨季鸾主选诗与总司校勘

杨季鸾（1799—1856？）字紫卿，又字紫笙，湖南宁远人。先世代传朴学，幼读家藏群书，独喜有韵之文，不屑于章句帖括之学。年十二，即以所作《春草诗》得名。与其兄象绳诗歌唱和，词旨妍畅，一时传诵，益负诗名于潇湘岳麓间。及为监生，游京师，以兄弟二人诗投名诗人吴嵩梁、李宗瀚，皆大赏，拟之陆机、陆云。京朝官吏与湘中诗人如汤鹏、魏源、何绍基、邓显鹤、李星沅，咸相与诗歌往复。然困踬科场，遂历游北南。两江总督陶澍、吴中诗人朱绶，尤推挹延誉。咸丰元年（1851）举孝廉方正，后官翰林院待诏。晚归湘，侨寓零陵，主讲濂溪书院。永州知府黄文琛为建清课草堂，及卒，并为营葬。有《春星阁诗钞》十五卷。生平事迹见光绪《宁远县志》之《杨象绳弟季鸾列传》、李柏荣《魏默深师友记》卷五。[1]

---

① 湖南省地方志编纂委员会编《湖南省志》，第三十卷，湖南出版社，1992，第256页。

湖南与广西接壤，杨季鸾曾游历广西桂林、柳州，"杨紫卿明经季鸾薄游粤西有柳侯庙楹帖"①，曾给柳州柳侯祠庙题楹联。其漫游广西时间不可确考，但为广西诗人所欣赏，与朱琦相交，有《题绿波春草图送朱濂甫并寄令弟溶庵》，诗送朱琦云："南浦江郎赋，西堂谢客诗。渌波愁送别，春草梦相思。细雨一帆去，啼莺三月时。生憎楼上笛，撩乱柳如丝"②，并与朱琦一同参与了《三管英灵集》的编校工作。

首先，杨季鸾参与了《三管英灵集》的选诗工作。《三管诗话》卷中载："平南袁醴庭广文与余同年成进士，仅于公宴筵中一面，迄今三十馀年，余来抚桂林，则醴庭归道山久矣。其哲嗣以《五亩石山房文稿》索序，始知其为笃学能文、淡然有得之士；继复读其《今是轩诗草》，则诗又在文之上。杨紫卿衹赏《镇安道中》诸作；余谓《读史杂咏》尤健，今并录入《三管集》，足以存醴庭矣。"③ 梁章钜与广西平南诗人袁珏是进士同年，梁章钜到广西任后，得知袁珏辞世已久，便从其后人手中得到袁珏的诗集《今是轩诗草》，认为他的诗歌成就在文章之上。而此时梁章钜正采集乡邦士人的诗集编纂《三管英灵集》，参与编纂的杨季鸾协助梁章钜进行诗歌的甄选收录工作，他翻阅袁珏诗集，欣赏集中的《镇安道中》诸作，梁章钜则认为《读史杂咏》尤佳，于是将这些优秀的诗歌一并抄录《三管英灵集》中，总集卷四十共收袁钰五十五首诗，对于袁珏诗歌的保存深具意义。杨季鸾还选广西平南诗人黎建三诗歌入集，《三管英灵集》卷二十二黎建三小传后，《退庵诗话》云："《峤西诗钞》所登未尽其菁华，杨紫卿所选亦约，适平南彭先生兰畹携谦亭全集来，故悉录其尤雅者，足以传谦亭矣。"黎建三《素轩诗集》道光刊本收其诗歌515首，张鹏展《峤西诗钞》选黎建三诗歌46首，杨季鸾选诗数量应比《峤西诗钞》更多，后来梁章钜得彭昱尧收藏的黎建三别集，在杨季鸾选诗的基础上有所增加，《三管英灵集》选诗共80首。杨季鸾必定是先行认真的将搜集的广西诗人诗集通读一遍，然后从浩瀚的诗海中搜奇揽胜，筛选珍品的。可见《三管英灵集》编纂并非易

---

① （清）梁章钜著，白化文等点校《楹联丛话》，卷四庙祀下，中华书局，1987，第46页。
② （清）徐世昌编，闻石点校《晚晴簃诗汇》，卷一百四十，中华书局，1990，第6106页。
③ （清）梁章钜著，蒋凡校注《〈三管诗话〉校注》，卷中，广西人民出版社，1996，第150页。

事，不可能梁章钜一手完成，梁章钜善于将编组成员妥善分工，并彼此之间注重合作。

清初施闰章序黄传祖《扶轮新集》，对选诗之难深有体会："今欲以一人之目，尽见天下之诗，一人之可否，定天下诗人之得失，其势有所不能。"① 清初诸多诗歌总集的编纂往往非出一人之手眼，编纂时间也较长，尤其是一省之诗总集，前期搜辑工作需要长时间的过程，而其后的选诗工作又难上加难，一来每个诗选者有自己的审美理想、诗学标准和品鉴经验，就算诗选家已预设好诗总集的收录标准，在相同的标准下，每个人的选诗眼光都不同，难以统一，这就需要选诗者的合作，经数人之眼，合数人之力，才能避免选诗的偏颇和片面；二来编纂者往往要舍弃一己的审美旨趣，考虑总集的读者，一书成，而千代之下的读者品味各异，只有多人辑选，才能满足读者的审美需求。所以清初诗歌总集编纂者普遍认为选诗难于作诗。《三管英灵集》也是如此，杨季鸾的协助选诗至为重要，而梁章钜对杨季鸾也极为信赖。

杨季鸾之所以能够胜任重要的选诗工作，有赖于其敏锐的艺术眼光和诗学修养，在选三管诗之先，杨季鸾已是清代道光年间湖南著名的诗人之一，其诗歌成就和才学识等诗人的素养决定了他参与《三管英灵集》选诗，而能对诗歌进行很好的欣赏和鉴别。杨季鸾的诗歌艺术受到同时代和后世诗人的赞赏，符葆森《国朝正雅集》引吴嵩梁序其诗称："紫卿生长于潇湘、九嶷，得其灵秀之气，佩芷袭荪，生而已然，而又壮游吴、越、齐、鲁，徘徊云树，啸傲烟霞，故所作与太白为近。"② 林昌彝亦将其与张际亮并推为"本朝善学太白诗者"③。徐世昌《晚晴簃诗汇》选杨紫卿诗歌十四首，也谓"其诗古体磊砢自意，于太白、退之为近，近体多清新婉约之作"④。岳麓书院山长欧阳厚均《书杨紫卿〈春星阁诗钞〉后》亦云："杨生家永陵，千里远来就。赞以诗一编，逡巡出怀袖。如闻零陵香，采之时一嗅。"⑤

---

① 谢正光、佘汝丰编著《清初人选清初诗汇考》，南京大学出版社，1998，第13页。
② 钱仲联主编《清诗纪事》，第十六册咸丰朝卷，江苏古籍出版社，1989，第11403页。
③ （清）林昌彝著，王镇远、林虞生标点《海天琴思录》，卷四，上海古籍出版社，1988，第87页。
④ （清）徐世昌编，闻石点校《晚晴簃诗汇》，卷一百四十，中华书局，1990，第6103页。
⑤ （清）欧阳厚均撰，方红姣校点《欧阳厚均集》，卷上，岳麓书社，2013，第81页。

从以上的评价可见杨紫卿的诗歌受到家乡灵秀之气的熏染，又于四海漫游中增广潇洒之气，古体乐府豪放飘逸、清雄奔放，近体律绝则清新自然，是当时学李白有所得的诗人。与其同时并相友善的陶澍也在《杨紫笙诗序》中赞美他诗歌的精微，年少禀赋，转益多师，而能以意运才，以情辅意。

> 九疑杨季鸾紫笙，自幼负诗名于潇湘岳麓间。弱冠以后，往来燕、齐、吴、越，所至，交其贤士大夫，闻见益扩，其学益富。今观其诗遂亦精且峭。大抵以意运才，以情辅意。如列子之御风，泠然以善。如仙人之啸树，飘飘然吐云霞而嘘冰雪。虽老于吟席者，未能或之先焉。而紫笙年尚未三十也。非天才异禀，而又集益于多师，别裁乎伪体，安能有是！然紫笙方庱"华浮于实"之惧，而不敢以此自多，且有不屑以此自见者。观其《燕台杂兴》云："长安车马地，花落不开门。"又曰："行藏恐难定，回首意茫然。"其志趣若是，吾安能量其所至哉！①

由陶澍之评，见杨季鸾诗歌自成风格的三个原因：其一，天才禀赋，具潇湘之灵气于胸；其二，后天之学，漫游四海，所交皆名诗人，博览群书，转益多师，渐进精微；其三，深具识见，善于甄别鉴赏，别裁伪体，论断千古，有自己追求的艺术旨趣，去华求实。而"才、学、识"三者恰恰是一个诗选家所必需的质素。正如先著在《〈国朝诗的〉序》中所云："其要归诸去取者之心目而已。目明则不眩于妍媸，心公则不移于憎爱。然非有论世之具，谈艺之能，独造之力，兼到之识，则亦不能审其第而定其衡也。"② 杨季鸾既有诗人的才华和作诗的经验，有诗评家鉴赏诗歌的艺术眼光，有学古人诗又超越古人的志向，裁定风雅的学识和著书立说者的独立精神，因此，能够很好胜任《三管英灵集》的选诗工作，甄选出优秀的诗歌，深得梁章钜的信任。如《三管诗话》卷中云：

---

① （清）陶澍：《陶澍全集》，印心石屋文钞卷九，岳麓书社，2010，第114页。
② 谢正光、佘汝丰编著《清初人选清初诗汇考》，南京大学出版社，1998，第296页。

《谷音集》中《课耕》、《纳稼》诸篇，颇有储太祝格意。五律学杜，其《秋兴》八首虽为时所称，则具体而已。杨紫卿独赏其"水抱荒城去，山浮野翠来"、"风定潭愈碧，雨馀山更鲜"等句，云"不失为佳句"。①

梁章钜认为刘新翰《谷音集》中的《课耕》、《纳稼》诸诗像储光羲的山水田园诗，风格立意朴素自然，格调高远，而《秋兴》八首虽然学杜甫，但只是具备了杜诗的基本风格或样式而已，未得其精髓。杨季鸾举出刘新翰五律之佳句，比之《秋兴》更为欣赏，称可以将之收录入《三管英灵集》。

其次，杨季鸾总司《三管英灵集》校勘、抄录工作，考订所选诗歌的文字韵律等。《三管诗话》卷上云：

《峤西诗钞》录吴清惠五古一首，诗云："我怀南山阴，枫林草庐孤。庐外昼所见，穹然双亲墓。中夜何所闻，数声反哺乌。一恸劬劳想，泪雨湿蘼芜。世孰知苦心？仰天真茹荼。无以慰岑寂，短吟寄区区。"此诗用七虞韵，而忽押"墓"字，本觉骇人。《梧州府志》亦载此诗，注云："墓，读平声，偶用古韵，非漫尔也。"按《集韵》："墓，蒙晡切，音模。"《汉书·班固叙传》"陵不从墓"，注云："墓音模。"是"墓"固有平声。然本诗止六韵，何必挽一古声？惟此诗尚有古意，因属杨紫卿改易一韵录之，实行点铁成金之妙。清惠有知，当亦首肯矣。②

梁章钜将《三管英灵集》"初属楚南杨紫卿明经总司校勘"，杨季鸾甄选广西诗人遗作的同时，在辨别优劣的基础上考订文字，改易错漏或不适宜的字或韵。梁章钜认为吴廷举一首五古，押平声七虞韵，而忽押"墓"字，"墓"字为仄声，虽考"墓"字古声可读为平声，但用于此，似乎不

① （清）梁章钜著，蒋凡校注《〈三管诗话〉校注》，卷中，广西人民出版社，1996，第104页。
② （清）梁章钜著，蒋凡校注《〈三管诗话〉校注》，卷上，广西人民出版社，1996，第69页。

妥，于是嘱咐杨季鸾更改一韵录入《三管英灵集》。杨季鸾改后的确可谓"点铁成金"，吴廷举的《有怀》其一在《三管英灵集》卷四被改成"我怀南山阴，中有先人庐。庐外昼所见，白云飞四隅。庐中夜所闻，数声反哺乌。一恸劬劳思，泪雨湿蘼芜。世孰知苦心？仰天独长吁。无以慰岑寂，短吟寄区区。"诗歌被杨季鸾改易韵脚后，声律更为流动，"白云飞四隅"更为蕴藉含蓄，情深无限，此句也极飘逸，将吴廷举有怀双亲的坐实指向性情感变得内涵丰富，可谓佳句。

梁章钜在先于总集出版的《三管诗话·自序》中介绍，因为杨季鸾离开桂林，所以《三管英灵集》稿子的校勘工作最终没有完成，梁章钜就将校勘工作交给了闵光弼。在此之前，与杨季鸾一起参与《三管英灵集》编校工作的，还有广西诗人朱琦。

2. 朱琦参与编选校勘

朱琦（1803—1861），字伯韩，一字濂甫，广西临桂人。道光十一年（1831）举乡试第一，十五年（1835）中进士，选为翰林院庶吉士，后授翰林院编修，迁监察御史。朱琦翰林院庶吉士期间，可能告假归乡，参与《三管英灵集》编选校勘。

考广东张维屏《桂游日记》卷二，记载道光十七年（1837）四月十九日，"张文敏书《心经》，小楷，腕力精进，朱濂甫见示属跋，余留玩旬日，跋数语归之。"[1] 朱琦集中有《张南山司马出示桂游日纪并听松庐诗》："地僻经过少，堂虚昼亦阴。高松多道气，明月有仙心。十载潜溪志，重来桂树吟。莲华峰色好，老笔压苔岑。"[2] 二人所云之《桂游日记》，共三卷，刚刚辞官归隐的张维屏记道光十七年（1837）二月二十八日迄同年五月初九日游桂林之见闻。可知，道光十七年（1837）春夏，张维屏游桂林时朱琦也在桂林，可能翰林院庶吉士时因假归乡省亲，朱琦与张维屏交往甚密，临行前张维屏将刻印于道光五年的《听松庐诗》与两个月来桂所写《桂游日记》给朱琦览阅。朱琦则请张维屏给父亲朱凤森的诗稿题赋，并作一诗《南山先生来桂林琦奉先大夫遗稿并〈守濬日记〉求题赋呈一律》："骚坛我

① （清）张维屏：《桂游日记》，《国家图书馆分馆编 "中华历史人物别传集" 四十一册》，线装书局，2003，第 299 页。

② 张维、朱琦：《〈怡志堂诗文集〉校注》，广西大学硕士论文，1999，第 55 页。

愿识荆州，手袖遗编泪欲流。当日苦吟馀几卷，要君大笔定千秋。黎阳鼙鼓传诗史，湖海文章入选楼先生辑《诗人征略》兼知人论世之意。难得赏音遇张仲，重泉衔感话松楸。"① 诗存于张维屏《花甲闲谈》，可见张维屏来桂林的道光十七年（1837）三四月，朱琦正在桂林；"先大夫遗稿"、"手袖遗编"，均表明当时请张维屏品题的是其父朱凤森诗集手稿。

　　因此，道光十七年（1837）春夏，朱琦可能在庶吉士期间告假归于桂林。另朱琦《怡志堂诗初编》（咸丰七年刻本）编年"乙未"诸诗中，"己亥至辛丑"诸诗前，有《杨紫卿集来鹤山房夜话次韵答之》一首，知道光乙未十五年（1835）至道光己亥十七年（1837）年之间，朱琦与杨紫卿就已结识，道光十七年（1837）春夏，已经在桂林与杨季鸾一同参与编选《三管英灵集》，朱琦以诗人之才学识颇堪为选诗家重任，当也为梁章钜所倚重。此后朱琦还有《古意一首和杨紫卿》、《寄杨紫卿零陵集杜五首》、《望衡岳一首寄紫卿》、《舟泊七里湖读紫卿集即书卷后》、《越日再题紫卿集》等诗，可想桂林分别后，两位诗人仍诗歌唱酬，情谊深厚。

　　朱琦有诗《梁茝邻中丞重建五咏堂为诗纪事兼以话别次韵奉答》云："南天一柱自峥嵘，到眼千峰类削成。光禄书岩增咏事，桃花潭水识歌声。五君横卷新嵌壁，三管遗编喜挂名。仿佛虞衡逢范老，不须括地补寰瀛。"并自注："《三管英灵集》，余预编校。"② 和诗者之一朱琦表达了编选粤西诗人诗歌总集《三管英灵集》的喜悦之情，赞美梁章钜重建五咏堂重刻《五君咏》，以及主持编纂《三管英灵集》的功绩，就像范成大编《桂海虞衡志》一样，有益于地方文化建设事业。由诗歌题目可知，朱琦不久将离开桂林，道光十五年中乙未科进士后被选翰林院庶吉士，按清代官制，三年之后散馆，考核优异转翰林院编修，此番回京可能在定职编修之前。

　　梁章钜重建五咏堂在道光十八年（1838）秋冬始③，修成于道光十九年（1839）春，因《楹联丛话》载："余于道光戊戌冬，始与僚采商复五咏堂，

① （清）张维屏：《花甲闲谈》，卷十五，清道光富文斋刻本，广州富文斋道光十七年（1837）刻清张维屏《桂游日记》三卷；道光十九年（1839）刻清张维屏《花甲闲谈》十六卷。

② 张维、朱琦：《〈怡志堂诗文集〉校注》，广西大学硕士论文，1999，第 55 页。

③ 《退庵自订年谱》云："丁酉，六十三岁，……又于独秀峰下，重建五咏堂，为诗纪之，远近和者百余家。"（梁章钜著，于亦时校点：《归田琐记》，中华书局，1981，第 190 页。）时间与《楹联丛话》、《桂林石刻》所载不同，道光丁酉即道光十七年，恐为梁章钜错录。

而以家藏黄山谷先生所书五君咏墨迹勒石堂壁，不两月而规模大具顿成壮观，因撰一联云：得地领群峰，目极舜洞尧山而外；登堂怀往哲，人在鸿轩凤举之中。"① 又考《桂林石刻》载："独秀峰旧有始安太守颜延之读书岩，宋孙觉筑五咏堂，镌五君咏于石，今皆无考，余以旧藏黄山谷书五君咏真迹属郡人陈（荣）双钩马秉良市石勒诸山中，用存旧迹云尔。道光十八年九秋福州梁章钜书。……宁远杨季鸾、临桂陈应元……同观。"② 皆可知梁章钜重建五咏堂重刻《五君咏》在道光十八年（1838）秋冬之际，所以朱琦离开桂林的时间就在道光十八年（1838）秋冬之际。而朱琦《怡志堂诗初编》编年"己亥至辛丑"（1839年—1841年）诸诗前，有《次紫卿留别韵即送其归永州》一首："一别经秋霜又寒，天涯惆怅寄书难。羯来楚岫闲云出，更结谿堂永日欢。雕鹗终怀千里志，鹪鹩未获一枝安。淹留欲下怜才泪，浊酒黄虀且共餐。"③ 则证朱琦道光十八年（1838）秋冬之际离桂林，杨紫卿也于道光十八年（1838）秋归湖南永州。

朱琦乃广西著名诗人，颇堪当选诗家重任。除与杨季鸾编选《三管英灵集》外，朱琦还当贡献家藏粤西诗人之诗，梁章钜还从朱琦那里求得陈宏谋的佚诗，"而余更从朱濂甫太史处录得《应制颂》四首，承平雅颂之音，足为《三管集》增重矣。"④ 朱琦还出示其父朱凤森的诗稿。《三管英灵集》卷三十九收朱凤森诗五十六首，梁章钜在《三管诗话》记朱凤森小传，强调其在河南做官时，逢白莲教，守城，平定其乱，"盖不可以诗人目之也。"梁章钜接着引了那彦成给朱凤森写的诗序《韫山诗稿序》"其书卷与志气，是其素裕。又更军旅阅历，益殊伟。故其诗英特发越，不仅诗人，亦不仅循吏"；引陈用光对朱凤森诗歌的评价："韫山同年负经济才，尤工于声律，有幽燕伉爽之气"，最后梁章钜总结"皆能状其英姿飒爽、顾盼自雄之概。"⑤ 朱琦咸丰七年六月所作《先大夫诗集跋后》

① （清）梁章钜著，白化文等点校《楹联丛话》，卷七，中华书局，1987，第89页。
② 桂林市文物管理委员会编《桂林石刻》，下册，桂林市文物管理委员会，1977，第296页。
③ 张维、朱琦：《〈怡志堂诗文集〉校注》，广西大学硕士论文，1999，第57页。
④ （清）梁章钜著，蒋凡校注《〈三管诗话〉校注》，卷中，广西人民出版社，1996，第100页。
⑤ （清）梁章钜著，蒋凡校注《〈三管诗话〉校注》，卷中，广西人民出版社，1996，第140页。

载："先大夫诗凡九卷，旧刻于京师"，"当诗官台谏时作，去先大夫之殁差远，今又十余年矣。"① 见朱琦回京入职翰林院编修后传御史，在京城才将父亲的诗集整理刊刻，并刊刻诗集于咸丰七年（1857）之前十年，即道光二十七年（1847）。朱琦为御史时，与苏廷魁、陈庆镛号"谏垣三直"，敢于言事，考陈庆镛道光二十六年（1846）作《题朱韫山先生遗诗为其哲嗣朱侍御琦》，云："先生杀贼仍赋诗，盾鼻磨墨为檄词。笔下龙蛇具奇势，今于遗泽亲见之。……来鹤山房手泽存，珍藏直与球琳偶。……翰墨本以人重轻，何不勒贞石嵌置祠前楹？……"② 从诗中"遗泽"、"手泽"，可知当年同官御史，朱琦请陈庆镛题诗，所持扔是朱琦一直珍藏如宝的父亲手稿《韫山诗稿》，而不是刻本。因此，朱琦编选《三管英灵集》诗，依据的是朱凤森之手稿《韫山诗稿》。

总之，朱琦参与选校《三管英灵集》的时间至晚起于道光十七年（1837）春夏，结束于道光十八年（1838）秋冬，朱琦因翰林院庶吉士告假归来，所以一年多中可能往返京师桂林之间。道光十八年（1838）秋，《三管英灵集》编校工作就从朱琦和杨季鸾手中移至闵光弼之手。

3. 闵光弼与彭昱尧参与编辑校勘

据《桂林石刻》载，道光十八年（1838）秋，广西巡抚梁章钜重建五咏堂，并以家藏黄庭坚所书《五君咏》墨迹刻石上。另有刻梁章钜像的摩崖，在桂林独秀峰玉皇阁附近，上书"尹佩棻、兴仁、恒梧、许悼书、杨时行、何鲲、吴楷、吴家懋同敬观，唐遇、隆银源、闵光弼、朱辂、陈瑃、彭昱尧、陈应元、王锡振同敬观，道光十九年十一月，梁茝林师修复五咏堂粤西诸弟子抚刻师像于堂中以志师承。"③ 梁章钜像刻于重建五咏堂之后一年，即道光十九年（1839）十一月，从落款可见梁章钜任广西学政期间，赏识并提携粤西士子闵光弼、彭昱尧等。

闵光弼，生卒年不详，字鹤雏，广西临桂人，举孝廉。彭昱尧（1809—1851），字子穆，一字兰畹，平南人，与吕璜、龙启瑞、朱琦、王拯号称"岭西五家"，与龙启瑞、朱琦等人合称"杉湖十子"。有《怡云楼诗集》、

---

① 张维、朱琦：《〈怡志堂诗文集〉校注》，广西大学硕士论文，1999，第230页。

② （清）陈庆镛：《籀经堂类稿》，卷八，清光绪九年刻本。

③ 桂林市文物管理委员会编《桂林石刻》，下册，桂林市文物管理委员会，1977，第276页。

《致翼堂文集》。临桂闵光弼、平南彭昱尧，都参与了《三管英灵集》的编纂，而二人参与之起始时间或不同。

梁章钜《三管诗话·序》云："初属楚南杨紫卿明经总司校勘，不终事以去。继之者为临桂闵鹤雏孝廉，又以计偕而止。"[1] 梁章钜将杨季鸾总理之《三管英灵集》编校工作交给了闵光弼，起始时间应约在道光十八年（1838）秋朱琦、杨季鸾离桂后，在此之前闵光弼是否已为编组一员，暂不可考。据《三管诗话》卷中吕炽一则载："此诗系先生手稿，藏闵孝廉光弼家。"[2] 则闵光弼除了校勘工作，在《三管英灵集》的文献搜辑上也有贡献，出示家藏临桂吕炽的诗集手稿，为《三管英灵集》的选诗奠定了基础。

而彭昱尧从事《三管英灵集》的编校则可能更早。据王拯《彭子穆墓表》云："道光甲午乙未间，学使者楚雄池公生春按于浔州，一见大赏，目为国士，携之桂林。"[3] 可见，道光十五年（1835），彭昱尧师从广西学使池生春到桂林学习，可惜"嗣不一年而楚雄殁"，即道光十六年（1836）池生春卒，而此时永福吕璜已罢官归桂林主讲秀峰书院，彭昱尧又拜在吕璜门下学习归有光、方苞的古文之法。梁章钜就在这一年开始编纂《三管英灵集》，且与吕璜交往甚密，因此，彭昱尧可能比闵光弼更早参与编纂《三管英灵集》。

彭昱尧在《三管英灵集》的文献搜辑和整理中也有所贡献。《三管英灵集》卷二十二黎建三小传后附注，《退庵诗话》云：

家宫詹九三叔父尝序谦亭诗曰："谦亭以孝廉作循吏，往来数十年，不辍于诗，今读其诗而知其性情之和平忠孝，且以知其政之恺悌慈祥；读其诗而知其学问之明通淹贯，且以知其政之敏练廉能。至于古体滂渟豪迈，五言短章骎骎乎登古乐府之堂，而律之俊

---

[1] （清）梁章钜著，蒋凡校注《〈三管诗话〉校注》，卷中，广西人民出版社，1996，第1页。

[2] （清）梁章钜著，蒋凡校注《〈三管诗话〉校注》，卷中，广西人民出版社，1996，第108页。

[3] （清）王拯：《龙壁山房文集》，卷四，台北：文海出版社，1970，第197~198页。

逸浑厚、流丽清新，固人人所共爱。而余独爱其以见道之言发泄于草木虫鱼以抒其抱负，所谓真学问真性情者也。"此宫詹视学粤西时，谦亭之子槐门所请序也。《峤西诗钞》所登未尽其菁华，杨紫卿所选亦约，适平南彭先生兰畹携谦亭全集来，故悉录其尤雅者，足以传谦亭矣。①

可见，在杨紫卿选录黎建三诗，并未能完成《三管英灵集》的编选校勘工作之后，彭昱尧加入《三管英灵集》的编选校勘工作，并将自己私藏的黎建三诗歌集交给梁章钜，又选黎建三雅正的诗歌入集，最后增至八十首。

王拯墓表又言："道光丁酉乡试副榜，庚子举人。五会试不第，衣食奔走薄游燕齐梁粤之间，"② 彭昱尧于道光十七年（1837）中乡试副榜，道光二十年（1840）正式录为举人，道光二十年（1840）冬与王拯、闵光弼等人上京会试，"至京介王少鹤锡振得交梅先生伯言"（《彭子穆遗稿序》）③，王拯将其介绍给梅曾亮。是年落第，便留京城师从梅曾亮学习古文，与朱琦、王拯、唐启华、龙启瑞等相交。因此，没能完成《三管英灵集》的编校工作。

又据梁恭辰《北东园笔录初编》卷二载："其子翰臣（龙启瑞），甲午孝廉，端方谨饬，生平尤好义轻财，周给亲友无吝色。其同里闵鹤雏孝廉尝称之，谓余曰：'近年所交，得此一人焉。'庚子礼闱揭晓，余与鹤雏、翰臣同报罢。次日翰臣因鹤雏访余，一见即决其非凡品。盖温柔敦厚，君子人也。数日后，余出都而翰臣留京。及辛丑入都，访翰臣于内城，自后踪迹渐密，心欲效其为人，而自觉不逮。是年，翰臣考取中书，随成进上。其诗文楷法本优，人咸以翰苑相期，无何，竟得大魁。是夏，余返桂林。适家大人调抚江苏……"④ 可见，梁章钜巡抚桂林期间，其子梁恭辰与门客闵光弼相友善，并一同上京赴道光庚子年，即道光二十年（1840）的进士

① （清）梁章钜：《三管英灵集》，卷二十二，清道光桂林汤日新堂刻本，藏国家图书馆。
② （清）王拯：《龙壁山房文集》，卷四，台北：文海出版社，1970，第198页。
③ （清）龙启瑞著，吕斌校笺：《龙启瑞诗文集校笺》，岳麓书社，2008，第368页。
④ （清）梁恭辰：《北东园笔录》，卷二，进步书局民国影印本，藏国家图书馆。

考试，梁恭辰与龙启瑞的相交还由闵光弼牵线①，可惜当年三人均未高中。第二年，梁恭辰又北上赴试，闵光弼、王拯等也于道光二十年（1840）冬，一同前往京城，道光二十一年（1841）龙启瑞高中榜首，而闵梁二人皆落第，梁恭辰遂返桂林，和闵光弼返桂林的时间当不同步。所以梁章钜说校勘《三管英灵集》的闵光弼"又以计偕而止。而余亦遂量移吴下，匆匆治装。"② 道光二十年（1840）冬，闵光弼、彭昱尧皆因赴会试终止《三管英灵集》的编校工作。

4. 黄暄承担编校结集出版工作

黄暄负责《三管英灵集》最后的校勘和出版工作。黄暄（1784—?），字春亭，临桂人，咸丰十九年（1814）进士③，翰林院庶吉士，官山西静乐知县（见黄泌等撰《临桂县志》上册《选举表》），后归乡任桂林秀峰书院山长，有《与益山房诗文集》。临桂龙启瑞曾从其学，龙启瑞有《黄春庭前辈暄招赏蔷薇赋此却寄》，另龙启瑞《经德堂文集》有《与益山房诗文集序》追慕黄暄师之风度，"读先生之文，犹忆躬陪杖履时，窗前蔷薇盛开，和光冲融，盎然心醉。日月更代，哲人徂逝，思之不禁邈然而增感也。"④

梁章钜云："余抚桂林，延吕月沧郡丞主秀峰书院讲席，士论翕服。余常就咨地方利弊，兼以政暇谈艺，皆获益良多。惜其骤归道山。继主讲者为黄春亭邑侯暄。"⑤ 可见吕璜辞世的道光十八年（1838），黄暄接任秀峰书院山长之职。《三管英灵集》卷二十九存其父黄苏诗歌七首，诗下小传云：

① 闵光弼与同县龙启瑞相交，闵光弼上京赶考曾受到龙启瑞的资助，道光二十年（1840），闵光弼未考中而离京，龙启瑞则留在京城，日后写有《对月有怀周受田归省蜀中李卓峰归省闽南周稻村闵鹤雏李鼎西旋里》思念归乡的朋友，"分飞鸿雁各天涯，极目关山隔暮霞。千里相思惟对月，几人作客未还家。春来远道迷芳草，别后丰台感落花。料得旧游堪念处，一时回首望京华。"参见（清）龙启瑞著，吕斌校笺《龙启瑞诗文集校笺》，岳麓书社，2008，第 199 页。龙启瑞另有作于京城思念闵光弼的《寓居保安寺赠闵鹤雏一首》："清宵散步出回廊，微雨初晴一苑凉。闲看树摇知鸟宿，静闻风过辨花香。春寒似水流难尽，客意如丝理更长。惆怅小窗同剪烛，说诗尤记夜联床。"回忆二人在家乡临桂唱酬诗歌的美好岁月。参见（清）龙启瑞著，吕斌校笺《龙启瑞诗文集校笺》，岳麓书社，2008，第 183 页。《三管英灵集》卷三十二选龙济涛诗六首，龙济涛是龙启瑞的祖父，乾隆甲寅（1794）恩科举人，以大挑二等借补广西浔州府武宣县儒学训导，后升柳州府儒学教授。
② （清）梁章钜著，蒋凡校注《〈三管诗话〉校注》，广西人民出版社，1996，第 1 页。
③ 徐毅：《绥服远人清帝国治理广西的教化策略》，社会科学文献出版社，2013，第 240 页。
④ （清）龙启瑞著，吕斌校笺《龙启瑞诗文集校笺》，岳麓书社，2008，第 365 页。
⑤ （清）梁章钜：《楹联丛话》，卷十，商务印书馆，1935，第 137 页。

"原名道溥，字蓼园，临桂人，乾隆五十四年举人。"① 其中《寄三儿暄》即写给黄暄之作，黄苏诗集当是黄暄所贡献，可能亲选其诗。因黄暄之才学及对广西教育的热忱，梁章钜离开桂林前将闵光彞未能校订的手稿交给秀峰书院山长黄暄，托付他完成最后的编校结集出版工作。梁章钜在《三管诗话》序言中说，由于仓促离开，《三管英灵集》"其编次之义例，卷数之分合，字句之歧伪，皆未遑手定也。濒行，乃以全稿归秀峰山长黄春亭明府。春亭沈潜好学，必能是正而督成之。"②

《三管英灵集》的"凡例"是由黄暄最终总结的，他将梁章钜、杨季鸾、闵光彞等人编选此集时所依照的预设选诗标准和体例有条理地编订；字句的最终校勘工作也是由黄暄完成的。而黄暄所编订的卷数却与梁章钜原本预定的卷数有所出入。梁章钜以为"约可编成四十余卷"，而由黄暄重新分卷。

考梁章钜《归田琐记》之《已刻未刻书目》曰："《三管诗话》四卷，自序已刻"，"《三管诗钞》五十八卷，辑录广西通省古近人遗诗，已刻。"③

又考林则徐《诰授资政大夫兵部侍郎都察院右副都御史江苏巡抚梁公墓志铭》著录梁章钜有"《三管诗话》四卷"，有"《三管英灵集》五十八卷。"④

又知梁章钜临行桂林前，将附于《三管英灵集》各诗家之后的"退庵诗话"摘录出来，因为"好事者皆以先睹为快，乃复略加删润，别为三卷，先付梓人。"⑤ 并定名为《三管诗话》。可见交给出版商刊刻之前，梁章钜曾亲自删冗去繁，略加润色，将《三管诗话》四卷变为三卷。而《三管诗话》中共有9条提及收录诗人诗歌入"《三管集》"。

由以上几条材料，可知梁章钜本欲将所编纂的广西诗总集命名为《三管集》或《三管诗钞》。梁章钜离开桂林后，仍继续关注总集的编校、刊刻

---

① （清）梁章钜：《三管英灵集》，卷二十九，清道光桂林汤日新堂刻本，藏国家图书馆。
② （清）梁章钜著，蒋凡校注《〈三管诗话〉校注》，广西人民出版社，1996，第1页。
③ （清）梁章钜：《归田琐记》，中华书局，1981，第121页。
④ （清）林则徐：《林则徐全集》，第五册，海峡文艺出版社，2002，第482页。
⑤ （清）梁章钜著，蒋凡校注《〈三管诗话〉校注》，广西人民出版社，1996，第1页。

等工作进展，黄暄最终将书名定为《三管英灵集》刊刻，刊刻时间当在梁章钜离桂后不久，《归田琐记》称"已刻"，因此至晚不超过《归田琐记》编纂的道光二十五年（1845）。

黄暄在"凡例"中交代模仿唐殷璠《河岳英灵集》故有此名，其意并不与梁章钜的意图冲突。黄暄也将卷数做了调整，重新录定，《三管英灵集》共五十八卷。而今梁章钜手稿和黄暄之写定本皆不存，仅存清道光刻本《三管英灵集》共五十七卷，桂林省城十字大街汤日新堂刻印，可能是出版商刻印前黄暄又做了修改，至于如何修改已不可知。对此，谢明仁教授认为：

> 梁章钜原来是把"喻猛颂和陈临歌"、"董京"、"士燮"、"陈仲伦"等汉诗收入集中的，黄春亭不仅改动了集名，也因"义例"、"卷数"梁章钜未亲自"手定"，黄氏删掉汉诗一卷后，卷数才形成了现今《三管英灵集》"二曹"放在第一卷这样的面貌。①

而梁章钜将"喻猛颂和陈临歌"、"董京"、"士燮"、"陈仲伦"几则诗事录入先期出版的《三管诗话》之最前，实在是因为"喻猛颂和陈临歌"、赞陈仲伦除虎的全州民歌皆为"粤西诗事莫古于此"，又云："惜但曰'郡人'，而不著氏耳"②，也是因为诸"汉诗"与《三管英灵集》收录诗人诗歌的标准之一"不录无名诗人之诗"相违背，所以不选。梁章钜《三管诗话》引宋人笔记《曲洧旧闻》载秦观贬横州，有粤西无名氏诗人，为秦观事感伤，作题壁诗一首。并称"此为粤西宋人诗，以失姓名，故不入《三管集》。"③ 这些广西无名诗人之诗，无论何年代，都不见录入，而只收入《三管诗话》，以存其珍，只因梁章钜以收录粤西籍诗人诗歌为最基本的收录标准，而民歌之作者和唱者不定一致，且无名氏难以确考为广西籍，为严谨起见，皆不录。而董京避乱横州非粤西籍诗人，士燮只有著作，无诗

---

① 谢明仁：《清代广西籍诗人的总集：〈三管英灵集〉价值略论》，《广西文史》2005年第3期，第92页。

② （清）梁章钜著，蒋凡校注《〈三管诗话〉校注》，广西人民出版社，1996，第7页。

③ （清）梁章钜著，蒋凡校注《〈三管诗话〉校注》，卷上，广西人民出版社，1996，第59页。

流传，当然均不可能选入《三管英灵集》，因此黄暄删诗之说似难立论，黄暄如何改订卷数，后世之人恐难猜测。

综上所述，《三管英灵集》的编纂时间，从道光十六年（1836）六、七月梁章钜到任广西巡抚兼学政后不久，至道光二十一年（1841）夏四月梁章钜将《三管英灵集》手稿交付黄暄，再到黄暄最后编定结集，至少五年有余。由广西巡抚兼学政梁章钜主持编纂并亲自选诗，可考的编组成员有：湖南诗人杨季鸾主选诗与总司校勘，临桂诗人朱琦参与编选校勘；道光十八年（1838）秋，编校工作由杨季鸾、朱琦之手移交临桂闵光弼、平南彭昱尧，道光二十年（1840）年冬，闵光弼、彭昱尧上京赶考，没能继续编校工作；最后由黄暄校订结集。

三 《三管英灵集》的刊刻流传

《三管英灵集》现存刻本和抄本。

1. 《三管英灵集》清道光桂林十字大街汤日新堂刻本

道光二十一年（1841）夏四月，梁章钜将《三管英灵集》手稿交付黄暄《三管英灵集》刊刻，刊刻时间当在梁章钜离桂后不久，梁章钜《归田锁记》之《已刻未刻书目》曰："《三管诗话》四卷，自序已刻"，"《三管诗钞》五十八卷，辑录广西通省古近人遗诗，已刻。"① 因此，出版时间当在梁章钜编纂《归田琐记》的道光二十五年（1845）之前。黄暄将《三管英灵集》五十七卷交付桂林省城十字大街汤日新堂刻印，此道光刻本刻工精细，十分清晰，线装，一函二十册，黄纸本。首页上，"凡例"二字下，有郑振铎的藏书章，朱方印"长乐郑振铎西谛藏书"；再下有况周颐章，朱长印"桂林况周颐藏书"。"目录"首页有"桂林省城十字大街汤日新堂刻刷"十四字。据民国年间吕集义的《广西诗征丙编·序》："张、梁二家之书善矣、备矣，然不能无缺，且求之坊间与夫藏书之家，已不易得。"证明民国时梁章钜《三管英灵集》刻本已少传世。

今此总集清道光汤日新堂刻本仅存三本：一本存湖南图书馆，全本，毛泽东主席在 1958 年在南宁召开"南宁会议"期间，曾借阅过；一本存桂

① （清）梁章钜：《归田琐记》，中华书局，1981，第 121 页。

林图书馆，残本（所缺卷数据湖南本抄配补全）；一本存国家图书馆，全本，为晚清诗人况澄、侄子况周颐收藏，后抗日战争期间郑振铎路经桂林，在书摊上购得，郑振铎飞机失联后，西谛藏书捐赠文化部，后归国家图书馆。此三种本子均属同一版本：道光刻本。2015 年广西师范大学出版社作为"广西历代文献集成．桂学文库"丛书之一出版，以灰度图的形式影印国家图书馆藏清道光间桂林汤日新堂刻本，将原刻本二十册厘为四册。

2. 抄本

广西区图书馆和桂林图书馆均有存《三管英灵集》抄本，但抄本错讹较多，广西各大学师生曾以此本校注清代广西诗人的别集，既非善本，自然造成诸多错误，降低了校注本的准确度，也加重了校注工作的难度。

第二章 《三管英灵集》的编纂体例与文献采摭

作为梁章钜广西任职期间用力主持编纂的地域总集，《三管英灵集》57 卷，收录上始中唐，下迄梁章钜所在的清道光年间共 569 位广西诗人，诗歌 3546 首，上至宰相大夫、封疆大吏、下至土州长官、诸生布衣，旁及闺秀、释道、流寓，卷帙浩繁，堪称广西古代诗歌总集的巨制。其编纂体例亦张然有法，在《三管英灵集》"凡例"中标明，按照传统的诗歌总集编纂体例，组织搜罗采掇的诗人和诗歌。而诗人和诗歌究竟从哪些文献中搜集而来？《三管英灵集》"凡例"第二条云："粤西诗人自二曹乃显，唐以前无征，故采自唐始。元代作者亦复阙如。宋、明两代有集名见于书目而诗已散佚者，所存盖亦不多，是编由各州县采送本集。选集外，凡唐后之说部、丛书、石刻及郡邑志，详加搜辑其成篇什者录之，其残篇断句，另编诗话附各诗之后，资考证焉。"① 《三管英灵集》选诗前提是对各种广西诗人诗歌文献的采集和甄选，征采的难度较大，应包括梁章钜所言总集、别集、府州县志，以及大量史部、子部文献和诸如手稿、画卷、石刻等。因为在《三管英灵集》的编撰体例中，条目单元并未有诗人诗作文献来源的标注，所以我们不能直接看到每位诗人诗作的编选来源，这意味着考证其文献来源工作的必要。对《三管英灵集》编撰体例和文献采摭进行深入的探讨，可以帮助我们更为深入地认识此书的编纂内容和文献价值，更好的评价梁章钜搜集整理广西诗人诗歌文献的编纂价值。

---

① （清）梁章钜：《三管英灵集》，凡例，清道光桂林汤日新堂刻本，藏国家图书馆。

第一节 《三管英灵集》的编纂体例

梁章钜《三管英灵集》的编纂内容，包括以下几部分：第一，凡例和目录；第二，卷次及本卷诗人诗歌的年代标注；第三，诗人姓名及诗人小传；第四，所选诗人诗作；第五，附缀于诗歌之后的"退庵诗话"；第六，小字按语及注释。这些内容的形式编排，皆有一定的规范，梁章钜将《三管英灵集》的编纂体例交待在《三管英灵集》之首"凡例"中。"凡例"第一条将《三管英灵集》与之前的张鹏展《峤西诗钞》加以比较，称后出者"体例亦加严"，更加严谨的编排体例就表现在：按生平时代之先后编排卷次及诗人次序；按科举中式先后编排诗人次序；诗人之下按诗歌体裁著录选诗；诗人之下必标明小传或有传后附注；诗人诗歌后附缀退庵诗话。

一 按生平时代之先后编排卷次

我国古代诗文总集编排方式大致有四类：以时代排序，以诗人排序，以作品题材分类排序，以作品体裁分类排序。其中，以诗人所在生平时代排序系其选诗，是最基本、最普遍的方式。《三管英灵集》为存广西古代诗人及其诗歌，在体例上也是有所考虑，《三管英灵集》"凡例"第一条云：

> 粤西诗人自二曹乃显，唐以前无征，故采自唐始。元代作者亦复阙如。宋、明两代有集名见于书目而诗已散佚者，所存盖亦不多。①

第一，《三管英灵集》主要按诗人生平时代编排诗人次序。《三管英灵集》共 57 卷，著录中唐至德年间至清朝道光年间 569 人，梁章钜按照诗人生平所在时代先后排列诗人次序。《三管英灵集》对诗人的编选，从有作品流传的唐朝广西诗人曹邺、曹唐始，按诗人所在的时代顺序著录，并分卷次。卷一著录唐代诗人曹邺；卷二著录唐代诗人曹唐等和五代诗人、宋代诗人；卷三至卷八著录明代诗人；卷九至卷四十九著录清代诗人，因元代

---

① （清）梁章钜：《三管英灵集》，凡例，清道光桂林汤日新堂刻本，藏国家图书馆。

未留存广西诗人诗歌，所以独缺元代。因流传久远，散佚较多，唐宋明三代诗人留存不多，故著录清代诗人最多，占绝大多数。清代诗人按照时代先后著录顺治、康熙、雍正、乾隆、嘉庆朝诗人。明代诗人按时代先后著录明洪武、建文、永乐、正统、宣德、景泰、天顺、成化、弘治、正德、嘉靖、隆庆、万历、天启、崇祯朝诗人。因每个时代诗人诗歌量不均等，分卷时以每卷所选诗歌所占页数大致相同为据，因此每卷诗人的始终，不以时代的始终为断。梁章钜将这些诗人及其诗歌分卷，并非与诗人的时代相关，卷十四既著录雍正年间的诗人诗歌，又著录乾隆年间的诗人诗歌，所以，梁章钜分卷的主要依据是篇幅，将全书篇幅平均大致分配分卷而已。

第二，若诗人的生平年代和籍贯不可考，则将这些诗人统编在一册。

凡例第十条云："其年代、里居均不可考者，另为一册。"[①]《三管英灵集》第一卷至第四十九卷将广西籍诗人生平时代先后排序，以晚唐诗人曹邺始，以清朝诗人袁昭勤终。《三管英灵集》第五十卷，著录生平年代、中式时间不能考者，籍贯可考者11人，大多著录字和籍贯，少数知悉诗文集；著录生平年代、籍贯均不能考者8人，大多只著录姓名，少数著录字及诗文集，其中"卢建河"名字下有双行小字注："永淳人，乾隆四十二年举人，任河南禹州知州。"[②] 为校勘者后补。梁章钜在"凡例"第十三条中说明"至未载里居、时代，续经查出者，但于名下夹注，不重改编"，恐为时间有限，稿本基本次序已定，难以再做修改，便于名字下加"小注"。因此，第五十卷实著录生平年代和籍贯均不可考者7人。

第三，《三管英灵集》先将广西籍诗人按照生平时代先后顺序排列，而后再排列"闺秀"、"方外"、"流寓"诸卷。每卷亦按生平时代先后排列诗人次序。正如"凡例"第九条云：

九、闺秀、方外各编为卷于后，流寓又后之，非久于粤者不阑入。

《三管英灵集》第一卷至第四十九卷著录历代广西籍诗人557人。第五

① （清）梁章钜：《三管英灵集》，凡例，清道光桂林汤日新堂刻本，藏国家图书馆。
② （清）梁章钜：《三管英灵集》，凡例，清道光桂林汤日新堂刻本，藏国家图书馆。

十一卷至第五十三卷，著录"闺秀"，即广西各时代女诗人 20 人；第五十四卷著录"方外"，即广西各时代僧徒道侣 12 人；第五十五卷至第五十七卷，著录"流寓"，即寓居广西多年的各时代诗人 10 人。"非久于粤者不阑入"，梁章钜未明确多少年为"久"。

二　按科举录取先后编排诗人次序

生平时代的主要依据不是诗人的生卒年，而是科举甲乙科中第的时间先后。梁章钜《三管英灵集》基本遵循按科举录取先后著录诗人的体例。正如"凡例"第十条云：

> 十、编次以其人乡、会中式之年为先后，其未与甲乙科者，约计其时代附焉。[①]

从"凡例"第十条的规定，可以见出：

第一，《三管英灵集》 主要遵照"编次以其人乡、会中式之年为先后"的体例，即以诗人乡试、会试中第时间，及选为副榜、贡生、监生、诸生等的时间为先后排列。若诗人中进士，则小传中不再录其中举人年份，以其中进士时间为排序依据；如若未中进士，则录其中举年份，以其中举时间为排序依据。若两位诗人同年中式，则先录中进士者，再录中举人者。如第二十五卷，朱依鲁小传云："依鲁字篠亭，临桂人，乾隆三十六年进士，官鸿胪寺卿。"龙其襄小传云："其襄字赞臣，一字忍堂，贺县人，乾隆三十六年举人，官山西天镇县知县，著《在桂壮心集》二卷。"[②] 同为乾隆三十六年中式，先著录进士朱依鲁，再著录举人龙其襄。

再如《三管英灵集》卷十五，著录清朝 22 位诗人：

> 朱若东，乾隆十年进士。
>
> 文谟，乾隆十年进士。

① （清）梁章钜：《三管英灵集》，凡例，清道光桂林汤日新堂刻本，藏国家图书馆。
② （清）梁章钜：《三管英灵集》，卷二十五，清道光桂林汤日新堂刻本，藏国家图书馆。

朱洛，乾隆十二年举人。

刘定迪，乾隆十三年进士。

刘定遴，乾隆十五年进士。

蒋良琪，乾隆十五年进士。

陈纯士，乾隆十五年举人。

宋运新，乾隆十七年进士。

刘允修，乾隆十七年举人。

陈元士，乾隆十七年举人。

朱绂，乾隆十七年举人。

陈良士，乾隆十七年举人。

萧馨义，乾隆十七年举人。

李时沛，乾隆十七年举人，十九年中明通榜。

卿彬，乾隆间岁贡生。

胡子佩，乾隆初贡生。

韦日华，乾隆初岁贡生。

黄谟烈，乾隆间诸生。

陈子智，乾隆间岁贡生。

孙跃龙，乾隆间贡生。

彭绍英，乾隆间岁贡生。

张宗器，乾隆间贡生。①

此卷按照中式时间排列，同年中式的，先录进士，后录举人，再录约略同时的贡生、诸生等。全书大致以此排列。

第二，《三管英灵集》将生平年代不可考的"贡生"、"监生"、"诸生"等，约略估计其年代，排列在同时代进士诗人、举人诗人之后。"贡生"是选府州县学的生员进献给朝廷，入国子监读书。贡生在明代分为岁贡、恩贡、选贡和纳贡四类。清代还有副贡和优贡两类。另外，选贡和纳贡在清代分别称为拔贡和例贡。在清代，贡生也称作"明经"。"诸生"即已通过

---

① 　（清）梁章钜：《三管英灵集》，卷十五，清道光桂林汤日新堂刻本，藏国家图书馆。

童试的秀才，在地方府、州、县学里学习的生员的总称。《三管英灵集》的诗人若可考为岁贡、拔贡，则特别注明；若不可考为哪种贡生，则只注明贡生，"岁贡"、"拔贡"、及不辨种类的"贡生"、"诸生"在排序时，并无优劣先后，不像诗人中"进士"、"举人"的时间有明确史料记载，大多无可考时间，按大致仕宦活动时间，即将这些诗人统归"乾隆年间……"，列于乾隆十几年进士、举人诗人之后，以上所引卷十五诗人著录即是。

在十五卷中，李时沛，为乾隆十七年举人，十九年中明通榜。据清代笔记《茶余客话》记载，"近来会榜后，蒙恩于荐卷中择文之佳者，发明通榜，以教职用，在广文各途中，称最得人。按明永乐初年，令会试下第文字稍优者除教官，其下者入监读书，即明通榜之意。"① 可见，明通榜是选取落第举人充当教官的制度。在科举制度的等级中，明通榜低于进士，又高于举人的一类仕宦出路，故在李时沛的生平小传中，添加一笔说明。

编排次序按照诗人乡试、会试中第的年份为先后，是地域文学总集的一贯原则，张鹏展《峤西诗钞》亦然，或为《三管英灵集》继承，因多数诗人无法确考生卒年，很难按生卒年先后编排次序。科举考试在明清士子的人生中具有重要意义，左右着诗人的行藏出处和外界评判。按清制，科举出身者及五贡（非捐纳的贡监），属于入仕正途："凡满汉人仕，有科甲、贡生、监生、荫生、议叙、杂流、捐纳、官学生、俊秀。定制由科甲及恩、拔、副、岁、优贡生、荫生出身者为正途，馀为异途。"② 梁章钜本人也是经过科举考试选拔出来的一代大儒，这样的排序原则，见出儒家人生观、政治观、诗教观对其编纂思想的影响。"科举考试使应考者形成宝塔型结构：居于塔尖的是少数进士，中层的是举人，居于中下层的是众多贡生，居于底层的是大量监生和生员。"③《三管英灵集》的诗人编排次序，按照科举等级评定士人的先后次序：进士、明通榜、举人、副榜、贡生、监生、诸生（秀才）等。

第三，主要以科举中式年代为序编排诗人，但也考虑平均各卷诗歌容量，单独一卷著录选诗数量多的诗人，而微调诗人次序。如《三管英灵集》

---

① （清）阮葵生：《茶余客话》，卷二，上海古籍出版社，2012，第54页。
② （民国）赵尔巽等：《清史稿·选举五》，第12册，中华书局，1977，第3205页。
③ 马镛：《清代乡会试同年齿录研究》，上海科学技术文献出版社，2013，第40页。

卷十六著录清朝乾隆十七年进士胡德琳六十一首诗，按照其中式年份及中式级别，原应排在乾隆卷十五的十七年进士宋运新之后，乾隆十七年举人刘允修之前，则因其选入诗歌较多，为大致平均每卷选诗容量，所以单独一卷列出。

第四，若诗人未参加科举考试，终生布衣，则约略记其生平年代，著录于同时代科举诗人之后。《三管英灵集》编排次序按照诗人乡试、会试中第的年份为先后，若史料之中，没有著录诗人中式的年份，或无从考证；或没有诗人通过乡试和会试的记载；或诗人一介布衣未参加过科举考试，就根据典籍中的记载，大约计算其所在的年代，将这些诗人录在某个时代著录的生平年代可考诗人之后。如《三管英灵集》卷三明代"傅维宗"有小传："维宗藤县人，永乐间举人，官茶陵县训导。"[①] 因其中举年代无可考，即将其著录在明代永乐年间明确可考中举年代的诗人之后。再如《三管英灵集》第十三卷编列 14 人，从雍正元年举人刘新翰至雍正十三年举人张淳；第十四卷则接续张淳，编列雍正年间贡生、岁贡生 5 人，雍正年间诸生 1 人，雍正年间布衣 3 人，雍正年间广西土司官 1 人，之后编次乾隆元年进士举人等。可见梁章钜著录诗人的次序，主要是按照科举考试的等级来排列，由进士、举人、贡生、岁贡生、诸生，到未进入科举考试体系的布衣；兼有广西地域特色，将土司官列于后著录，而地僻典籍少存，广西地方官诗人常无中式记录可考，如卷三十七，莫元相和莫振国皆为"忻城土知县"，具体中式时间无可考，约略将其排在乾隆年间的士子之后。

再如卷十八著录清朝 18 位诗人：

> 龙皓乾，乾隆十八年举人。
> 廖位伯，乾隆十八年举人。
> 王之齐，乾隆十八年举人。
> 黎龙光，乾隆十八年拔贡生。
> 王佐，乾隆十九年进士。
> 陈钟琛，陈宏谋从子，乾隆二十四年举人。

---

① （清）梁章钜：《三管英灵集》，卷三，清道光桂林汤日新堂刻本，藏国家图书馆。

陈钟璐，钟琛弟，乾隆间太学生。

陈兰森，陈宏谋孙子，乾隆二十二进士。

王星烛，乾隆二十二年进士。

胡世振，乾隆二十四年举人。

李成璠，乾隆二十四年举人。

李有根，乾隆二十四年举人。

甘澍，乾隆二十五年举人，辛巳登中正榜。

王嗣曾，乾隆二十五年举人。

李舒景，乾隆间岁贡生。

周龙炽，乾隆间监生。

周龙舒，乾隆间布衣。

刘承伟，乾隆间布衣。①

先将时间可考的进士、举人、贡生、监生、诸生诗人等按中式或选拔的时间顺序排列，然后著录约略同时代的贡生、监生、诸生、布衣等，若诗人无科举功名可考，便将其官职著录，与约略同时代的贡生、诸生等排在一起。如《三管英灵集》卷四十六的谢乃襄，小传录其为"临桂人，嘉庆间县丞。"再如卷八李永茂小传云"永茂，字孝源，容县人，官至兵部尚书"里居和官职之间，留有空白，或原稿空出中式经历待考，著录在明万历年间诗人之后。

清代以来的地域诗歌总集也大多采用这种科举排序和辈分排序相结合的体例，如嘉庆时代的云南诗歌总集《滇南诗略》，即"有科目者，以科目之先后为次；无科目者，约以辈行之先后为次。"总之，《三管英灵集》基本遵循以诗人科举中式先后排序，无科目中式的，约略生平时代，排于同时代的科举士子之后，再视篇幅之多少，微调整次序。若同时代，则每卷之首著录诗歌较多成就较高的诗人，作为分卷的标志。

第五，《三管英灵集》"编次以其人乡、会中式之年为先后"的体例，在实际编纂过程中也有未严格谨按之处。主要按照科举中式时间为主排列

---

① （清）梁章钜：《三管英灵集》，卷十八，清道光桂林汤日新堂刻本，藏国家图书馆。

诗人次序之余，梁章钜有时也打破体例，注重家族诗人及其诗歌成就，按照家族中的辈分年龄排序，突出其家族渊源。如上举卷十八之例，若按照科举中式时间为序，应为：

> 陈兰森，陈宏谋孙子，乾隆二十二进士。
>
> 陈钟琛，陈宏谋从子，乾隆二十四年举人。
>
> 陈钟璐，钟琛弟，乾隆间太学生。

可见，家族伦理等级秩序也是《三管英灵集》诗人排序的一个考量因素，父子兄弟，在此，家族血缘的自然排序代替了科举等级的人文排序，使《三管英灵集》的体例在严谨之余，又多了灵活性。

另外，《三管英灵集》诗人排序也有疏漏之处，如明代永乐年间的诗人陈珪、陈昌、方矩的著录顺序错误，根据几位诗人小传，正确次序应是陈珪、方矩、陈昌、傅维宗：

> 珪苍梧人，永乐六年举人。
>
> 昌玉林人，永乐二十一年举人。
>
> 矩上林人，永乐间九年举人，官交趾文掖县县丞。
>
> 维宗藤县人，永乐间举人。①

方矩，原为编纂者考为"永乐间举人"附录在永乐年间有确切中式记录的诗人之后，后在征集资料中发现其中举年份，因此添加为"永乐间九年举人"。梁章钜也在"凡例"中，将编纂排序的疏漏原因说明："十三、诗有编定之后方征到者，随卷附入，次序不无小有参差。至未载里居、时代，续经查出者，但于名下夹注，不重改编；又名字、里居其展转传抄无专刻者，原本往往错讹，今就见闻所及者改之，所不及者，虽有疑似，难以臆断，识者从而正之，是所其望。"② 可见这类颠倒次序的现象源于征集

---

① （清）梁章钜：《三管英灵集》，卷三，清道光桂林汤日新堂刻本，藏国家图书馆。

② （清）梁章钜：《三管英灵集》，凡例，清道光桂林汤日新堂刻本，藏国家图书馆。

诗歌的过程持续到编纂诗选的时候，后收集到的诗人诗歌只能加在某一时代的末尾，不再改变原稿诗人次序的基本面貌。

但也有一类排序错误，并不是征集先后造成的。如卷二十五清代乾隆年间的诗人排序：

> 朱依鲁，乾隆三十六年进士，官鸿胪寺卿。
> 龙其襄，乾隆三十六年举人，官山西天镇县知县。
> 石讚韶，乾隆三十六年举人，官同知。
> 周琢，乾隆三十七年进士，官甘肃高台县知县。
> 唐国玉，乾隆三十五年举人，官陕西延安县知县。
> 冯绍业，乾隆三十九年举人。
> 周琼，乾隆四十年进士，官詹事府司经局洗马。①

按照科举中式年排序的体例，唐国玉应排在朱依鲁、龙其襄、石讚韶、周琢之前。或因编纂者分卷时，考虑将较为出名的，且选诗较多的诗人朱依鲁排在卷首，以便突出，选诗次多的龙其襄、石讚韶、周琢随其后，便将选诗只有一首的唐国玉次序调整：朱依鲁十四首、龙其襄四首、石讚韶五首、周琢九首、唐国玉一首、冯绍业一首。再如卷二十六将乾隆五十二年进士翰林院检讨周维坛，列于乾隆四十三年进士直隶保坻县知县王铠、乾隆四十二年举人陆川县教谕朱沅之前，选周维坛诗歌九首、王铠诗歌十一首、朱沅诗歌十一首，是将较为有名官职较高的诗人排在卷首，与所选诗歌的数量无关。《三管英灵集》以官职地位名望高低和诗歌数量排序卷首的体例，并非常例。如卷二十七卷首就仅按照科举中式先后排序，未考虑诗人的地位和选诗数量，首排彭廷楷，"廷楷，字泗堂，平南人，乾隆四十四年举人"。选其诗五首。接下来排萧馨智，"馨智，字兰谷，临桂人，乾隆四十四年举人，官藤县教谕"。选其诗一首。再排朱依炅，"炅，字镜云，临桂人，若东子，乾隆四十五年进士，官翰林院检讨"。选其诗三十五首。并未因朱依炅名位之高选诗之多，而将其排于卷首。可见，《三管英灵集》

---

① （清）梁章钜：《三管英灵集》，卷二十五，清道光桂林汤日新堂刻本，藏国家图书馆。

的编纂者仍然是以科举中式年代先后排序作为主要的著录诗人诗歌方式。

总之，《三管英灵集》在诗人排序中，主要以科举中式年代为先后，兼及诗人的生卒年排序，诗人的官职地位排序，诗人的家族辈分排序，诗人的选诗篇幅排序等，规范性与灵活性兼具。另有其他错录错考所造成的疏漏也是总集编纂者难以避免的。如卷十一著录康熙末年的进士、举人、贡生、诸生等，错将雍正元年的举人周宗旦录入。

《三管英灵集》基本按照科举考试录取先后排序的方式，以及将广西籍诗人、闺秀、方外、流寓另分卷排序的体例，向张鹏展的《峤西诗钞》学习。《峤西诗钞》是广西第二部诗歌总集，与第一部诗歌总集《粤西诗载》按照诗歌体裁排序的体例不同，是开《三管英灵集》风气之先者，共 21 卷，250 多位诗人，大致按照诗人考取功名的先后排列，"闺秀" 另作一卷。《三管英灵集》除了借鉴《峤西诗钞》，当也借鉴了清初以来的《明诗综》、《国朝诗别裁集》，以及其他地域诗总集编纂体式，及借鉴了《东南峤外诗钞》等梁章钜早年编纂的地域诗歌总集。但不可否认，按科名先后排序的体例毕竟是科举时代的产物，以今人文学史发展的眼光审视，则生卒年先后的排序更为科学。

三　诗人之下按诗歌体裁著录选诗

最早按照诗歌体裁选诗的粤西诗歌总集是汪森《粤西诗载》，但他的选诗标准是选取描写粤西内容的诗歌，这样就突出了诗歌的地域意义，而不能集中有序体现地域诗人的价值和地域诗坛的发展状况。后张鹏展《峤西诗钞》加以创新，搜辑广西籍诗人的诗歌，以诗人的科举中式年排序，但也向汪森《粤西诗载》学习，在诗人名字下，所选每个诗人的诗歌均按体裁编排。梁章钜《三管英灵集》借鉴《峤西诗钞》和《粤西诗载》的优点，也继承了此体例，《三管英灵集》所选每位诗人名下的诗歌，则按照诗歌体裁有序著录，先录古体诗：五古、七古、杂言古体，再录近体诗：五律、七律、五绝、七绝等。如《三管英灵集》卷十九选乾隆二十八年进士临桂刘映菜的四十七首诗，著录诗歌的顺序即按照诗歌的体裁排列，具体如下：

五古：《憎鼠》、《客有谈晋省石花鱼之美者有感而作》、《游隐山》。

七古：《题孙苓岩画》、《明刑部郎中杨公故里》、《刘仙岩》、《龙隐岩党人碑》、《陆丞相家庙行》（七言为主杂言歌行）、《钱王祠表碑》。

五律：《讲堂后院看梅》、《舟中度岁》、《仲秋郊行》二首、《日夕过江东村》二首、《韩忠定公故里》、《阅明史光熹朝事》五首、《狄梁公故里》、《蔡忠恪公祠》、《卧龙冈》二首、《阅三国志有感旅人作》四首、《余姚》二首。

七律：《韩信墓》、《房公井》、《咏明史十首之四》、《东山村》、《福州林秀才友声访旧袁州署自延平附舟至光泽复晤于袁城不得意将归嘱其致意从游诸子》、《书怀》、《闻沂州汪古愚刺史修元遗山墓》二首

七绝：《蝉》、《游西湖》四首

总之，先古体后近体，先五言后七言，先律后绝的顺序，一般视各家情况而定，并非众体兼收。各体裁所选之诗，不再按时间顺序排列，具有随意性。分体式排列便于认识诗人诗歌的整体面貌和诗体成就，也容易勾勒出广西诗歌各种体式发展的历史。

但也有排序颠倒之处，或因征诗晚到，附录于后，遗忘更正次序。如卷三选明代藤县景泰七年举人陈暹诗五首：五古二首《登粤山谒诸葛庙》、《粤西松树》；七律一首《风洞小集》；五律二首《逍遥楼》、《留别粤中诸公次侯二谷相送韵》。

四　诗人之下必标明小传或有传后附注

清代总集的编纂著录诗人小传已成为惯例，朱彝尊《明诗综》"知人论世"、"以诗存人"、"以人存诗"，《三管英灵集》亦模仿之。在每位诗人名字下都有简要的小传，小传的内容包括诗人的字、号、籍贯、科举中式年份、主要仕宦官职，及其流传诗集。梁章钜在"凡例"中说明小传的写作方式：

作者必详其里居，其事迹有可传者，附载里居之后，必标明见于某书，以示传信。

诗有编定之后方征到者，随卷附入，次序不无小有参差。至未载里居、时代，续经查出者，但于名下夹注，不重改编；又名字、里居其展转传抄无专刻者，原本往往错讹，今就见闻所及者改之，所不及者，虽有疑似，难以臆断，识者从而正之，是所甚望。①

第一，小传一般标明诗人的籍贯或居住地，中式年份，官职和诗集。梁章钜广泛搜罗，为广西诗人留存资料，力求尽可能收录古代广西籍诗人诗歌，并呈现古代广西诗人的郡县级地域性分布，虽每位诗人小传长短不一，却显弥足珍贵。一般简短，也有详尽者，如五代南汉梁嵩小传较详尽："嵩平南人，南汉白龙元年举进士第一，官至翰林学士。见时多虐政，乞归养母，因献《倚门望子赋》以见志。朝廷怜之，听其去，锡赍皆却之不受，请蠲本州一岁丁赋，从之。州人感其德，身后岁祀不绝。今白马庙其遗迹也。事迹具《十国春秋》。"②

第二，若诗人有详细的仕宦经历事迹等，也于简短小传之后用双行小字的形式标注附载，且有征必信，标明出自某书。如《三管英灵集》卷二十中选杨廷理诗歌三十四首，在其名字下录小传："廷理字清和，又字双梧，马平人，乾隆三十年拔贡生，官台湾道，有《西来草》、《东归草》、《再来草》。"其后以双行小注形式著录更为详细的台湾仕宦经历："吴文溥《南野堂笔记》云：今台湾观察双梧杨公，当林匪衅起，由台防司马摄台湾太守，以书生骤莅戎事，应变不穷。贼既陷彰化，破诸罗郡城，兵少势孤，公招义民修戍栅，备兵械，筹军实，旬日间，百废具举。贼以数十万众，呼风鼓噪而至，公设守御方略，历数月而城不破，若有神助云。又尝三濒于危而获全。其一，在大目降，率义勇往搜逸贼，贼伏蔗林中，突出丛刺，公几殆，血战得脱，至城下闻贼攻盐埕大营急，即易马往救，气不稍馁。其二，在虎尾溪，人马俱溺，幸义民赴水救得免。其三，在水底寮，奉大将军令，往受贼降，遇南路贼甚众，恐为所得，将自杀也，拔腰刀在手矣，赖副将张公某急救而出。公有《三不死乐府》，仆为之序，又作七律四首，

① （清）梁章钜：《三管英灵集》，卷凡例，清道光桂林汤日新堂刻本，藏国家图书馆。
② （清）梁章钜：《三管英灵集》，卷二十，清道光桂林汤日新堂刻本，藏国家图书馆。

失其稿矣。记其一联云：'匹马突围三不死，阖城寄命一书生。'今台湾底定数年，闻公晋秩观察以来，益以锄强扶弱、培复元气为事。其间振兴文教、嘘植人才，郡之人士恂恂率教，盖已革其桀骜之风，而柔以诗书之气矣。"① 这一段文字摘录自乾隆间的吴文溥《南野堂笔记》卷三"纪台湾道杨观察三不死乐府事"条。杨廷理在台湾抵御乱贼，死里逃生，忠孝仁义，并对台湾文化民风深有惠治，这些值得表彰的经历事迹的附注可以补充其简短小传，为其选诗的鉴赏做出"知人论世"之助。

有时小传附注也提示诗人与其他广西同名异地诗人的区别，如《三管英灵集》卷三陈珪，"珪苍梧人，永乐六年举人。"下注："按：临桂亦有陈珪，系嘉靖元年举人，官知州。"《三管英灵集》中并不是每位诗人都著录小传附注，因人而异，因需而录。

第三，小传附注有时也提示诗人别集的详细情况。如《三管英灵集》卷二曹唐小传后附注："《四库全书提要》云：唐志载曹唐集亦三卷，蒋文定公求其原本不获，乃搜诸选本，裒成一卷，附之曹邺诗后，以二人皆粤西产耳。"② 或校勘原稿时，发现别集著录的遗漏，便于小传末行内双行小字补充，如卷十五蒋良骐小传，末尾补充："又《东华录》亦其所著。"③

第四，由于搜辑艰难，往往诗人小传未能周全各项，或字无法考证，或号未能知悉，或里居不能详考。因此，诗人小传常有空缺，有待后来者考辨指正，如卷二十五潘玉书小传："玉书，字□□，武缘人，乾隆间贡生。"黄景曾小传："景曾，字□□，武缘人，乾隆间贡生。"卷八黄家珍小传："家珍，字□□，武缘人，明崇祯间举人，官抚州同知。"刘士登小传："士登，字□□，武缘人，明崇祯间诸生。"

《三管英灵集》卷十五，陈纯士小传："纯士，字亦亭，乾隆十五年举人，官德安县知县。"下方双行小字附注："桂平人"，或为后来考证出，后补。而卷七袁崇焕小传："万历□□进士"，恐为留下待考，后无法考证或编审时遗漏。

---

① （清）梁章钜：《三管英灵集》，卷二，清道光桂林汤日新堂刻本，藏国家图书馆。
② （清）梁章钜：《三管英灵集》，卷二，清道光桂林汤日新堂刻本，藏国家图书馆。
③ （清）梁章钜：《三管英灵集》，卷十五，清道光桂林汤日新堂刻本，藏国家图书馆。

五 诗人诗歌后附缀《退庵诗话》

梁章钜号退庵，在搜辑广西籍诗人诗歌，编纂《三管英灵集》的过程中，于所选诗人诗歌之后附缀《退庵诗话》，或征引诗话、笔记、史传等文献所载的诗事、诗评；或辑佚诗人的断句残篇，或举诗人的诗歌、诗句加以梁章钜自己的评论、考证等。《三管英灵集》"凡例"第二条云："粤西诗人自二曹乃显，唐以前无征，故采自唐始。元代作者亦复阙如。宋、明两代有集名见于书目而诗已散佚者，所存盖亦不多，是编由各州县采送本集。选集外，凡唐后之说部、丛书、石刻及郡邑志，详加搜辑其成篇什者录之，其残篇断句，另编诗话附各诗之后，资考证焉。"① 因此，"退庵诗话"亦是对所选诗歌的补充，互相映衬。《三管英灵集》中并未所有诗人诗歌之后都有"退庵诗话"。梁章钜在《三管诗话》自序中说，"退庵诗话"的附缀形式是向清初朱彝尊《明诗综》的"静志居诗话"学习的。《三管英灵集》中"退庵诗话"每条的著录体例不一，一般大致包括所选诗人的诗事、诗句、他人诗评、梁章钜诗评及考证等。梁章钜未做评点和序跋、批释等，这与清代一些总集编纂者的编排方式与编纂理念一致，所选诗歌原封不动，客观的展示给读者，只将自己的鉴赏意见加入"退庵诗话"。

除以上体例外，在诗人诗题之下，或诗句之中，常有原引文献中的诗题、诗句自注或编辑诗集者注，在《三管英灵集》中均按原注，双行小字。

总之，《三管英灵集》编纂体例，主要是按诗人中第年份编排先后次序，同中式年下，主要按照科举考试的等级来排列，又将科举体系之外的广西布衣诗人、土县官、土司官列于后。体现了儒家政治观、诗教观、伦理观对梁章钜编纂思想和编纂形式的影响。除此之外，名望高低、长幼尊卑、每卷平均等，均是《三管英灵集》编排卷次和诗人次序的辅助因素。然后，诗人之下按诗歌体裁著录选诗；诗人之下还著录小传和诗话。这样的编纂体例继承了《明诗综》、《清诗别裁集》、《峤西诗钞》、《粤西诗载》、《滇南诗略》，以及梁章钜《东南峤外诗钞》等诗歌总集的编纂经验，尤其将《峤西诗钞》的以各时代广西诗人为纲与《粤西诗载》的以诗歌体裁为

---

① （清）梁章钜：《三管英灵集》，凡例，清道光桂林汤日新堂刻本，藏国家图书馆。

纲结合起来，成为广西古代诗歌总集体例精严而超乎上者。但体例上的缺漏也在所难免，排序依据时有混乱不一，排序也有颠倒错误，殊为遗憾。

第二节 《三管英灵集》小传文献来源辑论

诗人小传的著录，是《三管英灵集》重要的内容之一，所选 569 位诗人的小传是从哪些文献中编选出来的？虽然大多数诗人小传并未标明出处，但在少数诗人小传后有出处著录，在《三管诗话》中也时有记载，我们得以窥之一斑。首先对著录文献出处的小传，按照四部经史子集的分类法进行辑录；未著录文献出处的小传经考证，可证实际文献出处后，再进行辑录。然后考察这些诗人小传文献来源的范围和类型。

一 《三管英灵集》诗人小传来源文献的辑录

下面以《四库全书总目》类目作为分类标准，将来源文献条目归入四部，同一类目之中，按照文献首次出现卷次的先后依序排列，难以归入四部的文献类型，单独列于编目之末。

1. 史部

（1）正史类

《宋史》【《三管英灵集》卷二冯京传："……事迹具《宋史》本传"。①】

《明史》【《三管英灵集》卷四吴廷举传后附注《明史》列传的记载②】【《三管英灵集》卷七袁崇焕小传："……事迹具《明史》本传。③"】

（2）传记类

《十国春秋》【《三管英灵集》卷二梁嵩传："嵩平南人，南汉白龙元年举进士第一，官至翰林学士。见时多虐政，乞归养母，因献《倚门望子赋》以见志。朝廷怜之，听其去，锡赉皆却之不受，请蠲本州一岁丁赋，从之。州人感其德，身后岁祀不绝。今白马庙其遗迹也。事迹具《十国春秋》。"④】

---

① （清）梁章钜：《三管英灵集》，卷二，清道光桂林汤日新堂刻本，藏国家图书馆。
② （清）梁章钜：《三管英灵集》，卷四，清道光桂林汤日新堂刻本，藏国家图书馆。
③ （清）梁章钜：《三管英灵集》，卷七，清道光桂林汤日新堂刻本，藏国家图书馆。
④ （清）梁章钜：《三管英灵集》，卷二，清道光桂林汤日新堂刻本，藏国家图书馆，引自（清）吴任臣：《十国春秋》，第二册，卷六十三，中华书局，1983，第897页。

《国史列传》【《三管诗话》卷中陈宏谋条："桂林陈文恭公，为我朝理学名臣。其立朝行政诸大端，载在《国史列传》者，外间不能尽见。"① 】

（3）地理类

嘉庆《大清一统志》【《三管英灵集》卷二徐暄小传："暄，字伯殊，博白人。宋仁宗时乡举摄宜州，讨区希范有功，授白州长史。皇祐中，侬智高叛，暄引兵追至函阳，大捷，历战于金城驿，援兵不至，死之。赠大理寺丞。事迹见《一统志》。"② 】【《三管英灵集》卷九高熊征小传后附注："《一统志》云：康熙时吴逆构乱，征为平滇三策，并讨贼檄，大将军傅宏烈奇其才，荐授团练同知，寻补桂林教授。…"③ 】

雍正《广西通志》【《三管英灵集》卷五莫鲁，"按：前明临桂、灵川、平乐、宜山、岑溪各有莫鲁"④ 实依据雍正《广西通志》。】【《三管英灵集》卷九高熊征小传："高熊征，字渭南，岑溪人。顺治十七年副榜，官两浙盐运使，有《郢雪斋前后集》。"⑤ 未注明出处，实据雍正《广西通志》卷八十，有删节。】

乾隆《广西通志》【《三管诗话》卷上冯京条："冯当世（京）解试寓鄂渚，而生长实在宜州，祖茔在龙江浪步之北，今有冯村，详见《方舆胜览》。而《宋史》本传以为鄂州江夏人，[《宋诗纪事》因之]，盖但据其解试之地也。谢蕴山中丞启昆修《广西通志》，辨之甚晰。"⑥ 】【《三管诗话》卷上袁崇焕条："而《广西通志》作平南人。"⑦ 】【《三管诗话》卷中吕炽

---

① （清）梁章钜著，蒋凡校注《〈三管诗话〉校注》，广西人民出版社，1996，第100页。引自东方学会编《国史列传》，八十卷，台北：明文书局，第1985页。
② 《大清一统志》卷四百七十四："徐暄，博白人。仁宗时乡举摄宜州，讨区希范有功，授白州长史。皇祐中，侬智高叛，暄引兵追至函阳，大捷，历战于金城驿，援兵不至，死之。赠大理寺丞。""徐暄，字伯殊，其先洪州人。五世祖名申，唐元和中为邕管经略使，遂家白州。（《金志》）暄，仁宗朝乡举，摄宜州。讨区希范有功，授白州长史。皇祐中，侬智高叛，暄引兵追至函阳，大捷。历战于金城驿，援兵不至而死，赠大理寺丞。（《一统志》）"（清）谢启昆修，胡虔纂《广西通志》，卷八十一，第十册，广西人民出版社，1988，第6657页。
③ （清）梁章钜：《三管英灵集》，卷九，清道光桂林汤日新堂刻本，藏国家图书馆。
④ （清）梁章钜：《三管英灵集》，卷五，清道光桂林汤日新堂刻本，藏国家图书馆。
⑤ （清）梁章钜：《三管英灵集》，卷九，清道光桂林汤日新堂刻本，藏国家图书馆。
⑥ （清）梁章钜著，蒋凡校注《〈三管诗话〉校注》，广西人民出版社，1996，第44页。
⑦ （清）梁章钜著，蒋凡校注《〈三管诗话〉校注》，广西人民出版社，1996，第86页。

条："既读王兰泉《湖海诗传》，则谓先生官至副都御史，疑莫能明。后至广西，阅《通志》，乃知先生由检讨累官至少宗伯。"① 】

《江西通志》【《三管英灵集》卷八陈瑾小传："事迹见《江西名宦志》。"② 】

《梧州府志》【《三管英灵集》卷五莫鲁传："鲁字省庵，怀集人，万历十一年贡生官雷州教授。"后，"按：前明临桂、灵川、平乐、宜山、岑溪各有莫鲁，而白鹤山、燕岩二景，实在怀集，今《梧州府志》、《怀集县志》并载此诗，故题为怀集人。"③ 】

《浔州府志》【《三管诗话》卷上袁崇焕条：《浔州府志·选举表》注云："旧载藤县籍，平南人，一载平南籍，广东东莞人。"④ 】【《三管诗话》卷中平南谣条："《浔州旧志》⑤ 载平南有谣，云……"⑥ 】

《怀集县志》【同上莫鲁条】

《北流县志》【《三管英灵集》卷十李廷柱传后，"《退庵诗话》云：《北流县志》载……"⑦ 】

《灌阳县志》【《三管英灵集》卷五十一唐玉弟传后："《灌阳县志》载……"⑧ 】

《兴安县志》【《三管英灵集》卷五十四归真子传后："《退庵诗话》云：《兴安县志》载，宋治平初，唐子正读书真仙观中……"⑨ 】

《贵县志》【《三管诗话》卷下奉恕条：《贵县志》云："南山寺擅一邑之胜，宋仁宗赐'景祐禅寺'，僧奉恕居焉。章惇贬时经此寺，流连不去，尝与僧玩景物……"⑩ 】

---

① （清）梁章钜著，蒋凡校注《〈三管诗话〉校注》，广西人民出版社，1996，第 108 页。
② （清）梁章钜：《三管英灵集》，卷八，清道光桂林汤日新堂刻本，藏国家图书馆。
③ （清）梁章钜：《三管英灵集》，卷五，清道光桂林汤日新堂刻本，藏国家图书馆。
④ （清）梁章钜著，蒋凡校注《〈三管诗话〉校注》，广西人民出版社，1996，第 86 页。
⑤ 梁章钜道光年间纂《三管诗话》，相对于《浔州府志》道光六年（1826）刊本，所云"《浔州旧志》"应是乾隆二十一年（1756）刊本。参见广西壮族自治区通志馆编《广西方志提要》，广西人民出版社，1988，第 321~324 页。
⑥ （清）梁章钜著，蒋凡校注《〈三管诗话〉校注》，广西人民出版社，1996，第 174 页。
⑦ （清）梁章钜：《三管英灵集》，卷十，清道光桂林汤日新堂刻本，藏国家图书馆。
⑧ （清）梁章钜：《三管英灵集》，卷五十一，清道光桂林汤日新堂刻本，藏国家图书馆。
⑨ （清）梁章钜：《三管英灵集》，卷五十四，清道光桂林汤日新堂刻本，藏国家图书馆。
⑩ （清）梁章钜著，蒋凡校注《〈三管诗话〉校注》，广西人民出版社，1996，第 242 页。

《方舆胜览》【《三管诗话》卷上冯京条："冯当世（京）解试寓鄂渚，而生长实在宜州，祖茔在龙江浪步之北，今有冯村，详见《方舆胜览》。"① 】

（4）目录类

《四库全书总目》【《三管英灵集》卷一曹邺小传后，"《四库全书提要》云：……"② 】【《三管诗话》卷上吴廷举条："《四库全书提要》云：《西巡类稿》八卷，明吴廷举撰。廷举，字献臣，梧州人。成化丁未进士，官至南京工部尚书……然则史传疑误也。"③ 】【《三管诗话》卷上："全州蒋文定公（冕）与兄梅轩尚书（昇），同登成化二十三年进士。有《湘皋集》三十三卷。《四库提要》称其：当正德之末，主昏政怠……"④ 】【《三管诗话》卷上戴钦条："马平戴时亮郎中（钦），以谏大礼死于廷杖。有《鹿原存稿》九卷。《四库全书提要》云……"⑤ 】【《三管诗话》卷上张鸣凤条："惟《羽王先生集略》一书，乃僧超拔所刻。《四库全书提要》云：超拔，即鸣凤之孙……"⑥ 】【《三管诗话》卷下契嵩条："《四库全书提要》云：《镡津集》二十二卷，宋释契嵩撰。契嵩姓李氏，字仲灵。藤州镡津人。庆历间，居杭州灵隐寺。皇祐间，入京师，两作万言书上之，仁宗赐号明教大师。寻还山而卒。"⑦ 】

《千顷堂书目》【《三管诗话》卷上张鸣凤条："临桂张羽王府倅（鸣凤），著述最多，有《桂胜》、《桂故》……见《千顷堂书目》。"⑧ 】

2. 集部

（1）别集类

《测海集》【《三管英灵集》卷十一谢济世小传后，引《测海集》⑨ 对其

---

① （清）梁章钜著，蒋凡校注《〈三管诗话〉校注》，广西人民出版社，1996，第44页。
② （清）梁章钜：《三管英灵集》，卷一，清道光桂林汤日新堂刻本，藏国家图书馆。
③ （清）梁章钜著，蒋凡校注《〈三管诗话〉校注》，广西人民出版社，1996，第65~66页。
④ （清）梁章钜著，蒋凡校注《〈三管诗话〉校注》，广西人民出版社，1996，第73页。
⑤ （清）梁章钜著，蒋凡校注《〈三管诗话〉校注》，广西人民出版社，1996，第81页。
⑥ （清）梁章钜著，蒋凡校注《〈三管诗话〉校注》，广西人民出版社，1996，第87页。
⑦ （清）梁章钜著，蒋凡校注《〈三管诗话〉校注》，广西人民出版社，1996，第224页。
⑧ （清）梁章钜著，蒋凡校注《〈三管诗话〉校注》，广西人民出版社，1996，第87页。
⑨ 《测海集》，诗别集，清彭绍升著。六卷。作者撰《本朝圣德诗》七首，附以《思贤咏》百六十首，题之《测海集》。自谓："夫海之不可测也，犹天之不可知也。测之奈何？亦曰不识不知而已矣，亦曰帝力何有而已矣。"有嘉庆二十四年（1819）本衙刊本。

事迹辑录。】【《三管诗话》卷中陈宏谋条："袁简斋《小仓山房文集》及彭尺木《测海集》中所录，略备生平。"① 】

《小仓山房文集》【同上陈宏谋条】

（2）总集类

《粤西文载》【《三管英灵集》卷二陆蟾小传："陆蟾藤州镡津人，宋末以能诗名于吴越间，客死于攸县之司空山。有诗见《粤西文载》。"② 】【《三管英灵集》卷二林通小传："通字达夫，富川人。宋仁宗时官御史，弃归，隐县之豹山，人名其山曰隐山，岩曰潜德。"③ 实引自《粤西文载》④ 】【《三管英灵集》卷三王熙小传："有诗见《粤西文载》。"⑤ 传实引自《粤西文载》。】【《三管英灵集》卷五冯承芳传实引自《粤西文载》。】

《湖海诗传》【《三管诗话》卷中吕炽条："既读王兰泉《湖海诗传》，则谓先生官至副都御史，疑莫能明。后至广西，阅《通志》，乃知先生由检讨累官至少宗伯。"⑥ 】

《清诗别裁集》【《三管英灵集》卷十蒋纲传："蒋纲，字有条，广西全州人，康熙四十五年进士。"⑦ 实引自《清诗别裁集》。】

（3）诗文评类

《国朝诗人征略》【《三管英灵集》卷九唐纳脯小传："字白生，号省庵，广西灌阳人，顺治十四年举人，官虞城知县，有《受堂集》。"⑧ 实引自《国朝诗人征略》卷三。】【《三管英灵集》卷二十二黎建三传："字谦亭，平南人，乾隆三十三年举人，官甘肃泾川直隶州知州，有《学吟草》、《悔初草》诸集。"⑨ 实引自《国朝诗人征略》卷四十。】

《宋诗纪事》【《三管诗话》卷上冯京条："冯当世（京）解试寓鄂渚，

---

① （清）梁章钜著，蒋凡校注《〈三管诗话〉校注》，广西人民出版社，1996，第100页。
② （清）梁章钜：《三管英灵集》，卷二，清道光桂林汤日新堂刻本，藏国家图书馆。
③ （清）梁章钜：《三管英灵集》，卷二，清道光桂林汤日新堂刻本．藏国家图书馆．
④ （清）汪森：《粤西文载》，卷六十八："林通，字达夫，富川人。仁宗时仕为御史，弃归，隐县之豹山，人因名其山曰隐山，岩曰潜德岩。……"（清文渊阁四库全书本）。
⑤ （清）梁章钜：《三管英灵集》，卷三，清道光桂林汤日新堂刻本，藏国家图书馆．
⑥ （清）梁章钜著，蒋凡校注《〈三管诗话〉校注》，广西人民出版社，1996，第108页。
⑦ （清）梁章钜：《三管英灵集》，卷十，清道光桂林汤日新堂刻本，藏国家图书馆。
⑧ （清）梁章钜：《三管英灵集》，卷九，清道光桂林汤日新堂刻本，藏国家图书馆。
⑨ （清）梁章钜：《三管英灵集》，卷二十二，清道光桂林汤日新堂刻本，藏国家图书馆。

而生长实在宜州，祖茔在龙江浪步之北，今有冯村，详见《方舆胜览》。而《宋史》本传以为鄂州江夏人，[《宋诗纪事》因之]，盖但据其解试之地也。谢蕴山中丞启昆修《广西通志》，辨之甚晰。"① 】【《三管英灵集》卷二周渭传："渭，字得臣，恭城人。建隆初召试，赐同进士出身。历官两浙东西转运使，迁侍御史，终彰信军节度副使。"②，实引自《宋诗纪事》卷二周渭传】【《三管英灵集》卷二李时亮传："时亮字端夫，博白人，嘉祐中进士，累官御史大夫，尝与陶弼相赓和，名《李陶集》，有诗见名胜志。"③ 实引自《宋诗纪事》卷二十一】【《三管英灵集》卷二欧阳辟传："辟字晦夫，灵川人，从学于梅圣俞。元祐六年进士，官雷州石康令。"④ 实引自《宋诗纪事》卷三十二】【《三管英灵集》卷五十四景淳传："景淳桂林人，元丰初居豫章乾明寺。"⑤ 实引自《宋诗纪事》卷九十二】

二　《三管英灵集》小传来源文献的范围与类型

从辑录所得的 46 条小传来源文献条目来看，《三管英灵集》诗人小传的文献采摭范围涵盖了史部、集部两大类。其中涉及的史部文献有正史类、传记类、地理类和目录类，文献类型则包括了正史传记、州府县方志和地理游记。

诗人小传最主要的文献来源是史部地理类，包括国、州、府、县的各级地理志：其中援引数量居多的是雍正《广西通志》、乾隆《广西通志》、嘉庆《大清一统志》，在《三管英灵集》中称雍正《广西通志》为《广西旧志》。而府县志则大多是广西境内的府县：《梧州府志》、《浔州府志》、《怀集县志》、《北流县志》、《灌阳县志》、《兴安县志》、《贵县志》等。梁章钜编纂《三管英灵集》时搜集诗人诗歌文献的范围，主要集中在广西地理文献中，少数诗人在外省做官，其生平事迹就采自外省方志，如卷八陈瑾在江西做官，小传引自《江西通志》之"名宦志"。

① （清）梁章钜著，蒋凡校注《〈三管诗话〉校注》，广西人民出版社，1996，第 44 页。
② （清）梁章钜：《三管英灵集》，卷二，清道光桂林汤日新堂刻本，藏国家图书馆。
③ 此段实未言明，况周颐批注：引自《宋诗纪事》。今考《宋诗纪事》卷二十一，小传仅少"尝"一字，诗歌后附注"名胜志"。
④ （清）梁章钜：《三管英灵集》，卷二，清道光桂林汤日新堂刻本，藏国家图书馆。
⑤ （清）梁章钜：《三管英灵集》，卷五十四，清道光桂林汤日新堂刻本，藏国家图书馆。

身居高位要职的名臣，并不以诗人闻名的，如冯京、梁嵩、吴廷举、袁崇焕、陈宏谋等，其传记则出自史部正史传记类，而非广西的州县府志，可见在广西诗人中，他们政治地位较高，政绩更为突出，其在广西以外，全国范围内的知名度更高，因此正史有记载。或出自《宋史》、《明史》这样的前代正史本传；或源自清人编纂的《十国春秋》和《国史列传》。如陈宏谋，为理学名臣，其立朝行政之举，载在《国史列传》，又名《满汉大臣列传》，所收传文来源于清国史馆的大臣传稿，传主均系乾隆中后期和嘉庆朝大臣，梁章钜称"外间不能尽见"。

诗人小传往往既著录诗人的生平事迹，又于后著录诗人的别集，因此梁章钜在编纂小传时，多次引既有别集著录，又有诗人简要介绍的目录学著作，引自《千顷堂书目》的仅 1 条，引用《四库全书总目》则 6 条，见《四库全书总目》权威性、工具性及方便性。

诗人小传中的生平年代、中式年份或籍贯居地若存在争议者，往往在《三管诗话》中引据多种小传来源文献，细心对比考证，提出结论。如冯京传，兼引据《方舆胜览》、《宋史》本传、《宋诗纪事》、乾隆《广西通志》等多种类型的文献，来考证冯京籍贯为广西宜州。

诗人小传的一大文献来源还有集部，包括别集类、总集类和诗文评类。但其中依据别集的较少，依据总集和诗文评类则较多，包括《粤西文载》、《湖海诗传》、《清诗别裁集》；《国朝诗人征略》、《宋诗纪事》。其中依据《粤西文载》有 4 条，除《广西通志》一省方志多载广西诗人传记之外，广西历代总集中，《粤西文载》也有专门几卷录有广西古代诗人的传记，为《三管英灵集》编纂诗人小传最为方便的来源。除总集外，诗文评一类中依据《宋诗纪事》最多，有 5 条，因《宋诗纪事》等诗话的编排体例，亦有诗人小传和选诗、诗话等，其小传亦可补充正史和地方志的不足。

总之，《三管英灵集》诗人小传的文献来源，主要是史部方志和目录文献，还有集部总集和诗话文献。以上仅是根据有文献出处或能考察文献出处的条目，来探讨《三管英灵集》编纂依据的文献之范围和类型，大致看出编纂者依据较为严谨、征实、可信的史部文献，以及作为史部文献补充的集部文献，而舍弃不足征信的子部杂家或小说家之言。以扎实的文献基础，来支撑有条理的编排体例，做到传记与诗歌的互补，诗与史的融通。

第三节 《三管英灵集》选诗的文献来源考论

在《三管英灵集》的编纂体例中，未有条目说明选诗的文献来源，诗人小传虽有别集著录，但选诗不一定来自别集；选诗依据的文献又多有亡佚，诸多粤西诗人诗歌仅因《三管英灵集》存世。梁章钜选诗所据材料到底有哪些，今天所存文献与之相比产生了怎样的变化？梁章钜所选诗作是否准确无误？为此疑问，考证《三管英灵集》的选诗依据文献来源具有必要性。好在《三管英灵集》在诗人小传中，对诗人别集时有著录，并在传后附注中，明确诗见某某别集或总集或方志等；诗话中也对选诗的文献来源时有说明，为我们考察其编纂来源提供了可能和方便。下面就按照《四库全书总目》的类目分类法，将《三管英灵集》选诗的文献来源做个辑录和分类整理。同一类目中按照文献出现的卷数先后排列，不能以四部分类划归的，列于最后。谨慎起见，小传中虽著录别集，未明言引自别集的，不录。

一 《三管英灵集》选诗来源文献的辑录

1. 史部

（1）地理类

雍正《广西通志》【《三管诗话》卷上赵观文条云："惜观文无诗可传。余仅从方志中录得《舜庙祭器》四言颂一首，所谓以诗存人也。"① 今考实引自雍正《广西通志》卷一百八《桂林新修尧舜祠祭器碑记》，节选。】

《梧州府志》【《三管英灵集》卷五选莫鲁《白鹤山》、《燕岩》二首，莫鲁传后，"按：前明临桂、灵川、平乐、宜山、岑溪各有莫鲁，而白鹤山燕岩二景，实在怀集，今《梧州府志》、《怀集县志》并载此诗，故题为怀集人。"② 】

《庆远府志》【《三管英灵集》卷五十一收邓氏二首，小传："宜山吴某妻，能诗，吴以罪被逮，苦志守贞以没。有诗见《庆远府志》。"③ 】

---

① （清）梁章钜著，蒋凡校注《〈三管诗话〉校注》，广西人民出版社，1996，第30页。
② （清）梁章钜：《三管英灵集》，卷五，清道光桂林汤日新堂刻本，藏国家图书馆。
③ （清）梁章钜：《三管英灵集》，卷五十一，清道光桂林汤日新堂刻本，藏国家图书馆。

《怀集县志》【《三管英灵集》卷三黎暹《傅节妇吟》，后《退庵诗话》："此诗见《粤西诗载》中，多脱字，今从《怀集县志》补正。"①】【同上《梧州府志》录莫鲁条】【《三管英灵集》卷五梁允玳小传著录诗见《名胜志》、《怀集县志》。】

《融县志》②【《三管诗话》卷上覃庆元条：《融县志》云："覃庆元，太平乡人，上柱国太子宾客光佃之子。翰林杨亿见其文，甚重之。今仅存诗一首《登立鱼峰》云：'载酒听莺语，春风到处吹。鱼峰如有约，蜡屐正相宜。'"③】

《临桂县志》【《三管诗话》卷下石仲元道士条："今仅得《寿阳山》七绝一首于《临桂县志》中，因亟录入《三管诗话》。"④】

《平乐县志》【《三管英灵集》卷二安昌期《题峡山石壁》诗后："《平乐县志》云：安昌期住恭城县东之葛家溪，皇祐间举进士，会侬寇平，推恩二广，凡与礼闱试者皆特授职。昌期就官横州永淳尉，以事去任，解印后即弃家，慕广州清远县峡山寺，隐于和光洞，无何，与其童偕出不返，石壁上留诗云云。"⑤】【《三管英灵集》卷三黎兆诗后："《平乐县志》云：信都三峰……兆题诗于蛇舌云云，自后往来者如游坦途焉。"⑥】

《兴安县志》【《三管英灵集》卷五十四归真子传后："《退庵诗话》云：《兴安县志》载，宋治平初，唐子正读书真仙观中……"《三管诗话》卷下归真子条：归真子者，真仙观道人也。桂州唐子正读书观中……遂荷担行如飞。别去月余，子正卧病湖阳驿。道人留书驿吏，视其缄，题云："呈桂州唐秀才。归真子谨封。"发书，则惟一诗，云……⑦】

---

① （清）梁章钜：《三管英灵集》，卷三，清道光桂林汤日新堂刻本，藏国家图书馆。

② 道光年间所见《融县志》可能有二：一是乾隆《融县志》十四卷，清乾隆二十三年（1758）融县知县浙江桐乡人皇甫枢纂，进士，清乾隆十九年莅任融县知县。该书今已不见传本，唯有清乾隆时广西巡抚鄂宝为之撰的序言一篇存世，该序载于清道光《融县志》卷首。二是道光《融县志》十三卷，道光十一年（1831）融县知县刘斯誉修，路顺德等纂，今有国图藏民国二十二年黄志勋油印本。

③ （清）梁章钜著，蒋凡校注《〈三管诗话〉校注》，广西人民出版社，1996，第49~50页。

④ （清）梁章钜著，蒋凡校注《〈三管诗话〉校注》，广西人民出版社，1996，第231页。

⑤ （清）梁章钜：《三管英灵集》，卷二，清道光桂林汤日新堂刻本，藏国家图书馆。

⑥ （清）梁章钜：《三管英灵集》，卷三，清道光桂林汤日新堂刻本，藏国家图书馆。

⑦ （清）梁章钜著，蒋凡校注《〈三管诗话〉校注》，广西人民出版社，1996，第231页。

《贵县志》【《三管诗话》卷下奉恕条：《贵县志》云："南山寺擅一邑之胜，宋仁宗赐'景祐禅寺'，僧奉恕居焉。章惇贬时经此寺，流连不去，尝与僧玩景物……"①】

《湘山志》【《三管英灵集》卷二陶崇《访僧云归庵》诗后引《湘山志》云："云归庵，山从中峰分枝，为佛塔左翼。眺览郡中，如在图画。林岊诗有：'云归楚峡静，山入甲亭幽'之句。"②】

《广西名胜志》【《三管英灵集》卷五梁允玳小传："诗见《名胜志》③、《怀集县志》。"④】

2. 集部

（1）别集类

《曹祠部集·附曹唐集》（蒋冕编《二曹集》）【《三管英灵集》卷一曹邺小传后："今本二卷，乃全州蒋文定公（冕）所刻，后附《曹唐诗》，即《四库》所录也。其实吾闽长乐谢肇淛及瓯宁范邦秀，皆先有刻本，蒋特重加校梓耳。"⑤】

蒋冕《湘皋集》【《三管英灵集》卷四蒋冕小传后"《退庵诗话》云：……余初到桂林，即得《湘皋集》，遍读之。"⑥】

袁崇焕《乐性堂遗稿》【《三管诗话》卷上袁珏条："余搜访得醴庭所辑《乐性堂遗稿》二卷，如获珙璧，亟登之《三管集》中者，盖十之七八。"⑦】

袁珏《今是轩诗草》【《三管诗话》卷中袁珏条："继复读其《今是轩诗草》，则诗又在文之上。杨紫卿衹赏《镇安道中》诸作；余谓《读史杂咏》尤健，今并录入《三管集》，足以存醴庭矣。"⑧】

---

① （清）梁章钜著，蒋凡校注《〈三管诗话〉校注》，广西人民出版社，1996，第242页。
② （清）梁章钜：《三管英灵集》，卷二，清道光桂林汤日新堂刻本，藏国家图书馆。
③ 《广西名胜志》十卷，明曹学佺撰，有明崇祯三年（1630）刻本、大明一统名胜志本、续四库全书本、上海古籍书店复印本。曹学佺，明文学家、藏书家。字能始，号石仓。侯官（今福建闽侯）人。明万历二十三年（1595）进士，授户部主事。天启年间（1621—1627），官广西右参议，作此书。以府州县为标目，论述各地山水名胜，后附名人诗文题词。有广西师范大学出版社2012年影印本。
④ （清）梁章钜：《三管英灵集》，卷五，清道光桂林汤日新堂刻本，藏国家图书馆。
⑤ （清）梁章钜：《三管英灵集》，卷一，清道光桂林汤日新堂刻本，藏国家图书馆。
⑥ （清）梁章钜：《三管英灵集》，卷四，清道光桂林汤日新堂刻本，藏国家图书馆。
⑦ （清）梁章钜著，蒋凡校注《〈三管诗话〉校注》，广西人民出版社，1996，第84页。
⑧ （清）梁章钜著，蒋凡校注《〈三管诗话〉校注》，广西人民出版社，1996，第150页。

刘新翰《谷音集》【《三管诗话》卷中刘新翰条："《谷音集》中《课耕》、《纳稼》诸篇，颇有储太祝格意。"①】

朱依真《九芝草堂集》【《三管诗话》卷中朱依真条："朱小岑布衣……有《九芝草堂集》。余辑《三管诗》，于布衣所存独多，且有美不胜收之憾。"②】

陈宏谋《培远堂偶存稿》【《三管诗话》卷中陈宏谋条："于诗文不甚措意，《培远堂偶存稿》中寥寥数篇。"③】

胡德琳《西山杂咏》《东阁闲吟草》《燕贻堂集》【《三管诗话》卷中胡德琳条："乾隆初，粤西诗人以胡书巢太守（德琳）为最，著有《西山杂咏》、《东阁闲吟》、《燕贻堂集》各种"④】

潘鮔《闲居行路前后集》【《三管诗话》卷中潘鮔条："桂平潘丙崖邑侯（鮔）有《闲居行路前后集》……⑤】

黄东昀《半规山房诗存》【《三管诗话》卷中黄东昀条："灵川黄晴初孝廉（东昀）有《半规山房诗存》，才调颇足掩其辈流。"⑥】

朱龄《蒿藓集》【《三管诗话》卷中朱龄条："灵川朱霁峰广文（龄）《题国朝六家诗钞后》云：……广文自编其诗曰《蒿藓集》，自序云……"⑦】

李秉礼《韦庐诗内外集》【《三管英灵集》卷五十五：《退庵诗话》云："韦庐处富豪之境，而能为幽深澹远之辞，此其可贵。幼与高密李宪乔善，其内集皆宪乔所点定，谓能以明懪之质澄远之怀，写为清泠之音，都雅之奏，洵非溢美。"⑧】

（2）总集类

《全唐诗》【《三管诗话》卷上王元条："字文元，桂林人。与翁宏、任

① （清）梁章钜著，蒋凡校注《〈三管诗话〉校注》，广西人民出版社，1996，第104页。
② （清）梁章钜著，蒋凡校注《〈三管诗话〉校注》，广西人民出版社，1996，第143页。
③ （清）梁章钜著，蒋凡校注《〈三管诗话〉校注》，广西人民出版社，1996，第100页。
④ （清）梁章钜著，蒋凡校注《〈三管诗话〉校注》，广西人民出版社，1996，第111页。
⑤ （清）梁章钜著，蒋凡校注《〈三管诗话〉校注》，广西人民出版社，1996，第115页。
⑥ （清）梁章钜著，蒋凡校注《〈三管诗话〉校注》，广西人民出版社，1996，第121页。
⑦ （清）梁章钜著，蒋凡校注《〈三管诗话〉校注》，广西人民出版社，1996，第145页。
⑧ （清）梁章钜：《三管英灵集》，卷五十五，清道光桂林汤日新堂刻本，藏国家图书馆。

鹄、陆蟾、王正已、廖融相友善，皆唐末隐士也。《全唐诗》 中载其诗五首。如《怀翁宏》云：'孤馆花初落，高空月正明。'《听琴》云：'寒泉出涧涩，老桧倚风悲。'《哭李韶》云：'雅句僧钞遍，孤坟客吊稀。' 在晚唐为出色语。而余尤爱其《登祝融峰》'翠欲滴潇湘' 五字，为未经人道也。此外，尚有《赠廖融》句云：'伴行惟瘦鹤，寻步入深云。'见《唐诗纪事》。"① 实转引自《全唐诗》。】【《三管诗话》卷上翁宏条："《全唐诗》载翁大举诗三首"②】

《湖海诗传》③【《三管诗话》卷中吕炽条："因合《湖海诗传》所载《翰林院落成应制》一首，并登之《三管集》中。"④】

《粤西诗载》【《三管英灵集》卷二梁嵩《殿试荔枝诗》，实引自《粤西诗载》卷十三录。】【《三管英灵集》卷二林通《穿石岩》实引自《粤西诗载》卷十四】【《三管英灵集》卷三黎暹《傅节妇吟》后，《退庵诗话》："此诗见《粤西诗载》中，多脱字，今从《怀集县志》补正。"⑤】【《三管英灵集》卷五戴钦九首之八首实引自《粤西诗载》】

《粤西文载》【《三管英灵集》卷二陆蟾小传云："有诗见《粤西文载》。"⑥ 即《咏瀑布》】【《三管英灵集》卷三王熙小传云："有诗见《粤西文载》。"】【《三管英灵集》卷五何世锦《阅邸报》诗后：《粤西文载》云何世锦子以尚官户部，以事建言，忤旨得罪，下廷狱。邸报至，举家失措。锦独不变色，且从容赋诗云云。吟毕，谓："有子如此，锡我光矣！"⑦】

《峤西诗钞》【《三管诗话》卷上吴廷举条："《峤西诗钞》录吴清惠（吴廷举）五古一首……因属杨紫卿改易一韵录之。"⑧】

《清诗别裁集》【《三管诗话》卷中蒋纲曹銮条："沈归愚尚书《国朝诗

① （清）梁章钜著，蒋凡校注《〈三管诗话〉校注》，广西人民出版社，1996，第33页。
② （清）梁章钜著，蒋凡校注《〈三管诗话〉校注》，广西人民出版社，1996，第36页。
③ （清）王昶辑，四十六卷。
④ （清）梁章钜著，蒋凡校注《〈三管诗话〉校注》，广西人民出版社，1996，第108页。
⑤ （清）梁章钜：《三管英灵集》，卷三，清道光桂林汤日新堂刻本，藏国家图书馆。
⑥ （清）梁章钜：《三管英灵集》，卷二，清道光桂林汤日新堂刻本，藏国家图书馆。
⑦ （清）梁章钜：《三管英灵集》，卷五，清道光桂林汤日新堂刻本，藏国家图书馆。
⑧ （清）梁章钜著，蒋凡校注《〈三管诗话〉校注》，广西人民出版社，1996，第69页。

别裁》中于粤西诗祇录两人，一为全州蒋有条进士（纲），《舟次书怀》云……又曹玉如进士（銮），《苦水铺》云……"① 】

（3）诗文评

《唐诗纪事》【《三管英灵集》卷一曹邺《老圃堂》诗后《退庵诗话》："此诗《曹祠部集》所无，今从《唐诗纪事》录出。"② 】

《宋诗纪事》【《三管英灵集》卷二李时亮，名字上，况眉批："《宋诗纪事》卷廿一末"；李时亮小传下，况行批："即纪事所引《名胜志》《蟠龙山》一首。"③ 】【《三管诗话》冯京条："《宋诗纪事》仅从《挥麈后录》得《诏修两朝国史赐筵史院》五律一首，《湘山野录》得《谢鄂倅南宫城》七律一首。"④ 】【《三管英灵集》卷二周渭《赠吴崇岳》实引自《宋诗纪事》卷二】【《三管英灵集》卷二欧阳辟《寄京师画院待诏王公器》况周颐眉批："《宋诗纪事》卷卅二载此一首。"⑤ 】

《随园诗话》【《三管诗话》卷中谢济世条："谢济世，号梅庄，全州人。……先生《次东坡狱中寄子由韵寄从弟佩苍》云：……乾隆初，赦还原职，先生疏求外用，授湖南粮道。长沙士人感其遗爱，片纸只字，俱珍重之，故传此二首。"⑥ 实引自《随园诗话》】【《三管诗话》卷中谢济世条：《随园诗话》："谢梅庄先生不信风水之说，《题金山郭璞墓》云：'云根浮浪花，生气来何处？上有古碑存，葬师郭璞墓。' 晓世之意，隐然言外。"⑦ 】

《静志居诗话》【《三管诗话》卷中藤峡谣条："自藤峡径府江三百余里，诸蛮互为死党，出劫商船，得人则刳其腹，投之江峡中。人谣云。"盎有一斗米，莫诉藤峡水，囊有一百钱，莫上府江船。"⑧ 实转自《静志居诗话》。】

---

① （清）梁章钜著，蒋凡校注《〈三管诗话〉校注》，广西人民出版社，1996，第93页。
② （清）梁章钜：《三管英灵集》，卷一，清道光桂林汤日新堂刻本，藏国家图书馆。
③ （清）梁章钜：《三管英灵集》，卷二，清道光桂林汤日新堂刻本，藏国家图书馆。
④ （清）梁章钜著，蒋凡校注《〈三管诗话〉校注》，广西人民出版社，1996，第44页。
⑤ （清）梁章钜：《三管英灵集》，卷二，清道光桂林汤日新堂刻本，藏国家图书馆。
⑥ （清）梁章钜著，蒋凡校注《〈三管诗话〉校注》，广西人民出版社，1996，第95页。
⑦ （清）梁章钜著，蒋凡校注《〈三管诗话〉校注》，广西人民出版社，1996，第97页。
⑧ （清）梁章钜著，蒋凡校注《〈三管诗话〉校注》，广西人民出版社，1996，第175页。

3. 手稿

吕炽《恭与九老会纪恩诗》【《三管诗话》卷中吕炽条："此诗系先生手稿，藏闵孝廉（光弼）家。应制如此庄雅，直接唐音，粤西诗所仅见也。"① 】

吕璜《月沧诗文集》【《三管诗话》卷中吕璜条："时余方钞辑《三管诗》，凡生存者，例不入选。而月沧骤归道山，乃就哲嗣小沧求其遗稿，录为一卷，犹憾美不胜收也。"② 】

黎建三《谦亭全集》【《三管英灵集》卷二十二黎建三小传后，《退庵诗话》云："适平南彭先生兰畹携《谦亭全集》来，故悉录其尤雅者，足以传谦亭矣。"③ 】

朱凤森《韫山诗稿》【《三管诗话》卷中朱凤森条："朱韫山郡丞（凤森），嘉庆辛酉进士，为濂甫太史尊人。才思敏捷，千言立就。平日有吏才。官漕时，值白莲教起，陷滑县。郡丞仓猝防变，动中机宜……"后引那彦成《韫山诗稿序》。④】

4. 断纸

《三管英灵集》卷二十五吴道萱诗十二首【《三管诗话》卷中吴道萱条："横州吴霁堂先生（道萱），与先叔父太常公为乙未进士同年，知吾闽仙游县时，先资政公适主讲县之金石书院，故先代交情最笃。后先生以亏帑获罪，资政公为经纪其身后事，并检拾其遗诗数纸，今所录入《三管集》者是也。"⑤ 】

陈宏谋《应制颂》四首【《三管诗话》卷中陈宏谋条："而余更从朱濂甫太史处录得《应制颂》四首，承平雅颂之音，足为《三管集》增重矣。"⑥ 】

5. 石刻

宋李时亮南溪山白龙洞题诗：【《三管英灵集》卷二李时亮《白龙洞》题下注："石刻熙宁八年八月四日李时亮题。"⑦ 】

---

① （清）梁章钜著，蒋凡校注《〈三管诗话〉校注》，广西人民出版社，1996，第108页。

② （清）梁章钜著，蒋凡校注《〈三管诗话〉校注》，广西人民出版社，1996，第159~160页。

③ （清）梁章钜：《三管英灵集》，卷二十二，清道光桂林汤日新堂刻本，藏国家图书馆。

④ （清）梁章钜著，蒋凡校注《〈三管诗话〉校注》，广西人民出版社，1996，第140页。

⑤ （清）梁章钜著，蒋凡校注《〈三管诗话〉校注》，广西人民出版社，1996，第118页。

⑥ （清）梁章钜著，蒋凡校注《〈三管诗话〉校注》，广西人民出版社，1996，第100页。

⑦ （清）梁章钜：《三管英灵集》，卷二，清道光桂林汤日新堂刻本，藏国家图书馆。

6. 画册

熊方受《题梁茝林观察沧浪亭画册》【《三管诗话》卷中熊方受条："永康熊介兹观察（方受）由词垣改仪部入直军机……最后访先生于扬州，导余游平山堂诸胜，并为题《沧浪亭画册》，且略举平生得意之句，如……皆不能记其全篇。今又阅十余年，先生之丧，尚滞邗上，而其遗集亦屡索之不获，可胜惘然！"① 】

二 《三管英灵集》选诗来源文献的范围与类型

从辑录所得的 51 条选诗来源文献条目来看，《三管英灵集》诗歌的文献采撷范围涵盖了史部、集部两大类。并非梁章钜选诗没有宽阔的学术视野，而是子部笔记小说中所载之诗歌文本可信度不如集部和史部文献。

《三管英灵集》所涉及的史部文献仅限地理一类，文献类型包括方志和名胜志，明确说明引用包括地方志和名胜志文献 11 种：《广西通志》、《梧州府志》、《庆远府志》、《怀集县志》、《融县志》、《临桂县志》、《平乐县志》、《兴安县志》、《贵县志》；《湘山志》、《广西名胜志》。有些诗歌选录自方志并未言明，如卷八选明代兴业人谭赍《吐华岩》一首，诗与传来源未注明，今考不见《粤西诗载》、《峤西诗钞》、《广西通志》，见嘉庆续修《兴业县志》（嘉庆十九年刻本）。卷八选廖东升一首《龙头山曹邺读书处》，今考不见其他总集、省志，仅见《阳朔县志》。卷八选赵天益《养山》、《利水》，仅见康熙《养利州志》。卷八黄家珍《玉印山》，不见其他总集、省志收录，仅见《武缘县志》。卷八卢佐音《游老君洞》不见其他总集、省志收录，见录《上林县志》②。卷十唐尚訏《登葵山绝顶》不见其他总集、省志收录，见乾隆《兴业县志》、嘉庆《续修兴业县志》。卷十四梁建藩《游勾漏洞》不见其他总集、省志收录，见录乾隆《北流县志》。卷十五蒋良琪《登书堂山》不见其他总集、省志收录，见录嘉庆《全州志》卷十《艺文志》。卷十五韦日华《会仙山远眺》不见其他总集、省志收录，见录乾隆《庆远府志》。由此可见，广西各地府县志成为《三管英灵集》搜集

---

① （清）梁章钜著，蒋凡校注《〈三管诗话〉校注》，广西人民出版社，1996，第 127 页。

② 杨盟等修，黄诚沅纂《上林县志》，台北：成文出版社，据民国二十三年铅印本影印，1968，第 887 页。

地方诗人诗歌的重要文献，而大多出处并未言明。

这些省州府县方志和名胜志中，记载了广西诗人及其代表诗歌，可以为《三管英灵集》采集或依据的情况多种多样。第一，有些诗人别集已散失不存，片言只语有赖方志保存流传。如《三管诗话》卷上赵观文条云："惜观文无诗可传。余仅从方志中录得《舜庙祭器》四言颂一首。"① 第二，广西诗人别集留存，方志中存诗，别集中无存，此前选诗家亦未曾留意者。第三，依据方志中存诗，校订补正别集、总集中诗歌的错讹和脱字。如《三管英灵集》卷三黎暹《傅节妇吟》，梁章钜云："此诗见《粤西诗载》中，多脱字，今从《怀集县志》补正。"② 梁章钜集合人力，遍搜广西史部方志和地理名胜志等文献，将这些代表诗作或别集佚诗选入《三管英灵集》。而梁章钜编纂《三管英灵集》的道光年间，所依据之州府县志，有些今已亡佚，个别条目有赖《三管英灵集》存世。

《三管英灵集》选诗的最主要文献来源是集部，包括别集、总集、诗文评三类。从辑录所得选诗来源文献条目来看，标注选诗源自别集的，有 13 位诗人的 15 种别集；总集 6 种，诗文评 4 种。由以上数据约略可见，《三管英灵集》选录诗歌最主要的文献来源是广西诗人的别集。《三管英灵集》"凡例"第二条云："粤西诗人自二曹乃显，唐以前无征，故采自唐始。元代作者亦复阙如。宋、明两代有集名见于书目而诗已散佚者，所存盖亦不多，是编由各州县采送本集，选集……"③ 别集是选诗家最常依据的文献，具有诗歌文本的可靠性和完整性，最接近诗人诗歌的原生态和出版原貌。因此，梁章钜遍搜广西各州府县诗人的别集，作为选诗的第一手文献资料。在《三管英灵集》中，明确说明诗歌选自别集的有《曹祠部集·附曹唐集》、蒋冕《湘皋集》、袁崇焕《乐性堂遗稿》、袁珏《今是轩诗草》、刘新翰《谷音集》、朱依真《九芝草堂集》、陈宏谋《培远堂偶存稿》、胡德琳《西山杂咏》、《东阁闲吟草》、《燕贻堂集》、潘鼱《闲居行路前后集》、黄东旸《半规山房诗存》、朱龄《蒿薜集》、李秉礼《韦庐诗内外集》。但这远不是梁章钜所搜集到的诗歌别集全部，仅著录别集，而未明言者众多，

---

① （清）梁章钜著，蒋凡校注《〈三管诗话〉校注》，广西人民出版社，1996，第 30 页。
② （清）梁章钜：《三管英灵集》，卷二，清道光桂林汤日新堂刻本，藏国家图书馆。
③ （清）梁章钜：《三管英灵集》，凡例，清道光桂林汤日新堂刻本，藏国家图书馆。

且依据别集选诗的，则所选诗歌数量较多，已可窥见《三管英灵集》选诗对广西诗人别集的搜集、保存和珍视。如《三管英灵集》卷四蒋冕小传后云："余初到桂林，即得《湘皋集》，遍读之。"① 梁章钜选其诗 63 首。《三管英灵集》卷一还选录了唐代曹邺诗歌 50 首，卷二录入曹唐的诗歌 32 首，据《三管诗话》，这些诗歌均录自明代全州蒋冕刊刻的《二曹诗集》，代代诗人相与激赏，或刊刻或选诗，先贤经典得以流传。在有限的时间中，选诗家也无法搜集所有广西诗人别集，一旦有得如获拱璧，如《三管诗话》卷中朱依真条："朱小岑布衣……有《九芝草堂集》。余辑《三管诗》，于布衣所存独多，且有美不胜收之憾。"② 卷三十四选朱依真诗 42 首。但更多的时候，别集不获，别集无存或散佚，而不得不借助前人总集和诗话的成果。

《三管英灵集》选诗主要文献来源之一是总集，选诗依据的总集有《全唐诗》、《湖海诗传》、《粤西诗载》、《粤西文载》、《峤西诗钞》、《清诗别裁集》。又择选诗文评中的诗人佚诗，有《唐诗纪事》、《宋诗纪事》、《随园诗话》、《静志居诗话》等。但从诗话中选诗数量不多，《三管英灵集》大量引用《粤西诗载》和《峤西诗钞》，并未标明出处。清代乾嘉间诗人未远，别集保存情况较好，《三管英灵集》编选时，梁章钜所依据别集较多，而所选唐五代宋明诗人诗歌，更多依据《粤西诗载》、《峤西诗钞》、《广西通志》等，因唐五代宋明人诗集刻本已很难搜获。如《三管英灵集》卷五选明代戴钦诗 9 首，便依据《粤西诗载》。《三管英灵集》卷五戴钦传后，引《四库全书总目提要》所云戴钦《鹿原存稿》九卷的结集情况，乃戴钦侄子戴希颙辑。清人汪森编《粤西诗载》，依据了戴钦《鹿原存稿》，他在《粤西通载·发凡》中说："（粤西）明世登春秋两闱者甚众，而求其著作，仅见戴时亮、蒋文定、李月山、张羽王三四种而已。"③《粤西文载》卷五十二、五十九分别收录周仲士的《鹿原存稿序》和戴希颙《鹿原稿跋》。惜乎戴希颙辑《鹿原存稿》的明刻本今已不存，仅存《鹿原集》明抄本，藏国

---

① （清）梁章钜：《三管英灵集》，卷四，清道光桂林汤日新堂刻本，藏国家图书馆。
② （清）梁章钜著，蒋凡校注《〈三管诗话〉校注》，广西人民出版社，1996，第 143 页。
③ （清）汪森辑，桂苑书林编委会校注《〈粤西诗载〉校注》，第一册前言，广西人民出版社，1988，第 7 页。

家图书馆。① 而《三管英灵集》选戴钦诗所据是《粤西诗载》,而非戴钦别集抄本,因《三管英灵集》卷五戴钦九首,八首见于《粤西诗载》,《同诸公寺中对雪》一首,见朱彝尊《明诗综》卷四十、《四朝诗》明诗卷五十五,如果梁章钜搜集到戴钦别集的刻本或抄本,定不会只选九首诗。且《三管英灵集》所收戴钦诗八首文字沿袭《粤西诗载》,而与今存的明抄本《鹿原集》不同。可见,《三管英灵集》选戴钦诗依据非戴钦别集的刻本或抄本,而是《粤西诗载》。再如卷四选吴廷举诗 22 首,不仅依据吴廷举《东湖吟稿》,还参校《峤西诗钞》;还选二首不见于别集,而保存在《粤西诗载》中的《梧州同心亭》、《过洪崖山望横槎》。清代诗人别集保存完好,道光年间亦流传,但仍有别集中不存,而仅见《峤西诗钞》者,为《三管英灵集》所选录。《三管英灵集》选一人之诗,往往以别集、总集、方志共为依据,互相参校,查缺补漏,以存其珍。

除此之外,选诗来源文献的范围与类型还增加了手稿、断纸、石刻、画册等多种原始文献形式,扩大了传统总集编撰的资料收集范围。手稿如吕炽《恭与九老会纪恩诗》,《三管诗话》卷中吕炽条载,梁章钜在礼部做官时,编辑礼部官员的档案,知道了桂林吕炽先生,读王兰泉《湖海诗传》吕炽传记,有疑惑之处,后读《广西通志》知其传记详细。梁章钜又记述吕炽《恭与九老会纪恩诗》的写作缘由,并评论此诗:"此诗系先生手稿,藏闵孝廉(光弼)家。应制如此庄雅,直接唐音,粤西诗所仅见也。因合《湖海诗传》所载《翰林院落成应制》一首,并登之《三管集》中。"②

断纸如《三管英灵集》卷二十五吴道萱诗十二首,《三管诗话》卷中载:"横州吴霁堂先生(道萱),与先叔父太常公为乙未进士同年,知吾闽仙游县时,先资政公适主讲县之金石书院,故先代交情最笃。后先生以亏帑获罪,资政公为经纪其身后事,并检拾其遗诗数纸,今所录入《三管集》者是也。先生诗诸体并工,《采莲曲》一首,尤得古乐府遗意。《读白太傅

---

① 可参考刘汉忠《戴钦著述的刊刻流传》,政协柳州市柳北区委员会文史编辑组:《柳北文史》,第 7~8 辑,政协柳州市柳北区委员会刊印,1992,第 64 页。石勇:《戴钦生平及著作考》,广西社会科学,2007,5,第 100~103 页。
② (清)梁章钜著,蒋凡校注《〈三管诗话〉校注》,广西人民出版社,1996,第 108 页。

集》云：'能开一代风流局，独擅三唐蕴藉诗。半世苔岑联梦得，一生旗鼓敌微之。'当时吾乡耆宿多能诵之。"① 梁章钜叙述其叔父梁上国与横州吴道萱同为乾隆四十年（1755）进士，父亲梁赞图曾在福建仙游的金石书院主讲，故与仙游县知县吴道萱交情甚笃。梁章钜将父亲藏吴道萱的遗作数纸，收入《三管英灵集》。

广西诗人诗歌石刻遍布于广西名山大川风景名胜，梁章钜编纂《三管英灵集》，还注意搜集非书籍文献，使诗歌总集具有了地域文化传承的意义，如宋代李时亮的南溪山白龙洞题诗，不见著录于历代总集、诗话中，梁章钜搜罗入集，在诗题《白龙洞》下注："石刻熙宁八年八月四日李时亮题。"

画册题诗，如《三管诗话》卷中，梁章钜记述自己与永康（今属广西扶绥）熊方受的交情：

> 永康熊介兹观察（方受）由词垣改仪部入直军机，出巡齐鲁，宦辙所至，余皆部其后尘。先生尝笑谓余曰："我与君可称'四同'。"最后访先生于扬州，导余游平山堂诸胜，并为题《沧浪亭画册》，且略举平生得意之句，如……皆不能记其全篇。今又阅十余年，先生之丧，尚滞邗上，而其遗集亦屡索之不获，可胜惘然！②

梁章钜到扬州拜访晚年的熊方受，唱和诗歌，熊方受为梁章钜画册题诗，但先生扬州逝世后，梁章钜没能看到其生前所留之别集，深为惋惜。于是将其《题梁茝林观察沧浪亭画册》选入《三管英灵集》。

《三管英灵集》选诗的文献范围，主要是史部地理志和集部的别集、总集、诗话。文献的类型包括刻本、手稿、抄本、断纸、石刻、画册等。与以往选诗纯以集部作为采撷对象的诗歌总集不同，反映出梁章钜对于总集编撰方法的努力尝试与实践，以及对广西诗人诗歌的最大力量的搜罗保存。

---

① （清）梁章钜著，蒋凡校注《〈三管诗话〉校注》，广西人民出版社，1996，第118页。
② （清）梁章钜著，蒋凡校注《〈三管诗话〉校注》，广西人民出版社，1996，第127页。

三　《三管英灵集》选诗来源文献的版本情况

《三管英灵集》并未对选诗来源文献的版本情况一一标明，但在诗人小传、诗话中提及一些选诗依据文献的版本信息，包括文献的版本类型、版本来源、版本流传等，可以看出，梁章钜搜集文献、编纂总集的过程，及在此过程中，对所依据选诗文献版本的重视，对版本校勘方法的运用，增强了总集编纂的文献价值。

刻印本是《三管英灵集》绝大多数选诗来源文献的版本形式，无论是别集、总集还是诗话著作，大多以刻本形式流传。曹邺《曹祠部集》、曹唐《曹唐集》、蒋冕《湘皋集》、陈宏谋《培远堂偶存稿》、李秉礼《韦庐诗内外集》等均是刻本。如《三管英灵集》卷一曹邺小传后云："今本二卷，乃全州蒋文定公（冕）所刻，后附《曹唐诗》，即《四库》所录也。其实吾闽长乐谢肇淛及瓯宁范邦秀，皆先有刻本，蒋特重加校梓耳。"① 梁章钜在选诗前，对别集刻本的刊刻源流先有考察，择优而用。《三管英灵集》选诗或依据诗人一生中的多个别集刻本，如卷二十三选苍梧邓建英诗 46 首，小传著录其诗集《玉照堂诗钞》、《晋中吟草》二种。《玉照堂诗钞》六卷，乃嘉庆十七年（1812）邓建英友人桂林左桂舟刊刻，今存桂林图书馆。嘉庆十三年嘉兴钱楷《玉照堂诗钞原序》云："去冬方辀将北上，搜寻其自童子时至近岁所作，除水蚁伤残暨散佚外，共诗若干首，编为一集，以所居堂名之曰《玉照堂诗钞》。而以余旧序弁其首，意欲属余再为校定，适余奉命有事三晋。既还，始受而读之，非但续集进而愈上，而前所序之《存余初稿》更手自删订，未合作者去之，遗逸复出者补之，裁择精严，合已未以后丁卯之前……闻方辀即赴并门，需次匆匆不能细为评点，因再识数语于简端，旧序不录可也，从此有加无已，一官一集，余他日尚欲为方辀读之。"② 据此可知，钱楷嘉庆十二年所见之《玉照堂诗钞》，是邓建英对自己的《存余初稿》删削补订之后重新结集者，《存余初稿》未刊刻，今存咸丰

---

① （清）梁章钜：《三管英灵集》，卷一，清道光桂林汤日新堂刻本，藏国家图书馆。
② （清）蒯光焕、（清）李百龄原修；（清）罗勋、（清）严寅恭原纂；（清）黄玉柱续修；（清）王栋续纂《（同治）苍梧县志》，中国地方志集成，广西府县志辑，第 77~78 册，凤凰出版社，2014。

年间罗渭川家藏抄本六卷。嘉庆十三年，邓建英上任并州（山西），其在山西所作诗结集《晋中吟草》，亦于嘉庆年间刊刻①。《三管英灵集》选邓建英诗 46 首，依据《玉照堂诗钞》、《晋中吟草》二嘉庆刻本，如《辽州城南双松歌》、《左桂舟以感遇诗见示因和答四章以广其志》等晋中之作，便不存于《玉照堂诗钞》刻本和《存余初稿》抄本中。（《峤西诗钞》选邓诗 36首，亦选其晋中之作。）今考《三管英灵集》选诗，亦有不见于嘉庆刻本《玉照堂诗钞》，而见于咸丰年间罗渭川家藏《存余初稿》抄本者，如《西湖酒楼醉歌赠刘星山明府》、《早春严心田邀游金莲庵同左碧溪崔雨屏李芳园》等，可知，《三管英灵集》选邓建英诗，除依据二刻本外，兼依据《存余初稿》手稿本或抄本。

手稿本或手抄本也是《三管英灵集》选诗来源文献重要的版本形式。嘉庆道光间诗人诗集并未刊刻，梁章钜辗转搜集到手稿本或手抄本用以选诗，《三管英灵集》编成刻印后，诗人的手抄本方经整理刻印，《三管英灵集》成为最接近诗人原稿本的版本，极具校勘价值。如《三管英灵集》卷二十二选黎建三诗歌 80 首，来源文献即黎建三诗集稿本或抄本《谦亭全集》。卷二十二黎建三传云："字谦亭，平南人，乾隆三十三年举人，官甘肃泾州直隶州知州，有《学吟存草》《游草漫录》《续游小草》《悔初草》。"后附《退庵诗话》云：

> 家宫詹九三叔父尝序谦亭诗曰："谦亭以孝廉作循吏，往来数十年，不辍于诗，今读其诗而知其性情之和平忠孝，且以知其政之恺悌慈祥；读其诗而知其学问之明通淹贯，且以知其政之敏练廉能。至于古体滂沛豪迈，五言短章骎骎乎登古乐府之堂，而律之俊逸浑厚、流丽清新，固人人所共爱。而余独爱其以见道之言发泄于草木虫鱼以抒其抱负，所谓真学问真性情者也。"此宫詹视学粤西时，谦亭之子槐门所请序也。《峤西诗钞》所登未尽其菁华，杨紫卿所选亦约，适平南彭先生兰畹携《谦亭全集》来，故悉录其尤雅者，足以传谦亭矣。②

---

① 苍梧梁应时红色方格抄本三卷（邓建英诗歌选抄本，包括《晋中吟草》部分诗作），今存桂林图书馆。
② （清）梁章钜：《三管英灵集》，卷二十二，清道光桂林汤日新堂刻本，藏国家图书馆。

今存黎建三的诗歌别集《素轩诗集》，是黎建三长子黎君弼编辑，孙子黎士华校勘，并于道光二十二年（1842）刊刻的求慊家塾刻本，收黎建三诗歌 515 首，附词 38 首和黎君弼《自娱诗集》二卷 100 首，今藏桂林图书馆、广西博物馆。而《三管英灵集》最初由杨季鸾总理选编时，并未见黎建三诗歌刻本，仅见《峤西诗钞》选黎建三诗歌，或以之为依据选诗。后杨季鸾归湘，平南彭昱尧参与编选，并携带《谦亭全集》而来，而此集非道光二十二年（1842）刊刻求慊家塾刻本《素轩诗集》，因《三管英灵集》编成时间约在梁章钜离桂的道光二十一年（1841）夏四月，且彭昱尧因上京赶考，滞留京城，早于道光二十年（1840）冬，就停止编校工作。因此，《三管英灵集》选黎建三诗歌依据的《谦亭全集》，是梁章钜所谓"家宫詹九三叔父"序的黎君弼编辑的手稿本，或彭昱尧以手稿本为据的抄本。"家宫詹九三叔父"即梁章钜的伯父梁上国。"在梁章钜父辈的四兄弟中，论学识与官职，他的四叔父梁上国最为出色。梁上国（1748—1815），字斯仪，又字九山。年少时即为朱珪所欣赏，推荐至读书社。乾隆三十三年（1768）中举人，四十年（1775）中进士，改庶吉士，习国书。乾隆五十五年（1790），授编修，转御史给事中，历奉天府丞兼提督学政。嘉庆十二年（1807）迁詹事府少詹事，累官至太常侍卿。嘉庆十八年（1813）督学广西，革除时弊。因积劳成疾，病逝于庆远试院。"[①] 嘉庆十八年（1813），梁上国视学广西时，应黎建三之子黎君弼的邀请，为《谦亭全集》作序。《谦亭全集》今已不存，只能将道光二十二年（1842）刊刻的求慊家塾刻本《素轩诗集》与《三管英灵集》、《峤西诗钞》对比校勘，发现部分选诗《三管英灵集》与《峤西诗钞》字句相同，而与道光二十二年（1842）刊刻的求慊家塾刻本字句不同，这部分诗或即梁章钜所云，杨紫卿录自《峤西诗钞》；但《三管英灵集》中还有一部分选诗不见于《峤西诗钞》，应录自《谦亭全集》，与《素轩诗集》对比校勘，发现《素轩诗集》道光二十二年（1842）求慊家塾刻本应是在修订编辑《谦亭全集》的基础上刊印的。如《素轩诗集》卷三有《初夏过卢妹丈山庄感赋二首》，《三管英灵集》题作：《初夏过卢妹丈山庄妹丈于去秋下世舍妹膝下二男一六岁一甫周茕茕弱

① 欧阳少鸣：《梁章钜评传》，南京大学出版社，2012，第 5 页。

息终日以泪洗面为勉留二日归途怆然赋此》，因此，《三管英灵集》的底本为手稿本或手抄本《谦亭全集》，可纠正道光二十二年（1842）刊刻的求慊家塾刻本《素轩诗集》的一些讹误。

从版本来源上看，《三管英灵集》的文献采摭主要来自梁章钜广西籍朋友与幕僚的藏书，和各州府县进献藏书等。梁章钜朋友幕僚藏书，如梁章钜抚桂期间，与秀峰书院山长吕璜交好，《三管诗话》卷中吕璜条云："时余方钞辑《三管诗》，凡生存者，例不入选。而月沧骤归道山，乃就哲嗣小沧求其遗稿，录为一卷，犹憾美不胜收也。"① 卷四十四选吕璜诗 55 首，所据为吕璜诗集《月沧诗文集》手稿本，藏于吕璜家中，由其子吕小沧保存，梁章钜求得。再如朱琦参与编纂《三管英灵集》，其父朱凤森于道光十二年（1832）病逝，朱琦依据其父《韫山诗稿》的手稿本选诗，道光二十七年（1847）朱琦在京城官御史时，才刊刻《韫山诗稿》。此外，参与编纂《三管英灵集》的梁章钜幕僚闵光弼、彭昱尧均贡献藏书。

总之，《三管英灵集》无论是选诗来源文献范围的广度还是文献形式的多样性都前所未有。

第四节　《三管英灵集》诗话撰写的文献依据辑论

《三管英灵集》之《退庵诗话》与《三管诗话》除去重复，合其未录，诗话所引所有条目加以考察诗话撰写的文献依据。未注明诗事出处者，若可确考出处则补充辑录；未注明诗事出处者，不能确考者，不妄加推断，不辑录。诗事出处乃转引者，亦确考转引出处补充辑录，不可确考者不录。如《三管诗话》卷上记秦观自郴州至横州，路过桂林，无名氏诗人有感题壁一诗之事，云引自《曲洧旧闻》，但考雍正《广西通志》卷一百二十七、《粤西丛载》卷五均著录此诗事，均标明引自《曲洧旧闻》，且文字大致相同，因此，很难断定梁章钜所引何处，是直接引《曲洧旧闻》，还是转引，因其未加言明，无法确考，舍弃不录。《三管诗话》卷上记明朝全州于中之诗事，未云依据典籍，考文字记述，与《粤西文载》卷六十九、雍正《广

---

① （清）梁章钜著，蒋凡校注《〈三管诗话〉校注》，广西人民出版社，1996，第159~160页。

西通志》卷七十七较为接近，具体则无法确考，不录。以下仍按《四库全书总目》分类辑录。

一　《三管英灵集》诗话依据文献的辑录

1. 经部

小学类

《集韵》【《三管诗话》卷上吴廷举条："《峤西诗钞》录吴清惠（吴廷举）五古一首……按：《集韵》……因属杨紫卿改易一韵录之……"①】

2. 史部

（1）正史类

《汉书》【《三管诗话》卷上士燮条："士燮，字彦威，苍梧人。治《春秋》，有《公羊》、《谷梁》注，见《汉书·艺文志》。又集五卷，见《唐书·艺文志》。此粤西著作之最先者。惜无诗可传。"②】

《新唐书》【同上士燮条】【《三管诗话》卷上曹邺条："粤西诗人莫先二曹。曹祠部邺诗，《唐书·艺文志》作三卷，《宋史·艺文志》作二卷，陈振孙《书录解题》作一卷。今本二卷，乃全州蒋文定公（冕）所刻……"③】

《旧唐书》【《三管诗话》卷上曹邺条：《桂故》载曹邺定白敏中、高璩谥号"丑"、"刺"事，亦见《旧唐书》二人本传、莫休符《风土记》④】

《宋史》【同上曹邺条⑤】

《明史》【《三管诗话》卷上蒋冕条："《尧山堂外纪》云：蒋阁老冕历仕三朝，始告归田里……按：此事亦见《西樵野记》。然蒋文定公以议礼不合乞致仕，《明史》纪传中并无三聘之说。此二诗亦殊鄙俚，可断为齐东野人之谈。姑录而辨之。"⑥】

（2）杂史类

《世庙识余录》【《三管诗话》卷上吴廷举条引徐学谟《世庙识余录》

---

① （清）梁章钜著，蒋凡校注《〈三管诗话〉校注》，广西人民出版社，1996，第69页。
② （清）梁章钜著，蒋凡校注《〈三管诗话〉校注》，广西人民出版社，1996，第12页。
③ （清）梁章钜著，蒋凡校注《〈三管诗话〉校注》，广西人民出版社，1996，第13页。
④ （清）梁章钜著，蒋凡校注《〈三管诗话〉校注》，广西人民出版社，1996，第17页。
⑤ （清）梁章钜著，蒋凡校注《〈三管诗话〉校注》，广西人民出版社，1996，第13页。
⑥ （清）梁章钜著，蒋凡校注《〈三管诗话〉校注》，广西人民出版社，1996，第77~78页。

所载的吴廷举不愿意拜南京工部尚书,所上奏疏中引用白居易和张咏的诗句,表达嘲谑之意。上令致仕。】

（3）地理类

雍正《广西通志》① 【《三管诗话》卷上董京条:"右见《广西旧志》,汪晋贤《粤西丛载》亦引之,亦汉以后诗事之最古者矣。"② 】【《三管诗话》卷上曹邺条:"《广西旧志》云:'西郎山在阳朔县西半里许……'"③ 】【《三管诗话》卷上鳌山道士条:"鳌山道人,明道中,尝卧州学,士人或叱之,则曰……"实转自雍正《广西通志》。】【《三管诗话》卷下黎兆选条:"贺县三峰之委径,有石类蛇,能祟人,过之常被噬。有黎兆选者,广东广德人,题诗蛇石,云……蛇怪遂息。见《广西旧志》。"④ 】【《三管诗话》卷下李渤条:"桂林城外白龙洞中有石刻李渤《留别南溪诗》云……按:《广西旧志》载此诗有二首,其二云……"⑤ 】【《三管诗话》卷下养奋条:"《广西旧志》有《养奋汉和帝时举方正碑》"⑥ 】【《三管诗话》卷下梁世基条:"梁世基,宋时横州人……家有荔枝生连理,神宗闻之,寄赐以诗,云……见《广西旧志》"⑦ 】【《三管英灵集》卷五梁允玧诗后《退庵诗话》云:"《广西旧志》及《粤西诗载》并以此首为梁允瑶作,今从《怀集县志》订正。县志无允瑶之名也。"⑧ 】

乾隆《广西通志》【《三管诗话》卷上蒋兴条:《广西通志》云:蒋兴,灌阳人。隐于仙源洞修炼,不知所终。［太守］顾璘尝访其洞,得兴所栖石题诗,云:"水曲桃花岸,灵岩信有仙。虫书留古洞,鹤驾去何年?白犬眠金灶,苍龙饮玉泉。愧非嵇叔夜,来此竟空旋!"⑨ 】【《三管英灵集》卷五

---

① （清）金鉷修:《广西通志》,台北:商务印书馆影印文渊阁四库全书本,1983。

② （清）梁章钜著,蒋凡校注《〈三管诗话〉校注》,广西人民出版社,1996,第10页。

③ （清）梁章钜著,蒋凡校注《〈三管诗话〉校注》,广西人民出版社,1996,第23页。

④ （清）梁章钜著,蒋凡校注《〈三管诗话〉校注》,广西人民出版社,1996,第247页。

⑤ （清）梁章钜著,蒋凡校注《〈三管诗话〉校注》,广西人民出版社,1996,第270页。

⑥ （清）梁章钜著,蒋凡校注《〈三管诗话〉校注》,广西人民出版社,1996,第266页。

⑦ （清）梁章钜著,蒋凡校注《〈三管诗话〉校注》,广西人民出版社,1996,第237页。

⑧ （清）梁章钜:《三管英灵集》,卷五,清道光桂林汤日新堂刻本,藏国家图书馆。

⑨ （清）梁章钜著,蒋凡校注《〈三管诗话〉校注》,广西人民出版社,1996,第62页。

（清）谢启昆修,胡虔纂《广西通志》,第10册,广西人民出版社,1988,第6852页。

李璧传后："《广西通志》云李白夫从章枫山（懋）讲学金陵……"①】

【《三管诗话》卷下柳宗元龙城石刻条：志书载，柳子厚龙城刻石在马平县柳侯祠内，其词云："龙城柳，神所守。驱厉鬼，出匕首。福四民，制九丑。"按：《龙城录》所载与此微有异同，"出匕首"作"山左首"，"福四民"作"福土氓"……②实出乾隆《广西通志》】　【《三管诗话》卷下："《苏文忠集》中有《送邵道士彦肃还都峤诗》云……而《广西志》作"彦甫"，恐误。又《瓮牖闲评》亦载此诗……而今《通志》载此诗，"寡"作"宽"，"妻"作"时"，"从"作"随"，"清游"作"千山"，皆当以集订正之。"③】　【《三管诗话》卷下梧州冰井铭条："愚山作《冰井行》云……《广西通志》冰井条下，仅载前明叶盛一记，而不载此诗，亦漏略矣。"④】

《桂林府志》【《三管英灵集》卷五十四景淳传后："《桂林府志》云：僧景淳工诗，规模渊源出于与可。"⑤】

《梧州府志》【《三管诗话》卷上《喻猛颂》《陈临歌》条：《梧州府志》载：喻猛，汉和帝时为苍梧太守，以清白为治。郡人颂之曰："於惟苍梧，交趾之域。……"又载后汉陈临……汪晋贤森《粤西诗载》虽首录《喻猛颂》，而遗其后八句，又不及《陈临歌》；《平乐府志》录《陈临歌》，而又遗其次首三句。今皆补录，以冠《三管诗话》之前，真凤一毛麟一角矣！⑥】【《三管诗话》卷上吴廷举条："《峤西诗钞》录吴清惠（吴廷举）五古一首……因属杨紫卿改易一韵录之。《梧州府志》亦载此诗。"⑦】

《平乐县志》【《三管英灵集》卷二安昌期《题峡山石壁》诗后："《平乐县志》云：安昌期住恭城县东之葛家溪，皇祐间举进士，会侬寇平，推恩二广，凡与礼闱试者皆特授职。昌期就官横州永淳尉，以事去任，解印

①　（清）梁章钜：《三管英灵集》，卷五，清道光桂林汤日新堂刻本，藏国家图书馆。
②　（清）梁章钜著，蒋凡校注《〈三管诗话〉校注》，广西人民出版社，1996，第211～212页。
③　（清）梁章钜著，蒋凡校注《〈三管诗话〉校注》，广西人民出版社，1996，第227页。
④　（清）梁章钜著，蒋凡校注《〈三管诗话〉校注》，广西人民出版社，1996，第271页。
⑤　（清）梁章钜：《三管英灵集》，卷五十四，清道光桂林汤日新堂刻本，藏国家图书馆。
⑥　（清）梁章钜著，蒋凡校注《〈三管诗话〉校注》，广西人民出版社，1996，第7页。
⑦　（清）梁章钜著，蒋凡校注《〈三管诗话〉校注》，广西人民出版社，1996，第69页。

后即弃家，慕广州清远县峡山寺，隐于和光洞，无何，与其童偕出不返，石壁上留诗云云。"①】【《三管诗话》卷上《喻猛颂》《陈临歌》条：《梧州府志》载：喻猛，汉和帝时为苍梧太守，以清白为治。郡人颂之曰："於惟苍梧，交趾之域。……"又载后汉陈临……汪晋贤森《粤西诗载》虽首录《喻猛颂》，而遗其后八句，又不及《陈临歌》；《平乐府志》录《陈临歌》，而又遗其次首三句。今皆补录，以冠《三管诗话》之前，真凤一毛麟一角矣！②】

《临桂县志》【《三管诗话》卷上王元条："今《临桂县志》与翁宏并列于宋人，盖误。"③】

《兴安县志》【《三管英灵集》卷五十四归真子传后："《退庵诗话》云：《兴安县志》载，宋治平初，唐子正读书真仙观中……按：此事载《古今诗话》，惟篇首'元山'二字作'袁州'为异耳。"④】【《三管英灵集》卷五十一蒋静如《异枫》诗后，《兴安县志》云："东乡有五代丞相邓濂墓，山上古枫一株大十围。"⑤】

《怀集县志》【《三管英灵集》卷五梁允玳诗后《退庵诗话》云："《广西旧志》及《粤西诗载》并以此首为梁允瑶作，今从《怀集县志》订正。县志无允瑶之名也。"⑥】

《全州志》【《三管诗话》卷上陈仲伦条："《全州志》载羊城陈仲伦除虎患事，当时民歌之曰……"⑦】

① （清）梁章钜：《三管英灵集》，卷二，清道光桂林汤日新堂刻本，藏国家图书馆，《三管诗话》卷上安昌期条，与此文字有异。"安昌期，恭城人。少举进士。皇祐间为横州永淳尉，以事去，遂不复仕。治平中，携一童往峡山广庆寺，谓寺僧曰：'闻此山有和光洞，故来游。'凡数日不返。僧求之，莫知所在，惟石室间有诗，云：'蕙帐将辞去，猿猱不忍啼。琴书自为乐，朋友孰相携？丹灶非无药，青云别有梯。峡山余暂隐，人莫拟夷齐。'后署'前横州永淳县尉安昌期笔'。"〔（清）梁章钜著，蒋凡校注《〈三管诗话〉校注》，广西人民出版社，1996，57.〕按：《三管诗话》与《三管英灵集》文字有异。《三管英灵集》云出自《平乐县志》，《三管诗话》或参考其他典籍，而有修改，考嘉靖《南宁府志》、嘉靖《惠州府志》、《粤西丛载》和雍正《广西通志》均与《三管诗话》安昌期条文字为近。
② （清）梁章钜著，蒋凡校注《〈三管诗话〉校注》，广西人民出版社，1996，第7页。
③ （清）梁章钜著，蒋凡校注《〈三管诗话〉校注》，广西人民出版社，1996，第33页。
④ （清）梁章钜：《三管英灵集》，卷五十四，清道光桂林汤日新堂刻本，藏国家图书馆。
⑤ （清）梁章钜：《三管英灵集》，卷五十一，清道光桂林汤日新堂刻本，藏国家图书馆。
⑥ （清）梁章钜：《三管英灵集》，卷五，清道光桂林汤日新堂刻本，藏国家图书馆。
⑦ （清）梁章钜著，蒋凡校注《〈三管诗话〉校注》，广西人民出版社，1996，第13页。

《贵县志》【《三管诗话》卷下奉恕条：《贵县志》云："南山寺擅一邑之胜，宋仁宗赐'景祐禅寺'，僧奉恕居焉。章惇贬时经此寺，流连不去，尝与僧玩景物……"①】

《阳朔县志》【《三管英灵集》卷八廖东升《龙头山曹邺之读书处》后："《阳朔县志》云：阳朔荒僻，从来人文不耀，相传登第自曹邺始……"②】

《灌阳县志》【《三管英灵集》卷五十一唐玉弟传后：《灌阳县志》载："玉弟年十七，姊联弟十五，皆未字时，古苗肆掠，避乱于宅……"③】

《湘山志》【《三管英灵集》卷二陶崇《访僧云归庵》诗后引《湘山志》云："云归庵，山从中峰分枝，为佛塔左翼。眺览郡中，如在图画。林岊有：'云归楚峡静，山入甲亭幽'之句"④】

张鸣凤《桂故》【《三管诗话》卷上曹邺条：《桂故》载曹邺定白敏中、高璩谥号"丑"、"刺"事，亦见《旧唐书》二人本传、莫休符《风土记》】

莫休符《风土记》【同上曹邺条】【《三管诗话》卷上曹邺条："……观察使令狐定名其所居为迁莺坊。盖据莫休符《风土记》。"⑤】

闵叙《粤述》【《三管诗话》卷上华岩洞条：闵鹤瞿《粤述》云：华岩洞在灵川县西南二十里，高广数仞，清泉回绕。相传有桃花片阔寸许，从洞中流出。石壁上有诗，云："岩前流水无人入，洞口碧桃花自开。东望蓬莱三万里，等闲归去等闲来。"⑥】【《三管诗话》卷中《粤风续九》条："卷首有孙芳桂撰《刘三妹传》……按：粤歌、瑶歌、俍歌、壮歌，今见李调元《函海》中，为节录于后，似即《粤风续九》所载。至刘三妹事，亦见《粤述》，云：'贵县西山有刘三妹……'"⑦】

邝露《赤雅》【《三管诗话》卷上翁宏条：《全唐诗》载翁大举诗三首，尚有《送人下峡》句云："万木残秋里，孤舟半夜猿。"……《粤西文载》

① （清）梁章钜著，蒋凡校注《〈三管诗话〉校注》，广西人民出版社，1996，第242页。
② （清）梁章钜：《三管英灵集》，卷八，清道光桂林汤日新堂刻本，藏国家图书馆。
③ （清）梁章钜：《三管英灵集》，卷五十一，清道光桂林汤日新堂刻本，藏国家图书馆。
④ （清）梁章钜：《三管英灵集》，卷二，清道光桂林汤日新堂刻本，藏国家图书馆。
⑤ （清）梁章钜著，蒋凡校注《〈三管诗话〉校注》，广西人民出版社，1996，第14页。
⑥ （清）梁章钜著，蒋凡校注《〈三管诗话〉校注》，广西人民出版社，1996，第64~65页。
⑦ （清）梁章钜著，蒋凡校注《〈三管诗话〉校注》，广西人民出版社，1996，第164页。

又有《南越行》句云……惟《湘江吟》十字，他处又作裴谐句。而《细雨》十字，《赤雅》以为木客所作，则恐系木客暗偷古句以欺人耳。①】【《三管诗话》卷下唐郑叔齐《独秀山新开石室记》条："唐郑叔齐《独秀山新开石室记》云：城之西北维有山曰独秀。宋颜延之尝守兹郡，赋诗云：'未若独秀者，峨峨郛邑间。'嘉名之得，盖肇于此。按：此十字别无所见，今张溥、汪士贤所编《颜光禄集》并无之；而《赤雅》引此诗，"郛邑"别作"郛郭"，似误。《赤雅》语多凭臆造，如引山谷诗"桂岭环城如雁宕，苍山平地忽嵯峨，""嵯峨"作"蚁封"，其误亦显然也。②】【《三管诗话》卷下：无量寿佛姓周名全真，号寂照大师。自唐元和至咸通示寂，计一百三十有二岁。五代马氏以佛名名其州。今湘山寺在全州南门外，绰楔所谓"楚南第一禅林"也。邝湛若露曰："竺典谥法。以慧而觉者曰炽盛光佛……"③】【《三管诗话》卷下鬼门关条："邝湛若《赤雅》云：鬼门关在北流西十里，两峰对峙，中成关门。谚云：'鬼门关，十人去，九不还。'唐宋诗人谪……"④】【《三管诗话》卷下木客条：邝湛若云：'木客形如小儿。予在恭城见之，行坐衣服……'"⑤】【《三管诗话》卷下"《赤雅》铺张云鼍娘之盛饰，光艳如所云……"⑥】

周去非《岭外代答》【《三管诗话》卷下欧阳询条：旧闻欧阳信本为粤西岩洞中白猿所生，初以为不经。后读《全唐诗》，有长孙无忌《嘲欧阳询诗》云："耸膊成山字，埋肩不出头。谁家麟阁上，画此一弥猴？"则信本之为猴形盖信。近阅宋周去非《岭外代答》云……⑦】

曹学佺《广西名胜志》【《三管诗话》卷下兰麻岭条：桂林所属之永福县，境有兰麻岭。《太平寰宇记》云："从桂府至柳州，路经北山，山中有毒，峭绝险隘，更无别路。柳宗元诗云：'桂州西南又千里，漓水斗石麻兰

---

① （清）梁章钜著，蒋凡校注《〈三管诗话〉校注》，广西人民出版社，1996，第36页。
② （清）梁章钜著，蒋凡校注《〈三管诗话〉校注》，广西人民出版社，1996，第210页。
③ （清）梁章钜著，蒋凡校注《〈三管诗话〉校注》，广西人民出版社，1996，第222页。
④ （清）梁章钜著，蒋凡校注《〈三管诗话〉校注》，广西人民出版社，1996，第251页。
⑤ （清）梁章钜著，蒋凡校注《〈三管诗话〉校注》，广西人民出版社，1996，第252页。
⑥ （清）梁章钜著，蒋凡校注《〈三管诗话〉校注》，广西人民出版社，1996，第253页。
⑦ （清）梁章钜著，蒋凡校注《〈三管诗话〉校注》，广西人民出版社，1996，第212~214页。

高.'唐桂帅早祷多由此"。《峤南琐记》亦云……①以上实转引自《广西名胜志》。】【《三管诗话》卷下叶靖条:《名胜志》云:粤西平岛山有唐叶靖祖墓。靖有道术。尝与唐明皇乘云幸陈满堂家,每岁必来省墓。去墓十里,有大悲寺。元丰初,有客姓叶者,借宿于寺,因口占诗八句,僧但记其结句云:"明朝蓬岛去,白云满头飞。"诘旦启户,则人马遽失矣。②】

（4）目录类

《四库全书总目提要》【《三管诗话》卷上曹邺条:"《四库全书提要》云:明蒋冕序称:邺登大中间进士第……③"】【《三管诗话》卷上曹唐条:吾师纪文达公称:"曹唐《游仙诗》最著名。然诸篇姓名虽易,语意略同,实非杰出之作。"……④】【《三管诗话》卷上张鸣凤条:"惟《羽王先生集略》一书,乃僧超拔所刻。《四库全书提要》云……⑤"】【《三管英灵集》卷四蒋冕传后:"《四库提要》云:《湘皋集》分奏对四卷、奏疏三卷……丰裁岳岳,在当时不愧名臣,其诗文则未能挺出也。⑦"】【《三管诗话》卷中《粤风续九》条:"康熙间,浔州推官吴淇撰《粤风续九》四卷,著录《四库》,而粤西人无能举其名者。余曾遍访之不获,但录《四库全书提要》一则,以贻观者。《提要》云……⑧"】【《三管诗话》卷下契嵩条:"《四库全书提要》云:《镡津集》二十二卷,宋释契嵩撰……⑨"】

《直斋书录解题》【《三管诗话》卷上曹邺条:"粤西诗人莫先二曹。曹祠部邺诗,《唐书·艺文志》作三卷,《宋史·艺文志》作二卷,陈振孙《书录解题》作一卷。今本二卷,乃全州蒋文定公（冕）所刻……⑩"】【陈振孙

---

① （清）梁章钜著,蒋凡校注《〈三管诗话〉校注》,广西人民出版社,1996,第219页。
② （清）梁章钜著,蒋凡校注《〈三管诗话〉校注》,广西人民出版社,1996,第230页。
③ （清）梁章钜著,蒋凡校注《〈三管诗话〉校注》,广西人民出版社,1996,第17页。
④ （清）梁章钜著,蒋凡校注《〈三管诗话〉校注》,广西人民出版社,1996,第24页。
⑤ （清）梁章钜著,蒋凡校注《〈三管诗话〉校注》,广西人民出版社,1996,第87页。
⑥ （清）梁章钜著,蒋凡校注《〈三管诗话〉校注》,广西人民出版社,1996,第75页。
⑦ （清）梁章钜:《三管英灵集》,卷四,清道光桂林汤日新堂刻本,藏国家图书馆。
⑧ （清）梁章钜著,蒋凡校注《〈三管诗话〉校注》,广西人民出版社,1996,第164页。
⑨ （清）梁章钜著,蒋凡校注《〈三管诗话〉校注》,广西人民出版社,1996,第224页。
⑩ （清）梁章钜著,蒋凡校注《〈三管诗话〉校注》,广西人民出版社,1996,第13页。

《书录解题》言，曹尧宾唐有大、小《游仙诗》……吾师纪文达公称："曹唐《游仙诗》最著名。然诸篇姓名虽易，语意略同，实非杰出之作。"……①】

《郡斋读书志》【《三管诗话》卷上曹唐条：晁公武称：曹尧宾作《游仙诗》百余篇。今集中实九十八首。曹能始先生谓尧宾《游仙诗》，缥渺多世外语。或曰："尧宾尝作鬼诗。"曹曰："何也？"或曰："'井底有天春寂寂，人间无路月茫茫'非鬼诗而何？"今集中不见此诗，或尧宾已自删之，故不满百篇欤？②】

《千顷堂书目》【《三管诗话》卷上张鸣凤条："临桂张羽王府倅（鸣凤），著述最多，有《桂胜》……见《千顷堂书目》者，今虽间有钞本，多残阙不完。"③】

（5）年谱类

《陈文恭年谱》【《三管诗话》陈宏谋条：《陈文恭年谱》载："公为诸生时，尝课徒于里中吕祖阁。梦吕祖赐以二语，云：'人原多道气，吏本是仙才。'是岁癸卯即领解，后扬历中外，卒不愧其言。"④】【《三管诗话》卷中刘新翰条：永宁刘铁楼邑侯有《谷音集》。按：铁楼与陈文恭同肄业书院，最称契洽。癸卯同出闱，携手诵试文，铁楼欣然曰："以解元在此矣！"旁有睨而笑者。榜发，文恭果领解，而铁楼亦隽。将赴公车，铁楼以文恭贫，取己所备资斧赠文恭，曰："俟君联捷后，余再谋北上未晚也。"明春，文恭果捷。事见《培远堂年谱》中。⑤】

《愚山年谱》【《三管诗话》卷下独秀峰读书岩施闰章题名条："独秀峰下读书岩之侧，有施愚山先生题名，既非大书，又不深刻，人多忽略视之。自余重建五咏堂，始为剔出。按：《愚山年谱》载……"⑥】

3. 子部

（1）杂家类

《格古要论》【《三管诗话》卷下养奋条："曹昭《格古要论》载蔡中郎

① （清）梁章钜著，蒋凡校注《〈三管诗话〉校注》，广西人民出版社，1996，第24页。
② （清）梁章钜著，蒋凡校注《〈三管诗话〉校注》，广西人民出版社，1996，第26页。
③ （清）梁章钜著，蒋凡校注《〈三管诗话〉校注》，广西人民出版社，1996，第87页。
④ （清）梁章钜著，蒋凡校注《〈三管诗话〉校注》，广西人民出版社，1996，第102页。
⑤ （清）梁章钜著，蒋凡校注《〈三管诗话〉校注》，广西人民出版社，1996，第104页。
⑥ （清）梁章钜著，蒋凡校注《〈三管诗话〉校注》，广西人民出版社，1996，第288页。

隶书《九疑山碑》，在广西……"① 】

《七修类稿》【《三管诗话》卷下赵元隆条："郎仁宝《七修类稿》云：赵元隆仕元，为广西行中书省都事，以才智闻于时……"② 】

《瓮牖闲评》【《三管诗话》卷下："《苏文忠集》中有《送邵道士彦肃还都峤诗》云……而《广西志》作"彦甫"，恐误。又《瓮牖闲评》亦载此诗……"③ 】

《梧浔杂佩》【《三管诗话》卷下：《梧浔杂佩》云："桑寄生酒，惟梧州有之。色白，味颇清冽。晋张华诗云：'苍梧竹叶清。'陈张正见诗云：'浮蚁擅苍梧。'皆赋此酒。"余至粤西近五年，惜未得一尝。"④ 】

（2）小说家类

《坚瓠集》【《三管诗话》卷上冯京条："《坚瓠集》云：冯当世未第时，客余杭县，为官逋所拘，计窘无出，题诗所寓壁云……"⑤ 】

《独醒杂志》【《三管诗话》卷上欧阳辟条：曾敏行《独醒杂志》云："苏明允初至京师时，东坡与子由年甚幼，人鲜有知者。梅圣俞独奇之……"⑥ 】

《尧山堂外纪》【《三管诗话》卷上蒋冕条："《尧山堂外纪》云：蒋阁老冕历事三朝，始告归田里。……"⑦ 】

《中州觚馀》⑧【《三管诗话》卷中云："李勺洋（李兆元）《中州觚馀》云：王铠，字东岩，广西临桂人。乾隆戊戌进士，官直隶宝坻县知县，著有《拾馀草》。罢官后，流寓保阳，无力付梓。朱韫山以其诗草一卷示余。"⑨ 】

《湘山野录》【《三管诗话》卷上冯京条：《湘山野录》云："冯当

---

① （清）梁章钜著，蒋凡校注《〈三管诗话〉校注》，广西人民出版社，1996，第266页。
② （清）梁章钜著，蒋凡校注《〈三管诗话〉校注》，广西人民出版社，1996，第238页。
③ （清）梁章钜著，蒋凡校注《〈三管诗话〉校注》，广西人民出版社，1996，第227页。
④ （清）梁章钜著，蒋凡校注《〈三管诗话〉校注》，广西人民出版社，1996，第290页。
⑤ （清）梁章钜著，蒋凡校注《〈三管诗话〉校注》，广西人民出版社，1996，第47页。
⑥ （清）梁章钜著，蒋凡校注《〈三管诗话〉校注》，广西人民出版社，1996，第54~55页。
⑦ （清）梁章钜著，蒋凡校注《〈三管诗话〉校注》，广西人民出版社，1996，第77~78页。
⑧ 今存道光二年（1822）刻本，十二笔舫杂录本，藏国家图书馆．李兆元，字勺洋，山东莱州府掖县人。求官河南时与朱凤森友善，其著作《十二笔舫杂录》由朱凤森出资代为刊刻。
⑨ （清）梁章钜著，蒋凡校注《〈三管诗话〉校注》，广西人民出版社，1996，第138页。

世，始求荐于武昌，被黜落。时南宫城监试，当拆封，大不平，奋臂力主之，始以公冠乡版，果取大魁。除荆南倅。时南宫迁潭倅，冯以诗谢之。"① 】

《大唐新语》【《三管诗话》卷下欧阳询条：旧闻欧阳信本为粤西岩洞中白猿所生，初以为不经。后读《全唐诗》，有长孙无忌《嘲欧阳询》，诗云："耸膊成山字，埋肩不出头。谁家麟阁上，画此一狝猴？"则信本之为猴形盖信。② 实引自《大唐新语》】

《南野堂笔记》【《三管诗话》卷中杨廷理条，实转自吴文溥《南野堂笔记》】

《两般秋雨庵随笔》【《三管诗话》卷中陈继昌三元及第诗谶条，实转自梁绍壬《两般秋雨庵随笔》】【《三管诗话》卷中粤西民歌条："《秋雨庵随笔》云：粤俗好歌，歌辞不必全雅，平仄不必全叶，以俚言土音衬之……"③ 引文有删节。】

《居易录》【《三管英灵集》卷五十四契嵩小传后："《居易录》云：《镡津集》中多秀句，如……"④ 】

《檐曝杂记》【《三管诗话》卷下镇安多虎患条："镇安多虎患。近城旧有三虎……赵瓯北有句云：'俗有鬼神蚕放盎，夜无盗贼虎巡街。'盖实事也。"⑤ 实引自《檐曝杂记》。】【《三管诗话》卷下镇安沿边条："镇安沿边与安南接壤处，皆崇山密箐，斧斤所不到，老藤古树，有洪荒所生，至今尚葱郁者……赵瓯北名之曰：'树海'，作歌纪之，有句云……"⑥ 实引自《檐曝杂记》。】

（3）类书

《群芳谱》【《三管诗话》卷下吕温戏柳宗元诗条，引："《群芳谱》言西粤无柳，仅藩司一株。"⑦ 】

① （清）梁章钜著，蒋凡校注《〈三管诗话〉校注》，广西人民出版社，1996，第 44 页。
② （清）梁章钜著，蒋凡校注《〈三管诗话〉校注》，广西人民出版社，1996，第 212~214 页。
③ （清）梁章钜著，蒋凡校注《〈三管诗话〉校注》，广西人民出版社，1996，第 167 页。
④ （清）梁章钜：《三管英灵集》，卷五十四，清道光桂林汤日新堂刻本，藏国家图书馆。
⑤ （清）梁章钜著，蒋凡校注《〈三管诗话〉校注》，广西人民出版社，1996，第 282~283 页。
⑥ （清）梁章钜著，蒋凡校注《〈三管诗话〉校注》，广西人民出版社，1996，第 283 页。
⑦ （清）梁章钜著，蒋凡校注《〈三管诗话〉校注》，广西人民出版社，1996，第 209 页。

4. 集部

（1）别集类

《李义山集》【《三管诗话》卷下兰麻岭考条①："惟《李义山集》有《祭兰麻神文》……"（《樊南文集详注》）】【《三管诗话》卷下"《李义山集》中有《即日诗》云……"（《玉溪生诗详注》）】

《谷音集》【《三管诗话》卷中刘新翰条："《谷音集》中《课耕》、《纳稼》诸篇，颇有储太祝格意……"②】【《三管英灵集》卷十三张鹏展传后："张鹏展《谷音集》序云……"③】

《南游集》《归田集》【《三管诗话》卷中李时沛条："兴安李雨亭邑侯时沛负诗名，有《南游集》、《归田集》，丁湘锦序其集云……"④。】

《蒿薛集》【《三管诗话》卷中朱龄条："广文自编其诗曰《蒿薛集》，自序云……"⑤】

《曹祠部集·附曹唐集》（《二曹集》）【《三管诗话》卷上曹邺条："粤西诗人莫先二曹。……曹能始先生学任序称：邺，阳朔人。自以为魏武之后。有读书堂在县东塞山岩……盖据莫休符《风土记》……"⑥】【《三管诗话》卷上曹邺条："《粤西诗载》有曹祠部《老圃堂》诗云："邵平瓜地接吾庐，谷雨乾时手自锄。昨日东风欺不在，就床吹落读残书。此蒋刻《曹祠部集》所无。《全唐诗》注云"一作薛能诗。"惟《唐诗纪事》引《又玄集》，以为祠部作。⑦】【《三管诗话》卷上曹邺条：蒋文定公《二曹集跋》云："冕自髫龀时，见邺之《读李斯传》诗于书坊所刻《古文真宝》中。'难将一人手，掩得天下目'之句……"按：今《二曹》及《全唐诗》本，皆系十句，似又有删节耳。⑧】【《三管诗话》卷上曹邺条：曹祠部《杏园即席诗》云：……蒋文定跋谓曾次此诗韵，以寓景慕。……⑨】

① （清）梁章钜著，蒋凡校注《〈三管诗话〉校注》，广西人民出版社，1996，第219页。
② （清）梁章钜著，蒋凡校注《〈三管诗话〉校注》，广西人民出版社，1996，第104页。
③ （清）梁章钜：《三管英灵集》，卷十三，清道光桂林汤日新堂刻本，藏国家图书馆。
④ （清）梁章钜著，蒋凡校注《〈三管诗话〉校注》，广西人民出版社，1996，第123页。
⑤ （清）梁章钜著，蒋凡校注《〈三管诗话〉校注》，广西人民出版社，1996，第145页。
⑥ （清）梁章钜著，蒋凡校注《〈三管诗话〉校注》，广西人民出版社，1996，第13页。
⑦ （清）梁章钜著，蒋凡校注《〈三管诗话〉校注》，广西人民出版社，1996，第22页。
⑧ （清）梁章钜著，蒋凡校注《〈三管诗话〉校注》，广西人民出版社，1996，第19页。
⑨ （清）梁章钜著，蒋凡校注《〈三管诗话〉校注》，广西人民出版社，1996，第21页。

《湘皋集》【《三管诗话》卷上蒋冕条："俞廷举《重刻湘皋集凡例》云：大田京塘厅邓学深先生家有《湘皋集》一部十本……"①】

《测海集》【《三管英灵集》卷十二陈宏谋传后："《退庵诗话》云：《测海集》言陈文恭公在江苏最久，尝迁两广总督，未几复还江苏，故有：'棠阴今寂寞，俯仰累人思。'之句。"②】

《松崖诗稿》【《三管诗话》卷中班娘娘庙条："太平府有班娘娘庙，俗所传事迹各异，方志亦不详其人。惟苍梧罗子乐州倅（大钧）《松崖诗稿》中一诗似可徵信，题为《班女祠》，序云：班氏，太平府凭祥土州处女也……"③】

《西山杂咏》《东阁闲吟草》《燕贻堂集》【《三管诗话》卷中胡德琳条："书巢诗以五古为胜，关中诸作尤健，故《三管集》中所录特多。"④】

《闲居行路前后集》【《三管诗话》卷中潘鲲条："桂平潘丙崖邑侯（鲲）有《闲居行路前后集》。丙崖为诸城刘文清公门下士。公尝跋其《梅花诗》云："粤西潘丙崖，余丙子岁主试所得士。来幕中阅文者数月，联吟颇富。《和高青邱梅花》九首，饶有风骨。于其归也，为刻以充行箧，且以示吴下知诗者云尔。时乾隆辛巳九月十七日［也]。"⑤】

《半规山房诗存》【《三管诗话》卷中黄东昀条："灵川黄晴初孝廉（东昀）有《半规山房诗存》，才调颇足掩其辈流。余独爱其《寄桂堂老人》一律，云……而诗则清老无敌。"⑥】

《韫山诗稿》【《三管诗话》卷中朱凤森条：引那彦成《韫山诗稿序》】

《香苏山馆诗集》【《三管诗话》卷中朱凤森条："吴兰雪中翰（嵩梁）亦有赠句云：'劲旅三千同一胆，军令如山不能撼。为国为民忘其身，壮士踟蹰腐儒敢。'"⑦实引自吴嵩梁之《书朱韫山司马守濬日记后》。】

朱依真《九芝草堂集》【《三管诗话》卷中朱依真条："朱小岑布

① （清）梁章钜著，蒋凡校注《〈三管诗话〉校注》，广西人民出版社，1996，第 77 页。
② （清）梁章钜：《三管英灵集》，卷十二，清道光桂林汤日新堂刻本，藏国家图书馆。
③ （清）梁章钜著，蒋凡校注《〈三管诗话〉校注》，广西人民出版社，1996，第 105 页。
④ （清）梁章钜著，蒋凡校注《〈三管诗话〉校注》，广西人民出版社，1996，第 113 页。
⑤ （清）梁章钜著，蒋凡校注《〈三管诗话〉校注》，广西人民出版社，1996，第 115 页。
⑥ （清）梁章钜著，蒋凡校注《〈三管诗话〉校注》，广西人民出版社，1996，第 121 页。
⑦ （清）梁章钜著，蒋凡校注《〈三管诗话〉校注》，广西人民出版社，1996，第 140 页。

衣……有《九芝草堂集》。邓显鹤序云：'小岑刻意为诗，以微眇复邃沈鸷镌削之思，写其冲夷高旷严冷削洁之概，幽而不怨，涩而不僻，乃适肖其为人……'"①】

袁珏《今是轩诗草》【《三管诗话》卷中袁珏条："继复读其《今是轩诗草》，则诗又在文之上。杨紫卿祗赏《镇安道中》诸作；余谓《读史杂咏》尤健，今并录入《三管集》，足以存醴庭矣。"②】【《三管诗话》卷中袁珏条："醴庭于师友之情最笃，形于诗者，皆情溢乎文。如《哭钱裴山中丞》云……《哭纪文达师》云……余与醴庭同出师门，师骑箕之年，余亦未在京，读此同有山木之痛也"③】【《三管诗话》卷中袁珏条："醴庭有《阅近人诗集漫作》云……此醴庭自抒所得，精理名言，非复严沧浪之但拈妙悟者矣。"④】

《颜光禄集》【《三管诗话》卷下唐郑叔齐《独秀山新开石室记》条："唐郑叔齐《独秀山新开石室记》云：'城之西北维有山曰独秀。宋颜延之尝守兹郡，赋诗云：'未若独秀者，峨峨郭邑间。'嘉名之得，盖肇于此。按：此十字别无所见，今张溥、汪士贤所编《颜光禄集》并无之"⑤】

《苏文忠集》【《三管诗话》卷下："《苏文忠集》中有《送邵道士彦肃还都峤诗》云……⑥】

《小仓山房诗集》【《三管诗话》卷下韦大德条："铁髯居士姓韦名大德，扬州人。以年羹尧客，谪戍桂林……袁简斋先生《访韦铁髯钵园诗序》云……"⑦】

《质园诗集》【《三管诗话》卷下商盘《郁林纪风诗》五篇条】【《三管诗话》卷下商盘《卜夫人守城诗歌》条】

《学馀堂集》【《三管诗话》卷下施闰章梧州《冰井行》条："愚山作

① （清）梁章钜著，蒋凡校注《〈三管诗话〉校注》，广西人民出版社，1996，第143页。
② （清）梁章钜著，蒋凡校注《〈三管诗话〉校注》，广西人民出版社，1996，第150页。
③ （清）梁章钜著，蒋凡校注《〈三管诗话〉校注》，广西人民出版社，1996，第151页。
④ （清）梁章钜著，蒋凡校注《〈三管诗话〉校注》，广西人民出版社，1996，第154页。
⑤ （清）梁章钜著，蒋凡校注《〈三管诗话〉校注》，广西人民出版社，1996，第210页。
⑥ （清）梁章钜著，蒋凡校注《〈三管诗话〉校注》，广西人民出版社，1996，第227页。
⑦ （清）梁章钜著，蒋凡校注《〈三管诗话〉校注》，广西人民出版社，1996，第248页。

《冰井行》云……《广西通志》冰井条下，仅载前明叶盛一记，而不载此诗，亦漏略矣。"①】【《三管诗话》卷下太平府条："施愚山集中有《昭江黄牛滩得黄抑公同年书》……按：以今太平府风土人情较之，此诗已为乐土。……"②】【《三管诗话》卷下独秀峰读书岩施闰章题名条："……考先生文集中有《使广西记》、《全州古松记》、《粤江赋》，诗集中有《全州道中》、《昭江别周次庵》、《发昭潭》、《昭江夜泊次答沈梧州》、《苍梧冰井行》、《昭州黄牛滩寄黄抑公》各篇。"③】

《瓯北集》【《三管诗话》卷下镇安风土诗条："赵瓯北先生出守镇安，乐其民淳狱简，谓比江浙诸省民风，直有三、四千年之别。自言初作守，方欲以听断自见，及至，则无所事。在任两年，仅两坐讼堂，郡人已叹为无留狱矣。有《纪镇安风土诗》，云……"④】【《三管诗话》卷下镇安沿边条："镇安沿边与安南接壤处……赵瓯北名之曰：'树海'，作歌纪之，有句云……"⑤】【《三管诗话》卷下双忠祠条：桂林城中有双忠祠，祀马文毅（雄镇），傅忠毅（宏烈），皆以广西巡抚殉吴三桂之难者也。而城外栖霞寺旁，又有双忠亭，则祀常熟瞿稼轩（式耜）、江陵张别山（同敞），皆明末以广西留守镇臣为桂王尽节者也……忆赵瓯北先生有《风洞山怀瞿张二公诗》，云："景略有孙光祖德，彭宣为弟陋师门。"……⑥】

《韦庐诗内外集》【《三管英灵集》卷五十五李秉礼传后，《退庵诗话》云："其内集皆宪乔所点定，谓能以明懸之质澄远之怀，写为清泠之音，都雅之奏，洵非溢美。"⑦】

（2）总集类

《全唐诗》【《三管诗话》卷上曹邺条：《粤西诗载》有曹祠部《老圃堂》诗云："邵平瓜地接吾庐，谷雨乾时手自锄。昨日东风欺不在，就床吹

① （清）梁章钜著，蒋凡校注《〈三管诗话〉校注》，广西人民出版社，1996，第271页。
② （清）梁章钜著，蒋凡校注《〈三管诗话〉校注》，广西人民出版社，1996，第273页。
③ （清）梁章钜著，蒋凡校注《〈三管诗话〉校注》，广西人民出版社，1996，第271页。
④ （清）梁章钜著，蒋凡校注《〈三管诗话〉校注》，广西人民出版社，1996，第275页。
⑤ （清）梁章钜著，蒋凡校注《〈三管诗话〉校注》，广西人民出版社，1996，第283页。
⑥ （清）梁章钜著，蒋凡校注《〈三管诗话〉校注》，广西人民出版社，1996，第284页。
⑦ （清）梁章钜：《三管英灵集》，卷五十五，清道光桂林汤日新堂刻本，藏国家图书馆。

落读残书。此蒋刻《曹祠部集》所无。《全唐诗》注云"一作薛能诗。"惟《唐诗纪事》引《又玄集》，以为祠部作。①】【《三管诗话》卷上曹唐条：张为《主客图》载曹尧宾遗句云："斩蛟青海上，射虎黑山头。"又云："箫声欲尽月色苦，依旧汉家宫树秋。"又云："一曲哀歌茂陵道，汉家天子葬秋风"。又云："谁知汉武无仙骨，满灶黄金成白烟。"皆《全唐诗》所未录也。②】【《三管诗话》卷上曹邺条：蒋文定公《二曹集跋》云："冕自髫龀时，见邺之《读李斯传》诗于书坊所刻《古文真宝》中。'难将一人手，掩得天下目'之句……"按：今《二曹》及《全唐诗》本，皆系十句，似又有删节耳。③】　【《三管诗话》卷上翁宏条：翁大举《送廖融处士南游》云……廖融《谢翁宏以诗百篇见示诗》云："高奇一百篇，造化见工全。"则翁诗之富可想……廖诗又云："积思游沧海，冥搜入洞天。神珠迷罔象，瑞玉匪雕镌。"其互相推重如此。④ 实引自《全唐诗》。】【《三管诗话》卷上唐仁杰条："唐仁杰，全州人。陈德诚出守池阳，仁杰以诗贻之，云……见《粤西文载》。按：《全唐诗》"唐"作"庸"，"全州"作"泉州"，盖传刻之误云。初为僧，陈德诚劝之返初服，官终汾阳令。"⑤ 】

《明诗综》【《三管诗话》卷上蒋冕条："朱竹垞《明诗综》第录《湘山寺》五绝一首，固难免俞廷举反唇之讥。而张南崧《峤西诗钞》所收，亦尚有遗珠之叹。"⑥ 】【《三管诗话》卷上袁崇焕条："朱氏《明诗综》及张氏《峤西诗钞》均无诗。"⑦ 】

《清诗别裁集》【《三管诗话》卷中蒋纲曹銮条："沈归愚尚书《国朝诗别裁》中于粤西诗祗录两人，一为全州蒋有条进士（纲），《舟次书怀》云……沈评以为'妙能活用'。又曹玉如进士（銮），《苦水铺》云……沈评谓'断头掉尾'四字，写尽从前狞恶，直可作古谣谚读。"⑧ 】

---

① （清）梁章钜著，蒋凡校注《〈三管诗话〉校注》，广西人民出版社，1996，第22页。
② （清）梁章钜著，蒋凡校注《〈三管诗话〉校注》，广西人民出版社，1996，第27页。
③ （清）梁章钜著，蒋凡校注《〈三管诗话〉校注》，广西人民出版社，1996，第19页。
④ （清）梁章钜著，蒋凡校注《〈三管诗话〉校注》，广西人民出版社，1996，第37页。
⑤ （清）梁章钜著，蒋凡校注《〈三管诗话〉校注》，广西人民出版社，1996，第39页。
⑥ （清）梁章钜著，蒋凡校注《〈三管诗话〉校注》，广西人民出版社，1996，第73~74页。
⑦ （清）梁章钜著，蒋凡校注《〈三管诗话〉校注》，广西人民出版社，1996，第84页。
⑧ （清）梁章钜著，蒋凡校注《〈三管诗话〉校注》，广西人民出版社，1996，第93页。

《粤西丛载》【《三管诗话》卷上曹唐条："《峤南琐记》云：曹唐作《游仙诗》，才情缥渺。……"① 实转引自《粤西丛载》】【《三管诗话》卷上董京条："右见《广西旧志》，汪晋贤《粤西丛载》亦引之，亦汉以后诗事之最古者矣。"② 】【《三管诗话》卷上吴廷举条："《月山丛谈》云：梧州吴东湖，自先世戍籍受屯田四十亩……乡先辈之俭德如此。"实转引自《粤西丛载》卷六"先辈清俭"条。】【《三管诗话》卷上吴廷举条："徐学谟《世庙识馀录》云：苍梧吴廷举，躁动喜名……"③ 实转引自《粤西丛载》】 【《三管诗话》卷下石仲元条："《粤西丛载》云：石仲元桂林人……"引《粤西丛载》中石仲元道士的诗句及其《桂华集》概述。④】【《三管诗话》卷下养奋条："《广西旧志》有《养奋汉和帝时举方正碑》……《粤西丛载》亦引《金石录》载此碑，以初平四年八月立。而今无可考。"⑤ 】【《三管诗话》卷上蒋冕条："蒋阁老冕历事三朝，始告归田里……按：此事亦见《西樵野记》。然蒋文定公以议礼不合乞致仕，《明史》纪传中并无三聘之说。此二诗亦殊鄙俚，可断为齐东野人之谈。姑录而辨之。"⑥ 梁章钜实转引《粤西丛载》】【《三管诗话》卷上张溁条："浔州张尚书溁为翰林学士时……"实转引自《粤西丛载》】【《三管诗话》卷上张溁："宏治乙丑科，张泾川溁为受卷官，见严嵩制策惊人，击节称赏，既而不得与一甲之选，为之扼腕太息……"⑦ 实转引自《粤西丛载》】【《三管诗话》卷下吕温戏柳宗元条："《峤南琐记》云："吕衡州温善谑，子厚在柳州，温谑之曰：'柳州柳太守，种柳柳江边。柳馆依然在，千秋拂柳天。'子厚有《种柳戏题》诗，盖追忆衡州戏语而作耳。"⑧ 实引自《粤西丛载》】【《三管诗话》卷下欧阳询条：旧闻欧阳信本为粤西岩洞中白猿所生，初以为不经。后读《全唐诗》，有长孙无忌《嘲欧阳询诗》云："耸膊成山

① （清）梁章钜著，蒋凡校注《〈三管诗话〉校注》，广西人民出版社，1996，第28页。
② （清）梁章钜著，蒋凡校注《〈三管诗话〉校注》，广西人民出版社，1996，第10页。
③ （清）梁章钜著，蒋凡校注《〈三管诗话〉校注》，广西人民出版社，1996，第70页。
④ （清）梁章钜著，蒋凡校注《〈三管诗话〉校注》，广西人民出版社，1996，第231页。
⑤ （清）梁章钜著，蒋凡校注《〈三管诗话〉校注》，广西人民出版社，1996，第266页。
⑥ （清）梁章钜著，蒋凡校注《〈三管诗话〉校注》，广西人民出版社，1996，第77~78页。
⑦ （清）梁章钜著，蒋凡校注《〈三管诗话〉校注》，广西人民出版社，1996，第79页。
⑧ （清）梁章钜著，蒋凡校注《〈三管诗话〉校注》，广西人民出版社，1996，第209页。

字，埋肩不出头。谁家麟阁上，画此一猕猴？"则信本之为猴形盖信。近阅宋周去非《岭外代答》云："静江府叠彩岩有猴寿数百年，有神力变化，不可得制。多窃美妇人，欧阳都护之妻亦与焉……"而《粤西丛载》所录张重华《娱耳编》尤详，惟其地不同耳。《娱耳编》云……①】【《三管诗话》卷下卢道条："《粤西丛载》云：后唐同光中，有卢道者，精于卜……"②】【《三管诗话》卷下栖霞洞条："《粤西丛载》云：嘉祐中，桂有一人入栖霞洞……"③】【《三管诗话》卷下蒋晖条："《列仙通纪》云：全州道士蒋晖者……"④ 实转引自《粤西丛载》】【《三管诗话》卷下龙道人条："龙道人结庐平乐之走马坪，环植以竹……"⑤ 实引自《粤西丛载》】【《三管诗话》卷下佛日禅师条："《一统志》云：佛日禅师者，来宾县金华峰第一代祖，有戒行……"⑥ 实转引自《粤西丛载》】

《粤西诗载》【《三管诗话》卷上曹邺条：《粤西诗载》有曹祠部《老圃堂》诗云："邵平瓜地接吾庐，谷雨乾时手自锄。昨日东风欺不在，就床吹落读残书。此蒋刻《曹祠部集》所无。《全唐诗》注云"一作薛能诗。"惟《唐诗纪事》引《又玄集》，以为祠部作。⑦】【《三管诗话》卷上《喻猛颂》《陈临歌》条：《梧州府志》载：喻猛，汉和帝时为苍梧太守，以清白为治。郡人颂之曰："於惟苍梧，交趾之域。……"又载后汉陈临……汪晋贤森《粤西诗载》虽首录《喻猛颂》，而遗其后八句，又不及《陈临歌》；《平乐府志》录《陈临歌》，而又遗其次首三句。今皆补录，以冠《三管诗话》之前，真凤一毛麟一角矣！北齐魏收《午日咏岭外风土》云："……因想苍梧郡，兹日祀陈君。"自注："陈君名临，后汉时太守。"即《卷梧郡志》之"苍梧府君"也。⑧】【《三管诗话》卷上翁宏条：《全唐诗》载翁大举诗三首，尚有《送人下峡》句云："万木残秋里，孤舟半夜猿。"……《粤西文

① （清）梁章钜著，蒋凡校注《〈三管诗话〉校注》，广西人民出版社，1996，第212~214页。
② （清）梁章钜著，蒋凡校注《〈三管诗话〉校注》，广西人民出版社，1996，第230页。
③ （清）梁章钜著，蒋凡校注《〈三管诗话〉校注》，广西人民出版社，1996，第242页。
④ （清）梁章钜著，蒋凡校注《〈三管诗话〉校注》，广西人民出版社，1996，第244页。
⑤ （清）梁章钜著，蒋凡校注《〈三管诗话〉校注》，广西人民出版社，1996，第245页。
⑥ （清）梁章钜著，蒋凡校注《〈三管诗话〉校注》，广西人民出版社，1996，第245页。
⑦ （清）梁章钜著，蒋凡校注《〈三管诗话〉校注》，广西人民出版社，1996，第22页。
⑧ （清）梁章钜著，蒋凡校注《〈三管诗话〉校注》，广西人民出版社，1996，第7页。

载》又有《南越行》句云……惟《湘江吟》十字，他处又作裴谐句。而《细雨》十字，《赤雅》以为木客所作，则恐系木客暗偷古句以欺人耳。①】【《三管诗话》卷下历代非广西人为粤西而作之诗一条："汉张衡《四愁诗》云……"②】【《三管诗话》卷下历代非广西人为粤西而作之诗二条："张籍《送人之临桂》云……以上皆唐人诗，若宋人诗，则多不胜录也。"③】【《三管英灵集》卷五梁允玭诗后《退庵诗话》云："《广西旧志》及《粤西诗载》并以此首为梁允瑶作，今从《怀集县志》订正。县志无允瑶之名也。"④】

《粤西文载》【《三管诗话》卷上张策条：《粤西文载》所载明代正德年间临桂张策的残句："有风清我骨，无计解民愁。"⑤】【《三管英灵集》卷五何世锦《阅邸报》诗后：《粤西文载》云何世锦子以尚官户部，以事建言，忤旨得罪，下廷狱。邸报至，举家失措。锦独不变色，且从容赋诗云云。吟毕，谓："有子如此，锡我光矣！"⑥】【《三管诗话》卷上翁宏条：《全唐诗》载翁大举诗三首，尚有《送人下峡》句云："万木残秋里，孤舟半夜猿。"……《粤西文载》又有《南越行》句云……惟《湘江吟》十字，他处又作裴谐句。而《细雨》十字，《赤雅》以为木客所作，则恐系木客暗偷古句以欺人耳。⑦】【《三管诗话》卷上唐仁杰条："唐仁杰，全州人。陈德诚出守池阳，仁杰以诗贻之，云……见《粤西文载》。按：《全唐诗》"唐"作"庸"，"全州"作"泉州"，盖传刻之误云。初为僧，陈德诚劝之返初服，官终汾阳令。"⑧】【《三管诗话》卷上唐谏条，实选自《粤西文载》】【《三管诗话》卷上陈愚条，实选自《粤西文载》，有删节。】【《三管诗话》卷下蒋举条："……绍兴十一年旌其门，见《粤西文载》。"⑨】

① （清）梁章钜著，蒋凡校注《〈三管诗话〉校注》，广西人民出版社，1996，第36页。
② （清）梁章钜著，蒋凡校注《〈三管诗话〉校注》，广西人民出版社，1996，第179~180页。
③ （清）梁章钜著，蒋凡校注《〈三管诗话〉校注》，广西人民出版社，1996，第195~196页。
④ （清）梁章钜：《三管英灵集》，卷五，清道光桂林汤日新堂刻本，藏国家图书馆。
⑤ （清）梁章钜著，蒋凡校注《〈三管诗话〉校注》，广西人民出版社，1996，第81页。
⑥ （清）梁章钜：《三管英灵集》，卷五，清道光桂林汤日新堂刻本，藏国家图书馆。
⑦ （清）梁章钜著，蒋凡校注《〈三管诗话〉校注》，广西人民出版社，1996，第36页。
⑧ （清）梁章钜著，蒋凡校注《〈三管诗话〉校注》，广西人民出版社，1996，第39页。
⑨ （清）梁章钜著，蒋凡校注《〈三管诗话〉校注》，广西人民出版社，1996，第238页。

《峤西诗钞》【《三管英灵集》卷八谢良琦传后："《峤西诗钞》云，先生与王渔洋善，渔洋《感旧集》录其诗。"①】【《三管英灵集》卷五李璧传后："《峤西诗钞》云省志李梅宾传……"】【《三管诗话》卷上蒋冕条："朱竹垞《明诗综》第录《湘山寺》五绝一首，固难免俞廷举反唇之讥。而张南崧《峤西诗钞》所收，亦尚有遗珠之叹。"②】【《三管诗话》卷上蒋冕条："张通政《峤西诗钞》托始于蒋文定公，即未免有名位之见。……"③】【《三管诗话》卷上袁崇焕条："朱氏《明诗综》及张氏《峤西诗钞》均无诗。"④】【《三管诗话》卷中谢济世条："谢济世，号梅庄，全州人。……乾隆初，敕还原职，先生疏求外用，授湖南粮道。长沙士人感其遗爱，片纸只字，俱珍重之，故传此二首，而《峤西诗钞》遗之。"⑤】

李调元《粤风》（《函海》丛书之一)⑥【《三管诗话》卷中《粤风续九》条："康熙间，浔州推官吴淇撰《粤风续九》四卷，著录《四库》，而粤西人无能举其名者。余曾遍访之不获，但录《四库全书提要》一则，以贻观者。《提要》云……卷首有孙芳桂撰《刘三妹传》……按：粤歌、瑶歌、俍歌、壮歌，今见李调元《函海》中，为节录于后，似即《粤风续九》所载。至刘三妹事，亦见《粤述》，云：'贵县西山有刘三妹……'"⑦】【《三管诗话》卷中粤西民歌条："按：睢阳修和所辑《粤歌》有《蝴蝶思花》云……有《旧日藕》云……有《日出》云……又濠水赵文龙所辑《瑶歌》，东楼吴代所辑《俍歌》，四明黄道所辑《壮歌》，咿嗄侏离，非译莫解。今节录其略通顺者，以存梗概……"⑧ 实引自李调元《粤风》】

（3）诗文评

《国朝诗人征略》【《三管诗话》卷中陈宏谋条："张南山《诗人征略》

① （清）梁章钜：《三管英灵集》，卷五十五，清道光桂林汤日新堂刻本，藏国家图书馆。
② （清）梁章钜著，蒋凡校注《〈三管诗话〉校注》，广西人民出版社，1996，第73~74页。
③ （清）梁章钜著，蒋凡校注《〈三管诗话〉校注》，广西人民出版社，1996，第76页。
④ （清）梁章钜著，蒋凡校注《〈三管诗话〉校注》，广西人民出版社，1996，第84页。
⑤ （清）梁章钜著，蒋凡校注《〈三管诗话〉校注》，广西人民出版社，1996，第95页。
⑥ 清代李调元辑，广西各族民间情歌集，于李刊刻的《函海》系列丛书中，排在后面。系在清初吴淇所编《粤风续九》基础上重编，甚且有人认为系李调元攘吴编为己有。
⑦ （清）梁章钜著，蒋凡校注《〈三管诗话〉校注》，广西人民出版社，1996，第164页。
⑧ （清）梁章钜著，蒋凡校注《〈三管诗话〉校注》，广西人民出版社，1996，第168页。

中存其遗句，云：'疾风劲草见，盘错利器别。人生际屯蹇，至性乃昭揭。' 又，'香炉峰势最奇秀，芙蓉面面生云烟。'"① 】

《吟窗杂录》【《三管诗话》卷上考湘南地属粤西全州条，潘纬有《古镜》遗句云："纂经千古涩，影泻一堂寒。"见《吟窗杂录》②。】

《困学纪闻》《竹坡诗话》【《三管诗话》卷下朱敦儒条：《困学纪闻》云：朱希真（敦儒）避地广中，诗云："藤州三月作小尽，梧州三月作大尽……"此诗周紫芝《竹坡诗话》亦引之。③】

《唐诗纪事》【《三管诗话》卷上曹邺条：《粤西诗载》有曹祠部《老圃堂》诗云："邵平瓜地接吾庐，谷雨乾时手自锄。昨日东风欺不在，就床吹落读残书。此蒋刻《曹祠部集》所无。《全唐诗》注云"一作薛能诗。"惟《唐诗纪事》引《又玄集》，以为祠部作。④】

《宋诗纪事》【《三管英灵集》卷二周渭《赠吴崇岳》诗后："《郡阁雅谈》云，吴崇岳……"⑤ 】【《三管英灵集》卷二欧阳辟传后："《困学纪闻》云，欧阳辟桂州人，东坡南迁至合浦时，为石康令，出其诗稿数十幅。注东坡诗者以为文忠之后，非也。"⑥ 转引自《宋诗纪事》卷三十二】【《三管诗话》卷上冯京条："《鹤林玉露》有零句云：'琴弹夜月龙魂冷，剑击秋风鬼胆粗。'又：'尘埃掉臂离长陌，琴酒和云入旧山。'又：'丰年足酒容身易，世路无媒著脚忙。'"⑦ 实转引自《宋诗纪事》。】【《三管英灵集》卷二冯京《谢鄂倅南宫城》诗后《退庵诗话》称引："《湘山野录》云……"⑧ 实亦转引自《宋诗纪事》。】【《三管诗话》卷下景淳条："《冷斋夜话》云……《历代吟谱》又载其断句……"实转引《宋诗纪事》。】【《三管诗话》卷下僧文喜条："《历代吟谱》载，宋僧文喜，湘南人……"⑨ 实转引自《宋诗纪事》卷九十一】【《三管诗话》

---

① （清）梁章钜著，蒋凡校注《〈三管诗话〉校注》，广西人民出版社，1996，第100页。
② （清）梁章钜著，蒋凡校注《〈三管诗话〉校注》，广西人民出版社，1996，第41~42页。
③ （清）梁章钜著，蒋凡校注《〈三管诗话〉校注》，广西人民出版社，1996，第236页。
④ （清）梁章钜著，蒋凡校注《〈三管诗话〉校注》，广西人民出版社，1996，第22页。
⑤ （清）梁章钜：《三管英灵集》，卷二，清道光桂林汤日新堂刻本，藏国家图书馆。
⑥ （清）梁章钜：《三管英灵集》，卷二，清道光桂林汤日新堂刻本，藏国家图书馆。
⑦ （清）梁章钜著，蒋凡校注《〈三管诗话〉校注》，广西人民出版社，1996，第44页。
⑧ （清）梁章钜：《三管英灵集》，卷二，清道光桂林汤日新堂刻本，藏国家图书馆。
⑨ （清）梁章钜著，蒋凡校注《〈三管诗话〉校注》，广西人民出版社，1996，第246页。

卷下僧文喜条："《历代吟谱》载，宋僧文喜，湘南人……"① 实转引自
《宋诗纪事》】

　　《随园诗话》【《三管诗话》卷中胡德琳条：《随园诗话》云："香亭弟
出守广东，余送行诗云……"② 】【《三管诗话》卷中谢济世条：《随园诗
话》："谢梅庄先生不信风水之说，《题金山郭璞墓》云：'云根浮浪花，生
气来何处？上有古碑存，葬师郭璞墓。'晓世之意，隐然言外。"③ 】【《三
管诗话》卷中胡德琳条：胡书巢有《石洞沟寄浦山师诗》。按：袁简斋先生
谓"书巢曾受业于嘉禾布衣张庚，而诗之超拔，实能青出于蓝。"④ 】【《三
管诗话》卷下："袁简斋先生云：余丙辰到广西，蒙金抚军荐入都，今五十
年矣。因访亲家汪太守，故重至焉。吴树堂中丞垣引余至署……"⑤ 实引自
《随园诗话》】【《三管诗话》卷下："又云，桂林向有诗会……"⑥ 实引自
《随园诗话》】【《三管诗话》卷下："又云：辛亥端阳后二日，广西刘明府
大观袖诗来见。方知官桂林十余年……"⑦ 实引自《随园诗话》】【《三管
诗话》卷下："又云：广西岑溪县，最小且僻。有诸生谢际昌者，送其宰邑
李少鹤云……"⑧ 实引自《随园诗话》】

　　《醴庭诗话》【《三管诗话》卷上袁崇焕条：《醴庭诗话》云："自如先
生一代伟人，吟咏乃其小事。而《黄河诗》云……"⑨ 】

　　《静志居诗话》【《三管诗话》卷中藤峡谣二条："自藤峡径府江三百
余里，诸蛮互为死党，出劫商船，得人则剖其腹，投之江峡中。人谣云：
盎有一斗米，莫诉藤峡水，囊有一百钱，莫上府江船。"⑩ 】【"正德间，
藤峡遗孽渐蔓，人莫可禁。右都御史陈金以诸蛮所嗜鱼盐，令商船度峡
者，以此委之，道稍通。金疏其事，改名永通峡。而诸蛮征索无厌，稍不

---

① （清）梁章钜著，蒋凡校注《〈三管诗话〉校注》，广西人民出版社，1996，第246页。
② （清）梁章钜著，蒋凡校注《〈三管诗话〉校注》，广西人民出版社，1996，第111页。
③ （清）梁章钜著，蒋凡校注《〈三管诗话〉校注》，广西人民出版社，1996，第97页。
④ （清）梁章钜著，蒋凡校注《〈三管诗话〉校注》，广西人民出版社，1996，第113页。
⑤ （清）梁章钜著，蒋凡校注《〈三管诗话〉校注》，广西人民出版社，1996，第256页。
⑥ （清）梁章钜著，蒋凡校注《〈三管诗话〉校注》，广西人民出版社，1996，第256页。
⑦ （清）梁章钜著，蒋凡校注《〈三管诗话〉校注》，广西人民出版社，1996，第261页。
⑧ （清）梁章钜著，蒋凡校注《〈三管诗话〉校注》，广西人民出版社，1996，第261页。
⑨ （清）梁章钜著，蒋凡校注《〈三管诗话〉校注》，广西人民出版社，1996，第86页。
⑩ （清）梁章钜著，蒋凡校注《〈三管诗话〉校注》，广西人民出版社，1996，第175页。

惬意，辄掠杀之。浔人语曰：古永通，今求通，求不得，葬江中。谁其始者？噫陈公!"① 按：实转自《静志居诗话》】

《诗话总龟》【《三管英灵集》卷五十四归真子传后："《退庵诗话》云：《兴安县志》载，宋治平初，唐子正读书真仙观中……按：此事载《古今诗话》，惟篇首'元山'二字作'袁州'为异耳。"② 按：《诗话总龟》卷四十五之《古今诗话》引此事。】

（4）手稿

陈用光《题〈守濠纪略〉》手稿③【《三管诗话》卷中朱凤森条：陈硕士侍郎云："韫山同年负经济才；尤工于声律，有幽燕伉爽之气。余尝题其《守濠纪略》云：'滑台白贼探丸起，濠县距之廿五里。桂林使君书生耳，胸中甲兵如有恃。一千二百雉堞倚，出财募民民效死。贼举飞梯攻不已，砲声殷空阵云紫。荡荡漆城不敢视，完此孤城报朝宷。'"④ 】

吕璜《月沧诗文集》【《三管诗话》卷中吕璜条："余特爱其《示经古书院诸生》五古三首，讬体甚高，足以不朽。爰重录之以为粤之人士劝焉。诗云……"⑤ 】

二 《三管英灵集》 诗话依据文献的范围与类型

从辑录所得的 166 条诗话来源文献条目来看，《三管英灵集》诗话的文献采摭范围极为广泛，涵盖了经、史、子、集四大类。

诗话的文献采摭依据最多的是集部文献，包括别集、总集、诗文评、手稿四大类文献，共辑录 46 种文献 103 条。《三管英灵集》诗话的最多的文献来源，不是诗话，而是总集，总集 8 种 45 条，包括广西地域总集：《粤西丛载》16 条、《粤西诗载》6 条、《粤西文载》7 条、《峤西诗钞》6 条、

---

① （清）梁章钜著，蒋凡校注《〈三管诗话〉校注》，广西人民出版社，1996，第 258 页。
② （清）梁章钜：《三管英灵集》，卷五十四，清道光桂林汤日新堂刻本，藏国家图书馆。
③ 陈用光，字硕士，与朱凤森同为嘉庆六年（1801）进士，官翰林院侍讲学士、詹事府詹事、内阁学士兼礼部侍郎等职，有《太乙舟诗集》13 卷，存清咸丰四年孝友堂刻本。现存《太乙舟诗集》无陈用光此诗，有赖《三管英灵集》保存。梁章钜在京与陈用光同为宣南诗社成员，同向翁方纲学诗。
④ （清）梁章钜著，蒋凡校注《〈三管诗话〉校注》，广西人民出版社，1996，第 140 页。
⑤ （清）梁章钜著，蒋凡校注《〈三管诗话〉校注》，广西人民出版社，1996，第 159~160 页。

《粤风》2 条；还包括《全唐诗》、《明诗综》、《清诗别裁集》3 种一代诗歌总集 10 条诗话。由此数据可见，汪森"粤西三载"和张鹏展的《峤西诗钞》是《三管英灵集》诗话的主要引据来源，记录丰富的广西诗人诗事，但梁章钜引用时，常常不加文献出处的标注，这种文献整理的做法并不严谨。若不加以考察，容易认为梁章钜所引文献旁通杂类，为我们考证文献来源加大了难度。但在短时间内，有限的广西地域文献中，梁章钜编辑总集，必然不能绕过这些，清代广西总集为《三管英灵集》的编纂奠定了坚实的材料基础。别集 26 种 34 条，包括：《李义山集》、《谷音集》、《南游集》、《归田集》、《蒿薛集》、《曹祠部集·附曹唐集》、《湘皋集》、《测海集》、《松崖诗稿》、《西山杂咏》、《东阁闲吟草》、《燕贻堂集》、《闲居行路前后集》、《辐山诗稿》、《香苏山馆诗集》、《九芝草堂集》、《今是轩诗草》、《颜光禄集》、《苏文忠集》、《小仓山房诗集》、《质园诗集》、《学馀堂集》、《瓯北集》、《韦庐诗内外集》。诗文评 10 种 22 条，包括：《国朝诗人征略》、《吟窗杂录》、《困学纪闻》、《竹坡诗话》、《唐诗纪事》、《宋诗纪事》、《随园诗话》、《醴庭诗话》、《静志居诗话》、《诗话总龟》。

诗话的文献采摭依据比较多的是史部文献，共 30 种 62 条，包括正史、杂史、地理、目录、年谱诸类。地理类包括省州府县的地方志和广西地域的名胜志等，19 种文献 41 条诗话，其中援引最多的是《广西通志》13 条，包括雍正《广西通志》和乾隆《广西通志》，《广西通志》中存有大量广西诗人的传记和诗歌，可以与别集、总集、州府县志中的诗人传记与诗歌比勘对校。还记载了诗人写诗的趣事，以及诗歌创作的地理背景等，如《三管诗话》卷上董京条，梁章钜考《广西通志》记载的广西汉以后诗事之最古者；《三管诗话》曹邺条，考其诗《西郎山》、《东郎山》的地理位置等。除《广西通志》外，诗话来源文献还涉及州府县志《桂林府志》、《梧州府志》、《平乐县志》、《临桂县志》、《兴安县志》、《怀集县志》、《全州志》、《贵县志》、《阳朔县志》、《灌阳县志》等；以及广西的名胜风俗游记之类的文献，如张鸣凤《桂故》、莫休符《风土记》、闵叙《粤述》、邝露《赤雅》、周去非《岭外代答》、曹学佺《广西名胜志》，这些文献中记录具有广西特色的民歌粤调、风景名胜的题壁石刻、广西的奇人奇事奇诗。但梁章钜引用时，常有未标明出处，如《三管诗话》卷下兰麻岭条：桂林所属之永福县，境有兰麻岭。《太平寰宇记》云："从桂府至柳州，路经北山，山中有毒，峭绝险隘，更无别路。柳宗元诗云：'桂州西南又千里，漓水斗石麻兰高。'唐桂帅早祷多由此"。《峤南琐记》亦云……①以上实转引自曹学佺《广西名胜志》。正史 4 种 6 条，多为清以前的正史，如《三管诗话》卷上考粤西有著作之最先者，是记载于《汉书·艺文志》中的苍梧人士燮，有经传之作，无诗流传；《三管诗话》卷上还考粤西诗人之最先者，即唐代二曹，诗集著录于《唐书·艺文志》、《宋史·艺文志》中；除了在正史《艺文志》中考粤西诗人的集子之外，有名望的粤西诗人之诗事，也会在正史纪传中找到，如明代三朝阁老蒋冕的诗事，就见于《明史》本传。史部目录类文献的援引，集中在几大目录学著作中，包括《四库全书总目》、《直斋书录解题》、《郡斋读书志》、《千顷堂书目》4 种 11 条，其中引用集大成的《四库全书总目》就有 7 条诗话，这些目录学著作著录了广西诗人别集的编辑、刊刻、版本、流传情况，为梁章钜所引，诗话也引用目录文献对广西诗人诗歌别集的解题，对其诗歌风格特征等的评价等。年谱类 2 种 3 条，《陈文恭年谱》、《愚山年谱》，是诗人小传和选诗的文献依据中没有的。

　　子部文献也是《三管英灵集》诗话的文献来源之一，共 15 种 17 条，包括小说家类 10 种 12 条：《坚瓠集》、《独醒杂志》、《尧山堂外纪》、《中州舺馀》、《湘山野录》、《大唐新语》、《南野堂笔记》、《两般秋雨庵随笔》、《居易录》、《檐曝杂记》；杂家类 4 种 4 条：《格古要论》、《七修类稿》、《瓮牖闲评》、《梧浔杂佩》；类书 1 种 1 条：《群芳谱》。

　　诗话的文献来源经部最少，仅小学类 1 条，《三管英灵集》选吴廷举五古一首，梁章钜令杨紫卿依据《集韵》，改易一韵，使诗歌更为流畅。选诗和诗人小传的文献来源不曾涉及经部文献，这是诗话依据文献的突破。

　　诗人诗歌零星篇目或是残篇断句，及诗事散落在各种文献中，就必须广泛搜罗考察唐代以来的笔记杂著、州郡府县地方志、别集总集、诗话文献等，诸多诗人诗作、诗句、诗事，连同各时代散佚的各类广西地方文献

---

① （清）梁章钜著，蒋凡校注《〈三管诗话〉校注》，广西人民出版社，1996，第 219 页。

就有赖《三管英灵集》保存。如《三管诗话》卷下记载了《梧浔杂佩》所云的苍梧特产"桑寄生酒",晋代张华曾写诗赞美其味,梁章钜云"余至粤西近五年,惜未得一尝。"① 所引明代张所望撰《梧浔杂佩》一卷,今已不存,正体现了《三管英灵集》保存广西诗人诗歌诗话的文献价值。正是《三管英灵集》保存了袁珏《醴庭诗话》的只言片语,《三管诗话》卷上,梁章钜引袁珏《醴庭诗话》对袁崇焕的评价:"自如先生一代伟人,吟咏乃其小事。而《黄河诗》云:'浊处真须激,清来自太平。'乃早兆本朝应运,文章之关气数如此。"② 袁珏的《今是轩诗草》亦散佚,有赖《三管英灵集》著录,并选其诗与断句。

总之,《三管英灵集》按照有序的体例,分门别类编排采集而来的各类文献,有保存、整理、考订文献之功,但资料庞杂,有不可避免错漏和错录,也不免在抄录诗歌、考订文献资料时,妄加修改,致使原始资料面目而非,不及原意。

---

① (清)梁章钜著,蒋凡校注《〈三管诗话〉校注》,广西人民出版社,1996,第290页。
② (清)梁章钜著,蒋凡校注《〈三管诗话〉校注》,广西人民出版社,1996,第86页。

第三章 《三管英灵集》小传、选诗、诗话考订及况周颐批注辑考

本章在考察《三管英灵集》编纂背景，辑录《三管英灵集》诗人小传、选诗和诗话的文献来源之后；进而考察《三管英灵集》的文献辑录是否正确。考订《三管英灵集》的诗人小传、选诗和诗话，重收、误收诗作考辨，删改原诗校订，诗话考订等，分析文献的可靠性。辑录《三管英灵集》况周颐批注，探讨况周颐对《三管英灵集》诗人小传、所选诗作、诗话的补充、考辨、考订与评价。进一步总结《三管英灵集》的文献价值与疏漏。

第一节 《三管英灵集》诗人小传考订与补录

一 诗人姓名字号订误与补录

1. 卷三张廷纶补录字

按：卷三张廷纶传云："廷纶，平南人，天顺四年进士，官南京户部主事，有《师心斋稿》。"① 据同治《韶州府志》引《翁源县志》："张廷纶，字允言，广西平南县人。以父辉训导翁源，因寄籍家焉。充诸生，领正统广东乡荐，登天顺庚辰进士，授南京户部主事。夙尚气节，奏劾南道赵御史，惨刻罢官，归卜居全州，后以子濂贵，赐封南京户部尚书。"② 据此补录：张廷纶，字允言。

2. 卷三傅惟宗补录字

按：卷三傅惟宗传："惟宗，藤县人，永乐间举人，官茶陵县训导。"③

---

① （清）梁章钜：《三管英灵集》，卷三，清道光桂林汤日新堂刻本，藏国家图书馆。
② （清）欧樾华：《（同治）韶州府志》，卷三十四列传，清同治刊本。
③ （清）梁章钜：《三管英灵集》，卷三，清道光桂林汤日新堂刻本，藏国家图书馆。

据雍正《广西通志》卷八十四①、《粤西文载》卷六十九补录：傅惟宗，字肇本。

3. 卷三岑方名字存疑

按：卷三岑方传："方，崇善人，天顺三年举人，官奉新知县。"②《广西通志》、《太平府志》及《崇善县志》均有岑芳，崇善人，天顺乙卯举人，官奉新知县③。《三管英灵集》录岑方《南津晚渡》一首，本于《粤西诗载》卷十一所录岑方《南津晚渡》，岑方，《粤西文载》无传。南津渡，为昔广西崇善县八景之一。因此，岑方或为崇善岑芳之误，录此存疑。

4. 卷五甘振字误

按：卷五甘振传："振，字天声……"④ 据雍正《广西通志》卷八十三⑤、《粤西文载》卷七十甘振传校改"振，字大声。"⑥ "天"与"大"形近，或《三管英灵集》抄刻错讹。校订为：甘振，字大声。

5. 卷五李广图名误

按：卷五李广图传："广图，怀集人……"⑦ 据雍正《广西通志》卷七十三、卷八十四、乾隆《梧州府志》卷十六选举志、《粤西文载》卷二十四均作："广圃，怀集人……"⑧，"图"与"圃"形近，或《三管英灵集》抄刻错讹。校订为：李广圃。

6. 卷五舒应龙字误

按：卷五舒应龙传："舒应龙，字仲阳，全州人……"⑨ 雍正《广西通志》卷七十九、《粤西文载》卷七十一："舒应龙，字中阳，全州人……"⑩

---

① （清）金鉷修：《广西通志》，卷七十一，台北：商务印书馆影印文渊阁四库全书本，1983。
② （清）梁章钜：《三管英灵集》，卷三，清道光桂林汤日新堂刻本，藏国家图书馆。
③ （清）金鉷修：《广西通志》，卷八十四，台北：商务印书馆影印文渊阁四库全书本，1983。
④ （清）梁章钜：《三管英灵集》，卷五，清道光桂林汤日新堂刻本，藏国家图书馆。
⑤ （清）金鉷修：《广西通志》，卷八十三，台北：商务印书馆影印文渊阁四库全书本，1983。
⑥ （清）汪森辑，黄盛陆等校点：《〈粤西文载〉校点》，第五册，广西人民出版社，1990。
⑦ （清）梁章钜：《三管英灵集》，卷五，清道光桂林汤日新堂刻本，藏国家图书馆。
⑧ （清）金鉷修：《广西通志》，卷七十三，台北：商务印书馆影印文渊阁四库全书本，1983。
⑨ （清）梁章钜：《三管英灵集》，卷五，清道光桂林汤日新堂刻本，藏国家图书馆。
⑩ （清）汪森辑，黄盛陆等校点《〈粤西文载〉校点》，第五册，广西人民出版社，1990，第260页。

又道光《广东通志》卷二百四十六"宦绩录"十六："舒应龙，字中阳，全州人……"①"仲"与"中"形近，或《三管英灵集》抄刻错讹。据此校订：舒应龙，字中阳。

7. 卷五梁允玳号误为字

校：卷五梁允玳传："允玳，字云松……"②雍正《广西通志》卷八十、《粤西文载》卷七十一："梁允玳，怀集人……别号云松。"③《三管英灵集》误号为字，据此校订：允玳，号云松。

8. 卷八陈瑾，号错录为字

校：卷八陈瑾传："瑾，字白岳，宣化人。天启二年举人，官南康知县，在任七载，迁同知。事迹见《江西名宦志》。"据康熙《江西通志》卷六十五"名宦志"："陈瑾，号白岳，宣化人。天启壬戌以举人知南康，廉能明允，断狱如神，新文昌塔筑西流堤……在任七载，升海防同知。"④《三管英灵集》将陈瑾号错录为字，据此校订：陈瑾，号白岳。

9. 卷九廖必强字错为号

校：据《全州县志》："廖必强，字千能，号荷柱。"⑤《三管英灵集》卷九作："又字荷庄。"存疑，待考。

10. 卷十王之骥补录字

按：卷十王之骥传云："之骥，灌阳人，康熙初贡生。"⑥据康熙《灌阳县志》，又据雍正《广西通志》卷八十三引《灌阳县志》，"王之骥，字龙友，灌阳廪生。性通敏，窥心理学。每试辄前茅，尤敦孝友，重气节。国朝康熙十三年，孙延龄叛，之骥挈家遁迹深山，赋《三峰烟雨》以见志。延龄慕其名，迫令督饷，之骥愤恨疾作，行至城西，坚卧不食而死。所著有《格致集》（县志）。"⑦据此补录：王之骥，字龙友。

① （清）阮元等修；陈昌齐纂《广东通志》，第四册，商务印书馆，1934，第4303页。
② （清）梁章钜：《三管英灵集》，卷五，清道光桂林汤日新堂刻本，藏国家图书馆。
③ （清）汪森辑，黄盛陆等校点：《〈粤西文载〉校点》，第五册，广西人民出版社，1990，第280页。
④ （清）谢旻等修，陶成等纂《江西通志》，成文出版社影印清文渊阁四库全书本，1989。
⑤ 全州县志编纂委员会编《全州县志》，广西人民出版社，1998，第945页。
⑥ （清）梁章钜：《三管英灵集》，卷十，清道光桂林汤日新堂刻本，藏国家图书馆。
⑦ （清）金鉷修：《广西通志》，卷八十三，台北：商务印书馆影印文渊阁四库全书本，1983。

11. 卷十覃思孔字误

校：卷十覃思孔传云："思孔，字绍泗，一字不斋，容县人……"据光绪《容县志》载："思孔，字木斋，辛里人。康熙甲子科举人。"① 因此校订：覃思孔，字木斋。

12. 卷十李彬补录字

按：卷十李彬小传"字厚斋"，后人行注"字伊丽，号厚斋。"② 据光绪《贵县志》："李彬字伊丽，郭南三图人。康熙进士，品行冠一邑……"③ 又光绪《广西通志辑要》光绪十六年刻本："《愚石居集》，国朝李彬撰，见《贵县志》，今未见。彬字伊丽。"④ 补录：李彬，字伊丽。

13. 卷十一谢济世号误为字

校：卷十一谢济世传："济世，字石霖，又字梅庄……"⑤ 据张维屏《国朝诗人征略》⑥ 卷二十一，校改：济世，字石霖，号梅庄。

14. 卷十三谢庭琪补录号

按：卷十三谢庭琪传："庭琪，字实夫。"⑦ 据谢赐履《悦山堂诗集》（民国广益堂刻本）附谢庭琪《若园遗诗》、魏元枢《与我周旋集》诗卷七《旅宿忻州喜晤谢若园刺史》诗中小注："谢，名庭琪，籍粤西，丁未进士。"⑧ 据此补录：谢庭琪，号若园。

15. 卷十四黄明懿号误作字

校：卷十四黄明懿传："字秉直，一字晋斋。"⑨ 据嘉庆《临桂县志》："字秉直，号晋斋。少博洽，善书，乾隆二年进士。"⑩ 因此校订：黄明懿，号晋斋。

---

① （清）封祝唐纂《容县志》，台湾：成文出版社影印光绪二十三年刻本，1974。
② （清）梁章钜：《三管英灵集》，卷十，清道光桂林汤日新堂刻本，藏国家图书馆。
③ （清）夏敬颐、王仁钟修，梁吉祥纂《贵县志》，清光绪二十一年紫泉书院刻本。
④ （清）宗经、羊复礼、夏敬颇辑《广西通志辑要》，台湾：成文出版社影印光绪十六年桂林唐九如堂刻本，1976。
⑤ （清）梁章钜：《三管英灵集》，卷十一，清道光桂林汤日新堂刻本，藏国家图书馆。
⑥ （清）张维屏：《国朝诗人征略》，台北：明文书局，1985。
⑦ （清）梁章钜：《三管英灵集》，卷十三，清道光桂林汤日新堂刻本，藏国家图书馆。
⑧ （清）魏元枢：《与我周旋集》，北京出版社影印清乾隆五十八年清祜堂刻本，1998。
⑨ （清）梁章钜：《三管英灵集》，卷十四，清道光桂林汤日新堂刻本，藏国家图书馆。
⑩ （清）蔡呈韶等修，胡虔、朱依真撰《（嘉庆）临桂县志》，清嘉庆七年刻本。

16. 卷十五刘定逌补充字

按：卷十五刘定逌传："字叔达，一字灵溪，武缘人。"① 据《清秘述闻》卷六："解元刘定逌，字叙臣，武缘人，戊辰进士。"② 因此补录：刘定逌，字叔达，一字灵溪，又字叙臣。

17. 卷十五陈子智补录字号

按：卷十五陈子智传："宜山人，乾隆间岁贡生……"③ 据民国《宜山县志》："陈子智，字若愚，号鲁斋，庆邦子。"④ 补录：陈子智，字若愚，号鲁斋。

18. 卷十七黎龙光字误

校：卷十七黎龙光传："字宾王，一字晴川，平南人。乾隆十八年拔贡生，官泗城府教授。"⑤ 据《广西方志传记人名索引》载，黎龙光传见道光《平南县志》、光绪《平南县志》，均作黎龙光"字清川"⑥。"晴"与"清"形近，或《三管英灵集》抄刻错讹，存疑。

19. 卷十七陈兰森字号补录

按：卷十七陈兰森传："字稺卿，一字松山，临桂人。"⑦ 据嘉庆《临桂县志》："陈兰森，字长筦，号松山。宏谋孙，乾隆二十二年进士。"⑧ 补录：陈兰森，字稺卿，又字长筦，号松山。

20. 卷十四与卷十七，均录上林人荔浦训导李舒景，或为一人

按：卷十四，李舒景，"字轶凡，号物外，上林人，雍正间岁贡生，官荔浦训导"⑨，选诗一首《岳武穆墓》。卷十七，李舒景，"字□□，上林人，乾隆间岁贡生，官荔浦县训导。"⑩ 选诗三首《中秋夜对月》、《除夕立

---

① （清）梁章钜：《三管英灵集》，卷十五，清道光桂林汤日新堂刻本，藏国家图书馆。
② （清）法式善：《清秘述闻》，清代史料笔记丛刊清秘述闻三种，上册，中华书局，1982，第 173 页。
③ （清）梁章钜：《三管英灵集》，卷十五，清道光桂林汤日新堂刻本，藏国家图书馆。
④ （民国）陈赞舜修，覃祖烈纂《宜山县志》，宜州市地方志办公室点校内部发行，2000，第 397 页。
⑤ （清）梁章钜：《三管英灵集》，卷十七，清道光桂林汤日新堂刻本，藏国家图书馆。
⑥ 广西通志馆旧志整理室：《广西方志传记人名索引》，广西人民出版社，1989，第 195 页。
⑦ （清）梁章钜：《三管英灵集》，卷十七，清道光桂林汤日新堂刻本，藏国家图书馆。
⑧ （清）蔡呈韶等修，胡虔、朱依真撰《（嘉庆）临桂县志》，清嘉庆七年刻本。
⑨ （清）梁章钜：《三管英灵集》，卷十四，清道光桂林汤日新堂刻本，藏国家图书馆。
⑩ （清）梁章钜：《三管英灵集》，卷十七，清道光桂林汤日新堂刻本，藏国家图书馆。

春》、《梅花》。录此存疑。

21. 卷二十杨廷理补录号

按：卷二十杨廷理小传云："字清和，又字双梧"①，未录号，据徐世昌《晚晴簃诗汇》卷一百："字清和，号半缘，又号更生"②，补录：杨廷理，字清和，又字双梧，号半缘，又号更生。

22. 卷二十五朱依鲁号误为字

校：卷二十五朱依鲁小传："依鲁，字筱亭，临桂人"③。据嘉庆《临桂县志》："朱依鲁，字学曾，若东子，乾隆辛卯进士。"④ 又《清代微献类编》："朱依鲁，字学曾，号筱亭。"⑤ 校订：朱依鲁，字学曾，号筱亭。

23. 卷二十五周琢补录字

按：卷二十五周琢传："字净陔，临桂人。"⑥ 据《清秘述闻续》："周琢，字方玉，临桂人。"⑦ 又《明清进士录》："字方玉，号净陔。"⑧ 补录：周琢，字方玉，号净陔。

24. 卷二十五唐国玉补录号

按：卷二十五唐国玉传："字瑞节，一字竹屿。"⑨ 据道光《灌阳县志》："字瑞节，号润卿。"⑩ 补录：唐国玉，字瑞节，一字竹屿，号润卿。

25. 卷二十六关煐名误

按：卷二十六关煐传："煐，字奈原，临桂人，乾隆四十二年举人，官苍梧县教谕。"⑪ 选关煐诗三首。据清嘉庆五年（1800）刻叠彩山"修《广西通志》题名"：清嘉庆五年，广西巡抚谢启昆开通志局，重修《广西通

---

① （清）梁章钜：《三管英灵集》，卷二十，清道光桂林汤日新堂刻本，藏国家图书馆。
② （清）徐世昌：《晚晴簃诗汇》，中华书局点校民国十八年退耕堂刻本，1990。
③ （清）梁章钜：《三管英灵集》，卷二十五，清道光桂林汤日新堂刻本，藏国家图书馆。
④ （清）蔡呈韶等修，胡虔、朱依真撰《（嘉庆）临桂县志》，清嘉庆七年刻本。
⑤ 严懋功：《清代微献类编》，台北：中华书局，1968，第286页。
⑥ （清）梁章钜：《三管英灵集》，卷二十五，清道光桂林汤日新堂刻本，藏国家图书馆。
⑦ （清）王家相、魏茂林、钱维福撰《清秘述闻续》，清代史料笔记丛刊清秘述闻三种中册，中华书局，1982。
⑧ 潘荣胜主编《明清进士录》，中华书局，2006，第961页。
⑨ （清）梁章钜：《三管英灵集》，卷二十五，清道光桂林汤日新堂刻本，藏国家图书馆。
⑩ （清）萧煊修，范光祺纂《（道光）灌阳县志》，卷十一，广西省图书馆抄本。
⑪ （清）梁章钜：《三管英灵集》，卷二十六，清道光桂林汤日新堂刻本，藏国家图书馆。

志》。以胡虔为总纂，"王尚珏、任兆鲸、朱锦、范来沛、张坤、朱依真、周维堂、关瑛、张元辂"等九人为分纂，嘉庆六年十月完成。① 又据《峤西诗钞》卷九选"关瑛"诗三首，可知《三管英灵集》抄录有误，校订为"关瑛"。

26. 卷二十七朱依炅补录字

按：卷二十七朱依炅传："字镜云"②，据嘉庆《临桂县志》："依炅，字仲明，依鲁弟。"③ 补录：朱依炅，字镜云，又字仲明。

27. 卷二十八柯宗琦补录字

按：卷二十八柯宗琦传："字玮斋"④，据光绪《北流县志》补录："字绍韩，吉京里人，乾隆庚子举人"⑤。补录：柯宗琦，字玮斋，又字绍韩。

28. 卷二十八马延承补录字

按：卷二十八马延承传："字锡亭"⑥，据民国《隆安县志》⑦ 补录：马延承，字锡亭，又字重光。

29. 卷二十九朱龄、全龄或一人

按：《三管英灵集》目录卷二十九"全龄一首"，有况周颐行批"即朱龄"，况周颐眉批："以下三名实一人：全吾龄，乡试题名，乾隆五十一年丙午科举人，灵川人，兴业教谕；朱龄，龄初名吾龄，字希九，乾隆五十一年举人，官兴业训导；全龄，龄字希九，灵川人，乾隆五十一年举人。"⑧《三管英灵集》卷二十九"朱龄"，况眉批："即卷廿九第十二页，全龄，乡试录提。"《三管英灵集》卷二十九"全龄"，况眉批："即卷廿九第九页，朱龄，误分作两人。"⑨ 录此存疑。

---

① 桂海碑林博物馆编撰《桂林石刻撷珍》，漓江出版社，2013，第 136 页。
② （清）梁章钜：《三管英灵集》，卷二十七，清道光桂林汤日新堂刻本，藏国家图书馆。
③ （清）蔡呈韶等修，胡虔、朱依真撰《（嘉庆）临桂县志》，清嘉庆七年刻本。
④ （清）梁章钜：《三管英灵集》，卷二十八，清道光桂林汤日新堂刻本，藏国家图书馆。
⑤ （清）徐作梅修、李士琨等纂《（光绪）北流县志》，台北：成文出版社影印清光绪六年刻本，1975。
⑥ （清）梁章钜：《三管英灵集》，卷二十八，清道光桂林汤日新堂刻本，藏国家图书馆。
⑦ （民国）刘振西：《隆安县志》，台北：成文出版社，1975，第 315 页。
⑧ （清）梁章钜纂《三管英灵集》，目录，清道光桂林汤日新堂刻本，藏国家图书馆。
⑨ （清）梁章钜纂《三管英灵集》，卷二十九，清道光桂林汤日新堂刻本，藏国家图书馆。

30. 卷三十张鹏展补录字号

按：卷三十张鹏展传："字南松，上林人。乾隆五十四年进士。"① 据《国朝御史题名》："张鹏展，字从中，号南崧，广西上林县人，乾隆己酉进士。"② 又道光《济南府志》："张鹏展，字从中，号惺斋，又号南崧，广西上林人，乾隆己酉进士。"③《三管英灵集》号误录为字，且"松"与"崧"形近，恐抄刻错讹。补录：张鹏展，字从中，号惺斋，又号南崧。

31. 卷三十一熊方受补录号

按：卷三十一熊方受传："字介兹，永康州人。"④ 据黄叔璥《国朝御史题名》⑤、包世臣《清故中宪大夫山东东昌府知府原品致仕前兖沂曹济兵备道军功加一级熊君行状》⑥，补录：熊方受，字介兹，号定峰，又号梦庵，永康州人。

32. 卷三十三童毓灵补录字号

按：卷三十三童毓灵传："字九皋，归顺州人，乾隆间岁贡生。"⑦《峤西诗钞》载："字萃一，号九皋，一号碧潭，归顺州岁贡生。从山左李少鹤游，著有《岳庐集》、《秋思集》、《宾山集》，俱经散佚，所存仅得之唐碧川手录者。"⑧ 补录：童毓灵，字萃一，号九皋，一号碧潭。

33. 卷三十五叶时哲名、误补录号

按：卷三十五叶时哲传："叶时哲，字亮工，马平人。"据《越雪集》抄本、徐世昌《晚晴簃诗汇》卷一百二十四："叶时哲，字亮功，号鹤巢，柳城人，有《越雪集》。"⑨ 又据方履籛《叶鹤巢〈越雪集〉诗序》："叶君鹤巢，修能内茂，道实外冲。"⑩ "哲"繁体字"喆"与"晳"形近，或

① （清）梁章钜纂《三管英灵集》，卷三十，清道光桂林汤日新堂刻本，藏国家图书馆。
② （清）黄叔璥：《国朝御史题名》，清光绪刻本。
③ （清）王增芳等修，成瓘等纂《济南府志》，清道光二十年刻本。
④ （清）梁章钜纂《三管英灵集》，卷三十一，清道光桂林汤日新堂刻本，藏国家图书馆。
⑤ （清）黄叔璥：《国朝御史题名》，清光绪刻本。
⑥ （清）包世臣：《小倦游阁集》，卷十四，清小倦游阁抄本。
⑦ （清）梁章钜纂《三管英灵集》，卷三十三，清道光桂林汤日新堂刻本，藏国家图书馆。
⑧ （清）张鹏展：《峤西诗钞》，上林丛书编印所，1944。
⑨ （清）徐世昌编，闻石点校《晚晴簃诗汇》，卷一百二十四，中华书局，1990，第5339页。
⑩ （清）方履籛：《万善花室文稿》，卷三，商务印书馆，1936，第64~65页。

《三管英灵集》抄刻错讹。又今《柳州市志》载："叶时晰，字亮工，号鹤巢，马平人"①，"晳"为"晰"的异体字可通用。

因此，校订并补录：叶时晳，字亮工，号鹤巢，马平人。

34. 卷三十七唐昌龄补录字号

按：卷三十七唐昌龄传："字恒心，归顺州人。"② 据《雪桥诗话》："梦得，名昌龄，字心一"③，补录：唐昌龄，字恒心，又字心一，号梦得。

35. 卷三十七倪诜补录名

按：卷三十七倪诜传："字同人，临桂人，乾隆间布衣，有《寄尘山房诗集》。"④ 据光绪《临桂县志》："倪承诜，字同人，乾隆间布衣。"⑤ 补录：倪诜，又名倪承诜，字同人。

36. 卷三十八陆禹勋补录字

按：卷三十八陆禹勋传："字舜臣，隆安人。"⑥ 据《隆安县志》："陆禹勋，字谦斋。"⑦ 补录：陆禹勋，字舜臣，又字谦斋。

37. 卷三十八李超松字误

按：《三管英灵集》卷三十八李超松传："超松，字贞伯，临桂人，嘉庆三年举人，官迁江县训导。"⑧ 据《三管英灵集》卷二十八龙献图《哭门人李伯贞学博》，又据今《〈易安堂集〉校注》龙献图《哭门人李伯贞学博并序》，序称："伯贞大挑一等以知县用，辞就教职，匆匆别八年矣。顷读吕月沧撰君墓表寄示，始知其在迁江学署方治馔延客。客未至，忽寒毡坐化，可痛也。"⑨ 又据吕璜《迁江县学训导伯贞李君墓表》："君讳超松，字伯贞。"因此校改：李超松，字伯贞。

---

① 柳州市地方志编纂委员会编《柳州市志》，第 7 卷，广西人民出版社，2003，第 305 页。
② （清）梁章钜纂《三管英灵集》，卷三十七，清道光桂林汤日新堂刻本，藏国家图书馆。
③ （民国）杨钟义：《雪桥诗话》，三集卷八，台北：文海出版社，1975，第 944 页。
④ （清）梁章钜纂《三管英灵集》，卷三十七，清道光桂林汤日新堂刻本，藏国家图书馆。
⑤ （清）吴征鳌修，黄泌、曹驯纂《临桂县志》，清光绪三十一年刻本。
⑥ （清）梁章钜纂《三管英灵集》，卷三十八，清道光桂林汤日新堂刻本，藏国家图书馆。
⑦ 隆安县志编委会编《隆安县志》，广西人民出版社，1993，第 686 页。
⑧ （清）梁章钜：《三管英灵集》，卷三十八，清道光桂林汤日新堂刻本，藏国家图书馆。
⑨ （清）龙献图著，李国新校注《〈易安堂集〉校注》，中央编译出版社，2015，第 166 页。

38. 卷四十一卿祖培补录字号

按：卷四十一卿祖培传："字敦甫，又字滋圃，灌阳人。嘉庆七年进士，官太常寺少卿。"① 据陶澍《太常寺少卿卿公墓表》："公讳祖培，字锡祚，号滋圃，姓卿氏，广西灌阳人。"② 补录：卿祖培，字敦甫，又字锡祚，号滋圃。

39. 卷四十一易凤庭名误

按：卷四十一易凤庭传："凤庭，字梧冈，灵川人，嘉庆七年进士，官浙江海宁州知州。"③ 选诗二首。据《峤西诗钞》卷十六著录"易凤廷"，选诗三首。又据《大定府志》："易凤廷，广西灵川人，嘉庆壬戌（1802）科进士，三年（1823）十二月初八日任。"④ 又据《德清县志》："易凤廷，嘉庆十五年任"浙江湖州德清知县。⑤ 可知《三管英灵集》抄录有误，校订：易凤廷。

40. 卷四十二阳耀祖字误

校：卷四十二阳耀祖传："字芸樵，灵川人，嘉庆十二年举人，官广东佛冈同知，有《苍云馆诗钞》。"⑥ 据《三管英灵集》卷四十一："刘菜，字香士，嘉庆十二年举人"，可知阳耀祖与刘菜同年乡试中举；又卷四十一录刘菜《梦云樵》、《怀阳云樵同年三十韵》。又据清雷瑨《青楼诗话》卷上："始兴青箱女史，送阳云樵明府去任，云……"⑦ 考民国《灵川县志》卷五："阳耀祖，历任广东龙川、封川、新会、始兴知县，佛山海防分府。"⑧ "芸"与"云"形近，或《三管英灵集》抄刻错讹。据此校订：阳耀祖，字云樵。

---

① （清）梁章钜纂《三管英灵集》，卷四十一，清道光桂林汤日新堂刻本，藏国家图书馆。
② （清）陶澍：《陶文毅公全集》，第五册，卷四十六，台北：文海出版社，1966，第3375页。
③ （清）梁章钜纂《三管英灵集》，卷四十一，清道光桂林汤日新堂刻本，藏国家图书馆。
④ 贵州省毕节地区地方志编纂委员会点校：《大定府志（道光二十九年刻本）》，中华书局，2000，第492页。
⑤ （民国）程森：《德清县志》，第一册，台湾：成文出版社影印民国二十年铅印本，1970，第380页。
⑥ （清）梁章钜纂《三管英灵集》，卷四十二，清道光桂林汤日新堂刻本，藏国家图书馆。
⑦ （民国）雷瑨：《青楼诗话》，民国十五年扫叶山房石印本。
⑧ （民国）陈美文修，李繁滋、文同书等纂《灵川县志》，台北：成文出版社影印民国十八年石印本，1975，第515页。

41. 卷四十三蒋卜德字补录

按：卷四十三蒋卜德传："字瑶圃，灌阳人。"① 据道光《灌阳县志》："蒋卜德，字勉之，号瑶圃，灌阳人。"②《峤西诗钞》亦同。据此补录：蒋卜德，字勉之，号瑶圃。

42. 卷四十五韦天宝字补录

按：卷四十五韦天宝传："字絅斋，武缘人。"③ 据民国《武鸣县志》："字介圭，号絅斋。"④ 据此补录：韦天宝，字介圭，号絅斋。

43. 卷四十五何家齐字补录

按：卷四十五何家齐传："字双镜。"⑤ 据《中国古籍总目》："何家齐，字燕贻，号双镜。"⑥ 补录：何家齐，字燕贻，号双镜。

44. 卷四十六罗辰号补录

按：卷四十六罗辰传："字星桥，临桂人。"⑦ 据《临桂文史》："罗辰，字星桥，号罗浮山人，罗存理之子，嘉庆武生，工画善诗。"⑧ 补录：罗辰，字星桥，号罗浮山人。

45. 卷四十七潘兆萱字号补录

按：卷四十七潘兆萱传："字紫虚，桂平人。"⑨ 据《柳北文史》："字树其，别号紫虚，又号阆石山人。是潘鲲之子。清嘉庆年间廪生，曾署理怀远县知县，后任上思州训导、玉林州学正。"⑩ 补录：潘兆萱，字树其，别号紫虚，又号阆石山人。

---

① （清）梁章钜纂《三管英灵集》，卷四十三，清道光桂林汤日新堂刻本，藏国家图书馆。
② （清）萧煊修，范光祺纂《（道光）灌阳县志》，卷十一，广西省图书馆抄本。
③ （清）梁章钜纂《三管英灵集》，卷四十五，清道光桂林汤日新堂刻本，藏国家图书馆。
④ （民国）温德溥修，曾唯儒纂《武鸣县志》，民国四年铅印本。
⑤ （清）梁章钜纂《三管英灵集》，卷四十五，清道光桂林汤日新堂刻本，藏国家图书馆。
⑥ 中国古籍总目编纂委员会编《中国古籍总目·集部》，第4册，中华书局；上海古籍出版社，2012，第1730页。
⑦ （清）梁章钜纂《三管英灵集》，卷四十六，清道光桂林汤日新堂刻本，藏国家图书馆。
⑧ 政协广西临桂县委员会办公室：《临桂文史》，第7辑，政协广西临桂县委员会办公室刊印，1994，第87页。
⑨ （清）梁章钜纂《三管英灵集》，卷四十七，清道光桂林汤日新堂刻本，藏国家图书馆。
⑩ 政协柳州市柳北区委员会文史编辑组：《柳北文史》，第11~12辑，政协柳州市柳北区委员会刊印，1995，第169页。

46. 卷四十八曾克敬字号补录

按：卷四十八曾克敬传："字芷潭"①，据《平乐县志》："曾克敬（？～1838年），字跻堂，号芷潭。"② 补录。

47. 卷五十四石仲元字号补录

按：卷五十四石仲元传："仲元自号桂华子，桂林人。"③ 据《南汉书》："石仲元，字庆宗，号桂华子。后主时居桂州七星山。"④ 补录：石仲元，字庆宗，号桂华子。

二 诗人履历订误与补录

1. 卷二陆蟾时代经历误

按：卷二陆蟾：小传云："陆蟾，藤州镡津人，宋末以能诗名于吴越间，客死于攸县之司空山。有诗见《粤西文载》。"⑤ 据《粤西文载》卷六十八《人物传》："陆蟾藤州镡津人也，以能诗名于楚越间，其《瀑布咏》则曰……此诗人尤称之，客死于攸县之司空山。"⑥ 又宋契嵩《镡津集》卷十六："陆蟾，藤州镡津人也。以能诗名于楚越间。其《瀑布咏》则曰……此诗人尤称之，客死于攸县之司空山。"⑦ 另宋代《诗话总龟》、清代《广西通志》皆传其"以能诗名于楚越间。" 据北宋藤县契嵩《镡津文集》卷十六有为同乡前辈所作《陆蟾传》；《三管诗话》卷上王元条："字文元，桂林人。与翁宏、任鹄、陆蟾、王正已、廖融相友善，皆唐末隐士也。"⑧

因此，陆蟾小传"宋末以能诗名于吴越间"有误，校订为"唐末以能诗名于楚越间。"

2. 卷二安昌期官职误

按：卷二安昌期：小传云："昌期，恭城人，皇祐间官永淳县尉。"⑨ 考

---

① （清）梁章钜纂《三管英灵集》，卷四十八，清道光桂林汤日新堂刻本，藏国家图书馆。
② 平乐县地方志编纂委员会：《平乐县志》，方志出版社，1995，第739页。
③ （清）梁章钜纂《三管英灵集》，卷五十四，清道光桂林汤日新堂刻本，藏国家图书馆。
④ （清）梁廷楠著；林梓宗校点《南汉书》，卷十八，广东人民出版社，1981，第92页。
⑤ （清）梁章钜纂《三管英灵集》，卷二，清道光桂林汤日新堂刻本，藏国家图书馆。
⑥ （清）汪森编；黄盛陆等校点《粤西文载》，第5册，广西人民出版社，1990，第168页。
⑦ （宋）契嵩：《镡津集》，禅门逸书，初编，第3册，台北：明文书局，1981，第173页。
⑧ （清）梁章钜著，蒋凡校注《〈三管诗话〉校注》，广西人民出版社，1996，第33页。
⑨ （清）梁章钜纂《三管英灵集》，卷二，清道光桂林汤日新堂刻本，藏国家图书馆。

历代典籍对安昌期皇祐间官职的著录多为永定县尉。宋洪迈《夷坚志》（甲志卷九）、宋王象之《舆地纪胜》卷一百七（引《夷坚志》）、嘉靖《南宁府志》卷十一（韶州恭城人）、嘉靖《惠州府志》卷十四（韶州恭城人）、明凌迪知《万姓统谱》卷二十五、清厉鹗《宋诗纪事》卷一十八（引自《万姓统谱》）、清汪森《粤西丛载》卷十一、雍正《广西通志》卷八十七均为"横州永定尉"。嘉庆《大清一统志》卷四百八十六："官永淳县尉。"雍正《广西通志》卷五十一："安昌期，恭城人，皇祐间任永淳令。"①

考永淳县：横州（今广西横县）西百三十里。唐武德中，置永定县。宋神宗熙宁四年，废横州永定县入宁浦县。② 哲宗元祐二年，复置永宁县③，后改名永淳县，元明清因之。明曹学佺《广西名胜志》卷八亦云："元祐初改为永淳县，至今因之。"④ 安昌期生活在宋仁宗宋英宗时期，其时应官永定县尉。

因此，《三管英灵集》卷二安昌期"皇祐间官永淳县尉"有误，校订为"皇祐间官永定县尉。"

3. 卷二翁宏小传籍贯误

按：卷二翁宏小传："宏，字大举，桂林人。唐末寓居昭、贺间。"蒋凡据《贺州县志》和梁超然《说五代诗人王元、翁宏与陆蟾》⑤ 考证，《三管诗话》卷上翁宏条校改为"翁宏，字大举，贺州桂岭人。唐末寓居昭、贺间。"其说可信。

4. 卷二熊梦祥小传存疑

按：卷二熊梦祥小传："梦祥，马平人，洪武二十年举人，官御史。按：平南亦有熊梦祥，嘉靖间举人。"选熊梦祥《畅岩怀古》一首，引自《粤西诗载》卷十八，惜《粤西文载》未有诗人小传。雍正《广西通志》卷七十一和卷七十三分别著录马平熊梦祥和平南熊梦祥，未载诗，别无可考。今考畅岩在广西浔州府平南境内，因此，《畅岩怀古》或为平南熊梦祥

---

① （清）金鉷修《广西通志》，卷五十一，清文渊阁四库全书本。

② （宋）李焘：《续资治通鉴长编》，卷二二六，中华书局，1985，第5510页。

③ （宋）杨仲良：《皇宋通鉴长编纪事本末》（第三册），卷七十七，黑龙江人民出版社，2006，第1374页。

④ （明）曹学佺：《广西名胜志》，卷八，广西师范大学出版社，2012。

⑤ 梁超然：《三书斋文存·第一卷 古代文学研究（一）》，广西人民出版社，2010，第339页。

所作，记此存疑。

5. 卷三尚用之籍贯及生平年代误

按：卷三尚用之传："用之，临桂人，宣德间官本路提刑。"① 尚用之诗又见著录于元代陈世隆《宋诗拾遗》卷七，有《和张洵蒙泉诗韵》、《依杨益老韵赋曾公岩》、《留题雉山》三首，尚用之前载有张洵《蒙亭倡和长句有序》，序云："嘉祐中，经略吴公及即伏波岩之左，以为亭名蒙，漕使李公师中记之，而镵于岩之崖，亭久埋废，记亦湮灭，绍圣改元，龙图阁胡公宗回帅桂林，宪使梁公出其家藏《蒙亭记》以观。由是，知其亭之详，胡公斥基而新之，遂为殊伟之雄观。"② 由此可见，此三首诗的作者尚用之为宋人。又《桂林石刻》载，雉山岩有宋江都尚用之雉山题诗；伏波山留有宋蔡㤚、尚用之等六人还珠洞题名，曰："经略安抚蔡㤚，同提点刑狱尚用之、转运判官黄铎、转运判官曹迈……时宣和乙巳季春初十日题。"③ 又《桂胜》卷二载尚用之等人曾公岩之游："与（刘）谊同游曾公岩者，洛阳刘宗杰、历阳齐谌、吉水彭次云。又有尚用之，江都人。《郡志》谓用之爱桂风土，因留家焉。"④《广西名胜志》卷二云："宋宣和中，尚用之任本路提刑，后寓桂州水东石佛真教二寺，南来诸士夫多与之游，卒葬兴安，子孙因占籍于桂。"⑤ 后《广西通志》、《粤西文载》均本于此为尚用之传。

因此，校改尚用之传："用之，江都人，宋宣和中，任广西提点刑狱，后寓桂林。"《三管英灵集》将其传为"临桂人"、明代"宣德人"误，应列于卷五十六、五十七"流寓"诸诗人内。

6. 卷三石梦麟补录事迹

按：卷三石梦麟传："梦麟，字振性，上林人，明贡生。"据《峤西诗钞》补录："梦麟，字振性，上林人，拔贡，明季隐居不仕。"⑥

---

① （清）梁章钜纂《三管英灵集》，卷三，清道光桂林汤日新堂刻本，藏国家图书馆。

② （元）陈世隆编；徐敏霞校点《宋诗拾遗》，第三册，辽宁教育出版社，2000，第107页。

③ 桂林市文物管理委员会编《桂林石刻》，上册，桂林市文物管理委员会，1977，第115页。

④ （明）张鸣凤撰，李文俊注《〈桂故〉校注》，广西人民出版社，1988，第90页。

⑤ （明）曹学佺：《广西名胜志》，卷二，广西师范大学出版社，2012。

⑥ （清）张鹏展：《峤西诗钞》，上林丛书编印所，1944。

7. 卷三李纯籍贯中式年存疑

按：卷三李纯传："临桂人，正统十二年举人，官同知。"① 韦湘秋《广西历代词评》："苍梧县人，永乐十五年（1417）举人出身，曾任知州职。"② 存疑。

8. 卷七袁崇焕中式年补录

按：卷七袁崇焕小传中式年代空格阙录。据雍正《广西通志》卷十七补录"万历四十七年进士。"③

9. 卷八李永茂籍贯误中式年补录

按：卷八李永茂传云："永茂，字孝源，容县人。官至兵部尚书。"④ 中式年份阙录。

王夫之《永历实录》卷五《李文方列传》："李永茂，字孝源，河南南阳人。中天启乙丑进士，历官中外，有能名。"⑤ 恐有误。考雍正《河南通志》卷五十九："李永茂，字孝源，邓州人。崇祯丁丑进士。"清计六奇《明季南略》卷十二粤记亦云"崇祯丁丑进士"。清顺治三年（1646），明朝兵部尚书李永茂，潜居于容县一里莫村避难⑥，后隐居栖息于都峤山。不久，南明永历帝桂王朱由榔在肇庆建小朝廷，起用李为内阁大学士、礼部尚书，庚寅年（1650）春，护驾随永历帝西逃，因病而卒，谥号"文定"⑦。

因此，著录李永茂为容县人，误。校改李永茂传："李永茂，字孝源，河南邓州人，天启乙丑举人，崇祯丁丑进士，官至兵部尚书。后流寓容县。"应列于卷五十六、五十七"流寓"诸诗人内。

---

① （清）梁章钜纂《三管英灵集》，卷三，清道光桂林汤日新堂刻本，藏国家图书馆。
② 韦湘秋：《广西历代词评》，广西教育出版社，2001，第27页。
③ （清）金鉷修《广西通志》，卷十七，清文渊阁四库全书本。
④ （清）梁章钜纂《三管英灵集》，卷八，清道光桂林汤日新堂刻本，藏国家图书馆。
⑤ （清）王夫之：《永历实录》，岳麓书社，1982，第46页。
⑥ 容县志编纂委员会编《容县志》，广西人民出版社，1993，第11页。
⑦ 参见钱海岳《南明史》，第7册，卷五十一，中华书局，2006，第2476页。另事迹载广西容县文史资料收集编辑室编《容县文史资料选辑》，第三辑，1982，第168页。（清）戴笠：《行在阳秋（〈三朝野纪〉外四种之〈行在阳秋〉）》，北京古籍出版社，2002，第254页。王贵德有《李孝源师相》（明）王贵德著；谢明仁，江宏校注《青箱集剩校注》，巴蜀书社，2014，第181页。

10. **卷八唐世熊中式年误**

按：卷八唐世熊传云："世熊，字曲水，灌阳人。天启元年举人……"①据《粤西文载》卷七十一、雍正《广西通志》卷八十一和卷七十四，校改唐世熊中式年："万历四十三年乙卯乡荐举人，授富川教谕。"②

11. **卷十戴朱纮补官职**

按：卷十戴朱纮传云："朱纮，马平人，康熙三年进士。"据雍正《广西通志》卷七十《选举志》补录："戴朱纮，马平人，任武进知县"。

12. **卷十潘毓梧中式年误**

按：卷十潘毓梧传："毓梧，临桂人，康熙二十一年举人，官义乌知县。"③据雍正《广西通志》卷七十五，潘毓梧"康熙二十三年举人"④，因此校订：毓梧，临桂人，康熙二十三年举人，官义乌知县。

13. **卷十关正运籍贯存疑**

按：卷十关正运传："苍梧人"⑤，据乾隆《梧州府志·选举志》、雍正《广西通志》卷七十五《选举志》补录："关正运，岑溪籍苍梧人。"⑥又康熙《南海县志》："关正运，由广西中式。"⑦道光《南海县志》："关正运，广西岑溪籍。"⑧光绪《广州府志》："关正运，南海人岑溪籍，《广西通志》作苍梧人。"⑨录此存疑。

14. **卷十一植廷纪中式年误**

按：卷十一植廷纪传："康熙五十三年举人"⑩。据乾隆《梧州府志》

① （清）梁章钜纂《三管英灵集》，卷八，清道光桂林汤日新堂刻本，藏国家图书馆。
② （清）金鉷修《广西通志》，卷七十一，影印文渊阁四库全书本，台北：商务印书馆，1983。
③ （清）梁章钜纂《三管英灵集》，卷十，清道光桂林汤日新堂刻本，藏国家图书馆。
④ （清）金鉷修《广西通志》，卷七十五，影印文渊阁四库全书本，台北：商务印书馆，1983。
⑤ （清）梁章钜纂《三管英灵集》，卷十，清道光桂林汤日新堂刻本，藏国家图书馆。
⑥ （清）金鉷修《广西通志》，卷七十五，影印文渊阁四库全书本，台北：商务印书馆，1983。
⑦ （清）郭尔戺、胡云客纂修《（康熙）南海县志》，日本藏中国罕见地方志丛刊，书目文献出版社，1992。
⑧ （清）潘尚楫等修，邓士宪等纂《（道光）南海县志》，清同治八年重刊本。
⑨ （清）戴肇辰，苏佩训修；（清）史澄，李光廷纂《（光绪）广州府志》，上海书店出版社，2003。
⑩ （清）梁章钜纂《三管英灵集》，卷十一，清道光桂林汤日新堂刻本，藏国家图书馆。

卷十六"选举志"和《清通志》卷九"氏族略"、雍正《广西通志》卷七十五《选举志》皆作:"康熙五十九年庚子科举人。"① 因此,校订植廷纪传:康熙五十九年举人。

15. 卷十五卿彬岁贡年补录

按:卷十五卿彬传:"乾隆间岁贡生。"② 据嘉庆《大清一统志》卷四百六十二:"卿彬灌阳人,五十三年岁贡生。"③ 补录。

16. 卷十五胡子佩岁贡年补录

按:卷十五胡子佩传:"乾隆初贡生。"④ 据同治《藤县志》:"胡子佩,南隅厢人,乾隆三十七年岁贡。"⑤ 补录。

17. 卷十五陈子智官职误,岁贡年补录

按:卷十五陈子智传:"宜山人,乾隆间岁贡生。官梧州府教授,有《冷署闲吟集》。"⑥ 据民国《宜山县志》:"陈子智,字若愚,号鲁斋,庆邦子。幼勤学,肆力于八股,屡试不第,志益坚。乾隆癸未以岁贡铨梧州府训导,遂发愤为诗,积十余年,成《冷署闲吟》一卷。后迁怀集教谕。"(并引《冷署闲吟》自序)⑦ "乾隆癸未"即乾隆二十八年。又考乾隆《梧州府志》卷十三《职官志》:"陈子智,宜山贡生,乾隆二十八年任梧州府训导。"⑧ 因此,校订陈子智传:"陈子智,宜山人,字若愚,号鲁斋,乾隆二十八年岁贡生,官梧州府训导。"

18. 卷十七黎龙光中式年误

校:卷十七黎龙光传:"字宾王,一字晴川,平南人。乾隆十八年拔贡生,官泗城府教授。"⑨ 据乾隆四十二年《大清缙绅全书》:"黎龙光,字清

---

① （清）吴九龄修,史鸣皋等纂《（乾隆）梧州府志》,凤凰出版社影印清同治十二年刻本,2014。
② （清）梁章钜纂《三管英灵集》,卷十五,清道光桂林汤日新堂刻本,藏国家图书馆。
③ （清）穆彰阿,潘锡恩等纂修《（嘉庆）大清一统志》,上海古籍出版社,2008。
④ （清）梁章钜纂《三管英灵集》,卷十五,清道光桂林汤日新堂刻本,藏国家图书馆。
⑤ （清）穆彰阿,潘锡恩等纂修《（嘉庆）大清一统志》,上海古籍出版社,2008。
⑥ （清）梁章钜纂《三管英灵集》,卷十五,清道光桂林汤日新堂刻本,藏国家图书馆。
⑦ （民国）陈赞舜修,覃祖烈纂《宜山县志》,宜州市地方志办公室点校内部发行,2000,第397页。
⑧ （清）吴九龄修,史鸣皋等纂《（乾隆）梧州府志》,凤凰出版社影印清同治十二年刻本,2014。
⑨ （清）梁章钜纂《三管英灵集》,卷十七,清道光桂林汤日新堂刻本,藏国家图书馆。

川，平南人，拔四十一年贡，四月升，复设训导。"① 因此校订：黎龙光，乾隆四十一年拔贡生。

19. 卷二十杨廷理中式年误

校：卷二十杨廷理传："乾隆三十年拔贡生"②，中式年有误，据杨廷理《劳生节略》③、徐世昌《晚晴簃诗汇》卷一百："乾隆丁酉拔贡"④，因此校订：乾隆四十二年拔贡生。

20. 卷二十容念祖中式年误

校：卷二十容念祖传："乾隆三十年拔贡生，官雒容教谕"⑤。据乾隆四十二年《大清缙绅全书》：容念祖"拔四十一年贡，十一月选训导。"⑥ 又光绪《北流县志》"北流教谕"下："容念祖，上林拔贡，乾隆四十二年任。"⑦ 因此校订：容念祖，乾隆四十一年拔贡生。

21. 卷二十六阚克昌拔贡年误

校：卷二十六阚克昌传："马平人，乾隆四十二年拔贡，官泗城府教授。"⑧据乾隆五十三年《大清缙绅全书》："阚克昌，马平人，拔五十二年贡，九月调吏目。"⑨ "乾隆五十三年任宁明州学正"⑩；又民国《桂平县志》载，"阚克昌乾隆五十六年任"桂平教谕。因此，校订：阚克昌，马平人，乾隆五十二年拔贡。

22. 卷二十七朱依真中式年误

校：卷二十七朱依真传："乾隆四十五年进士"⑪，据嘉庆《临桂县志》："乾隆甲辰进士检讨"⑫，"乾隆甲辰"，即乾隆四十九年，因此校订：

---

① （清）官修《（乾隆四十二年）大清缙绅全书》，京师琉璃厂世锦堂刻本。
② （清）梁章钜纂《三管英灵集》，卷二十，清道光桂林汤日新堂刻本，藏国家图书馆。
③ （清）杨廷理：《知还书屋诗钞》，清代诗文集汇编，418 册，上海古籍出版社，2010，第652 页。
④ （清）徐世昌：《晚晴簃诗汇》，中华书局点校民国十八年退耕堂刻本，第 1990 页。
⑤ （清）梁章钜纂《三管英灵集》，卷二十，清道光桂林汤日新堂刻本，藏国家图书馆。
⑥ （清）官修《（乾隆四十二年）大清缙绅全书》，京师琉璃厂世锦堂刻本。
⑦ （清）（清）徐作梅修、李士琨等纂《（光绪）北流县志》，台北：成文出版社影印清光绪六年刻本，1975。
⑧ （清）梁章钜纂《三管英灵集》，卷二十六，清道光桂林汤日新堂刻本，藏国家图书馆。
⑨ （清）官修《大清缙绅全书》，乾隆五十三年西荣庆堂刻本。
⑩ 季啸风：《中国书院辞典》，浙江教育出版社，1996，第 258 页。
⑪ （清）梁章钜纂《三管英灵集》，卷二十七，清道光桂林汤日新堂刻本，藏国家图书馆。
⑫ （清）蔡呈韶等修，胡虔、朱依真撰《（嘉庆）临桂县志》，清嘉庆七年刻本。

朱依炅，乾隆四十九年进士。

23. 卷二十八罗绅拔贡年补录

按：卷二十八罗绅传："绅，字带溪，苍梧人，乾隆间拔贡生，官湖南澧州知州。"① 据《苍梧县志》："罗绅，字书宪。梧州人。清乾隆十八年（1753）拔贡，授湖南知县"②，补录：罗绅，字书宪，又字带溪，苍梧人，清乾隆十八年（1753）拔贡，官湖南澧州知州。

24. 卷三十二刘启元中举年补录

按：卷三十二刘启元传："字心原，临桂人，乾隆五十七年举人。"③ 据王拯《东城兵马司副指挥刘君墓志铭》："乾隆己酉刻举乡试副榜，壬子正榜。嘉庆辛酉大挑二等，补天河县训导，历宁明、归顺二州学正……"④ 可知：刘启元，乾隆五十四年乡试副榜，乾隆五十七年乡试正榜举人。

25. 卷三十五吴荆璞拔贡时代误

校：卷三十五吴荆璞传："字焕宾，宾州人，乾隆间拔贡生"⑤。据道光《宾州志》卷十七"人物"，吴荆璞传："吴荆璞，号石虹。雍正乙卯拔贡。性孝友，品端方，幼聪颖，八岁能熟《尚书》，成童喜览经史。选拔后不乐仕进，惟日坐小轩，手不释卷，著诗自娱。辑有《宾州志略》。"⑥ 校订吴荆璞传：字焕宾，号石虹，宾州人，雍正十三年拔贡生。

26. 卷四十一高仁山中举年存疑

校：卷四十一高仁山传："字麟冈，怀集人，嘉庆九年举人，官平乐府教授。"⑦ 据今《怀集县志》之《人物传》："高仁山，号麟冈，宁洞韬麟村人。自幼勤奋好学，清乾隆五十一年（1786）中举。待铨24年后被点任广西灵川县教谕"⑧。存疑。

① （清）梁章钜纂《三管英灵集》，卷二十八，清道光桂林汤日新堂刻本，藏国家图书馆。
② 苍梧县志编纂委员会编《苍梧县志》，广西人民出版社，1997，第771页。
③ （清）梁章钜纂《三管英灵集》，卷三十二，清道光桂林汤日新堂刻本，藏国家图书馆。
④ （清）王拯：《龙壁山房文集》，卷四，台北：文海出版社，1970，第207页。
⑤ （清）梁章钜纂《三管英灵集》，卷三十五，清道光桂林汤日新堂刻本，藏国家图书馆。
⑥ 陈相因、秦邕江：《广西方志佚书考录》，广西人民出版社，1990，第60页。
⑦ （清）梁章钜纂《三管英灵集》，卷四十一，清道光桂林汤日新堂刻本，藏国家图书馆。
⑧ 怀集县地方志办公室编《怀集县志》，广东人民出版社，1993，第775页。

27. 卷四十三周震青中举年误

校：卷四十三周震青传："字旭初，临桂人，嘉庆十五年举人，官直隶良乡县知县。"① 据光绪《宁河县志》卷六《职官》：周震青为"嘉庆庚辰科举人"，"道光十三年二月任，道光十六年卸事"天津宁河知县②，即嘉庆二十五年举人，生卒年不详，但知道光十六年（1836），即《三管英灵集》开始编纂时，还在世。因此校订：周震青，嘉庆二十五年举人。

28. 卷四十五冯志超中举年存疑

按：卷四十五冯志超传："嘉庆二十四年顺天举人"③。《苍梧县志》则记："嘉庆乙卯科"④举人，即嘉庆十五年，录此存疑。

29. 卷五十一邓氏年代补录

按：卷五十一邓氏未著录年代。小传云其诗存《庆远府志》，《庆远府志》亦未著录年代。据明清代《坚瓠集》"邓氏诗"条载："明宜山邓氏能诗，嫁同邑吴某，以罪被逮赴省。邓寄以衣而侑以一绝云：'欲寄寒衣上帝都，连宵裁剪眼模糊。可怜宽窄无人试，泪逐东风洒去途。'又《题画菊》云：'良工妙手恁安排，笔底移来纸上裁。叶绿花黄长自媚，等闲不许蝶蜂来。'"⑤ 亦见冯梦龙《情史》、曹学佺《广西名胜志》等。补录明代邓氏。

30. 卷五十四奉恕籍贯误

按：卷五十四奉恕传："奉恕，贵县人，南山寺僧。"⑥ 有《咏夏云》。《三管诗话》卷下奉恕条云：

> 《贵县志》云："南山寺擅一邑之胜，宋仁宗赐'景祐禅寺'，僧奉恕居焉。章惇贬时经此寺，流连不去，尝与僧玩景物……"此事亦见《苕溪渔隐丛话》及《冷斋夜话》。⑦

① （清）梁章钜纂《三管英灵集》，卷四十三，清道光桂林汤日新堂刻本，藏国家图书馆。
② 宁河县地方史志编修委员会编《（光绪）宁河县志译注》，宁河县地方史志编修委员会出版，1987，第193页。
③ （清）梁章钜纂《三管英灵集》，卷四十五，清道光桂林汤日新堂刻本，藏国家图书馆。
④ 苍梧县志编纂委员会编《苍梧县志》，广西人民出版社，1997，第854页。
⑤ （清）褚人获撰，李梦生校点《坚瓠集》，上海古籍出版社，2012，第236页。
⑥ （清）梁章钜纂《三管英灵集》，卷五十四，清道光桂林汤日新堂刻本，藏国家图书馆。
⑦ （清）梁章钜著，蒋凡校注《〈三管诗话〉校注》，广西人民出版社，1996，第242页。

考《苕溪渔隐丛话》"夏云诗"条所载："《冷斋夜话》云：章子厚谪海康，过贵州南山寺，寺有老僧名奉忠，蜀人也，自眉山来，欲渡海见东坡，不及，因病于此寺。子厚宿山中，邀与饮，忠欣然从之。又以蒸蛇劝食之，忠举筯唉之无所疑。"① 宋代阮阅《诗话总龟》卷二、宋代魏庆之《诗人玉屑》、雍正《广西通志》卷八十六、《粤西丛载》卷十二、《宋诗纪事》卷九十二等皆作"奉忠"；而宋代陈起《宋高僧诗选》卷中、《粤西诗载》卷二十二等载《夏云》诗作者为"僧奉恕"。

据此，补录：奉恕，又作奉忠，蜀中眉山人，流寓贵县南山寺。

三 诗人集子的著录、订误与补录

《三管英灵集》或在小传中著录别集，或在传后附注、按语、诗话中提到诗人别集，如《三管英灵集》卷五戴钦传后诗话，引《四库全书总目提要》所云戴钦集的结集刊刻情况，有明刊本《鹿原存稿》9 卷，《四库全书总目提要》卷一七六《别集类存目》录。又如卷四十三葛东昌传后楷体附注："有《晓山杂稿》"。今将《三管英灵集》著录诗人别集情况统计如表 1。

表 1 《三管英灵集》著录诗人别集情况一览表

所选诗人	里居	年代	著录别集
曹邺	阳朔	唐大中进士	《曹祠部集》
曹唐	桂林	唐大和进士	《曹唐集》
冯京	宜州	宋皇祐元年进士	《灊山集》 佚
李时亮	博白	宋嘉祐进士	《李陶集》 佚
陶崇	全州	宋嘉泰二年进士	《徽斋文集》 佚
张廷纶	平南	明天顺四年进士	《师心斋稿》 佚
唐瑄	阳朔	明成化七年举人	《怡情杂咏》《词林切要》② 均佚

① （宋）胡仔：《苕溪渔隐丛话》，前集卷五十七，商务印书馆，1937，第 391 页。

② （清）谢启昆修，胡虔纂《广西通志》，第十册，广西人民出版社，1988，第 6494 页。"唐瑄，字德润，阳朔人。成化辛卯举人，除四川都司经历。博览群书，所著有《大学中庸直讲》、《诗经说意》，又有《怡情杂咏》、《词林切要》、《辟谚录》，藏于家。"

续表

所选诗人	里居	年代	著录别集
包裕	临桂	明成化十四年进士	《拙庵稿》佚
张潨	平南	明成化十四年进士	《应制集》《全湘忆录》《泾川文集》均佚
甘泉	桂平	明成化十六年举人	《东津稿》佚
吴廷举	苍梧	明成化二十三年进士	《西巡类稿》佚
蒋冕	全州	明成化二十三年进士	《湘皋集》
李璧	武缘	明弘治①八年举人	《剑门新志》《明乐谱》《名儒录》《剑阁志》皆佚
戴钦	马平	明正德九年进士	《鹿原存稿》佚
张腾霄	临桂	明正德十四年举人	《古穰漫稿》《楚客吟草》皆佚
冯承芳	苍梧	明嘉靖二年进士	《静观录》《桂山吟稿》皆佚
张鸣凤	临桂	明嘉靖三十一年举人	《浮萍集》《东潜集》《河垣稿》《谪台稿》《粤台稿》《羽王先生集略》（上皆佚）《漕书》《西迁注》《桂胜》《桂故》
张翀	马平	明嘉靖三十二年进士	《鹤楼集》佚
邓鏶	宣化	明嘉靖布衣	《半村诗集》佚
王贵德	容县	明万历四十六年举人	《青箱集剩》
袁崇焕	平南	明万历四十七年进士	《乐性堂遗稿》佚
谢良琦	全州	明崇祯十五年举人	《醉白堂诗文集》
唐纳牖	灌阳	清顺治十四年举人	《受堂诗文集》佚②
唐之柏	灌阳	清顺治十四年举人	《思诚轩草》佚
高熊征	岑溪	清顺治十七年副榜	《郢雪斋前后集》佚
廖必强	全州	清康熙九年进士	《汗漫集》佚
谢赐履	全州	清康熙二十年举人	《悦山堂诗集》
李廷柱③	北流	清康熙年间	《临流三集》《叩角吟》《燕赵余言》佚
覃思孔	容县	清康熙二十三年举人	《不斋诗集》佚

① 《三管英灵集》原为"宏治"，清代避讳改"弘治"写作"宏治"。

② 《三管英灵集》卷九著录《受堂集》，谢启昆《广西通志》据《灌阳县志》著录《受堂诗文集》。

③ 李廷柱，字石卿，湖北安陆人，娴弓马，好读书，清代曾在福建受都阃职，后借补北流千总，遂迁家北流。《三管英灵集》卷十无时代中式记录，著录在康熙年间诗人中。小传后《退庵诗话》著录其别集三部。

续表

所选诗人	里居	年代	著录别集
关为寅	苍梧	清康熙二十九年举人	《笔籁集》佚
莫应斌	灌阳	清康熙三十二年举人	《解江集》佚
关为宁	苍梧	清康熙四十四年举人	《寄兴集》佚
李彬	贵县	清康熙四十五年进士	《愚石居集》
蒋寿春	灌阳	清康熙五十年举人	《偶然草》佚
谢济世	全州	清康熙五十一年进士	《梅庄文集》《居业集》
植廷纪	容县	清康熙五十三年举人	《榕轩集》佚
陈宏谋	临桂	清雍正元年进士	《培远堂偶存稿》
刘新翰	永宁	清雍正元年举人	《谷音集》
陈仁	武宣	清雍正十一年进士	《用拙斋诗草》佚①
李文彧	融县	清雍正间布衣	《寿溪诗草》佚
蒋良骐	全州	清乾隆十五年进士	《下学录》《京门草》《覆釜纪游》皆佚
李时沛	兴安	清乾隆十七年举人	《南游集》《归田集》《求近堂文集》皆佚
陈子智	宜山	乾隆间岁贡生	《冷署闲吟集》佚
孙跃龙	马平	乾隆间贡生	《葵亭集》佚
彭绍英	归顺州	乾隆间岁贡生	《极洞诗草》佚
胡德琳	临桂	乾隆十七进士	《西山杂咏》《东阁闲吟草》《燕贻堂集》皆佚（今存《碧腴斋诗存》）
龙皓乾	贺县	清乾隆十八年举人	《省斋诗存》佚
廖位伯	崇善	清乾隆十八年举人	《东峰诗集》佚
李成瑶	临桂	清乾隆二十四年举人	《拙存稿》佚
甘澍	崇善	清乾隆二十五年举人，辛巳中正榜	《榕溪诗稿》佚
王嗣曾	马平	清乾隆二十五年举人	《鹤崖诗稿》佚
欧阳金	马平	清乾隆二十六年进士	《柏畊诗钞》佚
潘成章	思恩	清乾隆间岁贡生	《翰墨楼经解诗文集》佚
刘映荣	临桂	清乾隆二十八年进士	《午亭诗集》佚
朱应荣	临桂	清乾隆三十年举人	《存其堂稿》佚

---

① 铅印本，柳州市图书馆藏。

续表

所选诗人	里居	年代	著录别集
潘鑱	桂平	清乾隆三十年举人	《小潘诗集》佚
陈僴	藤县	清乾隆三十年举人	《黎山诗稿》佚
杨廷理	马平	清乾隆三十年拔贡生	《西来草》《东归草》《再来草》
潘鲲	桂平	清乾隆三十年拔贡生	《竹居诗集》佚
潘鉅	桂平	清乾隆三十一年进士	《闲居行路前后集》佚①
秦兆鲸	临桂	清乾隆三十三举人	《唾馀集》佚
俞廷举	全州	清乾隆三十三举人	《一园诗集》佚②
罗大钧	苍梧	清乾隆三十三举人	《松崖诗稿》佚
黎建三	平南	清乾隆三十三举人	《学吟存草》《游草漫录》《续游小草》《梅初草》
邓建英	苍梧	清乾隆五十四年举人	《玉照堂集》《晋中吟草》
黄东昀	灵川	清乾隆三十五年举人	《半规山房诗存》佚
滕问海	崇善	清乾隆间岁贡生	《梅溪山人诗稿》佚
龙其襄	贺县	清乾隆三十六年举人	《在桂庄心集》佚
唐国玉	灌阳	清乾隆三十五年举人	《澹静轩草》佚
龙振河	马平	清乾隆间拔贡生	《雷塘诗草》佚
黄琮	容县	清诸生	《沽月山房小集》佚
王作新	容县	清诸生	《水竹庄诗稿》佚
王铠	临桂	清乾隆四十三年进士	《拾馀草》佚
雷济之	宣化	清乾隆四十二年举人	《恕斋集》③ 佚
蒋励宣	全州	清乾隆四十二年举人	《巢云楼诗草》
朱依炅	临桂	清乾隆四十五年进士	《春壶诗草》《野行欸乃集》佚
唐宗培	临桂	清乾隆间布衣	《南屏山房诗稿》佚
莫巡	临桂	清乾隆间诸生	《励轩诗稿》佚
龙献图	临桂	清乾隆四十五年举人	《耕馀草》《宦游小草》《归田草》

① 《三管诗话》卷中："桂平潘丙崖邑侯有《闲居行路前后集》。丙崖为诸城刘文清公门下士。公尝跋其《梅花诗》云……"曾入刘墉幕。

② 郑献甫《补学轩文集》云："石村著有文集十二卷，诗集十四卷，石村居乡时，有朱癸水在北溟，在京有蒋螺川、杨有涵，在蜀有查铁桥、沈云园诸人，为风雅文字之交，故其诗文雅洁峻整，具有本原。"（清）郑献甫：《补学轩文集》，台北：文海出版社，1975。

③ 《峤西诗钞》著录《恕斋诗集》、《恕斋诗话》。

续表

所选诗人	里居	年代	著录别集
欧阳镒	马平	乾隆四十五年举人	《潏野吟草》佚
柯宗琦	北流	乾隆四十五年举人	《璞山集》佚
王英敏	容县	乾隆四十五年举人	《月亭吟草》佚
马延承	隆安	乾隆四十六年进士	《见一斋诗钞》① 佚
廖大间	临桂	乾隆四十八年举人	《乐斋诗存》佚
苏秉正	藤县	乾隆四十八年举人	《卧云楼诗草》佚
陈景登	马平	乾隆五十一年举人	《知止堂诗钞》佚
朱龄	灵川	乾隆五十一年举人	《蒿薜集》佚
袁纬绳	平南	乾隆五十一年举人	《江村集》佚
潘鲷	桂平	乾隆间贡生	《濠舟诗集》佚
石汉	藤县	乾隆间诸生	《溪香诗集》佚
熊方受	永康州	乾隆五十五年进士	《偶园小草》佚
刘启元	临桂	乾隆五十七年举人	《守经堂诗草》佚
苏厚培	藤县	乾隆五十七年举人	《瓣香诗草》佚
朱桓	临桂	乾隆五十八年进士	《自适吟》佚
陈守纬	桂平	乾隆六十年举人	《尘中草》佚
陆孔贞	容县	乾隆六十年举人	《锋麓雏音集》佚
朱钧直	临桂	乾隆间贡生	《半耕堂诗草》佚
朱依真	临桂	乾隆间布衣	《九枝草堂集》
叶时皙	马平	乾隆间诸生	《越雪集》
史如玑	灌阳	乾隆间岁贡生	《崇山阁集》佚
廖相	临桂	乾隆间官浮梁县丞	《香雪诗钞》佚
欧阳镐	马平	乾隆间诸生	《寄情轩诗草》佚
李永维	马平	乾隆间诸生	《鸣秋集》佚
覃朝选	苍梧	乾隆间诸生	《绿荫堂诗稿》佚
张及义	临桂	乾隆间军功	《吉园集》佚
陈乃凤	藤县	乾隆间诸生	《巢阿集》佚

---

① "所著诗文凡数百首,其子大器汇而刊之,曰《见一斋集》。"(民国)刘振西:《隆安县志》,台北:成文出版社,1975,第315页。

续表

所选诗人	里居	年代	著录别集
袁思名	归顺州	乾隆间诸生	《岛鹤诗草》佚
唐昌龄	归顺州	乾隆间岁贡生	《碧川诗草》佚
倪诜	临桂	乾隆间布衣	《寄尘山房诗稿》佚
施惠宪	苍梧	乾隆间布衣	《兰园诗草》佚
阳光鼎	灵川	嘉庆五年副贡生	《所如轩诗草》佚
王时中	修仁	嘉庆六年举人	《醉花轩诗抄》佚
朱凤森	临桂	嘉庆六年进士	《韫山诗稿》
袁珏	平南	嘉庆七年进士	《今是轩诗草》《五亩石山房文稿》《醴庭诗话》佚
刘荼		嘉庆十二年举人	《爱竹山房诗文集》佚
阳耀祖	灵川	嘉庆十二年举人	《苍云馆诗草》佚
朱棨	临桂	嘉庆十三年进士	《琴语山房吟草》佚
周觐光	临桂	嘉庆十三年举人	《松坪诗草》佚
杨立冠	马平	嘉庆十四年进士	《南帆草》《北征草》佚
葛东昌	宣化	嘉庆十四年进士	《晓山杂稿》
余明道	永淳	嘉庆十四年进士	《愚谷剩吟》佚
蒋卜德	灌阳	嘉庆诸生	《怀忠堂稿》佚
吕璜	永福	嘉庆十六年进士	《月沧诗文集》
周绍祖	桂平	嘉庆间拔贡生	《艳雪诗草》佚
何家齐	永淳	拔贡生	《小隐园诗稿》
彭炅	平南	嘉庆间布衣	《爱庐诗草》佚
李照	临桂	嘉庆间诸生	《雪泥集》佚
卿祖授	灌阳	嘉庆间布衣	《西林诗草》佚
郭书琳	修仁	嘉庆间诸生	《桐雨山房诗钞》佚
钮维良	苍梧	嘉庆间县丞职衔	《榕阴馆诗草》佚
陈乃书	藤县	嘉庆间岁贡生	《少华堂文集》佚
谢乃襄	临桂	嘉庆间县丞	《十笏山房诗草》佚
罗辰	临桂	嘉庆间诸生	《芙蓉池馆诗草》
袁昭夏	平南	嘉庆间诸生	《问竹斋诗稿》佚

续表

所选诗人	里居	年代	著录别集
杨立元	马平	嘉庆间诸生	《扣舷吟》佚
罗翮鹏	东兰州	嘉庆间诸生	《绿云诗草》佚
黄之裳	武缘	嘉庆间恩贡生	《有丹斋稿》佚
龚之琦	永宁	嘉庆间布衣	《风尘集》佚
袁昭采	平南		《对松轩小草》佚
袁昭建	平南		《植桂轩小草》佚
袁蕭	平南	嘉庆间诸生	《友竹居诗稿》佚
张元衡	上林	道光五年拔贡生	《病中吟》佚
黄本俭	全州	道光间诸生	《淡远楼诗草》佚
黄士衡	归顺州	道光间诸生	《瀑边吟》《亦幽诗草》佚
左樵	临桂		《河干吟草》佚
余继翔	容县		《续薜荔集》佚
许兆琛			《小丁卯集》佚
赵宜鹤	临桂		《松窗剩蒿》佚
罗氏	临桂		《紫桂吟草》佚
罗柔嘉	桂平		《兰心诗草》佚
查氏	临桂		《芙蓉池馆集》佚
陆小姑	宾州		《紫蝴蝶花馆吟草》佚
秦凤箫	临桂		《和声集》佚
石仲元	桂林		《桂华集》佚
契嵩	藤县		《镡津集》
李秉礼	寓桂林		《韦庐诗内外集》
朱锦	寓桂林	乾隆三十三年拔贡生	《春风草诗集》佚
王延襄	寓桂林	乾隆间诸生	《草堂诗稿》佚
骆哲桂	寓平乐	诸生	《西来吟草》佚
俞光耀	寓桂林	诸生	《自怡集》佚

从表1可见，《三管英灵集》有别集著录的诗人共160人，占收录诗人总数的30%。《三管英灵集》未著录诗人别集，或错录，今据文献，补正

如下。

1. 吴廷举《东湖吟稿》补录

按：《三管诗话》卷上吴廷举条："《四库总目提要》云：《西巡类稿》八卷，明吴廷举撰。"见录《四库全书总目提要》卷一百七十六·集部二十九·别集存目三、《千顷堂书目》"奏议类"①。《振绮堂书录》又录《东湖吟稿》二卷。补录。

2. 王维翰《芦山诗话》补录

按：《三管英灵集》卷十一王维翰，白山司人，康熙间官白山土司巡按。小传未著录字号及著作，据《马山县志》②，补录：王维翰号芦山先生，有《芦山诗话》，已佚。

3. 童毓灵《岳庐集》、《秋思集》、《宾山集》补录

按：卷三十三童毓灵传："字九皋，归顺州人，乾隆间岁贡生。"③ 未著录别集，选诗 26 首。据《峤西诗钞》：著有《岳庐集》、《秋思集》、《宾山集》，均已散佚。《峤西诗钞》存其诗 36 首。补录。

4. 潘兆萱《三十三峰草堂集》补录

按：卷四十七潘兆萱传未著录别集。《桂平县志》④ 载："《三十三峰草堂集》，嘉庆间贡生桂平潘兆萱著"，补录。

5. 胡玉藻《得树轩诗存》补录

按：《三管英灵集》卷五十七胡玉藻，浙江寓临桂，未著录别集。据清代黄本骥《胡泮香〈得树轩诗存〉序》⑤，补录，已佚。

6. 张翀《浑然子》补录

按：乃文集，明万历年间秀水沈氏据宝颜堂秘笈本排印，1936 年朱奇元重印时，载有附篇，书名为《张鹤楼先生浑然子》。附篇有张翀曾孙张秉忠撰《张忠简公传》一篇，张翀作政疏、记、诗 12 篇及后人题咏张翀诗 3 首。桂林图书馆藏有《张鹤楼先生浑然子》1936 年铅印本。诗集《鹤楼

---

① （清）永瑢、纪昀主编《四库全书总目提要》，海南出版社，1999，第 938 页。
② 马山县志编纂委员会编《马山县志》，民族出版社，1997，第 757 页。
③ （清）梁章钜纂《三管英灵集》，卷三十三，清道光桂林汤日新堂刻本，藏国家图书馆。
④ 《桂平县志》编纂委员会编《桂平县志》，广西人民出版社，1991，第 891 页。
⑤ （清）黄本骥：《黄本骥集》，岳麓书社，2009，第 129 页。

集》已佚。

7. 蒋冕《琼瑰录》、《琼台诗话》补录

按：《三管英灵集》卷四仅著录蒋冕《湘皋集》。据《三管诗话》云《四库全书总目提要》著录《琼瑰录》，查无，或梁章钜误记，《天一阁书目》著录，谢启昆《广西通志》引李璧《琼瑰录》序文①。据《四库全书总目》卷一百九十七集部著录蒋冕《琼台诗话》，今附《湘皋集》后。补录。

8. 王延襄《草堂诗稿》误

校：据《续修四库提要》著录，《国朝畿辅诗传》亦著录：王延襄诗集《老圃诗稿》一卷。延襄，字子阳，号老圃，直隶武清人，乾隆间诸生。曾游广西，困不得归，遂家桂林，课徒自给，以至终老。② 《三管英灵集》著录《草堂诗稿》误，校订《老圃诗稿》。

9. 朱若东《朱元晖集》补录

按：卷十五朱若东小传云："若东字晓园，临桂人，乾隆十年进士，官山东泰武临道。"③ 据谢启昆乾隆《广西通志》："《朱元晖集》，七卷，存。"④ 又民国广西统计局编《广西省述作目录》："有家刻《朱元晖集》"⑤，补录。

10. 朱依鲁《筱庭纪岁诗》、《筱庭文集》补录

按：卷二十五小传未著录其诗集。据嘉庆《临桂县志》："《筱庭纪岁诗》，国朝朱依鲁，二卷，存案，朱依鲁字学曾，若东子，乾隆辛卯进士。"⑥ 补录：《筱庭文集》、《筱庭纪岁诗》。

11. 张鹏展《谷贻堂全集》补录

按：卷三十小传未著录其诗集。据《上林县志》："道光二十年（1840

---

① （清）谢启昆修，胡虔纂《广西通志》，第八册，广西人民出版社，1988，第 5470 页。

② 柯愈春：《清人诗文集总目提要》，上册，北京古籍出版社，2001，第 882 页。

③ （清）梁章钜纂《三管英灵集》，卷十五，清道光桂林汤日新堂刻本，藏国家图书馆。

④ （清）谢启昆修，胡虔纂《广西通志·艺文略上》，卷二百九，广西人民出版社，1988，第 5494 页。

⑤ 民国广西统计局编《广西省述作目录》，杭州古籍书店据广西统计局 1934 年编印本影印，第 54 页。

⑥ （清）蔡呈韶等修，胡虔、朱依真撰《嘉庆〈临桂县志〉》，清嘉庆七年刻本。

年） 卒，寿约八十岁。著述有《谷贻堂全集》、《离骚经注》、《芝音山房诗存》、《谈鉴释义》、《女范》等，大都散佚。编著有《山左诗续钞》、《峤西诗钞》、《宾州志》等，今存。"① 《谷贻堂全集》手抄本残卷一册存诗 59 首，与《三管英灵集》59 首去除重复，共存 99 首。②

12. 覃思孔《不斋诗集》误

校：卷十覃思孔传云："有《不斋诗集》。"③ 据光绪《容县志》④ 载："《木斋诗集》，覃思孔，佚。思孔，字木斋，辛里人。康熙甲子科举人。"因此，校订：覃思孔，字木斋，有《木斋诗集》。"不"与"木"形近，或《三管英灵集》抄刻错讹。

13. 黄明懿《希绿窗稿》补录

按：卷十四黄明懿传未著录别集。据嘉庆《临桂县志》："《希绿窗稿》，国朝黄明懿存。"⑤ 补录。

14. 刘定遒《灵溪诗稿》补录

按：卷十五刘定遒未著录别集。据民国《武鸣县志》⑥：刘定遒著有《四书讲义》、《灵溪诗稿》、《灵溪文集》等，均佚。补录

15. 滕问海《梅溪山人诗稿》误

校：据张鹏展《峤西诗钞》滕问海传，有"《湄溪山人诗稿》"，其中"湄"，《三管英灵集》作"梅"，误。《湄溪山人诗稿》6 卷由张鹏展作序付刊，已散佚。张鹏展编《峤西诗钞》时，滕已年逾七旬，选其诗 55 首。

16. 周琢《蕳芘吟草》补录

按：卷二十五桂林周琢传无别集著录，据《明清进士录》："周琢，清乾隆三十七年（1772）三甲四十六名进士。广西临桂人，字方玉，号净浟。授甘肃灵台知县，历知陇西、敦煌等县，所至皆有治绩。有《蕳芘吟草》。"⑦ 补录。

① 彭书麟等：《主编中国少数民族文艺理论集成》，北京大学出版社，2005，第 508 页。
② 上林县志编委会编《上林县志》，广西人民出版社，1989，第 489 页。
③ （清）梁章钜纂《三管英灵集》，卷十，清道光林汤日新堂刻本，藏国家图书馆。
④ （清）封祝唐纂《容县志》，台湾：成文出版社影印光绪二十三年刻本，1974。
⑤ （清）蔡呈韶等修，胡虔、朱依真撰《（嘉庆）临桂县志》，清嘉庆七年刻本。
⑥ （民国）温德溥修，曾唯儒纂《武鸣县志》，民国四年铅印本。
⑦ 潘荣胜主编《明清进士录》，中华书局，2006，第 961 页。

17. 王作新《水竹庄诗稿》误

校：卷二十五著录王作新别集《水竹庄诗稿》，据光绪《容县志》卷二十二《艺文志》："《水竹山庄诗稿》，王作新，佚，作新，字景武，维新弟，二里诸生，"① 因此校订：《水竹山庄诗稿》。

18. 朱依炅《读书识字庵诗集》补录

按：卷二十七朱依炅传："《春壶诗草》、《野航欸乃集》"②，据嘉庆《临桂县志》："《读书识字庵诗集》国朝朱依炅，二卷，存案。"③，补录。

19. 朱依真《九枝草堂集》误

校：卷三十四朱依真传："有《九枝草堂集》"④，据邓显鹤《九芝草堂诗存序》⑤，又据林昌彝《射鹰楼诗话》："《九芝草堂诗存》，临桂朱小岑布衣依真著。"⑥ "芝"，《三管英灵集》作"枝"，或形近抄刻错讹，校订：《九芝草堂集》。

20. 高仁山《麟冈诗草》补录

按：卷四十一高仁山传："字麟冈，怀集人，嘉庆九年举人，官平乐府教授。"⑦ 据今《怀集县志》之《人物传》："高仁山，号麟冈，宁洞韬麟村人。自幼勤奋好学，清乾隆五十一年（1786）中举。待铨24年后被点任广西灵川县教谕……《麟冈诗草》和《燕岩记》是他的代表作。《麟冈诗草》，木刻版，印于清道光四年（1824）"⑧，有诗、词、赋400多首，现藏怀集县博物馆。补录。

21. 钟琳《咀道斋诗草》补录

按：卷四十二钟琳传："字四雅，苍梧人，嘉庆十二年举人，官直隶知县。"⑨ 据《清人诗文集总目提要》卷中："《咀道斋诗草》二卷，钟

① （清）封祝唐纂《容县志》，台湾：成文出版社影印光绪二十三年刻本，1974，第890页。
② （清）梁章钜纂《三管英灵集》，卷二十七，清道光桂林汤日新堂刻本，藏国家图书馆。
③ （清）蔡呈韶等修，胡虔、朱依真撰《（嘉庆）临桂县志》，清嘉庆七年刻本。
④ （清）梁章钜纂《三管英灵集》，卷二十七，清道光桂林汤日新堂刻本，藏国家图书馆。
⑤ （清）邓显鹤著，弘征点校《南村草堂文钞》，卷四，岳麓社，2008，第88~89页。
⑥ （清）林昌彝：《射鹰楼诗话》，卷十七，清咸丰元年刻本。
⑦ （清）梁章钜纂《三管英灵集》，卷四十一，清道光桂林汤日新堂刻本，藏国家图书馆。
⑧ 怀集县地方志办公室编《怀集县志》，广东人民出版社，1993，第775~776页。
⑨ （清）梁章钜纂《三管英灵集》，卷四十二，清道光桂林汤日新堂刻本，藏国家图书馆。

琳撰。……历署马平教谕，迁唐县、昌平等县知县"，"抄本，藏桂林图书馆。"① 广西统计局 1934 年编《广西省述作目录》亦著录：陈柱尊藏《咀道斋诗集》光绪刻本②。补录。

22. 韦天宝《存悔堂遗集》补录

按：卷四十五韦天宝传未著录文集，据《中国古籍总目》："韦天宝《存悔堂遗集》6 卷，民国抄本，存 1-3 卷，藏桂林图书馆"③，未见，补录。

23. 张元鼎《趋庭集》补录

按：卷四十七张元鼎小传未著录诗集，据《广西僮族文人文学史概要》："《趋庭集》，张元鼎，上林，绝本。"④ 民国《上林县志》亦著录。补录。

24. 张元衡《病中吟》存疑

按：卷五十八张元衡传："有《病中吟》。"⑤ 据民国《上林县志》："《吟中吟》二卷，清张元衡撰，元衡鹏展次子，道光乙酉举人，官至刑部主事。"⑥ 存疑。

25. 商书浚《存恕堂集》补录

按：卷四十八商书浚小传未著录别集，据《临桂县志》："《存恕堂集》2 卷，清商书浚。"⑦ 补录。

26. 曾克敬《芷潭诗钞》补录

按：卷四十八曾克敬传未著录别集，据《清人诗文集总目提要》："《芷潭诗钞》一卷，曾克敬撰。"⑧

---

① 柯愈春：《清人诗文集总目提要》，中册，北京古籍出版社，2001，第 1542 页。
② 民国广西统计局编《广西省述作目录》，杭州古籍书店据广西统计局 1934 年编印本影印，第 72 页。
③ 中国古籍总目编纂委员会编《中国古籍总目·集部》，第 4 册，中华书局；上海古籍出版社，2012，第 1730 页。
④ 刘介：《广西僮族文人文学史概要》，广西壮族自治区科学工作委员会僮族文学史编辑室刊印，1959，第 112 页。
⑤ （清）梁章钜纂《三管英灵集》，卷五十八，清道光桂林汤日新堂刻本，藏国家图书馆。
⑥ 杨盟等修，黄诚沅纂《上林县志》，卷十三，台北：成文出版社据民国二十三年铅印本影印，1968，第 762 页。
⑦ 李荣典：《临桂县志》，方志出版社，1996，第 855 页。
⑧ 柯愈春：《清人诗文集总目提要》，中册，北京古籍出版社，2001，第 1392 页。

27. 陈莹英《含贞轩诗》补录

按：卷五十一陈莹英小传未著录别集，据《临桂县志》："《含贞轩诗》，清陈莹英。"[1] 补录。

28. 俞廷举《一园诗集》误

按：据《峤西诗钞》卷九俞廷举小传著录"《弋园诗文集》"[2]，校改：弋园诗文集。

《三管英灵集》著录别集的诗人，加上补录别集的诗人共 182 人，今考 148 人的别集已经遗失不存，广西诗人别集的佚失既有因为保存不善，流传不便利，时间历久，也有人为的社会原因，如高熊征，是清代广西著名的理学家，与陈宏谋、谢济世、张鹏展齐名，其诗文集在纂修四库全书时被焚毁，乾隆四十年二月《广西巡抚熊学鹏奏查出高熊征陆显仁所著书籍缴毁折》云："已故高熊征所著《郢雪斋文集》和《安南志纪要》有激愤言论，仅有抄本，奏请焚毁。"[3] 未能流传，甚为憾事。著录者大多是诗集，少数也著录文集、诗话等，除别集外，也有合集，如《李陶集》是宋代李时亮与陶弼的合集。其中著述最多的是张鸣凤，《三管诗话》卷上云："临桂张羽王府倅（鸣凤），著述最多"[4]，共有 10 个集子。

29. 李永茂《寓峤集》补录

卷八李永茂传无别集著录。据《容县历代述作目录》，有《寓峤集》[5]。补录。

《三管英灵集》著录别集今存的诗人有 35 人，唐代二曹的诗集由明代蒋冕刊刻流传下来，宋代粤西诗人别集无存，明代有 7 人别集今存，余下皆为清人别集：

1. 曹邺《曹祠部集》

2. 曹唐《曹唐集》

---

① 李荣典：《临桂县志》，方志出版社，1996，第 854 页。

② （清）张鹏展：《峤西诗钞》，上林丛书编印所，1944，第 235 页。

③ 中国第一历史档案馆编《纂修四库全书档案》，上册，上海古籍出版社，1997，第 352 页。

④ （清）梁章钜著，蒋凡校注《〈三管诗话〉校注》，广西人民出版社，1996，第 87 页。

⑤ 容县县志办公室，容县文物管理所编辑：《容县史话》，第 1 期，容县县志办公室容县文物管理所印。

3. 蒋冕 《湘皋集》《琼瑰录》《琼台诗话》①

4. 吴廷举 《东湖吟稿》

5. 戴钦 《鹿原存稿》②

6. 张鸣凤 《桂胜》《桂故》《漕书》《西迁注》

7. 张翀 《浑然子》

8. 王贵德 《青箱集剩》③

9. 谢良琦 《醉白堂诗文集》④

10. 谢赐履 《悦山堂诗集》⑤

11. 李彬 《愚石居集》⑥

12. 谢济世 《梅庄文集》《居业集》⑦

13. 陈宏谋 《培远堂偶存稿》⑧

14. 刘新翰 《谷音集》

---

① 《湘皋集》明嘉靖三十三年（1554）王宗沐刊刻，33 卷，清嘉庆年间（1796～1820）俞廷举重刻，40 卷。2001 年唐振真等整理重印俞廷举重刻本，编入《全州历史文化丛书》，广西人民出版社出版。

② 可参考刘汉忠《戴钦著述的刊刻流传》，政协柳州市柳北区委员会文史编辑组：《柳北文史》，第 7～8 辑，政协柳州市柳北区委员会刊印，1992，第 64 页。石勇：《戴钦生平及著作考》，广西社会科学，2007，5，第 100～103 页。

③ （明）王贵德著，谢明仁、江宏注《青箱集剩校注》，巴蜀书社，2010。

④ （清）谢良琦著，熊柱等注《醉白堂诗文集》，广西人民出版社，2001。（清）谢良琦撰：《谢良琦集》，广西师范大学出版社，2014。

⑤ （清）谢赐履著，蒋钦挥等点校《悦山堂诗集》，广西人民出版社，2001。（清）谢赐履撰：《悦山堂诗集》，广西师范大学出版社，2015。周毅杰：《〈悦山堂诗集〉校注》，广西大学硕士论文，2004。

⑥ （清）李彬：《愚石居诗集续编》，民国 23 年（1934）。（清）李彬：《愚石居诗文集》，大马站播文印刷场，民国 11 年（1922）。方立顺：《〈愚石居集〉校注》，广西大学硕士论文，2008。

⑦ 著述有《梅庄杂著》、《中庸大义疏》、《大学注》、《论孟笺》、《易在》、《以学居业集》、《纂言内外篇》、《经史评》、《离骚解》、《西北域记》等，后胡思敬汇编其遗留下的著作成《谢梅庄先生遗集》共 8 卷。有（清）谢济世著，胡思敬汇编《谢梅庄先生遗集》，清代诗文集汇编，二六六，上海古籍出版社，2010。又有（清）谢济世著，黄南津校注《梅庄杂著》，广西人民出版社，2001。今广西图书馆、桂林图书馆、广西师范大学图书馆存。吕文娟：《谢济世诗文研究》，广西师范大学硕士论文，2009。

⑧ （清）陈宏谋：《培远堂偶存稿》，清代诗文集汇编，二八〇，上海古籍出版社，2010。《培远堂偶存稿》五十八卷（文檄四十八卷、文稿十卷、手札节要三卷，主要收录了陈宏谋撰写之序、题、跋、祭、诗、赋、颂、碑铭、文告政令、杂著等两百余篇。（清）陈宏谋编著《陈宏谋集（37 册）》，广西师范大学出版社，2015。收陈宏谋《培远堂偶存稿》及其他著作遗篇和后人所编年谱。

15. 蒋良骐《东华录》①

16. 胡德琳《碧腴斋诗存》②

17. 杨廷理《西来草》《东归草》《再来草》③

18. 黎建三《学吟存草》《游草漫录》《续游小草》《悔初草》

19. 邓建英《玉照堂集》《晋中吟草》

20. 蒋励宣《巢云楼诗草》④

21. 龙献图《耕馀草》《宦游小草》《归田草》⑤

22. 张鹏展《谷贻堂全集》残卷⑥

23. 朱依真《九芝草堂集》

24. 叶时暂《越雪集》⑦

25. 朱凤森《韫山诗稿》⑧

26. 钟琳《咀道斋诗草》

27. 葛东昌《晓山杂稿》⑨

28. 吕璜《月沧诗文集》

29. 何家齐《小隐园诗稿》⑩

---

① （清）蒋良骐撰，林树惠等校点《东华录》，中华书局，1980，史书，非诗集。

② 今存胡德琳《碧腴斋诗存》8 卷，有国家图书馆藏仓山旧主清光绪 19 年［1893］石印本；桂林图书馆藏（清）袁枚等撰《袁枚全集》（包括袁枚序妹婿胡书巢著《碧腴斋诗存》8 卷）国学书局，民国 19 年（1930）。

③ 道光十六年，其子杨立亮将诸集合刊为《知还书屋诗钞》，包括《西来草》三卷、《西来剩草》一卷、《东归草》一卷、《南还草》一卷、《北上草》一卷、《东游草》一卷、《拾遗草》一卷，1340 首。今有《清代诗文集汇编》本。

④ 蒋励宣：《巢云楼存诗》，吕朝晖主编《全州历史文化丛书：六人集》，广西人民出版社，2001。

⑤ 李国新校注《〈易安堂集〉校注》，中央编译出版社，2015。易安堂龙氏家谱编写组：《桂林易安堂龙氏家谱》，2007。

⑥ 广西图书馆有《谷贻堂全集》手抄本残卷一册。

⑦ 今中国社会科学院存抄本，柳州图书馆存复印铅印本。《三管英灵集》卷三十五选 27 首，《峤西诗钞》及近人徐世昌编纂《晚晴移诗汇》均录入叶时暂诗作。

⑧ 《韫山诗稿》六卷，清咸丰 7 年（1857）刻本。《三管英灵集》卷三十九收朱凤森诗 56 首。韦盛年：《〈韫山诗稿〉校注》，广西大学硕士论文，2003。

⑨ 不分卷，清刻本，桂林图书馆藏，未见。广西壮族自治区图书馆，广西壮族自治区桂林图书馆编·广西文献名录》，广西人民出版社，2009，第 580 页。

⑩ 《中国少数民族文学古籍举要》："诗人何家齐，清代壮族。用汉文写成。苏定安辑录的手抄本，辑诗 250 多首，约二万字，今存广西桂林图书馆。"吴肃民，莫福山编《中国少数民族文学古籍举要》，天津古籍出版社，1990，第 18 页。

30. 罗辰《芙蓉池馆诗草》

31. 潘兆萱《三十三峰草堂集》①

32. 商书浚《存恕堂遗稿》②

33. 曾克敬《芷潭诗钞》③

34. 契嵩《镡津集》④

35. 李秉礼《韦庐诗内外集》⑤

由上可见：第一，选诗数量多的诗人，其别集大多保存完整，至今流传，如王贵德96首、黎建三80首、曹邺50首、蒋冕63首、谢良琦56首、胡德琳61首、张鹏展59首、朱凤森56首、吕璜55首、李秉礼59首、刘新翰32首、钟琳30首。第二，别集今已不存仍然选诗较多者，有赖《三管英灵集》使其作品传世，如袁崇焕66首、熊方受59首、袁珏55首、刘映棻47首、黄东昀46首、刘棻41首、蒋卜德49首等。

第二节　《三管英灵集》选诗考辨校订

一　重收诗作考

1. 卷三王惟道《再登都峤》与卷六王贵德《再游都峤》重

按：卷三选明王惟道一首《再登都峤》况眉批："与第六卷王贵德诗同。"⑥ 卷六王贵德《再游都峤》时后行注："此首与卷三王惟道同，贵德

---

① 现存民国黄华表校订《三十三峰草堂诗选》五卷，抄本，桂林图书馆藏。

② 仅有选本存世。《存恕堂遗稿》一卷，清张凯嵩《杉湖十子诗钞》丛书本，清同治七年（1868）江夏张氏刊本，版心题"麓原诗钞"，实为选本，藏国家图书馆。民国陈柱编入《粤西十四家诗钞》。民国二十年（1931）李子书抄本《存恕堂存稿》一册，据《杉湖十子诗钞》丛书本抄，补《国朝正雅集》中另二首，桂林图书馆藏。

③ 仅有选本存世。《芷潭诗钞》一卷，清张凯嵩《杉湖十子诗钞》丛书本，清同治七年（1868）江夏张氏刊本，版心题"麓原诗钞"，藏国家图书馆。

④ （北宋）契嵩撰《镡津集》，禅门逸书，初编，第3册，明文书局，1981。

⑤ （清）李秉礼：《韦庐诗内外集》，道光十年刻本，藏国家图书馆。李秉礼著，赵志方校注：《〈韦庐诗集〉校注》，广西大学，2001。

⑥ （清）梁章钜纂《三管英灵集》，卷三，清道光桂林汤日新堂刻本，藏国家图书馆。

系其后人，或其家集传抄有误入欤，姑两存之。"① 二诗一字之异，王惟道"翠竹棲孤鸟"，王贵德"翠竹栖孤鹤"，王贵德《青箱集剩》后编卷上亦作"翠竹栖孤鹤"②。

雍正《广西通志》卷七十七王惟道传云："容县人，洪武间进士……弟惟舆领乡书，刑部主事。"③ 《三管英灵集》卷二录王惟舆《登都峤山》一首。

2. 卷三明李冲汉《游灵犀水》与卷十一李之珩《游灵犀水》重

按：卷三李冲汉《游灵犀水》况眉批："卷十一武缘贡生李之珩诗与此首同，仅易十五字。"④ 行内标出十五个异字。

李之珩《游灵犀水》："一叶扁舟漾碧浔，空潭何处有犀沉。风生浪底吹银漱。石溜泉声奏绮琴。罨画楼台浮水面，跳丸日月入波心。乘流直到悬崖下，欲驭苍龙未可寻。"⑤

李冲汉《游灵犀水》："一叶扁舟漾碧浔，空潭何处有犀沉。风摧浪底翻银漱。石激泉声奏绮琴。倒浸乾坤浮水面，平悬星斗入波心。乘流直到悬崖下，欲驭蛟龙未可寻。"⑥

以上二诗均不见于《广西通志》，而《武鸣风景名胜荟萃》或据县志载李冲汉《春日泛灵犀水》："城南石壁涧泉清，澈底晶莹分外明圆。琢句吟春千虑静，含杯酌酒一舟行。波心日影生鳞甲，岸上林疏问鸟声。会得当年曾点意，邀游何处不舒情。"并小传云："李冲汉，明崇祯间贡生，武缘覃李村人，上思州学正，陛鸿胪寺鸣赞。"亦载李之珩《游灵水》一首，与《三管英灵集》所录文字无异，传云："李之珩，清顺治间贡生，义宁训导，武缘人。"⑦

录此存疑。

---

① （清）梁章钜纂《三管英灵集》，卷六，清道光桂林汤日新堂刻本，藏国家图书馆。
② （明）王贵德著，谢明仁、江宏校注《〈青箱集剩〉校注》，巴蜀书社，2014，第137页。
③ （清）金鉷修《广西通志》，卷七十七，清文渊阁四库全书本。
④ （清）梁章钜纂《三管英灵集》，卷三，清道光桂林汤日新堂刻本，藏国家图书馆。
⑤ （清）梁章钜纂《三管英灵集》，卷十一，清道光桂林汤日新堂刻本，藏国家图书馆。
⑥ （清）梁章钜纂《三管英灵集》，卷三，清道光桂林汤日新堂刻本，藏国家图书馆。
⑦ 武鸣县政协文史学习委员会编《武鸣风景名胜荟萃》，武鸣县政协文史学习委员会刊印，1995，第29页。

二 误收诗作考辨

1. 卷一曹邺名下，误收薛能《老圃堂》

按：《三管诗话》卷上曹邺条云：

> 《粤西诗载》有曹祠部《老圃堂》诗云："邵平瓜地接吾庐，谷雨乾时手自锄。昨日东风欺不在，就床吹落读残书。此蒋刻《曹祠部集》所无。《全唐诗》注云"一作薛能诗。"惟《唐诗纪事》引《又玄集》，以为祠部作。①

《三管英灵集》据《唐诗纪事》所录，《唐诗纪事》又据《又玄集》误收此诗在曹邺名下。

据五代韦縠《才调集》卷七，《老圃堂》著录薛能名下："邵平瓜地接吾庐，谷雨乾时偶自锄。昨日东风欺不在，就床吹落读残书。"② 又宋代李昉《文苑英华》卷三百十四《老圃堂》录薛能名下："邵平瓜地接吾庐，谷雨乾时偶自锄。昨夜东风欺不在，就床吹落读残书。"③ 王安石《唐百家诗选》（清文渊阁四库全书本）卷十八著录薛能名下，文字与《才调集》同。洪迈《万首唐人绝句》（明嘉靖刻本）卷四十八著录薛能名下，文字与《才调集》同。又今凌一航的《韦庄〈又玄集〉校理述略》一文对此错误已有论述，现录如下：

> 《全唐诗》则两属：卷五六一作薛诗；卷五九三又作曹诗，并于诗题下注云："一作薛能诗，《唐诗纪事》引《又玄集》以为邺作。"《唐诗纪事》卷六〇《曹邺》一篇引此诗及《送人归南海》一首后注云："右二章韦庄取为《又玄集》。"是为《全唐诗》之所据。可见初以此诗为曹作者乃《又玄集》，《唐诗纪事》、《全唐诗》皆因之。一般说来，《又玄集》撰于唐季，乃韦庄选其当朝人诗，

---

① （清）梁章钜著，蒋凡校注《〈三管诗话〉校注》，广西人民出版社，1996，第22页。
② （五代）韦縠著，温谦山订《韦縠集·才调集》，台北：新文丰出版公司，1980，第171页。
③ （宋）李昉：《文苑英华》，中华书局，1966。

应较可信；然以宋元（尤其是宋）去唐未远，唐代文籍留存必多。数种宋元时书皆以《老圃堂》一诗为薛能作，必有所据。且《又玄集》之编撰亦不能无误，故尽管《又玄集》将此诗属之曹邺，但它只是孤证，我们不能以此定上述宋元文献之正误。何况洪迈在《万首唐人绝句序》中还特别指出"以薛能'邵平瓜地入吾庐'（按：即《老圃堂》）一篇为曹邺"是"失真"，言之凿凿，必有确证。因此，我们可以认定此诗为薛能作，从而纠正《又玄集》的错误。《又玄集》之所以致误，乃由此诗为所载薛能诗之第三首，后接曹邺一首，韦庄凭记忆补书作者名，因后一首为曹作而于此诗题下误书作者为"曹邺"。①

《三管英灵集》将《老圃堂》录于曹邺五十首诗的最后一首，且诗后《退庵诗话》还引《广西通志》中录曹邺《西郎山》、《东郎山》二首，"此二诗亦祠部集所无，《全唐诗》亦未录，词意颇浅率，姑附录于此。"② 则《老圃堂》一首位列最后，且在附录诗歌之前，见编纂者当时的疑虑和审慎。

2. 卷一曹邺名下，误收曹唐《送刘尊师祇诏阙庭》二首

按：此诗题下况周颐批注："《三管》所取曹邺诗五十首，内四十六首《全唐诗》悉载，惟此二首未收，此必有误。"③ 今考《送刘尊师祇诏阙庭》三首著录《全唐诗》卷六百四十曹唐名下，《三管英灵集》所选为其一、其三，应是误录曹邺名下。因考《全唐诗》曹邺名下并无此诗；又考清文渊阁四库全书本《曹祠部集》并无此诗；又《文苑英华》二百二十九、《唐诗品汇》卷九十七选此诗皆录为曹唐诗；又见桂图藏曹唐《曹从事集》收录此诗三首。

因此，《送刘尊师祇诏阙庭》二首为误选曹唐诗。

3. 卷二曹唐名下，误收许浑《洛东兰若归》

按：《洛东兰若夜归》一首为许浑诗，唐许浑《丁卯集》（宋蜀刻本）

---

① 吴明贤主编《知不足丛稿》，巴蜀书社，2006，第 631 页。
② （清）梁章钜纂《三管英灵集》，卷一，清道光桂林汤日新堂刻本，藏国家图书馆。
③ （清）梁章钜纂《三管英灵集》，卷一，清道光桂林汤日新堂刻本，藏国家图书馆。

卷下、宋《文苑英华》卷二百三十八、宋岳珂《宝真斋法书赞》卷六《唐许浑乌丝栏诗真迹》、宋末元初方回《瀛奎律髓》卷四十七①、清《全唐诗》卷五百二十八均著录许浑作。诸多宋元文献均录为许浑诗。许浑，字用晦，曾居洛阳，成年后移家京口丁卯涧，其《洛东兰若归》云："一衲老禅床，吾生半异乡。"② 其《丁卯集》中亦多次提到洛阳，如《京口闲寄京洛友人》、《与韩郑二秀才同舟东下洛中亲友送至景云寺》，"故人多在洛城东"③（《陵阳春日寄汝洛旧游》）等。《洛东兰若归》为许浑诗应是。

惟《全唐诗》卷六百四十重见曹唐名下。《三管英灵集》沿袭《全唐诗》之误，误收许浑《洛东兰若归》为曹唐作。

4. 卷三郁林陈昌，误收嘉兴平湖陈昌《送吴素行之广西》

按：《三管英灵集》卷三选陈昌一首《送吴素行之广州》，今据明曹学佺《石仓历代诗选》卷四百明诗次集三十四、清代沈季友《樵李诗系》卷九、《明诗综》卷二十七、清代张豫章《四朝詩》卷七十五、《粤西诗载》卷十七，诗题均为《送吴素行之广西》。

其中，浙江嘉兴平湖人沈季友所辑地域诗歌总集《樵李诗系》（樵，古地名，即嘉兴。樵李，红皮味甜的李子，以浙江嘉兴桐乡一带所产最佳。）有陈昌传，云："昌字颖昌，号菊庄，平湖人。我郡自清江巽隐后，风雅衰落，二陈二李之余，无闻焉。至正统、天顺间而始盛一时，如陈菊庄外嘉兴有……皆卓然大家也。菊庄，我里先哲，才思藻丽，长于七言。沈石窗兄弟目为畏友，著有《菊庄集》，惜其不传。仅从《樵李英华》录若干首，窥其一斑，已足俯视流辈，予辑是编遍搜遗稿，大抵所传者多科目中人，至于恨人畸士、山夫野叟半就湮没，数年来悉力采之，一以表微为务，古人云：'非作之难，传之难'，信乎！"④ 《明诗综》陈昌小传沿袭沈季友《樵李诗系》之说，陈昌传："昌字颖昌，号菊庄，平湖人。有《菊庄集》。"⑤ 而《石仓历代诗选》、《四朝詩》、《粤西诗载》均未著录诗人小传。

---

① （元）方回编（清）纪昀刊误，诸伟奇，胡益民点校《瀛奎律髓》，黄山书社，1994，第1011 页。
② （唐）许浑著，罗时进笺证《〈丁卯集〉笺证》，江西人民出版社，1998，第 4 页。
③ （唐）许浑著，罗时进笺证《〈丁卯集〉笺证》，江西人民出版社，1998，第 241 页。
④ （清）沈季友：《樵李诗系》，卷九，清文渊阁四库全书本。
⑤ （清）朱彝尊：《明诗综》，第三册，中华书局，2007，第 256 页。

可见陈昌为明代浙江嘉兴平湖人。

《三管英灵集》将《粤西诗载》中无传记的陈昌《送吴素行之广西》录入卷三，题为《送吴素行之广州》，传陈昌生平："昌郁林人，永乐二十一年举人。"小传著录或依据《广西通志》，雍正《广西通志》卷七十一"永乐二十一年癸卯科举人"下，著录"陈昌，郁林人。"① 无诗著录。

可见《三管英灵集》误收嘉兴平湖陈昌《送吴素行之广西》于郁林陈昌名下。

5. 卷三黄佐九首，误收广东香山黄佐九首

《雨中不获游湘山寺同陈宋卿集湘皋书屋作》

按：《三管英灵集》卷三黄佐传云："佐横州人，景泰七年举人。"共选黄佐诗九首，今考此一首作者为明代广东香山黄佐，字才伯，号泰泉，正德十六年（1521）进士，改庶吉士，授编修。历官江西按察佥事，少詹事兼翰林学士。有《泰泉集》十卷。《泰泉集》卷三有《蒋少傅约游湘山阻雨不果招陈宋卿同宴湘皋书屋》② （蒋少傅，即蒋冕），即《三管英灵集》所录，稍有异文。《粤西诗载》卷五亦录《雨中不获游湘山寺同陈宋卿集湘皋书屋作》，即《三管英灵集》所本，《粤西诗载》无诗人传记，编纂标准为写广西之诗歌，作者不一定是粤西人。《粤西文载》卷六十五黄佐传云："黄佐，字才伯，香山人，正德辛巳进士，嘉靖间为广西提学。"③ 清代陈田《明诗纪事》戊签卷七录黄佐诗二十一首，并有小传云："佐字才伯，香山人，正德辛巳进士，选庶吉士，授编修，出为江西按察佥事，改广西提学佥事，致仕归。起左春坊左司谏，迁侍读掌南院事，再迁左谕德，历南祭酒，进少詹事兼侍读学士，赠礼部侍郎，谥文裕。有《泰泉集》六十卷。"④ 因此，黄佐曾宦游广西，时间约为嘉靖初年（1522 年后），做广西提学，并主持修《广西通志》六十卷，得到两广总督林富的鼓励，蒋冕（正德间为礼部户部尚书兼大学士、嘉靖初退）作序。

---

① （清）金鉷修《广西通志》，卷七十一，清文渊阁四库全书本。

② （明）黄佐：《泰泉集》，卷三，清文渊阁四库全书本。亦见中山大学中国古文献研究所编《全粤诗·卷二二七》》，第七册，岭南美术出版社，2009，第632页。

③ （清）汪森编；黄盛陆等校点《粤西文载》，第五册，广西人民出版社，1990，第76页。

④ （清）陈田：《明诗纪事》，第三册，上海古籍出版社，1993，第1498页。《泰泉集》原稿本六十卷，今存嘉靖刊本和四库全书本均只有十卷。

《三管英灵集》以为广西黄佐所作，误收，并根据《广西通志》横州黄佐而作传。雍正《广西通志》卷七十一"景泰七年丙子科举人"下著录："黄佐，横州人。"①

又黄佐《长歌行发桂林作》

按：《泰泉集》卷五、《粤西诗载》卷八均为黄佐《剑歌行发桂林作》，首句："对酒剑歌行路难。"②《三管英灵集》所录首句云："对酒当歌行路难。"误收同上。

又黄佐《都城引送陈七表兄之横浦》

按：《泰泉集》卷五、《粤西诗载》卷八均录，《三管英灵集》误收同上。

又黄佐《赠别韦评事归靖江》

按：《泰泉集》卷六、《粤西诗载》卷八均录，《三管英灵集》误收同上。

又黄佐《灵川怀人》

按：《泰泉集》卷六作《宿灵川寄怀范大参》、《粤西诗载》卷十一作《灵川寄怀》，《三管英灵集》误收同上。

又黄佐《兴安道中》

按：《泰泉集》卷六、《粤西诗载》卷十一、雍正《广西通志》卷一百二十二录，《三管英灵集》误收同上。

又黄佐《桂林元夕》

按：《泰泉集》卷七、《粤西诗载》卷十七录，《三管英灵集》误收同上。

又黄佐《送李稚夫广右视学》

按：《泰泉集》卷八作《送李稚大广右视学》、《粤西诗载》卷十七作《送李稚大广右视学》，首句皆为"吹剑当年歌昔游"，末句皆为"梧叶萧萧已报秋"，另有句"楚水如丝天际流"③，《三管英灵集》误收同上，且有异文，首句为"琴剑萧萧歌昔游"，末句为"梧叶纷飞已报秋"，另有句为"楚水如云天际流"。

---

① （清）金鉷修《广西通志》，卷七十一，清文渊阁四库全书本。
② （明）黄佐：《泰泉集》，卷八，清文渊阁四库全书本。亦见中山大学中国古文献研究所编《全粤诗》，卷二二八，第七册，岭南美术出版社，2009，第661页。
③ （清）汪森辑，桂苑书林编辑委员会校注《〈粤西诗载〉校注》，第五册，广西人民出版社，1988，第158页。（明）黄佐：《泰泉集》，卷八，清文渊阁四库全书本。亦见中山大学中国古文献研究所编《全粤诗》，卷二三三，第七册，岭南美术出版社，2009，第769页。

据《粤西文载》卷六十五:"李义壮,字稚大,番禺人。嘉靖癸未进士,戊戌任广西提学,崇雅黜浮,得士称盛。"① 又据同治《番禺县志》:"李义壮,字稚大,松山人。正德五年举人。嘉靖二年进士,知仁和县……"② 可知,《三管英灵集》著录诗题有误。

又黄佐《横州伏波庙》

按:《泰泉集》卷七、《粤西诗载》卷十七、雍正《广西通志》卷一百二十三录,《三管英灵集》误收同上,稍有异字。

6. 卷三藤县陈暹五首,误收福建闽县陈暹五首

按:《三管英灵集》卷三陈暹传:"暹,藤县人,景泰七年举人。"③ 雍正《广西通志》卷七十一载藤县陈暹为景泰七年举人,《三管英灵集》或本于《广西通志》。

而考《粤西文载》卷六十五陈暹传:"陈暹,字德辉,闽县人。嘉靖间广西参政,曾摄藩事数月……性喜为诗。"④《粤西诗载》卷五选《粤西松树》、《登粤山谒诸葛庙》,卷十二选《留别粤中诸公次侯二谷相送韵》、卷二十八选《逍遥楼》、《风洞小集》。雍正《广西通志》卷五十三亦载陈暹嘉靖间为广西右参政。又清末《明诗纪事》戊签卷十九陈暹传云:"暹字德辉,闽人,嘉靖乙未进士,除大理评事,出为安庆知府,历两淮运使、广西参政、广东布政使,有集四卷。"⑤ 录陈暹《粤西松树》、《登粤山谒诸葛庙》。

《三管英灵集》收录《粤西诗载》中陈暹诗歌五首,或未见《粤西文载》中的陈暹传,而依据《广西通志》,误以为乃藤县陈暹作,误收。

7. 卷五王纳讲名下,误收严嵩《赠柳州桂二守》

按:《粤西诗载》卷十一著录严嵩名下,严嵩《钤山堂集》卷八亦著录⑥,文字无异。

---

① (清)汪森编;黄盛陆等校点《粤西文载》,第五册,广西人民出版社1990,第77页。

② 番禺市地方志编纂委员会办公室整理《番禺县志》,同治十年点注本,广东人民出版社,1998,第644页。

③ (清)梁章钜纂《三管英灵集》,卷三,清道光桂林汤日新堂刻本,藏国家图书馆。

④ (清)汪森编;黄盛陆等校点《粤西文载》,第五册,广西人民出版社1990,第71页。

⑤ (清)陈田:《明诗纪事》,第四册,上海古籍出版社,1993,第1716页。

⑥ (明)严嵩:《钤山堂集》,卷八,明嘉靖二十四年刻本。

8. 卷九唐纳牖《放歌》，误收程可则《舟晚》

按：据清魏宪《百名家诗选》卷三十三程可则《舟晚》："空翠明远岑，斜阳淡孤渚。微波滉漾间，轻舟自容与。秋色从西来，苍然满平楚。仰视天际禽，矫矫空中举。此时山水心，谁知在羁旅。"①《三管英灵集》卷九唐纳牖《放歌》作"空翠明远岑，斜阳澹孤渚。山川泱溿间，轻舟自容与。秋色浮空来，凉飔满衣袽。微醉已忘言，放歌失其序。暂得古人心，不知在羁旅。"程可则，字周量，一字彦揆，号湟溙，又号石腮，南海（今广东广州）人。顺治九年会试第一，历官内阁中书、户部主事，兵部郎中、桂林知府等。有《海日堂集》。

9. 卷十王维泰，误收王维岳《灵岩秋月》

校：据康熙《灌阳县志》载王维泰诗七首②，《三管英灵集》录五首：《从望月岭过沙坪》和《题画四首》，但《题画四首》之《灵岩秋月》错录，《灌阳县志》录在王维岳名下。《三管》卷十一收王维岳诗一首。

三　删改原诗考辨与校订

1. 卷一曹邺③

校勘所据为《四库全书》本《曹祠部集》，其底本为明蒋冕校刻本④；参校《全唐诗》。

《古相送》

校：据《曹祠部集》卷一《古相送》，"且愿车声迟"，《三管》⑤作"且愿车声迫"，"迫"与"迟"形近，或抄刻错讹。

《弃妇》

校：据《曹祠部集》卷二《弃妇》，"羞言何以归"，《三管》作"羞颜何以归"；"所嗟无自非"，《三管》作"所嗟无是非"。

---

① （清）魏宪：《百名家诗选》，卷三十三，清康熙枕江堂刻本，藏湖南图书馆。
② （清）单此藩、陈廷藩、蒋学元纂《（康熙）灌阳县志》，清康熙四十七年刻本。
③ 因查找到的底本所刊有先后，未能按照卷数及诗人先后排列顺序。
④ （唐）曹邺：《曹祠部集》，上海古籍出版社影印《文渊阁四库全书》第1083册集部22，1987。
⑤ 以下为省约之便，《三管英灵集》简称为《三管》；《峤西诗钞》简称为《峤西》。

《偶怀》

校：据《曹祠部集》卷二、《全唐诗》卷五百九十三《偶怀》，"蓬为沙所危"，《三管》作"蓬为沙所厄"，"厄"与"危"形近，或抄刻错讹。

《霁后作》：

校：据《曹祠部集》卷二、《全唐诗》卷五百九十三《霁后作》（皆题下注：齐梁体），其中"晚塘明衣衿"，《三管》作"晚塘明衣襟"。"襟"与"衿"同音，或抄刻错讹。

《送友人入塞》

校：据《曹祠部集》卷二、《全唐诗》卷五百九十三《送友人入塞》"一马没黄云"，《三管》作"一马没黄沙"，或为编者所改。

"沧茫万里秋"，其中"沧茫"，《三管》作"苍茫"。"如何恨路长，出门天子外"，其中"天子"《三管》作"天涯"，两处或据《全唐诗》卷五百九十三改，改后无不可。

《下第寄知己》：

校：据《曹祠部集》卷二、《唐诗归》卷三十四、《全唐诗》卷五百九十三《下第寄知己》"日暮飞向越"，《三管》作"日暮飞吴越"，恐编者自改。

《奉命齐州推事毕寄本府尚书》

校：据《曹祠部集》卷二、《唐诗归》卷三十四、《全唐诗》卷五百九十二《奉命齐州推事毕寄本府尚书》"既舍三山侣"，《三管》作"既舍三仙侣"，"仙"与"山"形近，或抄刻错讹。

《将赴天平职书怀寄翰林从兄》：

校：据《曹祠部集》卷一、《全唐诗》卷五百九十二《将赴天平职书怀寄翰林从兄》"开口啖酒肉，将何报相知"，《三管》作"开口谈酒肉，将何报相知"，"谈"与"啖"，形近错讹。"自小不到处，全家忽如归。吾宗处亲切，立在白玉墀。"《全唐诗》卷五百九十二作"自小"、"清切"，《三管》作"自少"、"清切"。

《送厉图南下第归澧州》

校：据《曹祠部集》卷一《送厉图南下第归澧州》"当春人尽归，独我归无计。"《全唐诗》卷五百九十二、《三管》均作"当春人尽归，我独无归计。" 或颠倒之误。

《从天平节度使游平流园》

校：据《曹祠部集》卷一《从天平节度使游平流园》"明公有高思，到此遂忘返。"《全唐诗》卷五百九十二、《三管》均作"明公有高思，到此遂长返"。

《杏园即席上同年》

校：据《曹祠部集》卷二诗题为《杏园席上同年》，《三管英灵集》或据《全唐诗》卷五百九十二《杏园即席上同年》而录。据《曹祠部集》卷二"自怜孤飞鸟，时接鸾凤翅"，《唐诗纪事》卷六十、《全唐诗》卷五百九十二、《三管》均作"自怜孤飞鸟，得接鸾凤翅。""时"繁体与"得"形近，二者皆通。

《送进士下第归南海》

校：据《曹祠部集》卷二诗题为《李进士下第归南海》，《三管英灵集》编者或据《全唐诗》卷五百九十二录《送进士下第归南海》。

《寄监察从兄》

校：据《曹祠部集》卷二《寄监察从兄》："言罢眼无泪，心中如酒醒。"《全唐诗》卷五百九十三、《三管》均作"言罢眼无泪，心中如酒醒。""醒"与"醒"形近，或抄刻错讹。

《题濮庙》

校：据《曹祠部集》卷一、《全唐诗》卷五百九十二《题濮庙》"晓祭瑶斋夜扣钟"，《三管》作"晓祭瑶斋夜叩钟"，"叩"与"扣"形近，或抄刻错讹。

曹邺 《早起》

校：据《曹祠部集》卷一、《唐诗归》卷三十四、曹学佺《石仓历代诗选》卷八十四《早起》："立在梧桐井"，《全唐诗》卷五百九十二、《三管》均作"独立梧桐井"。

2. 卷二曹唐

校勘所据为《全唐诗》所录《曹唐诗》① 二卷。

---

① （唐）曹唐著，陈继明注《曹唐诗注》，上海古籍出版社，1996，底本亦是《全唐诗》。

《赠南岳冯处士》

校：据《全唐诗》卷六百四十一《赠南岳冯处士二首》其一"风泉满院称幽居"[1]，《三管》作"风泉满院在幽居"。

《小游仙》

校：据《全唐诗》卷六百四十一。《万首唐人绝句》卷六十一、《唐诗镜》卷五十三《小游仙》九十八首其二十二："九天天路入云长，燕使何由到上方。"[2]《三管》作"九天天路入云长，燕过何由到上方"。"若教使者沽春酒，须觅余杭阿母家。"《三管》作"若教使者沽春酒，须觅余杭阿姥家"。"碧花红尾小仙犬，闲吠五云噴客来。"《三管》作"碧花红尾小仙犬，闻吠五云噴客来。""闻"与"闲"形近，或抄刻错讹。

《题武陵洞》

校：据《全唐诗》卷六百四十一、《文苑英华》卷一百六十一"不是春时且要还"，《三管》作"不是秦时且要还"，"秦"与"春"形近或抄刻错讹；"寄语桃花与流水"，《三管》作"努力桃花与流水"。

3. 卷二陶崇《访僧云归庵》

校：据乾隆《广西通志》第九册《胜迹志》、《宋诗纪事》卷八十三、《粤西诗载》卷四："闲过选佛场，归云翠如泼。""闲"，《三管》作"间"，或形近抄刻错讹。

4. 卷二张茂良《广西经略显谟赵公崇模颂》

校：据《粤西文载》卷六十张茂良《广西经略赵公德政颂并序》[3]："喧喧歌谣，谓来何暮"，《三管》作"喧喧歌谣，谓来何莫"，"莫"与"暮"，或形近抄刻错讹。"安民民安，弗庸钩距"，《三管》作"安民之安，弗庸钩距"，或抄刻错讹。"环堵晏眠，吏无叩户"，《三管》作"环堵晏眠，吏毋叩户"，"毋"与"无"或音同抄误。"赋粟结庐，于是处处。"《三管》作"赋粟给庐，于时处处"，"给"与"结"，或形近抄刻错讹；"时"与"是"，音同讹误。

---

① （清）彭定求等编《全唐诗》，第十九册，中华书局，2008，第7342页。

② （清）彭定求等编《全唐诗》，第十九册，中华书局，2008，第7347页。

③ （清）汪森编；黄盛陆等校点《粤西文载》，第四册，广西人民出版社，1990，第290页。

5. 卷二李时亮《白龙洞》

校：据宋李时亮南溪山白龙洞题诗（熙宁八年八月四日）："白崖高瞰白云溪，洞穴通天路"①，《三管》作"穹崖高瞰白云溪"。

6. 卷二陆蟾《咏瀑布》 有句："夏喷猿鸟冷，秋倒斗牛寒。"

校：《三管英灵集》 卷二陆蟾小传云："有诗见《粤西文载》。" 据《粤西文载》卷六十八《人物传》之《陆蟾传》引《瀑布咏》："夏喷猿鸟凝，秋溅斗牛寒。"② 清谢启昆《广西通志》与此同③，诗题皆在陆蟾传中，为《瀑布咏》。元刻本契嵩《镡津文集》卷十六《陆蟾传》："夏喷猿鸟凝，秋溅斗牛寒。"④ 比契嵩生活稍晚的北宋陈舜俞《庐山记》卷四题为《瀑布》："夏喷猿鸟凝，秋溅斗牛寒。"⑤ 又四部丛刊三编影印明弘治本之契嵩《镡津文集》卷十六 "夏喷狷鸟凝，秋溅斗牛寒。"⑥ 《大正藏》之契嵩《镡津文集》卷十三 "夏喷狷鸟凝，秋溅斗牛寒。"⑦ 又《禅门逸书》初编之契嵩《镡津集》（影印四库全书本）卷十六 "夏喷狷鹤浴，秋溅斗牛寒。"⑧

契嵩乃陆蟾同乡，且离陆蟾时代较近，《镡津文集》之说最为可信，然别集版本众多，比较之，国家图书馆藏元至大二年（1309）释正传、弥满刻本（前有李之全序），虽非最古（古本为元至元十九年1282宋刻重修本，藏日本内阁文库），比之明刊本讹误更少，最为可据，《广西通志》、《粤西文载》当是据元刻本著录诗句，北宋陈舜俞《庐山记》虽诗题著录不同，然此句与元刻本一致。

因此，《三管英灵集》有诗题的误录和诗句的误录，编者明确引自《粤西文载》，应非抄刻讹误，或为编者所改，据此校订诗题和诗句：《瀑布咏》 "夏喷猿鸟凝，秋溅斗牛寒。"

---

① 桂林市文物管理委员会编《桂林石刻》，上册，桂林市文物管理委员会，1977，第60页。
② （清）汪森编；黄盛陆等校点《粤西文载》，第五册，广西人民出版社，1990，第168页。
③ （清）谢启昆修；胡虔纂《广西通志》，第十册，广西人民出版社，1988，第6607页。
④ （宋）契嵩：《镡津文集》，卷十六，元刻本，藏国家图书馆。
⑤ （宋）陈舜俞：《庐山记》，卷四，殷礼在斯堂丛书重刊元录本，藏国家图书馆。
⑥ （宋）契嵩：《镡津文集》，卷十六，四部丛刊本，上海书店出版社，1986。
⑦ （宋）契嵩：《镡津文集》，（日）大正一切经刊行会，大正新修大藏经，第52册，台北：新文丰出版有限公司，1996，721上。
⑧ （宋）契嵩：《镡津集》，禅门逸书，初编，第3册，台北：明文书局，1981，173上。

7. 卷二赵观文《桂林新修尧舜祠祭器颂》："大哉尧舜，真风不弭。以圣禅圣，不子其子。举贤登庸，投凶御魅。大功渐著，南巡脱屣。九疑雨沉，苍梧云起。伟欤元踪，遗于桂水。苍生思之，牢醴千祀。俎豆礼缺，元侯克备。发挥古典，骈罗雅器。三献得仪，雍容剑履。教人为臣，可达深旨。翠巘稽天，红轮出地。"①

按：《三管诗话》卷上赵观文条云："惜观文无诗可传。余仅从方志中录得《舜庙祭器》四言颂一首，所谓以诗存人也。"② 梁章钜未说明赵观文此诗引自何方志，今考诸广西方志，明代张鸣凤《桂胜》卷十四有《赵观文祭器碑记》，清雍正金鉷修《广西通志》卷一百八有《桂林新修尧舜祠祭器碑记》，《桂林郡志》③ 卷二十五有赵观文《桂林尧舜庙祭器碑》。与《三管英灵集》赵观文诗题比对，可见梁章钜所引方志为雍正《广西通志》，且从方志所录赵观文碑记文中节选而出。且梁章钜《三管英灵集》沿《广西通志》，有"伟欤元踪，遗于桂水"之句，而《桂胜》则作"伟与玄踪，遗于桂水。"

清雍正金鉷修《广西通志》卷一百八《桂林新修尧舜祠祭器碑记》："大哉尧舜，真风不弭。以圣禅圣，不子其子。举登贤庸，投凶御魅。化匪逆人，远来近悦。大功渐著，南巡脱屣。九疑雨沉，苍梧云起。伟欤元踪，遗于桂水。苍生思之，牢醴千祀。俎豆礼缺，元侯克备。发挥古典，骈罗雅器。三献得仪，雍容剑履。教人为臣，可达深旨。翠巘稽天，红轮出地。得君皋陶，千载意气。中兴有帝，无令伊耻。"④

据此校勘，《三管英灵集》抄录雍正《广西通志》时脱句："化匪逆人，远来近悦"，及脱后四句："得君皋陶，千载意气。中兴有帝，无令伊耻。"考《桂胜》卷十四《赵观文祭器碑记》、嘉庆《全唐文》卷八百二十八《桂林新修尧舜祠祭器碑》、《粤西文载》卷三十七《桂林新修尧舜祠祭器碑》均有后四句，恐为《三管英灵集》编者抄录遗漏之误。且上举诸典籍

① （清）梁章钜：《三管英灵集》，卷二，清道光桂林汤日新堂刻本，藏国家图书馆。

② （清）梁章钜著，蒋凡校注《〈三管诗话〉校注》，广西人民出版社，1996，第30页。

③ 傅增湘撰《藏园群书经眼录》，中华书局，1983，第419页。著录明宣德陈琏编《桂林郡志》景泰刊本，存卷二十五至卷三十二；另国家图书馆藏宣德《桂林郡志》景泰刊本，存卷一至卷八，卷十九至卷二十二。

④ （清）金鉷：《广西通志》，卷一百八，清文渊阁四库全书本。

均为"化匪逆人，羶宁慕蚁。"①

雍正《广西通志》"举登贤庸"，《三管英灵集》作"举贤登庸"，改后与"投凶御魅"对偶，且《桂胜》、《全唐文》、《粤西文载》均作"举贤登庸"，梁章钜或据诸多典籍校改雍正《广西通志》之误。

《桂胜》卷十四"伟与玄踪，遗于桂水。"雍正《广西通志》、《全唐文》、《粤西文载》、《三管英灵集》均作"伟欤元踪，遗于桂水。"

因此，校订《三管英灵集》卷二赵观文《桂林新修尧舜祠祭器颂》："大哉尧舜，真风不弭。以圣禅圣，不子其子。举贤登庸，投凶御魅。化匪逆人，羶宁慕蚁。大功渐著，南巡脱屣。九疑雨沉，苍梧云起。伟欤元踪，遗于桂水。苍生思之，牢醴千祀。俎豆礼缺，元侯克备。发挥古典，骈罗雅器。三献得仪，雍容剑履。教人为臣，可达深旨。翠巘稽天，红轮出地。得君皋陶，千载意气。中兴有帝，无令伊耻。"

8. 卷二冯京

按：《三管诗话》卷上冯京条："《宋诗纪事》仅从《挥麈后录》得五律一首，《湘山野录》得七律一首。"② 则冯京二首诗录自《宋诗纪事》，据此校勘。

《诏修两朝国史赐筵史院》

校：《宋诗纪事》卷十八录《诏修两朝国史赐筵史院》："天密丛云晓，风清一雨余。三长太史笔，二典帝王书。按武知何者，沾恩匪幸欤。吐茵平日事，何惮污公车。"③ 其中"丛云晓"，《三管》作"丛云晚"，"按武"，《三管》作"接武"。又考《宋诗纪事》称引的《挥麈后录》卷一"神宗诏史院赐筵，史官就席赋"条，作"丛云晓"、"帝皇书"、"接武"④。又考《全闽诗话》卷二"吴充"条，亦称引自《挥麈后录》，作"丛云晓"、"帝皇书"、"接武"⑤。可知，《全闽诗话》按照原文抄录《挥尘后录》；而《宋诗纪事》抄录《挥麈后录》便有文字错讹。《三管英灵集》

① （明）张鸣凤著，齐治平、钟夏校点《〈桂胜·桂故〉校点》，广西人民出版社，1988。
② （清）梁章钜著，蒋凡校注《〈三管诗话〉校注》，广西人民出版社，1996，第44页。
③ （清）厉鹗：《宋诗纪事》，卷十八，上海古籍出版社，1983，第441页。
④ （宋）王明清：《挥麈录》，挥麈后录卷一，上海书店出版社，2009，第44页。
⑤ （清）郑方坤辑，刘大治点校《全闽诗话》，福建人民出版社，2006，第108页。

"晓" 误作 "晚"，或为形近抄刻错讹；也有考察《宋诗纪事》所引之书，据之更正文字之误，将《宋诗纪事》错讹之 "按武" 改为 "接武"；还有沿《宋诗纪事》之误，误作 "帝王书"。

《谢鄂倅南宫城》

校：《宋诗纪事》卷十八录《谢鄂倅南宫城》："尝思鹏海隔飞翻，曾得天风送羽翰。恩比丘山何以戴，心同金石欲移难。经年空叹音书绝，千里常思道义欢。每向江陵试遗治，邑人犹指县题看。"① "飞翻"，《三管》作 "飞搏"，或编者所改。"丘山"，《三管》作 "邱山"，"丘" 与 "邱"，古代通。又考《湘山野录》卷中 "冯当世求荐于武昌" 条，作 "飞翻"、"丘山"②。

9. 卷二王元

《登祝融峰》

《三管诗话》卷上王元条："字文元，桂林人。与翁宏、任鹄、陆蟾、王正已、廖融相友善，皆唐末隐士也。《全唐诗》中载其诗五首……"③ 因此，据《全唐诗》校勘。

校：据《全唐诗》卷七百六十二，王元《登祝融峰》："草叠到孤顶，身齐高鸟翔。势疑撞翼轸，翠欲滴潇湘。云湿幽崖滑，风梳古木香。晴空聊纵目，杳杳极穷荒。" 其中 "身齐高鸟翔"，《三管英灵集》作 "身齐万鸟翔"，或因平仄声律和谐之故，不见其他典籍有此句。另考宋阮阅《诗话总龟》增修卷十一、清李调元《全五代诗》卷六十二、清郑方坤《五代诗话》卷七引《雅言系述》均为 "身齐高鸟翔"。因此，据上校订 "身齐高鸟翔"。

《听琴》

校：据《全唐诗》卷七百六十二《听琴》："拂尘开素匣，有客独伤时。古调俗不乐，正声君自知。寒泉出涧涩，老桧倚风悲。纵有来听者，谁堪继子期。"④《三管英灵集》所录无异。

---

① （清）厉鹗：《宋诗纪事》，卷十八，上海古籍出版社，1983，第 441 页。
② （宋）文莹：《湘山野录》，中华书局，1984，第 30 页。
③ （清）梁章钜著，蒋凡校注《〈三管诗话〉校注》，广西人民出版社，1996，第 33 页。
④ （清）彭定求等编《全唐诗》，二十一册，上海古籍出版社，1986，第 23 页。

但《全唐诗》卷七百七十八又录王玄《听琴》:"拂尘开素匣,何事独颦眉。古调俗不乐,正声君自知。"①考南宋洪迈《万首唐人绝句》始选王玄《听琴》一首绝句,即为《全唐诗》卷七百七十八所选依据,文字无异。考现可知最早著录《听琴》的文献是北宋阮阅的《诗话总龟》,因此知南宋洪迈选唐人绝句,将《诗话总龟》所选王元《听琴》律诗八句,截取前四句,并改题王玄为作者,《全唐诗》卷七百七十八不察洪迈节选之误,且两存之,以求其全。

而北宋阮阅《诗话总龟》亦两次著录王元《听琴》,且文字先后有异,因所引文献记载略不同。卷十云:"王元,字文元,桂林人,苦吟风月,终于贫病。妻黄氏共持雅操,每遇得句,中夜必先起,燃烛供其纸笔,元甚重之。有《琴诗》曰:'拂琴开素匣,何事独频眉?古调俗不乐,正声公自知。寒泉出涧涩,老桧倚风悲。复有来听者,谁堪继子期?'好事者为图。(《郡阁雅谈》)"②(南宋刘克庄选《千家诗选》将此诗著录为王文元妻作,可能对诗话的理解有误,误此诗作者为王元妻。③)

《诗话总龟》卷十一则引《雅言系述》:"王元,字文元,桂林人。有《登祝融峰》诗云……又《听琴》云:'拂尘开素匣,有客独伤时。郡阁雅谈记第二句何事独颦眉古调俗不乐,正声君自知。寒泉出涧涩,老桧倚风悲。纵有来听者,谁堪继子期?'……与廖融为诗友,赠之云:'伴行惟瘦鹤,寻寺入深云。'终于长沙。"④则知《全唐诗》卷七百六十二即依据《诗话总龟》卷十一引《雅言系述》,《三管英灵集》因之。

然后考《郡阁雅谈》与《雅言系述》均佚,《宋史》卷二百六《艺文志》第一百五十九著录:"潘若冲《郡阁雅谈》二卷,王举《雅言系述》十卷。"⑤考《诗话总龟》卷二十六云:"兴国中,潘若冲罢桂林,经南岳,留鹤一只与廖融,赠诗一章云……若冲到京,授维扬通理,临行复有诗寄融曰……后至维扬,闻融与鹤相继而亡,若冲感而又为一绝云……(《雅言

---

① (清)彭定求等编《全唐诗》,二十一册,上海古籍出版社,1986,第228页。
② (宋)阮阅:《诗话总龟》,周本淳校点,人民文学出版社,1987,第112页。
③ (宋)刘克庄:《后村千家诗校注》,胡问侬,王皓叟校注,贵州人民出版社,1986,第482页。
④ (宋)阮阅:《诗话总龟》,周本淳校点:《人民文学出版社》,1987,第124页。
⑤ (元)脱脱等:《宋史》,中华书局出版社,2000,第3479页。

杂载》）"① 可见，潘若冲生活在宋太宗太平兴国年间，由桂林罢官到湖南长沙，与廖融为挚友，又由上面《诗话总龟》卷十一引《雅言系述》王元条，知王元晚年与廖融隐居于湖南长沙，终死于长沙，潘若冲到长沙当也与王元相识相交，记载他的故事和诗歌当可信。

《雅言系述》的编纂者王举，考陈振孙《直斋书录解题》卷五，《天下大定录》一卷为王举所作，"殿中丞通判桂州王举撰，景祐间人。"② 王举生活在宋仁宗景祐年间，比潘若冲稍晚。但此王举是否为《雅言系述》的作者王举，不可确考。因此，还不能得出《郡阁雅谈》比《雅言系述》所载王元诗更早和更为可信的结论。姑且录此诗异文待考。

10. 卷二周渭《独秀山》

校：据《宋诗拾遗》卷二十三、雍正《广西通志》卷一百二十三、《粤西诗载》卷十三均有周渭《叠秀山》："平生赋性爱观澜，今日登临叠秀山。天锡卦爻分象外，地将圭窆出人间。昭州水绕孤城小，五岭山高众垤难。极目紫宸何处是，碧云深处珮珊珊。"《三管》作《独秀山》"今日登临独秀山"，"一州水绕孤城小"，"碧云深里佩珊珊"。

考雍正《广西通志》卷十四"山川"之"平乐府""平乐县"有："叠秀山在城东东乡里，笔头堡南三里，高数丈，八峰挺秀，旧名八公山，宋周渭有诗更今名。"③ 可见周渭在其故乡平乐府昭州平乐东（昭州治所在平乐），为"八公山"改名为"叠秀山"，并作诗一首。《三管英灵集》编者有意改"叠秀山"为"独秀山"，改"昭州"为"一州"，或与"五岭"相对，不知"昭州"乃地名，自与"五岭"相对。又将"碧云深处珮珊珊"改为"碧云深里佩珊珊"，平仄不变，但并不流畅。

11. 卷二徐霛《绿珠渡》

校：考元代陈世隆《宋诗拾遗》卷二十三、明代李贤《明一统志》卷八十四、雍正《广西通志》卷一百二十一、《粤西诗载》卷六均著录诗句为："日落白州城，草荒梁女墓。"明代曹学佺《广西名胜志》卷四、《南汉

---

① （宋）阮阅：《诗话总龟》，周本淳校点，人民文学出版社，1987，第274页。

② （宋）陈振孙：《直斋书录解题》，山东画报出版社，2004，第88页。

③ （清）金鉷修《广西通志》，卷十四，影印文渊阁四库全书本，台北：商务印书馆，1983。

春秋》卷九、《宋诗纪事》卷八十二注引《名胜志》著录诗句："日落白州城，草芳梁女墓。"① 元代陈世隆《宋诗拾遗》去宋未远，当为可信，明代曹学佺《广西名胜志》或因"荒"与"芳"形近错讹，后世典籍引用因袭其误，《三管英灵集》未加校考，今据此校订为"草荒梁女墓"。

12. 卷二林通《穿石岩》

校：考《宋诗拾遗》卷十四林通《穿石岩》："极判以来不计年，斯岩体朴本浑然。凿开混沌鸿蒙地，透见明通公溥天。老去投林得幽趣，困来枕石听潺泉。时烹山茗供清兴，猿挂古藤鹤避烟。"②《粤西诗载》卷十四林通《穿石岩》，与《宋诗拾遗》比仅改一字"极判已来不计年"，音意差别不大。晚清陆心源《宋诗纪事补遗》卷十八称林通为长乐人，元祐初作《长乐图经》，后著录《穿石岩》称引自《宋诗拾遗》；《宋诗纪事补遗》卷六十《穿石岩》重出，著录在宋光宗御史富川周英纠名下，称引自《富川县志》。其说并不可信。《三管英灵集》录作"凿开混沌鸿蒙地，透出明通公溥天。"

13. 卷二欧阳辟《寄京师画院待诏王公器》

校：据《宋诗纪事》卷三十二③（称引《声画集》）、《声画集》卷八④《寄京师画院待诏王公器》有句："雕阑丑石要杰怪，议敢共事才郭熙。"，《三管》作"雕阑丑石要杰怪，谁敢共事谗郭熙。""谗"与"才"之繁体字"纔"形近，或抄刻错讹。

《声画集》、《宋诗纪事》句："慈圣光献升仙际，睟容将貌精者谁？"《三管》作"慈圣光献升仙际，睟客将貌精者谁？""客"与"容"形近错讹。

《声画集》、《宋诗纪事》句："圣表神踪阒天上，圣美宫传万一知。"《三管》作"圣表神踪阒天上，盛美空传万一知。""宫"与"空"形近错讹，"盛"与"圣"同音，抄录错讹。

《声画集》："地从善利畜得所，或时升降或饮池"，《宋诗纪事》作

---

① （元）陈世隆编《宋诗拾遗》，徐敏霞校点，辽宁教育出版社，2000，第365页。
② （元）陈世隆编《宋诗拾遗》，徐敏霞校点，辽宁教育出版社，2000，第216页。
③ （清）厉鹗：《宋诗纪事》，第二册，上海古籍出版社，2013，第793页。
④ （宋）孙绍远：《声画集》，清文渊阁四库全书本。

"地从善利畜得所，或阙升降或饮池。"，《三管》作"地从善利畜得所，或升或降或饮池。"

《声画集》、《宋诗纪事》句："炉灰不识炭火烬，坐拥絛褐峨接䍦。"《三管》作"炉灰不识炭火烬，坐拥絛褐峨接离。""离"的繁体字"離"与"䍦"形近，抄刻错讹。

《声画集》、《宋诗纪事》句"矜我孜孜嗜益笃，为作秋江四鹭鸶。"《三管》作"矜我孜孜嗜益笃，为作秋江两鹭鸶。""两"与"四"形近抄刻错讹。

《宋诗纪事》："羊群三百牛九十，角耳戢湿讹寝宜"，《三管英灵集》或据《声画集》作"羊群三百牛九十，角耳潎湿讹寝宜。"确实符合诗意。

14. 卷三王熙

按：《三管英灵集》卷三王熙小传云："有诗见《粤西文载》。"因此，校勘所据为汪森《粤西文载》。

《自警》

校：据《粤西文载》卷六十八《人物传》王熙《自警》："五贼纷纷扰我关，主翁何事失防闲。钢刀不斩攻心寇，浩气焉能塞两间。"① 其中"钢刀不斩攻心寇"，《三管》作"铜刀不斩攻心寇"，"铜"与"钢"字形相近，或为抄刻讹误。

《读书风洞》

校：据《粤西文载》卷六十八《读书风峒》："一勺寒泉虑不侵，囊琴孤枕碧山阴。山楼夜半天风发，老尽尼丘万古心。"② 《三管》题作《读书风洞》，"老尽尼山万古心。""山"与"丘"字形字义相近，或抄刻讹误。

15. 卷三陈政《哀平南为司训郭君妻》

校：据《粤西诗载》卷四、雍正《广西通志》卷一百二十、曹学佺《石仓历代诗选》卷三百八十"世途生嵼巇"句，《三管》作"世途生险巇"，"险"与"嵼"，古通用。"秋霜让凛溧"，《三管》作"秋霜让凛凛"，"凛"与"溧"，形近讹误。

---

① （清）汪森编；黄盛陆等校点《粤西文载》，第五册，广西人民出版社，1990，第265页。
② （清）汪森编；黄盛陆等校点《粤西文载》，第五册，广西人民出版社，1990，第265页。

16. 卷三陈珪《庆远北山》

校：据《粤西诗载》卷十七《庆远北山》末句"赢得秋霜两鬓丝"，《三管》作"眼前世事愁无限，赢得秋霜两鬓垂"，恐编者所改，皆可。

17. 卷三岑方《南津晚渡》

校：据《粤西诗载》卷十一"借问营营者，谁谋早济川。"《三管》作"借问营营者，谁能早济川。"

18. 卷三张廷纶《将滩古渡》

校：据《粤西诗载》卷十五《将滩古渡》："怪石嵯峨古将滩，行人欲济此应难。舟从上下分津渡，路别东西远急湍。夜籁有声徒激烈，春涛无警自平安。新题收入舆图里，四海相传作大观。"《三管英灵集》录，大量异文，或为编者所改："怪石嵯峨古将滩，行人欲渡此应难。舟从上下凭洄溯，路别东西避急湍。夜籁有声相和答，春涛无警自平安。新题收入图经里，四境相传作大观。"。

19. 卷三陈瑶《春日湘山登眺》

校：据雍正《广西通志》卷一百二十三、《粤西诗载》卷十六、《峤西诗钞》卷一《全州县志》"杯渡湘源三峡外，灯传楚塞五陵西。"① 《三管》作"杯渡曾经巫峡外，灯传还自楚云西"编者自改。

20. 卷三包裕《麦黄歌》

校：雍正《广西通志》卷一百二十一、《粤西诗载》卷七作"孰知反得一日饱"，《三管》作"共夸今岁麦秋好，孰知不得一日饱"，或编者自改。雍正《广西通志》卷一百二十一、《粤西诗载》卷七作"古来民足君须足，莫使民有逃亡屋"，《三管》作"古来民足君方足，莫使民有逃亡屋"，编者自改。此二处改后情感更强烈，皆可。

雍正《广西通志》卷一百二十一、《粤西诗载》卷七作"搏节财用宽征徭"，《三管》作"搏节才用宽征徭"，"才"与"财"，形近音同抄录错讹。

21. 卷三甘泉《南山》

校：《三管英灵集》卷三甘泉小传："泉，桂平人，成华十六年举人，

---

① （清）汪森辑，桂苑书林编委会校注《〈粤西诗载〉校注》，第五册，广西人民出版社，1988，第56页。

官苏州推官,有《东津稿》。"《广西通志》、《粤西文载》均有桂平甘泉传,《三管英灵集》承袭其说。据《粤西诗载》卷十一甘泉《游南山》:"石室开神斧,鸿蒙景尚新。攀缘入岩洞,仰视见嶙峋。野鸟鸣高树,花开笑暮春。丹炉烟灶冷,应说二仙人。""攀缘入岩洞",《三管》作"攀缘通奥窈";"野鸟鸣高树",《三管》作"鸟语宜深树";"花开笑暮春",《三管》作"花容已暮春";"应说二仙人",《三管》作"不见二仙人",改后不及原诗。

此诗亦见民国《贵县志》卷十三"名胜志"之"南山"条,但诗著录为明代湛甘泉《游南山》:"石室开神斧,鸿蒙景尚新。攀缘入岩洞,仰视见嶙峋。野鸟鸣高树,闲花笑暮春。丹炉烟灶冷,应说二仙人。"[①] 湛甘泉,名若水,字元明,号甘泉,明哲学家,广东增城人,弘治十八年(1505)进士,官至吏、兵、礼等部尚书。曾两次出使安南。著作有《湛甘泉集》。但考湛若水《湛甘泉先生文集》(清康熙刻本)中并无此诗,且湛若水诗中多处提及"南山",均有行注"南岳",即湖南衡山,其一生多次居衡山讲学,创甘泉书院。

录此存疑,《游南山》一首是湛若水行经桂平南山所作,还是桂平甘泉所作,待考。

22. 卷三蒋昇

《湘山寺》

校:据《粤西诗载》卷十六、《峤西诗钞》卷一蒋昇《游湘山寺》首句"闲随玉杖看溪云",《三管》作"间随玉杖看溪云","间"与"闲"形近抄刻错讹。

《柳山书院》

校:据《粤西诗载》卷十六蒋昇《柳山书院》"柳山自是人中杰",《三管》作"柳侯自是人中杰",此句赞扬开创柳山书院的宋初全州太守柳仲途(柳开),擅改为"柳侯",误。"饮射尚存当日旧",《三管》作"射饮尚存当日旧",抄录颠倒,但两可,射饮,指乡射礼和乡饮酒礼。"斯文千载有光声"《三管》作"斯文千载有英声",两可。

---

① (民国)梁崇鼎等:《贵县志》,第二册,台北:成文出版社,1967,第810页。

《漱玉岩》

校：据《粤西诗载》卷十六蒋昇《漱玉岩》，《三管》卷三作《砮岩》。

23. 卷三黎兆《题要径石》二首

按：卷三黎兆传："兆，贺县人，明贡生，官德庆州州同。"二首诗后载："《平乐县志》云：信都三峰要径，石形像蛇，蛇体每遇疾风暴雨，行人过此，蛇遂食人。兆题诗于蛇舌云云，自后往来者如游坦途焉。"可见，黎兆题诗选自《平乐县志》。

校：民国《信都县志》引《平乐县志》所载："蛇舌石在委径石山脚通道旁。信都县南二十里，有石一块从地突起，形似蛇舌，高七尺许，尝为妖害人，明成化间黎兆题诗于石，曰：'径名虽委实平亨……'妖遂灭。隆庆四年，邑人廪生李先芳在该石上和兆诗二首曰……"① 又《三管诗话》卷下"黎兆选"条："贺县三峰之委径，有石类蛇，能祟人，过之常被噬。有黎兆选者，广东广德人，题诗蛇石，云：'径名虽委实平亨，鸟道今堪驷马横。不是武城偏捷路，青天白日任君行。'蛇怪遂息。见《广西旧志》。"② 梁章钜将《广西通志》记载的广东"黎兆选"题诗一事录入《三管诗话》，是对贺县"黎兆"题诗与广东"黎兆选"题诗的异说表示存疑。

据《平乐县志》、《广西通志》皆作"委径"，《三管英灵集》作"要径"，"要"与"委"，形近抄刻错讹。委径：即曲折逶迤（委蛇）之径，从"径名虽委实平亨"一句也可见"委"与"平"相对。因此校订黎兆诗题为《题委径石》，首句校订"径名虽委实平亨"。

24. 卷三石梦麟《弃田》

校：此诗人及诗，不见著录于《广西通志》、《粤西诗载》，《峤西诗钞》和民国《上林县志》收，《峤西诗钞》、《上林县志》题作《当办》③，体会诗意，两可。有异文及脱句：

《峤西诗钞》、民国《上林县志》作"士也何能为，权时为料理。"《三管》作"士也何能为，输纳暂料理。"改后亦可。

① 转引自（民国）玉昆山等《信都县志》，第二册，台北：成文出版社，1967，第914页。
② （清）梁章钜著，蒋凡校注《〈三管诗话〉校注》，广西人民出版社，1996，第247页。
③ 转引自上林县志编纂委员会编《上林县志》，广西人民出版社，1989，第550页。

《嵪西诗钞》、民国《上林县志》作"前人忧无田，买田贻孙子。谁料子孙时，田多却为累。"《三管》作"前人忧无田，买田贻孙子。谁知转眼间，田多非可喜。"，改后不如原诗上下句链接流畅。

《嵪西诗钞》、民国《上林县志》作"岁入不供出，抛荒亦迁徙。挈家入山中，种芋供甘旨。辛苦两载余，兵氛犹末已。"《三管英灵集》脱句："挈家入山中，种芋供甘旨。"

25. 卷四吴廷举

校勘所据为《东湖吟稿》2卷①，道光二十二年（1842）桂林学院大街立言堂刻本，影印本收入《明别集丛刊》第一辑第七十三册，黄山书社2013年版。前有传经书院卓偁（宽甫）序、苍梧后学严淳（古愚）序，苍梧黎亦珊（映桐）序，底本为苍梧黎亦珊（映桐）搜得抄本编辑付梓。梁章钜编纂《三管英灵集》距道光二十二年（1842）为近，可能亦无从搜得明刻本，所据也应非道光刻本，或为抄本。《东湖吟稿》存诗约420首，《三管英灵集》选诗22首。

《赠梁宗烈》

校：据《东湖吟稿》卷一《赠梁宗烈》②，"古来豪迈人，才步久淹滞。高才日沉沦，谁为世道计？"其中"才步"，《三管》作"寸步"，纠正道光刻本或抄本的抄刻形近错讹。

《有怀》

按：《三管诗话》卷上吴廷举条："《嵪西诗钞》录吴清惠五古一首，诗云："我怀南山阴，枫林草庐孤。庐外昼所见，穸然双亲墓。中夜何所闻，数声反哺乌。一恸劬劳想，泪雨湿蘼芜。世孰知苦心？仰天真茹荼。无以慰岑寂，短吟寄区区。"此诗用七虞韵，而忽押"墓"字，本觉骇人。《梧州府志》亦载此诗，注云："墓，读平声，偶用古韵，非漫尔也。"按《集韵》："墓，蒙晡切，音模。"《汉书·班固叙传》"陵不从

---

① 《东湖集》奏疏3卷、吟稿2卷，卷首1卷。卷首为后人所记传记、祭文、年谱等。卓偁《东湖集序》："有文集，前人梓以行世，屡经兵燹，不惟片板无存，残篇亦难一觏。""今亦珊黎君得抄本，奏疏若干卷，诗文若干卷，原序并全。"

② （明）吴廷举：《东湖吟稿》，沈乃文主编，明别集丛刊，第一辑，第七十三册，黄山书社，2013，第561页。

墓"，注云："墓音模。"是"墓"固有平声。然本诗止六韵，何必挽一古声？惟此诗尚有古意，因属杨紫卿改易一韵录之，实行点铁成金之妙。清惠有知，当亦首肯矣。"① 可见梁章钜参校《峤西诗钞》，又让杨紫卿改动此诗。

校：据《东湖吟稿》卷一《怀寂》②，《峤西诗钞》、《三管》题《有怀》。

"我怀灵山阴，凤林草庐孤"，其中"灵山"，《峤西诗钞》作"云山"、《三管》作"南山"；"凤林草庐孤"，《峤西诗钞》作"中有草庐孤"，《三管英灵集》作"中有先人庐"，《三管》编者所改。

"庐外昼所见，穹然双亲墓"，《峤西诗钞》同，其中"穹然双亲墓"，《三管》作"白云飞四隅"，《三管》编者所改。

"一恸劬劳恩，泪雨湿蘼芜"，《峤西诗钞》作"一动劬劳想，泪雨湿平芜"；其"恩"，《三管》作"思"。

"世孰知苦心？仰天真茹荼。"其中"真茹荼"，《峤西诗钞》、《三管》作"独长吁"。

《赠户部毛使君赴任》

校：据《东湖吟稿》卷二《赠户部毛使君赴任》，"谈天舌如锋"③，其中"谈天"，《三管》作"言事"。

《宿无垢寺》

校：据《东湖吟稿》卷一《宿无垢寺借崆峒子丰安寓宿韵》④，《三管》题《宿无垢寺》。

《秋雨》

校：据《东湖吟稿》卷二《秋雨》二首⑤，《三管》选其一，"盘翻惊拔树"，其中"盘"，《三管》作"盆"。

---

① （清）梁章钜著，蒋凡校注《三管诗话校注》，卷上，广西人民出版社，1996，第69页。
② （明）吴廷举：《东湖吟稿》，沈乃文主编，明别集丛刊，第一辑，第七十三册，黄山书社，2013，第560页。
③ （明）吴廷举：《东湖吟稿》，沈乃文主编，明别集丛刊，第一辑，第七十三册，黄山书社，2013，第592页。
④ （明）吴廷举：《东湖吟稿》，沈乃文主编，明别集丛刊，第一辑，第七十三册，黄山书社，2013，第561页。
⑤ （明）吴廷举：《东湖吟稿》，沈乃文主编，明别集丛刊，第一辑，第七十三册，黄山书社，2013，第588页。

《华容行台次刘司空韵》

校：据《东湖吟稿》卷一《华容行台次刘司空韵》①，"容台秋爽垲"，其中"垲"，意思是"地势高而干燥"，《三管》作"闿"（古同"恺"，欢乐），或《三管》形近抄刻错讹。

《和秦都堂风水亭韵》

校：据《东湖吟稿》卷一《和秦都堂风水亭韵》②，"道情漫寄白沙汀"，其中"道情"，《三管》作"诗情"。

《系刑部狱示芨臣弟》

校：据《东湖吟稿》卷一《系刑部狱示芨臣弟》③，"督言敢望史官收"，其中"督言"，《三管》作"瞀言"。

《梧州同心亭》

校：《东湖吟稿》无载，据《粤西诗载》卷十六《梧州同心亭》，有句"草洞风狂谁点缀？天空月好自歌吟。林间彩绣花呈色，云外笙簧鸟度音。"④《三管英灵集》抄录时改异诸处："云在水流谁点缀？天空月好自高吟。林间彩绣花呈色，檐际笙簧鸟度音。"改后不及原诗。

《过洪崖山望横槎》

校：《东湖吟稿》无载，据《粤西诗载》卷十六《过洪崖山望横槎》，有句"海北巡行遍九场，洪崖立马看封疆。一山界限东西粤，两水分流左右江。疫疠不愁侵我辈，风烟渐喜近吾乡。横槎今昔逢交旧，应有新吟和海棠。"⑤《三管英灵集》抄录时改异诸处："洪崖立马俯岩疆。粤山界辟东西远，江水流分左右长。瘴疠不愁侵客鬓"，改后不及原诗。

---

① （明）吴廷举：《东湖吟稿》，沈乃文主编，明别集丛刊，第一辑，第七十三册，黄山书社，2013，第 562 页。
② （明）吴廷举：《东湖吟稿》，沈乃文主编，明别集丛刊，第一辑，第七十三册，黄山书社，2013，第 577 页。
③ （明）吴廷举：《东湖吟稿》，沈乃文主编，明别集丛刊，第一辑，第七十三册，黄山书社，2013，第 578 页。
④ （清）汪森辑，桂苑书林编委会校注《〈粤西诗载〉校注》，第五册，广西人民出版社，1988，第 37~38 页。
⑤ （清）汪森辑，桂苑书林编委会校注《〈粤西诗载〉校注》，第五册，广西人民出版社，1988，第 38 页。

《次韵赠言》八首

校：据《东湖吟稿》卷二《次韵赠言》十四首①，《三管》选八首。

其一

据《东湖吟稿》卷二《次韵赠言》其一，"槛兽釜鱼休喘息，大夫公却惯提兵"，《三管》作"槛兽釜鱼何处避，大夫秉钺尚提兵。"

其三

据《东湖吟稿》卷二《次韵赠言》其五，"既舞既歌仍既醉，乱离人转太平中"，《三管》作"后舞前歌须痛饮，乱离人转太平中。"

其五

据《东湖吟稿》卷二《次韵赠言》其八，"铃阁凝神智技全"，其中"技"，《三管》作"计"。"村村无鼠闵蚕眠"，其中"闵"，《三管》作"暾"。

其六

据《东湖吟稿》卷二《次韵赠言》其十，"岘首功名碑叔子"，其中"碑"，《三管》作"归"。

其八

据《东湖吟稿》卷二《次韵赠言》其十三，"一方孰启横尸祸"，其中"横尸"，《三管》作"横流"。"时雨洗兵来有迹，凯风动物去无痕"，其中"无痕"，《三管》作"无垠"，《三管》形近抄刻错讹。

26. 卷四蒋冕

校勘所据为蒋冕著，唐振真等点校《湘皋集》广西人民出版社 2001 年版，底本为清嘉庆俞廷举重刻本。

《秋夜长》

校：据蒋冕《湘皋集》，《秋夜长》："堪叹旧欢如梦过，夜深无语掩重扉。"②《三管》沿袭《峤西诗钞》之误，作"旧欢如梦过，无语掩重扉"，

---

① （明）吴廷举：《东湖吟稿》，沈乃文主编，明别集丛刊，第一辑，第七十三册，黄山书社，2013，第 602~603 页。
② （明）蒋冕著；唐振真，蒋钦挥，唐志敬点校《湘皋集》，下册，广西人民出版社，2001，第 6 页。

脱 "堪叹"、"夜深"。

《画马》

校：据蒋冕《湘皋集》，《画马》"骏骨神奇有如此"①，《三管》沿袭《峤西诗钞》之误，作 "骏骨神情有如此"。

《送徐伯川调令邵阳》

校：据蒋冕《湘皋集》，《送徐伯川调令邵阳》"庙廊应借径，谁忍负平生。"②《三管》《三管》沿袭《峤西诗钞》之误，作 "岩廊应借径，谁忍负平生。"

《雨后郊行二首》 其二

校：据蒋冕《湘皋集》，《雨后郊行二首》其二 "郎诵归来咏，闲吟拟和陶"③，《三管》沿袭《峤西诗钞》，"郎"作 "朗"。

《题黄隐士别业》

校：据蒋冕《湘皋集》，《题黄隐士别业》"数椽茅屋海中央"，《三管》作 "数椽茅屋水中央"；《湘皋集》"岚气入帘晴亦暝"④，《三管》作 "岚气入帘晴亦晦"。

《元夕应制四首》 其二

校：据蒋冕《湘皋集》，《元夕应制四首》其二 "佳气暖浮双凤阙，瑞烟晴护六龙车。""佳气"，《三管英灵集》作 "佳气"，或《湘皋集》刊刻形近错讹，改后与 "瑞烟" 相对，符合诗意。

《送汶阳刘令赴任》

校：据蒋冕《湘皋集》，《送汶阳刘令赴任》"下车先欲求民瘼，啜粱端期有祖风"，"啜粱"，《三管英灵集》作 "饮水"，皆赞刘令不忘祖辈清德，两可。《湘皋集》原诗题下有注："文焕，宪副之兄，其祖南雄太守实，素

---

① （明）蒋冕著；唐振真，蒋钦挥，唐志敬点校《湘皋集》，下册，广西人民出版社，2001，第 10 页。

② （明）蒋冕著；唐振真，蒋钦挥，唐志敬点校《湘皋集》，下册，广西人民出版社，2001，第 24 页。

③ （明）蒋冕著；唐振真，蒋钦挥，唐志敬点校《湘皋集》，下册，广西人民出版社，2001，第 6 页。

④ （明）蒋冕著；唐振真，蒋钦挥，唐志敬点校《湘皋集》，下册，广西人民出版社，2001，第 38 页。

以清德名世。"①　《三管》未录。啮檗：食用黄檗，比喻食物之味如黄檗之苦。

《送都宪彭公济物总制四川二首》 其二

校：据蒋冕《湘皋集》，《送都宪彭公济物总制四川二首》其二"扬麾益壮前茅气，迎刃惊传破竹声。"②　"前茅"《三管》作"前矛"，形近抄刻错讹。

"天上丝纶回放告，山中狐兔漫纵横"，《三管》作"天上丝纶重播告"，"丝纶"，《礼记·缁衣》："王言如丝，其出如纶。"后用以称帝王的诏旨；"播告"，即布告、遍告；"放告"，即旧州县衙门定期挂牌，放出布告使人民按期申告诉讼。《三管》校改后更符合诗意。

《再次韵题宁庵予庄四首》 其一

校：据蒋冕《湘皋集》，《再次韵题宁庵予庄四首》其一"放鹤客从傍墅去，牧牛童自别村还。"③　"傍墅"，《三管》作"旁墅"，"旁"，古通"傍"，或与"别村"相对而改。

《枕上》

校：据蒋冕《湘皋集》，《枕上》"流年未老长多病"④，"长"，《三管》作"常"，两可。

《遣怀六首》 其一

校：据蒋冕《湘皋集》，《遣怀六首》其一"药炉又见秋风老，窗纸俄欣夕照红"⑤，"夕照"《三管》作"暖旭"。"耳听客谈心瞆瞆，手拈书卷眼朦胧"，《三管》作"耳听客谈心眊瞟"，"眊瞟"指因失意而烦恼；"瞆瞆"指眼花耳聋，《三管英灵集》改后符合诗意。

① （明）蒋冕著；唐振真，蒋钦挥，唐志敬点校《湘皋集》，下册，广西人民出版社，2001，第 56 页。

② （明）蒋冕著；唐振真，蒋钦挥，唐志敬点校《湘皋集》，下册，广西人民出版社，2001，第 85 页。

③ （明）蒋冕著；唐振真，蒋钦挥，唐志敬点校《湘皋集》，下册，广西人民出版社，2001，第 86 页。

④ （明）蒋冕著；唐振真，蒋钦挥，唐志敬点校《湘皋集》，下册，广西人民出版社，2001，第 10 页。

⑤ （明）蒋冕著；唐振真，蒋钦挥，唐志敬点校《湘皋集》，下册，广西人民出版社，2001，第 114 页。

《遣怀六首》其二

校：据蒋冕《湘皋集》，《遣怀六首》其二"忧国泪边双白鬓，登楼眼里几青山"①，"白鬓"，《三管英灵集》作"白发"，"发"繁体字与"鬓"形近，或抄刻错讹。"那知物外有人闲"，其中"闲"，《三管英灵集》作"间"，或《三管英灵集》抄刻错讹。

《望君山》

校：据蒋冕《湘皋集》，《望君山》"欲问老羿求铁笛"②，"问"《三管》作"向"，"向"与"问"形近，或抄刻错讹，两可。

27. 卷五陈禄《龙门滩歌》

校：据《粤西诗载》卷七，陈禄《龙门滩歌》"神鱼溯流西北上"③，"上"《三管》作"去"，或避免与末句"顷刻风云九天上"之"上"字重复而改。

28. 卷五韦銮《仙槎亭》

校：据《粤西诗载》卷五《仙槎亭》："寂寂槎亭天地中，萧疏山色试秋容。偶来避世寻仙境，恨不乘槎到月宫。几点翠云排雁字，一溪流水映芙蓉。好怀都为西风适，野鹤山猿笑醉翁。"④《三管》改动较多："寂寂林亭天地中，萧疏山色变秋容。偶来避世寻仙境，恨不乘槎到月宫。一片浮云笼薜荔，半溪流水漾芙蓉。吟怀不觉风前露，野鹤山猿笑醉翁。"改后不及原诗。

29. 卷五甘振

《武靖州旧城》

校：据雍正《广西通志》卷一百二十三、《粤西诗载》卷十六⑤，《武靖州旧城》："江上浮云宿雨晴，中原谁复誓澄清。虎符此日千金重，雉堞何时百堵成。要使粤人知汉德，终令南土识天声。从今纪得经行处，野水

---

① （明）蒋冕著；唐振真，蒋钦挥，唐志敬点校《湘皋集》，下册，广西人民出版社，2001，第114页。
② （明）蒋冕著；唐振真，蒋钦挥，唐志敬点校《湘皋集》，下册，广西人民出版社，2001，第10页。
③ （清）汪森辑，桂苑书林编委员会校注《〈粤西诗载〉校注》，第二册，广西人民出版社，1988，第232页。
④ （清）汪森辑，桂苑书林编委员会校注《〈粤西诗载〉校注》，第五册，广西人民出版社，1988，第75页。
⑤ （清）汪森辑，桂苑书林编委员会校注《〈粤西诗载〉校注》，第五册，广西人民出版社，1988，第126~128页。

孤帆夕照明。"《三管》改动较多:"江上愁霖也解晴,中原谁复誓澄清。虎符此日千金重,雉堞何年百堵成。要使远人知汉德,终教绝徼识天声。我来但爱当前景,野水孤帆夕照明。"改后不及原诗。

《黔江》

校:据雍正《广西通志》卷一百二十三、《粤西诗载》卷十六均载《黔江》:"晚风吹渡祖生舟,意气终当肃九秋。黄帽刺船惊水府,锦袍腰箭落旌头。断藤峡破诗留石,细柳军回剑倚楼。西望不胜成激烈,两江横截似襟喉。""刺船",《三管》作"叩舷";"细柳军回",《三管》作"细柳营开";"横截似襟喉"《三管》作"自古扼襟喉"。

《镇远楼落成时正德乙亥重九日房参戎邀余登酌参戎所创建甚多此其一也》

校:据雍正《广西通志》卷一百二十三、《粤西诗载》卷十六:"竹杖芒鞋快此游,人间好景是清秋。平生彭泽东篱酒,今日浔阳镇远楼。鼓角吹残霜月冷,金汤隔断瘴烟收。折冲樽俎英雄事,剛道输公第一筹。"《三管》改动较多:"竹杖芒鞋快此游,华筵今日敞高秋。佳辰彭泽东篱酒,胜会明湖北渚舟。鼓角吹残霜月冷,牙旗卷尽瘴烟收。折冲樽俎英雄事,共道输公第一筹。""快"与"快"形近,抄刻错讹。

30. 卷五莫瑚《燕岩石僧》

校:据雍正《广西通志》,"幻化还求石作身",《三管》作"幻化还如石作身"。

31. 卷五陈献文《金鼎禅踪》

校:据《粤西诗载》卷十六,《金鼎禅踪》"断碑没字胚胎脱"[1],《三管》作"断碑没字苔皮脱"。"谁把虚无误留迹",《三管》作"谁把虚无认陈迹"。

32. 卷五王问

《送阮沙城梧州调兵》

校:据《粤西诗载》卷十二,王问《送阮沙城梧州调兵》"赤豹总皮甲"[2],"总",《三管》作"森"。

---

① (清) 汪森辑, 桂苑书林编委会校注 《〈粤西诗载〉 校注》, 第五册, 广西人民出版社, 1988, 第 77 页。

② (清) 汪森辑, 桂苑书林编委会校注 《〈粤西诗载〉 校注》, 第七册, 广西人民出版社, 1988, 第 31 页。

《送顾九华之苍梧二首》 其一

校：据《粤西诗载》卷十二，"乘驿趋滇水"，"趋"，《三管》作"向"。

《阮驾部广西调兵至留都》 其一

校：据《粤西诗载》卷十二，"金戈铁驷云间出，万里鹏沙一日平。"《三管》作"金戈铁马云中出，万里龙沙一日平。"

33. 卷五张鸣凤

《隐山六洞》 之 《朝阳洞》

校：据《粤西诗载》卷二十一《赋五字绝句六首》，《三管》题作《隐山六洞》。《粤西诗载》《朝阳》："还绕白阳翁"，"白阳"，《三管》作"伯阳"。"伯阳"：即古贤人，相传为舜七友之一；亦为老子的字，改后符合诗意。乾隆《广西通志·山川略》亦作"伯阳"①，或为《三管》据。

《藩使乔公招陪学宪刘公饮漓山阁上醉归作歌爰记其事》

校：据《粤西诗载》卷九 "遭风啸咏海中船。两公襟度亦如此"，"亦"，《三管》作"长"。

《自木龙渡浮江而下过还珠感伏波之事作还珠歌》

校：据《粤西诗载》卷九"往往珠光谢旁碛"，"谢"《三管》作"射"，改后符合诗意。

《晦日游隐山》

校：据《粤西诗载》卷十二"岩虚浑驾水，石长半凌波。"《三管》作"岩虚浑驾木，石长半凌波。"

《腊日儿辈置酒含晖阁》

校：据《粤西诗载》卷十二"烟澄初聒鸟，云碧欲亲人"，"欲"，《三管》作"更"，两可。

34. 卷五张翀《登焦山夜归》

校：张翀小传及诗三首均录自朱彝尊《明诗综》卷四十九，《登焦山夜归》"石桥横渡处，醉看海云飞"②，"海云"，《三管》作"海棠"。

---

① （清）谢启昆修；胡虔纂《广西通志》，第六册，广西人民出版社，1988，第 2967 页。
② （清）朱彝尊：《明诗综》，下册，上海古籍出版社，1993，第 946 页。

35. 卷五杨际熙《勾漏山》

校：据《粤西诗载》卷二十四："葛令何曾采药来，其如选胜化罗浮。"①《三管》作"葛令何年采药游，尚传仙踪似罗浮。""洞门不锁霞光迥"，《三管》作"洞门不锁霞光冷"。

36. 卷五梁允玑

《钓鱼台》

校：雍正《广西通志》卷一百二十四、《粤西诗载》卷二十四均将《钓鱼台》著录在梁允瑶名下："四尺长竿十尺丝，石潭深处白鱼肥。炎荒不到春山雪，谩著羊裘坐钓矶。"其后著录梁允玑《大庙峡》。其中"坐钓矶"，《三管》作"上钓矶"。《三管》卷五梁允玑诗后《退庵诗话》云："《广西旧志》及《粤西诗载》并以此首为梁允瑶作，今从《怀集县志》订正。县志无允瑶之名也。"考乾隆顾旭明修的《怀集县志》、同治孙汝霖修《怀集县志》、民国《怀集县志》卷一均著录梁允玑《钓鱼台》，均作"坐钓矶"②，据此，校订"谩著羊裘坐钓矶"。

《花石洞》

校：《广西通志》、《粤西诗载》、《广西名胜志》均不见著录，仅见民国《怀集县志》。据《怀集县志》，《花石洞》前四句"无劳万里访蓬莱，咫尺应知此地嵬。四壁烟云随去住，一溪流水自潆洄。""咫尺应知此地嵬"，《三管》作"咫尺跻攀此地来"；"烟云"，《三管》作"闲云"。

37. 卷五杨际会《都峤山》

校：据《粤西诗载》卷十九"丹炉日就千年药，金界曾飞几劫灰。"《三管》作"丹炉已就千年药"，"已"与"日"或形近抄刻错讹；"白云缥缈生风籁"，《三管》作"白云缥缈生仙籁"。

38. 卷五戴钦

按：《三管英灵集》卷五戴钦传后，引《四库全书总目提要》所云戴钦《鹿原存稿》九卷的结集情况："其集刻于闽者八卷，曰《玉溪存稿》；刻于

---

① （清）汪森辑，桂苑书林编委会校注《〈粤西诗载〉校注》，第七册，广西人民出版社，1988，第82页。

② （民国）周赞元等修《怀集县志》，上册，台湾：成文出版社影印民国五年刊本，1975，第52页。

滇者二卷，曰《戴秋官集》。此则其姪希颢所合辑，凡文二卷、诗七卷。"
惜乎戴希颢辑《鹿原存稿》的明刻本今已不存，仅存《鹿原集》明天一阁
抄本，藏国家图书馆。① 戴钦别集现存两个版本，除天一阁抄本外，尚有民
国黄华表刻《玉溪存稿》，藏桂林图书馆。滕福海，石勇校注《戴钦诗文集
校注》巴蜀书社 2014 年版，底本即为民国黄华表刻《玉溪存稿》。明抄本
时间较早，内容完善，具有较高的文献价值，诗较黄刻本为多，因此，这
里以明抄本为校勘底本。

又清人汪森编《粤西诗载》，便依据了戴希颢辑《鹿原存稿》，他在
《粤西通载·发凡》中说："（粤西）明世登春秋两闱者甚众，而求其著作，
仅见戴时亮、蒋文定、李月山、张羽王三四种而已。"② 虽未明言戴钦别集
的版本，但《粤西文载》卷五十二、五十九分别收录周仲士的《鹿原存稿
序》和戴希颢《鹿原稿跋》。而《三管英灵集》选戴钦诗所据是《粤西诗
载》，而非戴钦别集，因《三管英灵集》卷五戴钦九首，八首见于《粤西诗
载》，《同诸公寺中对雪》一首，《鹿原集》明抄本和《玉溪存稿》民国刻
本、《粤西诗载》皆不见著录，见朱彝尊《明诗综》卷四十、《四朝诗》明
诗卷五十五，为《三管英灵集》收录。如果梁章钜搜集到戴钦别集的刻本
或抄本，定不会只选九首诗。且《三管英灵集》所收戴钦诗八首文字沿袭
《粤西诗载》，而与今存的明抄本《鹿原集》不同。校勘如下，以为证明：

校勘所据为戴钦著《鹿原集》明天一阁抄本，藏国家图书馆。

《游老君洞》 其一

校：据明抄本《鹿原集》中《游老君洞》其一："入山顿觉俗缘消，况
复扪萝上紫霄。石乳滴云开万洞，山龙盘水下三桥。天仙鹤举留丹灶，玉
女鸾回响碧箫。回首浮生无处著，欲将身世混渔樵。"民国刻本《玉溪存
稿》无载。其中"况复扪萝上紫霄"，"萝"，《诗载》作"星"，《三管》
作"星"。

---

① 可参考刘汉忠《戴钦著述的刊刻流传》，政协柳州市柳北区委员会文史编辑组：《柳北文
史》，第 7~8 辑，政协柳州市柳北区委员会刊印，1992，第 64 页。石勇：《戴钦生平及著
作考》，广西社会科学，2007，5，第 100~103 页。

② （清）汪森辑，桂苑书林编委会校注《〈粤西诗载〉校注》，第一册前言，广西人民出版
社，1988，第 7 页。

《游老君洞》其二

校：据明抄本《鹿原集》中《游老君洞》其二："名山海内遍登游，石室仙坛此绝幽。金鼎丹光蟠白鹤，洞天霞气抱青牛。玄宫彷佛来三岛，烟水分明像十洲。醉拨五云山下路，江风披拂凤毛裘。"民国刻本《玉溪存稿》无载。[①]

"名山海内遍登游"，其中"海内"，《诗载》作"江上"[②]，《三管》作"江上"；"登游"，《诗载》作"登游"，《三管》作"维舟"。

"洞天霞气抱青牛"，其中"霞气"，《诗载》作"霞气"，《三管》作"云气"；其中"抱"，《诗载》作"半"，《三管》作"伴"。

"玄宫彷佛来三岛"，其中"玄宫"，《诗载》作"玄宫"，《三管》作"元宫"。

"烟水分明像十洲"，其中"像"，《诗载》作"像"，《三管》作"接"。

"醉拨五云山下路"，其中"山下路"，《诗载》作"山下路"，《三管》作"下山路"，或抄刻颠倒错讹。

"江风披拂凤毛裘"，其中"江风"，《诗载》作"刚风"，《三管》作"罡风"（道教称高空强劲的风为罡风，亦作"刚风"）。

《登老子岩高阁》

校：据明抄本《鹿原集》中《登老子岩高阁》，"花香迎鹤下芝田"，其中"迎"，民国刻本《玉溪存稿》作"迎"，《诗载》作"依"，《三管》作"依"；"日华遥散五云边"，其中"散"，民国刻本《玉溪存稿》作"散"，《诗载》卷十七作"散"[③]，《三管》作"在"。

《登立鱼峰》

校：据明抄本《鹿原集》中《登立鱼山》："小龙潭上立鱼山，绝壁悬萝岂易攀。金磴斜分天路转，翠霞高抱玉峰闲。洞中白日平吞吐，江上渔舟自往还。清啸随风落牛斗，置身遥在五云间。"明刻本《玉溪存稿》作

---

① （明）戴钦著，滕福海，石勇校注《〈戴钦诗文集〉校注》，巴蜀书社，2014，第199页。
② （清）汪森辑，桂苑书林编委员会校注《〈粤西诗载〉校注》，第五册，广西人民出版社，1988，第144页。
③ （清）汪森辑，桂苑书林编委员会校注《〈粤西诗载〉校注》，第五册，广西人民出版社，1988，第147页。

《登立鱼山》,《诗载》、《三管》均题《登立鱼峰》。

"洞中白日平吞吐",其中"白日",明刻本《玉溪存稿》作"白日",《诗载》作"白日",《三管》作"鸟语";其中"平",明刻本《玉溪存稿》作"平",《诗载》作"凭",《三管》作"凭"。

"置身遥在五云间",其中"间",明刻本《玉溪存稿》作"间"①,《诗载》作"端"②,《三管》作"端"。

《兴安道中遣兴》

校:据明抄本《鹿原集》中《兴安道中》,明刻本《玉溪存稿》题作《兴安道中遣兴》,《诗载》、《三管》同。

"高江吞地转",其中"江",明刻本《玉溪存稿》作"江",《诗载》作"江",《三管》作"滩"。

"翠峰叠云盘",明刻本《玉溪存稿》作"翠嶂倚云蟠",《诗载》作"翠嶂倚云蟠",《三管》作"翠嶂倚云蟠"。

"斗口牵肠曲",其中"斗",明刻本《玉溪存稿》作"斗",《诗载》作"斗",《三管》作"陡","斗",古通"陡"。

"何处是长安",其中"是",明刻本《玉溪存稿》作"望",《诗载》作"望",《三管》作"望"。

《谒柳子厚祠》

校:据明抄本《鹿原集》中《谒柳子厚祠》与《粤西诗载》卷十七《谒柳子厚祠》均作:"窈窕山门入柳堂,阴阴松桧洒秋香。多才怜汝终疏放,往迹令人倍感伤。荒冢草寒惟夜月,断碑芜没自斜阳。遥将万古英雄泪,洒向江流孰短长。"③

"阴阴松桧洒秋香",《三管》作"阴阴松桧郁秋香";"荒冢草寒惟夜月",《三管》作"荒冢草寒铺夜月";"断碑芜没自斜阳",《三管》作"断碑字没卧斜阳"。

---

① （明）戴钦著,滕福海,石勇校注《〈戴钦诗文集〉校注》,巴蜀书社,2014,第201页。
② （清）汪森辑,桂苑书林编委会校注《〈粤西诗载〉校注》,第五册,广西人民出版社,1988,第148页。
③ （清）汪森辑,桂苑书林编委会校注《〈粤西诗载〉校注》,第五册,广西人民出版社,1988,第145页。

其中"窈窕"，明刻本《玉溪存稿》作"窕窈"。

《游西峰岩》

"幻化山河开佛国"，其中"国"，明刻本《玉溪存稿》作"国"，《诗载》作"状"，《三管》作"状"。

由上可见，《三管英灵集》选戴钦诗依据非戴钦别集的刻本或抄本，而是《粤西诗载》，且对戴钦诗歌字句擅自改动，改动后往往不及原诗。

39. 卷五莫鲁

《白鹤山》

校：据《粤西诗载》卷十一、乾隆《广西通志》皆作："峻嶒迎羽翰，顾影萃山灵。奇骨孤峰瘦，霜毫绝顶轻。九皋风欲静，午夜月犹明。千载悬归思，棲迟若有情。"① 其中"霜毫"，《三管》作"寒霜"；"午夜"《三管》作"五夜"。《三管英灵集》卷五选莫鲁《白鹤山》、《燕岩》二首，莫鲁传后，"按：前明临桂、灵川、平乐、宜山、岑溪各有莫鲁，而白鹤山燕岩二景，实在怀集，今《梧州府志》、《怀集县志》并载此诗，故题为怀集人。"乾隆《广西通志》将此诗录在阳朔白鹤山条，或误。

《燕岩》

校：据《粤西诗载》卷十九《燕岩》句："求仙应负百年心"②，《三管》作"求仙恐负百年心"。

40. 卷五林应高《南溪》

校：卷五林应高小传："应高字虚忠，怀集人，万历二十一年贡生，官尤溪县丞。"考《粤西诗载》、《广西通志》不载其诗，仅乾隆《怀集县志》著录诗一首："每溯南溪接水长，一湾如带壮怀阳。珠含深处应生媚，龙奋潭心自闪光。浪静月明浮玉璧，风行波动起文章。笑临鳌钓无虚羡，六物兼时岂望洋。"据此，其中"接水长"，《三管》作"一水长"。"一湾"，《三管》作"湾溇"。"怀阳"，《三管》作"怀扬"。"珠含深处"，《三管》作"蚌含珠魄"。"浮玉璧"，《三管》作"空色相"。"笑临鳌钓无虚羡，六物兼时岂望洋"，《三管》作"何烦虚羡钓鳌客，极目扶桑叹望洋。"恐为

---

① （清）谢启昆修，胡虔纂《广西通志》，第六册，广西人民出版社，1988，第 2998 页。
② （清）汪森辑，桂苑书林编委会校注《〈粤西诗载〉校注》，第六册，广西人民出版社，1988，第 46 页。

《三管》编者改动。

41. 卷六王贵德

校勘所据为王贵德著，谢明仁、江宏校注《〈青箱集剩〉校注》巴蜀书社 2014 年版，底本为王贵德玄孙王维新重订注释《青箱集剩》清道光己亥年（1839）刻本（三一堂注本）的手抄本（1943 年王氏家藏抄本），藏桂林图书馆。《三管英灵集》选诗所据为《青箱集剩》手稿本或道光刻本，所选九十六首诗，与手抄本对勘，亦可纠正手抄本的诸多错讹。

《坐尊经阁》

校：据《青箱集剩》前编卷上，《坐尊经阁》首句"圣代尊儒术"[①]，《三管》作"圣代尊经术"。

《访七星岩》

校：据《青箱集剩》前编卷上，《访七星岩》"徘徊得周拆"[②]，《三管》作"徘徊得周析"，或为抄本误抄道光刻本。

《与区自书访唐景叔岩居》

校：据《青箱集剩》前编卷下，题为《与自书访景叔岩居》[③]，《峤西诗钞》、《三管》题作《与区自书访唐景叔岩居》。"轻香出层径，鲜花罗繁阴"，其中"鲜花"，《峤西诗钞》作"鲜花"，《三管》作"薛花"。

《宿迁登舟》

校：据《青箱集剩》前编卷上，《宿迁登舟》"梦碎忽头白"[④]，《三管》作"劳瘁忽头白"。

《南安舟中望庚岭川诸山》

校：据《青箱集剩》前编卷上，《南安舟中望庚岭川诸山》"不尽游泳趣"[⑤]，《三管》作"不尽泳游趣"。

《郯城县寇警》

校：据《青箱集剩》前编卷上，《郯城县寇警》"撼撼扰我絮"[⑥]，《三

---

① （明）王贵德著，谢明仁、江宏校注《〈青箱集剩〉校注》，巴蜀书社，2014，第 22 页。
② （明）王贵德著，谢明仁、江宏校注《〈青箱集剩〉校注》，巴蜀书社，2014，第 25 页。
③ （明）王贵德著，谢明仁、江宏校注《〈青箱集剩〉校注》，巴蜀书社，2014，第 53 页。
④ （明）王贵德著，谢明仁、江宏校注《〈青箱集剩〉校注》，巴蜀书社，2014，第 8 页。
⑤ （明）王贵德著，谢明仁、江宏校注《〈青箱集剩〉校注》，巴蜀书社，2014，第 18 页。
⑥ （明）王贵德著，谢明仁、江宏校注《〈青箱集剩〉校注》，巴蜀书社，2014，第 7 页。

管》作"撼撼扰我绪"。"周旋出孔路",其中"周旋",《三管》作"周旅",形近抄刻错讹。"孔子问官处",《三管》作"当年问官处"。

《江头杂兴》三首其一

校:据《青箱集剩》前编卷上,《江头杂兴》其一"腰间有剑可屠龙"①,其中"间",《三管》作"闲",形近抄刻错讹。

《江头杂兴》三首其三

校:据《青箱集剩》前编卷上,《江头杂兴》其三"野鹤不徒鳞不来"②句,脱字"野",抄刻脱字错讹。

《淮阴祠》

校:据《青箱集剩》前编卷上,《淮阴祠》"回首荒祠烟树茫"③,其中"烟树茫",《三管》作"树渺茫",改后不及原诗。

《高邮州》

校:据《青箱集剩》前编卷上,《高邮州》"春晴鸟唤林"④,其中"唤",《三管》作"换",或抄刻错讹。

《署中写怀》

校:据《青箱集剩》后编卷上《署中写怀》二首,《三管》仅选其二,"逝者如相喻"⑤,其中"喻",《峤西诗钞》作"喻",《三管》作"遇"。

《宿州》

校:据《青箱集剩》后编卷上《宿州》,"迎风照冻材"⑥,其中"材",《峤西诗钞》、《三管》作"林"。

《富庄驿除夕同黄青来谢履安萧威候余兴萧粤人黄谢豫章人也》

校:据《青箱集剩》后编卷上《富庄驿除夕同黄青来谢履安萧威候余兴萧粤人黄谢豫章人也》,"谈笑各同乡"⑦,其中"同",《三管》作"归",据诗意,恐手抄本抄录错讹。

① (明)王贵德著,谢明仁、江宏校注《〈青箱集剩〉校注》,巴蜀书社,2014,第60页。
② (明)王贵德著,谢明仁、江宏校注《〈青箱集剩〉校注》,巴蜀书社,2014,第60页。
③ (明)王贵德著,谢明仁、江宏校注《〈青箱集剩〉校注》,巴蜀书社,2014,第10页。
④ (明)王贵德著,谢明仁、江宏校注《〈青箱集剩〉校注》,巴蜀书社,2014,第11页。
⑤ (明)王贵德著,谢明仁、江宏校注《〈青箱集剩〉校注》,巴蜀书社,2014,第135页。
⑥ (明)王贵德著,谢明仁、江宏校注《〈青箱集剩〉校注》,巴蜀书社,2014,第121页。
⑦ (明)王贵德著,谢明仁、江宏校注《〈青箱集剩〉校注》,巴蜀书社,2014,第122页。

《宿东平州》

校：据《青箱集剩》后编卷上《宿东平州》，"杯酒夕阳低"①，其中"低"，《三管》作"西"。

《自小溪至南安作》

校：据《青箱集剩》后编卷上《自小溪至南安作》，首四句："一水溯遥碧，湾湾开翠微。微窥青嶂寂，树引绿烟肥。"②，其中"微窥"，《峤西诗钞》、《三管》作"人窥"，《三管》所录更符合诗意。

《还家对友作》

校：据《青箱集剩》后编卷上《还家对友作》，首四句："不敢忘记素，还寻旧薜罗。山光仍照户，池影欲薰河。"③，其中"记"，《三管》作"吾"。"薜罗"，《三管》作"薜萝"。"河"，作"荷"，《三管》所录更符合诗意。

《符吉甫招饮二郎祠》

校：据《青箱集剩》后编卷上《符吉甫招饮二郎祠》，"杯分江水缘，花杂野橙黄"④，其中"缘"，《三管》作"绿"，据诗意，恐手抄本抄录错讹。

《石凤庵》

校：据《青箱集剩》后编卷上《石凤庵》，"石径蹑山曲"⑤，其中"蹑"，《三管》作"萦"。"涧洗僧房洁"，《三管》作"涧洗僧厨洁"。

《游都峤宿宝玄观》

校：据《青箱集剩》后编卷上《游都峤宿宝玄观》，"一宿玄宫夜"⑥，其中"玄"，《三管》作"元"。

《再游都峤》

校：据《青箱集剩》后编卷上《再游都峤》，"饶我老邱丹"⑦，其中

---

① （明）王贵德著，谢明仁、江宏校注《〈青箱集剩〉校注》，巴蜀书社，2014，第 123 页。
② （明）王贵德著，谢明仁、江宏校注《〈青箱集剩〉校注》，巴蜀书社，2014，第 124 页。
③ （明）王贵德著，谢明仁、江宏校注《〈青箱集剩〉校注》，巴蜀书社，2014，第 125 页。
④ （明）王贵德著，谢明仁、江宏校注《〈青箱集剩〉校注》，巴蜀书社，2014，第 132 页。
⑤ （明）王贵德著，谢明仁、江宏校注《〈青箱集剩〉校注》，巴蜀书社，2014，第 132 页。
⑥ （明）王贵德著，谢明仁、江宏校注《〈青箱集剩〉校注》，巴蜀书社，2014，第 136 页。
⑦ （明）王贵德著，谢明仁、江宏校注《〈青箱集剩〉校注》，巴蜀书社，2014，第 137 页。

"邱丹",《三管》作"丹邱","邱"字入韵,或手抄本抄录颠倒错讹。

《冬至附府礼成同江黔阳过集唐玩陵衙舍》

校:据《青箱集剩》前编卷下《冬至附府礼成同江黔阳过集唐玩陵衙舍》,"气动河桥柳"①,其中"河桥",《峤西诗钞》作"河桥",《三管》作"南桥"。

《宝月台川同诸子》

校:据《青箱集剩》前编卷上《宝月台川同诸子》,"良朋善同调"②,其中"善",《三管》作"喜",两可。"共待月华明",其中"明",《三管》作"生"。

《九日夷陵》

校:据《青箱集剩》前编卷上《九日夷陵》③,"高云浮欲随",其中"随",《三管》作"堕",据诗意,恐手抄本抄录错讹,因此句对下句"怒浪卷将枯"。

"丹枫摇楚崖",其中"崖",《三管》作"峡"。

"猿狁唳巴巫",《三管》作"苍狁唳巴巫"。

"砧声吹素女,雁阵泣青奴。似淅淅惊耳,如萧萧砭肤",《三管》作"霄汉霜雕健,沙场铁马瘏"。或为编者所改。

"蓟北催雄镇",《三管》作"蓟北摧雄镇",据诗意,恐手抄本抄录错讹,因此句对"江南失壮图"。

《泊吉安》

校:据《青箱集剩》前编卷上《泊吉安》,"不禁烟波别思萦"④,其中"禁",《峤西诗钞》、《三管》作"奈"。

《拜包孝肃祠》

校:据《青箱集剩》前编卷上《拜包孝肃祠》,"霜为吹云肃祠宇"⑤,其中"为",《三管》作"气",或手抄本抄录错讹。

---

① (明)王贵德著,谢明仁、江宏校注《〈青箱集剩〉校注》,巴蜀书社,2014,第84页。
② (明)王贵德著,谢明仁、江宏校注《〈青箱集剩〉校注》,巴蜀书社,2014,第42页。
③ (明)王贵德著,谢明仁、江宏校注《〈青箱集剩〉校注》,巴蜀书社,2014,第68页。
④ (明)王贵德著,谢明仁、江宏校注《〈青箱集剩〉校注》,巴蜀书社,2014,第16页。
⑤ (明)王贵德著,谢明仁、江宏校注《〈青箱集剩〉校注》,巴蜀书社,2014,第40页。

《大酉山和韵》

校：据《青箱集剩》前编卷下《大酉山和韵》二首，《三管》仅选其一，"烟压滴雨翠将过"[①]，其中"将"，《三管》作"相"。

《涪川》

校：据《青箱集剩》前编卷下《涪川》，"城对龙坑百尺流"[②]，其中"龙坑"，《三管》作"龙坑"，四川涪州查无此地名，或手抄本抄录错讹。《峤西诗钞》作"城对龙坑百折流"。

《送武陵甘子纡入觐》

校：据《青箱集剩》前编卷下《送武陵甘子纡入觐》，"清问九重方降邑"[③]，其中"降邑"，《峤西诗钞》、《三管》作"降色"，即带着谦恭的容色，或手抄本抄录错讹。

《初入长安作》

校：据《青箱集剩》后编卷下《初入长安作》，"春风晚日观光遍，不尽私衷祝圣明。"[④]，其中"晚日"，《三管》作"晓日"，据诗意，或手抄本抄录错讹。

《题王洪厓兵使〈荡平岭海册〉》

校：据《青箱集剩》后编卷下《题王洪厓兵使〈荡平岭海册〉》二首其一，"一曲铙歌威德遐"[⑤]，其中"威德遐"，《三管》作"听未遐"。

《寄隆昌周倚梧》

校：据《青箱集剩》后编卷下《寄隆昌周倚梧》，"每从谈笑挹芝颜"[⑥]，其中"从"，《三管》作"逢"，两可。"帘乘香篆薄书闲"，其中"薄"，《三管》作"簿"。"茂叔襟期原不俗，肯招子晋共追攀。"其中"不俗"，《三管》作"洒落"，"肯招子晋"，《三管》作"肯容俗客"。

---

① （明）王贵德著，谢明仁、江宏校注《〈青箱集剩〉校注》，巴蜀书社，2014，第 82 页。
② （明）王贵德著，谢明仁、江宏校注《〈青箱集剩〉校注》，巴蜀书社，2014，第 64 页。
③ （明）王贵德著，谢明仁、江宏校注《〈青箱集剩〉校注》，巴蜀书社，2014，第 89 页。
④ （明）王贵德著，谢明仁、江宏校注《〈青箱集剩〉校注》，巴蜀书社，2014，第 143 页。
⑤ （明）王贵德著，谢明仁、江宏校注《〈青箱集剩〉校注》，巴蜀书社，2014，第 161 页。
⑥ （明）王贵德著，谢明仁、江宏校注《〈青箱集剩〉校注》，巴蜀书社，2014，第 165 页。

《秋怀》四首其一

校：据《青箱集剩》后编卷下《秋怀》四首其一，"间关何处问庭帏"①，其中"间"，《三管》作"闲"，形近抄刻错讹。

《戊寅静海县除夕》

校：据《青箱集剩》上编卷上《戊寅静海县除夕》，"好将几日间关梦"②，其中"间"，《三管》作"闲"，形近抄刻错讹。

《桃源县》

校：据《青箱集剩》上编卷上《桃源县》，"晚烟吹向夕阳开"③，其中"晚"，《三管》作"晓"。

《万县》

校：据《青箱集剩》上编卷下《万县》，"且从南浦问扶嘉"④，其中"从"，《三管》作"随"。

42. 卷八李永茂《登经略台吊元次山》

校：据光绪《容县志》载李永茂《登经略台吊元次山》⑤，《三管》仅录其一。有句"君生肃代犹英主"，其中"英主"，《峤西诗钞》、《三管》作"英立"，"君生"，《峤西诗钞》作"君王"⑥，《三管》作"君生"。

"五丈秋风万古情"，其中"情"，《峤西诗钞》、《三管》作"猜"，或字形相近抄刻错讹。

43. 卷八谢良琦

校勘所据为谢良琦著，熊柱等注《醉白堂诗文集》广西人民出版社2001年版，底本为民国32年翻印光绪十九年王鹏运刻《醉白堂诗集》九卷（卷八仅存目），藏广西图书馆；对校本为康熙初年龚百药、李长祥刻本，藏广西图书馆。《峤西诗钞》选诗92首，《三管英灵集》选诗56首。

《苦寒行》

校：据《醉白堂诗集》《苦寒吟》，《峤西诗钞》、《三管》题为《苦寒行》。

---

① （明）王贵德著，谢明仁、江宏校注《〈青箱集剩〉校注》，巴蜀书社，2014，第171页。
② （明）王贵德著，谢明仁、江宏校注《〈青箱集剩〉校注》，巴蜀书社，2014，第4页。
③ （明）王贵德著，谢明仁、江宏校注《〈青箱集剩〉校注》，巴蜀书社，2014，第9页。
④ （明）王贵德著，谢明仁、江宏校注《〈青箱集剩〉校注》，巴蜀书社，2014，第65页。
⑤ （清）封祝唐纂《容县志》，金石志，台湾：成文出版社影印光绪二十三年刻本，1974。
⑥ （清）张鹏展：《峤西诗钞》，卷三，上林丛书编印所，1944，第19页。

《出门》 四首其一

校：据《醉白堂诗集》卷九《出门》五首，《峤西诗钞》全选，《三管》选其四。据五首其一，"我哀虽屏营，我仪固不忒"①，"我哀"，《峤西诗钞》、《三管》作"我衷"，此句意为我心惶恐，"衷"更符合诗意。

《出门》 四首其二

校：据《醉白堂诗集》卷九《出门》五首其三，"寒枝谁能拣"②，其中"谁"，《峤西诗钞》作"谁"，《三管》作"孰"，两可。

《出门》 四首其四

校：据《醉白堂诗集》卷九《出门》五首其五，"旌簿心摇摇"③，其中"簿"，《峤西诗钞》、《三管》作"薄"。

《述怀》

校：据《醉白堂诗集》卷九《述怀》，"幸致不肖躯，邂逅遭世乱。"④，其中"幸致"，《峤西诗钞》作"幸致"，《三管》作"又恨"，改后更符合诗意。"落笔天真漫。谁从百代下，俯仰快淹贯。邈然顾六合，文采正颓散。虽乏名山藏，所信颇习惯。"，《三管》"谁从百代下，俯仰快淹贯。邈然顾六合，文采正颓散。"四句脱，或抄录脱句错讹。"所信颇习惯"，《峤西诗钞》作"所性颇习惯"，《三管》作"所性自习惯"。

《长相思》 二首其一

校：据《醉白堂诗集》卷四《长相思》二首其二，"车轮日日枫林青，梦魂夜夜关塞黑。"⑤ 其中"林"，《峤西诗钞》作"林"，《三管》作"木"，或形近抄刻错讹。

《赠歌者》

校：据《醉白堂诗集》卷七《赠歌者》，"建林才子风流客"⑥，其中"林"，《峤西诗钞》作"林"，《三管》作"安"。

---

① （清）谢良琦著，熊柱等注《醉白堂诗文集》，广西人民出版社，2001，第 410 页。
② （清）谢良琦著，熊柱等注《醉白堂诗文集》，广西人民出版社，2001，第 411 页。
③ （清）谢良琦著，熊柱等注《醉白堂诗文集》，广西人民出版社，2001，第 411 页。
④ （清）谢良琦著，熊柱等注《醉白堂诗文集》，广西人民出版社，2001，第 415 页。
⑤ （清）谢良琦著，熊柱等注《醉白堂诗文集》，广西人民出版社，2001，第 339 页。
⑥ （清）谢良琦著，熊柱等注《醉白堂诗文集》，广西人民出版社，2001，第 370 页。

《白竺歌》

校：据《醉白堂诗集》卷二《白竺歌》，"自云孤危无所能"①，其中"云"，《峤西诗钞》作"云"，《三管》作"去"，或形近抄刻错讹。

《钱塘春泛》

校：据《醉白堂诗集》卷一《钱塘春泛》，"返照夕归多"②，其中"归"，《三管》作"阳"，《峤西诗钞》作"反照夕阳多"。

《渡黄河晚宿大集村》

校：据《醉白堂诗集》卷四《渡黄河晚宿大村集》，《峤西诗钞》、《三管》题作《渡黄河晚宿大集村》。"酒醒剑花落"③，其中"剑"，《峤西诗钞》作"剑"，《三管》作"烛"。

《旅夜有怀湖上心函上人》

校：据《醉白堂诗集》卷六《旅夜有怀湖上心函上人》，"残月照屋梁"④，其中"照"，《峤西诗钞》、《三管》作"在"。

《九月十五夜坐月》

校：据《醉白堂诗集》卷九《九月十五夜坐月》，"酒杯浮菊药"⑤，其中"药"，《峤西诗钞》、《三管》作"蕊"。"衣裳岂不薄，秋露有余情"，其中"情"，《三管》作"清"。

《江畔闲步遂至南观音院》

校：据《醉白堂诗集》卷一《江畔闲步遂至南观音院》，"小桥当涧峰初折"⑥，其中"峰"，《峤西诗钞》作"峰"，《三管》作"湾"。

《赠姚彦征》

校：据《醉白堂诗集》卷七《赠姚彦征》，"皂帽只今吟泽国"⑦，其中"国"，《峤西诗钞》作"国"，《三管》作"畔"。

---

① （清）谢良琦著，熊柱等注《醉白堂诗文集》，广西人民出版社，2001，第 287 页。
② （清）谢良琦著，熊柱等注《醉白堂诗文集》，广西人民出版社，2001，第 283 页。
③ （清）谢良琦著，熊柱等注《醉白堂诗文集》，广西人民出版社，2001，第 340 页。
④ （清）谢良琦著，熊柱等注《醉白堂诗文集》，广西人民出版社，2001，第 364 页。
⑤ （清）谢良琦著，熊柱等注《醉白堂诗文集》，广西人民出版社，2001，第 403 页。
⑥ （清）谢良琦著，熊柱等注《醉白堂诗文集》，广西人民出版社，2001，第 277 页。
⑦ （清）谢良琦著，熊柱等注《醉白堂诗文集》，广西人民出版社，2001，第 376 页。

《阳羡署中漫兴》 三首其二

校：据《醉白堂诗集》卷七《阳羡署中漫兴》三首，《峤西诗钞》、《三管》选后二首。"伤心一日重回首，多病三旬再举杯"①，其中"旬"，《峤西诗钞》作"旬"，《三管》《阳羡署中漫兴》二首其一作"巡"。

《节度赵公以劳卒于位郡邑皆为作佛事余同寅中有辱深知者同坐斋堂偶为赋之》

校：据《醉白堂诗集》卷九《节度赵公以劳卒于位郡邑皆为作佛事余同寅中有辱深知者同坐斋堂偶为赋之》二首，《峤西诗钞》、《三管》选其一。"止异姓名通记室"②，其中"异"，《峤西诗钞》、《三管》作"冀"。

《寄怀李研斋二首》 其二

校：据《醉白堂诗集》卷九《寄怀李研斋二首》其二，"见说蓬梗又零悴"③，其中"梗"，《峤西诗钞》、《三管》作"根"。

《感怀》

校：据《醉白堂诗集》卷九《感怀》二首，《三管》仅选其二，"凄凉吟咏劳今夕"④，其中"劳"，《峤西诗钞》作"劳"，《三管》作"愁"。

《旅中》

校：据《醉白堂诗集》卷四《旅中》，"西山落日正衔杯"⑤，其中"山"，《峤西诗钞》作"山"，《三管》作"川"，或形近抄刻错讹。

《枫木晚泊》

校：据《醉白堂诗集》卷三、《峤西诗钞》卷二《枫林晚泊》⑥，《三管》题作《枫木晚泊》，或形近抄刻错讹。

《赠林茂之》

校：据《醉白堂诗集》卷三《赠林茂之》，"名山风雨落千春"⑦，其中"落"，《峤西诗钞》、《三管》作"乐"。

---

① （清）谢良琦著，熊柱等注《醉白堂诗文集》，广西人民出版社，2001，第384页。
② （清）谢良琦著，熊柱等注《醉白堂诗文集》，广西人民出版社，2001，第391页。
③ （清）谢良琦著，熊柱等注《醉白堂诗文集》，广西人民出版社，2001，第403页。
④ （清）谢良琦著，熊柱等注《醉白堂诗文集》，广西人民出版社，2001，第396页。
⑤ （清）谢良琦著，熊柱等注《醉白堂诗文集》，广西人民出版社，2001，第338页。
⑥ （清）谢良琦著，熊柱等注《醉白堂诗文集》，广西人民出版社，2001，第329页。
⑦ （清）谢良琦著，熊柱等注《醉白堂诗文集》，广西人民出版社，2001，第332页。

44. 卷八黄家珍《玉印山》

校：据乾隆《武缘县志》载黄家珍《玉印山》："一卷堆碧玉，象篆胜雕成。蹲峘疑为兽，垂矶转类鲸。林疏山有色，泉满水无声。眺望余狂兴，琴瑶鼓再行。"其中"蹲峘"，《三管》作"蹲岨"，或形近抄刻错讹，"峘"，即高于大山的小山，"岨"，同"砠"，上有土的石山，或上有石的土山。"琴瑶鼓再行"，《三管》作"瑶琴鼓再行"。

45. 卷九高熊征《韩泉颂》

校：据乾隆《岑溪县志·艺文志》、乾隆《梧州府志·艺文志》、雍正《广西通志》卷一百十七《艺文志》，高熊征《韩泉记》："名之曰韩泉，乃为颂曰：文公书舍，负围面溪。"① 其中"围"，《三管》作"山"。"既涤流之，又洁澄之"，《三管》作"既洁澄之，又涤流之"，抄录颠倒错讹。

46. 卷九黄元泰《游黄道仙岩》

校：据乾隆《武缘县志》载黄元泰《游黄道仙岩》，有句："复有风云处，萧条隔世情。岑高迟日影，岩邃隐松声。石径蒙笼巧，丹炉煮炼精。君有出俗志，始觉尘土腥。渺然遗冠鞬，长啸入蓬瀛。"② 《三管》多处删改，作："洞口寻仙迹，萧条隔世情。岑高迟日影，岩邃隐松声。石径烟初散，丹炉雾自生。羡君遗俗志，长啸入蓬瀛。"

47. 卷十三张鸿翙

《永宁除夕步莫明经可甲韵》

校：据民国《上林县志》载张鸿翙《永宁除夕步莫明经可甲韵》，有句："莫嫌冰署今宵冷，知道寒毡何日温"③，《峤西诗钞》同，其中"知道"，《三管》作"自笑"。"半百无端侵鬓色，轻红又见入梅痕"，《三管》作"雪色渐侵残鬓影，天心又逗早梅痕。"

《山斋》

校：据民国《上林县志》载张鸿翙《山斋即事》，《峤西诗钞》同题，

---

① （清）金鉷修《广西通志》，卷一百十七，影印文渊阁四库全书本，台北：商务印书馆，1983。

② 转引自武鸣县政协文史学习委员会编《武鸣风景名胜荟萃》，武鸣县政协印，1995，第146页。

③ （民国）杨盟修，黄诚沅纂《上林县志》，卷十五，台北：成文出版社影印民国二十三年本，1968，第889页。

《三管》作《山斋》。有句："茅斋远接白云边"①，其中"边"，《峤西诗钞》作"巅"；其中"远接"，《三管》作"高踞"。"纸上功名久阁笔"，《峤西诗钞》同，《三管》作"纸上功名同覆瓿"。"一庭好鸟供闲句"，《峤西诗钞》同，其中"句"，《三管》作"咏"。

《客窗即事》

校：据民国《上林县志》载张鸿翮《客窗即事》，《峤西诗钞》同。有句："笔耨生涯且自宽"②，其中"笔耨"，《三管》作"笔墨"。"赢得读书供放逸，未知何处望长安"，《三管》作"赢得读书是清福，底须搔首望长安"。

《除夕书曲陆店壁二首》 其二

校：据民国《上林县志》张鸿翮《丁卯除夕书曲陆店壁》二首其二，《峤西诗钞》同③，有句："独拥征裘睡欲迟"④，其中"睡欲"，《三管》作"睡意"。"正是衔杯笑语时"，《三管》作"正是围炉忆远时"。

48. 卷九张友朱《庆远郡斋言别》

校：据民国《上林县志》载张友朱《庆远郡斋言别》，有句："愧无效公力"⑤，其中"效公力"，《三管》作"缩地力"。

49. 卷九谢赐履

校勘所据为民国39年（1940）广西全州广益堂据乾隆抄本《悦山堂诗集》刊印本（抄本已佚），藏桂林图书馆。⑥《峤西诗钞》选44首，《三管英灵集》选34首。

《咏史二首》 其一

校：据《悦山堂诗集》卷二《咏史二首》其一，"一朝弃笔墨，立功在

---

① （民国）杨盟修，黄诚沅纂《上林县志》，卷十五，台北：成文出版社影印民国二十三年本，1968，第889~890页。

② （民国）杨盟修，黄诚沅纂《上林县志》，卷十五，台北：成文出版社影印民国二十三年本，1968，第890页。

③ （清）张鹏展：《峤西诗钞》，卷三，上林丛书编印所，1944，第87页。

④ （民国）杨盟修，黄诚沅纂《上林县志》，卷十五，台北：成文出版社影印民国二十三年本，1968，第891页。

⑤ （民国）杨盟修，黄诚沅纂《上林县志》，卷十五，台北：成文出版社影印民国二十三年本，1968，第893页。

⑥ 广西大学2004年硕士论文周毅杰《〈悦山堂诗集〉校注》，校勘所据为民国广益堂印本。

边隅"，《峤西诗钞》同，其中"弃笔墨"，《三管》作"投笔起"。

"少小有名誉"，《峤西诗钞》同，其中"有名誉"，《三管》作"驰芳誉"，或《三管》编者所改。

"志士在飞腾"，其中"在"，《峤西诗钞》、《三管》作"快"。

"魏收何人斯"，其中"魏收"，《峤西诗钞》、《三管》作"魏舒"。

"扬雄不解事"，其中"扬雄"，《峤西诗钞》、《三管》作"杨雄"，形近错讹。

"儒术世所贱"，《峤西诗钞》、《三管》作"末世儒术贱"。

《咏史二首》其二

校：据《悦山堂诗集》卷二《咏史二首》其二，"情真语不饰"，其中"不饰"，《峤西诗钞》同，《三管》作"无饰"。"乞怜或昏黑"，其中"或"，《峤西诗钞》、《三管》作"在"。"非不鼎烹奉"，《峤西诗钞》、《三管》作"鼎烹非不饫"。

《渡海》

校：据《悦山堂诗集》卷三《渡海》，"长年方掫舵"，其中"舵"，《峤西诗钞》、《三管》作"柁"。

"孤航回无依"，其中"回"，繁体字"迴"，《三管》作"迴"；《峤西诗钞》作"孤帆回无依"

"惊涛如雷霆"，其中"如雷霆"，《峤西诗钞》、《三管》作"忽雷翻"。

"港汊扁舟泊"，《峤西诗钞》同，《三管》作"急觅港汊泊"。

《西溪道中杂诗三首》其一

校：据《悦山堂诗集》卷六《西溪道中杂诗》十首其二，"仄路临山深"，其中"深"，《峤西诗钞》、《三管》作"溪"。

"俯瞰危魄摇"，其中"危魄摇"，《峤西诗钞》作"危魂摇"《三管》作"危滩遥"。

"平步或偶然，崎蠛常八九"，《峤西诗钞》同；其中"或"，《三管》作"出"；此二句后脱句："童仆正苦饥，一饱虑无有"。

"傍山两三家"，《峤西诗钞》同，其中"傍山"，《三管》作"山凹"。

"一饭更前行，循崖又东走"，《峤西诗钞》、《三管》作"多谢主人惠，循崖勉复走"。

《酉溪道中杂诗三首》 其二

校：据《悦山堂诗集》卷六《酉溪道中杂诗》十首其四，"入口石磴回"，《嶠西诗钞》同，其中"入口"，《三管》作"乍循"。

"巉岩相对削"，《嶠西诗钞》同，其中"相"，《三管》作"复"。

"腾踏声硌硌"，其中"腾踏"，《三管》作"击触"；《嶠西诗钞》作"击腾声咯咯"。

"人吏苦饥劬"，《嶠西诗钞》同，其中"人吏"，《三管》作"仆御"。

"糗粮或解囊"，《嶠西诗钞》同，其中"或"，《三管》作"孰"。

"随手杂餐嚼"，《嶠西诗钞》同，其中"杂餐嚼"，《三管》作"作大嚼"。

"斜光照山角"，《嶠西诗钞》同，其中"照"，《三管》作"透"。后脱六句："稍见前冈路，始觉天开廓。回思才所历，酸楚犹在脚。因忆蜀道难，何曾得其略。"

《酉溪道中杂诗三首》 其三

校：据《悦山堂诗集》卷六《酉溪道中杂诗》十首其十，"村酒强斟酌，酬酢兼一身，剪烛坐深夜，清泪湿衣巾"，《嶠西诗钞》同，《三管》作"村酒强斟酌，清泪盈衣巾"，中间脱二句。

《道中杂体二首》 其一

校：据《悦山堂诗集》卷六《道中杂体七首》其一，"千山尽归黔"，其中"归"，《嶠西诗钞》、《三管》作"向"。"□椎绳可结"，其中"□椎"，《嶠西诗钞》、《三管》作"椎朴"。

"民贫无所之，强者至跋扈"，《嶠西诗钞》同，其中"无所之"，《三管》作"官更酷"；"至"，《三管》作"遂"。

"一法不能加，赘疣视官府"，《嶠西诗钞》同，其中"一法"，《三管》作"法所"。此二句后脱四句："虽未擅予夺，长官守空土。痿痹久不仁，此症吾目睹。"

"岂徒罪在民，其渐固有所。民俗亦何常，转移视所主"，《嶠西诗钞》同，《三管》脱中间二句。

《道中杂体二首》 其二

校：据《悦山堂诗集》卷六《道中杂体七首》其二，

"饥眼虽得饱"，其中"虽"，《峤西诗钞》、《三管》作"难"。

"何不惜鸡肋"，《峤西诗钞》作"何不食鸡肋"，《三管》作"何复恋鸡肋"。

《赈饥三十韵》

校：据《悦山堂诗集》卷八、《峤西诗钞》卷三作《后赈饥三十韵》，"橛下捡灾黎"，其中"捡"，《峤西诗钞》、《三管》作"检"。

"对之辛酸久"，《峤西诗钞》同，其中"辛酸"，《三管》作"心酸"。

"太岁虽在申"，其中"申"，《峤西诗钞》、《三管》作"甲"。

"空闻气浆酒"，其中"气"，《峤西诗钞》、《三管》作"乞"。

"琐屑较丁口"，《峤西诗钞》同，其中"琐屑"，《三管》作"锁屑"。

"稍闻事犁锄"，《峤西诗钞》同，其中"犁锄"，《三管》作"钱镈"。

"告汝灾伤黎，相率向南亩"，"告汝灾伤黎"，《峤西诗钞》同，《三管》作"愿汝鸠鹄辈"。

《望海》

校：据《悦山堂诗集》卷八《望海》，"排空荡无际"，其中"际"，《峤西诗钞》、《三管》作"垠"。

"滦河口外来"，《峤西诗钞》作"滦口河水来"，《三管》作"滦口河外来"。

"冲波连海势，翻动蛟龙宅"，《峤西诗钞》、《三管》作"衡波连陆翻，化作蛟龙宅。"

"终古惟潮汐"，其中"惟"，《峤西诗钞》同，《三管》作"作"。

末四句"所以精卫女，甘心衔木石。此理殊浩荡，俯仰波光夕"，《三管》脱后二句。

《宿滦州丰裕社有述》

校：据《悦山堂诗集》卷八《宿滦州丰裕社有述》，"欲行已昏黑"，其中"黑"，《峤西诗钞》、《三管》作"墨"。

"厨人早涤釜"，其中"早"，《峤西诗钞》、《三管》作"果"。

"灯光烛四壁"，其中"烛"，《峤西诗钞》、《三管》作"晃"。

"须臾壶觞至"，其中"至"，《峤西诗钞》、《三管》作"具"。

《采香歌》

校：据《悦山堂诗集》卷三《采香歌》，"苞以葵叶来圩市"，其中"苞"，《峤西诗钞》、《三管》作"包"。

"怪禽髯玃昼咿吟，相谓鬼物有呵护"，《峤西诗钞》同；其中"昼"，《三管》作"长"；"相谓"，《三管》作"相传"。

"割鸡磔豕祭山神"，《峤西诗钞》同，其中"祭"，《三管》作"祠"。

"盛朝贡筐通海内"，《峤西诗钞》同，其中"通"，《三管》作"遍"。

"官今要价不要香"，《峤西诗钞》、《三管》作"官今索价不索香"。

"即今府号主龚黄"，其中"号主"，《峤西诗钞》、《三管》作"主号"。

末二句"何不令民自解香，忍令民急眼前疮"，《峤西诗钞》、《三管》脱后一句。

《藤杖》

校：据《悦山堂诗集》卷五《藤杖》，"奥干非榆复非柘，铿然金石光琉璃"，其中"奥"，《峤西诗钞》、《三管》作"质"。《三管》后脱二句："摩挲磥砢有古意，姿秉正直如绳治"。

"烟雪排荡错老节，苔藓璘彬杂霜皮"，其中"烟雪排荡"，《峤西诗钞》同，《三管英灵集》作"推排岁月"；"苔藓璘彬杂霜皮"，《峤西诗钞》作"苔藓璘彬襟霜皮"，《三管》作"纠结苔藓撑霜皮"。

"重之不减琼玉枝"，其中"减"，《峤西诗钞》作"敢"；其中"玉"，《三管》作"瑶"。

"古人所向在翼德"，其中"向"，《峤西诗钞》、《三管》作"尚"；《三管》此句前脱二句："吾闻孔圣六尺杖，亲疏贵贱辨于斯"。

"图麟刻鸟浑然事"，其中"浑然"，《峤西诗钞》、《三管》作"浑闲"。

"岂无山林节倦骨"，其中"节"，《峤西诗钞》、《三管》作"休"。

"不有圣贤其何资？胡况登天涉蜀道"，其中"圣贤"，《峤西诗钞》同，《三管》作"贤圣"；"胡况登天"，《峤西诗钞》作"何况登天"，《三管》作"只今担簦"。

《采根谣》

校：据《悦山堂诗集》卷五《采根谣》，"归来不暇择臼柞"，《峤西诗钞》同，其中"暇"，《三管》作"敢"。"风霜酸苦何为尔"，其中"苦"，

《峤西诗钞》、《三管》作"楚"。

"岁岁岁恶民苦饥",其中"岁岁",《峤西诗钞》同,《三管》作"年来"。

"有口何曾尝粒米",其中"尝",《峤西诗钞》同,《三管》作"见"。

末四句:"云山日厮膙满筐,久矣性命托长鑱。食美痴欲献君王,只愁无米完秋粮。"《三管》脱中间二句。

《观太虚子画虎》

校:据《悦山堂诗集》卷八《观太虚子画虎》,"惊定凝神还谛视,始讶高人工写意",《峤西诗钞》同,"惊定"二句前,《三管》脱二句:"炯目耽耽似岩电,壮士瞥见卒骇然";"惊定"二句后,《三管》脱二句:"绢素飘零蛱蝶飞,墨痕斑驳犹湿腻"。

"欲起不起才回身,昂首撑踽踽平地",《峤西诗钞》作"欲起不起才回身,昂身撑平地蟠踞",《三管》作"欲起不起屹如山,回身昂首撑平地"。《三管》后脱二句:"凝然不动屹如山,未屑潜人来投畀。"

"奔走百兽争辟易",其中"辟",《峤西诗钞》同,《三管》作"群"。

末四句:"何当借汝纵一搏,无使馋吻滋民冤。莫更昏黑窥墙屋,但向人家窃六畜",《三管》脱后二句。

《晴川阁》

校:据《悦山堂诗集》卷一《晴川阁》,"森然入望中",《峤西诗钞》同,其中"入",《三管》作"遥"。

"天折大江雄",《峤西诗钞》同,其中"折",《三管》作"拆",形近错讹。

"秋色连鹦鹉,乡心逐雁鸿",其中"鹦鹉",《峤西诗钞》、《三管》作"村树";"雁",《峤西诗钞》、《三管》作"塞"。

《暮秋》

校:据《悦山堂诗集》卷二《暮秋》,"闲坐捲帘旌,山山落日横",其中"闲",《峤西诗钞》、《三管》作"深";"山山",《峤西诗钞》作"山山",《三管》作"山川"。"菊泛村醪小",其中"村",《峤西诗钞》、《三管》作"香"。

《二月十日遣子庭瑶归里》

校：据《悦山堂诗集》卷五《二月十日遣子庭瑶归里》，"己作休官计"，其中"己"，《峤西诗钞》、《三管》作"已"。

《九日风雨》

校：据《悦山堂诗集》卷二《九日风雨》，"绕屋几多枫叶下，背人无数菊花香"，《峤西诗钞》同；其中"枫"，《三管》作"风"；"香"，《三管》作"黄"。

《星沙归舟漫兴四首》其一

校：据《悦山堂诗集》卷四《星沙归舟漫兴十九首》其三，"取醉暂时谋下圣"，"圣"，《峤西诗钞》作"若"，《三管》作"苦"。

《星沙归舟漫兴四首》其二

校：据《悦山堂诗集》卷四《星沙归舟漫兴十九首》其四，"江山词赋他千古"，"他"，《峤西诗钞》、《三管》作"谁"。

《星沙归舟漫兴四首》其四

校：据《悦山堂诗集》卷四《星沙归舟漫兴十九首》其十五，"无数秋声寄短骚"，"秋"，《峤西诗钞》、《三管》作"愁"。"最爱移舟月又上"，其中"月又上"，《峤西诗钞》同，《三管》作"刚月上"。

《乌鸦观》

校：据《悦山堂诗集》卷五《乌鸦观》，"一径萝云接晚凉"，其中"云"，《峤西诗钞》、《三管》作"阴"。

50. 卷十王之骥《三峰烟雨歌》

校：据康熙《灌阳县志》①、雍正《广西通志》卷一百二十五②引《灌阳县志》，《三峰烟雨》："钟奇毓秀知何限"，其中"钟奇"，《三管》作"钟灵"；"袭人爽气有余善"，《三管》作"袭人爽籁泠然善"，两处恐为编者所改。雍正《广西通志》《三峰烟雨》"驰骤须臾遍九埏"，其中"九埏"，康熙《灌阳县志》之《三峰烟雨》作"八埏"，《三管》之《三峰烟雨歌》作"八埏"，"八埏"即八方偏远之地，应是。

---

① （清）单此藩、陈廷藩、蒋学元纂《灌阳县志》，清康熙四十七年刻本。
② （清）金鉷修《广西通志》，卷一百二十五，影印文渊阁四库全书本，台北：商务印书馆，1983。

51. 卷十唐尚訏《登葵山绝顶》

校：据乾隆《兴业县志》①、嘉庆《续修兴业县志》② 载唐尚訏诗二首《游吐华岩》、《登葵山绝顶》，《三管》选其一，有异文。《兴业县志》之《登葵山绝顶》："眼光不碍满神州"，《三管》作"眼光始见大神州"。"龙飞北阙祥云合，地尽南蛮瘴气收"，其中"龙飞"《三管》作"天环"，恐编者所改，欲与"地尽"相对。乾隆《兴业县志》后四句："密叶隐烟秦岭树，孤帆破浪海洋舟。一身自滞方隅内，欲御长风列子游。"其中"密叶"，嘉庆《续修兴业县志》作"蜜叶"，或形近抄刻错讹。后四句《三管》改动较大："远树千重如列嶂，孤帆一叶岂虚舟。此身自滞方隅内，且御长风作壮游。"

52. 卷十潘毓梧《登骏鹿山》

校：据嘉庆《临桂县志》潘毓梧《登骏鹿山》："地阔天虚四顾山，无边风景迥尘环。层冈屈曲云烟里，一刹崔巍霄汉间。鸟性不随禅性寂，钟声常共水声潺。偶来揽胜咨凭眺，想见当年跨鹿还。"③ 其中"四顾山"，《三管》作"万仞山"，恐编者改。"尘环"，《三管》作"尘寰"，或同音抄录错讹。"云烟里"，《三管》作"烟云里"，或抄录颠倒错讹。"不随"，《三管》作"如随"。"咨凭眺"，《三管》作"兼怀古"。

53. 卷十王维泰《石匮归樵》

校：据康熙《灌阳县志》 王维泰《石匮归樵》"隔水樵歌渡"，其中"渡"，《三管》作"度"。

54. 卷十刘宏基《拜别山张先生墓》

校：据雍正《广西通志》刘宏基《拜别山张先生墓》："国亡在昔悲无补，命绝而今恸有诗"④，《三管》作"国亡一死终成志，命绝于今尚有诗"。"骨葬天涯依宿莽，魂迟夜月照相思。"其中"魂迟夜月照相思"作"魂招夜月肃灵旗"。《三管》此诗共二首，《广西通志》仅录其一。

---

① （清）王巡泰修：《兴业县志》，清乾隆四十六年刻本。
② （清）苏勒通阿修、彭崐基纂：《续修兴业县志》，清嘉庆十九年刻本。
③ （清）蔡呈韶等修，胡虔、朱依真撰：《（嘉庆）临桂县志》，清嘉庆七年刻本。
④ （清）金鉷修：《广西通志》，卷一百二十六，影印文渊阁四库全书本，台北：商务印书馆，1983。

55. 卷十张鸿瓛

《元日和家兄韵》

校：据民国《上林县志》载张鸿瓛《元日和家兄韵》，有句："燎残爆竹腊无影"①，《峤西诗钞》同，其中"燎"，《三管》作"烧"。

《杂诗》 其二

校：据民国《上林县志》载张鸿瓛《杂诗》二首其二，首二句"惟有作文者，下笔惊天人"②，《峤西诗钞》同，《三管》作"吾观贾董辈，下笔通天人"。末句"鹦鹉作人语"，《峤西诗钞》同，《三管》作"鹦鹉作人言"。

56. 卷十蒋纲《舟次书感》

按：《三管诗话》卷中蒋纲条："沈归愚尚书《国朝诗别裁》中于粤西诗祗录两人，一为全州蒋有条进士（纲），《舟次书怀》云……沈评以为'妙能活用'。"③

校：据沈德潜《清诗别裁集》卷二十二蒋纲《舟次书感》末二句："他日萦怀在何处？知予依斗望京华。"④ 其中"知予依斗望京华"，活用杜甫"每依北斗望京华"，又考《峤西诗钞》卷三蒋纲《舟次书感》："知予依斗望京华"⑤，而《三管》作"若非故园即京华"，恐编者所改，改后不及原诗。

57. 卷十李彬《南山秋夜》

校：据李彬《愚石居集》之《南山秋夜》："不贩邱霞事远征，千林萧瑟满江城。谁将渣滓分霄汉，漫拟云裀听鹤声。野马何知随露去，暮烟无着带潮平。空山破寂惟僧梵，鼓歇钟残磬又鸣。"⑥ 贵县南山寺石刻碑与原本同。

---

① （民国）杨盟修，黄诚沉纂《上林县志》，卷十五，台北：成文出版社影印民国二十三年本，1968，第893页。

② （民国）杨盟修，黄诚沉纂《上林县志》，卷十五，台北：成文出版社影印民国二十三年本，1968，第892页。

③ （清）梁章钜著，蒋凡校注《〈三管诗话〉校注》，广西人民出版社，1996，第93页。

④ （清）沈德潜编《清诗别裁集》，下册，上海古籍出版社，2013，第874页。

⑤ （清）张鹏展：《峤西诗钞》，卷三，上林丛书印所，1944，第82页。

⑥ 方立顺：《〈愚石居集〉校注》，广西大学硕士论文，2008，第152页。校注底本为（清）李彬：《愚石居诗文集》，大马站播文印刷场，民国11年（1922）。

《峤西诗钞》卷四《南山秋夜》改动较大:"邱壑长辞事远征,千林树木下孤城。天空云净迟鸿影,江晚风高听鹤声。野马何心随路远,墓烟无际带潮平。空山破寂惟僧梵,卧久禅房梦未成。"① 《三管》所录李彬《南山秋夜》依据《峤西诗钞》,其中"树叶",《三管》作"木叶",余皆同。

58. 卷十一谢济世

校勘所据为谢济世著黄南津校注《〈梅庄杂著〉校注》广西人民出版社2001年版,底本为清光绪三十四年赵炳麟整理之《谢梅庄先生遗集》仿聚珍版本,藏国家图书馆。

《西征别儿子梦连》

校:据《〈梅庄杂著〉校注》,《西征别儿子梦连》有句:"上以供正赋,下以奉高堂。酒酿三吴白,鸡畜九江黄。圣主哲且仁,暂成非久长。"② 《三管》抄录脱二句"酒酿三吴白,鸡畜九江黄。"今据此补。《峤西诗钞》脱后二句:"圣主哲且仁,暂成非久长。"

《吊王孝先馆丈失火》

校:据《〈梅庄杂著〉校注》,《吊王孝先馆丈失火》有句:"重合荆宫轻铁趾"③,《三管》作"重合荆宫轻铁趾"。

《赫矣四章》

校:据《〈梅庄杂著〉校注》,《赫矣四章》题为《赫矣,告饮至也。准噶尔入寇,副将军六额驸追至厄尔得尼招,大破之。奉旨班师回营,济世时在营中,喜而作是诗也》。"赫矣皇清,万国来享",其中"享"作"王"。

《布被》

校:据《〈梅庄杂著〉校注》,《布被》有句:"九原可曾沾一滴"④,《峤西诗钞》同,其中"可",《三管》作"何"。

《己卯十月蒙恩赐还口号》

校:据《〈梅庄杂著〉校注》,《乙卯十月十七日蒙恩赐环口号》,《峤西诗钞》、《三管》题为《己卯十月蒙恩赐还口号》。

---

① (清)张鹏展:《峤西诗钞》,卷三,上林丛书编印所,1944,藏桂林图书馆。
② (清)谢济世著,黄南津校注《梅庄杂著》,广西人民出版社,2001,第282页。
③ (清)谢济世著,黄南津校注《梅庄杂著》,广西人民出版社,2001,第266页。
④ (清)谢济世著,黄南津校注《梅庄杂著》,广西人民出版社,2001,第269页。

《归田重游龙隐岩题石壁》

校：据《〈梅庄杂著〉校注》，《乾隆甲子归田重游龙隐岩，效待制体题石壁二首》[①]，《峤西诗钞》、《三管》选其二，题为《归田重游龙隐岩题石壁》。

《丙午十二月初七日下狱，次日旋奉旨免死释放，发军前效力赎罪。感恩述事，次东坡狱中寄子由韵，寄从弟佩苍、实夫二首》

校：据《〈梅庄杂著〉校注》，此诗有句：“萱树高堂仗老妻”[②]，其中“萱树”，《三管》作“萱护”。

《夏至雪》

校：据《〈梅庄杂著〉校注》，此诗有句：“瀚海之北杭蔼东”[③]，其中“蔼”《三管》作“霭”。“大弱风变大刚风”，其中“变”，《三管》作“转”。“□倒中华百岁翁”，原刻本缺字，《三管》作“惊倒”。

《奶子茶》

校：据《〈梅庄杂著〉校注》，《奶子茶》有句：“素液静含江玉色”[④]，其中“江”，《三管》作“红”。

《送常将军班师回京赴西安镇二首》其二

校：据《〈梅庄杂著〉校注》，《送常将军班师回京赴西安镇二首》其二有句：“酒阑援简促吟诗。”[⑤] 其中“援”，《三管》作“授”。

《金山郭璞墓》

按：《三管诗话》卷中谢济世条：《随园诗话》：“谢梅庄先生不信风水之说，《题金山郭璞墓》云：‘云根浮浪花，生气来何处？上有古碑存，葬师郭璞墓。’晓世之意，隐然言外。”[⑥]

校：今考袁枚《袁枚诗话》卷八[⑦]、梁章钜《三管诗话》卷中、李调元《雨村诗话》卷十二均作：“生气来何处？”[⑧]《三管英灵集》作“生气乘

---

① （清）谢济世著，黄南津校注《梅庄杂著》，广西人民出版社，2001，第301页。
② （清）谢济世著，黄南津校注《梅庄杂著》，广西人民出版社，2001，第281页。
③ （清）谢济世著，黄南津校注《梅庄杂著》，广西人民出版社，2001，第294页。
④ （清）谢济世著，黄南津校注《梅庄杂著》，广西人民出版社，2001，第284页。
⑤ （清）谢济世著，黄南津校注《梅庄杂著》，广西人民出版社，2001，第296页。
⑥ （清）梁章钜著，蒋凡校注《〈三管诗话〉校注》，广西人民出版社，1996，第97页。
⑦ （清）袁枚：《随园诗话》，卷八，浙江古籍出版社，2011，第167页。
⑧ （清）李调元著；詹杭伦，沈时蓉校正《雨村诗话校正》，巴蜀书社，2006，第284页。

何处?"据《〈梅庄杂著〉校注》之《云山郭璞墓》:"云根浮浪花,生气乘何处? 上有古碑存,葬师郭公墓。"① 《峤西诗钞》卷四 "生气乘何处?"。又其中 "郭公墓",《三管英灵集》 与诸诗话、《峤西诗钞》 皆作 "郭璞墓";"云山",《三管英灵集》 与诸诗话、《峤西诗钞》 皆作 "金山"。

《谒余忠宣墓》

校:据《〈梅庄杂著〉校注》,《谒余忠宣墓》有句:"狐坟七尺皖江滨",其中 "狐",《三管》作 "孤";"闻道奉祠范学士"②,其中 "范",《三管》作 "危"。

59. 卷十一王维岳《紫竹台》

校:据康熙《灌阳县志》,王维岳《紫竹台》有句:"□尘未敢蒙"③,原刻本阙字,《三管》作 "纤尘"。"何年商山叟,弹棋冷碧中",其中 "商山叟",《三管》作 "橘中叟"。"逸响流虚□",原刻本阙字,《三管》作 "虚空"。

60. 卷十一蒋春泽《游会灵寺》

校:卷十一蒋春泽《游会灵寺》,乾隆重修《北流县志》题作《游会灵台寺》,雍正《广西通志》卷十七载:"会灵台山在北流县东二十五里。"

据乾隆重修《北流县志》蒋春泽《游会灵台寺》,"层层山径石巍峨"④,《三管》作 "百寻山磴耸嵯峨"。"僧依竹径云侵帽,农务桑田雨滴蓑。"其中 "云侵帽",《三管》作 "云生杖";其中 "农务",《三管》作 "农事"。"此日胜游堪共忆,灵台岂作等闲过。"其中 "共忆",《三管》作 "共赏";"灵台岂作等闲过",《三管》作 "莫教诗兴减阴何"。

61. 卷十一蒙帝聘《题会灵寺》

校:据光绪《北流县志》蒙帝聘《游会灵台寺》:"绝壁倒悬不死树,烦襟闲惹散天花"⑤,其中 "不死树",《三管》作 "千年树";"烦襟闲惹散天花",《三管》作 "半空飞散一天花"。"望尊笼绀殿纱",其中 "尊",

---

① (清) 谢济世著,黄南津校注《梅庄杂著》,广西人民出版社,2001,第 279 页。

② (清) 谢济世著,黄南津校注《梅庄杂著》,广西人民出版社,2001,第 277 页。

③ (清) 单此藩、陈廷藩、蒋学元纂《(康熙) 灌阳县志》,清康熙四十七年刻本。

④ (清) 张允观修《(乾隆) 北流县志》,清乾隆十三年刻本。

⑤ (清) 徐作梅修、李士琨等纂《(光绪) 北流县志》,台北:成文出版社影印清光绪六年刻本,1975。

《三管》作"诗"。

62. 卷九黄坤正《久雨》

校：据民国《上林县志》载黄坤正《久雨》，有句："聊与索朗盟"[1]，其中"索朗"，《三管》作"索郎"。

63. 卷十二陈宏谋

校勘所据为陈宏谋《培远堂偶存稿》乾隆刻本（子陈钟珂、孙陈兰森编，吴门穆大展局刻，文檄48卷，文稿10卷，前有乾隆三十年沈德潜序），清代诗文集汇编280册影印，上海古籍出版社2010年版。

《平定西域颂谨序》

校：据《培远堂偶存稿》《文稿》卷五之《平定西域颂谨序》[2]序："两城率众潜遁"，"众"，《三管》作"师"。

"直省不闻有输挽之烦"后，《三管》脱句："偶有水旱发帑恤赈，靡不务从宽裕。"

"以次抚绥设官定赋"后，《三管》脱句："虽穷极险远，如拔达山诸部，亦知闻檄自奋，歼厥渠魁，西陲永定，圣武布昭，复绝万古。"

"即内外臣工"后，《三管》脱句："仰奉圣谟。"

"皇上圣谟独运"，"圣谟"，《三管》作"神机"。

"如此之神速也"后，《三管》脱句："盖自天祐之也。书曰惟德动天，无远不届。又曰至诚感神，矧兹有苗。盖天人相与之际，有感斯通，如律之命吕，云之从龙，固未有斯须而不应者。我皇上绍列圣之丕基，际三登之景运，淳化浃乎九有，渥泽遍乎含生，犹且夙夜孜孜勤思，继事恐一事之不体乎，先训即一事之不当乎。……逐鹿以来，武功之成，未有如今日之广远而迅速者也。"

校：据《培远堂偶存稿》《文稿》卷五之《平定西域颂谨序》："命易将帅"，其中"易"，《三管》作"爰"，意同。"主师靖乱"，其中"主"，《三管》作"我"。"奏凯而旋"，其中"旋"，《三管》作"还"。"环桥仰

---

[1] （民国）杨盟修，黄诚沅纂《上林县志》，卷十五，台北：成文出版社影印民国二十三年本，1968，第894页。

[2] （清）陈宏谋：《培远堂偶存稿》，文稿卷五，清代诗文集汇编280册，上海古籍出版社，2010，第546~549页。

观，万众颠若"，其中"环"，《三管》作"圜"；"颠"，《三管》作"孚"。"三后在天，志事斯在"，其中"三后在天"，《三管》作"圣祖世宗"。"天心孚祐"，其中"孚"，《三管》作"笃"。"亿万斯年，皇图永绵"，其中"皇图永绵"，《三管》作"丕基洪延"

《圣寿无疆颂谨序》

校：据《培远堂偶存稿》《文稿》卷五之《圣寿无疆颂谨序》[1] 序："岁稔时和"，《三管》作"岁稔人和"。"而献颂曰"，《三管》作"以献其词曰"。

《圣驾巡幸天津颂谨序》

校：据《培远堂偶存稿》《文稿》卷五之《圣驾巡幸天津颂谨序》[2] 序："圣驾南幸指授方略"后脱句："瀹河渠建堤闸，浚海河以泄积，于展青口以助黄流，睿览周详，成效立睹。"

"永定河均注析津入海"后，《三管》脱句："圣仁皇帝翠华亲莅，考故道于九河，订郦元之旧志，经天治地，鸿规邈踪。我"。

"干止宁焉"后，《三管》脱句："维时黄图密迩，途歌邑诵，以望属车之尘久矣。"

"滹沱潴水之要区"，其中"区"，《三管》作"路"。

"天津海口尤畿辅"，其中"尤"，《三管》作"为"。

"于三十三年二月诹吉"后，《三管》脱句："命社祈祥，夹钟应律，星陈"。

"过格淀，出三岔河"，其中"淀"，《三管》作"定"。

"准石闸之高低"后，《三管》脱句："特遣重臣，分勘周悉"。

"百姓欢呼"后，《三管》脱句："忭舞载道"。

"恩纶益沛"后，"将还京师"前，《三管》脱句："凡夫卜土建祠隆报贶也，度支优赍渥膏泽也。蠲租赐，复普免。……盛典备举。"

"兼疏入海尾闾"，其中"尾闾"，《三管》作"要区"。

"利济万世"后，《三管》脱句："施惠行庆，觊缕莫殚"。

---

① （清）陈宏谋：《培远堂偶存稿》，文稿卷五，清代诗文集汇编 280 册，上海古籍出版社，2010，第 549~550 页。

② （清）陈宏谋：《培远堂偶存稿》，文稿卷五，清代诗文集汇编 280 册，上海古籍出版社，2010，第 550~552 页。

"亲耕藉田"后,《三管》脱句:"虔祀先农"。

"农务毕举"后,《三管》脱句:"岂非体天心之行健,遂招休和绳,祖武以勤民备征,光显者乎。"

"臣遭逢盛世",其中"盛世",《三管》作"圣美"。

"河渠水利"后,《三管》脱句:"恪遵圣训,欣观底绩,前此备员天津治河鸠工。"

"荐侍纶阁兼领冬官",其中"荐",《三管》作"忝"。

校:据《培远堂偶存稿》《文稿》卷五之《圣驾巡幸天津颂谨序》:"燕南赵北",《三管》作"驾幸赵北"。

"萃于津门"后,《三管》脱:"銮舆时迈,周览畷畛"。

"熙熙莫春",《三管》作"熙熙暮春"。

"王心则宁",其中"王",《三管》作"皇"。

"照以化日",其中"照",《三管》作"暄"。

"臣拜稽首",多字"臣拜手稽首"。

"对扬大廷",其中"大",《三管》作"天"。

《圣母皇太后圣寿无疆颂谨序》

校:据《培远堂偶存稿》《文稿》卷五之《圣母皇太后圣寿无疆颂谨序》[1] 序:"祷颂兹当万国归诚之候","祷颂",《三管》作"颂祷"。"永臻遐算",《三管》作"永增洪算"。"被沐主恩",《三管》作"被沐隆恩"。

"赴京叩祝"后,《三管》脱:"圣寿获预盛典,锡赉骈蕃"。

"海宇仰春晖久照","海宇",《三管》作"海寓";后有"用摅微臣一得之愚,窃效天保九如之祝",《三管》作"窃效天保九如之祝,用摅微臣一得之愚",颠倒抄刻错讹。

其一

校:据《培远堂偶存稿》《文稿》卷五之《圣母皇太后圣寿无疆颂》其一:"佑启圣主",《三管》多字"佑启我圣主"。

其二

校:据《培远堂偶存稿》《文稿》卷五之《圣母皇太后圣寿无疆颂》

---

[1] (清)陈宏谋:《培远堂偶存稿》,文稿卷五,清代诗文集汇编280册,上海古籍出版社,2010,第552~554页。

其二：

"庆都兴唐"，"唐"，《三管》作"尧"，句后多"惟"字。

"圣母嗣徽，诞启吾皇。凝祥笃庆，休有烈光。六宇蒙兹，万方瞻仰。"《三管》作"圣母之德，徽音孔昭。惟圣母之教，食旰衣宵。六宇凝休，万方瞻仰。"

"熙春盎盎"，《三管》作"熙然春盎"。

其四

校：据《培远堂偶存稿》《文稿》卷五之《圣母皇太后圣寿无疆颂》其四，"厥惟孝治"，《三管》作"聿成孝治"。

其五

校：据《培远堂偶存稿》《文稿》卷五之《圣母皇太后圣寿无疆颂》其五，"金川归仁"，《三管》作"金川归诚"。

其六

校：据《培远堂偶存稿》《文稿》卷五之《圣母皇太后圣寿无疆颂》其六，"大泽常新"，"大"，《三管》作"恺"。

其七

校：据《培远堂偶存稿》《文稿》卷五之《圣母皇太后圣寿无疆颂》其七，"非惟两之"，"两"，《三管》作"语"。

其八

校：据《培远堂偶存稿》《文稿》卷五之《圣母皇太后圣寿无疆颂》其八，"七旬圣寿，展礼趋朝"，《三管》作"七旬衍庆，万国来朝"。

其九

校：据《培远堂偶存稿》《文稿》卷五之《圣母皇太后圣寿无疆颂》其九，"圣母之仁明"，《三管》作"仁慈"。"圣母之安贞"，《三管》作"安敦"。"圣母之公平"，《三管》作"平均"。

《任节母诗》

校：据《培远堂偶存稿》《文稿》卷五之《任节母诗》[①]，"家本贵胄

---

① （清）陈宏谋：《培远堂偶存稿》，文稿卷五，清代诗文集汇编 280 册，上海古籍出版社，2010，第 557~558 页。

裔",《三管》作"家本鼎门贵"。"幼稚谁提挈","谁",《三管》作
"孰"。"鸾镜中路折","路",《三管》作"途"。"茹茶声呜咽","声",
《三管》作"自"。"历历泣辛苦","泣",《三管》作"枯"。"天章绰楔
列",《三管》作"天章列棹楔"。

《题陶吾庐先生家居十二乐图》

校：据《培远堂偶存稿》《文稿》卷五之《题陶吾庐先生家居十二乐
图》①，"晨昏定省夜夜心"，其中"夜夜心"，《三管》作"夙夜心"。"花
枝斜插醉酡颜"，其中"醉酡颜"，《三管》作"酡颜醉"。"家园之乐乐何
如"，其中"何如"，《三管》作"何似"。

《登碧鸡山呈尹制府》

校：据《培远堂偶存稿》《文稿》卷五之《登碧鸡山呈尹制府》②，"恍
若置身青云表"，《三管》作"置身恍在青云表"。"一片澄波状缥缈"，其
中"状"，《三管》作"函"。

64. 卷十三刘新翰

校勘所据为刘新翰《谷音集》，清乾隆间刻本，卷首有吴门陈超曾序
文、朱应荣题跋，藏桂林图书馆。《三管英灵集》选诗32首。

《澄江劝农》

校：据《谷音集》《澄江劝农》，"语我治苗术"，其中"苗"，《三管》
作"田"。

《课耕》

校：据《谷音集》《课耕》，"朝耕水一湾，暮耨山之麓。犁土不厌深，
耰土不厌熟。"《峤西诗钞》、《三管》作"山地少沃肥，勉与耕东麓。犁土
苦难深，耰之不厌熟。"

"日夕牛力疲，行行复彳亍"，《峤西诗钞》同，其中"日夕"，《三管》
作"伤哉"。此二句后："呼声动林野，挥荆恣鞭扑。负痛强奔腾，力穷仍
欲仆。释来卧荒郊，气喘声觳觫。待得息肩时，毛尽骨肉出。谁进邠风图，

---

① （清）陈宏谋：《培远堂偶存稿》，文稿卷五，清代诗文集汇编280册，上海古籍出版社，
2010，第558页。

② （清）陈宏谋：《培远堂偶存稿》，文稿卷五，清代诗文集汇编280册，上海古籍出版社，
2010，第557页。

九重常寓目。汉代力田科，今日宜可复。"《峤西诗钞》、《三管》作"鞭扑未忍施，伤兹形觳觫。放牧荒郊中，服犁待明旭。农畴敢云缓，物力在修复"。

《纳稼》

校：据《谷音集》《纳稼》，"荷担入场圃，往来自相遇"，其中"相遇"，《峤西诗钞》作"相迫"，《三管》作"相迎"。"不记耕耨时"，其中"记"，《峤西诗钞》作"记"，《三管》作"计"。

《对雪》

校：据《谷音集》《对雪》，"万里彤云合，乾坤黯淡间"，其中"间"，《峤西诗钞》、《三管》作"闲"，"彤"，《三管》作"同"。

《游灵水》

校：据《谷音集》《游灵水》，"白鸟破溪色"，其中"白鸟"，《三管》作"飞鸟"。

《赠苏思安》

校：据《谷音集》《赠苏思安》，"融融登古道"，其中"登"，《三管》作"敦"。"笔花如锦新"，其中"如"，《三管》作"簇"。

《汤阴岳庙》

校：据《谷音集》《汤阴岳庙》，《三管》作《岳鄂王墓》。

《秋兴八首次杜韵》其一

校：据《谷音集》《秋兴八首次杜韵》其一，"梧叶经霜下碧榇"，其中"榇"，《三管》作"林"。

《秋兴八首次杜韵》其二

校：据《谷音集》《秋兴八首次杜韵》其二，"西陲烽火动芦茄"，其中"陲"，《三管》作"邮"，或《三管》形近抄刻错讹。

《秋兴八首次杜韵》其四

校：据《谷音集》《秋兴八首次杜韵》其四，"乾坤到处风霜满"，其中"风霜"，《三管》作"霜华"。

《秋兴八首次杜韵》其八

校：据《谷音集》《秋兴八首次杜韵》其八，"株树何曾借一枝"，其中"株"，《三管》作"温"。"倦投鸡队步慵移"，其中"倦"，《三管》作"忽"。"秋高又欲凌风去"，其中"秋高"，《三管》作"高秋"。

65. 卷十三谢庭琪

《喜雨二首》 其一

校：据谢庭琪《若园遗诗》之《喜雨》三首，《三管》选其一、其三。《悦山堂集》附谢庭琪诗《喜雨》其一："正是晚衙初放后"①，其中"晚"，《三管》作"早"。

《喜雨二首》 其二

校：据谢庭琪《若园遗诗》之《喜雨》三首其三："喜闻好雨洒疏棂"②，其中"喜闻"，《三管》作"坐怜"。

66. 卷十三曹銮《苦水铺》

按：《三管诗话》卷中蒋纲曹銮条："沈归愚尚书《国朝诗别裁》中于粤西诗祇录两人，一为全州蒋有条进士（纲），《舟次书怀》云……沈评以为'妙能活用'。又曹玉如进士（銮），《苦水铺》云……沈评谓'断头掉尾'四字，写尽从前狞恶，直可作古谣谚读。"③

校：今据沈德潜《清诗别裁集》卷二十七："苦水铺，神仙过，留筒布。断头掉尾今无人，五尺之童稳行路。载重货，轻身过，苦水铺为甜水铺。"④ 其中"轻身"《峤西诗钞》、《三管英灵集》作"身轻"。

67. 卷十三张淳《斑笋》

校：据民国《上林县志》载张淳《斑笋》，有句："数点依稀春漠漠，几竿浓淡节森森"⑤，其中"春"，《三管》作"苔"。"松叶梅花须刮目，岁寒不是雪泥侵"，《三管》作"好与乔松长作伴，凌霄不畏雪泥侵。"

68. 卷十四梁建藩《游勾漏洞》

校：据乾隆《北流县志》载梁建藩《游勾漏洞》："清风习习近仙家，策杖登临曲径斜。峭壁凌云笼丽日，悬岩迷雾隐丹砂。飞凫敛翼还栖树，

---

① （清）谢赐履著，蒋钦挥等点校《悦山堂诗集》，附若园遗诗，广西人民出版社，2001，第204页。

② （清）谢赐履著，蒋钦挥等点校《悦山堂诗集》，附若园遗诗，广西人民出版社，2001，第204页。

③ （清）梁章钜著，蒋凡校注《〈三管诗话〉校注》，广西人民出版社，1996，第93页。

④ （清）沈德潜编《清诗别裁集》，下册，上海古籍出版社影印清乾隆二十五年教忠堂刻本，2013，第1118页。

⑤ （民国）杨盟修，黄诚沅纂《上林县志》，卷十五，台北：成文出版社影印民国二十三年本，1968，第895页。

积薜迎人欲砌花。怪得稚川求作令，我来亦复恋烟霞。"① 其中"峭壁凌云笼丽日"，《三管》作"荒磴拨云寻古洞"。"悬岩"，《三管》作"悬崖"。"敛翼"，《三管》作"翼敛"。"积薜迎人欲砌花"，《三管》作"掷豆堂空亦放花"。"亦复"，《三管》作"犹复"。

69. 卷十四李舒景《岳武穆墓》

校：据民国《上林县志》载李舒景《岳武穆墓》，有句："北走朝廷终不返"②，其中"走"，《峤西诗钞》作"狩"，《三管》作"狩"。

70. 卷十四张滋《重至全州学署》二首

校：据民国《上林县志》载张滋《重至全州学署》其一，有句："临池赋新韵"③，《三管》作"幽篁洒清韵"。

张滋《重至全州学署》其二，有句："戴恩亦已深，讵敢轻儒戏。"其中"讵敢轻儒戏"，《三管》作"不报宁非耻"。"三夜再梦归，耿耿怀无已"，其中"无"，《三管》作"不"。"何时遂投簪，一命慎终始"，《三管》作"投簪未敢言，盟心自兹始。"

71. 卷十四苏大中《望大明山》

校：据《上林县志》载苏大中《明山叠翠》"高耸千寻侵碧落"④，其中"侵碧落"，《三管》作"插霄汉"。

72. 卷十六胡德琳

校勘所据为胡德琳著《碧腴斋诗存》⑤ 8卷，王英志点校《袁枚全集》第七册，江苏古籍出版社1993年（底本为嘉庆袁枚藏板，前有袁枚序）。《三管英灵集》选胡德琳诗61首，其中18首《碧腴斋诗存》不见著录。

《望华岳》

校：据《碧腴斋诗存》卷二，《望华岳》有句："剸劳增神丰"⑥，《三

---

① （清）张允观修：《（乾隆）北流县志》，清乾隆十三年刻本。
② （民国）杨盟修，黄诚沅纂《上林县志》，卷十五，台北：成文出版社影印民国二十三年本，1968，第894页。
③ （民国）杨盟修，黄诚沅纂《上林县志》，卷十五，台北：成文出版社影印民国二十三年本，1968，第896页。
④ 上林县志编纂委员会编《上林县志》，广西人民出版社，1989，第552页。
⑤ 还有国学书局民国十九年本《袁枚全集》中《碧腴斋诗存》8卷，藏桂林图书馆。
⑥ （清）胡德琳：《碧腴斋诗存》，（清）袁枚著《袁枚全集》，第七册，江苏古籍出版社，1993，第18页。

管》作“为斢增神丰”，或抄刻颠倒讹误。“积素飘缟带”，《三管》作“皎若飘缟带”。

《连日望终南山皆在云雾中今日稍晴对百数峰历历可见》

校：据《碧腴斋诗存》卷三《连日望终南山皆在云雾中今日稍晴对百数峰历历可见喜而赋诗》[①]，《三管》题作《连日望终南山皆在云雾中今日稍晴对百数峰历历可见》。二首其二有句：“何处樵者归，行歌答飞鸟”，《三管》作“相对愧尘容，缄情向飞鸟。”

《大散关》

校：据《碧腴斋诗存》卷三，《大散关》有句：“乱石终砰磕”[②]，其中“砰”《三管》作“坪”，或形近抄刻错讹。

《柴关岭》

校：据《碧腴斋诗存》卷三《柴关岭》：“山多树如荠，高低隐嶙峋。古藤相樛葛，杂乱连松筠。颠倒卧雪中，行将摧为薪。慨念造化功，雨露非不均。中岂无梁栋，才大伤久湮。”[③] 其中“伤”《三管》作“宁”。“杂乱连松筠”之后，“颠倒卧雪中”之前，《三管》多录六句：“郁郁长蛇走，森森万戟陈。木栈或断续，我马时逡巡。舍车共徒步，四顾惊莽榛。”或为编者所加。

《南星镇晓发》

校：据《碧腴斋诗存》卷三，《南星镇晓发》有句：“何事起我早”[④]，其中“起”，《三管》作“促”。

《凤岭》

校：据《碧腴斋诗存》卷三《凤岭》[⑤]，“俯瞰深澒洞”之后，“登顿气

① （清）胡德琳：《碧腴斋诗存》，（清）袁枚著《袁枚全集》，第七册，江苏古籍出版社，1993，第21页。

② （清）胡德琳：《碧腴斋诗存》，（清）袁枚著《袁枚全集》，第七册，江苏古籍出版社，1993，第21页。

③ （清）胡德琳：《碧腴斋诗存》，（清）袁枚著《袁枚全集》，第七册，江苏古籍出版社，1993，第23页。

④ （清）胡德琳：《碧腴斋诗存》，（清）袁枚著《袁枚全集》，第七册，江苏古籍出版社，1993，第22页。

⑤ （清）胡德琳：《碧腴斋诗存》，（清）袁枚著《袁枚全集》，第七册，江苏古籍出版社，1993，第22页。

欲靡"之前,《三管》多录二句:"久视头目眩,数武腰脚痛。""转侧声为哄"之后,"山风飒然来"之前,《三管》多录四句:"常疑豺狼藏,几见鸳鹭虻。云日想文章,即有将安用。"或为编者所加。

《咸阳早发大雪》

校:据《碧腴斋诗存》卷三《咸阳早发大雪》①,"衾裯泼水惊寒极",其中"极",《三管》作"慄"。"冒雪出门雪转大",其中"大",《三管》作"飞"。"冒雪出门雪转飞"之后,"四野连天共一色"之前,《三管》多录二句:"郊外潺潺供凭轼,彤云倒地浩千倾。""人家出没孤烟直"之后,"龙蛇大泽隐曲盘"之前,《三管》多录二句:"坐觉乾坤致清朗,心知川薮藏疾慝。"或为编者所加。

《凤翔道中》

校:据《碧腴斋诗存》卷三《凤翔道中》②,"天边山影低",其中"边",《三管》作"遥"。

《过青羊桥》

校:据《碧腴斋诗存》卷三《过青羊桥》③,"崖倾下更难",其中"倾",《三管》作"穷"。

《鸡头关》

校:据《碧腴斋诗存》卷三《鸡头岭》:"蜀道若登天,褒斜南北袤。危碥叹才过,雄关惊复又。下马扶人行,策杖气为疚。螺壳几折旋,羊肠相纠缪。忽忽出苍顶,云烟生衣袖。汉江一线明,俯视空宇宙。鸡帻何威甤,天半伸其脰。危立致峨峨,似欲思战斗。过此渐坦夷,平原杂橘柚。马力乃能调,不驱而自走。"④

《三管》题作《鸡头关》,其中"蜀道若登天,褒斜南北袤",《三管》

---

① （清）胡德琳:《碧腴斋诗存》,（清）袁枚著《袁枚全集》,第七册,江苏古籍出版社,1993,第20页。

② （清）胡德琳:《碧腴斋诗存》,（清）袁枚著《袁枚全集》,第七册,江苏古籍出版社,1993,第21页。

③ （清）胡德琳:《碧腴斋诗存》,（清）袁枚著《袁枚全集》,第七册,江苏古籍出版社,1993,第23页。

④ （清）胡德琳:《碧腴斋诗存》,（清）袁枚著《袁枚全集》,第七册,江苏古籍出版社,1993,第24页。

作"谷口分褒斜，蜀栈半秦堠"。其中"马力乃能调"，《三管》作"出谷马频惊"。

"雄关惊复又"，其中"复"，《三管》作"还"。"鸡帻何威甦"，其中"威"，《三管》作"葳"。"似欲思战斗"，其中"思战斗"，《三管》作"逞一斗"。"平原杂橘柚"，其中"杂橘柚"，《三管》作"如列绣"。

"雄关惊复又"句之后，《三管》加二句："有舆不可乘，绝足失驰骤。"

"天半伸其胆"句之后，《三管》加二句："赤色映斜阳，高冠如甲胄。"

"平原如列绣"句之后，《三管》加二句："炊烟浮村墟，树木杂橘柚。"

"不驱而自走"句之后，《三管》加二句："一笑失旅愁，天府展遐觐。"

《朝天峡》

校：据《碧腴斋诗存》卷三《朝天峡》，末二句："行人偶失足，一坠讵可想。"[1]《三管》于末句后加四句："晚饭桅楼底，欸歌近越榜。南风渐渐吹，所恨欠五两。" 又 "今晨改涉水，失喜听双桨"，其中"失"，《三管》作"先"，或形近抄刻错讹。

《剑门关》

校：据《碧腴斋诗存》卷三《剑门关》[2]，"万马未敢窥，一夫力能捍"，其中"万马"，《三管》作"百万"。

"及兹费百錬"句后，《三管》加二句："神工自熔铸，元气划然判。"

"德威弭远患"句后，《三管》加二句："小丑间跳梁，屈之以不战。"

末句"过客凭眺玩"后，《三管》加八句："呜呼四贤楼，榛芜久汗漫。文章剩残碑，百丈留光焰。我来对夕阳，摩挲意未倦。高歌倚白云，努力追前彦。"

---

① （清）胡德琳：《碧腴斋诗存》，（清）袁枚著《袁枚全集》，第七册，江苏古籍出版社，1993，第 25 页。

② （清）胡德琳：《碧腴斋诗存》，（清）袁枚著《袁枚全集》，第七册，江苏古籍出版社，1993，第 26 页。

《京师寓中消夏》

校：据《碧腴斋诗存》卷一《京师寓中消夏》，"此地非炎徼，寒香梦碧萝"①，其中"此地非炎徼"，《三管》作"新暖归红药"。

《清明后三日湖上即事》

校：据《碧腴斋诗存》卷二《清明后三日湖上即事》，"黄公垆畔过，流恨欲沾裳"②，《三管》作"一杯同吊古，真属水仙王"。

《昭化舟中寄怀云巢即次赠别韵》

校：据《碧腴斋诗存》卷三《昭化舟中寄怀云巢即次赠别韵》："书剑原为客，飘零愧盛时。百忧经险阻，一物荷皇慈。美锦余初试，文衡子早司。别来频自慰，霄汉有心知。风尘经匝月，道路厌喧哗。云栈三春冷，蚕丛一线斜。莺声迷驿骑，客泪堕清笳。梦断天南北，寒梅应著花。"③《三管》作："昨发朝天峡，扁舟一叶过。江声连汉沔，雨气接岷峨。金散空囊闭，诗成险语多。只余韦杜集，吟玩日摩挲。"或《三管》误录他诗。

《夹道江中望峨嵋》

校：据《碧腴斋诗存》卷三《夹道江中望峨嵋》④，"青山翠若螺"，其中"若"，《三管》作"古"，或形近抄刻错讹。

《闻云岩自粤之楚将至广陵以五绝迎之》

校：据《碧腴斋诗存》卷四《闻云岩自粤之楚将至桂林以小诗三首迎之》⑤，《三管》选其三，题中"桂林"，《三管》误为"广陵"。"若过相思江，停桡为小住"，其中"小"，《三管》作"一"。

《得药上人书却寄》

校：据《碧腴斋诗存》卷四《得药耕上人书却寄》，"何时脱尘鞅，愿

① （清）胡德琳：《碧腴斋诗存》，（清）袁枚著《袁枚全集》，第七册，江苏古籍出版社，1993，第 1 页。
② （清）胡德琳：《碧腴斋诗存》，（清）袁枚著《袁枚全集》，第七册，江苏古籍出版社，1993，第 12 页。
③ （清）胡德琳：《碧腴斋诗存》，（清）袁枚著《袁枚全集》，第七册，江苏古籍出版社，1993，第 26 页。
④ （清）胡德琳：《碧腴斋诗存》，（清）袁枚著《袁枚全集》，第七册，江苏古籍出版社，1993，第 28 页。
⑤ （清）胡德琳：《碧腴斋诗存》，（清）袁枚著《袁枚全集》，第七册，江苏古籍出版社，1993，第 35 页。

闻第一义"①，其中"脱尘鞅"，《三管》作"造香界"。

《九日喜晴寄畅亭即事以山气日夕佳为韵与诸子分体赋诗得五首》

校：据《碧腴斋诗存》卷五《九日寄畅亭即事以山气日夕佳为韵》五首其二，"浊醪有至味"②，其中"浊"，《三管》作"醇"。五首其三，"搔首似飞蓬"，《三管》作"萍梗几蓬飞"。五首其四，"季重文章伯"，其中"季重"，《三管》作"季仲"。五首其五，"经论归儒术"，其中"经论"，《三管》作"经纶"。

《寄香亭并柬令兄存斋》六首

校：据《碧腴斋诗存》卷五《寄香亭并柬简斋八首》③，《三管》题为《寄香亭并柬令兄存斋》，选六首。

《碧腴斋诗存》卷五《寄香亭并柬简斋八首》其一，"十年一反手，忽已及五春"，"十年一反手"，《三管》作"一日如三秋"。"佳景一堕落"，"佳"，《三管》作"清"。

《碧腴斋诗存》卷五《寄香亭并柬简斋八首》其二，"送我北新观"，其中"新"，《三管》作"信"。"远隔千重山"，其中"重"，《三管》作"里"。

《碧腴斋诗存》卷五《寄香亭并柬简斋八首》其四，"泠泠三峡泉"，其中"泠泠"，《三管》作"冷冷"。"与君同一心"，其中"君"，《三管》作"子"。

《碧腴斋诗存》卷五《寄香亭并柬简斋八首》其八，"闻君生女子"，《三管》作"闻君已生女"。

73. 卷二十陈儋《东兰州竹枝词》

校：据《峤西诗钞》陈儋《东兰州竹枝词》二首其二，"曾道山中产首乌"，其中"曾"，《三管》作"会"，繁体"會"与"曾"形近，或抄刻错讹。

74. 卷二十杨廷理

校勘所据为杨廷理《知还书屋诗钞》九卷（附卷十《劳生节略》），

---

① （清）胡德琳：《碧腴斋诗存》，（清）袁枚著《袁枚全集》，第七册，江苏古籍出版社，1993，第31页。
② （清）胡德琳：《碧腴斋诗存》，（清）袁枚著《袁枚全集》，第七册，江苏古籍出版社，1993，第42页。
③ （清）胡德琳：《碧腴斋诗存》，（清）袁枚著《袁枚全集》，第七册，江苏古籍出版社，1993，第49页。

清代诗文集汇编本 418 册，上海古籍出版社 2010 年版，底本为道光十六年刻本。

《无马歌》

校：据《知还书屋诗钞》之《西来草》卷一《无马歌》，"更于为驹乞酒材，佳酿蒲陶挏乳液"①，《峤西诗钞》作《忆马歌》，"更于攻驹乞酒材，佳酿蒲陶挏乳液"②，《三管》作"况闻西凉乏酒材，佳酿蒲萄分乳液"。

《信步》

校：据《知还书屋诗钞》之《西来草》卷一《信步》③，"三年戍客单"，其中"戍"，《三管》作"戌"，形近错讹。

《小草并引》二首其一

校：据《知还书屋诗钞》之《西来草》卷一《小草并引》二首其一④，"生意也回环"，其中"回"繁体字"迴"，《三管》作"迥"，形近错讹。

《小草并引》二首其二

校：据《知还书屋诗钞》之《西来草》卷一，《小草并引》二首其二⑤："带水拖泥客，相逢另眼看"，《三管》作"万里飘零客，相逢破涕看"。

《九日》二首其一

校：据《知还书屋诗钞》之《西来草》卷一，《九日》二首其一⑥："盏把茱萸酒一卮"，其中"盏"，《三管》作"更"。

《九日》二首其二

校：据《知还书屋诗钞》之《西来草》卷一，《九日》二首其二⑦：

---

① （清）杨廷理：《知还书屋诗钞》，清代诗文集汇编 418 册，上海古籍出版社，2010，第 547 页。
② （清）张鹏展：《峤西诗钞》，卷九，上林丛书编印所，1944，第 255 页。
③ （清）杨廷理：《知还书屋诗钞》，清代诗文集汇编 418 册，上海古籍出版社，2010，第 544 页。
④ （清）杨廷理：《知还书屋诗钞》，清代诗文集汇编 418 册，上海古籍出版社，2010，第 545 页。
⑤ （清）杨廷理：《知还书屋诗钞》，清代诗文集汇编 418 册，上海古籍出版社，2010，第 545 页。
⑥ （清）杨廷理：《知还书屋诗钞》，清代诗文集汇编 418 册，上海古籍出版社，2010，第 543 页。
⑦ （清）杨廷理：《知还书屋诗钞》，清代诗文集汇编 418 册，上海古籍出版社，2010，第 543 页。

"要筑新亭补跨鲸"，其中"要"，《峤西诗钞》同，《三管》作"谁"。

《腊月十五夜闻丝竹声有感》

校：据《知还书屋诗钞》之《西来草》卷一，《腊月十五夜闻丝竹声有感》[①]："砂碛光阴诗酒里"，其中"诗酒"，《三管》作"试卷"。"客愁计拙难销腊，瓜代心期愿缩年"，其中"计拙难"，《三管》作"仗酒能"；"瓜代心期愿缩年"，《三管》作"归计心期尚隔年"，或为《三管》编者所改。

《送洪稚存亮吉编修回南》

校：据《知还书屋诗钞》之《西来草》卷一，《送洪稚存亮吉编修回南》[②]："愚悃古心期"，其中"愚悃"，《三管》作"强项"。

《荒斋》

校：据《知还书屋诗钞》之《西来草》卷二，《荒斋》[③]："郑公离绪鹧鸪歌"自注："郑谷以《鹧鸪诗》得名，其腹联云：游子乍闻征袖湿……"，其中"征袖"，《三管》作"红袖"。

《郊行》

校：据《知还书屋诗钞》之《西来草》卷二，《郊行》[④]："怪底天山常伴我，夜归把酒读离骚"，《三管》作"剩有孤灯能伴我，夜归把酒读离骚。"

《雪花吟》

校：据《知还书屋诗钞》之《西来草》卷三，《雪花吟》[⑤]："片似鹅毛细似盐，斜飞曲绕谁织组"，其中"片似鹅毛细似盐"，《三管》作"鹅毛满地盐撒空"。

[①] （清）杨廷理：《知还书屋诗钞》，清代诗文集汇编本418册，上海古籍出版社，2010，第552页。

[②] （清）杨廷理：《知还书屋诗钞》，清代诗文集汇编本418册，上海古籍出版社，2010，第550页。

[③] （清）杨廷理：《知还书屋诗钞》，清代诗文集汇编本418册，上海古籍出版社，2010，第567页。

[④] （清）杨廷理：《知还书屋诗钞》，清代诗文集汇编本418册，上海古籍出版社，2010，第556页。

[⑤] （清）杨廷理：《知还书屋诗钞》，清代诗文集汇编本418册，上海古籍出版社，2010，第576页。

"兴来策蹇据鞍吟",其中"鞍吟",《三管》作"吟鞍",或颠倒错讹。

"窃此诗人巧耐寒,床头瓶罄卧宝瓿",其中"此",《三管》作"比",或形近错讹;其中"宝",《三管》作"空"。

"风生解冻如妪煦",《三管》作"计日风生变和煦"。此句后《三管》脱二句:"音节难谐九歌谱,左抽右取且敷陈"。

末句"留待东归助谈麈"之后,《三管》脱二句:"不缘万里饱风霜,空羡琼楼与玉宇。"

《十一日申刻忽雪》

校:据《知还书屋诗钞》之《西来草》卷三,《十一日申刻忽雪》:"不用高烧蜡烛红"①,其中"蜡烛",《三管》作"蜡炬"。

75. 卷二十关琏《尧山》

校:据嘉庆《临桂县志》关琏《尧山》:"峰峦递隐见",其中"峰",《三管》作"岩"。"千倾凿鸿蒙"②,其中"凿",《三管》作"开"。

76. 卷二十二黎建三

校勘所据为:黎建三著,陆毅青校注《〈素轩诗集〉校注》中国文史出版社 2016 年版,底本为黎君弼辑,黎士华校《素轩诗集》道光二十二年(1842)求慊家塾刻本,藏桂林图书馆。

《秋怀三首寄友》

校:据《素轩诗集》卷一,《秋夜有怀元亭三首》,《三管》作《秋怀三首寄友》。其一:"迢遥宾雁度,茬苒夕照黄",其中"迢遥",《三管》作"迢递";"雁",《三管》作"鸿";"黄",《三管》作"光"。

其二,"得名未足喜,失名亦何忧?"其中"亦何忧",《三管》作"未足忧"。

《岁暮高平客邸感述》

校:据《素轩诗集》卷二《岁暮高平客邸述感四首》其四,"岂知一隔年,捡箧眼流血。"其中"岂知",《三管》作"宁知";"捡",《三管》作"检"。"卒岁益凛冽",其中"益",《三管》作"增"。

---

① (清)杨廷理:《知还书屋诗钞》,清代诗文集汇编本 418 册,上海古籍出版社,2010,第 580 页。

② (清)蔡呈韶等修,胡虔、朱依真撰《〈嘉庆〉临桂县志》,清嘉庆七年刻本。

《弃置词》

校：据《素轩诗集》卷二《弃置辞》其二，"由来折花易，掌上惜花难。"其中"掌上"，《峤西诗钞》卷八《弃置辞》其二作"无如"，《三管》作"不如"。《峤西诗钞》、《三管》脱末二句："出门成隔世，幽壤衔辛酸"，或抄录脱句错讹。

《古意》

校：据《素轩诗集》卷一《古意》，"忆昔初见君，春山学蛾眉"，其中"学"，《峤西诗钞》作"学"，《三管》作"若"。

《舟夜》

校：据《素轩诗集》卷四《舟夜》，"经旬苦微雨"，其中"微"，《峤西诗钞》、《三管》作"寒"。"更阑雨微作"，其中"雨微"，《峤西诗钞》、《三管》作"微雨"。"倾耳劳像想"，其中"像想"，《峤西诗钞》、《三管》作"想像"。"风柁戛鸣竹"，其中"风"，《峤西诗钞》、《三管》作"鸣"。

《六盘山》

校：据《素轩诗集》卷一《六盘山》，"数武复蜿蜒"，其中"蜿"，《三管》作"蛇"。"风雷集其巅"，其中"雷"，《三管》作"霜"。

《咏怀》其二

校：据《素轩诗集》卷六《咏怀》五首其五，"浮生嗟大难"，其中"大"，《三管》作"太"。"平坡迭往复"，其中"坡"，《三管》作"陂"。

《碌碌吟》

校：据《素轩诗集》卷四《碌碌吟》，"碌碌复碌碌，一年道路相驱逐"，《三管》脱"一年"二字；《峤西诗钞》脱"道路"二字。"朝过桃花山"，其中"桃花山"，《峤西诗钞》同，《三管》作"会宁餐"。"夜半定西宿"，其中"夜半"，《峤西诗钞》同，《三管》作"暮向"。

《短歌》

校：据《素轩诗集》卷三《短歌》，"烦忧组织如网密"，其中"组织"，《峤西》、《三管》皆作"织心"。"百年已过一万日"，其中"年"，《三管》作"万"，或抄录错讹。"举杯聊以齐得失"，其中"聊以"，《峤西》、《三管》作"聊且"。

《斗米谣》

校：据《素轩诗集》卷三《斗米谣》，"争如瓮乏升斗贮"，《三管》作"其奈家无升斗贮"。

《月夜观渔人垂钓戏作》

校：据《素轩诗集》卷一，题作《和玉于圃月夜垂钓作》，《三管》作《月夜观渔人垂钓戏作》。

《漓江舟中》

校：据《素轩诗集》卷一《漓江舟中》，"早识澄江好"，其中"澄江"，《峤西诗钞》、《三管》作"漓江"。

《岳阳楼》

校：据《素轩诗集》卷一《岳阳楼》，"高寒鼓角愁"，其中"愁"，《峤西诗钞》、《三管》作"秋"。

《晚春柬徐敬夫》

校：据《素轩诗集》卷二《晚春柬徐敬夫》，"韶光如逝水，花会不赏看"，其中"花会不赏看"，《峤西》、《三管》均作"花事不曾看"。

《蓝桥》

校：据《素轩诗集》卷二《蓝桥》，"秋耕杂豆绵"，其中"绵"，《峤西诗钞》同，《三管》作"棉"。

《月夜》

校：据《素轩诗集》卷三《月夜》，"清露净兰膏"，其中"膏"，《峤西》、《三管》均作"皋"。

《夜渡青岚山》

校：据《素轩诗集》卷五《夜渡青岚山》，《峤西诗钞》同，其中"星辰森马足"，《三管》作"石梯防马足"，"习苦安尘鞅"，《三管》作"未敢言辛苦"。"清吟慰转蓬"，其中"清"，《三管》作"孤"。

《夜出马峡》

校：据《素轩诗集》卷一《夜出马峡》，"十里水汀萍"，其中"萍"，《三管》作"平"。

《游永昌城北水寺》

校：据《素轩诗集》卷五《游永昌城北寺》，《三管》题《游永昌城北水寺》，"明朝归路近"，其中"明朝"，《三管》作"明晨"。

《泊大榕江上流》

校：据《素轩诗集》卷一《泊大榕江》，《三管》题《泊大榕江上流》，"曲坞有田都近水"，其中"都"，《三管》作"皆"。"二年作客经过地"，其中"二"，《三管》作"三"。

《初夏过卢妹丈山庄……赋此》

校：据《素轩诗集》卷三《初夏过卢妹丈山庄感赋二首》，《峤西诗钞》、《三管》题作《初夏过卢妹丈山庄妹丈于去秋下世舍妹膝下二男一六岁一甫茕茕弱息终日以泪洗面为勉留二日归途怆然赋此》

《清明日雨雪》

校：《素轩诗集》、《峤西诗钞》不载此诗。

《海城奉檄调省途次复有移署姑藏之信》

校：据《素轩诗集》卷五《海城奉檄调省途次复有移署姑藏之信》，"得失牛毛学两忘"，其中"得失"，《峤西诗钞》、《三管》作"得意"。

《古张掖郡》

校：据《素轩诗集》卷四《古张掖郡》，"天山绵亘白终古"，其中"天山"，《三管》作"大山"。"千树鸦声双塔晓"，其中"晓"，《三管》作"晚"。

《襄阳舟中》

校：据《素轩诗集》卷六《襄阳舟中》，"奔波渐驶秦关远"，其中"驶"，《三管》作"数"。

《山斋》

校：据《素轩诗集》卷一《山斋》，"深夜寂无声"，其中"寂"，《三管》作"断"。

《平番道中》 其一

校：据《素轩诗集》卷四《平番道中》二首其一，"岐阳渡口斜阳晚"，其中"岐"，《三管》作"枝"。

《红柳》

校：据《素轩诗集》卷五《红柳》六首其五，"无多婀娜也俜停"，《三管》选五首，其四作"无多婀娜也娉婷。"其六"绿杨城郭梦杨州"，其中"杨州",《三管》作"扬州"。

《岁暮河湟道中思乡杂咏》

校：据《素轩诗集》卷一《岁暮河湟道中思乡杂咏》七首其二，"拟上昆仑最高顶"，《三管》选二首，其一作"欲上昆仑绝高顶"。

《雨中过临撞望骊山》

校：据《素轩诗集》卷二《雨中过临撞望骊山》，"米颠笔意天然似"，其中"似"，《三管》作"出"。

77．卷二十三邓建英

校勘所据底本为嘉庆十七年（1812）桂林左桂舟刊刻本《玉照堂诗钞》六卷。参校咸丰十一年（1861）罗渭川家藏抄本六卷，苍梧梁应时红色方格抄本三卷（有前两版本无的《晋中吟草》，惜未为全璧）。①

《月夜紫微馆寄褐兰友秀才》

校：据左桂舟刻本《玉照堂诗钞》卷六《月夜紫微馆寄褐兰友秀才》②，"忽从柳稍头"，其中"稍"，《三管》作"梢"。

《漓江夜泛》

校：据左桂舟刻本《玉照堂诗钞》卷一《漓江之夜》③，《三管》题作《漓江夜泛》。"霜叶何斑斓"，其中"斑斓"，《三管》作"斓斑"。

《渡羚羊峡》

校：据左桂舟刻本《玉照堂诗钞》卷一《渡羚羊峡》④，"惊魂未定试回首"，其中"首"，《三管》作"看"。

《左桂舟以感遇诗见示因和答四章以广其志》

按：左桂舟《玉照堂诗钞》刻本、罗渭川家藏抄本、《峤西诗钞》皆无载，仅《三管英灵集》载。或为《晋中吟草》中诗。

《辽州城南双松歌》

按：左桂舟《玉照堂诗钞》刻本、罗渭川家藏抄本、《峤西诗钞》皆

---

① （清）邓建英著，曾赛男校注《〈玉照堂诗钞〉校注》，广西大学 2002 硕士论文，将三个版本悉心比较，互补缺失，共整理邓建英诗歌 700 余首。校勘所用《三管英灵集》为广西省图书馆所藏抄本，非道光刻本。

② （清）邓建英：《玉照堂诗钞》，卷六，嘉庆十七年左桂舟刻本，藏桂林图书馆。

③ （清）邓建英：《玉照堂诗钞》，卷一，嘉庆十七年左桂舟刻本，藏桂林图书馆。

④ （清）邓建英：《玉照堂诗钞》，卷一，嘉庆十七年左桂舟刻本，藏桂林图书馆。

无载，仅《三管英灵集》载。或为《晋中吟草》中诗。辽州，今山西辽县。

《桂林处士曾静如著〈自课集〉数卷，予曾为作序，没后稿不复见，周肯之邀予访诸其弟欲以备志局采择，不遇而返》

校：左桂舟《玉照堂诗钞》刻本无载，据罗渭川家藏抄本卷四载《桂林处士曾静如著〈自课集稿〉数卷，予曾为作序，身没之后稿不复见矣，周肯之邀予访诸其弟欲呈志局，不遇而返》①，"世间何物能久长"，其中"久长"，《三管》作"长久"。"艰难困顿累终身"，其中"累"，《三管》作"果"。"锦囊心血落谁手"，其中"手"，《三管》作"处"。

《西湖酒楼醉歌赠刘星山明府》

校：左桂舟《玉照堂诗钞》刻本无载，据罗渭川家藏抄本卷四载《西湖酒楼醉歌赠刘星山明府》②，"雷峰塔上秋阳明"，其中"上"，《三管》作"顶"；"秋阳"，《三管》作"斜阳"。"兰挠摇漾空中行"，其中"空中"，《三管》作"空山"。

《穷黎叹》

校：左桂舟《玉照堂诗钞》刻本无载，或为《晋中吟草》中诗。《峤西诗钞》载《穷黎叹》，"尔苦如一牛"，其中"如"，《三管》作"同"。"荷锄耕瘠土，日期麦有秋"，其中"荷锄"，《三管》作"竭力"。

《山斋为大水漂没今年始于废址勉营一堂》

校：据左桂舟刻本《玉照堂诗钞》卷二《山斋为大水漂没今年始于废址勉营一堂》③，"聊还三径曲，仍把四窗开"，其中"把"，《三管》作"许"。"入户飞新燕，穿云忆古梅"，"穿云"，《三管》作"当轩"。

《西子村》

校：据左桂舟刻本《玉照堂诗钞》卷六《西子》四首其一④，《三管》仅选其一。"至今溪石上，苔鲜尚含春"，其中"上"，《峤西》作"在"，《三管》作"在"。

---

① （清）邓建英：《玉照堂诗钞》，罗渭川家藏咸丰抄本，藏桂林图书馆。

② （清）邓建英：《玉照堂诗钞》，罗渭川家藏咸丰抄本，藏桂林图书馆。

③ （清）邓建英：《玉照堂诗钞》，卷二，嘉庆十七年左桂舟刻本，藏桂林图书馆。

④ （清）邓建英：《玉照堂诗钞》，卷六，嘉庆十七年左桂舟刻本，藏桂林图书馆。

《泊衡州》《晚泊》《春晚即事》

按：左桂舟《玉照堂诗钞》刻本、罗渭川家藏抄本皆无载，《峤西诗钞》、《三管英灵集》载，文字无异。

《山高》

校：左桂舟《玉照堂诗钞》刻本《玉照堂诗钞》卷一《观客舟下滩》①，《三管》题作《山高》。

《早春严心田邀游金莲庵同左碧溪崔雨屏李芳园》

校：左桂舟《玉照堂诗钞》刻本无载，据罗渭川家藏抄本载《春日严心田携酒邀同左碧溪崔雨屏李芳园游金莲庵偶成八首》②

其二，"松荫堕鹤翎"，其中"荫"，《三管》作"阴"；"堕"，《三管》作"坠"。

其六，"犹对酒多情"，《三管》作"多情犹对酒"。

其七，"支许重交难，林泉话旧游"，其中"重交难"，《三管》作"交同调"。"山东第一流"，抄本脱"山"字，《三管》作"山东"。

《四月十六日钟修竹招饮江楼既而泛月更酌席上送丁紫庭之桂林仍次前韵》二首

按：左桂舟《玉照堂诗钞》刻本、罗渭川家藏抄本、《峤西诗钞》皆无载，仅《三管英灵集》载。

《长洲春日道中》

校：左桂舟《玉照堂诗钞》刻本卷五《长洲春日道中柬华严寺僧晓岸》二首③，《三管》选其一，题作《长洲春日道中》。"蜻蜓款款依芦箔"其中"箔"，《三管》作"岸"。

《游浯溪诸胜既题八诗复呈寺中长老》

校：左桂舟《玉照堂诗钞》刻本卷三《游浯溪诸胜既题八诗复呈寺中长老》④，"名迹争传俯碧流，客程遥驻木兰舟"，《三管》作"闻道名贤旧迹留，溪边忽驻木兰舟"。"何妨便向岩边住，试把行藏问惠休"，其中"何

① （清）邓建英：《玉照堂诗钞》，卷一，嘉庆十七年左桂舟刻本，藏桂林图书馆。
② （清）邓建英：《玉照堂诗钞》，罗渭川家藏咸丰抄本，藏桂林图书馆。
③ （清）邓建英：《玉照堂诗钞》，卷五，嘉庆十七年左桂舟刻本，藏桂林图书馆。
④ （清）邓建英：《玉照堂诗钞》，卷三，嘉庆十七年左桂舟刻本，藏桂林图书馆。

妩便向岩边住"，《三管》作"何因得傍幽岩住"。

《雄县道中值生日刘心原学博招小饮感赋却寄上查映山给谏师》

校：左桂舟《玉照堂诗钞》刻本无载，据罗渭川家藏抄本卷四载《雄县道中值生日刘心原学博招小饮感赋却寄上查映山给谏英与刘皆出给谏公门下也》[①] 二首，《三管》选其一。"满胃磊块酒难浇"，其中"胃"，《三管》作"胸"。"帽斜残照上危桥"，其中"斜"，《三管》作"敧"。

《权篆榆社早次小店却寄省中寅好》

按：左桂舟《玉照堂诗钞》刻本、罗渭川家藏抄本皆无载，《峤西诗钞》、《三管英灵集》载。末二句："未到马陵回白首，故乡真个是并州"，或为《晋中吟草》中诗。

《偶题》 二首其二

按：左桂舟《玉照堂诗钞》刻本、罗渭川家藏抄本皆无载，《峤西诗钞》、《三管英灵集》载。《峤西诗钞》作"日日穷黎盼拯饥"，其中"穷"，《三管》作"群"。

78. 卷二十四黄东昀

《捕蝗谣》

校：据《峤西诗钞》卷七《捕蝗谣》[②]，"农是天民，天心仁爱"，其中"农是天民"，《三管》作"民生自天"。"昔者何智，今也宁愚"，其中"宁"，《三管》作"何"。

《仲冬偕朱春岑秋岑小岑游七星山遍访岩洞诸胜返憩栖霞寺小饮山亭候月出始归以云峰缺处涌冰轮为韵得五言七首》

校：《峤西诗钞》未选，据嘉庆《临桂县志》黄东昀《仲冬偕朱春岑秋岑小岑游七星山遍访岩洞诸胜返憩栖霞寺小饮山亭候月出始归以云峰缺处涌冰轮为韵得五言七首》[③]

其三，"危亭蠹陂陀"，其中"蠹"，《三管》作"直"。

其四，"竿头思进步，猛力戒自恕"，其中"猛力"，《三管》作"努力"。"晴岚森岩壑"，其中"岩"，《三管》作"崖"。"随身有竹杖"，其

---

① （清）邓建英：《玉照堂诗钞》，罗渭川家藏咸丰抄本，藏桂林图书馆。
② （清）张鹏展：《峤西诗钞》，上林丛书编印所，1944，第196页。
③ （清）蔡呈韶等修，胡虔、朱依真撰《（嘉庆）临桂县志》，清嘉庆七年刻本。

中"有"，《三管》作"龙"。

《古意》

校：据《峤西诗钞》卷七《古意》①，"义在不可奸"，其中"不"，《三管》作"非"。

《洞庭夜泊》

校：据《峤西诗钞》卷七《洞庭夜泊》②，"湖平如鑑桨声齐"，其中"桨声"，《三管》作"帆樯"。"野气荒荒天维低"，《三管》作"荒荒野气天维低"。"汪汪宁容寻尺稽"，其中"宁"，《三管》作"讵"。"利物而淡参造化"，其中"而淡"，《三管》作"之功"。"瞬息已渡重湖西"，《三管》作"瞬息已到巴陵西"。

《双烈歌》

校：据《峤西诗钞》卷七《双烈歌》③，"到处杀人骨如堆"，《三管》作"杀人白骨如山堆"。"煌煌金符称守令，输城纳款何无疑。嗟哉丈夫心久死，犹留妇人张国维"，《三管》作"堂堂守令竟纳款，何如妇女张国维"。

"生世不谐堕汉辱，烟花误落原非宜。琼枝藉本属惠郎，材艺旧冠楚江湄。一朝城破主人死，舞衫歌袖心已灰。虽无螳斧锄獍枭，肯教鸳曲媚鲸鲵。"《三管》作 ...

"曼仙亦属姐妹行"后《三管》脱二句："宁使大节独矜奇，舍身事贼尽贼欢"。

"至今生气傲须眉"，其中"傲"，《三管》作"凌"。

"声罪讨贼两无违"，《三管》作"偷生从贼两不为"。

"当时守土非娼姬"，其中"非娼姬"，《三管》作"堪长嘻"。

《雒容晚泊》

校：据《峤西诗钞》卷七《雒容晚泊》④，"江山偏宜月"，其中"宜"，《三管》作"岸"。

---

① （清）张鹏展：《峤西诗钞》，上林丛书编印所，1944，第 197 页。
② （清）张鹏展：《峤西诗钞》，上林丛书编印所，1944，第 197 页。
③ （清）张鹏展：《峤西诗钞》，上林丛书编印所，1944，第 199~200 页。
④ （清）张鹏展：《峤西诗钞》，上林丛书编印所，1944，第 201 页。

《舟行阻雨次朱学曾同年韵》

校：据《峤西诗钞》卷七《舟行阻雨次朱学曾同年韵》①，"梦草怀吾弟，春天忆旧耕"，《三管》作"忆弟添新句，归田负旧耕"。

《孟冬念八日过栖霞寺小憩山亭》

校：据《峤西诗钞》卷七《孟冬念八日过栖霞寺小憩山亭》②，"晴烟七点青"，其中"七点"，《三管》作"数点"。

79. 卷二十四滕问海

《村中书事》

校：据《峤西诗钞》滕问海《村中书事》，"笑语齐嘻嘻"，其中"齐"，《三管》作"声"。"呼儿扫宾榻，小姑奉盘匜"，《三管》作"窗前扫宾榻，役使呼童儿。""杂沓菽与藜"，其中"藜"，《三管》作"葵"。"呼翁同倾卮"，其中"呼"，《三管》作"愿"。"叹息增嗟咨，不生淳闷时"，《三管》作"叹息增嗟咨，恨我来何迟。"

《村居》

校：据《峤西诗钞》滕问海《村居》，"情游物外贫仍乐，瓢挂巢间响亦频"，其中"频"，《三管》作"烦"，或形近抄刻错讹。"从教人广绝交论，莫逆于心松菊存"，《三管》作"绝交论为何人著，三径萧萧菊尚存"。

《柳州谒刘贤良祠》

校：据《峤西诗钞》滕问海《柳州谒刘贤良祠》，"若教科第兴风汉，廊庙终无甘露冤"，其中"廊庙终无甘露冤"，《三管》作"甘露应无异日冤"。

80. 卷二十六蒋励宣

校勘所据为蒋励宣《巢云楼存诗》，吕朝晖主编《全州历史文化丛书：六人集》广西人民出版社 2001 年版，点校底本为蒋励宣《巢云楼存诗》嘉庆二十三年刻，不分卷，藏桂林图书馆。

《自警》

校：据《巢云楼存诗》《自警》二首其一，"遇哉自小为"③，《三管》

---

① （清）张鹏展：《峤西诗钞》，上林丛书编印所，1944，第 201 页。
② （清）张鹏展：《峤西诗钞》，上林丛书编印所，1944，第 202 页。
③ （清）蒋励宣：《巢云楼存诗》，吕朝晖主编《全州历史文化丛书：六人集》，广西人民出版社，2001，第 6 页。

仅选其一，作"愚哉自小为"。

《督运回至天津登望海楼》

校：据《巢云楼存诗》《督运回至天津登望海楼》，"几辅雄藩自昔开"[①]，其中"几辅"，《三管》作"畿辅"。

《记雨六章》

其一《记灾》

校：据《巢云楼存诗》《记灾》[②]，"墨云沉沉低垂户"，其中"低垂户"，《三管》作"压庭户"。

"忽听天庭霶霈声，通州三日翻盆雨"，其中"忽听天庭霶霈声"，《三管》作"屏翳喷浪飞廉号"。

"呐嗟高浪与云平"，其中"与云平"，《三管》作"烟云平"。

"淋漓三日又连旬，前波后浪叠峥嵘"，其中"又"，《三管》作"仍"；其中"叠峥嵘"，《三管》作"如镕银"。

"三春两夏无涓滴，蓄积霆霖到此倾。"其中"蓄积霆霖到此倾"，《三管》作"到此忽讶天瓢倾"。

其二《斥怪》

校：据《巢云楼存诗》《斥怪》[③]，"风号雨溢浪崔嵬"，其中"浪"，《三管》作"高"。

"两涯浩渺天连水，故道白河安在哉"，其中"两涯浩渺天连水"，《三管》作"浊浪排空接天际"。

"讵容异类毒生灵"，其中"毒"，《三管》作"灾"。

其三《哀溺》

校：据《巢云楼存诗》《哀溺》[④]，"累洽重熙百载余，盈宁妇子乐何

---

① （清）蒋励宣：《巢云楼存诗》，吕朝晖编《全州历史文化丛书：六人集》，广西人民出版社，2001，第10页。
② （清）蒋励宣：《巢云楼存诗》，吕朝晖编《全州历史文化丛书：六人集》，广西人民出版社，2001，第13页。
③ （清）蒋励宣：《巢云楼存诗》，吕朝晖编《全州历史文化丛书：六人集》，广西人民出版社，2001，第13页。
④ （清）蒋励宣：《巢云楼存诗》，吕朝晖编《全州历史文化丛书：六人集》，广西人民出版社，2001，第13~14页。

如"，《三管》作"重熙累洽百载余，太平有象豳风图。"

"凿井耕田比户居"，《三管》作"耕田凿井安其居"。

"旻穹浩劫恰相遭"，其中"旻穹"，《三管》作"穹苍"。

"哀哉万众孰能逃"，其中"孰"，《三管》作"谁"。

其四 《悯饥》

校：据《巢云楼存诗》《悯饥》[1]，"流离栖焉定，骨肉散何方"，《三管》作"骨月靡所止，飘散知何方"。

其五 《嗟丁》

校：据《巢云楼存诗》《嗟丁》[2]，"漕河一夜水奔流，粮舢飘摇天上浮"，其中"水"，《三管》作"东"；"飘摇"，《三管》作"拍拍"。

"联帮系栈数千只，顷刻分飞乱似鸥"，其中"顷刻分飞乱似鸥"，《三管》作"分飞飘泊如沙鸥"。

"己见前舟沉怒涛"，其中"沉"，《三管》作"没"。

"颗粒国课望神怜"，其中"望"，《三管》作"祈"。

"只言转瞬可息肩，何意到头仍复尔"，其中"只言转瞬"《三管》作"只道输将"；"何意到头仍复尔"，《三管》作"谁知颠覆翻如水"。

"泊来犹自魂摇摇"，其中"泊来犹自"，《三管》作"舣舟喘定"。

《龙隐岩观家文定少傅、谢勿亭中丞、谢梅庄观察题壁分赋三律》

其一

校：据《巢云楼存诗》《重游龙隐岩题壁又读家文定少傅、谢勿亭中丞、谢梅庄观察原题有感为各赋一首》其一[3]，"十年钧轴矢贞忠"，其中"贞忠"，《三管》作"孤忠"。

"元勋自古无优赏，邪说由来胜至公"，其中"无优赏"，《三管》作"多疑忌"；"由来"，《三管》作"偏能"。"川岳英灵难泯没"，其中"川"，《三管》作"山"。

---

① （清）蒋励宣：《巢云楼存诗》，吕朝晖编《全州历史文化丛书：六人集》，广西人民出版社，2001，第14页。

② （清）蒋励宣：《巢云楼存诗》，吕朝晖编《全州历史文化丛书：六人集》，广西人民出版社，2001，第14页。

③ （清）蒋励宣：《巢云楼存诗》，吕朝晖编《全州历史文化丛书：六人集》，广西人民出版社，2001，第26页。

其二

校：据《巢云楼存诗》《重游龙隐岩题壁又读家文定少傅、谢勿亭中丞、谢梅庄观察原题有感为各赋一首》其二①，"千里生民暄爱日"，其中"生民"，《三管》作"穷檐"。

"到今懿范传珂里"，《三管》作"只今懿范成乡者"。

"八纪题镌新似昨"，其中"新似昨"，《三管》作"似新作"。

其三

校：据《巢云楼存诗》《重游龙隐岩题壁又读家文定少傅、谢勿亭中丞、谢梅庄观察原题有感为各赋一首》其三②，"千里生民暄爱日"，其中"生民"，《三管》作"穷檐"。

"万斛珠泉惟己出，昌黎樊师中墓铭，惟古于词必已出，降而不能乃剽窃。一鸣冈凤使群惊"，《三管》无原注，作"万派波归鲸掣力，一鸣群识凤皆鸣"。

"公忠自许赵清献，才识人嗟祢正平"，其中"才识人嗟"，《三管》作"文采还怜"。

"岩花涧水为含情"，其中"情"，《三管》作"精"，或形近抄刻错讹。

81. 卷二十八龙献图

校勘所据为龙献图著李国新校注《〈易安堂集〉校注》中央编译出版社2015 年版，底本为光绪秦焕校、近人黄华表壁山阁印行《易安堂集》线装本，藏桂林图书馆。

按：《易安堂集》内有《耕余草》316 首、《宦游小草》70 首、《归田草》103 首，为诗人一生行迹，《三管英灵集》选 26 首，《三管英灵集》选诗所据非后人《易安堂集》校刻本，而是三部诗集手稿本或抄本，因卷二十八龙献图传仅著录《耕余草》、《宦游小草》、《归田草》，龙献图于道光十八年（1838）去世，诸集尚未刊刻。《三管英灵集》所据底本更早，因此，《三管英灵集》可纠壁山阁本错讹，具有校勘价值。

---

① （清）蒋励宣：《巢云楼存诗》，吕朝晖编《全州历史文化丛书：六人集》，广西人民出版社，2001，第 26 页。

② （清）蒋励宣：《巢云楼存诗》，吕朝晖编《全州历史文化丛书：六人集》，广西人民出版社，2001，第 26 页。

《向唐莲舫明府借酒》

校：据《易安堂集》之《耕馀草》《向唐莲舫明府借酒》[①]，"三载复三北，诗成欲乞降"，其中"载"，《三管》作"战"，"成"，《三管》作"城"，《三管》更符合诗意。"取复桑榆功"，其中"取"，《三管》作"收"。

《戽水谣》

校：据《易安堂集》之《耕馀草》《戽水谣》[②]，"拜天拜地跃颡尻，高首低腰邃最怜。赤日炎如釜，汗沾淋漓仰又俯"，《三管》作"舞天跃地水过颡，尻高首下人籧篨。最怜赤日炎如釜，汗沾淋漓仰还俯"。"一手挥汗一手摇，天不作雨汗如雨"，其中"摇"，《三管》作"戽"；"天不作雨"，《三管》作"天虽不雨"。

《采买谣》

校：据《易安堂集》之《耕馀草》《采买谣》[③]"按粮派买称公年"，其中"年"，《三管》作"平"，校注本已校。"只怨当日耿寿昌"，其中"日"，《三管》作"年"。耿寿昌，汉人，《三管》更符合诗意。

《书荆轲传后》

校：据《易安堂集》之《耕馀草》《书荆轲传后》[④]，"枉刺荆轲投虎狼"，其中"刺"，《三管》作"使"，校注本已校。"胡亥袭位谋扶苏"，其中"胡亥袭位"《三管》作"已立胡亥"。"遂使赵高指鹿辈"，其中"指鹿辈"，《三管》作"与群小"。"乃知祸福人自取，逆天者亡天作主"，《三管》作"乃知祸福天作主，逆天者亡人自取"，《三管》更符合诗意。

《空舲峡》

校：据《易安堂集》之《耕馀草》《空舲峡》[⑤]，"谓我平生仗忠信"，其中"仗忠信"，《三管》作"忠信行"。

《元旦雪作歌》

校：据《易安堂集》之《耕馀草》《元旦雪作歌》[⑥]，"四山一望银皑

---

① （清）龙献图著，李国新校注《〈易安堂集〉校注》，中央编译出版社，2015，第139~140页。
② （清）龙献图著，李国新校注《〈易安堂集〉注》，中央编译出版社，2015，第33页。
③ （清）龙献图著，李国新校注《〈易安堂集〉注》，中央编译出版社，2015，第73页。
④ （清）龙献图著，李国新校注《〈易安堂集〉注》，中央编译出版社，2015，第66页。
⑤ （清）龙献图著，李国新校注《〈易安堂集〉校注》，中央编译出版社，2015，第154页。
⑥ （清）龙献图著，李国新校注《〈易安堂集〉校注》，中央编译出版社，2015，第54页。

皑"，"银"，《三管》作"云"。"笑向窗前试斑管"，其中"斑"，《三管》作"班"，或形近抄刻错讹。

《观欧阳葆真少尉寓斋所藏书画》

校：据《易安堂集》之《耕馀草》《观欧阳葆真少尉寓斋所藏书画》①，"来访欧阳书画家"，《三管》作"来访书画欧阳家"。"迁倪颠米神不差"，其中"不"，《三管》作"无"。"腰间既无黄与白，何物能使鬼推车"，其中"何物能使鬼推车"，《三管》作"安能致此盈数车"。"宦囊置此亦何用"，《三管》作"宦囊人弃君独取"。

《雪夜作歌柬唐莲舫明府》

校：据《易安堂集》之《耕馀草》《雪夜作歌柬唐莲舫明府》②，"忽惊天下飞鹅毛，乍喜阶下铺琼瑶"，其中"天下"，《三管》作"天上"。"长安市上我贤豪"，其中"我"，《三管》作"多"。

《感兴》四首其三

校：据《易安堂集》之《归田草》《感兴》四首其三③，"只剩挥金手"，其中"金"，《三管》作"斤"，校注本已校。

《春游即景》

校：据《易安堂集》之《归田草》《春游即景》④，"蜡屐道江干"，其中"蜡屐"，《三管》作"缓步"，校注本已校。

《哭门人李伯贞学博》

校：据《易安堂集》之《宦游小草》《哭门人李伯贞学博》⑤，"我老欲归君宿草"，其中"我老"，《三管》作"老我"，校注本已校。

《秋日斋中即事》其一

校：据《易安堂集》之《耕馀草》《秋日斋中即事》其一⑥，"日把残书树下哦"，其中"把"，《三管》作"拥"。

---

① （清）龙献图著，李国新校注：《〈易安堂集〉校注》，中央编译出版社，2015，第118页。
② （清）龙献图著，李国新校注：《〈易安堂集〉校注》，中央编译出版社，2015，第135页。
③ （清）龙献图著，李国新校注：《〈易安堂集〉校注》，中央编译出版社，2015，第227页。
④ （清）龙献图著，李国新校注：《〈易安堂集〉校注》，中央编译出版社，2015，第207页。
⑤ （清）龙献图著，李国新校注：《〈易安堂集〉校注》，中央编译出版社，2015，第166页。
⑥ （清）龙献图著，李国新校注：《〈易安堂集〉校注》，中央编译出版社，2015，第100页。

《秋日斋中即事》 其二

校：据《易安堂集》之《耕馀草》《秋日斋中即事》 其二①，"修然多在梦醒时"，其中"修"，《三管》作"翛"。

82. 卷三十四朱依真

校勘所据为朱依真著，周永忠校注《〈九芝草堂诗存〉校注》，巴蜀书社 2014 年版，底本为朱依真著，邓显鹤编次、李秉礼刊刻《九芝草堂诗存》8 卷，道光二年（1822）刻本，藏桂林图书馆。《三管英灵集》选 42 首，《峤西诗钞》选诗 59 首。

《李少鹤明府招饮普陀岩分韵得在字》

校：据《九芝草堂诗存》卷七《李少鹤明府招同杨石墟茂才、许密斋明府、王若农赞府、浦柳愚明经、李松圃郎中集补陀岩用"七人姓字在栖霞"分韵，盖石湖屏风岩题壁句也，余得在字》②，《三管》题作《李少鹤明府招饮普陀岩分韵得在字》，"宝陀海一角，缥渺津罕逮"，其中"津罕逮"，《三管》作"罕津逮"，或抄刻颠倒错讹。

《赠别蒋湘雪用其集中和东坡诗韵》

校：据《九芝草堂诗存》卷七《赠别蒋湘雪用其集中和东坡歧亭诗韵》③，《三管》题作《赠别蒋湘雪用其集中和东坡诗韵》，"慎此百炼刚，毋使鼻蚁缺"，其中"鼻蚁"，《三管》作"蚁鼻"，《峤西》作"蚁鼻"。蚁鼻，比喻微细。葛洪《抱朴子·论仙》："此所谓以分寸之瑕，弃盈尺之夜光；以蚁鼻之缺，捐无价之淳钧。"或据《峤西》校改。

《酬李松圃见答》

校：据《九芝草堂诗存》卷六《酬李松圃见答》④，"九曲黄河冰，万古昆仑雪"，其中"冰"，《三管》作"水"，或形近抄刻错讹。

《寄李石桐少鹤兄弟》

校：据《九芝草堂诗存》卷七《寄李石桐少鹤兄弟》⑤，"鹓鹏不受缚，

---

① （清）龙献图著，李国新校注《〈易安堂集〉校注》，中央编译出版社，2015，第 100 页。
② （清）朱依真著；周永忠校注《〈九芝草堂诗存〉校注》，巴蜀书社，2014，第 201 页。
③ （清）朱依真著；周永忠校注《〈九芝草堂诗存〉校注》，巴蜀书社，2014，第 213 页。
④ （清）朱依真著；周永忠校注《〈九芝草堂诗存〉校注》，巴蜀书社，2014，第 184 页。
⑤ （清）朱依真著；周永忠校注《〈九芝草堂诗存〉校注》，巴蜀书社，2014，第 224 页。

溟渤供育怪", 其中"育", 《三管》作"盲", 或形近抄刻错讹。"椎成示敦朴", 其中"成", 《三管》作"锥"。"毋向荆蛮卖", 其中"毋", 《三管》作"无"。"余生托寒素", 其中"托", 《三管》作"讬"。

《题镜云〈天际归舟图〉》时镜云将由粤返京师并以志别》

校: 据《九芝草堂诗存》卷八《题家镜云〈天际归舟图〉》时镜云将由粤返京师并以志别》[①], 《三管》诗题无"家"字。"江风吹豫章", 其中"豫章", 《三管》作"豫樟"。"猗欤好兄弟", 其中"欤", 《三管》作"与"。

《书所见》

校: 据《九芝草堂诗存》卷五《书所见》[②], "轮囷千金帚, 崩分一蚁蚀", 其中"帚", 《三管》作"埽"。"南阳夏村闲, 泉湖如组织。", 其中"夏村闲", 《三管》作"下村间"。"风闻沛邑沦, 密迩洒水侧", 其中"风", 《三管》作"夙", 或形近抄刻错讹。"有户皆雁凫, 无田供稼穑", 其中"无田供", 《三管》作"无由共"。"师水即师禹", 其中"即", 《三管》作"不"。

《九月十九日松圃招赏菊分韵得到字》

校: 据《九芝草堂诗存》卷六《九月十九日松圃招赏菊分得到字》[③], "秋曹惜芳辰", 其中"辰", 《三管》作"晨", 或形近抄录错讹。

《出陡戏作用昌黎〈斗鸡〉韵》

校: 据《九芝草堂诗存》卷七《出陡戏作用昌黎〈斗鸡〉韵》[④], "操切小弦殆", 其中"操", 《三管》作"掺", 或形近抄录错讹。"少休气仍奋, 寸进退辙倍", 其中"辙", 《三管》作"辄", 改后更符合诗意。"沃焦响厉天", 其中"天", 《三管》作"夫", 或形近抄刻错讹。

《全州道中》

校: 据《九芝草堂诗存》卷七《全州道中》[⑤], "强聒千辟历", 其中

① （清）朱依真著；周永忠校注《〈九芝草堂诗存〉校注》，巴蜀书社，2014，第229页。
② （清）朱依真著；周永忠校注《〈九芝草堂诗存〉校注》，巴蜀书社，2014，第145页。
③ （清）朱依真著；周永忠校注《〈九芝草堂诗存〉校注》，巴蜀书社，2014，第180页。
④ （清）朱依真著；周永忠校注《〈九芝草堂诗存〉校注》，巴蜀书社，2014，第204页。
⑤ （清）朱依真著；周永忠校注《〈九芝草堂诗存〉校注》，巴蜀书社，2014，第222页。

"辟历"，《三管》作"壁立"。

《代州吊周将军歌》

校：据《九芝草堂诗存》卷五《代州吊周将军歌》①，"巷战俄闻太原赤"，其中"俄"，《三管》作"我"，或形近抄刻错讹。"柳沟不闭北门钥"，其中"柳"，《三管》作"芦"。"汗简新添负贰臣"，其中"汗"，《三管》作"汙"，或形近抄刻错讹。

《登黄鹤楼》

校：据《九芝草堂诗存》卷六《登黄鹤楼》②，"汉水初拨葡萄醅"，其中"拨"，《三管》作"泼"。"初从城闉数蕊浪"，其中"蕊"，《三管》作"涩"。"温墩一段滑琉璃"，其中"段"，《三管》作"叚"，或形近抄刻错讹。

《题邢鲁堂太守〈把臂图〉》并序

校：据《九芝草堂诗存》卷七《题家青雷为邢鲁堂太守作〈把臂图〉》③，序云："仆初观此图于京邸"，《三管》作："图为朱春雷作，仆初观于京邱"，"邱"与"邸"，或形近错讹。"俯仰六稔，而秋岑宰木拱矣。觅旧稿不得，更题此诗，不禁其词之悒悒也。"《三管》作"俯仰六稔，而秋岑墓木拱矣。"无末句"不禁其词之悒悒也。"

诗句"徂徕之松新甫柏"，其中"徕"，《三管》作"来"，或形近抄刻错讹。

《题伏波岩米南宫画像》有序

校：据《九芝草堂诗存》卷六《米南宫画像拓本为王若农赞府赋》④，小序"米公自写真，世有数本"，其中"数"，《三管》作"四"。"据按执论十七帖者"，其中"按执"，《三管》作"案执"。

诗句"萧闲堂壁已如扫，据梧形化何从观"，其中"何从"，《三管》作"何足"，改后不及原诗。"要知履齿曾一到"，其中"履齿"，《三管》作"屐齿"，校改后更符合诗意。"请持斯语质外吏"，其中"外吏"，《三

---

① （清）朱依真著；周永忠校注《〈九芝草堂诗存〉校注》，巴蜀书社，2014，第129页。
② （清）朱依真著；周永忠校注《〈九芝草堂诗存〉校注》，巴蜀书社，2014，第167页。
③ （清）朱依真著；周永忠校注《〈九芝草堂诗存〉校注》，巴蜀书社，2014，第206页。
④ （清）朱依真著；周永忠校注《〈九芝草堂诗存〉校注》，巴蜀书社，2014，第167页。

管》作"外史",改后更符合诗意。

《题吴白庵画兰竹大幅》

校:据《九芝草堂诗存》卷八《题吴白庵画兰竹大幅》[①],"丑妇捧心难为工",其中"工",《三管》作"功",或形近抄刻错讹。"闻君浮湘探楚阻,九疑连绵楚天雨",其中"楚",《三管》作"幽"。

《花园镇阻风因锡方公祠》

校:据《九芝草堂诗存》卷四《花园镇阻风因锡方公祠》[②],"丑妇捧心难为工",其中"工",《三管》作"功"。"成仁敢辞十族累",《三管》作"杀身成仁何敢辞"。

《灵邱城李存孝故里》

校:据《九芝草堂诗存》卷五《灵邱城李存孝故里》[③],"独眼龙飞雄盖世",其中"雄",《三管》作"气"。"螺裸之祝毋乃赘",其中"螺裸"《三管》作"螺蠃"。

《霪雨叹》

校:据《九芝草堂诗存》卷五《霪雨叹》[④],"不独浦溆回入微",其中"回",《三管》作"迥","回"繁体为"迴",与"迥"形近。"徐兮鲁兮无畛域",其中"畛域"《三管》作"畛域"。"我恨不学钱婆留,弯犀射江潮",《三管》作"我恨不学钱婆留,十万弯犀射江潮。"

《石桐能诗,尤精五律。常撰主客图,以张文昌、贾长江为主,馀人为客。复裒己与其弟少鹤诗为二客吟,幽深冷峭,不减唐贤。仆读其诗,想其人久矣。今始获晤于韦庐。勉成二章奉赠,并送其北归。二首》

校:据《九芝草堂诗存》卷六《赠李石桐怀民即送其归莱州》[⑤],有序:"石桐能诗,尤精五律。常撰主客图,以张文昌、贾长江为主,馀人为客。复裒己与其弟少鹤诗为二客吟,幽深冷峭,不减唐贤。仆读其诗,想其人久矣。今始获晤于韦庐。作二诗奉赠,并送其北归。仆本不娴五字,

① (清)朱依真著;周永忠校注《〈九芝草堂诗存〉校注》,巴蜀书社,2014,第233页。
② (清)朱依真著;周永忠校注《〈九芝草堂诗存〉校注》,巴蜀书社,2014,第119页。
③ (清)朱依真著;周永忠校注《〈九芝草堂诗存〉校注》,巴蜀书社,2014,第127页。
④ (清)朱依真著;周永忠校注《〈九芝草堂诗存〉校注》,巴蜀书社,2014,第146页。
⑤ (清)朱依真著;周永忠校注《〈九芝草堂诗存〉校注》,巴蜀书社,2014,第198页。

知不免为张贾逐客。姑质诸石桐，冀可收之樊篱间也。"

其一："喜识胶东叟"，其中"喜"，《三管》作"嘉"。

其二："楚吟不断处，湘水欲生时"，其中"吟"，《三管》作"云"。"同行摩诘手"，《三管》作"同行有王缙"。

《黄州赤壁》

校：据《九芝草堂诗存》卷六《黄州赤壁》[①]，"赤鼻矶前拨掉迟"，其中"赤鼻矶"，《三管》作"赤壁矶"。"铁绰歌凌横槊诗"，其中"横槊诗"，《三管》作"横槊时"。

《哭黄南溪》

校：据《九芝草堂诗存》卷六《哭黄南溪》四首[②]，《三管》仅选其三。"淋漓不独黄垆感，继起谁闻正始音"，其中"淋漓"，《三管》作"知交"；"继起"，《三管》作"零落"。

《甲马营》

校：据《九芝草堂诗存》卷五《甲马营》[③]，《三管》题作《夹马营》。"舟人指点香孩迹，过客犹怜诞圣名"，其中"指点"，《三管》作"尚指"；其中"犹怜"，《三管》作"纷传"。

《徐州》

校：据《九芝草堂诗存》卷五《徐州》[④]，"冰溜泠泠响碧沟"，其中"冰"，《三管》作"水"，或形近抄刻错讹。

《重登浯溪五首》

校：据《九芝草堂诗存》卷六《重登浯溪五首》[⑤]。

其二："渡香桥过是峿台"，《三管》、《峤西》均作"峿台"，峿台，在浯溪。

其三："曾经杯饮散花滩，漫曳杯湖尚觉宽"，其中"杯饮"，《三管》作"抔饮"。"间只此小巉岏"，"只"，《三管》作"无"。

---

① （清）朱依真著；周永忠校注《〈九芝草堂诗存〉校注》，巴蜀书社，2014，第165页。
② （清）朱依真著；周永忠校注《〈九芝草堂诗存〉校注》，巴蜀书社，2014，第178页。
③ （清）朱依真著；周永忠校注《〈九芝草堂诗存〉校注》，巴蜀书社，2014，第138页。
④ （清）朱依真著；周永忠校注《〈九芝草堂诗存〉校注》，巴蜀书社，2014，第155页。
⑤ （清）朱依真著；周永忠校注《〈九芝草堂诗存〉校注》，巴蜀书社，2014，第176页。

《晓至秣陵》

校：据《九芝草堂诗存》卷五《晓至秣陵》[1]，"醉著船头歌白纻"，其中"著"，《三管》作"看"。

83. 卷三十五叶时暂

校勘所据为叶时暂著，李宪乔等评《越雪集》抄本（《越雪初集》和《越雪次集》），徐世昌藏本，藏中国社会科学院图书馆。共收诗153首，《三管英灵集》选27首。

《访友人不遇》

校：据《越雪集》抄本《访友人不遇》："绿竹最深处，翛然居舍清"，其中"翛"，《三管》作"萧然"。

《题天马山》

校：据《越雪集》抄本《题天马山》，《三管》"俯看一气云茫茫"之后脱四句："此马非凡马，此石岂常石。房星不在天，迁向此间掷。"

84. 卷三十九朱凤森

按：《三管英灵集》选《韫山诗稿》朱凤森诗56首，韦盛年在《〈韫山诗稿〉校注》[2] 做了详细校正说明[3]，但经查核，韦盛年校勘出的《三管英灵集》多条错误，并不属实。或因韦盛年校勘所据版本为《三管英灵集》广西区图书馆藏抄本，而非清道光刻本，因此现将《三管英灵集》无误的，删除。《峤西诗钞》于道光二年（1822）刊刻（时朱凤森任浚县知县），收朱凤森诗5首，除《石门》一首外，其余《捕菊虫》、《摘菊蕊》、《忆人》、《送史学博》四首不见于《韫山诗稿》咸丰七年刻本。《三管英灵集》收朱凤森诗56首，除《送史学博》外，其余55首《韫山诗稿》均有。韦盛年《韫山诗稿》校注云："《三管英灵集》收朱凤森诗55首，除《送史学博》、《登岳阳楼望洞庭》、《晓发彰德》外，其余52首《韫山诗稿》均有。"[4] 若非韦盛年统计错误，则因校注所依据的是广西区图书馆的《三管英灵集》

---

① （清）朱依真著；周永忠校注《〈九芝草堂诗存〉校注》，巴蜀书社，2014，第160页。
② 韦盛年校勘底本为《韫山诗稿》咸丰七年刻本，并称《韫山诗稿》现存的两个本子，咸丰刻本与光绪刻本几乎没有不同。
③ 韦盛年：《〈韫山诗稿〉校注》，广西大学硕士论文，2003，第12~13页。
④ 韦盛年：《〈韫山诗稿〉校注》，广西大学硕士论文，2003，第11页。

抄本，抄本抄录时漏过朱凤森之后阳会极及其小传，将《三管英灵集》卷三十九末尾阳会极之《登岳阳楼望洞庭》、《晓发彰德》二首，算在了朱凤森的名下。

校勘所据为朱凤森《韫山诗稿》咸丰七年刻本，藏桂林图书馆。

《游盘山万松寺西甘涧》

校：据《韫山诗稿》卷二《游盘山万松寺西甘涧》[①]，"花影蔽浮图，松阴翠林麓"，《三管英灵集》作"松阴蔽浮图，花影衬林麓。"当是抄录时将"花影"、"松阴"两词互错其位。"篮舆坐翠微"，其中"篮舆"，《三管英灵集》作"蓝舆"，两可。

《仿江文通杂诗》 三十首[②]

《张司空离情》

校：据《韫山诗稿》卷一《张司空离情》："伏枕盷晨月"，其中"盷"，《三管英灵集》作"盼"，形近讹。

《王征君养疾》

校：据《韫山诗稿》卷一《王征君养疾》："趋举乐晨昏"，"乐"，《三管英灵集》作"业"，乐繁体为"樂"，业繁体为"業"，形近讹。

《陈思王赠友》

校：据《韫山诗稿》卷一《陈思王赠友》："宁久昆山藏"，"昆"《三管英灵集》作"崐"。

《嵇中散言志》

校：据《韫山诗稿》卷一《嵇中散言志》："栖志泰元文"，其中"泰"，《三管英灵集》作"太"。

《潘黄门述哀》

校：据《韫山诗稿》卷一《潘黄门述哀》："初闻疾已婴，诅料命不保"，其中"婴"，《三管英灵集》作"瘿"，或咸丰刻本抄录错讹。

《左记室咏史》

校：据《韫山诗稿》卷一《左记室咏史》："组缫浮云驶"，其中"组

---

① （清）朱凤森：《韫山诗稿》，清咸丰七年刻本，藏桂林图书馆。

② 朱凤森：《韫山诗稿》，清咸丰七年刻本，藏桂林图书馆。

緤",《三管英灵集》作"组绂"。

《卢中郎感交》

校：据《韫山诗稿》卷一《卢中郎感交》："绵绵旧女萝"，其中"绵绵"，《三管英灵集》作"缠绵"。

《孙廷尉杂述》

校：据《韫山诗稿》卷一《孙廷尉杂述》："朗咏长川汀"，其中"咏"，《三管英灵集》作"吟"。

《袁太尉从驾》

校：据《韫山诗稿》卷一《袁太尉从驾》："鎗铮华盖间"，其中"鎗"，《三管英灵集》作"锵"。

《鲍参军戎行》

校：据《韫山诗稿》卷一《鲍参军戎行》，"书生坐无寥，投笔思封侯"，其中"坐无寥"，《三管英灵集》作"奋远志"。

《休上人怨别》

校：据《韫山诗稿》卷一《休上人怨别》，"松虚不见底，萝幄谁为开"，其中"松虚不见底"，《三管英灵集》作"桂水不可越"。

《趵突泉》

校：据《韫山诗稿》卷三《趵突泉》①，首句"济水潗流身淙淙"，其中"身"，《三管英灵集》作"声"，或《韫山诗稿》咸丰刻本抄刻之误。

《登黄鹤楼》

校：据《韫山诗稿》卷三《登黄鹤楼》②，"楚江水清且涟"，其中"且"，《三管英灵集》作"旦"，形近讹。"袖有青蛇樽脊月"，其中"脊"，《三管英灵集》作"有"，或《韫山诗稿》咸丰刻本抄刻之误。

《潇湘逢故人歌》

校：据《韫山诗稿》卷三《潇湘逢故人歌》（题中脱"人"）③，"钴鉧潭前一泓水"，其中地名"钴鉧潭"，《三管英灵集》作"钴鉧堂"，恐抄录错讹。"君不见男儿万里可遨游"，"万里"，《三管英灵集》作"四海"。

①　朱凤森：《韫山诗稿》，清咸丰七年刻本，藏桂林图书馆。
②　朱凤森：《韫山诗稿》，清咸丰七年刻本，藏桂林图书馆。
③　朱凤森：《韫山诗稿》，清咸丰七年刻本，藏桂林图书馆。

《和纪晓岚尚书秋海棠诗兼呈福芷泉都统》 其一

校：据《韫山诗稿》卷五《纪晓岚尚书以秋海棠诗见示步韵兼呈福芷泉都统》 四首其一①，"教侬重忆碧鸡坊"，其中"教侬"，《三管英灵集》作"萦怀"。

《守城八首》

其六

校：据《韫山诗稿》卷五《守城八首》其六②，"滚出花枪直破狮"，《三管英灵集》作"猎向丛深亦窜狸。"

其八

校：据《韫山诗稿》卷五《守城八首》其八③，"屡次攻城天听远"，其中"攻城"，《三管英灵集》作"撄危"。

《希贤书院劝学诗》

其二

校：据《韫山诗稿》卷五《希贤书院劝学诗》三首其二④，"年来比屋庆丰盈"，其中"比屋"，《三管英灵集》作"比物"，或抄录错讹。

其三

校：据《韫山诗稿》卷五《希贤书院劝学诗》三首其三⑤，"老笋几林为我种"，其中"老"，《三管英灵集》作"孝"，形近抄刻错讹。

85. 卷四十二钟琳

按：卷四十二钟琳传未著录诗集，据《清人诗文集总目提要》卷中："《咀道斋诗草》二卷，钟琳撰。……历署马平教谕，迁唐县、昌平等县知县"，"抄本，藏桂林图书馆"⑥，民国"广西丛书"线装本。又据广西统计局1934年编《广西省述作目录》亦著录：陈柱尊藏《咀道斋诗集》光绪刻本⑦。

---

① 朱凤森：《韫山诗稿》，清咸丰七年刻本，藏桂林图书馆。
② 朱凤森：《韫山诗稿》，清咸丰七年刻本，藏桂林图书馆。
③ 朱凤森：《韫山诗稿》，清咸丰七年刻本，藏桂林图书馆。
④ 朱凤森：《韫山诗稿》，清咸丰七年刻本，藏桂林图书馆。
⑤ 朱凤森：《韫山诗稿》，清咸丰七年刻本，藏桂林图书馆。
⑥ 柯愈春：《清人诗文集总目提要》，中册，北京古籍出版社，2001，第1542页。
⑦ 民国广西统计局编《广西省述作目录》，杭州古籍书店据广西统计局1934年编印本影印，第72页。

是为今存的两个版本。今有广西大学肖菊 2007 年硕士论文《〈咀道斋诗集〉校注》，参校《三管英灵集》，校出《三管英灵集》诸处错讹，但经查有些不符，或因使用的是广西区图书馆或桂林图书馆所藏《三管英灵集》抄本，而非清道光刻本。《三管英灵集》选钟琳诗 30 首，依据的并非《咀道斋诗集》道光二十六年（1846）刻本，因《三管英灵集》的编成时间约在道光二十一年（1841），《三管英灵集》选诗底本为《咀道斋诗集》稿本或抄本，因此，《三管英灵集》具有重要的校勘价值。

校勘所据为钟琳著《咀道斋诗集》光绪十八年重刻本（重刻底本为道光二十六年嘉乐轩藏板镌刻的刻板），藏桂林图书馆。

《杂诗》其二

校：据《咀道斋诗集》卷二《杂诗》八首，《三管》选三首。八首其二："叮咛童仆辈"，其中"叮咛"，《三管》作"丁宁"。

《出门》

校：据《咀道斋诗集》卷一《出门》，"心志要坚定"，其中"心志"，《三管》作"立志"。

《题梁接山宝绳郡伯茅庵诵帚图》

校：《咀道斋诗集》卷一《题梁接山宝绳郡伯茅庵诵帚诗》，题中"诗"，《三管》作"图"。

《游灵山》

校：《咀道斋诗集》卷二《游灵山》，"偶遇杖锡客"，其中"偶遇"，《三管》作"偶逢"。

《过庚岭》

校：《咀道斋诗集》卷二《过庚岭》，"天风萧萧衣裳冷"，其中"萧萧"，《三管》作"肃肃"。"尘世劳苦剧手苦"，《三管》作"尘世劳劳剧辛苦"，或光绪刻本抄刻错讹。

《致李可斋》

校：《咀道斋诗集》卷一《致李可斋》，题中"致"，《三管》作"怀"。

《舟泊勒竹塘》

校：《咀道斋诗集》卷二《舟泊勒竹塘》，"无人曾幽兴"，其中"曾"，《三管》作"会"，或形近光绪刻本抄刻错讹。

《西湖》

校:《咀道斋诗集》卷二《西湖》,"台地参差选佛场",其中"台地",《三管》作"台殿",或光绪刻本抄刻错讹。"未许勾留驻他乡",其中"他乡",《三管》作"此乡"。

《偶感》

校:《咀道斋诗集》卷一《偶感》,题中"感",《三管》作"成"。

86. 卷四十四吕璜

校勘所据为黄蓟民国二十四年(1935年)辑《岭西五大家诗文集》丛编之《月沧诗文集》八卷(首《月沧自编年谱》文集六卷、诗集二卷)桂林典雅铅印本,国家图书馆藏。[①]《三管英灵集》编选吕璜诗55首,所据为吕璜诗集稿本,《三管诗话》卷中吕璜条:"时余方钞辑《三管诗》,凡生存者,例不入选。而月沧骤归道山,乃就哲嗣小沧求其遗稿,录为一卷,犹憾美不胜收也。"[②] 因此,《三管英灵集》具有校勘价值。

《示经古书院诸生》 其一

校:据《月沧诗集》卷二,《示经古书院诸生》其一:"奈何嵬琐流,嚣然复聚讼",其中"嵬琐",《三管》作"葸琐","葸"与"嵬"字形相近,《三管》抄刻错讹。

"岂知仁义府,高坚几不动",其中"几",《三管》作"屹",《三管》更符合诗意。

《示经古书院诸生》 其二

校:据《月沧诗集》卷二,《示经古书院诸生》其二:"其义相六经,其语羞雷同",其中"相",《三管》作"根","相"与"根"形近,或民国岭西本抄刻错讹,《三管》更符合诗意。

《示经古书院诸生》 其三

校:据《月沧诗集》卷二,《示经古书院诸生》其三:"专集凡几宋?未恢宏远模。"其中"几宋",《三管》作"几家","宋"与"家"形近,

---

① 按:胡永翔广西大学2000硕士学位论文《月沧诗文集校注》,校勘所据为黄蓟于民国二十四年(1935年)辑印的《岭西五大家诗文集》之《月沧诗文集》;参校揭阳姚梓芳于光宣间编印的《桂岭五大家文集》聚珍版刊本。未参校较接近吕璜稿本的《三管英灵集》。

② (清)梁章钜著,蒋凡校注《〈三管诗话〉校注》,广西人民出版社,1996,第159~160页。

或民国岭西本抄刻错讹，"几家"更符合此诗"岭西少藏书"的诗意。

"汛滥极瀛海"，其中"汛"，《三管》作"泛"，"泛"繁体字为"汎"，"汛"与"汎"形近，或民国岭西本抄刻错讹，《三管》更符合诗意。

"况入风尘驱"，其中"入"，《三管》作"久"，"入"与"久"形近，或民国岭西本抄刻错讹，《三管》更符合诗意。

"平生忆交游"，其中"平生"，《三管》作"平昔"。

《赠邱云桥茂才》

校：据《月沧诗集》卷一，《赠邱云桥茂才》："岂惟心不稽，度亦忘其手"其中"度亦"，《三管》作"并亦"，或民国岭西本抄刻错讹，《三管》更符合诗意。

《题断钗图》

校：据《月沧诗集》卷二，《题断钗图》"吟亦认与和，但伤雏风心"，其中"认"，《三管》作"谁"，更符合诗意。

"相将罗患苦"，其中"罗"，《三管》作"罹"，更符合诗意，"罗"的繁体字"羅"与"罹"形近，或民国岭西本抄刻错讹。

"顷彼中泽哀，尚知求忘簪"，其中"顷"，《三管》作"缅"；其中"忘"，《三管》作"遗"。

"磊坷维国琛"，其中"坷"，《三管》作"砢"，更符合诗意，或民国岭西本抄刻形近错讹。

"夙禀画荻训，学海深千寻"，其中"深"，《三管》作"探"，更符合诗意，或民国岭西本抄刻形近错讹。

"宾之逾璆琳"，其中"宾"，《三管》作"宝"，更符合诗意，"賓"与"寶"形近，或民国岭西本抄刻错讹。

《湖上晤诗僧小颠却寄》

校：据《月沧诗集》卷一，《湖上晤诗僧小颠却寄》"相从茆店过"，《三管》作"相从过茆店"。

"开轩面全湖，湖光入帘慢"，其中"慢"，《三管》作"幔"，更符合诗意，或民国岭西本抄刻错讹。

"作影亚花摇，一路拂凌乱"，其中"作"，《三管》作"竹"，更符合诗意，或民国岭西本抄刻错讹。

"我生傀儡如，诗作丝绳贯"，其中"我生傀儡如"，《三管》作"我生似傀儡"，更符合诗意，或民国岭西本抄刻形近错讹。

《方冶溪士淦太守以所藏五湖长玉印拓本索诗为题其后》

校：据《月沧诗集》卷一，《方冶溪士淦太守以所藏五湖长玉印拓本索诗为题其后》，"抗怀九州伯，傲睨写懑恩"，其中"懑恩"，《三管》作"恩懑"。《宋玉·风赋》："懑溷郁邑"，《三管》更符合诗意，或民国岭西本抄刻颠倒错讹。

"君幸宾藏慎"，其中"宾"，《三管》作"宝"，更符合诗意，"宾"与"寶"形近，或民国岭西本抄刻错讹。

《题云中江树图呈林少穆先生则徐》

校：据《月沧诗集》卷一，《题云中江树图呈林少穆先生则徐》，"斯行良不虚，循礼况无斁"，其中"无斁"，《三管》作"无斁"，即不讨厌、不厌倦。《诗·周南·葛覃》："为絺为绤，服之无斁。"《三管》更符合诗意，或民国岭西本抄刻形近错讹。

"蓬蒿称插楼，云天感离遜"，其中"插楼"，《三管》作"卑栖"，更符合诗意。

《次韵答陈穆堂》四首其四

校：据《月沧诗集》卷二，《次韵答陈穆堂》四首其四，"小住吴山颠"，其中"住"，《三管》作"往"，或《三管》形近抄刻错讹。

《题李晴江墨梅册子为朱干臣方伯作》

校：据《月沧诗集》卷一，《题李晴江墨梅册子为朱干臣方伯作》，"心如孤松足冬气"，其中"松"，《三管》作"竹"，或《三管》抄刻错讹。

《题山窗读画图》

校：据《月沧诗集》卷二，《题山窗读画图》小序："丁亥五月，张春水、姚春水、王玉泉及谭桐舫、梅臣昆季先后过访"，其中"姚春水"，《三管》作"姚春木"；"梅臣昆季"，《三管》作"梅臣良季"，或《三管》形近抄刻错讹。

《梁中丞和苏集聚星堂韵元什见示因和一首》

校：据《月沧诗集》卷二《前诗既成中丞以次和苏集聚堂韵元什见示亦和一首》，"中丞读破数万卷"，《三管》作"中丞读书数万卷"。

《铜鼓歌次和梁中丞》

校：据《月沧诗集》卷二《铜鼓歌次和梁中丞》，"狪花猄鸟亦自媚"，其中"猄"，《三管》作"犺"。"奇物改望陈崇楹"，其中"改"，《三管》作"敢"，更符合诗意。

《题李星门松阴读画图》

校：据《月沧诗集》卷二《题李星门松阴读画图》，"箧里长物杨无他"，其中"杨"，《三管》作"枵"，枵，即空虚，更符合诗意，或民国岭西本形近抄刻错讹。

《王春城明府假山初成戏用昌黎山石韵赋长句以赠》

校：据《月沧诗集》卷一《王春城明府假山初成戏用昌黎山石韵赋长句以赠》，"嗟我门外即阛阓"，其中"我"，《三管》作"哉"，更符合诗意，或民国岭西本形近抄刻错讹。

《送王竹屿司马之南河督高堰工》

校：据《月沧诗集》卷一《送王竹屿司马之南河督高堰工》，"当头明月织翯无，起舞弄影清光孤"，其中"翯"，《三管》作"翳"，更符合诗意，或民国岭西本形近抄刻错讹。

《宿雪窦寺四首》其一

校：据《月沧诗集》卷一《宿雪窦寺四首》其一，"小借招提住，刚馀薄领间"，其中"薄领间"，《三管》作"簿领闲"，更符合诗意，或民国岭西本形近抄刻错讹。

《宿雪窦寺四首》其二

校：据《月沧诗集》卷一《宿雪窦寺四首》其二，"只渐簪绂累，难称此幽寻"，其中"渐"，《三管》作"惭"，更符合诗意，或民国岭西本形近抄刻错讹。

《宿雪窦寺四首》其三

校：据《月沧诗集》卷一《宿雪窦寺四首》其三，"瀑从千太落"，其中"太"，《三管》作"丈"，更符合诗意，或民国岭西本形近抄刻错讹。

《秀峰书院杂诗八首》其二

校：据《月沧诗集》卷二《秀峰书院杂诗八首》其二，"学的端经步，经畬厚本根"，其中"端经步"，《三管》作"端趋步"，更符合诗意。

《秀峰书院杂诗八首》 其四

校：据《月沧诗集》卷二《秀峰书院杂诗八首》其四，"岂真稽古力，亦有下帷思"，其中"亦有下帷思"，《三管》作"好是得朋时"。

《秀峰书院杂诗八首》 其六

校：据《月沧诗集》卷二《秀峰书院杂诗八首》其六，"忝窃负时誉"，其中"忝"，《三管》作"泰"，或《三管》形近抄刻错讹。

《秀峰书院杂诗八首》 其七

校：据《月沧诗集》卷二《秀峰书院杂诗八首》其七，"纸笔粗知好，仁贤未肯亲"，其中"未肯亲"，《三管》作"愧未亲"。

《秀峰书院杂诗八首》 其八

校：据《月沧诗集》卷二《秀峰书院杂诗八首》其八，"结宇榜南郭"，其中"榜"，《三管》作"傍"，更符合诗意，或民国岭西本形近抄刻错讹。

《题陆韫山茂才诗本》

校：据《月沧诗集》卷二《题陆韫山茂才诗本》，"华竞难删惟绮语，樊川以后又梅村"，其中"华"，《三管》作"毕"，更符合诗意，或民国岭西本形近抄刻错讹。

《题果勇侯杨公蒲圃跌坐小照》 二首其一

校：据《月沧诗集》卷二题作《题果勇侯杨公蒲团趺坐小照》，其中"趺坐"，《三管》作"跌坐"，更符合诗意，或民国岭西本形近抄刻错讹；"蒲团"，《三管》作"蒲圃"，"圃"与"团"的繁体字"團"形近，或《三管》抄刻错讹。

其一："勇惟能果霓虹贯，功不胜书带厉垂"，其中"厉"，《三管》作"砺"，更符合诗意，或民国岭西本形近抄刻错讹。

87. 卷四十六罗辰

校勘所据为杨健主编《北京师范大学图书馆藏稀见清人别集丛刊》第15 册《芙蓉池馆诗草》①，广西师范大学出版社 2007 年版，影印底本为道光

---

① 《芙蓉池馆诗草》2 卷，前有道光丙戌（1826）芸台阮元序（阮元督粤曾延罗辰入幕，罗辰居粤十二年，道光十四年归乡建芙蓉池馆），道光辛卯（1831）龙南钟振超序，番禺张维屏题词，赵古农诗；次桂林山水图并诗 1 卷；次芙蓉池馆诗草 1 卷；附芙蓉池馆赋草 1 卷。收诗 281 首，题画诗 50 多首，五言尤精。

十一年（1831）刻本，为罗辰生前刊刻；参校桂林图书馆藏道光十八年（1838）刻本。《三管英灵集》选罗辰诗 20 首，其中 6 首道光十一年刻《芙蓉池馆诗草》不见著录。

《铜雀瓦砚歌》

校：据《芙蓉池馆诗草》《铜雀瓦砚歌》①，"君不见铜驼石马眠蒿莱"，其中"君不见"，《三管》作"又不见"。"不意此瓦在世二千载"，其中"二"，《三管》作"两"。"未共昆明飞劫灰"，其中"飞"，《三管》作"付"。

88. 卷五十四契嵩

校勘所据为《禅门逸书·初编》第 3 册契嵩《镡津集》，明文书局出版社 1981 年版；底本为《四库全书》本《镡津集》，即明弘治十二年释如卺刻本。

《送章表民秘书》

校：据《镡津集》卷二十《送章表民秘书》，"不探枝叶穷根基"，其中"根"，《三管》作"本"。

"慷慨但欲扶政治"，其中"政治"，《三管》作"政衰"。

"前年补吏来浙右"，其中"补吏"，《三管》作"补史"，《三管》形近错讹。

"局务冗俗不可窥"，其中"冗"，《三管》作"尤"，《三管》形近错讹。

"骐骥捕鼠非宜宜"，其中"宜宜"，《三管》作"所宜"。

"胶西董生苟有慕"，其中"苟有"，《三管》作"苟可"。

"下帷克苦穷书诗"，其中"克苦"，《三管》作"刻苦"，弘治本错讹。

"闲居落莫多感激"，其中"落莫"，《三管》作"落寞"，弘治本错讹。

"归与老农事镃基""镃基"，《三管》作"镃錤"，两可。

《寄承天元老》

校：据《镡津集》卷二十《寄承天元老》，"流泉碧座照衰颜"，其中"座"，《三管》作"坐"。

《湖上晚归》

校：据《镡津集》卷二十《湖上晚归》，"春岸行未穷"，其中"岸"，

---

① （清）罗辰：《芙蓉池馆诗草》，杨健主编《北京师范大学图书馆藏稀见清人别集丛刊》，第 15 册，广西师范大学出版社，2007。

《三管》作"崖",《三管》形近错讹。"岚光山际淡",其中"淡",《三管》作"湿",形近错讹。

《怀越中兼示山阴诸明士》

校：据《镡津集》卷二十《怀越中兼示山阴诸明士》，"鸣雁欲南飞"，其中"南"，《三管》作"东"。

89. 卷五十四奉恕《咏夏云》

按：《三管诗话》卷下奉恕条云：《贵县志》云："南山寺擅一邑之胜，宋仁宗赐'景祐禅寺'，僧奉恕居焉。章惇贬时经此寺，流连不去，尝与僧玩景物……"此事亦见《苕溪渔隐丛话》及《冷斋夜话》。①

校：据《苕溪渔隐丛话》"夏云诗"条所载："《冷斋夜话》云：章子厚谪海康，过贵州南山寺，寺有老僧名奉忠，蜀人也，自眉山来，欲渡海见东坡，不及，因病于此寺。子厚宿山中，邀与饮，忠欣然从之。又以蒸蛇劝食之，忠举箸啖之无所疑。子厚曰：'子奉佛戒，乃食蒸蛇，何哉？'忠曰：'相公爱人以德，何必见诮？'已而倚槛看层云，子厚曰：'夏云多奇峰，真善此类。'忠曰：'曾记《夏云》诗甚奇。'子厚使诵之，忠曰：'如峰如火复如绵，飞过微阴落槛前。天地生灵干欲死，不成霖雨谩遮天。"②

其中"如峰如火复如绵"，《三管英灵集》作"如风如火复如绵"，"风"与"峰"音同错讹，《三管英灵集》或沿袭所引《贵县志》之误。另《诗话总龟》卷二、《尧山堂外纪》卷五十二、雍正《广西通志》卷八十六引《浔州府志》均作"如风如火"，又从《冷斋夜话》原诗事"夏云多奇峰"来看，"如峰如火"更为可信。且宋代阮阅《诗话总龟》、宋代魏庆之《诗人玉屑》、宋代陈起《宋高僧诗选》卷中、《宋诗纪事》卷九十二、《粤西丛载》卷十二、《粤西诗载》卷二十二等载《夏云》诗均作"如峰如火"，今据此校改："如峰如火复如绵"。

其中"天地生灵干欲死"，《三管英灵集》作"大地生灵枯欲死"。"枯"与"干"同意，《三管英灵集》沿袭所引《贵县志》之录，雍正《广西通志》卷八十六引《浔州府志》亦作"枯"，意思皆通，录此存异。

---

① （清）梁章钜著，蒋凡校注《〈三管诗话〉校注》，广西人民出版社，1996，第233页。
② （宋）胡仔：《苕溪渔隐丛话》，前集卷五十七，商务印书馆，1937，第391页。

90. 卷五十五李秉礼

校勘所据为《韦庐诗内外集》8 卷，清代诗文集汇编 423 册，上海古籍出版社 2010 年版。底本为道光十年（1830）知稼堂刻本，内集前有李宪乔序、秦瀛序、朱依真序；外集前有邓显鹤序、陶章沩序。

《南楼夜坐》

校：据《韦庐诗内集》卷一《南楼夜坐》①，"微茫岩际镫"，《三管》作"微茫岸际灯"，或形近抄刻错讹。"剪烛理毫素"，其中"毫"，《三管》作"豪"，或形近抄刻错讹。

《清明作》

校：据《韦庐诗内集》卷三《清明作》②，"祭埽殊缺然"，其中"埽"，《三管》作"扫"，形近抄刻错讹。

《题故开元寺》

校：据《韦庐诗内集》卷三《题故开元寺》③，"钟声回远寮"，其中"寮"，《三管》作"飙"。

《重过山寺》

校：据《韦庐诗内集》卷三《重过山寺》④，"佛镫长不灭"，其中"镫"，《三管》作"灯"，改后符合诗意。

《杂诗》 其一

校：据《韦庐诗外集》卷一《杂诗》其一⑤，"手种三小松，今已高隃丈"，其中"隃"，《三管》作"逾"，"隃"古同"逾"。

《宋梅生观察新斋落成招同叶琴柯赵笛楼两方伯宴集》

校：据《韦庐诗外集》卷二《杂诗》《宋梅生观察新斋落成招同叶琴柯

---

① （清）李秉礼：《韦庐诗内外集》，清代诗文集汇编本 423 册，上海古籍出版社，2010，第 370 页。

② （清）李秉礼：《韦庐诗内外集》，清代诗文集汇编本 423 册，上海古籍出版社，2010，第 392 页。

③ （清）李秉礼：《韦庐诗内外集》，清代诗文集汇编本 423 册，上海古籍出版社，2010，第 390 页。

④ （清）李秉礼：《韦庐诗内外集》，清代诗文集汇编本 423 册，上海古籍出版社，2010，第 392 页。

⑤ （清）李秉礼：《韦庐诗内外集》，清代诗文集汇编本 423 册，上海古籍出版社，2010，第 440 页。

赵笛楼两方伯宴集》①，"水榭棕亭结构新"，其中"水榭"，《三管》作"小榭"，或形近抄刻错讹。

《杂咏》 其一

校：据《韦庐诗外集》卷三《杂咏》其一②，"掩卷背镫坐有得"，其中"镫"，《三管》作"灯"。

《杂咏》 其二

校：据《韦庐诗外集》卷三《杂咏》其二③，"泠泠谁与问"，其中"泠泠"，《三管》作"冷吟"。

《杂咏》 其三

校：据《韦庐诗外集》卷三《杂咏》其三④，"何必希长生"，其中"必"，《三管》作"心"，或形近抄刻错讹。

《环碧园为佩之十弟作》

校：据《韦庐诗外集》卷四《环碧园为佩之十弟作》⑤，"不惜兼金新买得"，其中"买"，《三管》作"置"。

《登楼》

校：据《韦庐诗外集》卷四《登楼》⑥，"风凄月冷雁来迟"，其中"雁"，《三管》作"鹤"。

91. 卷五李璧

《琢玉亭书感》

校：据《嵝西诗钞》卷一《琢玉亭书感》⑦，"亭子小如笠"，其中

---

① （清）李秉礼：《韦庐诗内外集》，清代诗文集汇编本 423 册，上海古籍出版社，2010，第447 页。

② （清）李秉礼：《韦庐诗内外集》，清代诗文集汇编本 423 册，上海古籍出版社，2010，第458 页。

③ （清）李秉礼：《韦庐诗内外集》，清代诗文集汇编本 423 册，上海古籍出版社，2010，第458 页。

④ （清）李秉礼：《韦庐诗内外集》，清代诗文集汇编本 423 册，上海古籍出版社，2010，第458 页。

⑤ （清）李秉礼：《韦庐诗内外集》，清代诗文集汇编本 423 册，上海古籍出版社，2010，第476 页。

⑥ （清）李秉礼：《韦庐诗内外集》，清代诗文集汇编本 423 册，上海古籍出版社，2010，第478 页。

⑦ （清）张鹏展：《嵝西诗钞》，上林丛书编印所，1944，第 16 页。

"小"，《三管》作"才"；"月色西池秋"，其中"西"，《三管》作"小"；"何日问归舟"，其中"问"，《三管》作"买"。

《旅怀》

校：据《峤西诗钞》卷一《旅怀》①，"梦为思家得"，其中"得"，《三管》作"苦"。

92. 卷三陆经宗《春日山中对雨》

校：《广西通志》、《粤西诗载》等无载，据《峤西诗钞》卷一陆经宗《春日山中对雨》："春雨恋春山，山中尽日闲。低空云漠漠，环麓水潺潺。一鸟冲烟起，孤僧带笠还。幽花伴寥寂，自起掩柴关。"②今见民国《雪桥诗话》所录同③。其中"低空"，《三管》作"拂檐"；"一鸟"，《三管》作"病鸟"；"幽花伴寥寂"，《三管》作"谅无游客到"。

93. 卷五舒宏志《九日湘山寺登高》

校：《广西通志》、《粤西诗载》等无载，据《峤西诗钞》卷一舒宏志《九日湘山寺登高》④，"九疑如黛凝秋色"，其中"如黛"，《三管》作"远翠"，改后不及原诗，因与上句"翠微深处老僧家"之"翠"字重复。"八桂飘丹衬晚霞"，《三管》作"八桂香风送晚霞"。"雁阵恰排天上字，菊花初献佛前花"，《三管》作"雁阵初回天上字，螺盘初献佛前花。""醉把茱萸忆孟嘉"，其中"茱萸"，《三管》作"萸觞"。

94. 卷八唐世熊《浩然吟》

校：《广西通志》、《粤西诗载》等无载，据《峤西诗钞》卷一唐世熊《浩然吟》⑤，"常闻亚圣言"，其中"亚圣言"，《三管》作"孟氏旨"。

"则塞于天地"，"则塞于"，《三管》作"直养塞"。

"或为阿谀滞"，《三管》作"或为营求累"。

"或舍己从人"，《三管》作"或枉已狥人"。

"不若熏灼势"，"不若"，《三管》作"不敌"。

---

① （清）张鹏展：《峤西诗钞》，上林丛书编印所，1944，第 16 页。
② （清）张鹏展：《峤西诗钞》，卷一，上林丛书编印所，1944，第 26 页。
③ （民国）杨钟义：《雪桥诗话三集》，第一册，台北：文海出版社，1975，第 94 页。
④ （清）张鹏展：《峤西诗钞》，卷一，上林丛书编印所，1944，第 18 页。
⑤ （清）张鹏展：《峤西诗钞》，卷一，上林丛书编印所，1944，第 25 页。

"及其日消阻"，其中"阻"，《三管》作"沮"。

"仰天徒虚噫"，其中"虚"，《三管》作"嗟"。

"昂藏顾我生，嗟叹多失意"，《三管》作"昂藏忝此生，何不行我意"。后脱六句："岂不会逢迎，此气难丧溃。岂不工阿谀，此气难抑闭。殉人羞舍己，忘义忍趋利。"

"名节讵贪恋，高卑寻位置。"其中"讵贪恋"，《三管》作"与世缘"；"寻"，《三管》作"审"。

95. 卷九唐纳牖

《虎邱塔春望》

校：《广西通志》、《粤西诗载》等无载，据《峤西诗钞》卷九唐纳牖《虎邱塔春望》[1]，"十里松楸散墓田"，其中"散"，《三管》作"护"。

《佛山五日》

校：《广西通志》、《粤西诗载》等无载，据《峤西诗钞》卷九唐纳牖《佛山五日》[2]，"看花恣老眼"，其中"恣"，《三管》作"明"，改后不及原诗。

96. 卷九唐之柏 《禹稷庙》

校：《广西通志》、《粤西诗载》等无载，据《峤西诗钞》卷九唐之柏《禹稷庙》[3]，"四载随山日"，其中"山"，《三管》作"刊"。

"敷功存六府"，《三管》作"亮功惟六府"。

"尸祝几千年"，其中"几"，《三管》作"各"。

"门并晴川阁"，其中"并"，《三管》作"对"。

97. 卷十一卿悦 《隔江望彭无山中丞墓》

校：《广西通志》、《粤西诗载》等无载，据《峤西诗钞》卷十一卿悦《隔江望彭无山中丞墓》[4]，"芳徽远在濑四头"，其中"四"，《三管》作"西"。"森森峭壁排空立"，其中"立"，《三管》作"怒"。"濑濑清泉绕墓流"，其中"绕墓流"，《三管》作"绕石幽"。"叱驭羊城曾卧辙，骑箕

---

① （清）张鹏展：《峤西诗钞》，卷一，上林丛书编印所，1944，第80页。
② （清）张鹏展：《峤西诗钞》，卷一，上林丛书编印所，1944，第79页。
③ （清）张鹏展：《峤西诗钞》，卷一，上林丛书编印所，1944，第104页。
④ （清）张鹏展：《峤西诗钞》，卷一，上林丛书编印所，1944，第104页。

天上忽悲秋",其中"叱驭羊城曾卧辙",《三管》作"卧辙寰中留爱日"。末二句"芦花隔岸偏添恨,展拜阶前莫自由"。

98. 卷二十五朱依鲁

《舟中不寐》

校:据《峤西诗钞》卷十朱依鲁《舟中不寐》二首①,《三管》选其二,"旧路重游窄",《三管》作"旧客重游路"。

《漂母祠》

校:据《峤西诗钞》卷十朱依鲁《漂母祠》②,"妇人羞望报",其中"望",《三管》作"我"。"贫士不忘恩",《三管》作"国士岂忘恩"。

《遂宁除夕》

校:据《峤西诗钞》卷十朱依鲁《遂宁除夕》③,"一身万世孤灯照",其中"万世",《三管》作"万里"。

《游陶然亭次潘岐崖庶常韵》

校:据《峤西诗钞》卷十朱依鲁《游陶然亭次潘岐崖庶常韵》④,"菰蒲深绿径微通",其中"深",《三管》作"森"。

99. 卷二十七何愚

《乙丑之云南留别都门诸友》

校:据《峤西诗钞》卷九何愚《乙丑之云南留别都门诸友》⑤,"莫辞烦里曲赓和",《三管》作"莫辞里曲烦赓和"。

《昆阳署中作》

校:据《峤西诗钞》卷九何愚《昆阳署中作》三首,《三管》仅选其二⑥,"手扳支颐笑此翁",其中"扳",《三管》作"板",或形近抄刻错讹。"吏俗哦诗术便工",其中"术便工",《三管》作"未易工"。"一事差强还自慰",《三管》作"只有一桩如意事"。

---

① (清)张鹏展:《峤西诗钞》,上林丛书编印所,1944,第 263 页。
② (清)张鹏展:《峤西诗钞》,上林丛书编印所,1944,第 263 页。
③ (清)张鹏展:《峤西诗钞》,上林丛书编印所,1944,第 264 页。
④ (清)张鹏展:《峤西诗钞》,上林丛书编印所,1944,第 265 页。
⑤ (清)张鹏展:《峤西诗钞》,上林丛书编印所,1944,第 248 页。
⑥ (清)张鹏展:《峤西诗钞》,上林丛书编印所,1944,第 248 页。

100. 卷十九刘映莱

《憎鼠》

校：据《峤西诗钞》卷七《憎鼠》①，"已处六无攘"，其中"无"，《三管》作"凿"。"岂虞反间智"，其中"反"，《三管》作"五"。"捧头张耳至"，其中"捧"，《三管》作"丰"。"故以疑兵是"，其中"是"，《三管》作"试"。

《游隐山》

校：据《峤西诗钞》卷七《游隐山》②，"西山路壑丘"，其中"路"，《三管》作"露"。

第三节 《三管英灵集》诗话考订

一 诗话文字错讹校正

（1）《三管诗话》卷上《喻猛颂》《陈临歌》条：《梧州府志》载：喻猛，汉和帝时为苍梧太守，以清白为治。郡人颂之曰："於惟苍梧，交趾之域。《禹贡》厥人，岛夷卉服。大汉惟宗，迪以仁德。出自中台，镇于外国。鸠集以礼，南人入服。简于帝廷，功化毕植。"又载后汉陈临……郡人歌之，曰："苍梧府君恩广大，令死罪囚有后代。"又云："苍梧陈君惠及死，能令死者不绝嗣，德参古贤天报施。"……汪晋贤森《粤西诗载》虽首录《喻猛颂》，而遗其后八句，又不及《陈临歌》；《平乐府志》录《陈临歌》，而又遗其次首三句。今皆补录，以冠《三管诗话》之前，真凤一毛麟一角矣！③

按：汪森《粤西诗载》卷一录题为《喻猛歌》。《粤西诗载》卷六录《陈临歌》，而梁章钜云："汪晋贤森《粤西诗载》虽首录《喻猛颂》，而遗其后八句，又不及《陈临歌》"，恐是记误，或未能查看《粤西诗载》卷六，遗漏不查而妄下定论。

今据宋代王象之《舆地纪胜》卷一百八、明董斯张《广博物志》卷十

---

① （清）张鹏展：《峤西诗钞》，上林丛书编印所，1944，第179页。
② （清）张鹏展：《峤西诗钞》，上林丛书编印所，1944，第181页。
③ （清）梁章钜著，蒋凡校注《〈三管诗话〉校注》，广西人民出版社，1996，第7页。

七、明冯惟讷《古诗纪》卷十八、明李贤《明一统志》卷八十四、明陆应阳《广舆记》卷二十、明梅鼎祚《古乐苑》卷四十四、《粤西诗载》卷一校改《喻猛歌》"迪以仁德"为"远以仁德"，恐为字形相近，抄录讹误；且以上典籍均仅录前三句。明代喻均《江左名贤编》卷下、万历《南昌府志》卷十八、雍正《广西通志》卷一百二十与梁章钜所录"迪以仁德"句同，恐为明清地理志编纂者因袭之误。

且雍正《广西通志》和梁章钜所依据之《梧州府志》似补录诗句未全，今据明代喻均《江左名贤编》卷下、万历《南昌府志》卷十八补录二句："於惟苍梧，交趾之域。《禹贡》厥人，岛夷卉服。大汉惟宗，远以仁德。出自中台，镇于外国。威风光远，吏人从则。鸠集以礼，南人入服。简于帝廷，功化毕植。"

又考乾隆吴九龄、史鸣皋撰《梧州府志》卷十四《名宦志》，仅载喻猛为苍梧太守事，未载《喻猛颂》；载《陈临歌》而缺"德参古贤天报施"句，因此乾隆时《梧州府志》非梁章钜所选诗话依据。

梁章钜《三管诗话》著录《陈临歌》诗句顺序有误："苍梧府君恩广大，令死罪囚有后代。"又云："苍梧陈君惠及死，能令死者不绝嗣，德参古贤天报施。"

今考宋代《太平御览》卷四百六十五、《册府元龟》卷六百八十一、《广博物志》卷十七："苍梧陈君恩广大，令死罪囚有后代。德参古贤天报施。"[①] 又考明代陈耀文《天中记》卷三十四、明冯惟讷《古诗纪》卷十八、明梅鼎祚《古乐苑》卷四十四："苍梧陈君恩广大，令死罪囚有后代，德参古贤天报施。又：苍梧府君惠及死，能令死人不绝嗣。"[②] 宋明时代的诗句著录文字情况较为一致；而清代雍正《广西通志》卷一百二一、汪森《粤西诗载》卷六为："苍梧府君惠及死，能令死人不绝嗣。又：苍梧陈君恩广大，令死罪囚有后代，德参古贤天报施。"将诗句著录顺序颠倒，文字并无异议；而梁章钜《三管诗话》则为"苍梧府君恩广大，令死罪囚有后代。"又云："苍梧陈君惠及死，能令死者不绝嗣，德参古贤天报施。"一是

---

① （宋）李昉：《太平御览》，卷四百六十五，四部丛刊三编影宋本，（明）王钦若：《册府元龟》，卷六百八十一，明刊本。

② （明）陈耀文：《天中记》，卷三十四，清文渊阁四库全书本。

将"苍梧陈君"、"苍梧府君"抄录前后颠倒，二是"德参古贤天报施"句抄在"能令死者不绝嗣"后，而以上宋元明清诸多典籍皆在"令死罪囚有后代"之后，或因抄录串行所致讹误。今据上引文献，校改为："苍梧陈君恩广大，令死罪囚有后代，德参古贤天报施。又：苍梧府君惠及死，能令死人不绝嗣。"

（2）《三管英灵集》卷二周渭《赠吴崇岳》诗后："《郡国雅谈》云：吴崇岳泉州龙兴观道士，辟谷多年，尝登松梢，礼拜处松枝六七十尺，福建漕使周渭赠以诗云云。"

按：《宋诗纪事》卷二："《郡阁雅谈》云：吴崇岳泉州龙兴观道士，辟谷多年，尝登松梢，礼拜处松枝可六七十尺，福建漕使周渭赠以诗，太平兴国中诏入京。"① "阁"与"国"形近，抄录或刊刻讹误，校订：《郡阁雅谈》。

（3）《三管诗话》卷上蒋冕条："《尧山堂外纪》云：蒋阁老冕历事三朝，始告归田里。世宗慕其贤，使使三聘之，不至。睿制诗一阕颂云：'闻说江南一老牛，征书聘下已三秋。主人有甚相亏汝？几度加鞭不转头？'冕稽首俯伏以对，诗云：'老牛用力已多年，领破皮穿只爱眠。犁耙已休春雨足，主人何用苦加鞭！'终不就。按：此事亦见《西樵野记》。然蒋文定公以议礼不合乞致仕，《明史》纪传中并无三聘之说。此二诗亦殊鄙俚，可断为齐东野人之谈。姑录而辨之。"②

按：《尧山堂外纪》卷九十六"蒋冕"条："蒋阁老冕历仕三朝，始告归田里。世庙慕其贤，使使三聘之，不至。睿制诗一阕颂云：'闻说江南一老牛，征书聘下已三秋。主人有甚相亏汝？几度加鞭不转头？'冕稽首俯伏以对，诗云：'老牛用力已多年，领破皮穿只爱眠。犁耙已休春雨足，主人何用苦加鞭！'终不就。"③ 又梁章钜称此诗事亦见《西樵野记》，考之，《西樵野记》，明侯甸著，《四库全书总目》存目著录，梁章钜时已不得见全集，王世贞《弇州史料》有录："《西樵野记》言：吾郡中蒋阁老冕历仕三朝，而始告归田里。朝廷慕其贤，使使三聘之，不至。睿制诗一阕颂云：'闻说江南一老牛，征书聘下已三秋。主人有甚相亏汝？几度加鞭不转头？'

① （清）厉鹗辑：《宋诗纪事》，第1册，上海古籍出版社，2008，第37页。
② （清）梁章钜著，蒋凡校注《〈三管诗话〉校注》，广西人民出版社，1996，第77~78页。
③ （明）蒋一葵：《尧山堂外纪》，卷九十六，明万历刻本。

冕稽首俯伏以对诗云：'老牛用力已多年，领破皮穿只爱眠。犁耙已休春雨足，主人何用苦加鞭？'终不就。若此忠义具见之矣。按：蒋阁老冕全州人，嘉靖三年以议礼不合而乞致仕，岂有三聘之说，且此二诗三家村社人所不语，而笔之于书抑何俚鄙无识也！"① 梁章钜《三管诗话》诗事后所加按语认为非蒋冕诗作，亦是王世贞《弇州史料》的观点。

因此，据《尧山堂外纪》、《弇州史料》校订此条个别字错讹："历事三朝"应为"历仕三朝"；"领破皮穿只爱眠"应为"领破皮穿只爱眠"。"领"作为"颔"，形近抄刻错讹，而《三管诗话》因袭的是《粤西丛载》的错误，《粤西丛载》比之《三管诗话》严谨，卷七"蒋阁老冕"著录引自《弇州稿》："《西樵野记》言吾郡中蒋阁老冕历仕三朝……（《弇州稿》）。"因此《三管诗话》蒋冕诗事应是转引自《粤西丛载》，又参考《尧山堂外纪》。

另《弇州史料》引《西樵野记》"睿制诗一阕颂云"与《尧山堂外纪》"睿制诗一阕颂云"有异。其中《西樵野记》散佚，考傅增湘《藏园群书经眼录》收有此书十卷本，为明代蓝格写本，失去首册，存卷六至卷十。② 后有侯甸嘉靖庚子（1540）自跋，其生活时代离蒋冕为近。考王世贞《弇州史料》，有万历四十二年（1614）刻本，但《明史稿》云王世贞卒万历二十一年（1593），《弇州史料》的编纂时间亦是在万历前期，此书征订严谨，颇具史料价值，每为《清史稿》所本；而蒋一葵《尧山堂外纪》，书前有万历二十六年（1598）蒋一葵《尧山堂外纪颠末》，可见编纂时间比王书稍晚，"但惜其不注明每事的出处，大损其可靠性与正确性。"③ 可知《尧山堂外纪》征引蒋冕条亦自嘉靖年间的《西樵野记》，"颂"与"颂"，字形相近，或为抄录讹误，但惜《西樵野记》不存，《弇州史料》与《尧山堂外纪》孰对孰错，不敢妄下定论；亦不能因《弇州史料》早出，《尧山堂外纪》晚出，而得出《弇州史料》"颂"字正确的结论。姑且记此存疑。

（4）《三管诗话》卷上赵观文条："唐乾宁二年，廷试《观人文化成天下赋》、《内出白鹿宣示百僚诗》，放进士张贻宪等二十五人，临桂赵观文第

---

① （明）王世贞：《弇州史料》，后集卷六十八，明万历四十二年刻本。
② 傅增湘：《藏园群书经眼录》，卷九子部三，中华书局，1983，第795页。
③ 郑振铎：《西谛书话》，三联书店，2005，第486页。

八。被黜者诉不当。乃重试《曲直不相入赋》、《询于刍荛诗》，考落九人，观文遂魁多士。当时褚载贺以诗云：'一枝仙桂两回春，始觉文章可致身。已把色丝邀主眷，又将彩笔冠群伦。龙泉再淬方知利，火浣重烧转见新。今日举头看御榜，大能荣耀苦心人。"① 《三管英灵集》卷二赵观文小传后"《退庵诗话》云："乾宁二年，试《观人文化成天下赋》、《内出白鹿宣示百僚诗》，放进士张贻宪等二十五人，赵观文第八。被黜者诉不当，乃重试，观文遂魁多士。时中官刘季述辈专横，观文以为言忤宰相意，谢病归。"②

按：宋代计有功《唐诗纪事》卷五十九"褚载"条："……《贺赵观文重试及第》云：一枝仙桂两回春，始觉文章可致身。已把色丝要上第，又将彩笔冠群伦。龙泉再淬方知利，火浣重烧转更新。今日街头看御榜，大能荣耀苦心人。"③宋尤袤《全唐诗话》卷五"褚载"条④、明蒋一葵《尧山堂外纪》卷三十七"褚载"条、《全唐诗》卷六百九十四褚载文字均同。《三管英灵集》沿袭雍正《广西通志》之误为"今日举头看御榜"。"已把色丝邀主眷"则"主眷"二字不见于任何典籍，或为《三管英灵集》编纂者改之。

因此，今校订"今日举头看御榜"为"今日街头看御榜"。校订"已把色丝邀主眷"为"已把色丝要上第"。

又按：考《三管英灵集》赵观文传后《退庵诗话》所引，与乾隆《广西通志》卷二百五十六"赵观文"条最为相近："赵观文，临桂人。乾宁二年，廷试第一。是年试观人文化成天下赋，内出白鹿宣示百僚诗，放进士张贻宪等二十五人，观文第八。被黜者诉不当，乃重试，观文遂魁多士。是时刘季述辈专横，观文以为言忤宰相崔胤意，谢病归。"⑤

（5）《三管诗话》卷上，考湘南地属粤西全州条，"潘纬有《古镜》遗句云：'篆经千古涩，影泻一堂寒。'见《吟窗杂录》。"据宋陈应行《吟窗杂录》校订"篆经千古涩"⑥。后《全唐诗》卷六百、《沅湘耆旧集前编》

① （清）梁章钜著，蒋凡校注《〈三管诗话〉校注》，广西人民出版社，1996，第29~30页。
② （清）梁章钜纂《三管英灵集》，卷二，清道光桂林汤日新堂刻本，藏国家图书馆。
③ （宋）计有功：《唐诗纪事》，下册，中华书局，1965，第895页。
④ （宋）尤袤：《全唐诗话》，中华书局，1985，第93页。
⑤ （清）谢启昆修，胡虔纂《广西通志》，第十册，广西人民出版社，1988，第6469页。
⑥ （宋）陈应行：《吟窗杂录》，卷十八下，明嘉靖二十七年崇文书堂刻本，藏国家图书馆。

卷二、光绪《湘潭县志》卷八之三均引《吟窗杂录》"篆经千古涩"，今校订。

（6）《三管诗话》卷下黎兆选条："贺县三峰之委径，有石类蛇，能祟人，过之常被噬。有黎兆选者，广东广德人，题诗蛇石，云……蛇怪遂息。见《广西旧志》。"①

按：据雍正《广西通志》卷八十七②、乾隆《广西通志》卷二七七③校订"广东德庆"。

又按：《三管英灵集》卷三黎兆《题要径石》二首，传："兆，贺县人，明贡生，官德庆州州同。"二首诗云："径名虽要实平亨，鸟道今堪驷马横。不是武城偏捷路，青天白日任君行。""天下名山何处无，斯文千古仰匡庐。六经原是超凡径，一贯方为大丈夫。"诗后载："《平乐县志》云：信都三峰要径，石形像蛇，蛇体每遇疾风暴雨，行人过此，蛇遂食人。兆题诗于蛇舌云云，自后往来者如游坦途焉。"

可见，黎兆题诗选自《平乐县志》，今考康熙《平乐县志》所载："蛇舌石在委径石山脚通道旁。信都县南二十里，有石一块从地突起，形似蛇舌，高七尺许，尝为妖害人，明成化间黎兆题诗于石，曰：'径名虽委实平亨……'妖遂灭。隆庆四年，邑人廪生李先芳在该石上和兆诗二首曰：'山径凭谁辟已亨，不教凿凿石纵横。委迟周道浑如底，人在河天衢上行。''径静红尘半点无，坐来如在爱吾庐。六经啜尽终糟粕，欲向山中学拙夫。'"④

《三管英灵集》将"委径"错抄为"要径"，因"要"与"委"，形近错讹。委径：即曲折逶迤（委蛇）之径，从"径名虽委实平亨"一句也可见"委"与"平"相对。因此校改黎兆诗题为《题委径石》，首句校改为"径名虽委实平亨"。又《三管诗话》卷下黎兆选条："贺县三峰之委径，有石类蛇，能祟人，过之常被噬。有黎兆选者，广东广德人，题诗蛇石，云：

---

① （清）梁章钜著，蒋凡校注《〈三管诗话〉校注》，广西人民出版社，1996，第247页。

② （清）金鉷修《广西通志》，卷八十七，影印文渊阁四库全书本，台北：商务印书馆，1983。

③ （清）谢启昆修，胡虔《广西通志》，第10册，广西人民出版社，1988，第6853页。

④ 转引自（民国）玉昆山等《信都县志》，第二册，台北：成文出版社，1967，第914页。

'径名虽委实平亨，鸟道今堪驷马横。不是武城偏捷路，青天白日任君行。'
蛇怪遂息。见《广西旧志》。"① （"德庆"误录为"广德"）亦云"委径"，
可证"要径"之误。

但《三管诗话》著录题诗作者为"黎兆选"，因此考诗话出处雍正《广
西通志》，云："黎兆选，广东德庆人，好游咏山水，贺县三峰委径，石形
像蛇，能祟人，过之常被噬。选题诗蛇舌，云：'径名虽委实平亨，鸟道今
堪驷马横。不是武城偏捷路，青天白日任君行。蛇怪遂息。'"② 仅据此，
黎兆选是广东德庆人，寓居贺县时题诗。《三管诗话》与《三管英灵集》所
载文字有异，乃因出处不同，雍正《广西通志》未言明此条文献之出处，
但康熙《平乐县志》在先，所记题诗和诗详尽，应可信。又考明嘉靖十七
年田汝成任广西右参议，分管右江，行经广东德庆，曾记："癸酉过德庆，
同知黎兆、学正陈宗器，以诸生陈沛等来见。"（《觐贺行》）③ 又考今《贺
州市志》载："黎兆，明代优贡，黎昭孙。"④ 则贺县三峰委径题诗者，应是
明成化贺县贡生，后嘉靖间官德庆州同知的黎兆。《三管诗话》沿袭《广西
通志》之误，以为是广东德庆黎兆选，游贺县时所作，未加考证。

（7）《三管诗话》卷上冯京条："《鹤林玉露》有零句云：'琴弹夜月龙
魂冷，剑击秋风鬼胆粗。'又：'尘埃掉臂离长陌，琴酒和云入旧山。'又：
'丰年足酒容身易，世路无媒著脚忙。'"⑤ 此段实转引自《宋诗纪事》卷
十八。《三管英灵集》卷二冯京小传后《退庵诗话》著录为："又：'丰年
足酒容身易，世路无媒插脚难。'"⑥

按：考《鹤林玉露》卷二"冯三元"条，此句为："丰年足酒容身易，
世路无媒著脚难。"⑦《宋诗纪事》卷十八录此句为"丰年足酒容身易，世
路无媒著脚难。"⑧ 因此，《三管英灵集》及《三管诗话》均误，校订为

---

① （清）梁章钜著，蒋凡校注《〈三管诗话〉校注》，广西人民出版社，1996，第247页。
② （清）金鉷修《广西通志》，卷八十七，清文渊阁四库全书本。
③ （明）田汝成：《田叔禾小集》，卷八，明嘉靖四十二年田艺蘅刻本。
④ 贺州市地方志编纂委员会编《贺州市志》，下册，广西人民出版社，2001，第791页。
⑤ （清）梁章钜著，蒋凡校注《〈三管诗话〉校注》，广西人民出版社，1996，第44页。
⑥ （清）梁章钜纂《三管英灵集》，卷二，清道光桂林汤日新堂刻本，藏国家图书馆。
⑦ （宋）罗大经：《鹤林玉露》，卷十，上海书店影印涵芬楼刻本，1990。
⑧ （清）厉鹗：《宋诗纪事》，卷十八，上海古籍出版社，1983，第441页。

"世路无媒著脚难"。

（8）《三管诗话》卷上王元条："字文元，桂林人。与翁宏、任鹄、陆蟾、王正已、廖融相友善，皆唐末隐士也。《全唐诗》中载其诗五首。如《怀翁宏》云：'孤馆花初落，高空月正明。'……又相传文元妻黄雅好吟咏，文元每中夜得句，黄辄先起，燃火具纸笔云。今不得其一字之传，可惜也。"①

按：《三管英灵集》为"孤馆木初落"，或因平仄声律和谐之故，《三管诗话》改之，但不见其他典籍有此句。另考宋阮阅《诗话总龟》增修卷十一、清李调元《全五代诗》卷六十二、清郑方坤《五代诗话》卷七引《雅言系述》均为"孤馆木初落"。今据上引典籍校订"孤馆木初落"。

又考雍正《广西通志》卷八十四："王元，字文元，临桂人。乐道安贫，苦吟风月，妻黄氏亦有雅操，元每中夜得句，黄必先起燃烛具纸笔，俟脱稿击节吟赏，酌酒相劝，后遍采幽胜，终于长沙。（《旧志》）"② 又据《广西名胜志》卷一、《粤西文载》卷六十八、《诗话总龟》卷十引《郡阁雅谈》等典籍皆著录与《广西通志》大略相同，王元妻子王氏，并无典籍著录王氏名王雅。《三管英灵集》编纂者抄录时，漏字，今校改为："文元妻黄氏雅好吟咏。"

（9）《三管诗话》卷上翁宏条：《全唐诗》载翁大举诗三首，尚有《送人下峡》句云："万木横秋里，孤舟半夜猿。"《咏晓月》句云："漏光残井甃，缺月背山椒。"……《粤西文载》又有《南越行》句云……惟《湘江吟》十字，他处又作裴谐句。而《细雨》十字，《赤雅》以为木客所作，则恐系木客暗偷古句以欺人耳。③ 《三管英灵集》卷二翁宏传后《退庵诗话》亦为"万木横秋里"。

按：蒋凡据《十国春秋》校改"万木残秋里"，可信。《诗话》沿续《全唐诗》之误，且只有《全唐诗》著录如此，另考《诗话总龟》卷十一、《广西名胜志》卷三、《诗薮》杂编四、《粤西文载》卷六十八、《五代诗话》卷七均作："万木残秋里"。

《三管诗话》所引《咏晓月》句云："漏光残井甃，缺月背山椒。"《三

---

① （清）梁章钜著，蒋凡校注《〈三管诗话〉校注》，广西人民出版社，1996，第33页。
② （清）金鉷修《广西通志》，卷八十四，台北：商务印书馆影印文渊阁四库全书本，1983。
③ （清）梁章钜著，蒋凡校注《〈三管诗话〉校注》，广西人民出版社，1996，第36页。

管英灵集》卷二翁宏传后《退庵诗话》云："《咏晓月》句云：'漏光残井甃，缺影背山椒。'"考《全唐诗》卷七百六十二、《粤西文载》卷六十八、《诗话总龟》卷十一、《诗薮》杂编四、《全五代诗》卷六十二、《五代诗话》卷七、《十国春秋》卷七十五均为"缺影背山椒"，且"光"与"影"对，今据此校改《三管诗话》卷上翁宏条，所引《咏晓月》句："漏光残井甃，缺影背山椒。"

（10）《三管诗话》卷上唐谏条：唐谏，字子方，清湘人。登政和五年进士，知峡州。士大夫出蜀者，皆挟巨商重货。谏之子孝颖大搜之，遂以谤免。临行，诗云："但得归舟轻似叶，不嫌蜀客怨征商。"或误作唐介，以其字同耳。①

　　按：实选自《粤西文载》卷六十八："唐谏，字子方，清湘人……登政和五年第，历官朝奉郎，累赠通奉大夫，后知峡州，士大夫出蜀者，皆挟巨商重货，谏之子孝颖大搜之，遂以谤免，有送行诗云：'但得归舟轻似叶，不嫌蜀客怨商征。'"②又考雍正《广西通志》卷七十六为："友人赠诗云：'但得归舟轻似叶，不嫌蜀客怨商征。'"③因此校订诗话著录诗句为："临行，友人赠诗云：'但得归舟轻似叶，不嫌蜀客怨商征。'"

（11）《三管诗话》卷上鳌山道士条：鳌山道人，明道中，尝卧州学，士人或叱之，则曰："莫欺闲客也。"遂朗吟曰："家在鳌头最上山，偶将踪迹到尘寰。不妨名利场中客，忙者自忙闲者闲。"出门不知所之。鳌山在庆远城东南二里。④

　　按：雍正《广西通志》卷八十七："鳌山道人，明道中，尝卧州学，士人叱之，曰：莫欺闲客也。会作诗，士人授纸笔，吟曰：'家住鳌头最上山，偶将踪迹到尘寰。不妨名利场中客，忙者自忙闲自闲。'出门不知所之。案：鳌山在庆远府城东南二里。"⑤《三管诗话》因袭之，略不同。考记载鳌山道士诗事的文献，除《广西通志》外，明代曹学佺《广西名胜志》

---

① （清）梁章钜著，蒋凡校注《〈三管诗话〉校注》，广西人民出版社，1996，第50~51页。
② （清）汪森编，黄盛陆等校点《〈粤西文载〉校点》，第五册，广西人民出版社，1990，第169页。
③ （清）金鉷修《广西通志》，卷七十六，台北：商务印书馆影印文渊阁四库全书本，1983。
④ （清）梁章钜著，蒋凡校注《三管诗话校注》，广西人民出版社，1996，第58~59页。
⑤ （清）金鉷修《广西通志》，卷八十七，台北：商务印书馆影印文渊阁四库全书本，1983。

卷八、明代陆应扬《广舆记》卷二十、《粤西丛载》卷十一引明代魏濬《西事珥》均录鳌山道人诗句为："不妨名利场中卧"，因此，据以上文献，校改《三管诗话》为"不妨名利场中卧，忙者自忙闲者闲。"

（12）《三管诗话》卷中陈继昌三元及第诗谶条："桂林城外有还珠洞，前明正德二年，有云南按察司副使包裕《纪游诗》刻云：岩中石合状元征，此语分明自昔闻。巢凤山钟王世则，飞鸾峰毓赵观文。应知奎聚开昌运，会见胪传现庆云。天子圣明贤哲出，庙廊继步策华勋。……真一则《玉堂佳话》也。"

按：实转自梁绍壬《两般秋雨庵随笔》卷七"陈三元"条，今据此与《桂林石刻》载包裕等六人还珠洞联句诗①，校改一句为"天子圣神贤哲出"，恐《三管英灵集》抄录讹误。

（13）《三管诗话》卷中朱凤森条，引那彦成《韫山诗稿序》："韫山以经济才临民，有政惠爱在人，且捍城有功，多经战伐，其书卷与志气，是其素裕，又更军旅阅历，益殊伟。故其诗英特越发诗，不仅诗人，亦不仅循吏。"②

按：今据《韫山诗稿》咸丰刻本和光绪刻本、《三管英灵集》卷三十九朱凤森传后《退庵诗话》校改：那彦成《韫山诗稿序》："韫山以经济才，临民有政，惠爱在人，且捍城有功，多经战伐，所谓书卷志与气，是所素裕，更此军旅而阅历益殊伟。故其诗英特越逸，诗不仅诗，人亦不仅诗人。"③

《三管诗话》卷中朱凤森条："吴兰雪中翰（嵩梁）亦有赠句云：'劲旅三千同一胆，军令如山不能撼。为国为民忘其身，壮士踟蹰腐儒敢。'"④

按：嘉庆五年（1800）三十五岁的吴嵩梁始中举人，授国子监博士，王昶《吴子山香苏山馆诗序》云："京师士大夫推服亦如之，需次将补国子监博士，而子山不欲久涸于人海，假归，将益求其所以读书学道者，出其

---

① 桂林市文物管理委员会编《桂林石刻》，中册，桂林市文物管理委员会刊刻，1978，第43页。
② （清）梁章钜著，蒋凡校注《三管诗话校注》，广西人民出版社，1996，第140页。
③ 朱凤森：《韫山诗稿》，清咸丰七年刻本。
④ （清）梁章钜著，蒋凡校注《〈三管诗话〉校注》，广西人民出版社，1996，第140页。

《香苏山馆诗钞》二十卷属余序。"（《春融堂集》卷四十，清嘉庆十二年塾南书舍刻本》） 王昶序吴嵩梁诗集稿本，后诗集于嘉庆二十三年（1818）刊刻。嘉庆二十一年（1816）年，梁章钜入军机章京，即加入京城宣南诗社，与国子监博士吴嵩梁相识交游，同为翁方纲之弟子。因此，道光梁章钜撰写《三管诗话》朱凤森条所依据者为吴嵩梁《香苏山馆诗集》嘉庆刻本，亦在情理之中。今摘吴嵩梁《香苏山馆诗集》木犀轩道光二十三年（1843）刻本，古体诗钞卷十五《书朱韫山司马守濬日记后》四句："劲旅三千同一胆，贼肉虽腥犹可咯。为民为国忘其身，壮士游移腐儒敢。"① 以存异文。

（14）《三管诗话》卷中朱依真条："朱小岑布衣……有《九芝草堂集》。邓显鹤序云：'小岑刻意为诗，以微眇夐邃沈鸷镌削之思，写其冲夷高旷严冷削洁之概，幽而不怨，涩而不僻，乃适肖其为人……'"②

按：据邓显鹤《九芝草堂诗存序》校改："邓显鹤序云，小岑'刻意为诗，以其幽渺夐邃沈鸷鑱刻之思，寄其冲夷高旷严冷峭洁之概，幽而不怨，涩而不僻……'乃适肖其为人。"③

（15）《三管诗话》卷中袁珏条："醴庭《阅近人诗集漫作》云：'士生三代后，患在不好名。好名亦有道，所贵心专精。好名亦多术，最上惟研经。余功及子史，南面罗百城。胸中有千古，腹内多甲兵。其次习一艺，艺成名即成。如何今之人，但耽吟咏情。作诗大易事，巴词亦可听；作诗大难事，妙悟由心生。读书复养气，气平心自平。因之涉物趣，洋溢来纵横。正声在天地，何为不平鸣？声希味更淡，体格亦所争。于此苟未备，守口当如瓶。'此醴庭自抒所得，精理名言，非复严沧浪之但拈妙悟者矣。"④

按：袁珏诗集已佚，《三管英灵集》卷四十选袁珏诗五十五首，《三管诗话》是在《三管英灵集》初稿中抄录整理先行刊刻的，《三管诗话》引《阅近人诗集漫作》，对《三管英灵集》所选原诗改动数处，现录如下："好

---

① （清）吴嵩梁：《香苏山馆诗集》，卷十五，《续修四库全书》，集部第 1489～1490 册影印华东师范大学图书馆藏清木犀轩刻本，上海古籍出版社，1995，第 121 页。

② （清）梁章钜著，蒋凡校注 《〈三管诗话〉 注》，广西人民出版社，1996，第 143 页。

③ （清）邓显鹤：《南村草堂文钞》，卷四，清咸丰元年刻本。

④ （清）梁章钜著，蒋凡校注 《〈三管诗话〉 校注》，广西人民出版社，1996，第 164 页。

名亦多术，太上研五经。余功及子史，南面拥百城。""其次习一艺，艺成名不轻。""如何今之人，但专吟咏情。"

《三管诗话》引《哭钱裴山中丞》，将"饥寒忘富贵，辛苦得功名。"改为："清寒忘富贵，辛苦得功名。""家中惟有母，身后更无儿。"改为："家中犹有母，身后更无儿。"

《三管诗话》引《哭纪文达师》，《三管英灵集》原为为《哭大学士纪晓岚夫子》。

改"自愧羊昙徒有泪，西洲过后早汪洋。"为"自愧羊昙空有泪，西洲过后早汪洋。"

以上改动不伤诗意，两可，暂存异文。

（16）《三管诗话》卷中《粤风续九》条：《粤述》云："贵县西山有刘三妹，与胡宁白鹤书生张伟望歌酬，化石于山巅，遗迹宛然。至今瑶俗尚歌，因立祠于此，祀为歌仙。"① 究未详为何时人也。

按：今据闵叙《粤述》"白石山"条校改："贵县西山有刘三妹，与朗宁白鹤书生张伟望歌酬。"《三管诗话》将"朗"抄为"胡"，乃形近错讹。《粤述》"南宁"条云："南宁……唐置南晋州，寻改邕州，又改朗宁郡。"

（17）《三管诗话》卷中金虞《壮家诗序》条："宣化金虞《壮家诗序》云：丁塘小泊，闲步至壮家村，村人肃容甚谨，愧无茶，请以家酿进，勿敢饮也。仆人闻壮女制帨甚工，询之，谢无有。少选乃出其二，白质青章，刺龙凤花朵颇纤好，云是少时认同年物，不售外人也。盖壮以春时男女踏歌，野次相配偶，号为"认同年"。诗云："乌浒滩边熟壮家，也知留客叹无茶。山棚岂乏槟榔树，酒户难胜浪荡花。桐布垂腰觇俗陋，绣巾搓手向人夸。春江跳月浑闲事，认得同年鬓已华。"②

按：考雍正《广西通志》卷一百二十六《壮家》一诗，无金虞《壮家诗序》，后一句亦作"话到同年鬓已华。"③ 又考道光《南宁府志》卷五十

---

① （清）梁章钜著，蒋凡校注《〈三管诗话〉校注》，广西人民出版社，1996，第154页。
② （清）梁章钜著，蒋凡校注《〈三管诗话〉校注》，广西人民出版社，1996，第165～166页。
③ （清）金鉷修《广西通志》，卷一百二十六，台北：商务印书馆影印文渊阁四库全书本，1983。

六《艺文志》引金虞《壮家诗序》，及其《壮家·其一》，诗，后一句与《三管诗话》所引略有不同："话到同年鬓已华。"① 再看诗意，乃金虞所序听壮家女讲述"少时认同年"之事，"话到同年鬓已华"较为合适，"认得同年"乃"少时"，与"鬓已华"相接，较牵强。光绪《浔州府志》亦作"话到同年鬓已华"②。因此，校改后一句为："话到同年鬓已华。"

（18）《三管诗话》卷中粤西民歌条："按：睢阳修和所辑《粤歌》有《蝴蝶思花》云……有《旧日藕》云……有《日出》云……又濠水赵文龙所辑《瑶歌》，东楼吴代所辑《俍歌》，四明黄道所辑《壮歌》，咿嚘侏离，非译莫解。今节录其略通顺者，以存梗概……"③

按：实转引自李调元《粤风》（李所刻《函海》丛书之一）因《三管诗话》卷中《粤风续九》条梁章钜云：康熙间浔州推官吴淇撰《粤风续九》四卷，著录《四库》，"余曾遍访之不获"……今见李调元《函海》中，为节录于后，似即《粤风续九》所载。"④ 李调元《粤风》在吴淇《粤风续九》（清康熙二年刻本）基础上编成，今据更早编成的《粤风续九》"粤风"、"瑶歌"、"俍歌"、"壮歌"四条，校改如下："濠水赵龙文所辑《瑶歌》"，名字颠倒抄录错讹；"睢阳修和所辑《俍歌》"；东楼吴代所辑乃是《侗歌》，这里混淆错讹。

（19）《三管诗话》卷中藤峡谣条："自藤峡径府江三百余里，诸蛮互为死党，出劫商船，得人则刳其腹，投之江峡中。人谣云：盎有一斗米，莫诉藤峡水，囊有一百钱，莫上府江船。"⑤ "正德间，藤峡遗孽渐蔓，人莫可禁。右都御史陈金以诸蛮所嗜鱼盐，令商船度峡者，以此委之，道稍通。金疏其事，改名永通峡。而诸蛮征索无厌，稍不惬意，辄掠杀之。浔人语曰：古永通，今求通，求不得，葬江中。谁其始者？噫陈公！"⑥

---

① （清）苏士俊纂，何鲲增修《南宁府志》，凤凰出版社影印道光刻本，2014。此为道光二十七年（1847）翻刻乾隆八年（1743）刊本。
② （清）夏敬颐，褚兴周纂修《浔州通志》，卷五十，广西桂平县志编纂办公室刻，1987，第77页。
③ （清）梁章钜著，蒋凡校注《〈三管诗话〉校注》，广西人民出版社，1996，第168页。
④ （清）梁章钜著，蒋凡校注《〈三管诗话〉校注》，广西人民出版社，1996，第164页。
⑤ （清）梁章钜著，蒋凡校注《〈三管诗话〉校注》，广西人民出版社，1996，第175页。
⑥ （清）梁章钜著，蒋凡校注《〈三管诗话〉校注》，广西人民出版社，1996，第175页。

按：实转自《静志居诗话》卷二十四"广西谣谚"条，引用不加考辨，沿袭《静志居诗话》之误："囊有一百钱"①。仅《静志居诗话》有此误，考明代田汝成《炎徼纪闻》卷二"断藤峡"条、明代魏濬《西事珥》卷八"藤峡谣"条、《粤西丛载》卷二十八"藤峡"条、清杜文澜《古谣谚》卷十五等典籍均为"囊有一陌钱"。"一陌"即一串大约百文的纸钱。"陌"原是"百"的借字，故称。除《静志居诗话》外，其余典籍著录为"昔永通，今求通。"

（20）《三管诗话》卷下历代非广西人为粤西而作之诗一条，引宋之问《始安秋日》："桂林风景异，秋似洛阳春。卷云山戢戢，碎石水磷磷。"

按：所依据为《粤西诗载》，未标明，据《粤西诗载》卷二校改："桂林风景异，秋似洛阳春。晚霁江天好，分明愁杀人。卷云山戢戢，碎石水磷磷。"抄录脱句错讹。

（21）《三管诗话》卷下吕温戏柳宗元条："《峤南琐记》云："吕衡州温善谑，子厚在柳州，温谑之曰：'柳州柳太守，种柳柳江边。柳馆依然在，千秋拂柳天。'子厚有《种柳戏题》诗，盖追忆衡州戏语而作耳。"②

按：今考实引自《粤西丛载》卷五："吕衡州温善谑，子厚在柳州，温谑之曰：'柳州柳太守，种柳柳江边。柳馆依然在，千秋柳拂天。'柳州有《种柳戏题》诗，盖追忆衡州戏语而作也。（《峤南琐记》）"③ 又考明代魏浚《峤南琐记》卷下、雍正《广西通志》卷一百二十七引《峤南琐记》均作"千秋柳拂天"，据以校改，抄录颠倒错讹。

（22）《三管诗话》卷下唐郑叔齐《独秀山新开石室记》条："唐郑叔齐《独秀山新开石室记》云：'城之东北维有山曰独秀。宋颜延之尝守兹郡，赋诗云：'未若独秀者，峨峨郛邑间。'嘉名之得，盖肇于此。按：此十字别无所见，今张溥、汪士贤所编《颜光禄集》并无之；而《赤雅》引此诗，"郛邑"别作"郛郭"，似误。《赤雅》语多凭臆造，如引山谷诗"桂岭环城如雁宕，苍山平地忽嵯峨，""嵯峨"作"蚁封"，其误亦显然也。"④

---

① （清）朱彝尊：《静志居诗话》，第三册，台北：明文书局，1991，第 613 页。
② （清）梁章钜著，蒋凡校注《〈三管诗话〉校注》，广西人民出版社，1996，第 209 页。
③ （清）汪森：《〈粤西丛载〉校注》，上册，广西民族出版社，2007，第 189 页。
④ （清）梁章钜著，蒋凡校注《〈三管诗话〉校注》，广西人民出版社，1996，第 210 页。

按：今考《粤西文载》卷十九、《全唐文》卷五百三十一、《桂胜》卷一、《续古文苑》卷十所引唐郑叔齐《独秀山新开石室记》，皆云："城之西北维有山曰独秀。"又考宋代乐史《太平寰宇记》卷一百六十二岭南道六："独秀山在城西北一百步"①。《三管诗话》抄录错讹，"西北"错为"东北"。因此，校改《三管诗话》卷下唐郑叔齐《独秀山新开石室记》条："城之东北维有山曰独秀。"

（23）《三管诗话》卷下欧阳询条：旧闻欧阳信本为粤西岩洞中白猿所生，初以为不经。后读《全唐诗》，有长孙无忌《嘲欧阳询诗》云："耸膊成山字，埋肩不出头。谁家麟阁上，画此一猕猴？"则信本之为猴形盖信。近阅宋周去非《岭外代答》云："静江府叠彩岩有猴，寿数百年，有神力变化，不可得制。多窃美妇人，欧阳都护之妻亦与焉。欧阳设方略杀之，取妻以归。猴骨葬洞中，犹能为妖，每人至，必飞石，惟欧阳人来，则寂然。"②

按：今考《全唐诗》长孙无忌诗，并无《嘲欧阳询诗》，恐梁章钜记错，实引自《大唐新语》卷十三"谐谑"："太宗常宴近臣，令嘲谑以为乐。长孙无忌先嘲欧阳询，曰：'耸膊成山字，埋肩不出头。谁家麟阁上，画此一猕猴？……"③ 另考《全唐诗话》、《唐诗纪事》等均与此引诗有个别文字差异。

又，据周去非《岭外代答》卷十"桂林猴妖"条，校改"惟欧阳人来，则寂然"句，应为"惟姓欧阳人来，则寂然。"④ 《三管诗话》漏抄一字，意思遂变。

（24）《三管诗话》卷下连理井铭条："贵县古井最多。南江有连理井，有铭曰：'天上星精，下化为石。坦卧荒郊，腹生玉液。两穴相连，不竭不溢。圣水灵泉，备八功德。'不知何人所作也。"

按：今考民国《贵县志》卷十三载："连理石井在县南，两穴相连，不竭不溢。"后注云："清曾光国《连理石井铭》：'天上星精，下化为石。坦

---

① （宋）乐史：《太平寰宇记》，第三十八册，光绪八年金陵书局刻本。

② （清）梁章钜著，蒋凡校注《〈三管诗话〉校注》，广西人民出版社，1996，第212~214页。

③ （唐）刘肃撰，许德楠、李鼎霞点校《大唐新语》，中华书局，1984，第188页。

④ （宋）周去非著，杨武泉校注《〈岭外代答〉校注》，中华书局，1999，第453页。

卧荒郊，腹生玉液。两穴相连，不竭不溢。圣水灵泉，备八功德。久隐于斯，不求知识。所好从吾，铭之表白。'（梁志）"①，民国《贵县志》引自"梁志"，即光绪年间梁吉祥等人编纂的《贵县志》，光绪《贵县志》录曾光国南江连理井铭石刻，民国《贵县志》袭录之。曾光国，为清代康熙年间贡生，与乡人李彬合纂康熙《贵县志》，惜清末已佚。《三管诗话》漏抄后四句，且不知何人所作，或依据并不是康熙《贵县志》，转引何处无考。

（25）《三管英灵集》卷五十四契嵩小传后：《居易录》云："《镡津集》中多秀句，如……《林间录》载，坡公谓契嵩：'禅师多嗔人，未尝见其笑。'"②

按：《三管英灵集》之"退庵诗话"抄录王士禛《居易录》卷十七，脱句。今补充：《居易录》云："《镡津集》中多秀句，如……《林间录》：嵩明教初至开先，主者命掌书记。笑曰：'我岂为汝一杯姜杏汤耶！'乃去之。西湖坡公所云：'契嵩禅师多嗔人，未尝见其笑者'是也。"③

（26）《三管诗话》卷下景淳条：《历代吟谱》又载其断句云："卷箔西风起，乘时上古台。秋声随时下，夜色带烟来。"又句云："渔翁睡重春潭阔，百鸟不飞舟自横。"④

按：转引自《宋诗纪事》卷九十二，今据《宋诗纪事》、《三管英灵集》卷五十四、《吟窗杂录》卷三十二引《历代吟谱》（"景淳"作"警淳"）⑤、《五灯会元》卷十六，校改为"白鸟不飞舟自横。"⑥《三管诗话》抄刻形近错讹。

（27）《三管诗话》卷下佛日禅师条：《一统志》云：佛日禅师者，来宾县金华峰第一代祖，有戒行。绍兴中，于狮子山文殊庵端坐而逝，留偈云："落落拓拓，不须把捉。出没太虚，无系无缚。铁马倒地，何人摸索？"⑦

① （民国）梁崇鼎等：《贵县志》，第二册，台北：成文出版社，1967，第822页。

② （清）梁章钜：《三管英灵集》，卷五十四，清道光桂林汤日新堂刻本，藏国家图书馆。

③ （清）王士禛：《居易录》，卷十七，清文渊阁四库全书本。

④ （清）梁章钜著，蒋凡校注《〈三管诗话〉校注》，广西人民出版社，1996，第225页。

⑤ （宋）陈应行：《吟窗杂录》，第二册，中华书局，1997，第902页。

⑥ （宋）普济辑，朱俊红点校《五灯会元》，第三册，海南出版社，2011，第1401页。

⑦ （清）梁章钜著，蒋凡校注《〈三管诗话〉校注》，广西人民出版社，1996，第245页。

按：实转引自《粤西丛载》卷十二"佛日禅师"条："佛日禅师，来宾县金华峰第一代祖，有戒行。宋绍兴中，于狮子山文殊庵端坐而逝，留偈云：'落落拓拓，上无把捉。出没太虚，无系无缚。铁马倒地，谁人摸索？'（《一统志》）"①

今据《粤西丛载》卷十二、雍正《广西通志》卷八十七、《明一统志》卷八十四校改："不须"为"上无"，"何人"为"谁人"。《三管诗话》纂者或故意改原文词。

（28）《三管诗话》卷下鹿苑圭禅师条："鹿苑圭禅师主潭州鹿苑寺。一日上堂，有僧问：'如何是广南境？'师云：'地连南岳千峰秀，水接西川一派清。'问：'如何是境中人？'师云：'腰间曾坠石，心上本无尘。'"②

按：《三管诗话》此段实转引自《广西通志》，雍正《广西通志》卷八十七："鹿苑圭者，桂州人。嗣德山远，开法潭州鹿苑寺。"下行云："宁寿善资，桂人，闻道宝峰，导扬南土法，无远近皆流布。一日上堂，有僧问：'如何是广南境？'师云：'地连南岳千峰秀，水接西川一派清。'问：'如何是境中人？'师云：'腰间曾坠石，心上本无尘。'"③《三管诗话》纂者或抄录串行导致错讹。寿宁寺（《广西通志》作"宁寿"，误）的善资禅师所云诗偈，还见记载于宋初《续灯录》卷二十三④、宋代王象之《舆地纪胜》卷一百三引《续灯录》"善资禅师"条、《粤西丛载》卷十二引《桂林府志》"善资禅师"条，文字无异。

又考《五灯会元》卷十五、《续传灯录》卷二、《粤西丛载》卷十二鹿苑圭禅师之记载，并无此四句诗偈。

（29）《三管诗话》卷下太平府条："施愚山集中有《昭江黄牛滩得黄抑公同年书》……按：以今太平府风土人情较之，此诗已为乐土。……"⑤

按：今据施闰章《学馀堂集》卷十五《昭江黄牛滩得黄抑公同年书》校改《三管诗话》所引二句"踟蹰甘为辕下驹，低头侧足幕中起。"，应为

① （清）汪森著，黄振中等校注《〈粤西丛载〉校注》，广西民族出版社，2007。
② （清）梁章钜著，蒋凡校注《〈三管诗话〉校注》，广西人民出版社，1996，第246~247页。
③ （清）金鉷修《广西通志》，卷八十七，影印文渊阁四库全书本，台北：商务印书馆，1983。
④ 佛光大藏经编修委员会：《佛光大藏经·建中靖国续灯录》，佛光出版社，1994，第1036页。
⑤ （清）梁章钜著，蒋凡校注《〈三管诗话〉校注》，广西人民出版社，1996，第273页。

"踽踽甘为辕下驹，低头侧足幕中趋。"① 形近错讹。

（30）《三管英灵集》卷五十五李秉礼条：《退庵诗话》云："韦庐处富豪之境，而能为幽深澹远之辞，此其可贵。幼与高密李宪乔善，其内集皆宪乔所点定，谓能以明舻之质澄远之怀，写为清泠之音，都雅之奏，洵非溢美。"

按：据李宪乔《韦庐诗内外集序》："能以明舻之质澄远之怀，写为清泠之音，都雅之奏"② "舻"与"舻"形近抄刻错讹。

（31）《三管诗话》卷上华岩洞条：闵鹤瞿《粤述》云：华岩洞在灵川县西南二十里，高广数仞，清泉回绕。相传有桃花片阔寸许，从洞中流出。石壁上有诗，云："岩前流水无人入，洞口碧桃花自开。东望蓬莱三万里，等闲归去等闲来。"③

按：考明代曹学佺《广西名胜志》卷二、陈继儒《佘山诗话》卷上、邝露《赤雅》卷中、魏濬《西事珥》卷一、清代宋长白《柳亭诗话》卷十六、汪森《粤西诗载》卷二十二均著录诗句为"岩前流水无人渡"，梁章钜诗话据《粤述》之误"岩前流水无人入"，未加以考订。今据诸文献校订"岩前流水无人渡"。

二　诗话辨析不当考证

（1）《三管诗话》卷上曹邺条：引《广西旧志》西郎山、东郎山的地理位置，又录《西郎山》、《东郎山》诗，"词意浅率，当是撰方志者所伪托。姑录而辨之。"④

按：考雍正《广西通志》卷十三未录二诗，仅云："西郎山在县西半里许，有石似人形，西向拱立，唐曹邺有诗。"⑤ 二诗见于《粤西诗载》卷二十二，《阳朔县志》亦有著录。《三管英灵集》编者仅因民歌体浅白之语，

---

① （清）施闰章撰，何庆善、杨应芹点校《施愚山集》，黄山书社，1992，第287页。

② （清）李秉礼：《韦庐诗内外集·清代诗文集汇编423册》，上海古籍出版社，2010，第357页。

③ （清）梁章钜著，蒋凡校注《〈三管诗话〉校注》，广西人民出版社，1996，第64~65页。

④ （清）梁章钜著，蒋凡校注《三管诗话校注》，广西人民出版社，1996，第23页。

⑤ （清）金鉷修：《广西通志》，卷十三，影印文渊阁四库全书本，台北：商务印书馆，1983。

断定"撰方志者所伪讬",所凭无据难以成立。

（2）《三管诗话》卷下李渤条："桂林城外白龙洞中有石刻李渤《留别南溪诗》云……按：《广西旧志》载此诗有二首，其二云……"①

按：考雍正《广西通志》卷一二四只著录李渤《留别南溪》一首，《三管诗话》所引第二首"如云不厌苍梧远，似雁逢春又北归。惟有隐山溪上月，年年相望两依依。"仅见《桂林石刻》"太和元年莫春李渤留"②。

（3）《三管诗话》卷上翁宏条："《全唐诗》载翁大举诗三首，……惟《湘江吟》十字，他处又作裴谐句。"③《三管英灵集》卷二翁宏传后《退庵诗话》亦云云。

按：《三管诗话》沿续《全唐诗》之误，将《湘江吟》二句既著录在翁宏名下，又著录在裴谐名下。今考《诗话总龟》卷十三："裴说、裴谐俱有诗名。说官至补阙，谐终于桂岭假官宰。同作《湘江吟》，说诗云：'吟余潮入浦，坐久烧移山。'谐诗云：'风回山火断，潮落岸冰高。'"④ 后考《诗薮》杂编四、《全五代诗》卷六十四、《五代诗话》卷二、卷七、《十国春秋》卷七十五均沿袭之，惟《全唐诗》误，《三管诗话》未加深考而用。

今据此校改：《全唐诗》所引《湘江吟》十字，为裴谐句。

（4）《三管诗话》卷上翁宏条："《全唐诗》载翁大举诗三首，……而《细雨》十字，《赤雅》以为木客所作，则恐系木客暗偷古句以欺人耳。"⑤

按：《赤雅》载："木客形如小儿，予在恭城见之。行坐衣服不异于人。出市作器，工过于人。好为近体诗，无烟火尘俗气。自云，秦时造阿房宫采木，流寓于此。予尝见其赋《细雨》云：'剑阁铃逾动。长门灯更深。'又云：'何处残春夜，和花落古宫。'按唐诗'酒尽君莫沽，壶干我当发。城市多嚣尘，还山弄明月。'木客所作也。苏长公云：'山中木客解吟诗。'"⑥ 对此王士禛《带经堂诗话》卷二十八，辨析云："木客形如小儿，在恭城见之，衣服不异人，自云：秦时造阿房宫采木流寓于此。尝见其赋

① （清）梁章钜著，蒋凡校注《〈三管诗话〉校注》，广西人民出版社，1996，第270页。
② 桂林市文物管理委员会编《桂林石刻》，上册，桂林市文物管理委员会，1977，第15页。
③ （清）梁章钜著，蒋凡校注《〈三管诗话〉校注》，广西人民出版社，1996，第36页。
④ （宋）阮阅：《诗话总龟》，周本淳校点，人民文学出版社，1987，第157页。
⑤ （清）梁章钜著，蒋凡校注《〈三管诗话〉校注》，广西人民出版社，1996，第36页。
⑥ （明）邝露：《赤雅》，蓝鸿恩考释，广西民族出版社，1995，第55页。

《细雨》诗云:'剑阁铃逾动,长门烛更深。'又云:'何处残春夜,和花落故宫。'此邝露湛若所云,恐因坡老木客解吟诗之句,而附会之耳。"①王士禛认为邝露穿凿附会,怎可能见到秦朝流寓至今的状如侏儒的木客,且只因苏轼的"山中木客解吟诗",便将古人的句子摘录于此,恐附会到木客身上,早在《越绝书》中就提到"木客"乃山林打柴之人,后魏晋志怪有所附会,为山中精怪,邝露乃加工,不存在此神奇之木客。《三管英灵集》卷二翁宏传后《退庵诗话》稍有异,也说:"《赤雅》以为木客所作,则恐误也。"指明错误在邝露。《三管诗话》则云错在木客偷句,即承认了神奇木客的存在,则沿袭邝露的荒诞不经了。

《三管诗话》之辨析失误和语言不严谨,或在之后刊印的《三管英灵集》中有所修正。

(5)《三管诗话》卷下吕温戏柳宗元条:"《峤南琐记》云:"吕衡州温善谑,子厚在柳州,温谑之曰:'柳州柳太守,种柳柳江边。柳馆依然在,千秋拂柳天。'子厚有《种柳戏题》诗,盖追忆衡州戏语而作耳。按:《群芳谱》言西粤无柳,仅藩署一株,每吐叶,则署中设席,请三司赏柳以为奇观。今藩署并此一株而无之,不知柳州究何如耳。"②

按:《三管诗话》所引二则均转引自《粤西丛载》,梁章钜只在引述后,加一句:"今藩署并此一株而无之,不知柳州究何如耳。"此为感叹之语,子厚《种柳戏题》云:"柳州柳刺史,种柳柳江边。谈笑为故事,推移成昔年。垂阴当覆地,耸干会参天。好作思人树,惭无惠化传。"柳宗元望多年后,后人因参天之柳树而想到自己,明代王象晋《群芳谱》言,柳州署仅一株柳树,梁章钜言清代柳州署一株也没有,若柳宗元得知,不知会怎样伤感啊!

但所转引《峤南琐记》之事最早见于唐代《云溪友议》"南黔南"条③,纯是唐人附会,因柳宗元元和十年(815)为柳州太守时,吕温四年前已逝世衡州,不可能以诗谑刘柳州,柳宗元也就不可能为追忆吕温谐谑诗,而作《种柳戏题》。吕温的谐谑诗,其实是后人追念柳宗元的民歌。见

---

① (清)王士禛:《带经堂诗话》,下册,人民文学出版社,1982,第797页。
② (清)梁章钜著,蒋凡校注《〈三管诗话〉校注》,广西人民出版社,1996,第209页。
③ (唐)范摅:《云溪友议》,卷中,古典文学出版社,1957,第52页。

宋代刘斧的《青琐高议》前集卷一"柳子厚补遗"条:"柳宗元,字子厚,晚年谪授柳州刺史,子厚不薄彼人,尽仁爱之术治之民,有斗争至于庭,子厚分别曲直使去,终不忍以法从事,于是民相告:'太守非怯也,乃真爱我者也',相戒不得以讼。后又教之植木、种禾、养鸡、畜鱼,皆有条法,民益富。民歌曰:'柳州柳太守,种柳柳江边。柳色依然在,千株柳拂天。'"①

因此,《三管诗话》对前人典籍中所云吕温诗,未加考辨。

(6)《三管诗话》卷下唐郑叔齐《独秀山新开石室记》条:"唐郑叔齐《独秀山新开石室记》云:'城之东北维有山曰独秀。宋颜延之尝守兹郡,赋诗云:'未若独秀者,峨峨郛邑间。'嘉名之得,盖肇于此。按:此十字别无所见,今张溥、汪士贤所编《颜光禄集》并无之;而《赤雅》引此诗,"郛邑"别作"郛郭",似误。"②

按:"未若独秀者,峨峨郛邑间。"此十字确不见于颜延之集,但并非"别无所见",并非只见《赤雅》。还见于《太平寰宇记》卷一百六十二、《广西名胜志》卷一、《桂胜》卷一等。

三 诗话未标明转引文献考证

(1)《三管诗话》卷上曹唐条:张为《主客图》载曹尧宾遗句云:"斩蛟青海上,射虎黑山头。"又云:"箫声欲尽月色苦,依旧汉家宫树秋。"又云:"一曲哀歌茂陵道,汉家天子葬秋风"。又云:"谁知汉武无仙骨,满灶黄金成白烟。"皆《全唐诗》所未录也。③

按:诸诗句实转引自《全唐诗》卷六百四十二,所录曹唐诗后。《三管英灵集》卷二曹唐诗后况周颐眉批:"《全唐诗》西函第二本,曹唐诗后附句'斩蛟'二句、……'箫声'、'一曲'、'谁知',……上见张为《主客图》,……'《全唐诗》未录',何耶?"况周颐指出梁章钜误记曹唐残句之出处,所云"《全唐诗》所未录",误,《全唐诗》录。

---

① (宋)刘斧:《青琐高议》,中华书局,1959,第8页。参见何书置《柳宗元研究》,岳麓书社,1994,第279页。
② (清)梁章钜著,蒋凡校注《〈三管诗话〉校注》,广西人民出版社,1996,第210页。
③ (清)梁章钜著,蒋凡校注《〈三管诗话〉校注》,广西人民出版社,1996,第27页。

（2）《三管诗话》卷上曹唐条："《峤南琐记》云：曹唐作《游仙诗》，才情缥缈。岳阳李远员外，每吟其诗，而思其人。一日，曹往谒之，李倒屣而迎。曹体干充伟，李戏之曰：'昔日未睹标仪，将谓可乘鸾鹤。此际接晤，窃恐壮水牛亦将不胜其载耳。'"①

按：实转引自《粤西丛载》卷五曹唐条："曹唐初为道士，大和中举进士。作《游仙诗》，才情缥缈。岳阳李远员外，每吟其诗，而思其人。一日，曹往谒之，李倒屣而迎。曹生人质充伟，李戏之曰：'昔者未睹标仪，将谓可乘鸾鹤。此际接晤，窃恐壮水牛亦将不胜其载。'（《峤南琐记》）"②

《三管诗话》沿袭《粤西丛载》出处的错误，此条诗话实出自《北梦琐言》卷五"李远讥曹唐"条："唐进士曹唐《游仙诗》才情缥缈。岳阳李远员外，每吟其诗，而思其人。一日，曹往谒之，李倒屣而迎。曹体干充伟，李戏之曰：'昔日未睹标仪，将谓可乘鸾鹤。此际拜见，安知壮水牛亦恐不胜其载。时人闻而笑之。'"③

梁章钜未加考证引用。又考《粤西丛载》前的宋代《太平广记》卷二百五十六、明代《靳史》卷十二、《天中记》卷二十九、《六语》谐语卷四等宋明时代的类书笔记，所引曹邺事皆注明引自《北梦琐言》。

（3）《三管诗话》卷上吴廷举条："《月山丛谈》云：梧州吴东湖，自先世戍籍受屯田四十亩……乡先辈之俭德如此。"④

实转引自《粤西丛载》卷六"先辈清俭"条："乡先辈清俭之德诚后学所当敬仰师法者也……东湖自先世戍籍受屯田四十亩……《月山丛谈》。"⑤

（4）《三管诗话》卷上翁宏条：翁大举《送廖融处士南游》云……廖融《谢翁宏以诗百篇见示诗》云……其互相推重如此。⑥

---

① （清）梁章钜著，蒋凡校注《〈三管诗话〉校注》，广西人民出版社，1996，第 28 页。
② （清）汪森著，黄振中等校注《〈粤西丛载〉校注》，上册，广西民族出版社，2007，第195 页。
③ （宋）孙光宪：《北梦琐言》，商务印书馆，1939，第 33 页。
④ （清）梁章钜著，蒋凡校注《〈三管诗话〉校注》，广西人民出版社，1996，第 68 页。
⑤ （清）汪森著，黄振中等校注《〈粤西丛载〉校注》，上册，广西民族出版社，2007，第295 页。
⑥ （清）梁章钜著，蒋凡校注《〈三管诗话〉校注》，广西人民出版社，1996，第 37 页。

按：翁诗、廖诗均引自《全唐诗》卷七百六十二，且仅在《全唐诗》中著录诗题为《送廖融处士南游》。

（5）《三管英灵集》卷二宋代周渭《赠吴崇岳》诗后，《退庵诗话》："《郡国雅谈》云：吴崇岳泉州龙兴观道士，辟谷多年，尝登松梢礼拜处，松枝六七十尺，福建漕使周渭赠以诗云云。"①

按：《宋诗纪事》卷二："《郡阁雅谈》云：吴崇岳泉州龙兴观道士，辟谷多年，尝登松梢，礼拜处松枝可六七十尺，福建漕使周渭赠以诗，太平兴国中诏入京。"②

（6）《三管诗话》卷上冯京条："《鹤林玉露》有零句云：'琴弹夜月龙魂冷，剑击秋风鬼胆粗。'又：'尘埃掉臂离长陌，琴酒和云入旧山。'又：'丰年足酒容身易，世路无媒著脚忙。'"③

按：此段实转引自《宋诗纪事》卷十八："句：'琴弹夜月龙魂冷，剑击秋风鬼胆粗。''尘埃掉臂离长陌，琴酒和云入旧山。''丰年足酒容身易，世路无媒著脚难。'以上《鹤林玉露》。"

（7）《三管诗话》卷上唐谏条：唐谏，字子方，清湘人。登政和五年进士，知峡州。士大夫出蜀者，皆挟巨商重货。谏之子孝颖大搜之，遂以谤免。临行，诗云："但得归舟轻似叶，不嫌蜀客怨征商。"④ 或误作唐介，以其字同耳。

按：实选自《粤西文载》卷六十八："唐谏，字子方，清湘人……登政和五年第，历官朝奉郎，累赠通奉大夫，后知峡州，士大夫出蜀者，皆挟巨商重货，谏之子孝颖大搜之，遂以谤免，有送行诗云：'但得归舟轻似叶，不嫌蜀客怨商征。'……"⑤

（8）《三管诗话》卷上鳌山道士条：鳌山道人，明道中，尝卧州学，士人或叱之，则曰："莫欺闲客也。"遂朗吟曰："家在鳌头最上山，偶将踪迹到尘寰。不妨名利场中客，忙者自忙闲者闲。"出门不知所之。鳌山在庆远

① （清）梁章钜：《三管英灵集》，卷二，清道光桂林汤日新堂刻本，藏国家图书馆。
② （清）厉鹗辑《宋诗纪事》，第1册，上海古籍出版社，2008，第37页。
③ （清）梁章钜著，蒋凡校注《〈三管诗话〉校注》，广西人民出版社，1996，第44页。
④ （清）梁章钜著，蒋凡校注《〈三管诗话〉校注》，广西人民出版社，1996，第50~51页。
⑤ （清）汪森编；黄盛陆等校点《粤西文载》，第5册，广西人民出版社，1990。

城东南二里。

按：实转自《广西通志》。雍正《广西通志》卷八十七："鳌山道人，明道中，尝卧州学，士人叱之，曰：莫欺闲客也。曾作诗，士人授纸笔，吟曰：'家住鳌头最上山，偶将踪迹到尘寰。不妨名利场中客，忙者自忙闲者闲。'出门不知所之。案：鳌山在庆远府城东南二里。"①

（9）《三管诗话》卷上吴廷举条："徐学谟《世庙识馀录》云：苍梧吴廷举，躁动喜名……"② 按：实转引自《粤西丛载》卷六，有删节。

（10）《三管诗话》卷上张溑二条："浔州张尚书溑为翰林学士时……""宏治乙丑科，张泾川溑为受卷官，见严嵩制策惊人，击节称赏，既而不得与一甲之选，为之扼腕太息……"③

按：实转引自《粤西丛载》卷六："浔州张尚书溑为翰林学士时，与同官限韵联句，得单字，公成句有：冲雨斜飞燕子单，时服其当。马端肃文升以'燕子单学士'称之。（《尧山堂外纪》）"④《三管诗话》抄录，文字无异。比较之，《尧山堂外纪》卷九十云："马端肃以'燕子单学士'称之。"未有"文升"二字。

（11）《三管诗话》卷中杨廷理条："马平杨双梧观察（廷理）在台湾时，遭林爽文之乱，三濒于危而不死。自作《三不死乐府》，吴澹川为之序。又句云：匹马突围三不死，阃城寄命一书生。"

按：实转自吴文溥《南野堂笔记》："公有《三不死乐府》仆为之序，又作七律四首，失其稿矣。记其一联云：匹马突围三不死，阃城寄命一书生。"⑤《三管英灵集》卷二十杨廷理传后："吴文溥《南野堂笔记》云……今台湾观察双梧杨公……公有《三不死乐府》仆为之序……"吴文溥（1740—1801），字博如，号澹川，浙江嘉兴人。诸生，家贫，为衣食客游四方，曾渡海至台湾，主讲海东书院。乾、嘉时有诗名，为时贤毕沅、阮元等所重。

① （清）金鉷修《广西通志》，卷八十七，台北：商务印书馆影印文渊阁四库全书本，1983。
② （清）梁章钜著，蒋凡校注《〈三管诗话〉校注》，广西人民出版社，1996，第70页。
③ （清）梁章钜著，蒋凡校注《〈三管诗话〉校注》，广西人民出版社，1996，第79页。
④ （清）汪森著，黄振中等校注《〈粤西丛载〉校注》，上册，广西民族出版社，2007，第291页。
⑤ （清）吴文溥：《南野堂笔记》，中华国粹书社1912年石印本。

（12）《三管诗话》卷中陈继昌三元及第诗谶条："桂林城外有还珠洞，前明正德二年，有云南按察司副使包裕《纪游诗》刻云：岩中石合状元徵…… 真一则《玉堂佳话》也。"

按：实转自梁绍壬《两般秋雨庵随笔》卷七"陈三元"条，梁章钜所引有删节和称呼的变动，如"陈公"，梁称"陈莲史方伯"；"制军阮宫保"，梁称"制军阮云台先生"等。考《两般秋雨庵随笔》刊刻于道光十七年（1837），而《三管诗话》刊刻于梁章钜离开广西巡抚任时，即约为道光二十一年（1841），《三管英灵集》的编纂开始于道光十六年（1836），因此，可见梁章钜大段原文引用《两般秋雨庵随笔》，并加以说明。

（13）《三管诗话》卷中粤西民歌条："按：睢阳修和所辑《粤歌》有《蝴蝶思花》云……有《旧日藕》云……有《日出》云……又濠水赵文龙所辑《瑶歌》，东楼吴代所辑《俍歌》，四明黄道所辑《壮歌》，咿暖侏离，非译莫解。今节录其略通顺者，以存梗概……"①

按：实转引自吴淇《粤风续九》（清康熙二年刻本）"粤风"、"瑶歌"、"俍歌"、"壮歌"四条。

（14）《三管诗话》卷中藤峡谣二条："自藤峡径府江三百余里，诸蛮互为死党，出劫商船，得人则剖其腹，投之江峡中。人谣云：盎有一斗米，莫诉藤峡水，囊有一百钱，莫上府江船。""正德间，藤峡遗孽渐蔓，人莫可禁。右都御史陈金以诸蛮所嗜鱼盐，令商船度峡者，以此委之，道稍通。金疏其事，改名永通峡。而诸蛮征索无厌，稍不惬意，辄掠杀之。浔人语曰：古永通，今求通，求不得，葬江中。谁其始者？噫陈公！"②

按：实转自《静志居诗话》卷二十四"广西谣谚"条："自藤峡径府江三百余里，诸蛮互为死党，出劫商船，得人则剖其腹，投之江中。峡人谣云：盎有一斗米，莫诉藤峡水，囊有一百钱，莫上府江船……"③

（15）《三管诗话》卷下历代非广西人为粤西而作之诗一条："汉张衡《四愁诗》云……"④《三管诗话》卷下历代非广西人为粤西而作之诗二条：

---

① （清）梁章钜著，蒋凡校注《〈三管诗话〉校注》，广西人民出版社，1996，第168页。
② （清）梁章钜著，蒋凡校注《〈三管诗话〉校注》，广西人民出版社，1996，第175页。
③ （清）朱彝尊：《静志居诗话》，第三册，台北：明文书局，1991，第613页。
④ （清）梁章钜著，蒋凡校注《〈三管诗话〉校注》，广西人民出版社，1996，第179~180页。

"张籍《送人之临桂》云……以上皆唐人诗,若宋人诗,则多不胜录也。"①

按:所依据为《粤西诗载》,未标明,将《粤西诗载》按诗歌体裁,之中又按时间排列的非广西诗人为粤西而作之诗,《三管诗话》重新按时间排列,但只梳理了从汉到唐的非广西籍诗人写广西之诗。

(16)《三管诗话》卷下吕温戏柳宗元条:"《峤南琐记》云:'吕衡州温善谑,子厚在柳州,温谑之曰:'柳州柳太守,种柳柳江边。柳馆依然在,千秋拂柳天。'子厚有《种柳戏题》诗,盖追忆衡州戏语而作耳。按:《群芳谱》言西粤无柳,仅藩署一株,每吐叶,则署中设席,请三司赏柳以为奇观。今藩署并此一株而无之,不知柳州究何如耳。"②

按:今考《峤南琐记》卷下有"吕衡州善谑"条,云:"吕衡州温善谑,子厚在柳州,温谑之曰:'柳州柳太守,种柳柳江边。柳馆依然在,千秋柳拂天。'南公至黔南,温又谑之曰:'黔南南太守,南郡在云南。闲向南亭醉,南风变俗谈。'"③又考雍正《广西通志》卷一百二十七:"吕衡州温善谑,子厚在柳州,温谑之曰:'柳州柳太守,种柳柳江边。柳馆依然在,千秋柳拂天。'(《峤南琐记》)"④

又考《粤西丛载》卷五:"吕衡州温善谑,子厚在柳州,温谑之曰:'柳州柳太守,种柳柳江边。柳馆依然在,千秋柳拂天。'柳州有《种柳戏题》诗,盖追忆衡州戏语而作也。(《峤南琐记》)"并《粤西丛载》卷二十"柳"条又云:"……西粤无柳,仅藩署一株,每吐叶,则署中设席,请三司赏柳以为奇观……(《群芳谱》)"⑤比较可见,《三管诗话》所引与《粤西丛载》卷五、卷二十两条基本相同,实转引于此,未标明。

(17)《三管诗话》卷下柳宗元龙城石刻条:志书载,柳子厚龙城刻石在马平县柳侯祠内,其词云:"龙城柳,神所守。驱厉鬼,出匕首。福四

---

① (清)梁章钜著,蒋凡校注《〈三管诗话〉校注》,广西人民出版社,1996,第195~196页。

② (清)梁章钜著,蒋凡校注《〈三管诗话〉校注》,广西人民出版社,1996,第209页。

③ (明)魏浚:《峤南琐记》,卷下,笔记小说大观丛书三十九编第5册,台北:台湾新兴书局,1983,第397页。

④ (清)金鉷修《广西通志》,卷一百二十七,台北:商务印书馆影印文渊阁四库全书本,1983。

⑤ (清)汪森著,黄振中等校注《〈粤西丛载〉校注》,上册,广西民族出版社,2007,第189页。

民，制九丑。"按：《龙城录》所载与此微有异同，"出匕首"作"山左首"，"福四民"作"福土氓"。或谓石刻宜可据。余谓《龙城录》明云："役者得白石，上微辨刻画云云，余得之不详其理。"则是白石上原文如此，而今石刻直以为柳宗元书，似原石已湮，子厚又重书之。柳此书又出后人重摹，故字迹以近似而讹舛？或又谓《龙城录》为伪书不足信。然韩文公作《罗池庙碑》云："福我兮寿我，驱厉鬼兮山之左。"正用此事。则"山左首"三字不误，而今石刻实误矣。①

按："志书载"，未言明何志书，今考乾隆《广西通志》卷二百一十五"金石略一"之"柳宗元龙城刻名"条，载石刻原文和《龙城录》的异文，后云："右刻在马平县柳侯祠内。案：《龙城录》所云，与此微有异同。伪书不足凭，然兹刻实宗元书也。"② 应为《三管诗话》此条所引依据。

又，考雍正《广西通志》卷一百二十七、《粤西丛载》卷五均引许顗《彦周诗话》："柳子厚守柳州，日筑龙城，得白石，微辨刻画，曰：'龙城柳，神所守。驱厉鬼，山左首。福土氓，制九丑。'此子厚自记也。退之作《罗池庙碑》云：'福我兮寿我，驱厉鬼兮山之左'盖用此事。"可见，此条亦是梁章钜诗话的依据，今不敢断定取自二书者何，姑且录此。

（18）《三管诗话》卷下兰麻岭条：桂林所属之永福县，境有兰麻岭。《太平寰宇记》云："从桂府至柳州，路经北山，山中有毒，峭绝险隘，更无别路。柳宗元诗云：'桂州西南又千里，漓水斗石麻兰高。'唐桂帅早祷多由此"。《峤南琐记》亦云："自理定西行，麻兰乌西诸岭，险绝刺天，路极逼仄，更无蜿蜒迤逦之状。"……惟《李义山集》有《祭兰麻神文》，独称"兰麻"，是可据也。但永福县在桂林西百里，岭在县西南六十里，而柳子厚辄以为"桂州西南又千里"，则诗人之言，不必泥耳。③

按：经考，以上所引《太平寰宇记》、《峤南琐记》二条，实转引自明代曹学佺《广西名胜志》卷二"永福县"条：

---

① （清）梁章钜著，蒋凡校注《〈三管诗话〉校注》，广西人民出版社，1996，第211~212页。

② （清）谢启昆修，胡虔纂《广西通志》，第9册，广西人民出版社，1988，第5615~5616页。

③ （清）梁章钜著，蒋凡校注《〈三管诗话〉校注》，广西人民出版社，1996，第219页。

麻兰山在旧理定界，距县西南六十里。《寰宇记》云："从府至柳州，路经北山，过溪百余里，方至平路。山中有毒，出寻溪水行，有伏流有平流，峭绝险隘，更无别路。柳宗元诗：'桂州西南又千里，漓水斗石麻兰高。'唐桂帅旱祷多由此……"《峤南琐记》又云："自理定西行，麻兰乌沙诸岭，险绝刺天，无蜿蜒迤逦之状，路极逼仄……"①

又："惟《李义山集》有《祭兰麻神文》"以下诸句引自《樊南文集详注》卷五《祭兰麻神文》注："【按】柳子厚诗：'桂州西南又千里，漓水斗石麻兰高。'麻兰即兰麻，旧书志柳州在桂州西四百七里，千里之言，不必泥也。"②

（19）《三管诗话》卷下李商隐《即日》诗注条：《李义山集》中有《即日诗》云："桂林旧闻说，曾不异炎方。"原注云："宋考功有'小长安'之句也。"按：宋之问，景龙中为考功员外郎，后流死桂州，见《新唐书》本传。宋集有《桂州三月三日诗》，颇言其繁丽，然无"小长安"之句，惟鲁人张叔卿《流桂州诗》云："莫问苍梧远，而今世路难。胡尘不到处，即是小长安！"见《全唐诗》。其云"胡尘不到"者，谓禄山之乱所不及也。然《全唐诗》载张仕履，只云官御史，而不言其为考功。原注似有误。③

按：非梁章钜辨析，以上一段文字均转引自清冯浩《玉溪生诗详注》卷二《即日》诗注："'桂林闻旧说，曾不异炎方。'【自注】宋考功有'小长安'之句也。【按】宋之问景龙中为考功员外郎，后流钦州，赐死桂州，见新书传。宋集有《桂州三月三日》诗，颇言其繁丽，然无'小长安'之句。【徐曰】鲁人张叔卿有《流桂州》，诗云：'莫问苍梧远，而今世路难。胡尘不到处，即是小长安。'……皆无可考，其为考功，疑注有误。【按】《全唐诗》止云官御史，不言何地。入诗仅二首，一云'不敢绣为衣'谓官侍御也，其云'胡尘不到'者谓禄山之乱所不及耳。玩此自注，疑宋先有'小长安'句，而逸之也。"④

---

① （明）曹学佺：《广西名胜志》，明崇祯刻大明一统志名胜志本。
② （清）冯浩笺注《玉溪生诗详注》，清乾隆德聚堂刻本。
③ （清）梁章钜著，蒋凡校注《〈三管诗话〉校注》，广西人民出版社，1996，第220页。
④ （清）冯浩笺注《樊南文集详注》，清乾隆德聚堂刻本。

（20）《三管诗话》卷下景淳条：《冷斋夜话》云："元丰初，桂林僧景淳居豫章乾明寺，终日闭门，不置侍者，一室淡然。闻邻寺斋钟，即造焉，坐同众食堂前，饭罢径去。诸刹皆敬爱之。或阴雨，（则）诸刹为送食。住二十年如一日。有绝句云：'夜色中旬后，虚堂坐几更？临溪猿不叫，当槛月初生。''后夜来客稀，幽斋独掩扉。月中无事立，草际一萤飞。'"《历代吟谱》又载其断句云："卷箔西风起，乘时上古台。秋声随时下，夜色带烟来。"又句云："渔翁睡重春潭阔，百鸟不飞舟自横。"①

按：实转引《宋诗纪事》卷九十二，所引诗句文字无异，叙述则略有删节。②

（21）《三管诗话》卷下蒋晖条："《列仙通纪》云：全州道士蒋晖者，志行高卓。纯阳祖师谒之，适蒋他出，祖师题诗于壁，曰：'醉舞高歌海上山，天瓢承露浴金丹。夜深鹤透秋空壁，万里西风一剑寒。'后书：'无上宫主访蒋晖作。'遂去，字彻壁。蒋归，大惊曰：'宫上无上，此吕翁也。'追之，不复得矣。"③

按：实转引自《粤西丛载》卷十一"蒋晖"条："全州道士蒋晖，志行高卓，洞宾谒之，适蒋他出，帝君题诗于壁，曰：'醉舞高歌海上山，天瓢承露浴金丹。夜深鹤透秋空壁，万里西风一剑寒。'后书：'无上宫主访蒋晖作。'遂去，字彻壁。晖归，大惊曰：'宫字无上，此吕翁也。'追之，不复得矣。（《列仙通纪》）"④

（22）《三管诗话》卷下龙道人条："龙道人结庐平乐之走马坪，环植以竹。洪武二年，通判夏天启访之，赠诗云：'竹木森森画不如，悬崖峭壁一茅庐。人生若识玄机妙，须向禅关觅太虚。'后积薪自化。"⑤

按：实引自《粤西丛载》卷十一"龙道人"条，略有删节⑥。

---

① （清）梁章钜著，蒋凡校注《〈三管诗话〉校注》，广西人民出版社，1996，第225页。
② （清）厉鹗辑《宋诗纪事》，第四册，上海古籍出版社，2013，第2206页。
③ （清）梁章钜著，蒋凡校注《〈三管诗话〉校注》，广西人民出版社，1996，第244页。
④ （清）汪森著，黄振中等校注《〈粤西丛载〉校注》，中册，广西民族出版社，2007，第493页。
⑤ （清）梁章钜著，蒋凡校注《〈三管诗话〉校注》，广西人民出版社，1996，第245页。
⑥ （清）汪森著，黄振中等校注《〈粤西丛载〉校注》，中册，广西民族出版社，2007，第494页。

（23）《三管诗话》卷下佛日禅师条：《一统志》云：佛日禅师者，来宾县金华峰第一代祖，有戒行。绍兴中，于狮子山文殊庵端坐而逝，留偈云："落落拓拓，不须把捉。出没太虚，无系无缚。铁马倒地，何人摸索？"①

按：实转引自《粤西丛载》卷十二"佛日禅师"条："佛日禅师，来宾县金华峰第一代祖，有戒行。宋绍兴中，于狮子山文殊庵端坐而逝，留偈云：'落落拓拓，上无把捉。出没太虚，无系无缚。铁马倒地，谁人摸索？（《一统志》）"

诗偈略有改动。

（24）《三管诗话》卷下僧文喜条："《历代吟谱》载，宋僧文喜，湘南人……"②

按：实转引自《宋诗纪事》卷九十一"文喜"条："文喜，湘南人。有句：'一向乱云寻不得，几番临水待归来。'《失鹤》（《历代吟谱》）"

（25）《三管诗话》卷下袁枚条："袁简斋先生云：余丙辰到广西，蒙金抚军荐入都，今五十年矣。因访亲家汪太守，故重至焉。吴树堂中丞垣引余至署……"③ 实引自《随园诗话》卷十。《三管诗话》卷下："又云，桂林向有诗会……"④ 实引自《随园诗话》卷十。《三管诗话》卷下："又云：辛亥端阳后二日，广西刘明府大观袖诗来见。方知官桂林十余年……"⑤ 实引自《随园诗话补遗》卷三。《三管诗话》卷下："又云：广西岑溪县，最小且僻。有诸生谢际昌者，送其宰邑李少鹤云……"⑥ 实引自《随园诗话》卷六。

（26）《三管诗话》卷下镇安风土诗条："赵瓯北先生出守镇安，乐其民淳狱简，谓比江浙诸省民风，直有三、四千年之别。自言初作守，方欲以听断自见，及至，则无所事。在任两年，仅两坐讼堂，郡人已叹为无留狱矣。有《纪镇安风土诗》，云……"⑦

---

① （清）梁章钜著，蒋凡校注《〈三管诗话〉校注》，广西人民出版社，1996，第245页。
② （清）梁章钜著，蒋凡校注《〈三管诗话〉校注》，广西人民出版社，1996，第246页。
③ （清）梁章钜著，蒋凡校注《〈三管诗话〉校注》，广西人民出版社，1996，第256页。
④ （清）梁章钜著，蒋凡校注《〈三管诗话〉校注》，广西人民出版社，1996，第256页。
⑤ （清）梁章钜著，蒋凡校注《〈三管诗话〉校注》，广西人民出版社，1996，第261页。
⑥ （清）梁章钜著，蒋凡校注《〈三管诗话〉校注》，广西人民出版社，1996，第261页。
⑦ （清）梁章钜著，蒋凡校注《〈三管诗话〉校注》，广西人民出版社，1996，第275页。

按：实引自赵翼《瓯北集》卷十三，题为《镇安土风》。

又《三管诗话》卷下镇安沿边条："镇安沿边与安南接壤处……赵瓯北名之曰：'树海'，作歌纪之，有句云……"①

按：实引自《瓯北集》卷十三《树海歌》之诗句。

又《三管诗话》卷下双忠祠条：……忆赵瓯北先生有《风洞山怀瞿张二公诗》，云："景略有孙光祖德，彭宣为弟陋师门。"……②

按：实引自《瓯北集》卷十三《风洞山为瞿式耜张同敞殉节地》之句。

（27）《三管诗话》卷下镇安多虎患条："镇安多虎患。近城旧有三虎……赵瓯北有句云：'俗有鬼神蚕放蛊，夜无盗贼虎巡街。'盖实事也。"③

按：实引自赵翼《檐曝杂记》卷三"镇安多虎"条④，有删节。

又《三管诗话》卷下镇安沿边条："镇安沿边与安南接壤处，皆崇山密箐，斧斤所不到，老藤古树，有洪荒所生，至今尚葱郁者……赵瓯北名之曰：'树海'，作歌纪之，有句云……"⑤

按：实引自《檐曝杂记》卷三"树海"条⑥，有删节。

四 蒋凡校订诗话之误更正

（1）《三管诗话》卷上林楚材条："林楚材，富川人。有《赠致仕黄损》句云：'身闲不恨辞官早，诗好常甘得句迟。'见《雅言系述》。"

按：黄大宏《唐五代逸句诗人丛考》已有考辨：《全唐诗》卷七九五"林楚才"条注出处为《雅言系述》，或转引自《唐音统签》卷八六三（己签五"闰唐杂诗"之三）"林楚才"条："贺州富川人。"录句如上。或转引自《诗话总龟》卷十四"警句门"下"林楚才"条，"贺州富川人"，著录《赠致仕黄损》诗句，注出《雅言系述》⑦。今据此补录。另蒋凡校注

---

① （清）梁章钜著，蒋凡校注《〈三管诗话〉校注》，广西人民出版社，1996，第283页。
② （清）梁章钜著，蒋凡校注《〈三管诗话〉校注》，广西人民出版社，1996，第284页。
③ （清）梁章钜著，蒋凡校注《〈三管诗话〉校注》，广西人民出版社，1996，第282~283页。
④ （清）赵翼，姚元之撰《檐曝杂记 竹叶亭杂记》，中华书局，1982，第46页。
⑤ （清）梁章钜著，蒋凡校注《〈三管诗话〉校注》，广西人民出版社，1996，第283页。
⑥ （清）赵翼，姚元之撰《檐曝杂记 竹叶亭杂记》，中华书局，1982，第48页。
⑦ 黄大宏：《唐五代逸句诗人丛考》，中华书局，2011，第170页。

《三管诗话》，将原"林楚才"校改为"林楚材"，并注云依据《南汉纪》和《十国春秋》。今考二书所载，《南汉纪》："有番禺布衣林楚材"①；《十国春秋》："林楚材故番禺布衣也"②。可知林楚材为广东番禺布衣，与五代宋初的贺州富川林楚才非同一人。因此，《三管诗话》"林楚材"应更正校订："林楚才"。

（2）《三管诗话》卷上赵观文条："唐乾宁二年，廷试《观人文化成天下赋》、《内出白鹿宣示百僚诗》，放进士张贻宪等二十五人，临桂赵观文第八。……"

按：蒋凡《〈三管诗话〉校注》赵观文条注释云："与赵观文同科进士黄滔《黄御史集》中有《内出白鹿宣示百官诗》，又徐松《登科记考》亦作"百官"，故据此以校改。"《黄御史集》中确有《省试内出白鹿宣示百官诗》，清代徐松《登科记考》亦本于《黄御史集》之录，《石仓历代诗选》卷九十三、《全唐诗》卷七百六、《全五代诗》卷八十四、《全闽诗话》卷一、《五代诗话》卷六均选录黄滔《省试内出白鹿宣示百官诗》。但著录乾宁二年进士试考题的其他文献，如《明一统志》卷八十三、《万姓统谱》卷八十二、雍正《广西通志》卷七十九、《粤西文载》卷六十八、《三管英灵集》卷二，皆在"赵观文"传中著录考题为《内出白鹿宣示百僚诗》。"僚"繁体为"寮"，与"官"字形近。比较之，唐代黄滔诗年代最早，同年所作的省试诗又皆无存，确为孤证。而其他典籍录《内出白鹿宣示百僚诗》是否有所本？

今考《天壤阁丛书》之黄滔《莆阳黄御史集》"别录一卷"引：

《唐登科记》卷第八：

乙卯乾宁二年，刑部尚书崔凝下二十五人。

《观人文化成天下赋》、《内出白鹿宣示百僚诗》。

张贻宪、卢赡、李光序、韦说、崔赏、封渭、卢鼎、赵观文、郑稼、黄滔、李枢、韦希震、孙溥、苏谐、王贞白、程晏、张蠙、陈饶、

---

① （清）吴兰修：《南汉纪》，后主纪，清道光十四年淳一堂刻本。
② （清）吴任臣撰《十国春秋》，卷六十五，南汉八，清康熙会贤斋刻本。

崔仁宝、卢赓、崔砺、沈崧、李途、杜承昭、李龟正。

当年放榜二月九日，宣诏翰林学士陆扆秘书监、冯（后阙）①

清代光绪十年（1884），王祖源、王懿荣父子刻《天壤阁丛书》，其中有《莆阳黄御史集》，是以宋庆元刻本《莆阳黄御史集》二卷为祖本，参校明刻本，又将明正德八年（1513）黄希英翻宋庆元刻本《莆阳黄御史集》后的《别录》一卷、崇祯本后的《附录》一卷，附刻在《莆阳黄御史集》二卷之后。② 其中《别录》一卷乃黄滔史料汇编，此卷署名"裔孙迪功郎新泉州惠安县主簿处权纂"，乃黄滔后裔南宋黄处权辑。黄处权去唐未远，引《唐登科记》卷八所记乾宁二年进士试，录取名目颇为详尽，这条记录弥足珍贵，今实仅见，他籍不存。"据《新唐书·艺文志》记载，唐时有崔氏《唐显庆登科记》五卷，姚康《科第录》十六卷，李奕《唐登科记》二卷，凡三家，实际上当不止此数。就这三家而言，至宋已有残缺和亡佚，故宋人乐史、洪适又另撰《登科记》三十卷和《唐登科记》十五卷，惜今亦不存。"③ 黄处权所引《唐登科记》究竟为何，已不可考，其云乾宁二年进士试题《内出白鹿宣示百僚诗》，或为其后多典籍所本。

又考弘治《八闽通志》卷八十六引《唐摭言》、《唐登科记》："二月八日，昭宗御武德殿，宣翰林学士陆扆重试《曲直不相入赋》、《询于刍荛诗》。考落九人，重放状头。赵观文以下十有五人……并与及第。"汪森《粤西丛载》卷五"赵观文"条引《唐登科记》，文字同。二书所引《唐登科记》与《莆阳黄御史集》"别录"均著录重试的具体日期，虽二书所记"二月八日"与《莆阳黄御史集》"别录"所云"二月九日"有异，或为形近所致错讹，惜《唐登科记》无存，无法辨析孰对孰错。

因此，《三管诗话》"赵观文"条，《内出白鹿宣示百僚诗》不可断然校改为《内出白鹿宣示百官诗》，姑且录此存疑。

---

① （唐）黄滔：《莆阳黄御史集 别录 附录》，丛书集成初编本，中华书局影印天壤阁丛书本，1985，第351~352页。

② 傅璇琮编《中国古代诗文名著提要 汉唐五代卷》，河北教育出版社，2009，第488页。

③ 张忱石：《徐松〈登科记考〉续补（上）》，文献，书目文献出版社，1987，第88页。

（3）《三管诗话》卷上欧阳辟条："欧阳辟，字晦夫，灵川人。尝从学于梅圣俞。东坡南迁至合浦时，辟适为石康令，出其诗稿数十幅，事见东坡诗中；而注坡诗者，误以为六一先生。后人《困学纪闻》曾辨之，梅圣俞有《送门人欧阳辟还桂林诗》亦可证，盖当时闻人也。梅诗云：'客心如萌芽，忽与春风动……'"① 　《三管诗话》此条蒋凡注释云："按：此句《宋诗纪事》卷三二引王应麟《困学纪闻》作'注坡诗者以为文忠之族。'据此，则《诗话》作者称引指为'六一先生'本人，理解有误。"②

按：蒋凡断句致误，因此辨析有误。《三管诗话》云："而注坡诗者，误以为六一先生后人，《困学纪闻》曾辨之。"梁章钜理解与《困学纪闻》并无差别。

（4）《三管诗话》卷下镇安风土诗条："赵瓯北先生出守镇安……有《纪镇安风土诗》，云……"③

按：实引自赵翼《瓯北集》卷十三，题为《镇安土风》，《广西通志》、《粤西诗载》等不载。蒋凡校注《三管诗话》之《纪镇安风土诗》最后一句"抚字辑遐陬"为"抚字辑遐陬"，认为《三管诗话》形近错讹。今考赵翼《瓯北集》卷十三亦为"抚字辑遐陬"，因承接上句，"勉修循吏绩，抚字辑遐陬。"④ 意为出守镇安，欲精于吏治，多修政绩，安抚黎民。"抚字"有良吏爱护人民之意，如《北齐书》卷二十一《封隆之传》："隆之素得乡里人情，频为本州，留心抚字，吏民追思，立碑颂德。"因此，赵翼诗中"抚字"非错讹。

第四节 　《三管英灵集》况周颐批注辑考

况周颐（1859—1926），原名周仪，字夔笙，又作揆孙，号蕙风，又号玉梅词人。广西临桂人。光绪五年（1879）举人，官内阁中书，后应邀入张之洞、端方幕。民国时，居上海，以遗老终。"晚清四大家"之一，尝辑

---

① （清）梁章钜著，蒋凡校注《〈三管诗话〉校注》，广西人民出版社，1996，第52~53页。
② （清）梁章钜著，蒋凡校注《〈三管诗话〉校注》，广西人民出版社，1996，第54页。
③ （清）梁章钜著，蒋凡校注《〈三管诗话〉校注》，广西人民出版社，1996，第275页。
④ （清）赵翼著，华夫主编《赵翼诗编年全集》，第二册，天津古籍出版社，1996，第349页。

《薇省词钞》、《粤西词见》。亦是藏书家,《三管英灵集》道光桂林汤日新堂刻本为其伯父况澄所藏,又由况周颐收藏。《三管英灵集》批注非一人所作,除况周颐外,或况澄亦作注。况周颐所作批注,字体为行书,有眉批和行批两种形式,今共辑录况周颐批注 41 条。批注内容涉及《三管英灵集》诗人补录与考证、小传补录与考订、选诗补录与校考、诗话的补录与考评等,具有一定的文献价值。现按批注的不同角度和内容,分类辑考如下。非况周颐批注亦辑录于后。

一　诗人补录与考证

诗人补录

(1)"目录"卷二"五代"眉批:"函海《全五代诗》卷六十四:楚裴说,桂州人,七古三首,五律卅四首,七绝三首。裴谐,说(裴说)弟,七古一首,此集未收应增入。"

按:清李调元编"函海"丛书之《全五代诗》卷六十四选录裴说诗 40 首①、裴谐诗 1 首②,裴说传云桂州人,"考《唐才子传》卷一○《裴说传》、《十国春秋》卷七五《翁宏传》,裴说乃裴谐兄。据《十国春秋》所载,裴谐与翁宏同邑,而翁宏乃桂州人,则裴谐与裴说亦即为桂州(今广西桂林)人。"③ 此兄弟为粤西籍,《三管英灵集》均未录,况周颐认为应该补录。

(2)"目录"卷十一"国朝"谢济世等,眉批:"江树玉,兴安人,以选拔中式,雍正七年己酉举人,任刑部河南司郎中,甘肃宁夏府知府,有《豆村偶诗》一册,前有乾隆十年乙丑何元贡己巳杨芬序,此集漏载。"

按:《三管英灵集》未录此诗人,考乾隆《广西通志》卷二百九《艺文上》五:"《豆村偶诗》,国朝江世琳,一卷。""江世琳,字树玉,兴安人,以选拔中式,雍正己酉举人,宁夏府知府。"④ 嘉庆《临桂县志》:"《豆村

---

①　(清)李调元编;何光清点校《全五代诗》,下册,巴蜀书社,1992,第 1278 页。

②　(清)李调元编;何光清点校《全五代诗》,下册,巴蜀书社,1992,第 1289 页。

③　吴在庆:《唐五代文史丛考》,黄山书社,2006,第 65 页。

④　(清)谢启昆修,胡虔纂《广西通志》,台湾:文海出版社,1966,第 10104 页。

偶诗》，国朝江世琳，一卷，存。"则知，嘉庆年间此诗集尚存，今佚。《兴安县志》载录其诗《临源岭》。况周颐补录"江树玉"，但缺录其名。

诗人重收

（3）"目录"卷二十九清代"全龄"行批"即朱龄"，眉批："以下三名实一人：全吾龄，乡试题名，录乾隆五十一年丙午科举人，灵川人，兴业教谕；朱龄，龄初名吾龄，字希九，乾隆五十一年举人，官兴业训导；全龄，龄字希九，灵川人，乾隆五十一年举人。"

（4）《三管英灵集》卷二十九"朱龄"，况眉批："即卷廿九第十二页全龄，乡试录提。"

（5）《三管英灵集》卷二十九"全龄"，况眉批："即卷廿九第九页朱龄，误分作两人。"①

按：况周颐考《三管英灵集》所录粤西诗人朱龄、全龄均录乾隆五十一年举人，字相同，认为与灵川全吾龄实一人，乃《三管英灵集》重收诗人。

二 小传补录与考订

（1）卷五张鸣凤传："著述最富，有《桂胜》、《桂故》、《漕书》、《西迁注》……"，眉批："《西迁注》，书名，一卷。"

按：况周颐补充张鸣凤著作信息。

（2）卷五张翀传："官兵部侍郎，赠尚书，谥忠简"，眉批："京都广西会馆馆主，作刑部侍郎，赠兵部尚书，谥忠简。"

按：况周颐补充张翀传。

（3）卷八谢良琦传，"崇祯十五年举人"，行批："崇祯十五年壬午举人"，"有《醉白堂集》"，行批："有《醉白堂诗文集》"。

按：况周颐校订谢良琦别集。

（4）卷八"谢良琦"眉批："谢启昆《广西通志·列传》无谢良琦。国朝王丹麓晫《今世说》：'谢石臞判常州，日持一卷书坐厅事。有吏抱牍

---

① （清）梁章钜纂《三管英灵集》，卷二十九，清道光汤日新堂刻本，藏国家图书馆。

至，辄挥之。乡先达请燕见者，亦往往谢去。顾喜与诸生论古今，以文章争胜负，人目之为傲吏，辄欣然有喜色。'注：谢名良琦，字仲韩，一称献菴，广西全州人，壬午孝廉。有《醉白堂诗文集》。见谢志《艺文上》五，第八页。"

按：况周颐校订谢良琦小传，称谢良琦别集见谢启昆《广西通志·艺文上》。《广西通志·艺文上》云："据金志云：谢良琦著有《醉白堂诗文集》，详列传"。但检列传，并无谢传。因此，况周颐称"谢启昆《广西通志·列传》无谢良琦。"或况周颐参考伯父况澄的《醉白堂诗文集题识》："文章争胜负，宾客绝送迎。喜人呼傲吏，爱士罗群英。千秋醉白堂，摇岳笔纵横……渔洋念旧雨，丹麓述高情。词坛独领袖，只字皆瑶琼。薰香摘奇艳，再拜心常倾。后贤撰粤志，何独遗芳名？"后况澄自注："谢启昆《广西通志·列传》无石臞名。"①

另况周颐补充谢良琦事迹，依据《今世说》卷八"简傲"条②所云。

三　选诗补录与校考

选诗补录

（1）"目录"卷二"徐噩"眉批："《宋诗纪事》卷八十二，无时代，徐噩《绿珠渡》古体一首，应增入此集。徐噩，博白人，宋仁宗时。"

按：《宋诗纪事》卷八十二录徐噩《绿珠渡》一首③，无小传，诗题下注"在粤西博白县。"诗后注引自"《名胜志》"。《三管英灵集》卷二收录此一首，况周颐未加查看，仅就目录而言。后在卷二，况周颐补眉批："《宋诗纪事》卷八十二载此一首。"纠正错误。

（2）卷十六"胡德琳"眉批："又《随园诗话》卷十六第六页，载胡书巢《过小姑山》七绝一首。"

按：况周颐补录胡德琳诗一首，《随园诗话》卷十六："'小姑嫁彭郎'东坡谐语也。然坐实说，亦趣。胡书巢《过小姑山》云：'小姑眉黛映秋

① （清）谢良琦著，熊柱等注释点校《醉白堂诗文集》，广西人民出版社，2001，第456页。
② （清）王晫：《今世说》，卷八，中华书局，1985，第89页。
③ （元）陈世隆编，徐敏霞校点《宋诗拾遗》，辽宁教育出版社，2000，第365页。

空，衫影靴纹碧一弓。不识彭郎缘底事，凭他抛掷浪花中。'"①《过小姑山》一首，《三管英灵集》未录，袁枚刊刻的胡德琳《碧腴斋诗存》亦无。况周颐所补，具有粤西诗歌的辑佚价值。

选诗误收

（3）卷一曹邺《送刘尊师祗诏阙庭》行批："《三管》所取曹邺诗五十首，内四十六首《全唐诗》悉载，惟此二首未收，此必△有误。"眉批："《全唐诗》西函第二本，曹唐《送刘尊师祗诏阙庭》七律，遗三首，此取第一首及第三首也。"

按：况周颐考《送刘尊师祗诏阙庭》三首，在《全唐诗》卷六百四十曹唐名下，《三管英灵集》所选为其一、其三，应是误录曹邺名下。今考《全唐诗》曹邺名下并无此诗；又考清文渊阁四库全书本《曹祠部集》并无此诗，桂图藏曹唐《曹从事集》收录此诗三首。

（4）卷三李纯《龙巷石》眉批："《龙巷石》一首，《广西通志》作明黎暹诗，原抄。"

按：《粤西诗载》卷八录李纯二首《藤江》、《龙巷石》，《三管英灵集》卷三依据《粤西诗载》，亦录李纯此二首。谢启昆《广西通志·山川略》载《龙巷石》为苍梧黎暹作，末句"一线长系江声秋"，其中"一线"，《三管英灵集》作"一丝"。况周颐对此著录存疑，但并未进一步考证诗歌作者。

选诗重收

（5）卷三明王惟道《再登都峤》眉批："与第六卷王贵德诗同。"

按：况周颐考重收选诗。《三管英灵集》卷六王贵德《再游都峤》梁章钜行注："此首与卷三王惟道同，贵德系其后人，或其家集传抄有误入欤，姑两存之。"二诗一字之异，王惟道"翠竹栖孤鸟"，王贵德"翠竹栖孤鹤"，王贵德《青箱集剩》后编卷上亦作"翠竹栖孤鹤"②。

---

① （清）袁枚著，李洪程笺注《〈随园诗话〉笺注》，中册，台湾：兰台出版社，2012，第1307页。

② （明）王贵德著，谢明仁、江宏校注《〈青箱集剩〉校注》，巴蜀书社，2014，第137页。

（6）卷三明李冲汉《游灵犀水》眉批："卷十一武缘贡生李之珩诗与此首同，仅易十五字。"行内标出十五个异字。

按：况周颐考重收选诗。

选诗出处

（7）卷一曹邺《老圃堂》后："《退庵诗话》云：'此诗《曹祠部集》所无，今从《唐诗纪事》录出。'"眉批："《全唐诗》有此首"。

按：况周颐补充曹邺《老圃堂》的其他出处，但未进一步注出《全唐诗》"一作薛能诗"的疑虑，并未进一步考证诗歌作者。

（8）卷二冯京《诏修两朝国史赐筵史院和首相吴公原韵》、《谢鄂倅南宫城》眉批："《宋诗纪事》卷十八载此二首"。"两诗并三联皆从《宋诗纪事》录出。"

按：况周颐考冯京二诗出处，文字有异，况周颐未考。

（9）卷二"李时亮"眉批："《宋诗纪事》卷廿一末"；李时亮小传："尝与陶弼相赓和，名《李陶集》，有诗见《名胜志》。"行批："即《纪事》所引《名胜志》《蟠龙山》一首。"

按：况周颐考选诗的来源文献，《三管英灵集》虽云引自曹学佺《广西名胜志》，实为转引自《宋诗纪事》。

（10）卷二欧阳辟《寄京师画院待诏王公器》，眉批："《宋诗纪事》卷卅二载此一首。"

按：况周颐考诗人、诗歌的来源文献，见《宋诗纪事》卷三十二①（《纪事》称引《声画集》），文字有异，况周颐未考。

（11）卷二陶崇《访僧归云庵》眉批："《宋诗纪事》卷八十三载《访僧归云庵》一首。"

按：况周颐考诗人、诗歌的来源文献，见《宋诗纪事》卷八十三。

选诗的校勘

（12）卷二"安昌期"行批："《纪事》云：昌期，皇祐间举进士，调

---

① （清）厉鹗：《宋诗纪事》，第二册，上海古籍出版社，2013，第793页。

永定尉，去官放浪山水间。"《题峡山石壁》行批："《题清远峡和光洞》"；眉批："《宋诗纪事》卷十八末载此一首。"诗中"非无"况眉批："《纪事》作'吾'"。

按：况周颐考《宋诗纪事》所载诗人履历、诗题和诗句的异文。

（13）卷四"蒋冕"眉批："诗上加黑点考《峤西诗钞》所有，诗上加黑坚圈此《峤西诗钞》所无。"

按：《三管英灵集》选蒋冕诗 63 首，《峤西诗钞》选蒋冕诗 54 首，况周颐考《峤西诗钞》与《三管英灵集》所录蒋冕诗歌的异同。标注选诗有异之处，但选诗文字有异，况周颐未校。

（14）卷十七刘承伟《偕罗太和七星岩避暑小饮》眉批："楼韵重押"。

按：况周颐指出选诗的艺术瑕疵，卷十七刘承伟《偕罗太和七星岩避暑小饮》，其中"寒浆滴石楼"、"舒啸碧虚楼"二句，韵字"楼"重复，为诗者忌。

（15）卷二十八柯宗琦《采葛仙米》眉批："满字复"，诗中两个满字。

按：况周颐指出选诗的艺术瑕疵，首句"葛令遗踪满翠微"，末句"带得仙云满袖归"，"满"字重复，为诗者忌。

（16）卷四十七龚之琦《将至家宿城东九鼎村》眉批："绿复"

按：况周颐指出选诗的艺术瑕疵，其中"马蹄深浅绿苔痕"、"绿柳断桥春暗淡"二句，"绿"字重复，为诗者忌。

选诗考证

（17）卷五梁允珉《花石洞》行批："怀集"，《道士岩》行批："即花石洞。"

按：况周颐考诗中粤西山水地理。

（18）卷十九刘映棻《明刑部郎中杨公故里》题下注："公名世芳，邑之北相镇人，刑部郎中，谏大礼廷杖戍边死，隆庆初赠太常寺少卿。"眉批："凡作注须明晰，所谓邑此何邑？诗内云'公之里闾我所税'，邑或河南祥符人欤？待考。"

按：况周颐考刘映棻怀古诗中明代杨世芳的故里，因诗题下所注"邑之北相镇人"，欠明晰，所云何邑？况周颐根据刘映棻的诗句"公之里闾我所税",推论刘映棻曾在杨公故里做官,又依据《三管英灵集》卷十九刘映棻传:"乾隆二十八年进士,官河南开封通判",推论杨公故里为河南祥符。刘映棻做官地当不止一地,况周颐考证之证据不周全,结论错误。今考明清北相镇属解州安邑县(今属山西运城),又考乾隆四十九年四月三十日刘映棻奏议:"臣刘映棻,广西桂林府临桂县进士,年四十六岁。现任山西解州安邑县知县,前在兴县知县任内,乾隆四十四年八月引见奉旨,准其卓异注册,回任候升。四十八年四月,分签升河南府开封通判缺。"① 可知刘映棻曾官山西解州安邑县,《明刑部郎中杨公故里》写于任上,题下所注"邑之北相镇人","邑"即安邑,因此其诗云:"公之里闾我所税"。但康熙《山西通志》、雍正《山西通志》和光绪《山西通志》卷一百三十八《文苑》皆云:"杨世芳,号穆园,蒲州人。尚书,谥襄毅,博曾孙也。"② 则杨世芳祖籍蒲州(今山西永济),或乡居于解州安邑北相镇。总之,况周颐未加深考,论断非也。

(19)卷十九刘映棻《陆丞相家庙行》序"按邑志......"眉批:"陆秀夫,盐城人。所称邑志即《盐城县志》也。"

按:况周颐认为刘映棻《陆丞相家庙行》序云"邑志",欠清晰,补充。

(20)卷三十三张鹏超《罗洪洞怀古》眉批:"《省志》:上林白云洞,县北二十里,宋韦旻读书处,旻号白云先生;又上林罗洪洞,县东北五十里,为前贤罗洪隐居修炼地。与韦无涉,此诗题宜作《白云洞怀古》。"

按:卷三十三张鹏超《罗洪洞怀古》有句:"卓哉韦先生,颐寿有宋时。"诗怀宋元祐间的韦旻,博闻强记,有"书楼"之称,应举不第,隐居罗洪洞,自号白云先生。明代《徐霞客游记》之《粤西游日记》四载:"按《一统志》:罗洪洞在上林县东北四十五里,为韦旻隐居之地,则罗洪昔亦上林属,而后沦于贼者也。"③《上林县志》亦有传。乾隆时上林诗人黄位正

---

① 秦国经主编《中国第一历史档案馆藏·清代官员履历档案全编》,第 21 册,华东师范大学出版社,1997,第 599 页。

② (清)王轩等撰《山西通志》,台北:华文书局股份有限公司影印光绪十八年刻本,1969,第 2689 页。

③ (明)徐弘祖著,闫若冰等校点《徐霞客游记》,上册,齐鲁书社,2007,第 405 页。

有《经罗洪洞有怀白云先生》诗中说："罗洪无遗踪，书楼有贤声。" 则知罗洪隐居此洞，因此得名罗洪洞，韦旻后隐居罗洪洞，并非况周颐所云："与韦无涉"，因此题目不能如况周颐所云，改为《白云洞怀古》。考证有误。

（21）卷四十五韦天宝《游穿岩在凤山西北次友人韵》行注："题注凤山，盖即武缘起凤山也。"

按：卷四十五韦天宝传："武缘人"，况周颐因此推论题注中云"凤山"，即武缘起凤山。韦天宝所云"凤山"，乃庆远府东兰州凤山，西北有穿岩，为凤山八景之一，而非武缘的起凤山。况周颐未加考证，所论有误。

（22）卷四十七石先扬《秋日游飞寺岩》眉批："'拨云寻古道，倚树听流泉。'唐句。"

按：四十七石先扬《秋日游飞寺岩》有句："拨云寻古道，入谷断飞尘"，况周颐称化用唐人诗句，正是李白《寻雍尊师隐居》中句。

四 诗话补录与考评

诗话补录

（1）卷二王元传后 "《退庵诗话》云：……《全唐诗》中载诗五首，尚有《赠廖融》句云：'伴行惟瘦鹤，寻步入深云'（见《唐诗纪事》）"，眉批："伴行二句《廖融赠王元》句，见《全五代诗》注。《全五代诗》（卷六十二，０九六）载此四首，惟无《哭李韶》一首，有王元二事此集未录。《函海》第一百卅一本。"

按：梁章钜录王元诗五首及遗句，依据《全唐诗》；况周颐则参考李调元"函海"丛书之《全五代诗》卷六十二，比较选诗，后者仅录四首。并认为应将王元二诗事补录入《三管诗话》。

（2）卷二"冯京"眉批：

　　冯当世京未第时，客余杭县，为官遗所拘，计窘无出，题诗所寓寺壁云："韩信栖迟项羽穷，手提长剑喝秋风。吁嗟天下苍生眼，不识男儿未济中。"一胥魁范某见之，为白令，丐宽假，令疑胥受赇游说，胥曰："冯秀才甚贫，安所得物赂某，昨见其所留诗，知他日必贵。"
令索其诗观之，即笑而释其事。后京果三元及第（《坚瓠乙集》卷二第
十一页）。《泊宅编》卷一第四页详此事。

按：况周颐补充冯京诗事一则，标明出处为《坚瓠乙集》卷二①，文字
无异，又云可参见《泊宅编》卷一②，文字稍有差异。

（3）卷四十八黄圻《越王船》行注："《赤雅》：'苍梧郡，有铜船沉于
滩，天霁水澂，隐隐见之。云伏波所铸。'一名越王船。"

按：况周颐补充《赤雅》有关"越王船"的诗话。

诗话考评

（4）卷一曹邺《成名后献恩门》后《退庵诗话》："'名字如鸟飞'十
字，谈诗家多议之"，眉批："谓谈诗家多议之，特退庵私见耳。"

按：况周颐对梁章钜诗话观点的否定。

（5）卷一曹邺《杏园即席上同年》后《退庵诗话》："此诗亦为方家所
笑"，眉批："诗言可笑，而云为方家所笑，特退庵一人之见耳。唐张为
《主客图》选此诗。"

按：况周颐对梁章钜诗话观点的否定。

（6）卷二曹唐《题吴武陵》诗后，"《退庵诗话》云：张为《主客图》
载曹唐遗句云……《全唐诗》所未录"，眉批："《全唐诗》西函第二本，
曹唐诗后附句'斩蛟'二句，注见纪事；'箫声'、'一曲'、'谁知'诸句，
注以上见张为《主客图》，此乃云《全唐诗》未录，何耶？"

按：况周颐指出梁章钜误记曹唐残句之出处，所云"《全唐诗》所未
录"，误。

（7）卷五十四石仲元传后诗话："《粤西丛载》云：石仲元负能诗名，
世传其警句，如'石压木斜出按：《桂林府志》"木"作"笋"，崖悬花倒生'
之类甚多。"眉批："《宋诗纪事》卷九十道流载仲元诗，《桂林府志》'崖'

---

① （清）褚人获辑《坚瓠集》，上海古籍出版社，2012，第109页。
② （宋）方勺：《泊宅编》，卷一，中华书局，1983，第3页。

作'岸'。《诗人玉屑》引《青锁诗话》'石压''崖悬'二句为衡州蒋道士诗。"《寿阳山》眉批："《宋诗纪事》载此一首，及'石压笋斜出'二句，引《桂林府志》。"

按：据《宋诗纪事》卷九十道流载石仲元《阳朔道中》："平原翠削万琼瑰，顿辔尘沙眼暂开。文网牵人宁底急，未妨特特看山来。"，并残句："石压笋斜出，岸悬花倒生"；《宋诗纪事》标明均引自《桂林府志》。《三管英灵集》卷五十四题作《寿阳山》，并注明"《桂林府志》作《阳朔道中》"；"顿辔尘沙眼暂开"，其中"暂"，《三管英灵集》作"渐"，并注："《桂林府志》'渐'作'暂'"；"未妨得意看山来"，其中"得意"，《三管英灵集》作"特特"，并注："《桂林府志》'特特'作'得意'"。

由此可见，《三管英灵集》所引石仲元诗或参校《桂林府志》，又或参校《宋诗纪事》而未注明，况周颐加以批注。《三管诗话》卷下石仲元道士条云："今仅得《寿阳山》七绝一首于《临桂县志》中，因亟录入《三管诗话》。"亦证《三管英灵集》选石仲元诗歌依据《临桂县志》，又参校他集。

况周颐批注又补充《宋诗纪事》所记石仲元残句，与《三管英灵集》所引《粤西丛载》文字有异；又考《诗人玉屑》所记此二句为衡州蒋道士诗，称引《青琐诗话》，实记误，应引自《青琐高议》。今考《青琐高议》前集卷十"诗谶"条："时衡州天庆观主石道士有《春月泛舟》诗云：'石压笋斜出，崖悬花倒生。'"[1]《诗人玉屑》卷三"蒋道士诗句"条："衡州蒋道士云：'石压笋斜出，岸悬花倒生。'"[2] 则《诗人玉屑》称引有误。而《青琐高议》所云"衡州天庆观主石道士"是否为石仲元，不可确定。《桂林府志》、《粤西丛载》称此二句为石仲元所作，是否附会"衡州天庆观主石道士"，亦不可证。

五 格式指正

（1）卷一曹邺传后《退庵诗话》："后附《曹唐诗》一卷，即 四库所录也"，眉批"四库不必去一格"。

---

① （宋）刘斧撰，施林良校点《青琐高议》，上海古籍出版社，2012，第 60 页。
② （宋）魏庆之编《诗人玉屑》，上册，上海古籍出版社，1978，第 51 页。

（2）卷一曹邺《读李斯传》后《退庵诗话》："今《二曹集》本及《全唐诗》本，皆系十句。"眉批："《全唐诗》不必去一格。"

（3）卷四十八陈星麟"虫语夜初更，轻帆罢远征……"眉批："此首漏刻题目。"

六　非况周颐批注辑录

卷一"曹邺"眉批："《全唐诗》申函第七册，邺，字业之，一作邺之，桂州人。"

卷一曹邺《碧浔宴上有怀知己》题下行注："临桂"。

卷二"曹唐"眉批："《全唐诗》酉函第二本：尧宾初为道士，后举进士不第，咸通中累为使府从事，诗三卷，今编二卷。"

卷二曹唐《南游》眉批："省志收入苍梧"。

卷二覃庆元《登立鱼峰》行批"马平"，眉批"抄"。

卷二徐疁《绿珠渡》行批"博白"，眉批"省志收"。

卷二冯京传："有《灊山集》"，行批："宋朱翌亦有《灊山集》，见《知不足斋丛书》。"

卷二李时亮《白龙洞》眉批："省志收"，行批"临桂"。《蟠龙山》行批："博白山，见省志"。

卷十五宋运新《朱茉莉墓》题下行批："贵县，见省志塚墓。"

卷十七王嗣曾《过张鹤楼先生故居》题下行批："鹤楼，名翀谥文简，《明史》有传，马平人"。

卷五张翀小传行批："有《浑然子》"。

卷十覃思孔小传"字不斋"，行批"木"，"有《不斋文集》"，行批"木"。

卷十李彬小传"字厚斋"行批："字伊丽，号厚斋。"

卷四十三葛东昌传后行批："有《晓山杂稿》"。

卷十朱亨衍《九日即事》眉批："'蕊'字嫩，'声'字中，自有'唤'字意两用，似复，且'雁'用唤字亦不宜，'十年'二字与起句意复。"

综上所述，况周颐考察《三管英灵集》的诗人、小传、选诗和诗话等方面，校勘考证，作出批注，虽只言片语，有些未加深考，却为我们研究

《三管英灵集》的编纂、价值与问题提供了参考和提示，具有一定的文献考据价值，亦具有补充《三管英灵集》保存广西诗人诗歌的意义。

第一，在诗人补录与考证方面，《三管英灵集》选录粤西籍诗人，数量比《峤西诗钞》更多，但搜罗不便，史料难全，亦有遗珠，况周颐批注弥补《三管英灵集》收录之不足，补录广西诗歌总集未收之粤西籍诗人：五代的裴说、裴谐和清朝江树玉。况周颐还查出《三管英灵集》重收诗人，朱龄、全龄，中式年相同，字相同，又与灵川全吾龄籍贯相同，履历相同，实为一人，指正《三管英灵集》选录诗人的遗漏和重复。

第二，在小传补录与考订方面，况周颐补充张鸣凤著述，补充张翀小传，校订谢良琦别集名称，补充谢良琦小传。

第三，在选诗补录与校考方面，况周颐批注最多，考证最为详尽。首先，况周颐补充《三管英灵集》所录诗人之未收诗歌，如胡德琳《过小姑山》，不仅《三管英灵集》未收，胡德琳的诗集中也未存，况周颐从胡德琳妻兄袁枚的《随园诗话》中发现，具有粤西诗歌辑佚的文献价值，但因《三管英灵集》诗篇繁多，况周颐亦未能全读，批注有指正无效之弊，所谓"《三管英灵集》未收"，实则已收。其次，况周颐还考《三管英灵集》误收诗作和重收诗作，曹唐二首误收在曹邺名下，李纯一首《广西通志》著录为苍梧黎暹作，明王惟道《再登都峤》与王贵德同，明李冲汉《游灵犀水》与李之珩同。再次，况周颐考《三管英灵集》选诗依据的文献来源，有些仅见于一部文献；有些见于其他文献，不同于《三管英灵集》说明的选诗出处，况周颐亦参考查阅；况周颐还指出，有些《三管英灵集》说明的选诗出处，实为转引。然后，况周颐利用这些文献，与《三管英灵集》对比校勘，指出异文或选诗的异同，如况周颐考《峤西诗钞》与《三管英灵集》所录蒋冕诗歌的异同，为我们研究粤西总集的继承与发展，选诗标准的异同等提供了线索；况周颐在校勘选诗时，还关注选诗本身的艺术性，指出一首诗中的用字重复和韵字重复等诗病，为粤西后学学诗开辟了方便之路。最后，况周颐批注选诗中的典故；指出选诗所咏粤西山水的地理位置，但往往臆测，结论错误；或考证选诗中不明晰的诗人自注，但往往考证之证据不周全，结论错误，如况周颐考刘映棻怀古诗中明代杨世芳的故里，结论错误。

第四，况周颐补录《三管英灵集》诗人的诗话，并对《退庵诗话》所论加以评论，指出梁章钜诗话的不当观点和考证错讹。此外，况周颐还指正《三管英灵集》刊刻格式上的缺失。

况周颐作为晚清粤西词坛翘楚，关注粤西文献，保存粤西文化，以研究者、选诗者和学诗者的不同眼光对《三管英灵集》批注，补充了《三管英灵集》总集编纂的不足和缺失，成为研究《三管英灵集》的第一手资料，亦旁征博引，具有粤西文献保存、考据、校勘等多方面的价值和意义，但难免也有考证的错误。

下编

第四章 《三管英灵集》的编纂
内容与思想

第一节 《三管英灵集》的编纂内容

将《三管英灵集》所选的诗人生平时代、诗人里居、诗歌数量等分类，用数量统计和数据分析的方法，可以更为直观的呈现《三管英灵集》的所选内容，并进一步深入探究梁章钜的编纂标准、编纂理念及广西古代诗歌的发展状况、广西古代诗人的地域分布情况。

一 《三管英灵集》分卷情况

《三管英灵集》分卷情况如表 2。

表 2 《三管英灵集》分卷情况简表

卷数	收录诗人数量	收录诗作数量	备注
卷一	1	50	曹邺
卷二	17	59	曹唐、赵观文等
卷三	30	51	黄佐、蒋昇、张濯等
卷四	2	85	吴廷举、蒋冕
卷五	26	86	张鸣凤、戴钦、石㙂等
卷六	1	96	王贵德
卷七	1	66	袁崇焕
卷八	13	72	谢良琦等
卷九	9	51	谢赐履等

续表

卷数	收录诗人数量	收录诗作数量	备注
卷十	22	55	李廷柱、王维泰等
卷十一	18	54	谢济世等
卷十二	1	20	陈宏谋
卷十三	14	71	刘新翰、吕炽、陈仁等
卷十四	24	57	朱昌煐、石燕山等
卷十五	22	56	朱若东、胡子佩等
卷十六	1	61	胡德琳
卷十七	18	61	龙皓乾、王嗣曾等
卷十八	7	80	欧阳金、陆梦兰、潘成章等
卷十九	1	47	刘映柴
卷二十	10	73	杨廷理等
卷二十一	5	57	潘鉅、罗大均等
卷二十二	1	80	黎建三
卷二十三	3	65	左方海、邓建英等
卷二十四	2	67	黄东昀、滕问海
卷二十五	18	69	朱依鲁、吴道萱等
卷二十六	12	71	蒋励宣、朱沅、王铠等
卷二十七	9	61	朱依炅等
卷二十八	11	53	龙献图等
卷二十九	19	92	范学渊、陈景登、朱龄等
卷三十	1	59	张鹏展
卷三十一	1	59	熊方受
卷三十二	9	66	朱桓、刘启元等
卷三十三	11	61	童毓灵等，梁之瑰二首，有目无诗
卷三十四	1	42	朱依真
卷三十五	21	63	叶时晢、史如玑等
卷三十六	5	64	袁思名、覃朝选等
卷三十七	16	60	倪诜、胡承懂等
卷三十八	13	75	朱庭楷、谢之英、周贻绪等

续表

卷数	收录诗人数量	收录诗作数量	备注
卷三十九	2	58	朱凤森等
卷四十	1	55	袁珏
卷四十一	9	54	刘棻等
卷四十二	8	78	钟琳、朱棻、杨立冠等
卷四十三	6	71	蒋卜德、余明道等
卷四十四	1	55	吕璜
卷四十五	12	66	何家齐等
卷四十六	26	85	钮维良、彭炅、罗辰等
卷四十七	19	78	潘兆萱、袁昭夏等
卷四十八	15	67	曾克敬等
卷四十九	13	54	陈玉、张敬等
卷五十	19	41	钟儒刚等年代里居不可考者
卷五十一	12	52	陈莹英、唐氏等闺秀
卷五十二	6	51	朱庭兰、罗氏等闺秀
卷五十三	2	45	陆小姑、秦凤箫闺秀
卷五十四	12	52	契嵩、尚济等方外
卷五十五	1	59	李秉礼 流寓
卷五十六	2	53	朱锦、王埙流寓
卷五十七	7	57	胡玉藻、陈宏略等流寓
总量	569	3546	

由表 2 可见:《三管英灵集》分 57 卷,每卷收诗人数量 1 至 30 不等,每卷收诗数量在 40 到 90 余不等。卷一至卷四十九按照年代顺序著录,后选年代里居不可考者诗人诗歌 1 卷,闺秀诗歌 3 卷,方外诗歌 1 卷,流寓广西诗人诗歌 3 卷。选诗人起自中唐肃宗至德元年(756 年)寓居全州诗僧全真(周宗慧),终于清代道光十八年(1838 年)逝世的诗人吕璜、龙献图和道光二十年(1840 年)逝世的诗人张鹏展,共 569 人,选诗歌 3546 首。

在统计每卷所选诗人诗歌,并与目录著录诗人名字及选诗数量比对时,发现梁章钜等编纂者统计和录入的一些疏漏。

第一，缺目和有目无诗。《三管英灵集》目录所选诗人568人，卷三十三著录童葆元诗歌四首，目录遗漏未录，据此统计进目录，所选诗人共569人。目录著录"卷三十三"有"梁之瑰二首"，实则有目无诗，仅著录于目录，卷三十三遗漏未录入诗歌题目和诗歌，今统计也将其人及诗歌数量计入表2。

第二，目录著录诗人诗歌数量与卷内所选不符。现统计如下：

（1）卷十五选藤县乾隆初岁贡生胡子佩诗一首《春夜怀友人却寄》，而目录著录"胡子佩八首"，有误。

（2）卷十八选临桂清乾隆间诸生陈梦兰诗十五首，目录著录"陈梦兰十四首"有误。

（3）卷二十六选全州乾隆四十二年举人蒋励宣诗十三首，目录著录"蒋励宣十四首"有误。

（4）卷四十六选临桂嘉庆间诸生俞鸿四首，目录著录"俞鸿三首"有误。

第三，重复选入诗人和诗歌，在统计诗人诗歌数量时，姑两存之。现列如下。

（1）卷六明万历年间诗人王贵德《再游都峤》与卷三明洪武年间的王惟道《再登都峤》诗重复，二人同为容县人，梁章钜在诗后标小注，猜测或在家集传钞过程中错录，因诗歌的所属权无法确切考证，姑两存之。

（2）卷三明上林贡生李冲汉《游灵犀水》与卷十一清康熙年间武缘贡生李之珩诗同，仅易十五字。况周颐在李冲汉页眉批标注，并在行内标出异字。梁章钜选诗或也因归属无法确考，姑且两存，但未小注。

（3）卷十四与卷十七，均录上林人荔浦训导李舒景，或为一人。卷十四，李舒景，字轶凡，号物外，上林人，雍正间岁贡生，官荔浦训导，选诗一首《岳武穆墓》。卷十七，李舒景，字□□，上林人，乾隆间岁贡生，官荔浦县训导。选诗三首《中秋夜对月》、《除夕立春》、《梅花》。

（4）卷二十九所选清代乾隆年间灵川诗人全龄与朱龄或为一人。况周颐在《三管英灵集》"目录"卷二十九，清代诗人"全龄"名下行批"即朱龄"，眉批："以下三名实一人：全吾龄，乡试题名，乾隆五十一年丙午科举人，灵川人，兴业教谕；朱龄，龄初名吾龄，字希九，乾隆五十一年举人，官兴业训导；全龄，龄字希九，灵川人，乾隆五十一年举人。"① 又在《三管英灵集》卷二十九，两人名上分别加眉批："即卷廿九第十二页，全龄，乡试录提。""即卷廿九第九页，朱龄，误分作两人。"②

以上三点目录和内容的差异，一方面反映了梁章钜等编纂者谨慎的存人存诗的编选理念，另一方面在有限时间内编排眷录不可避免出现校勘和统计上的失误。

二 《三管英灵集》选诗时代分布

《三管英灵集》的选诗时代分布情况如下表 3。

表 3 《三管英灵集》选诗时代分布总况

收录时代	收录诗人数量	收录诗歌数量
唐五代	9	97
宋	19	48
明	74	471
清	443	2883
无可考年代	25	48
总数	569	3546

在统计表 3 唐至清代各时代诗人诗歌数量时，我们将《三管英灵集》卷五十一至卷五十七所选的闺秀、方外、流寓诗人，按照生平时代的著录，加入其所在时代的诗人诗歌数量统计中，未有年代著录者加以考证，可考者加入具体的时代统计；另将《三管英灵集》卷五十"年代里居不可考者"中的卢建河，按照其名下校勘者后加小注所注年代，计入统计；除卢建河外的卷五十"年代里居不可考者"18 人，再加上年代不可考的粤西闺秀 5 人（石禾玉、白蕙、梁慧姑、临桂罗氏、钟瑞金）、年代不可考粤西方外 2 人（东符、一斋）共 25 人，48 首诗。

由表 3 可见：《三管英灵集》所选清代诗歌最多，选 443 位诗人的 2883

① （清）梁章钜：《三管英灵集》目录，清刻本，藏国家图书馆。
② （清）梁章钜：《三管英灵集》，卷二十九，清刻本，藏国家图书馆。

首诗歌；其次是明代，选诗人 74 位，诗歌 471 首；其次是宋代，选 19 位诗人 48 首诗①；最后是唐五代，选诗人 8 位诗歌 96 首。虽然选诗人之数量随时代久远，依次递减，但所选诗歌的数量却并非依次递减，所选唐曹邺、曹唐为代表的粤西诗人诗歌多于宋代粤西诗人诗歌，可能梁章钜认为粤西诗坛之初的艺术成就意义较大。基本上，时代越久远，文化和文学的发展程度较低，存诗量越少，散佚较大。卷三至卷八，共六卷为明代所选诗人诗歌，诗人 74 人，诗歌数量 471，仅次于清代，占《三管英灵集》所选诗歌数量的 13%。至梁章钜所在的清代道光年间，士人已有较好的保存地方文献的意识，对一省诗歌的搜辑整理不遗余力，所以所存所选诗歌数量最多，卷九至卷四十九，共四十一卷，选入清代诗人 417 人，2571 首，再加上闺秀、方外、流寓中的清朝诗人，共 443 人 2883 首诗，占《三管英灵集》全部诗歌的 4/5，唐五代宋明几个时代的诗歌总量约为《三管英灵集》诗歌总量的 1/5，可见清代广西诗人诗歌的极大繁荣。

若再将《三管英灵集》选诗人诗歌的所在朝代进行细分，则可总结出宋明清三代，每朝代不同时期诗歌发展的趋势和脉络。（见表 4）

表 4 《三管英灵集》选诗朝代分布细化情况

选诗朝代	收录诗人数量	收录诗歌数量	诗人备注
唐	8	96	曹邺、曹唐、赵观文、王元、翁宏、陆蟾、全真、陆禹臣
五代	1	1	梁嵩
北宋	15	42	周渭、覃庆元、徐噩、林通、冯京、安昌期、李时亮、欧阳辟、尚用之、石仲元、鳌山道人、契嵩、奉恕、归真子、景淳
南宋	3	5	陶崇、张茂良、唐弼
明洪武	2	2	王惟道、熊梦祥
明建文	1	1	王惟舆
明永乐	6	6	陈政、李敏、陈珪、陈昌、方矩、傅维宗
明正统	1	2	李纯

① 《三管英灵集》卷三尚用之小传误录为明人，应为宋人，此处改正后统计。

续表

选诗朝代	收录诗人数量	收录诗歌数量	诗人备注
明景泰	3	16	黎暹、黄佐、陈暹
明天顺	2	3	岑方、张廷纶
明成化	10	96	陈瑶、唐瑄、包裕、陈琬、张溎、甘泉、申端、蒋昇、吴廷举、蒋冕
明诸生贡生等	6	8	毛文治、李冲汉、黎兆、石梦麟、王熙、陆经宗
明弘治	8	33	陈禄、石垅、陈贽、李壁、韦銮、甘振、莫瑚、陈献文
明正德	2	10	戴钦、张腾霄
明嘉靖	10	32	冯承芳、王问、王讷讲、张鸣凤、张翀、杨际熙、李广图、舒应龙、何世锦、邓镳
明隆庆	1	5	梁允玳
明万历	10	171	杨际会、曹学程、莫鲁、舒宏志、林应高、王贵德、袁崇焕、谭贲、廖东升、唐世熊
明天启	3	5	朱绍昌、陈瑾
明崇祯	9	81	袁杰、赵天益、谢良琦、黄家珍、卢佐音、刘士登、黄家珪（明末诸生）、尚济（明末移民）、李永茂
明代闺秀	1	2	邓氏
顺治	7	10	唐纳牖、唐之柏、高熊征、庞颖、黄元泰、唐玉弟（唐之柏女）、唐联弟（唐之柏女）
康熙（卷九张鸿翮至卷十一王维相，卷十一周宗旦除外）	43	149	张鸿翮、廖必强、张友朱、谢赐履、戴朱纮、李廷柱、王之骥、唐尚訏、潘毓梧、关正运、王维泰、覃思孔、张星焕、刘宏基、关为寅、张翀、时之华、莫应斌、黄元贞、蒋依锦、张鸿瓁、关为宁、蒋纲、李彬、蒋寿春、朱亨衍、谢济世、刘昭汉、王廷铎、植廷纪、卿悦、唐时雍、王维岳、蒋春泽、蒙帝聘、刘传礼、黄定坤、李之珩、刘世灯、李御旌、黄坤正、王维翰、王维相
雍正（卷十二陈宏谋至卷十四王之彦）	27	121	周宗旦、陈宏谋、刘新翰、王维峄、冯世俊、谢庭琪、杨嗣璟、黄匡烈、吕炽、曹銮、陈汝琮、卿如兰、黄位正、苏其炤、陈仁、张淳、居任、梁建藩、李舒景、谭龙德、刘王珽、赵一清、朱昌煐、李文彧、王之纯、王之彦、吴荆璞

选诗朝代	收录诗人数量	收录诗歌数量	诗人备注
乾隆（卷十四李蓁至卷三十七黄昌，另有五十卷卢建河等）	228	1668	李蓁、邓松、张滋、黄明懿、廖方皋、苏大中、何畸、章绍宗、韦孜、廖方连、曹兆麒、李开葱、石燕山、刘兴让、朱若东、文谟、朱洛、刘定逌、刘定遴、蒋良琪、陈纯士、宋运新、刘允修、陈元士、朱绂、陈良士、萧馨义、李时沛、卿彬、胡子佩、韦日华、黄谟烈、陈子智、孙跃龙、彭绍英、张宗器、胡德琳、龙皓乾、廖位伯、王之齐、黎龙光、王佐、陈钟琛、陈钟璐、陈兰森、王星烛、胡世振、李成璠、李有根、甘澍、王嗣曾、李舒景、周龙炽、周龙舒、刘承伟、欧阳金、韦作衡、黎晅、朱绪、陈梦兰、闵三江、潘成章、刘映棻、李曜庚、周位庚、朱应荣、潘鑑、陈倜、袁珧、杨廷理、容念祖、潘鲲、苏其燧、潘鉅、关琏、秦兆鲸、俞廷举、罗大钧、黎建三、左方海、邓建英、王燮、黄东昀、滕问海、朱依鲁、龙其襄、石讚韶、周琢、唐国玉、冯绍业、周琼、吴道萱、龙振河、周士鹓、石持安、黄溥、潘玉书、张学敏、黄景曾、黄晨、黄琼、王作新、周维坛、王铠、朱沅、陈兆熙、关焕、黄毓瑭、陈梦松、阳瑞芝、雷济之、彭廷模、蒋励宣、阚克昌、彭廷楷、萧馨智、朱依昃、何愚、李沼泰、黎庶恂、唐宗培、莫巡、雷芳林、龙献图、李洪霈、欧阳镒、柯宗琦、李玠、王英敏、潘德周、马延承、周维垆、罗绅、刘晶、廖大间、范学渊、苏秉正、陈景登、林西森、朱龄、蒋学韩、仝龄、袁纬绳、陈元焘、卿祖一、彭廷椿、韦毓瑚、苏献可、黄苏、潘鳎、汪廷璐、石汉、李均、张鹏展、熊方受、刘启元、苏厚培、黄瑶、李觐龙、黎卓仁、朱桓、卿祖勅、龙济涛、周贻纶、夏之松、张鹏超、邓培绶、梁之瑰（有目无诗）、陈守纬、陆孔贞、黎庶铎、廖植、朱钧直、童毓灵、童葆元（有诗目录忘录）、朱依真、叶时晢、史如玑、廖相、林大盛、潘安成、欧阳镐、封致治、蒋倬、萧刚士、陈熊、梁遇昌、霍鈜达、麦宜楫、潘濙、谭所修、容章、黎卓礼、唐逢年、王象升、李熙图、李永维、覃朝选、张及义、陈乃凤、袁思名、唐昌龄、陈鼎勋、张鹏衢、倪诜、何启铭、施惠宪、丰稔、丰稠、曾明、胡承懂、岑宜栋、莫元相（无年代著录）、莫振国（无年代著录）、王言纪、王有辉、黄昌、卢建河、陈莹英（陈宏谋女）、赵宜鹤（赵宜本姊）、秦璞贞、蒋静如、唐氏、朱庭兰（朱应荣女）、李秉礼、王延襄、王埙、高仁山

续表

选诗朝代	收录诗人数量	收录诗歌数量	诗人备注
嘉庆（卷三十八陈守增至卷四十七袁焘）	103	755	陈守增、周贻绪、李超松、黎君弼、容易道、阳继庐、胡美夏、阳光鼎、谢之英、王时中、朱庭楷、张其瑾、陆禹勋、朱凤森、阳会极、袁珏、李嘉祐、卿祖培、覃学海、易凤庭、胡朝璘、田毓之、何彤然、刘荣、钟琳、阳耀祖、朱棨、刘书文、蒋玉田、张元鼎、周觐光、杨立冠、葛东昌、余明道、袁昭敬、周震青、朱庭标、蒋卜德、吕璜、王长龄、韦庆祚、许篯龄、粟葆文、周贻繢、冯志超、韦天宝、黄金声、梁垣、周绍祖、何家齐、周贻经、彭昃、俞鸿、查锦、林笆、李照、卿祖授、蒋球、王道出、郭书琳、陈宏学、钮维良、谢琳、李光甲、陆世经、茹英猷、茹英明、孔毓荣、黄智明、邓潜、陈乃书、陈延祺、张澄源、苏懿训、彭廷楠、谢乃襄、罗辰、潘兆萱、袁昭夏、陈第玉、周士熊、周霁、杨立元、罗翾鹏、黄之裳、张元甫、袁昭馨、谭所赋、石先扬、黄景鹏、龚之琦、萧清香、滕楫、袁昭采、袁昭建、袁焘、罗瑛（罗肯堂女）、黄氏（潘兆萱妻）、罗柔嘉（罗琼之女）、查氏（罗辰之妻）、陆小姑（滕问海学生）、秦凤箫（秦伯度女）、朱锦
道光（卷四十八、四十九）	28	121	朱行采、黄会翰、张炳璘、张元衡、商书浚、李锦业、曾克敬、黎文田、陈星联、徐岱云、陈星麟、黄圻、蒋一辅、陈秉仁、陈秉义、关修、黄逢吉、陈玉、黄本俭、黄士衡、周召棠、龙克健、吴希濂、张敬、谢赉璜、林凤阳、袁昭勤、袁昭同
无年代可考者	32	107	左樵、李岱、王诚保、刘光烈、钟儒刚、吴宗伯、刘爵、张伟松、毛三鳣、王宰、余继翔、何福祥、苏文琪、高士昌、黄士良、王哲臣、许兆琛、麦润、石禾玉、白蕙、梁慧姑、临桂罗氏、钟瑞金、溥畹①、东符、一斋、骆哲桂、胡玉藻、娄纯、朱绳曾、陈宏略、俞光耀
总计	569	3546	

---

① 约生活在清初乾隆前，《三管英灵集》卷五十四所选溥畹《剑阁》、《虎丘访卖花老人》二首诗后，附注《国朝诗别裁集》之评价，因此，溥畹约生活在沈德潜编《国朝诗别裁集》之前。因具体朝代无法确考，暂统计入表3"无可考年代者"一类，表2则将其统计入清代一类。

表 4 统计时，将《三管英灵集》诗人生平年代或中试年错录者，按照第三章考证，更正后统计。

由表 4 可见，所选广西古代各朝代不同时期诗歌数量差异较大，唐诗人诗歌数量多于五代，唐 8 人 96 首诗，五代只有 1 人 1 首诗入选；北宋 14 人 39 首诗，南宋则只入选 4 人 6 首诗。这种不平衡与朝代各阶段经济文化发展的水平正相关，也与朝代的长短相关。

所选明代诗人诗歌综合起来看，选的最多的朝代是明成化（吴廷举、蒋冕等 10 人 96 首）、明嘉靖（张鸣凤等 10 人 32 首）、明万历（王贵德、袁崇焕等 10 人 170 首）；其次是明永乐（6 人 6 首）、明弘治（8 人 33 首）、明崇祯（谢良琦等 9 人 81 首，包括明末诸生黄家珪、明末移民方外人士尚济）；选诗人 3 人以下，诗歌 10 余首以下的朝代是明洪武（2 人 2 首）、明建文（1 人 1 首）、明正统（1 人 2 首）、明宣德（1 人 2 首）、明景泰（3 人 16 首）、明天顺（2 人 3 首）、明正德（2 人 10 首）、明隆庆（1 人 5 首）、明天启（3 人 5 首）；另有明诸生贡生等年代不详者 6 人 8 首，梁章钜等编纂者约略算其生平年代，著录在成化年后，弘治年前；另有明代闺秀邓氏 2 首，统计入表，附于明末。

所选清代诗人诗歌较多的朝代是乾隆、嘉庆、康熙三个时期。选诗最多的朝代是乾隆朝，共 228 人，1668 首诗，包括卷十四李蓁至卷三十七黄昌，另有卷五十卢建河、乾隆年间闺秀诗人陈莹英（陈宏谋女）、赵宜鹤（赵宜本姊）、秦璞贞、蒋静如、唐氏、朱庭兰（朱应荣女）、清代流寓诗人李秉礼、王延襄、王埙等；其次是嘉庆朝，共 103 人 755 首诗，包括卷三十八至卷四十七著录的所有诗人，以及嘉庆年间闺秀诗人罗瑛（罗肯堂女）、黄氏（潘兆萱妻）、罗柔嘉（罗琼之女）、查氏（罗辰之妻）、陆小姑（滕问海学生）、秦凤箫（秦伯度女）和流寓诗人朱锦；再次是康熙朝，共选 43 人 149 首诗，包括卷九张鸿翮至卷十一王维相，卷十一雍正年间周宗旦除外。以上的三个朝代也是清代经济文化最为繁荣的时代，广西诗人和诗歌的产量也较大。接下来就是梁章钜所在的道光朝（《三管英灵集》卷四十八、四十九）选 28 人 121 首诗，和清代初期的雍正朝选 27 人 121 首诗（卷十二陈宏谋至卷十四王之彦，包括卷十一雍正元年举人永福周宗旦），顺治朝选 7 人 10 首诗（包括闺秀诗人唐玉弟和唐联弟，皆为顺治十四年举人灌阳唐之柏之女）。

三 《三管英灵集》选入诗歌数量比例分配

表 5 《三管英灵集》选入诗歌数量比例分配表

选入诗作数量	人数	比例	备注
80—100 首	2	1%	王贵德 96 黎建三 80
50—79 首	11	2%	曹邺 50 蒋冕 63 袁崇焕 66 谢良琦 56 胡德琳 61 张鹏展 59 熊方受 59 朱凤森 56 袁珏 55 吕璜 55 李秉礼 59
20—49 首	36	6%	曹唐 32 吴廷举 22 石垅 20 谢赐履 34 谢济世 34 陈宏谋 20 刘新翰 32 朱若东 21 欧阳金 31 刘映菜 47 杨廷理 34 潘鉅 28 罗大钧 25 邓建英 46 黄东昀 46 滕问海 21 朱依炅 35 龙献图 26 陈景登 22 朱桓 30 朱依真 42 童毓灵 26 叶时哲 27 袁思名 36 周贻绪 21 刘菜 41 钟琳 30 蒋卜德 49 何家齐 34 罗辰 20 潘兆萱 25 朱庭兰 36 陆小姑 30 契嵩 22 王埧 34 胡玉藻 22
10—19 首	40	7%	张鸣凤 15 陈仁 13 朱昌煐 13 龙皓乾 10 王嗣曾 15 陈梦兰 15 潘成章 15 朱绪 13 潘钂 18 左方海 18 朱依鲁 14 吴道萱 12 朱沅 11 王铠 11 蒋励宣 13 范学渊 11 朱龄 12 刘启元 18 朱钧直 11 史如玑 10 覃朝选 13 倪洗 11 胡承懂 15 谢之英 12 朱庭楷 17 朱棻 16 余明道 11 杨立冠 14 钮维良 14 彭炅 10 袁昭夏 11 曾克敬 10 黄圻 10 陈玉 19 钟儒刚 17 陈莹英 18 秦凤箫 15 尚济 16 朱锦 19 陈宏略 15
5—9 首	65	11%	王元 5 陈暹 5 黄佐 9 戴钦 9 王问 6 梁允玼 5 张鸿翮 6 李廷柱 8 王维泰 5 时之华 5 朱亨衍 7 苏其炤 9 章绍宗 6 石燕山 7 刘定逌 6 李时沛 8 廖位伯 5 李有根 5 陈俶 5 潘鲲 7 石讃韶 5 周琢 9 周琼 8 黄维坛 9 黄毓瑸 8 雷济之 7 彭廷楷 5 唐宗培 5 马延承 5 罗绅 5 黄苏 7 潘鲫 7 石汉 6 龙济涛 6 廖植 6 张及义 6 陈乃凤 5 丰稔 5 曾明 7 阳继庐 7 王时中 6 张元鼎 6 朱庭标 5 许钱龄 7 粟葆文 5 周贻繻 8 茹英明 5 袁昭馨 5 石先扬 5 龚之琦 7 商书浚 6 黎文田 7 徐岱云 5 陈星麟 8 蒋一辅 6 黄逢吉 6 吴希濂 6 张敬 8 赵宜鹤 5 罗瑛 6 秦璞贞 6 唐氏 7 罗氏 8 骆哲桂 5 俞光耀 7
1—4 首	415	73%	略
总量	569	100%	

由表 5 统计数据可见,《三管英灵集》选录诗人的诗歌数量越多,其选录诗人的数量就越少,相反,选录诗人的诗歌数量越少,则所选诗人的数量越多。选入诗人诗歌数量少于 4 首的最多,共 415 人,占诗人总数的73%;选入诗歌数量在 80-100 首范围内的诗人最少,只有 2 人,只占诗人总数的1%,包括卷六明代的王贵德 96 首,卷二十二清代黎建三 80 首。《三管英灵集》没有选诗数量在 70-79 范围内的诗人,选 50-69 首诗歌的诗人 11 人,占诗人总数的 2%。选 20-49 首诗歌的诗人,共 36 人,占诗人总数的 6%。选 10-19 首诗歌的诗人,共 40 人,占诗人总数的 7%。选 5-9 首诗歌的诗人,共 65 人,占诗人总数的 11%,选诗 1-4 首的诗人最多,占所选诗人总数的 73%。选入诗歌较多的诗人,其生前创作颇丰,别集流传保存较为完好。

四 《三管英灵集》所选粤西诗人的里居分布

表 6 《三管英灵集》所选粤西诗人(包括流寓、僧侣、闺秀)的里居分布

收录诗人的里居	收录诗人数量	收录诗歌数量	备注
临桂	131	1042	赵观文 1、尚用之 2、张茂良 1、唐弼 2、(明代:李纯 2、包裕 1、王熙 2、陈赟 5、张腾霄 1、王问 6、张鸣凤 15)、潘毓梧 1、朱亨衍 7、陈宏谋 20、杨嗣璟 1、吕炽 2、朱昌煐 13、黄明懿 2、廖方皋 1、苏大中 1、廖方莲 1、刘兴让 3、朱若东 21、朱绂 1、萧馨义 2、胡德琳 61、陈钟琛 1、陈钟璐 1、陈兰森 3、李成播 3、周龙炽 2、周龙舒 1、刘承伟 3、朱绪 13、陈梦兰 15、闵三江 3、刘映棻 47、周位庚 2、朱应荣 3、关琏 1、秦兆鲸 2、左方海 18、王燮 1、朱依鲁 14、周琢 9、周琼 8、周维坛 9、王铠 11、朱沅 11、陈兆熙 1、关焜 3、黄毓瑛 8、陈梦松 3、阳瑞芝 1、萧馨智 1、朱依炅 35、唐宗培 7、莫巡 4、龙献图 26、李洪霈 1、周维垍 3、刘晶 1、廖大间 4、林西森 1、陈元焘 2、韦毓瑚 2、黄苏 7、汪廷璐 1、刘启元 18、李觐龙 2、朱桓 30、龙济涛 6、周贻纶 3、邓培绥 1、廖植 6、朱钧直 11、朱依真 42、廖相 1、张及义 6、陈鼎勋 1、倪诜 11、陈守增 1、周贻绪 21、李超松 2、阳继庐 7、谢之英 12、朱庭楷 17、朱凤森 56、李嘉祐 3、田毓之 1、朱棻 16、周觐光 4、周震青 2、

续表

收录诗人的里居	收录诗人数量	收录诗歌数量	备注
临桂	131	1042	朱庭标 5、粟葆文 5、周贻繡 8、周贻经 1、俞鸿 4、查锦 1、林笢 1、李照 2、陈延祺 2、谢乃襄 4、罗辰 20、朱行采 2、商书浚 6、黎文田 7、陈星联 4、徐岱云 5、陈星麟 8、黄圻 10、陈秉仁 1、陈秉义 2、关修 3、黄逢吉 6、林凤阳 2、陈莹英 18、赵宜鹤 5、朱庭兰 36、查氏 2、秦凤箫 15、李秉礼 59、胡玉藻 22、陈宏略 15、朱绳曾 3（无年代：左樵 2、李岱 1、王诚保 1、白蕙 1、唐氏 7、罗氏 2、）
苍梧	33	214	（明代：陈政 1、陈珪 1、黎暹 2、吴廷举 22、冯承芳 1）、关正运 1、关为寅 4、关为宁 1、黎曣 2、罗大钧 25、邓建英 46、罗绅 5、萧刚士 2、陈熊 1、梁遇昌 1、覃朝选 13、施惠宪 4、钟琳 30、冯志超 1、梁垣 1、钮维良 14、谢琳 1、陆世经 2、茹英猷 1、茹英明 5、孔毓荣 1、黄智明 2、邓濬 2、（无年代：钟儒刚 17、梁慧姑 2、钟瑞金 1、东符 1、一斋 1
平南	31	282	梁嵩 1、（明代：张廷纶 2、张濂 2、袁崇焕 66）、黎龙光 1、王佐 1、袁珖 1、黎建三 80、彭廷模 3、彭廷楷 5、黎庶恂 4、袁纬绳 4、彭廷椿 1、黎庶铎 1、黎君弼 1、袁珏 55、胡朝璘 1、袁昭敬 1、王长龄 1、许箓龄 7、彭炅 10、彭廷楠 1、袁昭夏 11、袁昭馨 5、袁昭采 2、袁昭建 1、袁萧 3、谢賡璜 1、袁昭勤 1、袁昭同 2、罗瑛 6
上林	31	125	（明代：方矩 1、李冲汉 1、石梦麟 1、卢佐音 1）、张鸿翮 6、张友朱 2、张鸿疁 3、黄坤正 2、黄位正 2、张淳 1、李舒景 1、谭龙德 1、张滋 3、李舒景 3、李有根 5、韦作衡 1、容念祖 1、黄溥 1、张鹏展 59、张鹏超 4、谭所修 1、容章 1、张鹏衢 1、曾明 7、张元鼎 6、韦庆祚 2、黄金声 2、张元彟 1、谭所赋 1、石先扬 5、张元衡 1

收录诗人的里居	收录诗人数量	收录诗歌数量	备注
灌阳	29	104	（明代：陆经宗 1、唐世熊 1）、唐纳膈 3、唐之柏 1、王之骥 1、王维泰 5、时之华 5、莫应斌 1、蒋依锦 2、蒋寿春 4、王廷铎 1、卿悦 1、唐应雍 1、王维岳 1、王维峰 1、卿如兰 1、卿彬 1、唐国玉 1、卿祖一 2、卿祖勣 1、史如玑 10、蒋倬 3、唐逢年 1、王象升 1、卿祖培 2、蒋卜德 49、卿祖授 1、唐玉弟 1、唐联弟 1
全州	25	249	（明代：陶崇 2、陈瑶 1、陈琬 1、蒋昇 3、蒋冕 63、舒应龙 1、曹学程 1、舒宏志 1、谢良琦 56）、廖必强 1、谢赐履 34、蒋纲 1、谢济世 34、谢庭琪 4、曹銮 1、邓松 2、蒋良琪 1、俞廷举 1、蒋励宣 13、蒋玉田 1、蒋一辅 6、黄本俭 2、全真 2、尚济 16、（无年代：刘光烈 1）
武缘（思恩府治）	25	51	（明代：李璧 2、黄家珍 1、刘士登 1、黄家珪 1）、黄元泰 1、黄定坤 1、李之珩 1、刘世灯 1、李御旌 1、黄匡烈 1、刘王珽 1、章绍宗 6、刘定迪 6、刘定遴 1、刘允修 2、黄谟烈 1、潘玉书 3、张学敏 1、黄景曾 1、丰稔 5、丰稠 2、韦天宝 1、黄之裳 4、黄景鹏 1、潘成章 15
桂平	22	117	（明代：甘泉 1、甘振 3）、曹兆麒 1、李开葱 1、陈纯士 1、陈元士 1、陈良士 1、潘蠡 18、潘鲲 7、潘鉅 28、黄晨 1、潘鳎 7、黄瑶 1、陈守纬 1、潘澂 1、容易道 1、周绍祖 3、张澄源 2、潘兆萱 25、黄会翰 1、黄氏 2、罗氏 8
马平	22	210	（明代：熊梦祥 1、戴钦 9、张翀 3）、戴朱纮 2、孙跃龙 1、王嗣曾 15、欧阳金 31、杨廷理 34、龙振河 3、阚克昌 1、欧阳镒 2、陈景登 22、李均 1、叶时晢 27、欧阳镐 4、李永维 4、杨立冠 14、李光甲 1、杨立元 2、陈玉 19、吴希濂 6、张敬 8

续表

收录诗人的里居	收录诗人数量	收录诗歌数量	备注
藤县（镡津）	19	81	陆蟾①1、契嵩22、（明代：傅维宗1、陈暹5、石坨20）、陈汝琮1、朱洛1、胡子佩1、胡世振1、陈俳5、石持安1、苏秉正4、石汉6、苏厚培2、霍鉱达1、陈乃凤5、陈乃书1、张炳璘1、无年代：石禾玉2
容县	17	115	（明代：王惟道1、王惟舆1、申端1、杨际熙2、王贵德96、杨际会1、李永茂2）、覃思孔1、植廷纪1、何畴1、黄琮2、王作新1、王英敏1、陆孔贞1、封致治1、（无年代：王宰1、余继翔1）
宣化	11	28	（明代：邓镳1、朱绍昌2、陈瑾2）、冯世俊2、李曜庚1、冯绍业1、雷济之7、雷芳林2、潘德周4、葛东昌3、李锦业3
灵川	10	77	欧阳辟1、（清代：黄东昀46、朱龄12、蒋学韩3、全龄1、阳光鼎1、阳会极2、易凤庭2、阳耀祖3、秦璞贞6）
桂林	8	101	曹唐32、王元5、石仲元1、景淳2、（清代：朱锦19、王延襄1）、（无年代：王垻34、俞光耀7）
北流	9	24	李廷柱8、蒋春泽1、蒙帝聘1、刘传礼1、梁建藩1、李沼泰1、柯宗琦4、夏之松3、（无年代：娄纯4）
玉林	9	19	（明代：陈昌1、陈献文1）、苏其炤9、苏其烻1、苏献可1、苏懿训1、陈第玉3、周士熊1、周霁1
融县	9	15	覃庆元1、（明代：王讷讲1）、刘昭汉1、居任2、李文或4、李蓁1、胡美夏3、（无年代：吴宗伯1、刘爵1）
宜州（宜山）②	8	11	冯京2、鳌山道人1、陆禹臣2（清代：赵一清1、韦孜1、韦日华1、陈子智1）、（明代：邓氏2）

---

① 五代十国时，今藤县先属楚，后属南汉。藤县境内仍称镡津县、义昌县、感义县、宁凤县。宋太祖开宝三年（970）撤销宁凤、感义、义昌三县，其地并入镡津县，属藤州。参见龙兆佛、莫凤欣《广西地理沿革简编》，广西人民出版社，1983，第79页。

② 唐朝贞观四年（630）置龙水县（今宜州市），为岭南道宜州州治。五代十国，龙水县初属楚，后属南汉，隶属宜州。宋朝初沿唐置龙水县，宣和元年（1119），龙水县更名为宜山县，先后隶宜州、庆远府，为州治、府治。明清宜山县隶属庆远府。

续表

收录诗人的里居	收录诗人数量	收录诗歌数量	备注
怀集	7	15	（明代：陈禄 3、莫瑚 1、李广图 1、梁允玳 5、莫鲁 2、林应高 1）、高仁山 2
白山司	7	9	王维翰 1、王维相 1、王之纯 1、王之彦 1、王之齐 1、王言纪 3、王有辉 1
永福	6	73	周宗旦 3、范学渊 11、李熙图 2、吕璜 55、蒋球 1、王道出 1
归顺州	6	72	彭绍英 1、童毓灵 26、童葆元 4、袁思名 36、唐昌龄 4、黄士衡 1、
平乐	6	20	（明代：李敏 1）、何愚 2、林大盛 1、何彤然 1、曾克敬 10、（无年代：骆哲桂 5）
宾州	5	34	张星焕 1、张宗器 1、吴荆璞 1、张其瑾 1、陆小姑 30
崇善	5	31	（明代：岑方 1）、廖位伯 5、甘澍 3、滕问海 21、周士鹓 1
富川	5	5	林通 1、（明代：毛文治 1）、何启铭 1、周召棠 1、（无年代：毛三鳣 1）
贺县	5	20	翁宏 3、（明代：黎兆 2）、龙皓乾 10、龙其襄 4、龙克健 2
永康州	3	62	张翀 2、黄元贞 1、熊方受 59
阳朔	3	52	曹邺 50、（明代：唐瑄 1、廖东升 1）
永淳	3	47	余明道 11、何家齐 34、卢建河 2
永宁	3	41	刘宏基 2、刘新翰 32、龚之琦 7
横州	3	22	（明代：黄佐 9、韦鋬 1）、吴道萱 12、
武宣	3	17	陈仁 13、黎卓仁 3、黎卓礼 1
兴安	3	10	北宋：归真子 1 清代：李时沛 8、蒋静如 1、
兴业	3	3	（明代：何世锦 1、谭赉 1）、唐尚訢 1
浔州①	3	3	李玠 1、麦宜楫 1、（无年代：张伟松 1）
贵县	3	3	（北宋：奉恕 1）、李彬 1、宋运新 1
修仁	2	9	王时中 6、郭书琳 3

---

① 明清均设浔州府，明代属左江道，辖平南、桂平、贵县；清初属右江道，辖武宣、平南、桂平、贵县。

续表

收录诗人的里居	收录诗人数量	收录诗歌数量	备注
象州	2	5	覃学海1、刘书文4
隆安	2	7	马延承5、陆禹勋2
忻城	2	3	莫元相2、莫振国1
养利州	2	3	（明代：袁杰1、赵天益2）
博白	2	3	徐罂1、李时亮2
恭城	2	3	周渭2、安昌期1
荔浦	2	2	文谟1、陈宏学1
义宁	2	11	石讚韶5、石燕山7
下冻土州	1	15	胡承懽15
岑溪	1	2	高熊征2
新宁州	1	2	王星烛2
东兰州	1	2	罗翾鹏2
土江州	1	2	滕楺2
陆川	1	1	庞颖1
迁江	1	1	萧清香1
田州	1	1	岑宜栋1
昭平	1	1	潘安成1
归德土州	1	1	黄昌1
无里居著录者	10	56	何福祥2、苏文琪3、高士昌1、黄士良2、王哲臣1、许兆琛1、麦润1、薄畹2、刘棻41梁之瑰2首（有目无诗）
总计	569	3546	

由表6可见，《三管英灵集》收录56个里居的广西诗人共558人3487首诗，其中包括卷五十"年代不可考里居可考者"12人。《三管英灵集》收录诗人无里居著录者10人56首诗，包括卷五十里居不可考者何福祥、苏文琪、高士昌、黄士良、王哲臣、许兆琛、麦润，和方外不可考者薄畹、无籍贯著录且里居不可考者刘棻（一说江西永新人）、有目无诗者梁之瑰，共10人。其中，卷四十一刘棻，小传云："字香士，嘉庆十二年举人，有《爱竹山房诗文集》"[1]，无籍贯著录，选诗41首，有《柳侯碑》诗，是否为柳州人不确定。

---

① （清）梁章钜：《三管英灵集》，卷四十一，清道光桂林汤日新堂刻本，藏国家图书馆。

粤西诗人的居住地为"里居",不论其籍贯何处,先人居住在哪,皆以诗人现居住地为准,统计入表。如卷五冯承芳,"字世立,其先桂林人,后君苍梧。嘉靖二年进士,官工部都水司主事,罢归,有《静观录》、《桂山吟稿》。"① 其先人是桂林人,后冯承芳居苍梧,是为苍梧人。再如卷十李廷柱,小传云,"字石卿,北流人,由湖北入籍,康熙初官北流千总。"② 其先人籍贯为湖北安陆,李廷柱迁籍北流。卷十张翀,"永康州人,由北直寄籍,康熙三十二年举人。"如张翀等一些本为外省诗人旅居广西,便将户口迁徙至此,在广西长久生活。卷八李永茂,字孝源,南阳(今属河南南阳)人,进士,曾任明光禄大夫(正一品)、太子太保。后来,明桂王朱由榔抗清,于 1646 年阴历十月任李永茂为礼部尚书。不久,李去官,避地容县。1650 年,李被朱由榔召回任东阁大学士,离容随朱退向云南。

另《三管英灵集》中亦有遗漏籍贯著录者,据典籍考证补充,统计入表,如卷十,康熙五十年举人蒋寿春遗漏籍贯著录,今据《灌阳县志》载,得知其为灌阳县城人。③

表 6 基本以县级地域(少数诗人里居只著录到州府)的诗人多寡排序,相同诗人数量的县地再以诗歌的多寡排序,如此考量《三管英灵集》所收广西古代诗人诗歌在广西一省各县的分布情况。收录诗人最多的 4 个县,一是临桂,131 人 1042 首诗歌;其次是苍梧诗人 33 人诗歌 214 首、平南诗人 31 人 282 首、上林诗人 31 人 125 首。后三个县的收录诗人大致平均,总和起来亦不及临桂一县的诗人总数,诗歌总和亦不及临桂一县所选诗歌总数,可见广西古代临桂诗坛的繁荣,独领粤西。也可见出临桂长期作为广西古代省治州治府治,是人才包括诗人的聚集地,临桂、苍梧、平南、上林也代表了广西古代诗人产地主要分布在桂东北(中心:临桂)、桂东南(中心:苍梧、平南)、桂西南(中心:上林)三个地域,且诗人诗歌数量依次递减。

接下来收录诗人较多的还有 9 个县:灌阳县 29 人 104 首诗,全州县 25 人 249 首诗,武缘县 25 人 51 首诗,桂平县 22 人 117 首诗,马平 22 人 210

---

① (清)梁章钜:《三管英灵集》,卷五,清道光桂林汤日新堂刻本,藏国家图书馆。
② (清)梁章钜:《三管英灵集》,卷十,清道光桂林汤日新堂刻本,藏国家图书馆。
③ 熊光嵩:《灌阳县志》,新华出版社,1995,第 749 页。

首诗；藤县 19 人 81 首诗，容县 17 人 115 首诗，宣化 11 人 28 首诗，灵川 10 人 77 首诗。

收录诗人 5 至 9 个的有 13 个地域：桂林 9 人 104 首诗，北流 9 人 24 首诗，玉林 9 人 19 首诗，融县 9 人 15 首诗，怀集 7 人 15 首，白山司 7 人 9 首，永福 6 人 73 首，归顺州 6 人 72 首，平乐 6 人 20 首，宾州 5 人 34 首，崇善 5 人 31 首，贺县 5 人 20 首、富川 5 人 5 首、宜山 8 人 11 首。其余 31 个地域的所选诗人在 4 人以下，包括阳朔、横州、兴安、恭城、荔浦等。

表 6 中指示的广西诗人里居中，有州有县，地域行政层级不同，梁章钜《三管英灵集》编纂一方面因资料的匮乏，时代的久远，诗人里居仅著录到州一级，具体哪个县无法考证；一方面，地方州县名称和地域在历史上多变，不同朝代有所不同，编纂总集者常按照清代的地方县名称著录诗人里居。如曹唐、王元等人小传著录桂林人，是按照明清两代"桂林府"来简称著录的，而不是唐宋的行政区名称"桂州"，或因典籍之中未具体著录其县，梁章钜因之；或梁未能考证其出处何县。因此，有必要根据表 5 和广西古代各时代的行政区划，将诗人的里居按行政区及地域区整合，考察某一时代《三管英灵集》所选某一行政区地区的诗人多寡及诗人的地域分布。

面将广西一省划分为四大区域：桂东北，包括今桂林市、贺州市、柳州市、来宾市；桂东南，包括今梧州市、玉林市、贵港市、钦州、防城港、北海；桂西北，包括今百色市、河池市；桂西南，包括今南宁市、崇左市。以此为依据，来统计《三管英灵集》所选唐五代、宋、明、清诗人里居的地域分布情况。

第一，唐代粤西诗人集中分布在今桂北地区。《三管英灵集》选诗人自可考的中唐诗僧全真起，唐五代选 9 人 97 首诗，桂州曹唐、王元、阳朔曹邺、临桂赵观文、全州全真、宜州陆禹臣（诗一首选入《全唐诗》，河东人寓居宜州），南汉平南县梁嵩。唐朝广西设道、管、州、县四级行政区划，比隋朝的郡县两级行政区划更复杂，全国分 10 道，今广西大部分属岭南道，岭南 45 州分属广州、桂州、容州、邕州、安南岭南五管。唐懿宗咸通三年（862）因边事紧，为加强控制，分岭南道为岭南东道和岭南西道。岭南西道，治所在邕州（今南宁市），下设桂管（桂东北）、容管（桂南）、邕管（桂西、桂中）三管，管下有州，州下置县。（见表 7）

表 7 《三管英灵集》所选唐五代粤西诗人里居分布表

地理位置	道	管	州（郡）	县（诗人里居）	诗人数量 9 人
桂东北 6 人	江南西道		永州（零陵郡）	湘源（全州）	1
	岭南西道①	桂管	桂州（始安郡）	阳朔	1
				临桂（桂林）②	3
			贺州（临贺郡）	桂岭	1
桂东南 2 人		邕管	龚州（临江郡）	平南	1
			藤州	藤县（镡津）	1
桂西北 1 人			宜州（龙水郡）	龙水（宜山）	1

　　《三管英灵集》所选唐五代 9 位著录里居的诗人中，有 5 位诗人里居属于岭南西道桂管所辖：阳朔、临桂为桂管桂州辖，再加上中唐诗僧全真寓居全州，即江南西道永州湘源县（五代后晋置全州③），共 6 位诗人出自今桂东北地区，唐代粤西诗人集中分布在今桂东北地区。另有唐代陆禹臣宜山人，宜州为邕管辖；梁嵩里居平南县，属南汉邕管龚州辖（行政区划基本沿袭唐制，唐末龚州由桂管划出，归属邕管）。唐五代广西诗人地域分布以桂东北为中心，向桂东南和桂西北扩散。

　　第二，宋代粤西诗人分布仍以桂北为主，并向桂东和桂东南辐射。宋代行政区划三级制，路、州（府）、县。宋初广西大部分地区属广南路，唯全州、灌阳、资源一带归荆湖路辖。宋太宗至道三年（997），广

---

① 唐懿宗咸通三年（862）分岭南道为东、西两道。

② 《三管英灵集》卷二曹唐小传："唐，字尧宾，桂林人。"此按清代"桂林府"名称著录。曹唐，两《唐书》无传，《唐诗纪事》卷五八云"唐，字尧宾，桂州人。"《郡斋读书志》卷四中云："曹唐，字尧宾，桂州人。"此殆辛文房《唐才子传》所本。明人蒋冕《二曹诗跋》（《湘皋集》卷三）云："唐，字尧宾，桂林附郭人。"莫休符《桂林风土记》谓："独秀峰……下有岩洞，旧有宋朝名儒颜延之宅读书亭，后为从事所居。"是则曹唐系桂州人，今桂林人。见梁超然《三书斋文存》第二卷（广西人民出版社，2010，第 185 页。）考证。今桂林在唐宋元明清皆称"临桂县"，明清为桂林府府治所在。王元、翁宏皆为唐五代桂州临桂县人，今桂林人。

③ 全州，五代后晋天福四年（939）置，以湘山寺名僧周宗慧法名"全真"名州。湘山寺，肇创于唐肃宗至德初年（756），创建者为全真宗慧禅师（728—867），宗慧是湖南郴州资兴人。全州治清湘县。宋初属荆湖南路。绍兴三年（1133）属广南西路。元至元十四年（1277）为全州路。辖清湘、灌阳两县，即今全州、灌阳两县地。参见（清）汪森《粤西丛载校注》中册，广西民族出版社，2007，第 508~511 页。

南路又析分为广南东路和广南西路。"广南西路,治所设在桂州(今桂林市),辖地包括今广西大部分,下设桂、容、邕、融、象、昭、梧、藤、龚、浔、柳、贵、宜、宾、横、钦、廉、白、郁林、平、观、化、高、雷、琼等25州。"① 后来广南西路更名为广西路,这是"广西"名称的由来,宋朝在左右江流域及桂北部分地区沿袭唐制,设置羁縻州县和峒,以加强统治。南宋升桂州为静江府,升宜州为庆远府。正如钟乃元在《本土诗人的文化认同与地域文化意识》中所统计的,"唐五代13名本土诗人中,韦敬办、欧阳宾、裴谐、裴说等是中原汉族移民的后代,其诗歌素养很大程度上得益于家族的中原文化背景。13名诗人中有9人籍贯属于桂州,桂州作为粤西开发较早的地区,唐宋时期又是粤西的政治、文化中心,是粤西地域文化与中原文化以及荆楚文化等进行交流的桥头堡,在文化、文学的发展上无疑会得风气之先。其他诗人出现于藤州、龚州、邕州等交通主线上的州县,交通状况对文化的传播有着直接影响。"②

《三管英灵集》选宋代里居可考的诗人17人见表8:周渭、覃庆元、徐噩、林通、冯京、安昌期、李时亮、欧阳辟、石仲元、鳌山道人、契嵩、奉恕、归真子、景淳、陶崇、张茂良、唐弼,广南西路的昭州恭城2人、白州博白2人③、宜州宜山2人、桂州临桂4人、桂州灵川、桂州兴安、柳州融县(苗族)、贺州富川(瑶族)④、藤州藤县、贵州贵县⑤各1人,荆湖南路的全州⑥1人。从以上数据可见,由唐入宋,广西诗人的地域分布仍然以桂东北为主,共11人,包括桂东北的桂州(南宋称静江府)临桂、灵川、

---

① 陆广文:《八桂乡情》,北京理工大学出版社,2013,第18页。

② 钟乃元:《唐宋粤西地域文化与诗歌研究》,民族出版社,2012,第377页。

③ 《三管英灵集》卷二徐噩小传云,宋仁宗时因军功授白州长史。又:政和元年(1111)博白县改隶郁林州;政和三年,复置白州,博白县又属之。绍兴年间(1131—1162年)博白县隶属郁林州。

④ 宋开宝四年(971),富川县属广南东路贺州。宋大观二年(1108)五月,富川改属广南西路贺州。《三管英灵集》卷二林通小传云,宋仁宗时人,时贺州应属广南东路。

⑤ 《三管英灵集》卷五十四,著录诗奉恕,流寓贵县南山寺。宋开宝五年(972)怀泽、义山、潮水、郁平并称郁林县,属贵州。州、县治所均在今贵港市城区。明洪武二年(1369)降贵州为贵县。贵县属浔州府。清因之。

⑥ 宋全州领县二:清湘、灌阳,隶荆湖南路。明洪武元年为全州府,九年四月降为州,二十七年八月属桂林府。

兴安诗人 6 人，桂北的全州诗人 1 人，柳州融县 1 人，昭州恭城诗人 2 人，贺州富川诗人 1 人。诗人的地域分布于唐代之后继续向桂西北（2 人）、桂东南（5 人）辐射，文化的传播轨迹清晰可见，尤其是桂东南诗人包括白州博白诗人 2 人和藤州藤县诗人 1 人，贵州的贵县诗人 1 人，桂东南比桂西北更早受到桂北文化的传播和影响，诗人数量比桂西北多，桂西北在唐宋均出自有庆远府宜山，未有新的诗人产地出现。钟乃元《唐宋粤西地域文化与诗歌研究》统计宋代粤西有 29 名本土诗人，宋代粤西有进士 216 人，无论是诗人还是进士，都集中于粤西的桂州、全州、昭州、贺州等地，这几个州郡因交通、地理之便，与中原文化的交流比较频繁，文化较其他地区发展较快。（见表 8）

表 8 《三管英灵集》所选宋朝粤西诗人里居分布表

地理位置	路	州（府）	县（诗人里居）	诗人数量 17 人
桂东北 11 人	荆湖南路	永州	全州	1
	广南西路	昭州	恭城	2
		贺州	富川（瑶族）	1
		桂州（静江府）	临桂（桂林）	4
			灵川	1
			兴安	1
		柳州	融县（苗族）	1
桂东南 4 人		贵州	贵县	1
		藤州	藤县（镡津）	1
		白州	博白	2
桂西北 2 人		宜州（庆远府）	宜山	2

第三，明代粤西诗坛重心由桂东北向桂东转移，桂东诗坛独占鳌头，桂西地区诗人较少。明代实施司道府县四级行政区划，明朝政府把元朝行中书省改为承宣布政使司，全国划分为 13 个布政使司，广西行中书省则改称为广西布政使司，治所在桂林府临桂县治（今桂林市）。广西布政使司内划分为桂平道、苍梧道、左江道、右江道，分辖 11 个府和 3 个直隶州，州下是各个县。其中 11 个府，即桂林府、柳州府、庆远府（治今宜州）、思

恩府（治今武鸣）、平乐府、梧州府、浔州府、南宁府、太平府、镇安府、思明府；3个直隶州，即归顺州（治今靖西）、田州、泗城州（治今凌云）。此外，原属广西布政司管的今北海市、钦州市、防城港市于明太祖洪武二年（1369）划拨广东布政使司，而现今全州、灌阳、资源三县地域于明太祖洪武二十七年（1394）由湖广布政司划归广西布政司桂林府统辖，今广西行政区域基本形成。（见表9）

表9　《三管英灵集》所选明朝粤西诗人里居分布表

布政使司	地理位置	道	府	县（诗人里居）	诗人数量75人
广西布政使司	桂东南 30人	苍梧道	梧州府25人	怀集	6
				苍梧	5
				玉林	2
				藤县	3
				容县	7
				兴业	2
			浔州府5人	平南	3
				桂平	2
	桂西南 12人	左江道	太平府3人	崇善	1
				养利州	2
			南宁府5人	宣化	3
				横州	2
	桂西北1人	右江道	思恩府4人	武缘	4
			庆远府1人	宜山	1
			柳州府8人	马平	3
				上林	4
				融县（苗族）	1
	桂东北 32人	桂平道	桂林府21人	全州	9
				阳朔	2
				临桂	8
				灌阳	2
			平乐府3人	平乐	1
				贺县	1
				富川（瑶族）	1

《三管英灵集》所选里居可考的明代诗人共 75 人，桂东南（苍梧道梧州府、左江道浔州府）30 人；桂东北（桂平道、右江道柳州府）32 人，包括桂林府 21 人，平乐府 3 人，柳州府 8 人；桂西南 12 人（右江道思恩府 4 人和左江道的太平 3 人、南宁府 5 人），桂西北（右江道庆远府宜州）1 人。从表 9 数据可见其特点有二。

其一，《三管英灵集》所选明代粤西诗人分布从以桂东北为重心，诗坛转向为以整个桂东为中心。随着桂东南经济文化的发展，诗坛活跃，桂东南的诗人与桂东北诗人不相上下，平分秋色。桂东南不再只是少数县（藤县）有诗人分布，相对于宋朝，明代的桂东南出现了新的诗人诗歌产地：容县 7 人、怀集 6 人、苍梧 5 人、平南 3 人，还有玉林、兴业等县。明代桂林府北部的灵川、兴安等县无诗人选入，桂东北诗人以桂林府的临桂和全州诗人为主，兼及宋代无著录县阳朔、灌阳，平乐、贺县的少数诗人，明代又新增了柳州府马平 3 人、上林 4 人等桂东北诗人产地。

其二，《三管英灵集》所选明代粤西诗人里居分布明显体现出桂东诗坛繁荣，桂西南诗人登上诗坛舞台，桂西北诗坛停滞不前的现象。随着明代朝廷对粤西左右江两道的行政统治和地域发开，在桂北湘桂文化、桂东岭南文化繁荣基础上，向西南领域发掘。随着文化的向南传播，桂西南的南宁府、太平府的宣化、横州、崇善、养利州（宋代始设的少数民族羁縻州）和思恩府的武缘诗人登上了粤西诗坛。而桂西北仍只有庆远府宜州有诗人，且数量极少，历经几代没有增长，桂西北少数民族聚集的土州县仍未有诗人产生。

第四，《三管英灵集》所选清代诗人里居分布以桂东为主，桂中过渡，桂西为辅，广西诗人前所谓的的广泛分布在各个方位。清代清朝继承明朝的四级行政区划，但恢复行省制，设广西行省，省治在桂林。清初下设桂平梧郁道、右江道、左江道①，分辖桂林府、柳州府、庆远府、思恩府、平乐府、梧州府、浔州府、南宁府、太平府、镇安府、郁林州。府下主要设州、县。现按《清史稿·卷七十三·地理二〇·广西》所记载的清早期顺雍乾嘉广西各府（直隶州、直隶厅）所辖县（厅、州、土司、土县、土长

---

① 光绪年间，改为四道：桂平梧郁道、左江道、右江道、太平思顺道。

官司）的名称，统计诗人数量如表 10。

表 10　《三管英灵集》所选清朝粤西诗人里居分布表

行省	道	府（直隶州）	县（诗人里居）	诗人数量 434 人
广西省	桂平梧郁道 254 人	桂林府 177 人	临桂②（桂林）	113
			灌阳	27
			全州	15
			灵川	9
			永福	6
			永宁州	3
			兴安	2
			义宁	2
		平乐府 14 人	平乐	4
			贺县	3
			修仁	2
			荔浦	2
			富川（瑶族）	2
			昭平	1
		梧州府 46 人	苍梧	23
			藤县	13
			容县	8
			怀集	1
			岑溪	1
		郁林直隶州① 17 人	北流	8
			玉林（郁林州）	7
			兴业	1
			陆川	1

① 清顺治时，郁林州从梧州府分出，隶属桂平梧郁道；雍正三年（1725）升置郁林直隶州。光绪十三年（1887）改隶属左江道。

② 《三管英灵集》卷五十六朱锦、卷五十七王延襄皆为外省流寓广西诗人，朱锦为湖南流寓桂林府临桂县，参与编纂谢启昆嘉庆《广西通志》，王延襄为直隶武清人流寓桂林府。

续表

行省	道	府（直隶州）	县（诗人里居）	诗人数量 434 人
广西省	右江道 149 人	浔州府 54 人①	平南	28③
			桂平	20
			武宣	3
			贵县	2
		柳州府 26 人	马平	19
			融县	5
			象州	2
		思恩府② 62 人	上林④	27
			武缘	21
			白山土司	7
			宾州⑤	5
			迁江	1
			田州土州	1
		庆远府 7 人	宜山	4
			忻城土县	2
			东兰州	1

---

① 《三管英灵集》卷二十八，李玶，小传著录"浔州人"，未著录具体县。表 9 统计时直接加入浔州府人数中。

② 清代思恩府府治在武缘，《三管英灵集》卷十八潘成章里居著录"思恩"，经查实，其为武缘人。明清庆远府也有思恩县，与思恩府不同。

③ 《三管英灵集》卷三十五，麦宜楣，小传著录"浔州人，乾隆间岁贡生，官平乐训导。"表 5 统计在"浔州"诗人内，但考《平南县志》（平南县志编纂委员会：《平南县志》，广西人民出版社，1993，第 975 页。）著录小传："平南人。乾隆时秀才，曾任平乐训导。"录其《燕石巢云》诗云："燕石嶙峋何处来，高低重垒列江隈。已辞朱户穿帘幕，为爱青山傍草莱。春信懒传鸥作伴，芳心故托月为媒。洁身知尔栖偏稳，应笑征帆日往回。"《鱼洲瑞雁》："芳菲莎草古鱼矶，秋老征鸿带雪飞。北塞乡心空倍切，南天客梦每多违。联吟烟水诗偏壮，共宿芦花月正微。自是题名先有兆，龚阳景物未全非。"表 9 统计进浔州府平南县。

④ 上林县，明代、清初属柳州府，康熙年间诗人张鸿翮、张友朱、张鸿瓒、黄坤正，皆为柳州府上林人。雍正三年，分属宾州、十二年，改属思恩府。今统计诗人数量和归属，权且按思恩府上林县著录，统计入表格。《三管英灵集》所选广西上林诗人，是思恩府上林县人，而不是百色直隶厅的上林土县（今广西田东东南）人。

⑤ 雍正三年（1725）升郁林、宾州为直隶州。七年（1729）置镇安府，十二年（1734）降宾州隶思恩府。

续表

行省	道	府（直隶州）	县（诗人里居）	诗人数量434人
广西省	左江道 31人	南宁府16人	宣化	8
			永淳	3
			隆安	2
			横州	1
			新宁州	1
			归德土州	1
		太平府①9人	崇善	4
			永康州	3
			下冻土州	1
			江州土州	1
		镇安府②6人	归顺州	6

从表10的数据可见，其一，清代桂平梧郁道诗人最多。《三管英灵集》清代广西的诗人分布仍是桂东多桂西少，诗人在空间分布上呈现出东多西寡的格局。清初的行政区划将桂东北的桂林府、桂东的平乐府和桂东南的梧州府、郁林直隶州统归为桂平梧郁道（《三管英灵集》选清代桂平梧郁道诗人254人），即见出清代对广西桂东地区的重视，桂东比桂西地区经济发展水平更高，交通更为便利，与东南沿海城市的经济贸易交流更为频繁，接受中原的文化更早，教育发展水平也进步较大。桂东北在文化上受到临近的湖湘文化的影响，清代有更多的湖南籍诗人流寓或游历广西，如《三管英灵集》的编纂者之一杨季鸾；桂东南毗邻广东，受到粤文化的影响较大，因此，桂东在政治、经济、文化、教育等方方面面都更为发达。

其二，清代右江道的地域战略性与诗坛变化。清代浔州府由明代的左

---

① 太平府，明隶左江道，清初因之，光绪十二年（1886），隶太平恩顺道。
② 镇安府，明隶左江道。雍正七年（1729）隶右江道，雍正十年（1732）改隶左江道。光绪十二年（1886），升归顺州为直隶州，隶太平恩顺道。

江道，划归右江道，左右江的行政区划更清晰体现出清代统治者对广西地理、经济、政治、文化发展形成地缘区域的认识和策略，右江道包括柳州府、庆远府、思恩府和浔州府，形成由北到南的广西中部地区，柳州府经济文化融入桂东北桂林府、平乐府的一部分，庆远府与广大西北少数民族聚集地泗城州、归顺州等地构成了桂西北地区，思恩府则与南宁府、太平府构成桂西南地区，浔州府与梧州府、郁林直隶州构成了桂东南地区。因此，右江道的四个府夹在桂东和桂西的中间，成为过渡区。《三管英灵集》选清代右江道诗人149人，诗人数量在桂平梧郁道和左江道之间，是清代诗坛由东向西发展的桥梁。与明代桂中诗人数量柳州府位居第一，浔州府次之，思恩府、庆远府又次之的顺序不同，清代桂中思恩府位居第一，浔州府次之，柳州府第三，有此现象的原因之一，是行政区划的改变，明代属于柳州府的上林县，在清代划入思恩府，《三管英灵集》收上林县清代诗人27人，明代柳州府马平县诗人数量居首，上林次之，而清代上林诗人数量超过马平县，并被划出柳州府，所以柳州府诗人数量不多。思恩府诗人数量多除了上林诗人的统入之外，还因为清代武缘县诗人的明显增多，武缘21人，另外比之明代思恩府诗人集中在府治武缘，清代思恩府诗人则产出于白山土司7人、宾州5人，以及迁江、田州土州各1人。

其三，整个清代桂东诗坛在唐宋明逐渐积累的基础上空前繁荣，桂东北的中心地位稳固。《三管英灵集》收入清代桂东诗人334人，桂东北诗人216人，包括桂平梧郁道的桂林府174人、平乐府16人、右江道柳州府26人；桂东南诗人118人，则主要是桂平梧郁道的梧州府46人、郁林直隶州17人、右江道浔州府55人。桂东诗人数量占清代有里居著录诗人总数的近4/5。而桂西诗人95人，数量约占清代有里居著录诗人总数的1/5，二者差距之大，见出清代广西诗坛东重西轻的格局，明代桂东北和桂东南平分秋色的格局又回归到桂东北稳居诗坛中心，桂林府的诗人高产之地是省治道治府治临桂（113人）和灌阳（27人）、全州（15人），临桂县一枝独秀，灌阳的清代诗人较之明代也有明显增多，明代未有诗人选入的灵川、永福、永宁州、兴安、义宁到了清代也有诗人产出，柳州府未有新的地域增长点，诗人仍然出自马平、融县、象州。桂东南的梧州府所辖五县（苍梧、藤县、容县、怀集、岑溪）均有诗人产出，主要是苍梧（23 人）和藤县（13 人）的诗人较多；郁林直隶州从明代的梧州府中划出，除博白外所辖的几个县（玉林、陆川、北流、兴业）也均有诗人产出，浔州府的平南（28 人）和桂平（20）诗人数量较多。《三管英灵集》所选古代桂北诗人诗歌最多，在历史上相对中土文化，广西长期属于蛮荒之地，经济、文化比较落后，朝廷把这里作为贬谪官吏的流放地，却也因此得到开发，得到经济、文化、教育的传播，形成了不同于荆楚、吴越、巴蜀、中州的八桂文化传统。而这个文化的中心是桂东北，广西古代行政区划不断变化，而广西治所长期在桂林府临桂县（今桂林），中原的官员无论是仕宦还是贬官，来到桂东北的居多。可以说"整个桂北地区，由于漓江的恩泽，自秦汉以降，便比广西其他地方首先受惠于中原先进文明，整个封建时代，桂东北的文化、教育领先于粤西各地，一直发挥着核心主导作用；桂林，作为该区域的中心城市，在政治、经济、文化上则一直决定影响着该区域的发展进步，区域内各县都接受桂林的引导和辐射。"① 桂东北的本土文人也产出较丰，这是《三管英灵集》中选桂东北诗人诗歌较多的原因。

其四，《三管英灵集》所选桂西南诗人多于桂西北诗人，桂西南诗人占桂西诗人的 86%，桂西北诗人只占桂西诗人的 14%。《三管英灵集》选清代桂西北诗人 14 人，包括庆远府的宜山、忻城土县、东兰州 7 人，思恩府的田州土州 1 人，镇安府的归顺州 6 人。桂西南诗人 87 人，包括南宁府的宣化（8 人）、永淳（3 人）、隆安、横州、新宁州、归德土州共 16 人，太平府的崇善（4 人）、永康州（3 人）、下冻土州、江州土州共 9 人，思恩府的上林、武缘、白山土司、宾州、迁江、田州土州共 62 人。由以上数据可见，桂西北除了庆远府宜山外，出现了土州县诗人。桂西南相对于明代出现了更多诗人产地，南宁府不再只是宣化和横州，还有永淳、隆安及土州县；太平府除了崇善之外，也出现了土州县诗人；思恩府除了武缘、上林也出现了土州县司诗人。桂西南的诗

---

① 吕余生：《桂北文化研究》，广西人民出版社，1999，第 74 页。

人增多与清代改土归流、以夷制夷的政治政策和对桂西南的开发教化相关。

总之，由中唐至清道光年间，广西诗坛诗人地域分布呈现出由桂北为重心，逐渐转向以桂东为重心的过程。

五 《三管英灵集》 所选诗人科举出身和官职情况

表 11 《三管英灵集》 所选诗人科举出身情况

科举出身	数量	比例	备注
进士	99 人	19%	曹邺、曹唐、赵观文、梁嵩、宋：周渭（赐同进士）、覃庆元、冯京、安昌期①、李时亮、欧阳辟、陶崇、明：王惟道、张廷纶、陈瑶、包裕、陈琬、张濂、蒋昇、蒋冕、吴廷举、陈禄、甘振、戴钦、冯承芳、王讷讲、张翀、舒应龙、杨际会、曹学程、舒宏志、袁崇焕、李永茂清朝：廖必强、戴朱绂、蒋纲、李彬、谢济世、卿悦、陈宏谋、谢庭琪、杨嗣璟、吕炽、曹銮、苏其焻、陈仁、李蓁、邓松、黄明懿、何畴、廖方莲、曹兆麒、朱若东、文谟、刘定逌、蒋良琪、宋运新、胡德琳、王佐、陈兰森、王星烛、欧阳金、刘映菜、李曜庚、周位庚、潘鉅、左方海、朱依鲁、周琢、周琼、吴道萱、周维坛、王铠、朱依炅、何愚、李治泰、潘德周、马延承、张鹏展、朱桓、陆禹勋、朱凤森、袁珏、李嘉祐、卿祖培、覃学海、易凤庭、胡朝璪、何彤然、朱荣、刘书文、杨立冠、葛东昌、余明道、朱庭标、吕璜、韦天宝、黄金声、李锦业、曾克敬
明通榜	3 人		清朝：张滋、章绍宗、李时沛
中正榜	1 人		清朝：甘澍②

---

① 《三管英灵集》卷二小传未著录科举情况，名字下，况周颐行批："昌期皇祐间举进士，调永定尉，去官放浪山水间。"《题峡山石壁》诗题下行批：《题清远峡和光洞》。《三管英灵集》卷二安昌期《题峡山石壁》诗后附注："《平乐县志》云：安昌期住恭城县东之葛家溪，皇祐间举进士。"

② 《三管英灵集》卷十七著录小传：一字霖苍，号榕溪。广西崇善人。乾隆二十五年举人，辛巳登中正榜。历官内阁中书，宁国府同知。

续表

科举出身	数量	比例	备注
举人	186 人	35%	徐噩、明：熊梦祥、陈政、李敏、陈珪、陈昌、方矩、傅维宗、李纯、黄佐、陈暹、岑方、唐瑄、甘泉、申端、石垅、陆贽、李璧、韦銮、莫瑚、张腾霄、王问、张鸣凤、杨际熙、李广图、王贵德、唐世熊、朱绍昌、陈瑾、袁杰、赵天益、谢良琦、黄家珍、清朝：唐纳牖、唐之柏、庞颖、黄元泰、张鸿翮、谢赐履、潘毓梧、关正运、王维泰、覃思孔、张星焕、刘宏基、关为寅、张翀、时之华、莫应斌、黄元贞、蒋依锦、张鸿䴏、关为宁、蒋寿春、朱亨衍、刘昭汉、王廷铎、植廷纪、周宗旦、刘新翰、王维峄、冯世俊、黄匡烈、陈汝琮、卿如兰、黄位正、张淳、廖方皋、苏大中、李开葱、石燕山、刘兴让、朱洛、刘定遴、陈纯士、刘允修、陈元士、朱绂、陈良士、萧馨义、龙皓乾、廖位伯、王之齐、陈钟琛、胡世振、李成璠、李有根、王嗣曾、韦作衡、黎瑶、朱应荣、潘鏾、陈倜、袁珖、关琏、秦兆鲸、俞廷举、罗大钧、黎建三、邓建英、王燮、黄东昀、龙其襄、石讃韶、唐国玉、冯绍业、朱沅、陈兆熙、关煐、黄毓琔、陈梦松、阳瑞芝、雷济之、彭廷模、蒋励宣、彭廷楷、萧馨智、黎庶恂、龙献图、李洪霈、欧阳镒、柯宗琦、李玠、王英敏、廖大间、范学渊、苏秉正、陈景登、林酉森、朱龄、蒋学韩、全龄、袁纬绳、陈元焘、卿祖一、彭廷椿、韦毓瑚、苏献可、黄苏、刘启元、苏厚培、黄瑶、李觐龙、黎卓仁、卿祖勅、龙济涛、周贻纶、夏之松、张鹏超、邓培绶、陈守纬、陆孔贞、梁之瑰、李熙图、陈守增、周贻绪、李超松、黎君弼、容易道、阳继庐、胡美夏、谢之英、王时中、阳会极、田毓之、高仁山、刘棻、钟琳、阳耀祖、蒋玉田、张元鼎、周觐光、袁昭敬、周震青、王长龄、韦庆祚、许篯龄、粟葆文、周贻纁、冯志超①、朱行采、黄会翰、张炳璘、商书浚、黎文田、卢建河

① 嘉庆二十四年顺天举人。

续表

科举出身	数量	比例	备注
贡生	99人	19%	明：李冲汉、黎兆、石梦麟、何世锦、梁允玳、莫鲁、林应高、谭赉、廖东升、卢佐音 清朝：高熊征、张友朱、苏其姬、刘晶、周贻经①、王之骥、唐尚誖、唐时雍、王维岳、蒋春泽、蒙帝聘、刘传礼、黄定坤、李之珩、刘世灯、李御旌、居任、梁建藩、李舒景、谭龙德、刘王延、韦孜、卿彬、胡子佩、韦日华、陈子智、孙跃龙、彭绍英、张宗器、黎龙光、李舒景、潘成章、杨廷理、容念祖、潘鲲、滕问海、龙振河、黄溥、潘玉书、张学敏、黄景曾、阚克昌、罗绅、潘鲷、黎庶铎、廖植、朱钧直、童毓灵、史如玑、林大盛、潘安成、封致治、吴荆璞、蒋倬、麦宜楫、潘澂、谭所修、容章、黎卓礼、唐逢年、唐昌龄、丰稔、阳光鼎、朱庭楷、张其瑾、梁垣②、周绍祖③、何家齐④、王道出⑤、陈宏学⑥、钮维良⑦、陆世经、茹英猷、孔毓荣、陈乃书⑧、张澄源、苏懿训⑨、彭廷楠⑩、谢乃襄⑪、潘兆萱、陈第玉（岁贡生）、黄之裳（恩贡生）、谭所赋（岁贡生）、石先扬、黄景鹏、萧清香、张元衡（拔贡生）、高士昌（岁贡生）、朱锦
监生	2人		清朝：周龙炽、关修
太学生	3人		清朝：陈钟璐、陈延祺、陈玉

---

① 高熊征、张友朱、苏其姬、刘晶、周贻经均为副贡生。乡试副榜始于明嘉靖时，清代唯有乡试有副榜，中试者可以入国子监肄业，称作副贡生，国子监贡生名目之一。
② 《三管英灵集》，卷四十五，小传云：嘉庆间拔贡生。
③ 《三管英灵集》，卷四十五，小传云：嘉庆间拔贡生。
④ 《三管英灵集》，卷四十五，小传云：拔贡生。
⑤ 卷四十六，嘉庆间岁贡生。
⑥ 卷四十六，嘉庆间恩贡生。
⑦ 卷四十六仅传"嘉庆间县丞职衔"。按清代官制，县丞例应由恩拔副贡考授县丞职衔。参见刘子扬著《清代地方官制考》，故宫出版社，2014，第116页。
⑧ 卷四十六，嘉庆间岁贡生。
⑨ 卷四十六，嘉庆间岁贡生。
⑩ 卷四十六，嘉庆间岁贡生。
⑪ 卷四十六仅传"嘉庆间县丞"。

续表

科举出身	数量	比例	备注
诸生	66人	12%	明：毛文治、王熙、陆经宗、刘士登、黄家珪、清朝：黄坤正、赵一清、黄谟烈、陈梦兰、闵三江、周士鹇、黄晨、黄琮、王作新、莫巡、雷芳林、周维坫、汪廷璐、石汉、李均、童葆元、叶时晢、欧阳镐、霍鈜达、王象升、李永维、覃朝选、陈乃凤、袁思名、陈鼎勋、丰稠、胡承懂、蒋卜德、俞鸿、查锦、林笆、李照、蒋球、郭书琳、李光甲、茹英明、黄智明、邓濬、罗辰、袁昭夏、周士熊、周霁、杨立元、罗翙鹏、张元甫、袁昭馨、滕楫、袁蒝、徐岱云、蒋一辅、黄逢吉、黄本俭、周召棠、龙克健、吴希濂、张敬、林凤阳、袁昭勤、王埍、骆哲桂、俞光耀
廪生	1人		清朝：张鹏衢
布衣	28人	5%	王元、明：邓镳、清朝：王维相、朱昌煐、李文彧、王之彦、周龙舒、刘承伟、朱绪、石持安、唐宗培、朱依真、陈熊、梁遇昌、倪诜、何启铭、施惠宪、王有辉、黄昌、彭炅、卿祖授、谢琳、龚之琦、黄圻、陈秉仁、陈秉乂、谢貢璜、袁昭同
无科举著录	42人		翁宏、陆蟾 宋：林通、张茂良、唐弼、尚用之 清朝：王维翰、王之纯、廖相、萧刚士、张及乂、曾明、岑宜栋、莫元相、莫振国、王言纪、袁昭采、袁昭建、陈星联①、陈星麟②、左樵、李岱、王诚保、刘光烈、钟儒刚、吴宗伯、刘爵、张伟松、毛三鳣、王宰、余继翔、何福祥、苏文琪、黄士良、王哲臣、许兆琛、麦润、李秉礼、胡玉藻、娄纯、朱绳曾、陈宏略

　　《三管英灵集》在诗人小传中标注诗人的科举出身，科举考试是中国古代士人出仕的重要途径，也是中国古代衡量诗人文化水平的重要标志。表11统计《三管英灵集》收录除方外和闺秀之外的广西籍诗人和寓桂诗人共530人，若《三管英灵集》诗人小传未著录诗人科举出身，则考证求索，据其他典籍记载补充注释录入统计；若无从考证则录入最后"无科举著录"一栏统计。

　　从表11可见，广西古代的诗人文化水平均较高，进士、举人、贡生、诸生占了绝大多数。进士出身的诗人占所有广西诗人的近1/5；还有少数在

---

① 卷四十八，道光间官广东仁化县知县。
② 卷四十八，嘉庆间官直隶州同知。

进士试中落选的广西举人，通过明通榜、中正榜等考试，提拔为国子监教授或内阁中书；举人出身的诗人占所有广西诗人的35%，占比最多；被选入国家国子监或太学读书的贡生、监生、太学生占所有广西诗人的近1/5；地方学校的诸生①约占所有广西诗人的1/10。而布衣诗人只占了所有诗人的1/20。而古代的广西诗人考选入贡生②的又有恩贡、拔贡、副贡、岁贡等，统计时在注释中标注。广西诗人通过各等级的科举考试，走出县、州、府、省，在社会活动中增长了见识，拓宽了诗歌的题材和技巧。

唐宋时代的广西诗人大多数是进士，或因时代久远，社会地位和知名度不高的广西诗人未能有作品传世。而明清两代距离梁章钜等人编纂总集较近，诗集的生产和传播更为便利，可以搜罗到除了进士、举人外各种生员诗人的诗歌，以及布衣诗人的作品，为保存广西诗人及诗歌做出贡献。

由表12可见，广西古代的诗人在广西的仕宦官职集中于学官，除了少数诗人担任省州府县的长官外，绝大多数诗人回到广西都担任学官职务，学官诗人共76人。上至一府的教授、一州的学正，下至一县的教谕，以及各府州县学正、教授、教谕的副官——训导；还有民办书院的山长等，为广西古代的教育和诗歌教化做出了贡献。而梁章钜编纂《三管英灵集》在诗人的小传中特意标注出广西诗人的广西学官经历，见其保存广西文教和诗教的编纂思想。

表 12　《三管英灵集》所选诗人广西任官情况

官职类型	具体官职	备注
省官	广西提刑	尚用之
州官	刺史	徐噩（宜州刺史、白州长史）
	土巡检	王维翰（白山司）、王之纯、王言纪、
	知州	岑宜栋（田州）
县官	知县	王维峄（灵山）、莫元相（忻城）、莫振国（忻城）

① 诸生为明清时期经考试录取而进入府、州、县各级学校学习的生员。生员有增生、附生、廪生、例生等，统称诸生。

② 科举制度中，生员（秀才）一般隶属于本府、州、县学，若考选人京师国子监读书，则不再是本府、州、县学的生员，而称为贡生。意思是把人才贡献给皇帝。明、清两代贡生有不同名目。清贡生有五类：恩贡、拔贡、副贡、岁贡、优贡。

续表

官职类型	具体官职	备注
学官76	教授14	高熊征（桂林府、思明府）、张友朱（庆远府）、王维泰（太平府）、文谟（庆远府）、陈子智（梧州府）、黎龙光（泗州府）、李有根（南宁府）、阚克昌（泗州府）、龙济涛（柳州府、武宣训导）、袁珏（平乐府、镇安府）、胡朝瑞（桂林府）、高仁山（平乐府）、刘书文（浔州府）、余明道（太平府）
	学正9	张鸿翮（永宁州）、蒙帝聘（永康州）、张滋（全州）、陈侗（东兰州）、李玠（西隆州）、黄瑶（左州）、李熙图（永康州）、胡美夏（永宁州）许钱龄（象州）
	教谕22	刘传礼（昭平）、黄定坤（恭城）、朱洛（陆川）、陈元士（富川）潘鑞（西林、阳朔、平乐）、容念祖（雒容）、苏其梃（永淳）、龙振河（恭城）、朱沅（陆川）、关焕（苍梧）、萧馨智（藤县）、范学渊（贵县）、苏献可（宣化）、张鹏超（平南）、陆孔贞（宣化）、黎庶铎（武缘）、封致治（桂平）、黎君弼（隆安）、蒋玉田①、陈宏学（义宁）、萧清香（马平）、朱行采（西林）
	山长3	刘定逌（思恩府阳明书院、浔州府浔阳书院、桂林府秀峰书院、宾州书院）、张鹏展（桂林、澄江、宾阳书院）、吕璜（桂林榕湖书院、秀峰书院）
	训导28	梁建藩（融县）、李舒景（荔浦）、韦日华（富川）、孙跃龙（岑溪）、彭绍英（思恩县）、张宗器（梧州府）、潘成章（柳州）、滕问海（宾州）、黄溥（永福）、张学敏（贺县）、龙献图（平乐）、苏秉正（西隆）②、朱龄（兴业）、袁纬绳（罗城）、夏之松（思恩）、潘安成（庆远府）、麦宜楫（平乐）、谭所修（全州）、唐昌龄（雒容）、李超松（迁江）、容易道（兴安）、谢之英（融县）、阳会极（贺县）、田毓之（柳城）、周觐光（容县）、袁昭敬（平南）、陆世经（灵川）、潘兆萱（上思州）
不明		陶崇③

① 小传云全州人，嘉庆十三年举人，官教谕，选其诗一首《夏日读滕廉斋学博诗卷》。
② 《三管英灵集》卷二十九苏秉正小传未著录学官经历，《隆林各族自治县志》载，嘉庆五年任西隆训导。
③ 小传云：历仕两广。

第一，《三管英灵集》所选诗人担任府学教授的有 14 人，诗人们任教的府第基本遍布整个广西省：桂林府、柳州府、梧州府、平乐府、思明府、庆远府、太平府、泗州府、南宁府、镇安府、浔州府。其中高熊征、袁珏有担任过两府教授的执教经历，黎龙光历任平南、兴安、柳州教谕。阚克昌历任桂平教谕、泗州府教授、宁明州学正。

《三管英灵集》卷九高熊征，为桂林府和思明府教授。小传云"顺治十七年副榜"，后附注："《一统志》云：康熙时吴逆构乱，征为平滇三策，并讨贼檄，大将军傅宏烈奇其才，荐授团练同知，寻补桂林教授。"① 高熊征能文能武，吴三桂乱时任武官，后由武官转为文官，为桂林府教授。"高熊征，字渭南，广西岑溪县人，贡生，康熙十九年任桂林府学教授。"② 为桂林府教授时，高熊征纂辑《桂林府志》，并于清康熙二十二年（1683），和广西巡抚郝浴、广西督学王如辰重建毁于三藩之乱战火的桂林府儒学、华掌书院（后改为宣成书院），又于清康熙二十六年（1687）调任思明府教授，重修思明府学和南坡书院。高熊征为广西的文教和诗教事业做出贡献，并在调离广西之后，继续将教育事业进行下去。清康熙四十年（1701）河北井陉县巡抚任重修文昌书院，康熙四十二年（1703）由两浙都转盐运使高熊征领衔，建杭州紫阳书院。③ 高熊征将广西的文教事业带到了其他地域，一生践行文化的教育与传承。

《三管英灵集》卷四十所选袁珏，小传云："珏，字醴庭，平南人，嘉庆七年进士，历官平乐、镇安教授。"④ 除了写有《阅近人诗集漫作》针对近人无精思的诗学观念，总结学诗写诗的理论和方法、步骤，提示后学；还有《夏叙儿子学书作诗示之》，教导儿子书法的精神、理论和方法论，诗云："我书学无成，廿载不精进。辛苦费临摹，眠食在笔阵。周旋非所习，心手不相应。有如初学骑，缓行且轻迅。左右之妥帖，神庄貌不定……"《曝书》则讲自己收藏书籍的爱好和过程："我少好读书，家贫不易得。"⑤

---

① （清）梁章钜：《三管英灵集》卷九，清道光桂林汤日新堂刻本，藏国家图书馆。
② 广西壮族自治区通志馆编《广西方志提要》，广西人民出版社，1988，第 202 页。
③ 徐毅著《绥服远人清帝国治理广西的教化策略》，社会科学文献出版社，2013，第 288 页。
④ （清）梁章钜：《三管英灵集》，卷四十，清道光桂林汤日新堂刻本，藏国家图书馆。
⑤ （清）梁章钜：《三管英灵集》，卷四十，清道光桂林汤日新堂刻本，藏国家图书馆。

袁珏将读书、学诗的经验传授家人及学子，以身言教，娓娓道来。

袁珏不但以诗歌传承诗法、书法，还与家乡士人交往，爱惜有才华的后进之士，有《哭周湘帆秀才》二首、《夜坐怀胡云浦孝廉①》、《留别黎笙斋秀才》等。之所以袁珏对广西后学怜惜爱护有加，是因为作为学官的袁珏也曾受到前辈的奖掖，他有《哭中丞钱裴山夫子》一首，可知钱楷视学广西时，袁珏或在其幕，他赞扬恩师："灵淑山川聚，名贤应运生。清寒忘富贵，辛苦得功名。爱士心常切，衡文法最精。春风来岭表，爱敬洽群情。"时钱楷劝告广西士子勤苦读书才能成就功名，激励了年少的袁珏；袁珏还有《哭大学士纪晓岚夫子》，诗句云："人知姓氏同君实，帝谓文章过史迁。珠玉唾馀争拾取，艺林佳话至今传。"② 袁珏将前辈文人的学问和道德深植内心，学习实践，并将之传给广西学子。

第二，小如一县的教谕副官——训导，也能以文教、诗教自我担当。如《三管英灵集》卷三十八所选的李超松，字伯贞，临桂人，嘉庆三年举人，官迁江县（今来宾市迁江镇）训导。《三管英灵集》选诗二首，皆与其迁江训导任职相关。其一为《戊戌大挑余列一等当以知县用，请改教职，自述一首》：

> 士为求官来，只合得官喜。伊余将拜官，未入先自揣。人各有所能，凡事当慎始。
>
> 我貌虽不逞，我才乃多嚚。少小耽词章，枕葄到经史。寒毡倘可坐，旧业许重理。
>
> 长与弟子员，共酌泮池水。禄养虽不丰，八口庶无馁。茂宰古有贤，弈世见风轨。
>
> 昔闻庞士元，其才非百里。又闻蒋公炎，声称亦有此。长才屈短驭，无自见其美。
>
> 未许局促驹，侈口妄相拟。蚓余更驽劣，引重困鞭箠。置之凡马群，或可效驱使。

---

① 平南彭昱尧于道光三十年（1850）为胡云浦写的哀辞中说："先生以幼孤强学，嘉庆庚午（嘉庆十五年 1810）举于乡。"

② （清）梁章钜著，蒋凡校注《〈三管诗话〉校注》，广西人民出版社，1996，第 151 页。

客竟嘲我痴，强半病我蒽。欲解徒费词，置辩亦可已。大笑古有言，依稀得其似。

非不爱热官，思之烂熟耳。①

训导一官，乃李超松自己所选，放弃县官不做，只因本性耽溺经史词章，并追慕古代隐者先贤，不堪苦吏之役，因此他不顾旁人嘲笑，大有自得其乐之意，自明其志之识。面对迁江县清苦的生活条件和简陋的教学环境，李超松没有怨言，以高卧江湖的隐士自居。其《迁江训导向无官署，诸生为余新购数椽》诗云：

傍水依山小结茆，好将斗室作书巢。人因问字携樽至，门为吟诗待月敲。

峭壁四围空翠合，清渠一曲众流交。从今有屋容高卧，便腹何妨弟子嘲。②

李超松与学生的交往平等自由，心性洒脱坦荡，没有居高临下的儒教训诫和授业解惑的角色扮演，诗歌的创作和交流就在轻松自然的师生情谊中发生。

第三，《三管英灵集》所选诗人还有家族中多人担任学官的，如上林壮族张氏家族的张鸿翮、张友朱和张鹏展等。张鸿翮，上林县人，其兄弟张鸿瓛，子张友朱，孙张滋，曾孙辈张鹏展、张鹏超、张鹏衢，张鹏展之子张元衡、张元鼎等，在家乡俱有诗名，尤以张鹏展最知名。张氏家族的学官精神就在于对读书和学问的清明自守，并将这种高贵的精神融入他们的诗歌中。《三管英灵集》有意识的保存其诗，尤其是学官职上所作诗歌。

《三管英灵集》卷九选张鸿翮，小传云："字朔庵，上林人。康熙五年

---

① （清）梁章钜：《三管英灵集》，卷三十八，清道光桂林汤日新堂刻本，国家图书馆藏清刻本。

② （清）梁章钜：《三管英灵集》，卷三十八，清道光桂林汤日新堂刻本，国家图书馆藏清刻本。

（1666）举人，官永宁州（今广西永福县）学正。"① 乃壮族著名文人张鹏展之曾祖，《峤西诗钞》存其诗 16 首。《三管英灵集》选诗 6 首。民国《上林县志》据《峤西诗钞》立小传云："号朔庵，巷贤乡留仙村人也，康熙丙午举人，选授永宁州学正，甫到任，因其父老，即辞职归养，乃未邀允准，而吴三桂遽行称乱，扰及川楚，桂林旋亦失守。遂奉亲避之归顺，于土州署课其子弟，以供菽水，阅九年，乱平回里，举凡旅况幽怀，多寄诸于篇章，生平著作皆已散佚，尚存有西江辛从益，山左李宝斋所选之古今体诗一十余首，兹盖收入本编诗录之内，以永其传。"② 张鸿翮为永宁州学正时间较短，反倒是乱离避难归顺州时，教学课业长达九年之久。永宁除夕夜思念家乡亲人，写下咏怀诗《永宁除夕步莫明经可甲韵》：

　　　　岁尽多闲早闭门，小窗寥落与谁论。莫嫌冰署今宵冷，自笑寒毡何日温。

　　　　雪色渐侵残觯影，天心又逗早梅痕。遥思骨肉辛盘会，爆竹声中共一尊。

　　抒发寥落的异乡客愁。归顺州虽偏远，但远离人世的自由，让张鸿翮安然客居于此，留下了豪迈的诗句："茅斋高踞白云颠，坐石谈经对远天。纸上功名同覆瓿，山间风月不需钱。一庭好鸟供闲咏，半枕残书足懒眠。门外由他苔藓厚，且开窗隙放炉烟。"（《山斋》）"入山结社喜无官，笔墨生涯且自宽。千里松楸家远近，十年苜蓿味心酸……赢得读书是清福，底需搔首望长安。"（《客窗即事》）③ 学官注定清苦，但读书是人生最大的福气。

　　《三管英灵集》卷十选张鸿翾，小传云："字恒夫，上林人，康熙四十一年举人。"④ 又据民国《上林县志》载："张鸿翾，字恒夫，一字渐九，鸿

---

① （清）梁章钜：《三管英灵集》，卷九，清道光桂林汤日新堂刻本，国家图书馆藏清刻本。

② 杨盟等修，黄诚沅纂《上林县志》，台北：成文出版社，据民国二十三年铅印本影印，1968，第 617 页。

③ （清）梁章钜：《三管英灵集》，卷九，清道光桂林汤日新堂刻本，国家图书馆藏清刻本。

④ （清）梁章钜：《三管英灵集》，卷十，清道光桂林汤日新堂刻本，国家图书馆藏清刻本。

翯弟，友恭无间，时人目之为二难者也。中式康熙壬午举人，潜心正学，敦重礼法，律身甚严，言笑弗苟，虽燕亵不去衣冠，居恒一以圣贤自期。极端摈斥佛老，尝立崇正祠，严祀朱子而明其志焉。一上春官，后即闭门授徒，绝意进取，工于诗。吐属隽快，别具风致，且多有裨人心世道之言。当其会试下第旋里时，道经河南，往谒房师殷姓者，殷馆之塾俾磨砺以需再举，居期，临行时际，殷谓之曰：'观君近作几于传世，惟荣世则未可。必君家距京既遥，此次倘仍不售，将来岂不艰于北上。吾子与婿其文颇和时调，君如闱中与之相遇，可嘱令代为推敲移窜，庶不虚此一行。'鸿瓛谢曰：'先生用意良厚，某极感佩，第功名固自有定，安敢作此欺君之事为？'殷喜曰：'学问以慎独为先，年来因见子以道学自任，仆恐立脚不定，一旦见猎心喜，故聊以相试耳，此而弗欺，则真不欺矣，非吾老友而何由是。'益加敬重，常通音问，遂呼之以老友云。晚年雅意林泉，教子侄，训生徒，必先德行而后文艺，成就者多乡士大夫，咸景仰之。著有《家训》、《女训》、《蒙童训》，诸书今皆亡佚无存。据《峤西诗钞》、《谷诒堂集》、徐衡绅县志（清光绪二年《上林县志》）、《宾州志》修。"① 可知，张鸿瓛也是传统儒家礼乐的膺服者，虽未任过学官，但落第后绝意仕进，回归乡里以教徒为业，并自编教材。《三管英灵集》选其《杂诗》二首，将儒家理想灌注其中，以诗歌传承教化。其一云：

> 曷为称曰儒，儒称不可苟。忠信儒所存，礼义儒所守。今日读书人，实无名则有。
>
> 子云谈天人，不愧儒名否。予亦心之忧，惶责他人厚。欲效古儒流，画虎恐成狗。

诗歌批评近世文人丢失了儒家圣贤忠信礼义的本质，徒有其名，模范古人往往形式似，未得其精神的精髓。其二云

---

① 杨盟等修，黄诚沅纂《上林县志》，台北：成文出版社，据民国二十三年铅印本影印，1968，第618页。

吾观贾董辈，下笔通天人。仁若心所蕴，义如身所亲。能洒忠臣泪，能怆孝子神。

返躬如否否，纸上徒云云。鹦鹉作人言，无乃非性真。①

第二首接着批判汉儒杨雄、贾谊、董仲舒之辈，天人的大道理皆为纸上谈兵，不切实际。张鸿勷倡导学子学习宋儒朱子等的躬身实践和心性修养，实现儒学礼仪规范的内省。

《三管英灵集》卷九又选入张友朱，小传云："字麓旺，上林人。康熙二十年（1681 年）副榜。官庆远府（今广西宜山县）教授。"系壮族著名文人张鹏展之祖父，张鸿翮的儿子，曾官义宁（今广西临桂县）教谕，《峤西诗钞》存其诗 5 首，《三管英灵集》存其诗 2 首。民国《上林县志》有传："张友朱，字景阳，号麓旺，张鸿翮子，康熙丁酉副榜，初官义宁县教谕，继升庆远府教授，皆循名考实，以讲学训诲为职务。与知府印光任甚相得，光任恒于公余步来学厅，听友朱纵谈古今之学行，每至夜深始去。雍正元年，朝命直省督抚于所属府州县各举孝廉方正一人，预备诏用，光任以友朱应，累牍保荐。友朱念已年近悬车，不欲远宦，始终固辞，大府以是让光任，光任曰：'该员学问淹贯，品诣端方，理宜保荐，至其恬退性成，百折不回，则非意料所及，第考核者，必知其愿而荐之。适以长奔竞之风于朝廷有何时效，如果不愧所举，彼纵不就，亦足以昭风厉之实，而见学校之有真儒也。'寻告归，讲学于乡邑之中，咸矜式奉为楷模，性孝友端，谨嗜宋儒书，平生一举一动必尊礼法，年已耆，虽盛暑葛袍从不离体，且每日必以蝇头细楷抄写小学及《近思录》，作为日课焉。其母葬地距村里许，月之朔望，定诣墓所跪拜，每逢生辰则啜泣不食。年八十时族里亲党皆同集其家，欲申庆贺，友朱则拄杖独往母之墓所，客迹得之，正见其伏地号咷不已，竞扶之归，然亦不敢再言称觞矣。至性感人，竟至于此，年八十二卒。据《峤西诗钞》、《谷诒堂集》、徐衡绅县志（清光绪二年《上林县志》）、《宾州志》修。）"② 不论是任义宁县教谕，还是庆远府教授，

① （清）梁章钜：《三管英灵集》，卷十，清道光桂林汤日新堂刻本，国家图书馆藏清刻本。
② 杨盟等修，黄诚沉纂《上林县志》，台北：成文出版社，据民国二十三年铅印本影印，1968，第 619 页。

还是归乡讲学，张友朱皆能以儒家师道自励励人，安贫乐道，恬淡自居。《三管英灵集》选其《庆远郡斋言别》云：

> 世事寡所偕，偶然事禄役。所职在庠序，幸无簿书责。惠彼子衿俦，相与永朝夕。
>
> 凉德忝众师，群欣不我斁。倏然逾十载，鬓发感霜积。岂不思永好，愧无缩地力。
>
> 多谢知心人，养疴返旧籍。[1]

告别任教十年的庆远府和朝夕相处的生徒，张友朱依依不舍，学官的职位让他没有普通官员的烦劳，读书育人乃人生大幸。

《三管英灵集》卷十四张滋，张友朱儿子，小传云："滋，字灵雨，上林人，乾隆元年举人，会试中二年明通榜，官全州学正。"[2] 清代明通榜选取会试落榜的举人，充当地方教官，雍正五年（1727），朝廷深感各省地方教官中衰老荒疏者多，决定："嗣后将各省下第举人落卷，取出检阅，如文理明顺，交与吏部，带领引见，恭候简用，令回籍候补。各该抚会同学政，将本省现任学正、教谕详加甄别，如内有文艺不通、年力衰惫者，照例令其休致，所遗员缺，即将此项举人照依科分名次，题请补授。其升任、丁忧、事故等员缺，亦先尽此项举人题补。在任六年，果能董率士子，著有成效，该督抚照例题请议叙。其有志上进者，仍准会试。"[3] 由于该选拔以文从字顺为标准，所以，称"明通榜"。乾隆元年（1736）又对云南、广西等偏远六省举人选拔明通榜，张滋中榜，授全州学正。《三管英灵集》选其《重至全州学署》二首，题下小注："前十年家大人曾摄是邑学篆"。其一诗云：

> 趋庭待杖履，曾此奉明训。东斋饶暇日，松篁洒清韵。重来复几

---

[1] （清）梁章钜：《三管英灵集》，卷十，清道光桂林汤日新堂刻本，国家图书馆藏清刻本。

[2] （清）梁章钜：《三管英灵集》，卷十四，清道光桂林汤日新堂刻本，国家图书馆藏清刻本。

[3] 清会典事例，卷三五三，《礼部，贡举》，转引自马镛《清代乡会试同年齿录研究》，上海科学技术文献出版社，2013，第100页。

载，壮盛去如瞬。

　　相视多故交，或已见斑鬓。举目庭前树，含萌当春奋。旧植改新
芳，吾生尤闇汝。

　　况多从游英，何以励后进。负薪不克荷，俯仰惭中蕴。①

　　如张滋所注，父亲张友朱雍正四年（1726）曾担任过全州府学篆，十
年后重到全州担任学正一职，故地重游，年岁倏忽，张滋继承家学，以激
励后进为业，言语中谨慎谦虚儒者风范。其二诗云：

　　三世履微阶，非敢薄朱紫。清白慎家传，兢兢守前轨。于今游名
邦，复愧为贫仕。

　　戴恩亦已深，不报宁非耻。所念捧檄心，千里违省视。三夜再梦
归，耿耿怀不已。

　　投簪未敢言，盟心自兹始。②

　　张滋叙述自己家族三代清白学官出身，兢兢业业恪守师道，远游中试
的理想未能达到，内心难以安然，但为报答皇恩眷顾，愿意在全州学正任
上继续自己的读书育人和自我修养，以期有机会再图仕进。

　　还有《三管英灵集》卷三十选张鹏展诗59首，张鹏展乃乾隆五十四年
（1789）进士，授翰林院修纂，继主试云南，后擢为御史，继迁太仆、太常
寺正卿、通政使司通政使。主持山东学正。不满时弊，辞官南归。"嘉庆二
十五年（1820），请假回家乡祭墓，托言有病，不肯再出仕，一直在家乡呆
了二十年。先后受聘于秀峰（在桂林）、澄江（在上林）、宾阳（在宾阳）
等书院山长，造就后学，培养了不少人才。"③《三管英灵集》卷四十五选上
林黄金声二首，黄金声，嘉庆二十五年进士，编嘉庆《上林志稿》，是张鹏
展任澄江书院山长时培养的学生。

---

① （清）梁章钜：《三管英灵集》，卷十四，清道光桂林汤日新堂刻本，国家图书馆藏清刻本。
② （清）梁章钜：《三管英灵集》，卷十四，清道光桂林汤日新堂刻本，国家图书馆藏清刻本。
③ 广西地方史志研究组：《广西历史人物传，第四册》，广西地方史志研究组编印，1983，第
　　113~114 页。

　　无论是被动的学官任命，还是主动的学官选择，上林张氏家族亦学官亦诗人，将文教和诗教结合在一起，为广西本土儒学的传承和诗歌的繁荣贡献了力量。

　　第四，《三管英灵集》所选广西诗人张鹏展、刘定逌、吕璜等投身本土民办书院的建设和教育工作，对广西诗人的培养做出贡献。如《三管英灵集》卷十五刘定逌（壮族），小传云："字叔达，一字灵溪，武缘人，乾隆十三年（1748）进士，官编修。"任翰林院编修后二年，受诬罢黜归乡。次年到思恩府阳明书院执教，乾隆二十八年（1763）主讲浔州府浔阳书院（在今广西桂平县），四十年（1775）掌教桂林秀峰书院，嘉庆六年（1801）主讲宾州宾阳书院，一生执教于书院，凡46年。有《灵溪诗稿》、《四书讲义》、《读书六字诀》等，均散佚。《三管英灵集》选其诗6首，其中有《留别浔阳诸子》：

　　　　月岩台上读书人，私淑源流岂异今。怅望千秋一洒泪，悠悠空负百年心。①

　　诗下自注，月岩浔阳第一景，二程读书处也。刘定逌以宋儒洛学二程为诸生榜样，用杜甫的原句"怅望千秋一洒泪，萧条异代不同时"，来激励学子，呼唤这个时代的儒者，接续古人的优秀传统。《三管英灵集》还选其《舟次邕江东浔阳诸子》二首，其二云：

　　　　世态终休论，归来且读书。小亭风月满，此乐正何如！②

　　正所谓言教不如身教，刘定逌身体力行，不但自己践行宋儒的道德修行，且在日常行走坐卧的生活点滴中，以自身的品格、修养潜移默化影响学生，"世态终休论，归来且读书。"其诗句郎朗似格言体。

　　《三管英灵集》卷四十四，吕璜，永福人，曾任秀峰书院、榕湖书院

---

① （清）梁章钜：《三管英灵集》，卷十五，清道光桂林汤日新堂刻本，国家图书馆藏清刻本。
② （清）梁章钜：《三管英灵集》，卷十五，清道光桂林汤日新堂刻本，国家图书馆藏清刻本。

山长。卷四十四选其《秀峰书院杂诗八首》。道光十四年广西布政司郑祖琛（梦白）于丽泽门创建榕湖经舍（即经古书院），以经学古学课诸生，延年已五十八岁的吕璜主讲。吕璜于诗、古文皆有法，讲学强调以六经为根柢，通经致用，并将桐城派古文传播到广西，座下出现了朱琦、王拯等古文大家。尤严于律己，以乡先贤陈宏谋"学问须看胜我，境遇须看不及我"自治。① 其《示经古书院诸生三首》，标明讲学意向并在经学、诗学、古文、著述几个方面指导学生，希望广西学子继承传统，超越创新。王拯是吕璜在榕湖经舍的弟子，有《榕湖经舍感怀八首追次永福师月沧先生秀峰书院杂诗韵》，其中有诗句如："乡邦考文献，磊落数贤存。南阁经声远，东溪道脉尊。原泉须到海，蒉实要培根。""经堂连披院，谢学数追随。"② 称赞吕璜师辑考广西一省文献、向广西学子传播经学的成就。自道光十五年至十八年，吕璜主讲秀峰书院。嘉庆四年他肄业于此，此番回归执教，欣然之情溢于言表，其《秀峰书院杂诗八首》有句："峤外英才茁，才偏萃此多。由来觇远抱，非止攫巍科。"（其一）"观天防坐井，井底岂能豪。技到文章小，名争日月高。先生竿又滥，都讲礼频叩。模范吾何有？登堂首重搔。"（其三）"箧中三万卷，廿载枉相随，老合书城拥，闲犹廪粟縻。岂真稽古力，亦有下帷思。教本能兼学，归来惜已迟。"（其四）"将衰才举子，受性不如人。纸笔粗知好，仁贤愧未亲。麻中蓬易直，果下马宜驯。用尽析薪力，何时渠负薪。"（其七）③ 对主讲才人辈出的秀峰书院，表示早有其愿，谦虚期望在这里教学相长。

卷三十二黎卓仁，字心斋，又字性斋，尊奉宋儒心性之学，武宣人。《三管英灵集》选诗一首《游畅岩》，诗有小序："程子随从周子讲学于岩内，余两载掌教武城书院，未遂登览之志，辛丑岁杪，将解馆，乃偕诸同人往游，因赋。"可见，黎卓仁曾执教平南武宣书院，诗表达了对宋儒的敬仰："濂洛溯遗风，一派接洙泗。龚江被教泽，理窟抉精粹。"以此文脉激

---

① 徐雁平：《清代东南书院与学术及文学》，上卷，安徽教育出版社，2007，第 79 页。
② 王拯：《龙壁山房诗草》，卷十五，续修四库全书本。
③ （清）梁章钜：《三管英灵集》，卷四十四，清道光桂林汤日新堂刻本，国家图书馆藏清刻本。

励后学"共励日新志"。

除了对学官的有意著录之外，从表 11 也可见出，《三管英灵集》特意收录广西土司长官王维翰、王言纪、王之纯的诗歌，以保存广西本土民族诗人的成就。《三管英灵集》卷十一王维翰，白山司人，康熙间官白山司土巡按。小传未著录字号及著作，据《马山县志》，王维翰字介宗，号芦山先生，壮族，白山司第 9 代土官，清初名画家兼诗人，精通声律。有《芦山诗话》已佚。《三管英灵集》存其《龙马洞歌》七古 1 首；《白山司志》存其《建稔桥题词》四言 1 首。王之纯，白山司人，字岂文，号莲峰。系王维翰之子。雍正间官白山司土巡检，是该司第 10 代土官，兼署安定司印务，有政声。著有《静观斋文集》、《莲峰余笔》，都已散佚。《白山司志》存其诗 5 首，其中《莲湖偶题》1 首也被《三管英灵集》所收录。大多为描写做官时的优裕生活。王言纪：字肯堂，号笏仙，壮族，白山司 13 代土官，《白山司志》编纂者。《三管英灵集》存其诗 3 首，《白山司志》存其诗 14首、词 1 首，另外鳌鱼山莲湖洞现存其嘉庆十九年（1814 年）石刻《无题》诗 1 首。《白山司志》所收集《长桥秋水》、《春日登钓台》第 1 首、《游伴云栖真洞》与《三管英灵集》同。都是描写白山司一带风物遗迹，并且能做到情景交融，"韦丰华《今是山房吟馀琐记》初编认为，土官中此等才华，亦难多见。"[1]

第二节 《三管英灵集》的收录标准

《三管英灵集》开篇明义，在"凡例"中将收录诗人诗歌的范围、标准、体例交代清楚。研究其收录标准，有助于我们认识《三管英灵集》的编纂理念，及其在清代广西诗歌总集编纂史中的价值与意义。其收录诗歌的标准主要有以下几方面。

一　录粤西诗人之诗

《三管英灵集》收录粤西籍诗人诗歌数量前所未有。"凡例"第九条云：

---

① 潘其旭，覃乃昌主编《壮族百科辞典》，广西人民出版社，1993，第 737 页。

"闺秀、方外各编为卷于后，流寓又后之，非久于粤者不阑入。"① 除去方外、流寓 22 家外，所收录皆广西人，方外、流寓也都是长期寓居广西者。而《粤西诗载》只选录描写广西的诗歌，而不录广西籍诗人未作于广西，并非写广西的诗作。《三管英灵集》卷二收宋代广西恭城周渭诗歌二首，二首之中的《赠吴崇岳》一诗，《粤西诗载》未收录，梁章钜说："此诗非为粤西而作，故《粤西诗载》不录，岭外宋诗存者无几，因亟收之《三管集》中。"② 梁章钜顾念宋代广西诗人诗歌凤毛麟角，故收此诗，与汪森只收录写广西的诗歌不同，更关注广西籍诗人的诗歌，无论是否写广西，都将其收录《三管英灵集》中。而《峤西诗钞》所录，上起明代诗人蒋冕，下迄清代嘉庆年间的广西籍诗人诗歌，则又忽略唐宋广西籍诗人诗歌，《三管英灵集》继承之，录粤西诗人之诗更为广博。

凡未能考证诗人里居、生平的广西籍诗人诗歌则单卷收录。梁章钜收录诗人，还加小传，简要记诗人里居、事迹。"凡例"第十条表明录入诗人的次序按照诗人乡试或会试的中试年先后排列，若诗人并未参加过上述考试，则根据其生平估略其年代，大概排序，若"年代、里居均不可考者，另为一册"③，是为《三管英灵集》第五十卷，所录十九人，可确定为广西人，但年代或里居不可考。

不录无名氏之诗。梁章钜《三管诗话》卷上引宋人笔记《曲洧旧闻》中载秦观贬横州，有粤西无名氏诗人，为秦观事感伤，作题壁诗一首，并称"此为粤西宋人诗，以失姓名，故不入《三管集》。"④ 梁章钜认为虽为粤西诗人之诗，但难以考证作者姓名和生平，为谨慎起见，舍弃不录，而只录入《三管诗话》。《文选》以降的众多诗歌总集都收录了无名氏的诗歌，多为民歌。梁章钜独树一帜，不录无名氏诗歌，一来民歌的作者和唱者恐难为一，二来作者不定为粤西人。

诗人里居若存争议，未能确定广西籍者，不录入《三管英灵集》，而在《三管诗话》录入，表示存疑。《三管诗话》卷上考辨"湘南"或为广西

① （清）梁章钜：《三管英灵集》凡例，清道光桂林汤日新堂刻本，国家图书馆藏清刻本。
② （清）梁章钜著，蒋凡校注《三管诗话》校注，广西人民出版社，1996，第 48 页。
③ （清）梁章钜：《三管英灵集》凡例，清道光桂林汤日新堂刻本，国家图书馆藏清刻本。
④ （清）梁章钜著，蒋凡校注《〈三管诗话〉校注》，广西人民出版社，1996，第 59 页。

"全州",《三管英灵集》卷五十四选唐代全州诗僧全真,"因疑《全唐诗》所录'潘纬,湘南人,登咸通进士第'者,当是粤西人。从来纂方志,俱未深考耳。但遽以入《三管集》,必有起而攻之者。姑附记于此,以待识者定焉。"①《全唐诗》录潘纬籍贯为湘南人,其余方志皆如此载录,梁章钜虽另有意见,考辨地名得出湘南是全州之说,但是否准确无误?未成定论,而因此就将潘纬收录《三管英灵集》难令人信服,弃之不录。

《三管英灵集》录粤西诗人之诗是最基本的收录标准,继承了《峤西诗钞》,具地域性、严谨性,且体现了梁章钜辑一省之诗人诗歌的文献整理意识,和弥补《峤西诗钞》收录未全的编纂目的。

二 录已故诗人之诗

《三管英灵集》"凡例"第三条云:"近时作者,其人存则其诗不录。昭明辑选具有成规,良以造诣,定诸身后而近名戒于生前,兹收近代之诗,必其人皆已往者。"② 梁章钜收录诗歌上始中唐,下迄清道光年间已故广西诗人之诗,凡诗人还在世则其诗不录,此标准模范萧统《文选》,《文选》是中国现存最早的诗文总集,对后世文学总集的编纂和文学观念的认知有很大影响。《文选》收录作家130家,唯不录生人,所收作家最晚的陆倕卒于普通七年(526),而萧统卒于中大通三年(531)。宋人晁公武《郡斋读书志》说《文选》:"盖其人既往,而后其文克定,故所录皆前人作也。"③《文选》不录生人的收录标准成为后世总集编纂的成规定式,梁章钜取法乎上,以为借鉴,将《三管英灵集》的收录标准定为只收录已故诗人之"定诸身后"的诗歌;不录近代还在世的诗人之诗歌,体现了梁章钜的选诗理念:第一,已去世的诗人诗歌的优劣,往往由诸多诗评家盖棺定论,渐为共识。正如沈德潜《国朝诗别裁集》所云:"人必论定于身后,盖其人已为古人,则品量与学识俱定,否则或行或藏,或醇或驳,未能遽定也。"④ 第二,若选录近代还在世的诗人之诗,难免因个人好恶、私人关系乃至诗人

---

① (清)梁章钜著,蒋凡校注《〈三管诗话〉校注》,广西人民出版社,1996,第41页。
② (清)梁章钜:《三管英灵集》凡例,清道光桂林汤日新堂刻本,国家图书馆藏清刻本。
③ (宋)晁公武著,孙猛校证《郡斋读书志校证》,上海古籍出版社,1990,第1054页。
④ (清)沈德潜:《国朝诗别裁集》,凡例,中华书局,1975。

名爵地位，左右选诗家的收录取舍。梁章钜曾在《南浦诗话》中引朱彝尊之言，批评顺治间的魏宪选《本朝百家诗》，入选者多显官，而列自己于集末，实在违背了以诗歌艺术为本位的选诗理念，有文学商贩的庸俗媚气和功利目的，清初诸多诗歌总集皆有以名爵地位论诗的陋习，就连《峤西诗钞》也受到影响，将明代宰辅蒋冕的诗冠于集首，其兄蒋昇之诗排在蒋冕之后，透露出张鹏展以名位先于诗人诗歌的选编意识。梁章钜则主张论诗优劣及选诗的多寡都应摒弃这种政治功利的编纂意识。《三管英灵集》卷三十四选朱依真诗四十二首，梁章钜说朱依真不喜制举业，平生布衣，但为随园老人袁枚推为粤西诗人之冠，所以选其诗较多，并赞其诗词旨深稳，落落方家。可见梁章钜选已故诗人之诗，有意超越清初诗歌总集选诗标准的混乱，又能以当世名家对所选诗人诗歌的盖棺定论为评判诗歌优劣的参照。

《三管英灵集》严格收录"近代之诗，必其人皆已往者"[1]，如卷四十四收录广西永福吕璜诗歌五十五首。吕璜是桐城派古文在广西的代表，历来其文章成就更为世人注目，而梁章钜将其诗收录《三管英灵集》，无疑对保存吕璜的诗歌深具意义。梁章钜云："余抚粤时，郡人吕月沧郡丞（璜）主秀峰讲席，于学无所不窥，而鉴识深醇，尤足为国中钦式。……时余方钞辑《三管诗》，凡生存者，例不入选。而月沧骤归道山，乃就哲嗣小沧求其遗稿，录为一卷，犹憾美不胜收也。"[2] 梁章钜巡抚广西，结识晚年退居的秀峰书院山长吕璜。按照《三管英灵集》的收录标准，凡在世的诗人概不入选，不想吕璜于道光十八年（1838 年）[3] 去世，梁章钜为吕璜作《吕月沧郡丞墓志铭》，云："既抚治桂林，则君适主秀峰书院，因与定交。越二年而君遽卒，一时僚采及都人士咸惋惜之。"[4] 梁章钜为了保存其诗歌，便从吕璜之子吕小沧处得吕璜诗集二卷，将其中精品选入《三管英灵集》。诗人已经逝世才能更为全面客观地评价其诗歌成就，倘若在世则难免主观

---

① （清）梁章钜：《三管英灵集》凡例，清道光桂林汤日新堂刻本，国家图书馆藏清刻本。

② （清）梁章钜著，蒋凡校注《〈三管诗话〉校注》，广西人民出版社，1996，第 159～160 页。

③ （清）徐世昌：《清儒学案》，卷八十九，第 4 册，中华书局，2008，第 3571 页。

④ （民国）闵尔昌：《近代中国史料丛刊，碑传集补》，台湾：文海出版社影印民国二十一年本，1973，第 2648 页。

片面，这可能是梁章钜收录"国朝"已故诗人作品的原因之一。①

再如，《三管英灵集》卷三十一选乾隆五十五年进士永康州人熊方受诗五十九首。

> 永康熊介兹观察（方受）由词垣改仪部入直军机，出巡齐鲁，宦辙所至，余皆部其后尘。先生尝笑谓余曰："我与君可称'四同'。"最后访先生于扬州，导余游平山堂诸胜，并为题《沧浪亭画册》，且略举平生得意之句，如《咏春草》云："沧江红豆人千里，古戍清烟梦六朝。"……皆不能记其全篇。今又阅十余年，先生之丧，尚滞邗上，而其遗集亦屡索之不获，可胜惘然！②

"今又阅十余年，先生之丧，尚滞邗上"，由此可知，梁章钜编纂《三管英灵集》的道光十六年至道光二十一年，距离熊方受逝世扬州，已有十余年，熊方受之生年当在道光初年。熊方受乾隆四十五年（1780年）参加广西乡试，中第十二名举人。乾隆五十五年（1790年）为进士，钦点翰林院庶吉士。历任礼部郎中、军机章京，都察院江西道监察御史。后转任山东省知府，简用兖沂曹兵备道兼管黄河道。生卒年未详。今考熊方受嘉庆三年奏："臣熊方受，广西太平府永康州进士，年三十七岁，原任翰林院检讨……"③，可知熊方受嘉庆三年（1798）三十七岁，则其生年为乾隆二十六年（1761），又据包世臣《清故中宪大夫山东东昌府知府原品致仕前兖沂曹济兵备道军功加一级熊君行状》④："熊方受，年六十四。"则知熊方受卒年为道光五年（1825）。熊方受生时梁章钜与其交游，了解其人其诗，为存

---

① 《三管英灵集》卷四十三，周震青，临桂人，嘉庆十五年举人，官直隶良乡县知县。道光二十年（1838）尚在世，卒年无可考。据《清实录》载："道光十八年十月二十四日内阁奉上谕：卓秉恬等奏访获县丞署内寄存鸦片烟土，请刑部严讯一折。良乡县县丞胡履震著即革职，并该家人方文俱交刑部严讯。其同城之良乡县知县周震青，于该县丞署内寄存鸦片烟土毫无觉察，且叠经饬拿始将方文查出，提解玩延，著先行交部议处。"

② （清）梁章钜著，蒋凡校注《〈三管诗话〉校注》，广西人民出版社，1996，第 127 页。

③ 秦国经主编《中国第一历史档案馆藏》，清代官员履历档案全编，第 23 册，华东师范大学出版社，1997，第 476 页。

④ （清）包世臣：《小倦游阁集》，卷十四，清小倦游阁抄本。

其人其诗，将其选入。

三 即诗存诗

《三管英灵集》"凡例"第四条指出，收录诗人诗歌的标准之一"即诗存诗"，即注重诗歌本身的艺术性，这是《三管英灵集》最主要的收录标准。"其学力精到、卓然名家者，固有美必收；其他偶然成韵，及耽癖而诣未至者，亦必量为采择，一以取其天籁之真，一不没其苦吟之志。"①

首先，学力精到的名人之诗，必然是"有美必收"。梁章钜并未在"凡例"中系统清晰阐释诗歌之"美"的诗学标准。但观《三管诗话》的随笔评论，其所谓"美"，或从诗歌的旨意、情景、辞彩、声律等多方面加以评鉴。其一，诗歌须有深意。梁章钜评唐代曹邺登第后诗歌"何其浅也"、"皆无深致"，于是舍弃诸选家所选的《读李斯传》及《始皇陵下作》二首，认为二诗"皆无深致"，可见诗歌深远的旨意是梁章钜选诗所重，诗歌生于兴发感动，才有理思情意。梁章钜以诗言志的正统诗学观受到清初顾炎武等人的影响，诗歌要言之有物，有深意，而不空疏。其二，梁章钜也多次提到诗歌的情景兼融，形象性景物背后情感的蕴涵是优秀诗歌的标志，如评价崇左陈仁的《送客》等诗情景交融，殊难多得。其三，好诗的又一标准是辞彩，梁章钜认为桂林儒学教官龙济涛诗句化用李白《赠汪伦》，而能别出新意，以才学为诗，锻造诗歌的语言和意象。其四，梁章钜以作诗者的眼光，审视诗歌的声律，评价戴钦诗好模仿古人，"虽亦是袭取唐人之貌，而声律俱足，在三管吟坛中，不得不推为巨擘矣。"② 总之，粤西名家诗歌自成风格，从旨意、情景、辞彩、声律等多方面考察，便有高下之分，梁章钜选择高质量的诗歌入集，这些诗歌不仅在广西，而在全国诗坛，都可占一席之地。

其次，选录名家之外的中小诗人诗歌，包括诗人偶然成韵、质朴真率的诗歌，也包括诗人真诚苦吟、认真锤炼的诗歌。梁章钜不舍弃中小诗人，尽可能将所有广西诗人收录进来，若诗人没有质量高的诗歌，也筛选那些

---

① （清）梁章钜：《三管英灵集》凡例，清道光桂林汤日新堂刻本，藏国家图书馆。

② （清）梁章钜著，蒋凡校注《〈三管诗话〉校注》，广西人民出版社，1996，第81页。

情感真挚、技巧尤工的诗歌。

梁章钜以"即诗存诗"作为选诗的标准，在具体的诗人诗作中甄别优劣，择优而录，由论诗名家的观点作引导，并在自我鉴赏之后作选择。梁章钜引袁枚语评价胡德琳的诗长于五古，"关中诸作尤健，故《三管集》所录特多。"① 便选了临桂胡德琳的六十一首诗入《三管英灵集》卷十六。袁枚的评价梁章钜深以为然，故多选其五古及关中之作，即《望华岳》、《至华州望少华山》等篇。

《三管英灵集》收录诗歌以旨意深致、情感真挚、情景交融、声律流美等为标准，重视诗歌的艺术性，但设定了名家和中小诗人诗歌的选录差别，似乎艺术性标准的内涵并不统一，实受收录粤西诗人诗歌的标准限制。

四 因人存诗

《三管英灵集》凡例第五条"因人存诗"，即"其名在鼎彝，诗为雅颂，珍如拱璧，在所不遗；至若理学、经济、气节、勋名，炳于史册，在人耳目间者，其人虽不以诗名，而但得靓其遗篇，即风雅赖之不坠。"② 梁章钜广泛搜罗史书、方志中所载的粤西人诗歌，有遗必收；即使此人不以诗歌著名，而以品德、学问、功绩等为人熟知，人名大于诗名，也会将其遗诗收录入集，是为"因人存诗"。

《三管英灵集》卷二收唐代赵观文的《桂林新修尧舜祠祭器颂》，因"惜观文无诗可传。余仅从方志中录得《舜庙祭器》四言颂一首，所谓以诗存人也。"③ 赵观文是唐代进士科考试中的第一个广西籍状元，是广西科举士子的先驱，因此，梁章钜搜录方志中赵观文仅存的四言颂体诗入集，因进士之名而存其诗，知其人而知其诗，实现了《三管英灵集》尽可能完整的保存粤西诗人诗歌的编纂目的。

《三管英灵集》卷七收明末袁崇焕诗歌六十六首，并评论："史称公慷慨负胆略，以边才自许。后以杀毛文龙论死，而边事益无人，明祚遂移。

---

① （清）梁章钜著，蒋凡校注《〈三管诗话〉校注》，广西人民出版社，1996，第113页。
② （清）梁章钜：《三管英灵集》凡例，清道光桂林汤日新堂刻本，藏国家图书馆。
③ （清）梁章钜著，蒋凡校注《〈三管诗话〉校注》，广西人民出版社，1996，第30页。

读其遗诗，不啻如见其人也。公不必以诗名，而作皆豪迈有真气，足称其为人，故所登独多云。"① 明末著名将领袁崇焕以民族气节著名，其诗在史书、方志和前人的粤西诗总集中皆未著录。梁章钜搜访其诗，从其后人处得袁崇焕《乐性堂遗稿》二卷，并将其中十之七八收入集，袁诗精华，赖以存焉。

《三管英灵集》卷十二选陈宏谋诗二十首，《三管诗话》卷中云："桂林陈文恭公，为我朝理学明臣……于诗文不甚措意，《培远堂偶存稿》中寥寥数篇。惟所辑《五种遗规》，［及《在官法诫录》］，迄今读其书者，犹沐其教泽焉……而余更从朱濂甫太史处录得《应制颂》四首，承平雅颂之音，足为《三管集》增重矣。"② 陈宏谋是清代广西籍官员中，官位最高（宰相）者，雍正元年（1723）进士，任官时间最长（48年）者，任官历经省份最多者，曾任江苏按察使、湖南巡抚、云南布政使等职，止东阁大学士兼工部尚书，外任30多年，历12省，政绩卓著，在民间影响最大的一位清官、名臣。陈宏谋并不关注作诗，其文集中所留诗歌亦少，幸而梁章钜从朱琦处抄得陈宏谋颂体诗四首，如获珍宝，录入《三管英灵集》，因此，完成了其"因人存诗"的编选理念。梁章钜评价陈宏谋："陈文恭公本不以诗见长，而信手拈来，却头头是道。"③

《三管诗话》卷中陈仁一则云，陈仁从方苞学古文十年，梁章钜曾见其《四节妇记》，赞其甚得古文之法，不愧是方望溪之门派。"惜集佚不传，粤人但知其工吟咏也"④，曾未知其古文成就。方苞《陈西台年表》赞美他品行之高，梁章钜也因此选陈仁之诗入集。

《三管英灵集》卷三十九录朱凤森诗歌五十六首，朱凤森是朱琦的父亲。梁章钜记朱凤森小传，强调其在河南做官时，逢白莲教，平定其乱，晋升，认为其经世济民，有惠政，捍城有功，"盖不可以诗人目之"⑤。梁章钜接着引了那彦成给朱凤森写的诗序《韫山诗稿序》"其书卷与志气，是其

① （清）梁章钜著，蒋凡校注《〈三管诗话〉校注》，广西人民出版社，1996，第104页。
② （清）梁章钜著，蒋凡校注《〈三管诗话〉校注》，广西人民出版社，1996，第100页。
③ （清）梁章钜著，蒋凡校注《〈三管诗话〉校注》，广西人民出版社，1996，第103页。
④ （清）梁章钜著，蒋凡校注《〈三管诗话〉校注》，广西人民出版社，1996，第107页。
⑤ （清）梁章钜著，蒋凡校注《〈三管诗话〉校注》，广西人民出版社，1996，第84页。

素裕。又更军旅阅历，益殊伟。故其诗英特发越，不仅诗人，亦不仅循吏"；引陈用光对朱凤森诗歌的评价："韫山同年负经济才，尤工于声律，有幽燕伉爽之气。"梁章钜总结"皆能状其英姿飒爽、顾盼自雄之概。"① 诗人经历、才气、性情气质对诗歌的深刻影响。正因朱凤森有经国济世之功勋，诗歌有英姿飒爽、顾盼自雄之风骨，而精选其诗入《三管英灵集》，并特选其《守城八首》七律，以存留其英雄气概。

《三管英灵集》还收录了梁章钜粤西籍进士同年（皆嘉庆七年中进士）的诗歌，临桂李嘉祐三首、灌阳卿祖培二首、象州覃学海一首，灵川易凤庭二首，平南胡朝瑞一首。"诸君率皆力敦志节，喜谈心性，初不欲以诗人自命者。余搜得其小诗数首，亦复流美可观。""余皆录其全篇入《三管集》，殆所谓深人无浅语者也。"② 梁章钜收录这些广西嘉庆年间理学家的深刻思想的小诗，也是因人存诗。

五　唯录正体之诗

《三管英灵集》"凡例"之七："应制之作，唐人编集未尝区别，后人则厘为别体。兹集摘收其赓歌、朝庙之篇，其科场试帖概不屑入。"③

《三管英灵集》"凡例"之八："全唐诗谚谜、占辞、酒令皆编为卷，是编唯录正体，外此，虽填词亦不载。"④

梁章钜收录诗歌的标准之一是只录正体诗歌，而不录别体诗歌，他以《全唐诗》为例，认为唐人没有区别应制之诗的艺术价值，诸如试帖诗、唱和诗、颂赞诗等一概收录；而《三管英灵集》只收录其中艺术价值较高的唱和诗和颂赞诗，没有收录试帖诗。另外，谚谜、占辞、酒令、词等皆弃而不录，因为严格来讲，均非诗之正体。《粤西诗载》收录诗歌占绝大多数，附词一卷，似与"诗载"之名不符。与《粤西诗载》收录词这种文体不同，《三管英灵集》只收录诗歌，相对更为严谨。梁章钜在诗歌辨体的基

① （清）梁章钜著，蒋凡校注《三管诗话》，广西人民出版社，1996，第140页。
② （清）梁章钜著，蒋凡校注《〈三管诗话〉校注》，广西人民出版社，1996，第155～156页。
③ （清）梁章钜：《三管英灵集》凡例，清道光桂林汤日新堂刻本，藏国家图书馆。
④ （清）梁章钜：《三管英灵集》凡例，清道光桂林汤日新堂刻本，藏国家图书馆。

础上，坚持收录诗之正体，也体现了其将诗歌的艺术价值作为选诗的最主要的标准。

六　组诗去雷同取精华

诗人的组诗并不全部收录，只选择杰出之作，立意语言有所雷同的诗篇去除，以免重复。梁章钜认为曹邺之诗"多怨老嗟卑之作。盖坎壈不遇，晚乃成名，故一生寄托不出此意。"①评《四怨三愁五情》诸篇，多怨愤嗟叹之语，皆仕途坎坷怀才不遇所致，诗歌的主旨大致相同，所以梁章钜只选了一首怨诗。梁章钜也赞同他的老师纪昀所评，曹唐大小游仙诗立意和语言多有雷同，诗歌韵律粗疏，不值得全都选入，"曹唐《游仙诗》最著名。然诸篇姓名虽易，语意略同，实非杰出之作。"又举其《刘阮洞中遇仙子》结句"免令仙犬吠刘郎"和《仙子洞中怀刘阮》结句"此生无处访刘郎"极为相似，"诗律之疏至是，而诸家选本，犹尽登之，过矣！"②所以梁章钜只选录了十六首小游仙诗。又如桂平潘鮔为刘墉的门生，梁章钜引刘墉《梅花诗跋》言，刘墉赞潘鮔《和高青邱梅花诗》九首"饶有风骨"。梁章钜说，浔州诗人皆看重其梅花诗，可见其流传盛名，但"九首中词意颇有复衍处，余为择录二首入《三管集》。"③

以上例子皆可见，梁章钜对待诗人组诗的择善态度。阮籍《咏怀》以降的各时代诗人创作组诗时，都难免有语意繁复之弊，梁章钜收录广西籍诗人组诗，注意去其主旨、语言雷同者，非尽录之，仍然是以诗歌的艺术性作为选诗的前提。

由《三管英灵集》的收录标准见梁章钜等编纂成员对此前时代诗歌总集选诗标准、编纂经验的思考、借鉴与超越，形成了《三管英灵集》特有的编纂理念。其一，梁章钜以选粤西诗人之诗为最基本的收录标准，将生平里居不可确考的粤西诗人之诗单卷著录；与《文选》以来的总集编纂不同，《三管英灵集》不录粤西无名氏之诗。见其收录标准之地域性及收录标准之精严。其二，模范《文选》录已故诗人之诗，继承

---

① （清）梁章钜著，蒋凡校注《〈三管诗话〉校注》，广西人民出版社，1996，第17页。
② （清）梁章钜著，蒋凡校注《〈三管诗话〉校注》，广西人民出版社，1996，第24页。
③ （清）梁章钜著，蒋凡校注《〈三管诗话〉校注》，广西人民出版社，1996，第115页。

朱彝尊《明诗综》不以诗人身份地位和编纂者人际关系、个人好恶左右选诗标准的特点，超越了清朝魏宪《本朝百家诗》、张鹏展《峤西诗钞》等以官爵名位为尚的编纂意识。其三，只收录诗之正体，在诗歌辨体基础上超越《粤西诗载》的诗词皆选，而只录诗；也不同于《全唐诗》，不选没有艺术性的应试之体和娱乐之体。其四，以诗歌的艺术性为最重要的收录标准。择取名家之美作，以旨意深致、情感真挚、情景交融、声律流美等为"美"之标准，诗人组诗去其语意雷同留美作。其五，即诗存诗与因人存诗的兼顾，继承清初《国朝松陵诗征》等地域诗歌总集的编纂经验和编纂理念，既选一省之诗坛圭臬，为后学树楷模；又收无人为传的小诗人之诗，或一省之不以诗著称的名人之诗，为地方诗集史册俱添华彩。

总之，正是以上收录标准和编纂理念，使《三管英灵集》超越了《粤西诗载》和《峤西诗钞》，成为收录广西诗人诗歌更广更精、体例完备的广西诗歌总集。《三管英灵集》不同于《粤西诗载》只关注描写广西之诗的眼光，更注重广西诗人的代代涌现及诗人走出本土的诗歌的时代性和艺术性，立足于地域又有所超越，《三管英灵集》因此而能与清代非地域性的诗歌总集实现诗人与诗歌的互见，不仅可见一省之中粤西诗人成就之大小，也知诗人在时代诗坛中的成就与地位。

但不可否认，梁章钜辑录粤西诗人之诗的标准先于选录粤西诗人艺术性诗歌的标准，难免为了诗史互补的文献保存，而忽视并违背诗歌艺术性的标准，"因人存诗"与"即诗存诗"的悖论难以完全调和。且梁章钜"即诗存诗"的"有美必收"，也并未有明确的系统的诗学标准，难免带着梁章钜本人和选编成员的主观臆断。因此，《三管英灵集》虽在粤西诗歌总集编纂史上意义重大，但因地域的局限、选诗艺术性标准的模糊，难以引领清代诗歌总集的时代风尚。

第三节 《三管英灵集》的编纂思想

从《三管英灵集》的命名、收录体例、收录内容和收录标准可进一步透视梁章钜在总集编纂过程中蕴含的编纂思想。现述如下。

一 "三管"、"英灵"之名：存地域诗歌和文化的编纂思想

《三管英灵集》凡例第十二条云："粤西为唐桂、邕、容三管地，今名是编曰《三管英灵集》袭殷璠《河岳》之称，辟岭右菁华之薮，不必用其体例也。"① 可见《三管英灵集》承袭殷璠选盛唐诗歌总集《河岳英灵集》，怀有对古代诗歌顶峰的敬意，"英灵"，指示《三管英灵集》所选亦是广西古代诗人和诗歌的精华。而命名为"三管"则指示了诗歌总集的地域性，且回归唐人盛世语境，或有地域诗歌传统、文化溯源之意，广西诗歌有成就可载，始于唐代二曹，自此渊源流变，蔚为大观，因此梁章钜舍弃"粤西"、"岭西"、"峤西"、"广西"等地理概念不用，非为标新立异，实是探源固本。除了对殷璠《河岳英灵集》的学习之外，这种命名方式或学习与梁章钜同时代而略早的阮元，阮元曾于嘉庆三年（1798）编成刊印家乡诗歌总集《淮海英灵集》，全书二十二卷，收录清初至乾隆朝江苏扬州府人士之各体诗作。称阮元为师的梁章钜将广西诗歌总集命名为《三管英灵集》，或受阮元影响，且比之阮元断代和限于一府的诗歌搜集，梁章钜则大到一省的范围，搜集广西各个时代的诗人诗歌。

"三管"最早是唐代岭南行政区划的概念。唐朝建立后，设道、管、州、县四级行政区划②。唐太宗贞观元年（672）依山川地势分全国为 10 道，以五岭之南为岭南道，今广东、广西大部分属岭南道。道下设州、县，岭南 45 州分属广州、桂州、容州、邕州、安南 5 个都督府。唐高宗永徽年（650~655）后，以广州、桂州（治今桂林）、邕州（治今南宁）、容州（治

---

① （清）梁章钜：《三管英灵集》凡例，清道光桂林汤日新堂刻本，藏国家图书馆。
② 考察广西古代的地理行政区沿革，早在夏商周春秋战国时期，广西为"百越"之地，西瓯、骆越等部族居住地。秦统一中国后，置桂林、象州、南海三郡。汉武帝时，广西属交趾刺史部管辖下的鬱（郁）林、苍梧、合浦 3 郡 21 县，汉时今广西少部分归零陵郡、武陵郡管辖。东汉时今广西大部分属交州统辖，交州辖苍梧、南海、郁林、合浦、交趾、九真、是南 7 郡 56 县。三国时期，广西大部属吴国，吴设桂林、始安、临贺、苍梧、郁林、合浦六郡，今桂北部分地域属零陵、武陵郡，桂西部分地域属蜀国的兴古等郡，设置的县为 39 个，两晋南北朝时州郡县数量均有所增长。隋统一岭南设郡县两级行政区划。在广西境内设郡有五，即始安郡、永平郡、郁林郡、合浦郡、宁越郡，所辖县 85 个。此外，广西部分地区属苍梧郡、南海郡、永熙郡、零陵郡、熙平郡辖。

今容县）及安南五州隶岭南五府经略使，名"岭南五管"，"管"的长官称为经略使、观察使等，唐肃宗至德元年（756）后，地方战乱不断，军事频繁，"管"逐渐演变为"方镇"①，经略使、观察使就相应改称节度使，直接掌管所辖地区的军事事务。唐懿宗咸通三年（862），因边事紧，加强控制，再分岭南道为东、西两道，岭南东道节度使治广州；岭南西道节度使驻邕州（今南宁市），辖桂、邕、容三管，管下设州，州下置县，至此，广西作为独立行政区的雏形初成。"三管"辖今广西大部分，今广西境内还有部分州县隶属于他道管辖，比如今全州、灌阳、资源就属江南西道管辖。"不难发现，唐代在岭南设置的五管中，今广西境内就占有三管之地，足见今广西在岭南地缘政治结构中的地位与以前各代相比已经大为提升。"②

据《新唐书》卷四十三上，《地理七上》：桂管治今桂林，辖桂、梧、贺、柳、富、昭、蒙、严、融、思唐、古 11 州；容管治今北流，辖容、牢、白、顺、绣、郁林、党、窦、禺、廉、义、芸 12 州；邕管治今南宁，辖邕、澄、宾、横、浔、峦、钦、贵、龚、象、藤、岩、宜、瀼、笼、田、环 17 州。无论从上图 1 看，还是从《新唐书》的地理区域记载看，"三管"都不仅包括今广西境域，还延展到今广东省、贵州省等，宋以后的岭南行政区，渐渐演变为今日两广的格局，割容管西之地属广东，而广西实全得桂邕二管及容管之少半。可见，唐代的"三管"虽不能与梁章钜所在清道光年间的广西行政地理区域划等号，但其唐代历史语境下的规模初成和地缘政治地位，皆有重要的意义，这些决定了广西文化、教育、文学的开端和崛起，也是梁章钜以"三管"命名总集的原因，《三管英灵集》不仅是单纯的诗歌总集，而具有承继历史、保存地域文化的深层编纂意义。

二 "即诗存诗"、"因人存诗"：诗史互补的文献整理意识

比之《粤西诗载》只收录"为粤西而作"之诗不同，梁章钜更关注广西籍诗人的创作，凡是广西籍人，即使不以诗人闻名，也"有遗必收"，可见《三管英灵集》极具辑佚的文献价值。梁章钜在《东南峤外诗文钞自序》

① （清）吴廷燮：《唐方镇年表》，卷七，中华书局，1980，第 1090 页。
② 郑维宽：《历代王朝治理广西边疆的策略研究》，基于地缘政治的考察，社会科学文献出版社，2014，第 87 页。

中尝言:"考旧志所载,知在当日原书不可谓不富,良由继起之士大夫表彰不力、荟萃不勤之因,遂致散弃湮没,章钜每翻志乘,慨然长怀,博览遐搜,……以次汇辑,则区区敬共桑梓之意。"① 梁章钜无论在广西还是在福建,都倾力于编纂地域文学总集,搜集了方志、别集、家谱、类书、石刻等资料中的诗人佚诗,弥补诗人诗集未全之遗憾;以诗人散佚的诗或诗稿弥补方志等史料中诗人小传缺失之不足,自觉追求史诗互补的编纂目的。

清初大量涌现的地域诗歌总集和诗话编纂最突出的特点,一是地域性,二是以诗存人,或以人存诗。后者即梁章钜所谓"即诗存诗"和"因人存诗","即诗存诗"注意收录诗家最具艺术性的诗歌,或史料中搜得散佚之诗,因存诗而保存诗人生平小传,使诗人事迹赖以流传,不至后世湮没无闻;"因人存诗"则因气节、才能、功勋、学问等广为人知而收录其诗。梁章钜之苦心可谓自觉担负诗官和史官的职能。选《国朝松陵诗征》的袁景辂也有同感:"选一邑诗与一代有别,选一代诗者当论其可传与否,不必有人之见存也。若一邑则以诗存人与以人存诗,二者不可偏废。盖名在天壤,不选亦传。今采诗独多,见吾邑倚数人为重,而骚坛当奉为圭臬也。若名虽表著、集未镌板,以及毕世吟哦、越境即不知其姓者,及今搜采已多散亡,诗虽未尽,必传一生精神所寄,忍听其泯灭哉?以诗存人为后学导先路也,以人存诗为前辈表苦心也。"② 他指出选一省之诗与选一代之诗不同,地域诗歌总集的地域性就决定了以人存诗和以诗存人必须二者兼顾,既选一省之巨匠,为诗坛树楷模;又收录无人为传的小诗人,或一省之不以诗著称的名人之诗,为地方诗集史册俱添华彩。梁章钜正继承了清初地域诗歌总集编纂的经验和理念,正如《四库全书总目·总集类总提要》云:"文籍日兴,散无统纪,于是总集作焉。一则网罗放佚,使零章残什,并有所归;一则删汰繁芜,使莠稗咸除,菁华毕出。"③《三管英灵集》即是清代地域诗歌总集中的一部,在学术风气的影响下,用编辑总集的形式,实而整理一省之文献,并选择精华保留继承。一则为总,尽量网罗诗人、诗歌、传记、诗话;二则为选,在繁多的诗人诗歌中择优而录,实现了诗与史的

---

① 王军伟:《传统与近代之间——梁章钜学术与文学思想研究》,齐鲁书社,2004,第153页。
② (清)吴景辂:《国朝松陵诗征》,例言,清乾隆爱吟阁刊本,藏国家图书馆。
③ (清)永瑢等:《四库全书总目》,中华书局,1965,第1685页。

相得益彰。

然清代曹贞秀序《明三十家诗选》说："选诗之家大要有二，曰以人存诗、以诗存人，以人存诗则失之滥而无当别裁之旨；以诗存人则失之严而罔具尚论之失。求通两家之驿，亥其失而兼其美者，戛戛乎其难矣。"① 又指出历来选诗家所面临的两难选择，诗歌总集在实际编纂的过程中难免偏颇，以人存诗而不计诗歌的艺术性，有滥竽充数之嫌；以诗存人又失于苛刻，容易遗漏诗人其它优秀诗歌。梁章钜选诗则注意弥补二者之不足，以人存诗而能甄别精选其人优秀之诗，或选录其人仅存的极具个人性情之诗；以诗存人而能尽量收录其"美作"和史料未载之"遗作"，既保存了史料未见的粤西诗人生平，也保存了散落的粤西诗人的诗歌。"因诗存人，因人存诗，甚有功于'诗'与'史'。"② 但以诗存人和以人存诗的悖论毕竟难以完全调和，为了辑录粤西籍诗人的全面性，梁章钜难免会"有遗必录"，收录个别诗人仅存的诗歌，艺术性的标准便退让不计。

三 "悉心比校，择其长者"：择长不择古的校勘思想

《三管英灵集》的编纂也体现了梁章钜的校勘思想。凡例第六条即云："诗载本集，又旁见他刻，往往字句互异，必悉心比校，择其长者从之。若只见本集，无别本可校，其中间有义意未醒、音律弗协足累一篇者，亦必悉心为之斟酌，期得其本意而止。"③ 可见，梁章钜的校勘思想有如下几方面。

第一，在校勘方法上，重视不同版本的对校，仅有本集则自校。

不同版本的对校或存同版本间异文，或补正错讹和脱字。如卷五十二石仲元《寿阳山》下行注："《桂林府志》作阳朔道中"；"未妨特特看山来"句下注"《桂林府志》，'特特'，作'得意'。"再如卷三选明代景泰元年举人苍梧黎暹二首，官桂林府同知，其《傅节妇吟》诗后附注："《退庵诗话》云：此诗见《粤西诗载》，中多脱字，今从《怀集县志》补正。"《粤西诗载》卷七、雍正《广西通志》卷一百二十一所录相同，均有脱句：

① （清）汪瑞：《明三十家诗选》，曹贞秀序，清同治癸酉蕴兰吟馆重刊本，藏国家图书馆。
② 郑振铎：《西谛书话》，三联书店，1983，第288页。
③ （清）梁章钜：《三管英灵集》，凡例，清道光桂林汤日新堂刻本，藏国家图书馆。

"柳折怀水风，花落怀山雨。潘家之妻傅家女，年少良人死羁旅。旅魂依依
旅骨归，抱骨长号骨无语。骨无语，萧萧后园树，园树枝头不得死，归来
死向深闺里。许君心，还君身。生同枕，死同坟。夫亡见烈妇，国破识忠
臣。如何宋代贾余庆，视弃君王如路人。"《三管英灵集》据《怀集县志》
补正中间脱句为："骨无语，生何为？萧萧后园园树枝，园树枝头不同死，
归来死向深闺里。"《三管英灵集》卷五梁允玳，《钓鱼台》诗后《退庵诗
话》云："《广西通志》、《粤西诗载》并以此首为梁允瑶作，今从《怀集县
志》订正，县志无允瑶之名。"再如《三管诗话》卷上翁宏条：翁大举《送
廖融处士南游》云……廖融《谢翁宏以诗百篇见示诗》云："高奇一百篇，
造化见工全。"则翁诗之富可想……廖诗又云："积思游沧海，冥搜入洞天。
神珠迷罔象，瑞玉匪雕镌。"其互相推重如此。① 翁诗、廖诗均引自《全唐
诗》卷七百六十二，且仅在《全唐诗》中著录诗题为《送廖融处士南游》。
在《诗话总龟》卷十一、《粤西文载》卷六十八、《全五代诗》卷六十二、
《宋诗纪事补遗》卷三中，皆为"瑞玉匪雕镌"，"瑞玉"与"神珠"相对，
选诗时经对比校改了《全唐诗》之误"端玉匪雕镌"。又如《三管诗话》
卷下唐郑叔齐《独秀山新开石室记》条："唐郑叔齐《独秀山新开石室记》
云：'城之东北维有山曰独秀。宋颜延之尝守兹郡，赋诗云：'未若独秀者，
峨峨郛邑间。'嘉名之得，盖肇于此。按：此十字别无所见，今张溥、汪士
贤所编《颜光禄集》并无之；而《赤雅》引此诗，"郛邑"别作"郛郭"，
似误。《赤雅》语多凭臆造，如引山谷诗"桂岭环城如雁宕，苍山平地忽嵯
峨，""嵯峨"作"蚁封"，其误亦显然也。"② 又如《三管诗话》卷下《送
邵道士彦肃还都峤诗》条：《苏文忠集》中有《送邵道士彦肃还都峤诗》
云："乞得纷纷扰扰身，结茆都峤与仙邻。少能寡欲颜长好，老不求名语益
真。许迈有妻还学道，陶潜无酒亦从人。相从十日还归去，万劫清游结此
因。"而《广西志》作"彦甫"，恐误。又《瓮牖闲评》亦载此诗，"纷纷"
作"膠膠"，而今《通志》载此诗，"寡"作"宽"，"妻"作"时"，"从"
作"随"，"清游"作"千山"，皆当以集订正之。"③

---

① （清）梁章钜著，蒋凡校注《〈三管诗话〉校注》，广西人民出版社，1996，第 37 页。

② （清）梁章钜著，蒋凡校注《〈三管诗话〉校注》，广西人民出版社，1996，第 210 页。

③ （清）梁章钜著，蒋凡校注《〈三管诗话〉校注》，广西人民出版社，1996，第 227 页。

仅有本集自校的情况，如《三管英灵集》卷五陈禄《龙门滩歌》，《粤西诗载》卷七作"神鱼溯流西北上"①，"上"，《三管英灵集》改为"去"，或避免与末句"顷刻风云九天上"之"上"字重复。

第二，在校勘原则上，不迷信古本，择长不择古。如《三管诗话》卷上唐仁杰条："唐仁杰，全州人。陈德诚出守池阳，仁杰以诗贻之，云……见《粤西文载》。按：《全唐诗》"唐"作"庸"，"全州"作"泉州"，盖传刻之误云。初为僧，陈德诚劝之返初服，官终汾阳令。"②《粤西文载》清代汪森辑，时代较《全唐诗》晚出，梁章钜不以古本为是，不以今本为非，悉心比较。

第三，在校勘目的上，改易音律、字句以期更好得达诗人之意。如《三管诗话》卷上吴廷举条，梁章钜云选录吴廷举诗歌《有怀》一首，依据《峤西诗钞》和《梧州府志》。《峤西诗钞》录吴廷举五古一首，诗云："我怀南山阴，枫林草庐孤。庐外昼所见，穿然双亲墓。中夜何所闻，数声反哺乌。一动劬劳想，泪雨湿蘼芜。世孰知苦心？仰天真茹茶。无以慰岑寂，短吟寄区区。"因此诗用七虞韵，而忽押"墓"字，梁章钜认为有骇人之感，读来不顺。《梧州府志》亦载此诗，注云："墓，读平声，偶用古韵，非漫尔也。"解释了吴廷举偶尔在古诗中用古韵，表达古意。梁章钜接下来，引用《集韵》："墓，蒙切，音模。"又引《汉书·班固叙传》"陵不从墓"，注云："墓音模。"是"墓"固有平声。来证明吴廷举诗歌用韵非误。但梁章钜又从体会诗人表达的诗意出发，认为："然本诗止六韵，何必挽一古声？惟此诗尚有古意，因属杨紫卿改易一韵录之，实行点铁成金之妙。清惠有知，当亦首肯矣。"③ 可见，校勘的基础需懂得音韵训诂等学问，这是读懂诗、选好诗的重要途径；为了诗歌更为顺畅，更为达意，梁章钜认为可以改易选诗的原字句和音律。如《三管诗话》卷下石仲元条："《粤西丛载》云：石仲元桂林人……"引《粤西丛载》中记石仲元道士的诗句："石压木斜出，崖悬花倒生。"，考《粤西丛载》卷十一和《五代诗话》卷

---

① （清）汪森辑，桂苑书林编委员会校注《〈粤西诗载〉校注》，第二册，广西人民出版社，1988，第 232 页。

② （清）梁章钜著，蒋凡校注《〈三管诗话〉校注》，广西人民出版社，1996，第 39 页。

③ （清）梁章钜著，蒋凡校注《〈三管诗话〉校注》，广西人民出版社，1996，第 69 页。

五为"岸悬花倒生。"梁章钜或因典籍校改（如宋刘斧《青琐高议》卷十、《宋诗纪事》卷九十等均为"岸悬花倒生。"），或因诗意及上下句对仗而校改。

但《三管英灵集》大量选诗，均为编者擅改，并未留校勘记，未存不同文献的异文。如卷五甘振《武靖州旧城》，据雍正《广西通志》卷一百二十三、《粤西诗载》卷十六①，原诗作："江上浮云宿雨晴，中原谁复誓澄清。虎符此日千金重，雉堞何时百堵成。要使粤人知汉德，终令南土识天声。从今纪得经行处，野水孤帆夕照明。"《三管英灵集》改动较多："江上愁霖也解晴，中原谁复誓澄清。虎符此日千金重，雉堞何年百堵成。要使远人知汉德，终教绝徼识天声。我来但爱当前景，野水孤帆夕照明。"改后不及原诗。历来校勘家重视文献的本来面貌，不轻易破坏改易，梁章钜直接改易原本，不加说明的校勘方式并不可取，一来，为文献的准确传承和后人校勘增加了难度；二来，不尊重诗人的创作成果；三来，有大量诗歌改易后，不及原典籍诗意之处。《三管英灵集》校是非重于校异同，期望呈现诗歌的最佳面貌，但是非并非绝对，难免校改过于武断。

总之，在《三管英灵集》的总集命名、编纂体例、编纂内容、收诗标准、选诗校勘等方面，均体现了梁章钜的编纂思想。而《三管英灵集》对不同时代诗人的选择和编排，对广西诗人诗歌精华的辑录，还体现了梁章钜对广西古代诗史的建构意识。

---

① （清）汪森辑，桂苑书林编委会校注《〈粤西诗载〉校注》，第五册，广西人民出版社，1988，第126~128页。

第五章 《三管英灵集》与广西诗史建构

《三管英灵集》通过严谨的体例、明确的选诗标准，按照时代的序列编排诗人诗歌，有意识的建构广西古代诗史，即由唐至清广西籍诗人诗歌渐趋繁荣的历史过程，唐宋时代是广西诗人诗歌的发生期，明代是广西诗人诗歌的发展期，清代是广西诗人诗歌的高潮期，而高潮期诗人的繁荣集中在乾隆、嘉庆、道光年间。《三管英灵集》梳理了广西诗史的每一发展阶段中，重要的代表诗人及其代表作，并在诗话中有意识的阐释广西诗史的发展动因、诗人的先后继承关系，并关注家族诗人的传承等。

第一节 《三管英灵集》建构广西诗史的发生期

《三管英灵集》按时代先后著录诗人诗歌，共选唐宋广西诗人（包括流寓广西的诗人）27 人，诗歌 144 首，唐五代，选人 9 位诗歌 97 首；宋代选 18 位诗人 47 首诗。唐宋诗歌总量不到《三管英灵集》诗歌总量的 5%。唐宋是广西诗史的发生阶段，初为草创，作家作品不多，成就不高，去代已远，诗集散佚，留存无多。郑献甫曾慨叹："余尝慨吾乡诗人如翁大举，如欧阳晦夫，如王文元，其佳句流传诗话中者，远在二曹上，而乃不得与二曹并。当年固少执文柄者，抑抱残守缺，后裔未能读楹书也。"①

《三管英灵集》选唐五代诗人：全真、曹邺、曹唐、赵观文、王元、翁宏、陆蟾、陆禹臣、梁嵩。选宋代诗人：周渭、覃庆元、徐晞、林通、冯京、安昌期、李时亮、欧阳辟、尚用之、石仲元、鳌山道人、契嵩、奉恕、

———————————
① （明）王贵德著，谢明仁、江宏校注《〈青箱集剩〉校注》，巴蜀书社，2014，序 1。

归真子、景淳、陶崇、张茂良、唐弼。基本包括了三类文人，一是进士名臣，如赵观文、梁嵩、周渭、冯京等，不以诗名世，存诗较少，成就不高；二是异代的隐逸诗人，王元、翁宏、陆蟾等，闲适在野，诗酒酬唱；三是方外名士，以诗传达佛道信仰，清静自然。

《三管英灵集》所选最早的诗人为生活在中晚唐，流寓全州的诗人全真。全真和尚（728—867），湖南郴州人，俗姓周，自幼聪颖过人，十六岁出家为僧，为避安史之乱，辞师还郴州省母，作《旋里口占》云："得道不归程，归程觉有情。江边逢老姬，呼我旧时名"①。二十七岁，即唐肃宗至德元年（756），居全州湘山寺，咸通年间坐化。《三管英灵集》还选其《过雁峰寺偈》，表达对佛教教义的领悟。中唐全真之后的广西诗人，主要有晚唐二曹和北宋契嵩等。

一　广西诗风之先晚唐曹邺

《三管英灵集》选唐宋诗人今有别集流传，选诗数量较多的是唐代曹邺、曹唐和北宋契嵩。清道光年间广西藤县苏时学《暇日偶翻两粤前辈诗集有所得戏作论诗绝句十五首》其四总结唐宋诗坛，云："峤西雅集流传少，唐宋遗音久已渝。一代高僧两名士，二千年内兄三人。"并自注："宋元以前，粤西人有诗集流传者，唯唐之祠部、曹尧宾及宋明教禅师之《镡津集》而已。"②梁章钜在《三管诗话》卷上曹邺条也云："粤西诗人莫先二曹。"③将二曹推到广西诗坛风气之先者的地位。

曹邺，字邺之，阳朔人，屡试不第，蹉跎长安十年之久，后因作《四怨三愁五情诗》受到中书舍人韦悫的赏识。韦悫向吏部侍郎裴休推荐了曹邺，因此于大中四年（850）进士及第。后历任齐州（今山东济南）推事、天平节度使幕府掌书记。咸通初，调京为太常博士，擢祠部郎中、洋州（今陕西洋县）刺史，又升吏部郎中。在朝洁身自好，蔑视权贵，不惧权威。咸通九年（868）辞归，寓居桂林。

曹邺是广西诗坛的始祖，《三管英灵集》选其诗50首，包括五古35

---

① （清）梁章钜：《三管英灵集》，卷五十四，清道光桂林汤日新堂刻本，国家图书馆藏。
② （清）苏时学著，阳静校注《〈宝墨楼诗册〉校注》，巴蜀书社，2014，第144页。
③ （清）梁章钜著，蒋凡校注《〈三管诗话〉校注》，广西人民出版社，1996，第13页。

首、七律 5 首、五绝 5 首、七绝 5 首，梁章钜认为曹邺五古的成就最大，多用乐府古题，写征夫思妇、闺怨，寄托怀才不遇身世之感；或讽刺现实社会的不公和战争的灾难等，如《风人体》、《恃宠》、《四望楼》、《战城南》、《古相送》、《去不返》、《长相思》、《薄命妾》、《怨歌行》、《东武吟》 等。曹邺的咏怀诗、酬唱诗、咏史诗等题材也为后人称道。在梁章钜看来，曹邺诗歌的特点有二：

第一，诗歌抒情真挚古朴，孤直痛切。曹邺自称魏武帝曹操后人，祖上生活在邺城，在诗歌上他努力向建安诗人学习古朴的古诗创作，关注现实，表达自己的真挚情感，学习孟郊幽愤孤寒的古诗。梁章钜在《三管诗话》卷上沿袭《四库全书总目提要》的意见，评唐代曹邺未登第时所作《四怨三愁五情》 五古诸篇，多怨愤嗟叹之语，皆仕途坎坷怀才不遇所致，"顾其诗乃多怨老嗟卑之作。盖坎壈不遇，晚乃成名，故一生寄托不出此意。"① 曹邺一生未脱苦情自卑之感，"开目不见路，常若夜中行"（《偶怀》），如孟郊的"出门即有碍，谁谓天地宽？"但无孟郊的矫激偏狭，常常诗歌势气奋起自救。《三管诗话》 卷上梁章钜云，曹邺的落第诗、中第诗、干谒诗、酬唱诗逼真写出了科举人的痛楚和痴然，"然此诗情景逼真，遂亦不可磨灭"。如"故衣未及换，尚有去年泪"，及"对酒时忽惊，犹疑梦中事"（《杏园即席上同年诗》），"语皆痛切，结处尤得立言之体"。至如《成名后献恩门诗》"名字如鸟飞，数日便到越"二句，诚有可笑；然"春风得意马蹄疾，一日看遍长安花"，诗人情状，大半如斯，无足怪矣。② 情因亲身经历而真实不虚，景又将经历真实再现于诗歌中，因此让人感动难忘。《三管英灵集》 卷一曹邺诗歌附《退庵诗话》云："若夫'何以保此身，终身事无缺'，榜上几人曾设此想？正可觇祠部之树立矣！"曹邺登第之诗不事雕琢，本于抒发自己特有的真实情感，平白之语言蕴藏考试不顺意的痛切心事，因此感人，与孟郊诗歌未中第的坎坷不平之鸣与中第后的惊喜极为相似。

第二，诗歌过于直露浅俗。曹邺学白居易的乐府民歌，和当时的民谣，

---

① （清）梁章钜著，蒋凡校注《〈三管诗话〉校注》，广西人民出版社，1996，第 17 页。
② （清）梁章钜著，蒋凡校注《〈三管诗话〉校注》，广西人民出版社，1996，第 21 页。

古体诗关心现实，力求讽喻，不同于晚唐诗歌追求华丽辞藻的风气，特立独行，但学白而诗歌具有和白居易同样的弊病，即浅俗。梁章钜云其登第以后的诗歌，"何其浅也"、"皆无深致"，如《杏园即席上同年诗》的"匆匆出九衢，僮仆颜色异"。《成名后献恩门》的"名字如鸟飞，数日便到越"。《寄阳朔友人诗》："桂林须产千株桂，未解当天影日开。我到月中收得种，为君移向故园栽。"梁章钜所例举的三首诗歌断句皆为登第后所作，或拜谒致敬考官，或与宴同年，或寄送家乡落第故友，皆未出中第的喜悦、夸耀、感恩之情，并无深意。即使是被当时人及后世诗论者称道的曹邺《读李斯传》及《始皇陵下作》二首咏史怀古之作，梁章钜也认为诗歌语言和意旨皆浅显无深意，没有李商隐、杜牧咏史诗的浑厚深刻。

总之，在艺术上，曹邺不像晚唐的杜牧、李商隐伤春意绪，家国深情，题材局限在自己的科举经历和现实讽喻，兼有白居易直率浅俗和孟郊的寒士愤懑，形成了古朴刚直、通俗孤冷的艺术特征。曹邺在广西诗坛的地位，是开风气之先者，第一个著名诗人，影响了之后的广西士子与诗人，努力仕进，勤于著述，明代蒋冕为其编刻《曹祠部集》，并称读了曹邺的《成名后献恩门》，曾写次韵诗，"寤寐不忘者五十年"；《三管英灵集》卷八选明代廖东升的《龙头山曹邺读书处》，见后人的仰慕之情。

二 大小游仙诗人晚唐曹唐

曹唐，字尧宾，桂林人，初为道士，大和中反初服举进士，累辟诸府从事，仅为薄宦，有集一卷。《三管英灵集》选诗 32 首，五律 2、七律 13、七绝 17。曹唐成就最高的是近体诗，尤其是七绝、七律。梁章钜也赞同他的老师纪昀所评，曹唐大小游仙诗立意和语言多有雷同，诗歌韵律粗疏，不值得全都选入，"曹唐《游仙诗》最著名。然诸篇姓名虽易，语意略同，实非杰出之作"。又举其《刘阮洞中遇仙子》结句"免令仙犬吠刘郎"和《仙子洞中怀刘阮》结句"此生无处访刘郎"极为相似，"诗律之疏至是，而诸家选本，犹尽登之，过矣！"① 所以梁章钜只选录了 16 首《小游仙诗》（七绝），1 首《大游仙诗》（《皇初平将入金华山》七律）。《全唐诗》云曹

① （清）梁章钜著，蒋凡校注《〈三管诗话〉校注》，广西人民出版社，1996，第 24 页。

唐《大游仙诗》诗 50 首，今存 17 首；《小游仙诗》98 首，原有 100 首。梁章钜在诗话中所举语义雷同者为《大游仙诗》中作品，因此弃选。

《三管英灵集》选其游仙诗数量过半，仍见这一题材之优势。在唐代，曹唐游仙诗的数量无人能及，规模最大。曹唐写作游仙诗，与其道士身份和晚唐乱世避世隐居的心态相关。曹唐游仙诗的特征是瑰奇多姿，才情缥缈，想象力澎湃超迈，有神仙飘逸之态，学李白飘逸仙气且声韵优美的绝句，如《题武陵洞》一首："此生终使此身闲，不是春时且要还。寄语桃花与流水，莫辞相送到人间。"又学李贺的笔补造化，将大诗人古体创作的方式融入形式短小的律绝，尤在其中运用华艳瑰奇的辞藻，创造独特的意象，流畅的音韵，拓展飞扬，游刃有余。如《小游仙》其中一首："昨夜相邀宴杏坛，等闲乘醉走青鸾。红云塞路东风紧，吹破芙蓉碧玉冠"。曹邺关注现实，曹唐则在两个思维维度上，一则怜惜自我，一则放飞自我，沉浸在神仙的世界和故事里。并时而将现实和仙界结合起来，借神仙的故事，写人间的爱恨离别，将此前的厌弃现实，求仙、遇仙的游仙诗传统变为瑰奇仙境中的仙之人情化、世俗化、情感化，以人间的脉脉温情和此在生命的情感意义，弥补想象中神仙世界的荒诞与无意义。所以，曹唐诗歌的表现手法不同于曹邺的质直白描与真挚抒情，而是含蓄深婉的抒情达意。

除了游仙诗，曹唐也有咏怀之作，如《病马》5 首，《三管英灵集》选录 3 首，其一云："骥耳何年别渥洼，病来颜色半泥沙。四啼不凿金砧裂，双眼慵开玉箸斜。堕月兔毛干觳觫，失云龙骨瘦牙槎。平原好放无人放，嘶向秋风苜蓿花。"[①] 寄寓曹唐漂泊流离，沉于下僚，无人赏识的伤感，与曹邺的孤寒形象、抑郁不平之气一脉相承。《三管英灵集》还选录几首曹唐送别酬唱之作，往往在送别友人时，表达昂扬的仕进激情和追求功业有为国家的豪情壮志。如《送康祭酒赴轮台》："灞水桥边酒一杯，送君千里赴轮台。霜黏海眼旗声冻，风射犀文甲缝开。断碛篜烟山似火，野营轩地鼓如雷。分明会得将军意，不斩楼兰不拟回。"[②] 诗歌极似盛唐边塞诗，没有晚唐诗人哀伤的情绪。

---

① （清）梁章钜：《三管英灵集》，卷二，清道光桂林汤日新堂刻本，国家图书馆藏。
② （清）梁章钜：《三管英灵集》，卷二，清道光桂林汤日新堂刻本，国家图书馆藏。

曹唐游仙诗对广西诗坛的影响也是深远的，如《三管英灵集》卷二十九，选永福范学渊（乾隆四十八年举人）的《拟曹唐小游仙》8 首。二曹诗歌承上启下，从汉代民歌民谣，演变成真正的文人创作，提高了广西诗坛的审美趣味，又开启了晚唐五代隐逸文学的序幕。

三　山水禅意诗僧北宋契嵩

契嵩（1007—1072），姓李氏，字仲灵。藤州镡津人。庆历间，居杭州灵隐寺。皇祐间入京师，两作万言书上之，《原教篇》、《辅教编》，主张儒释之理一以贯之，不可偏废，阐明儒家治世，佛教治心，抵抗当时欧阳修等名士的排佛之说，令人折服，宋仁宗赐号"明教大师"。寻还山而卒。《三管诗话》卷上引《四库全书总目》云，《镡津集》二十二卷，其中诗二卷，约 85 首。《三管英灵集》选契嵩诗 22 首：五古 7 首、五律 8 首、七律6 首、七绝 1 首。可见，梁章钜也认为契嵩律诗的成就较高，善于用五律、七律写山水、送别、题赠、咏怀诸多传统题材，学习王孟摹景状物，精雕细刻，继承宋初九僧清幽的意境创造，视野更为开阔。契嵩诗歌的特点是：

第一，无诗不山水，无诗不禅意。无诗不以空无闲适的法眼观摹自然山水，人世轮回，寄托禅意，表达不愿随俗俯仰的冰雪高洁之志，形成清高绝尘的风格。清道光年间苏时学《杂诗》二首其一云："北宋有嵩公，落笔尤清高。此外传者谁，灭没随风涛。"[①] 清高绝俗，正道出契嵩诗歌的风格，千古之下，无人超越，为广西后学所钦佩。如《古意》、《山舍晚归》、《湖上晚归》、《怀越中兼示山阴诸名士》、《浙江远望》、《泛若耶溪》、《寄承天元老》、《书南山六和寺》等。《古意》五首，《三管英灵集》仅选其一："风吹一点云，散漫为春雨。洒予松柏林，青葱枝可取。持此岁寒操，手中空楚楚。幽谷无人来，日暮意谁与。"[②] 此首五言古诗，意境清幽，写出诗人幽人独往来的高洁持守和节操。《读书》："读书老何为，更读聊遮眼。此意虽等闲，高情寄无限。错磨千古心，翻覆几忘饭。不知白云去，春静山中晚。" 日常生活的点点滴滴都是修行，读书非且明理，日日坚持，

---

① （清）苏时学著，阳静校注《〈宝墨楼诗册〉校注》，巴蜀书社，2014，第 116 页。
② （清）梁章钜：《三管英灵集》，卷五十四，清道光桂林汤日新堂刻本，国家图书馆藏，以下契嵩诗均引自卷五十四。

老而不辍，俱是修心。因此，修得圆融之境，白云悠悠时间流逝，内心则清静自足，永恒无畏。《诫题（因事）》："高吟远瞩倚云梯，往事经心尽可题。道德二篇徒自辩，是非一马岂能齐。晖山真玉伤惊火，失水灵蛇畏在泥。寄语冥鸿上天去，凌云羽翼莫思低。"此诗起句与结句高远，中间说理，既有唐人的情景交融，也有宋人的哲理辨析。《题径山寺》云："翠拔群山外，连天势未休。云迷飞鸟道，雨出古龙湫。僧在深云定，香和杳霭浮。人间游不到，台殿自清秋。"摹景写物有王孟的清淡和空静禅意。

第二，诗歌中儒释道精神的合一。如七古长篇《送章表民秘书》，章望之，字表民，建州浦城（今属福建）人。以伯父章得象荫，为秘书省校书郎，监杭州茶库。曾经参与欧阳修等人的儒学改革、诗文革新和反佛之争。契嵩至杭州，与之交游，求同存异，互相影响，成为知己。章望之离开杭州上京应举贤良方正科试，契嵩写诗赠别，赞美章望之的儒家情怀。全诗叙事，议论，抒情结合。一半以上的篇幅，转述章表民的自道身世、怀才不遇、儒家见解和鸿鹄之志，洋洋洒洒，跌宕起伏。最后契嵩以理性思辨劝慰友人："请君更前与君语，何必轻沮烦孜孜。嘉谷冬收榷朝发，众物荣茂有疾迟。不闻伊尹五千汤，尧舜之道方得施。贤杰轻身重天下，岂使汲汲营其私。况当夷狄侮中国，蹂践二鄙翻地皮。将军诛讨苦未克，百万师老劳旌旗。凶年乐岁复间作，风雨霜雪犹不时。天子勤政不暇食，亦待才能相补裨。庙堂之上有君子，聪明岂肯饶皋夔。执秉公道尊大匠，裁度杞梓宁参差。爱君为人性辣达，不以其教交相訾。临风明月千里别，祝词岂惮倾肝脾。俗人好毁寡乐善，嘉名清节慎莫亏。朝廷若问平津策。贤良第一非君谁。"大段议论，可见契嵩用儒家兼济天下生民，不求私欲的理想坚持鼓励章望之；又用道家天时人道荣衰有变、佛家生命无常的道理安慰章望之，将儒佛道三家的道理合一，激励沉于下僚的友人去京城考取制科。契嵩有出世之心，亦有和儒士一样关怀国家命运、君臣际遇、民间疾苦的崇高思想，不仅将以儒治国，以佛治心的思想写进万言文章，呈给皇帝，还把这多层次的情感关怀写进诗歌，与契嵩交往，诗歌酬唱的儒士与僧道，有杨公济、冲晦禅师等，唱和诗中均表达了丰富的思想内涵。

总之，契嵩诗数量不多，题材局限于山水和赠答，擅长五律、七律，兼有唐诗情景交融与宋诗议论化。风格清高，无九僧的孤幽细境，无论是情景事理境皆清净高远。

第二节 《三管英灵集》建构广西诗史的发展期

《三管英灵集》选录明代 74 人 471 首诗，诗人诗歌比唐宋增多不少，流传亦多，明代是广西诗坛的发展期。明代广西籍诗人诗歌不是从一开始就发展繁荣起来的，经历了明初期的酝酿，明中后期的发展。梁章钜认为在广西诗史的发展期中，有一些大家值得一书，故选诗亦多，包括吴廷举、蒋冕、戴钦、王贵德、袁崇焕、谢良琦等。但他们没有形成流派，往往风格因自身性格和经历而各异。明代出现了家族诗人群体，他们先后中试，位列朝臣，有共同的诗歌题材。全州的陈瑶、陈琬兄弟、全州蒋昇、蒋冕兄弟和全州舒应龙、舒宏志父子均有游湘山寺的诗歌；容县的王惟道、王惟舆兄弟和容县的杨际熙、杨际会兄弟有登都峤山的篇章，还有平南的张廷纶、张溓父子等。

一 明初期粤西诗人的粤西山水

明洪武、建文、永乐、正统、景泰、天顺几朝（1368—1463），百年间诗人较少，留下的诗歌数量较少，梁章钜依据《粤西诗载》，大多仅选一人一诗，如王惟道、熊梦祥、王惟舆、陈政、李敏、陈珪、方矩、傅维宗、李纯、黎暹、岑方、张廷纶等，诗歌大多吟咏广西各地山水风光，没有晚唐五代宋的粤西诗歌题材广泛，如容县王惟道、王惟舆的同题之作七律《登都峤山》，抒发对家乡容县山水的热爱。二王为广西容县元代理学家王念九之孙，王念九，博学多通，尤精易理，"至元间以明经举例，就近铨注，授本州同知，操持廉介。值元祚浸衰，群雄蜂起，引疾归田。时谓念九进退得宜，一身是易"。[①] 到了明初，王家文化世家的品质传递给二王兄弟，"王惟道，洪武乙丑进士，任黄冈知县政事，学问该博，政事廉明，六年庶务毕，举仕至参政，请告家居，褆躬范俗，一禀先程。"[②] 王惟舆则是

---

① （清）汪森编，黄盛陆等校点《〈粤西文载〉校点》，第五册，广西人民出版社，1990。
② （清）汪森编，黄盛陆等校点《〈粤西文载〉校点》，第五册，广西人民出版社，1990。

"建文己卯举于乡，官刑部主事。清慎明允，狱无冤滞，晋本部员外郎，有政声，寻以亲老乞归，公庭无干谒之私，乡党多周赡之惠，邑人士雅重之，卒与兄惟道并祀乡贤"。① 二王皆继承了祖父的进退出处之道，晚年归隐家乡，流连山水，留下对家乡名胜的吟咏。此外明初还有熊梦祥《畅岩怀古》、陈珪《庆远北山》、方矩《布雍泉》、傅维宗《龙湾》、岑方《南津晚渡》、张廷纶《畅岩怀古》等，生动描绘广西的大好河山。但也有题材不同者，陈政的《哀平南为司训郭君妻》、李敏《送项子忠明府之苍梧》等。

二 明中期粤西诗坛的复古之音

到了明中叶成化、弘治、正德、嘉靖、隆庆年间（1464—1571），随着科举八股制的定型与成熟，选拔人才的激励，广西士人更多走出本省，走向政治、文化的中心，诗人与诗歌增多，诗人所选作品亦增多，诗人的视野始开，题材多种多样。诗人有陈瑶、唐瑄、包裕、陈琬、张溁、甘泉、申端、蒋昇、吴廷举、蒋冕、毛文治、李冲汉、黎兆、石梦麟、王熙、陆经宗、陈禄、石珤、陈贽、李璧、韦銮、甘振、莫瑚、陈献文、戴钦、张腾霄、冯承芳、王问、王讷讲、张鸣凤、张翀、杨际熙、李广图、舒应龙、何世锦、邓镳、梁允玳等。

明中期的粤西诗人继承唐宋粤西山水诗的传统，取材仍多为广西山水，少数诗人所写拓展为官宦、游历之省外山水。写山水田园较为突出的诗人，一是石珤，二是张鸣凤。《峤西诗钞》未录石珤诗，《三管英灵集》卷五选诗20首，基本为山水田园，羁旅客愁。石珤藤县人，明宏治五年举人，官顺德知县，诗集不存，选七律19首、七绝1首，题材和体裁较为局限，不能以选诗稍多名为大家，梁章钜并未在诗话中论及此人。《三管英灵集》选录张鸣凤诗15首，古体近体大致平均，诗取乎魏晋，质朴古涩，声韵不畅，题材也局限于广西山水岩洞，描画形似，缺乏神情，并无新意。《三管诗话》称其为著述最多的粤西学者，对其诗风并无提及。

明中期受到梁章钜关注的大家有吴廷举、蒋冕、戴钦。

吴廷举（1459~1525），字献臣，号东湖，梧州（今广西苍梧）人。吴

---

① （清）汪森编，黄盛陆等校点《〈粤西文载〉校点》，第五册，广西人民出版社，1990。

廷举家族原是嘉鱼人，因先祖戍守梧州，遂定居于梧州。成化二十三年（1487 年）中进士，授广东顺德知县。官至南京工部尚书，归筑东湖书院，教育后进，谥"清惠"，有《西巡类稿》8 卷，《东湖集》（奏疏 3 卷、吟稿 2 卷，卷首 1 卷）。

《三管英灵集》卷四吴廷举传后附录《明史》列传所记吴廷举生平二三事，又引传赞："刚直不阿，笃于气谊"，"清操峻特，卓然可风"。《三管诗话》卷上"吴廷举"条，梁章钜对《明史》本传所言，吴廷举下狱是因为"发中官潘忠罪"存疑，梁章钜查阅梧州吴廷举的《西巡类稿》，在《西巡类稿》中无"发中官潘忠罪"之说法，可见史传误传，实为刘瑾穿凿附会论罪，使得吴廷举刚直忠义而受诬下狱，垂死而释。梁章钜还将吴廷举拒绝明世宗任南京工部尚书，和吴廷举归于东湖守孝墓庐"清俭有德"的诗事抄录《三管诗话》中，赞吴廷举的品格修养为后世楷模，其名节志气远比诗名更大。因此，《东湖集序》赞曰："明吴清惠公学力醇正，居官刚直，气节为吾邑二百年来一人。"

《三管英灵集》选吴廷举诗 22 首：五古 3 首、五律 5 首、七律 13 首、七绝 1 首。梁章钜认为吴廷举擅长近体律诗，题材多选次韵诗和酬赠诗，包括《除夕次唐子西》、《华容行台次刘司空韵》、《天池道中次宋户部韵》、《和秦都堂风水亭韵》、《次韵赠言》（八首）、《赠陆参戎致仕》、《赠梁宗烈》。也有少数山水诗和咏怀诗。

明初台阁体多是次韵酬赠，修辞词藻，缺乏真情实感之作；而复古派又模拟汉唐意象，缺乏新意，吴廷举亦受影响。而《三管英灵集》选吴廷举此类诗中佳作，与"台阁体"诗风不同，又能避免复古派的形式化，如《赠梁宗烈》云："君从何处来，面带云山翠。谈天语峥嵘，忧世颜憔悴。学贵造渊源，仕当究经制。古来豪迈人，才步久淹滞。高才日沉沦，谁为世道计？我本辕下驹，致远多颠蹶。君如万斛舟，溟渤堪利济。莫编养鹤经，且充食牛志。"① 梁宗烈，名景行，字宗烈，广东顺德人，与"前七子"之何景明友善，曾任崇明知县、寿府长史等职，后告归乡里。诗歌流畅高

---

① （清）梁章钜：《三管英灵集》，卷四，清道光桂林汤日新堂刻本，国家图书馆藏，以下吴廷举诗均引自卷四。

迈，抑扬起落，质朴与典重结合。何景明亦有《赠梁宗烈二首》，赞美梁宗烈的才德修养："珊瑚产南海，翡翠生炎洲。丰林多异干，石璞皆良瑨……"诗学魏晋，对偶铺排，堆砌辞藻。相比之下，吴廷举诗在明代诗坛无名无派，此首酬赠诗的艺术却不亚于诗坛领袖何景明，见《三管英灵集》的独具慧眼。再如《华容次刘司空韵》："容台秋爽闿，楚树日青苍。井邑英豪众，天衢道路长。五湖淹岁月，孤剑带风霜。悯世东山老，神游定八荒。"写景高远，意境豪迈，将自身醇正刚直之气蕴寄诗中，另如《次韵赠言》八首，寄托时代之感，有边塞唐音，激励飞扬，羽檄神京，江湖豪气，刁斗声收，浩气幽怀，在明代复古诗歌中独树一帜。

吴廷举也有学宋诗之作，犹有学苏轼的痕迹。如写家乡的七律《梧州同心亭》："危亭兀坐省吾心，出入飞扬不可寻。云在水流谁点缀，天空月好自高吟。林间彩绣花呈色，檐际笙簧鸟度音。敢向邦人夸画锦，平生欠事海如深。"袭用苏轼"云散月明谁点缀，天容海色本澄清"之句，亦有苏轼洒脱飞扬之风格。吴廷举学苏不仅在形式上，也因与苏轼同样的济世之志，不合时宜，反抗权威，颠沛流离，而与苏轼对人生的思考和深情感同身受。入狱后面临生死之境，吴廷举写了《系刑部狱示芭臣弟》云："万里间关作楚囚，半生辛苦为谁谋。颠危九死过苏轼，患难相随赖子由。心事仰祈天日照，謷言敢望史官收。更忧一事为君累，葬我云山顶上头。"与苏轼在狱中作诗的思想情感相似，对功名的厌弃，理想的坚持，亲情的不舍和生命的洒脱，令人感动；与苏轼行云流水的风格也相近。

总之，吴廷举受到"前七子"复古主张一定程度的影响，诗学唐宋，有真情实意。

蒋冕，（1463—1533）字敬所，一作敬之，全州（今广西全州）人。成化二十三年（1487）进士，选庶吉士，授编修，累官吏部侍郎、礼部尚书、太子太傅兼武英殿大学士等。明世宗嘉靖三年（1524）任内阁首辅，仅两月，"大礼议"起，龃龉以去，致仕还乡，谥文定。有《湘皋集》40 卷，其中文 32 卷，诗 6 卷，联句 1 卷，词 1 卷，存诗约 600 多首。

《三管英灵集》蒋冕传后引《四库全书总目提要》对蒋冕诗的评价：

"丰裁岳岳，在当时不愧名臣，其诗文则未能挺出也。"① 可见蒋冕与吴廷举均为名臣，而诗文成就不高。《三管英灵集》卷四选蒋冕诗63首：五古1首、七古2首、五律10首、七律38首、五绝4首、七绝8首。蒋冕长于写近体律绝，尤工七律。《三管诗话》卷上，梁章钜评价蒋冕的诗歌成就和诗歌风格："余初莅桂林，即得《湘皋集》遍读之，古诗寥寥数篇，诚未见杰出之作，近体风韵不减唐人，而七律尤有气力。盖文定尝受诗法于李西涯（李东阳），所诣与香山为近。"② 梁章钜认为蒋冕古体诗数量不多，质量平平，所选五古仅一首，为旧题乐府《秋夜长》，代言相思；所选七古二首题画、送别，如《画马》等，叙述铺陈，平平无奇。而近体诗成就高于古体诗，七律尤佳，有"气力"，蒋冕为"茶陵诗派"中人，学诗于李东阳，梁章钜所选七律《夜坐偶忆涯翁先生见教诗率而次韵》和《漫吟》（诗自注："涯翁诗谓冕所居楼为长安第一楼"），均提到了李东阳。李东阳在成化、弘治年间任宰相，提拔人才，奖励后劲，主张诗学唐代，反对台阁体风貌。蒋冕当时官居翰林，受教于李，诗风格颇似李清俊流丽，蒋冕学白居易近体诗气韵平易流丽，风韵气度不输唐诗。

蒋冕诗歌题材多为送别诗、次韵诗、酬唱诗和应制诗，对仗工稳，用典妥帖，颂赞祝福，而亦平平无奇，皆难免有台阁体的积习，由身份地位决定了诗歌的错彩雕琢的形式化和雍容和缓的节奏特点。这些具有社会功能性的诗歌占了《三管英灵集》所选蒋冕诗歌的一半。较为特别的是，《三管英灵集》选录三首蒋冕与进士同年吴俨的交游诗，首首皆有真情深意，如《次遂庵先生待隐园诗韵》："古槐荫下坐移时，天外凉生一叶知。谁遣林塘有丝竹，残蝉正抱最高枝。"③ 吴俨（1457—1519）字克温，号宁庵，宜兴（今江苏宜兴）人。成化二十三（1487）进士，选庶吉士。除编修，历官侍讲学士，掌南京翰林院。逆刘瑾去职。刘瑾诛，召用。终南京礼部尚书。他们有共同的仕宦经历和时代之感，在荒淫无道的皇帝和飞扬跋扈的宦官之下，拯时济世的理想与现实的矛盾，使他们感同深受，惺惺相惜，

---

① （清）永瑢、纪昀编，周仁等整理《四库全书总目提要》，海南出版社，1999，第938页。
② （清）梁章钜著，蒋凡校注《〈三管诗话〉校注》，广西人民出版社，1996，第73页。
③ （清）梁章钜：《三管英灵集》，卷四，清道光桂林汤日新堂刻本，国家图书馆藏，以下蒋冕诗均引自卷四。

在诗歌里发出残蝉般伤己伤人，更感伤国家和时代的哀音。

蒋冕比较突出的是写景诗，风格如白居易闲适平淡。如五律《雨后郊行二首之一》："杏花开几树，一雨遍东皋。柳外蛙争闹，秧边草半薅。水生泉涨脉，田垦土流膏。朗诵归来咏，闲吟拟和陶。"描写郊外自然的生机活泼，和安乐悠闲的心境。五律《次屠进士喜晴韵兼以赠二首》其一亦写雨后之景："春来无好况，山水罢登临。村巷朝朝雨，岩峦处处阴。今晨开小牖，晴旭照前林。万里青霄上，云无半点侵。"诗歌先抑后扬，雨后的小窗阳光、青天白云，高远风景写阔远之心胸，清丽明朗的闲适诗境。七律《题黄隐士别业》："疏竹编门草覆墙，数椽茅屋水中央。云栖檐下轩窗润，风过花间枕簟香。岚气入帘晴亦晦，潮声当户暑偏凉。谁言身外浑无事，诗思撩人也觉忙。"七律写景亦是流畅清淡，后二句抒情闲适乐天。《龙渊书亭》："龙渊地僻隔红尘，构得茅亭傍水滨。满架诗书千古意，一帘风日四时春。游鱼惯见浑相识，飞鸟时来不避人。应似山阴多胜景，茂林修竹共清新。"展现读书人的自足自乐，与亭、鸟、鱼、水、书、竹完美相和，远离红尘烦扰，修心养性的士大夫情怀。

《三管英灵集》还选蒋冕的咏怀诗，晚年学杜，沉郁深情，犹有韵致。有些诗写家乡之思，五律《春日漫书》和七律《忆母》、《忆故山》、《清源舟中漫书》等，皆浅淡抒情叙述，而语浅情深，梦中总有湘山、母亲、故园。还有些诗写家国之叹，七律《遣怀二首》："万里湘皋一病翁，形如枯木鬓如蓬。药炉又见秋风老，窗纸俄欣暖旭红。耳听客谈心眊瞍，手拈书卷眼朦胧。世间百念俱灰冷，犹喜随人祝岁丰。""不分竹下与松间，牧叟樵夫任往还。忧国泪边双白发，登楼眼里几青山。诗成枕上聊乘兴，酒对花前暂解颜。世事百年徒役役，那知物外有人闲。"诗写多病衰老的自我形象，和忧国忧民的登楼之意，表面上伤春意绪，诗酒自遣，万念俱灰，置身世外，实则心内炽热，仍然在衰顿颓唐的年华之悲和百年盛衰的历史哲思之后，有所期待，"犹喜随人祝岁丰"，犹然渴望天下太平，气未余而力未竭。因此，蒋冕晚年的咏怀诗一方面内敛沉郁，有杜甫晚年律诗"平淡而山高水深"的风貌，没有杜甫的顿挫；另一方面，仍然有白居易的落落大家，闲适乐观。因此，梁章钜云蒋冕诗歌"近体风韵不减唐人，而七律尤有气力"。

戴钦（1493—1526），字时亮，号鹿原，自署玉溪子，明代马平县人。先祖世居江西宁州，明洪武初年从征戍柳。戴钦自幼聪颖过人，读书过目成诵，为文作诗，下笔千言，皆不经人道语。正德九年（1514）进士，官至刑部郎中。嘉靖三年（1524）议大礼，廷杖，创重卒。著有《鹿原存稿》。《三管英灵集》卷五只选戴钦诗歌九首，因未能搜罗到其别集《鹿原存稿》，8 首取自《粤西诗载》，1 首取自《明诗综》，首首经典，数量之少，是为遗憾。其中杂古 1 首、五律 4 首、七律 4 首。

戴钦是明中叶粤西诗坛翘楚。梁章钜《三管诗话》引《四库全书总目提要》，称戴钦诗歌好摹古，"钦与何景明、李濂、薛蕙等同时友善。所作颇刻意摹古，然不越北地之余派也。"并举戴钦《游老君洞》七律（名山江上遍维舟）一首，评价其诗"虽亦是袭取唐人之貌，而声律俱足，在三管吟坛中，不得不推为巨擘矣。"① 可见梁章钜对戴钦诗歌的欣赏，将之推上广西诗坛大家的宝座。《明诗纪事》戊签卷十二也强调"时亮诗音节浏亮，粤西诗在明中叶此为翘楚。"② 皆说明戴钦成就高，是明"前七子"之复古一脉。

梁章钜认为，戴钦诗最大的特点是长于写近体律诗，声律抑扬顿挫，平仄相间，清丽浏亮。如《谒柳子厚祠》："窈窕山门入柳堂，阴阴松桧郁秋香。多才怜汝终疏放，往迹令人倍感伤。荒冢草寒惟夜月，断碑字没卧斜阳。遥将万古英雄泪，洒向江流孰短长。"律诗而不事雕琢，不用典故，故意学古，化去痕迹，自然而然。《粤西丛载》卷六引明代宜州李文凤《月山丛谈》，说广西提学姚镆云："戴钦作文佳思如泉涌，不知从何处得来。"戴钦中乡试后，为诗即有佳句，远近传诵，登第后更有名，人皆敬仰。闽人丘养浩问李文凤："君识戴时亮否？"李文凤笑曰："此余邻邑生，何为不识也？"丘养浩赞戴钦：'顷见其诗文，天人也。清新丽则，有天然之趣。"③《粤西文载》卷七十云，戴钦"为文及诗清新俊逸"④。

① （清）梁章钜著，蒋凡校注《〈三管诗话〉校注》，广西人民出版社，1996，第 82 页。
② （清）陈田辑《明诗纪事》，第 14 册，商务印书馆，1936，第 1538~1539 页。
③ （清）汪森著，黄振中等校注《〈粤西丛载〉校注》，上册，广西民族出版社，2007，第 297 页。
④ （清）汪森编，黄盛陆等校点《〈粤西文载〉校点》，第五册，广西人民出版社，1990，第 237 页。

戴钦之诗有唐人风范，所选多山水游仙，气象高远。戴钦信道求丹，畅游山水，继承唐粤西曹唐的游仙题材，但诗学盛唐李白，《游西峰岩》、《登老子岩高阁》、《游老君洞》皆为佳作。如《游老君洞》其一："入山顿觉俗缘消，况复引星上紫霄。石乳滴云开万洞，山龙盘水下三桥。天仙鹤举留丹灶，玉女鸾回响碧箫。回首浮生无处著，欲将身世混渔樵。"①《游老君洞》其二："名山江上遍维舟，石室仙坛此绝幽。金鼎丹光蟠白鹤，洞天云气伴青牛。元宫彷佛来三岛，烟水分明接十洲。醉拨五云下山路，罡风披拂凤毛裘。"诗歌大量使用道家神仙意象，超拔不俗。《登立鱼峰》："小龙潭上立鱼山，绝壁悬萝岂易攀。金磴斜分天路转，翠霞高抱玉峰闲。洞中鸟语凭吞吐，江上渔舟自往还。清啸随风落牛斗，置身遥在五云端。"结句气势飞扬俊逸，有超脱绝世之情，再如《登老子岩高阁》："山门宛转盘云磴，仙阁高寒出洞天。霞气成龙随竹杖，花香依鹤下芝田。回峰并度南来雁，短棹齐飞江上船。北望长安何处是，日华遥在五云边。"此首亦在结句学习唐人笔法，兴象高远。

总之，明中期的吴廷举、蒋冕和戴钦皆受到明代前中期几大诗学流派的影响，既有时代之音，又有独特的诗风，可作为粤西诗人的代表，跻身于全国诗坛之中，他们的出现，标志着粤西诗人诗歌艺术成就的提升，和粤西诗歌影响力的不断扩大。

三　明后期粤西异代诗人创伟词

明后期万历至崇祯年间（1572—1627），明朝国势由峰顶日渐衰退，直至明末清初的异代，时代变化影响了广西诗人的思想和心态，他们的生活境遇和生存环境急剧变换，敏感的诗人开始吟唱仕宦的流离飘泊，抒写盗寇四起、异族战争、山河沦亡，表现弱小生命真实的惊恐和惨痛。他们的题材范围已经拓宽，关注现实、羁旅行役、咏史怀古、山水隐逸。他们从复古汉魏盛唐的模式中走出，自铸伟词，与杜甫家国之变下的个人经历感同身受，并由此向内敛深沉、厚重老苍的宋诗靠拢，而与明代的"诗必盛

① （清）梁章钜：《三管英灵集》，卷五，清道光桂林汤日新堂刻本，国家图书馆藏，以下戴钦诗均引自卷五。

唐"的复古分道扬镳。这一时期的诗人有：杨际会、曹学程、莫鲁、舒宏志、林应高、王贵德、袁崇焕、谭赉、廖东升、唐世熊、朱绍昌、陈瑾、袁杰、赵天益、谢良琦、黄家珍、卢佐音、刘士登、黄家珪、尚济、李永茂、邓氏。梁章钜选诗较多的是王贵德、袁崇焕、谢良琦。

王贵德（1593—1652），字正源，容县人。明万历四十六年（1618）举人。在京城和广东等地任学官多年。崇祯十五年（1642）任麻阳（今属湖南）县令，有惠政。南明隆武二年（1646）桂王朱由榔监国于广东肇庆，授监军佥事。永历六年即清顺治九年（1652）病逝于家。著有《青箱集剩》。《三管英灵集》选王贵德诗最多，共96首，包括五古13首、七古5首、五律35首、五排2首、七律33首、七绝8首，可谓众体兼备，长于近体。吕集义辑《广西诗征》得《青箱集剩》，民国三十二年序曰："朱明一代，吾桂诗人，容州王正源先生实为巨擘，所著《青箱集剩》世不多见。"①王贵德不屑雕章琢句，模拟求古，诗歌无论何种题材体裁，大多雄放豪迈、气势磅礴，自为舒卷，大开大合。如"归客朝辞岭上梅，暮帆东下听轻雷。"（《南雄放舟》）"长风迅浪桃源县，万里黄流天际来。不尽平芜望山郭，晚烟吹向夕阳开。"（《桃源县》）"山当浩渺开青嶂，天入苍茫生紫烟。"（《登白云楼有怀王李诸先辈》）②

王贵德以诗纪史，将所到之处所见乱世情状写出，关注现实、忧国忧民之自我形象颇似老杜。如《九日夷陵》："忧时伤涕泪，垂老压江湖。况是秋风里，其如客影孤。高云浮欲堕，怒浪卷将枯。朔气催刁斗，阴风急鼓桴。关河一棹隔，戎马十年徂。谁擅登高赋，同开采菊壶。丹枫摇楚峡，苍狄噪巴巫。日落孤城峭，霞回断岸纡。砧声吹素女，雁阵泣青奴。霄汉霜雕健，沙场铁马瘏。衣寒应自授，帽落不须扶。远想升平日，愁看困顿塗。乍闻兵入卫，忽报将争通。蓟北摧雄镇，江南失壮图。几烦宵旰圣，未见廓清谟。阁部羞先逝，园陵惨继屠。寒销北望眼，凄绝夜啼乌。且向夷陵卧，无劳彭泽呼。"明末王贵德避难湖北夷陵，于长江三峡伤己伤时，垂泪涟涟，似杜甫垂老徒然忧国的形象。诗歌意象也似杜甫象征暗喻，"浮

---

① （明）王贵德著，谢明仁、江宏校注《〈青箱集剩〉校注》，巴蜀书社，2014，卷首3。

② （清）梁章钜：《三管英灵集》，卷六，清道光桂林汤日新堂刻本，国家图书馆藏，以下王贵德诗均引自卷六。

欲堕"、"卷将枯"、"朔气催"、"阴风急"、"摇楚峡"、"唳巴巫",国家局势动荡不安且每况愈下,而诗人亦如老杜因战争十年奔波,羁留他乡,重阳采菊倍思亲。体式也学杜甫长篇五排,抒情、写景转而叙述,注意结构安排,"远想升平日,愁看困顿塗。乍闻兵入卫,忽报将争通",四句为一转折,转入国家紧急关头的现实描绘,乱民暴动,清军驱入,版图沦陷,尽管崇祯皇帝励精图治、宵衣旰食,但他既无治国之谋,又无任人之术,屡换内阁学士,人人噤若寒蝉、如履薄冰,造成人才匮乏,有心报国者不敢请缨。致使都城沦陷,崇祯皇帝弃国自尽,内阁长老羞愧而死,汉家陵墓也惨遭涂炭。"寒销北望眼,凄绝夜啼乌",是王贵德眼见国家无力拯救,北归不得,报国无门,最后发出的绝望之音。正如郑献甫《青箱集剩序》云:"先生当明之末造,崇祯时,官既不能达;永明时,事又不可为。遂以孤臣作完人,卒于家。抑郁之气,危苦之心,每乘吟咏而露者。"① 正概括了王贵德诗的基本格调:沉郁愁苦。既有感伤老大迟暮,理想蹉跎的咏怀:"天长不可极,道大伤迟暮。徘徊十年事,掩卷忘其故。"(《坐尊经阁》)也有悲天悯人的感叹:"时非太平候,豺虎肆狂鹜。"(《剡城县寇警》)"时当倾否际,地困疮痍苦。"(《赠张州同张旧署麻阳》)"天高双眼阔,寥落一长吟。"(《宿州》)"乡关云影外,杯酒夕阳西。"(《宿东平州》)夕阳西逝,大明王朝就此覆灭,王贵德诗歌的末世哀愁,沉郁苍凉。

末世诗人皆执着于反思历史,向历史寻找王朝灭亡的答案。王贵德的咏史怀古即如是。《三管英灵集》选其《淮阴祠》、《武陵作》三首(咏善卷、刘禹锡、李陵)、《舟过张曲江公墓》、《拜包孝肃祠》、《读孙抱一忠烈录》、《崖门吊古》四首。尤其是《崖门吊古》原有五首,《三管英灵集》选前四首,表面上吟咏南宋灭亡的历史,而实为思考南明的命运。

> 崖门秋水碧,千古自潺湲。社稷洪涛里,君臣白莽间。荒陵凄落日,遗庙闭空山。欲问前朝事,西风芦荻湾。
> 落木栖归鸟,斜阳起晚风。海云犹列阵,山月只残宫。为国忠同死,成仁败亦功。临流一凭吊,烟雨肆空濛。

① (明)王贵德著,谢明仁、江宏校注《〈青箱集剩〉校注》,巴蜀书社,2014,卷首1。

奇石阴云结，寒潮暝色连。慈元空有殿，瘴海已无天。运值强国日，波沈灭宋年。荒崖留断碣，岁岁冷秋烟。

万木萧森处，三臣忠烈祠。海天堪捧日，宗社有还时。弱势看星陨，残灵遂北遗。兴亡千古事，不独宋臣悲。

王贵德歌颂了抗元英雄文天祥、陆秀夫、张世杰抵抗元军入侵的英勇事迹，和他们知其不可为而为之，与国家共进退共存亡的道德精神，也暗自表达了他在南明全力抗清，与外族斗争到底成仁取义终无憾的人生选择，和对南明抗清志士的赞扬敬仰，对清兵屠杀人民和汉族忠良的痛恨，对前明沦亡后南明命运的无限怅惘哀思。

王贵德还有山水隐逸的题材，是在乱世中的一方心灵净土，每每与友人徜徉山林，日月悠长，内心澄明。如《与区自书访唐景叔岩居》："海天正空阔，孤鸟投深林。自处岂不高，彼侣悲遥岑。如尔自岩穴，我心殊未惬。趁此风日美，结伴相追寻。轻香出层径，薜花罗繁阴。中列琴与书，佳石互幽森。环坐得肆眺，光气清人心。松影入天长，鸟声归壑深。此际结遐想，闲云袭轻襟。领略且终日，得句相豪吟。并以志高步，不令荒草沈。"再如《唐景叔移住星岩作此贻之》、《符吉甫招饮二郎祠》、《与景大酉诸子穷叙州诸胜》诸首亦然。与友人徜徉的山水未染时代风雨，依旧幽深阔远，如同王贵德坚如磐石的内心。

王贵德的诗歌跳出明代复古派的模拟，用自身胸臆铸造伟词，实为明粤西诗人之杰出者。

袁崇焕（1584—1630），字元素，号自如，祖籍广东东莞，实居广西平南，后寄籍藤县。万历四十七年（1619）进士，授福建邵武知县。天启二年（1622）入京，升任兵部主事，主持辽东防务。天启六年（1626）十月，挫败努尔哈赤所率后金劲旅，获宁远大捷，努尔哈赤也在这次战争中受重伤而死。以后多次挫败皇太极所率后金大军，取得了宁远和锦州大捷。崇祯二年（1629）带兵解北京之围，却因皇太极施反间计，崇祯皇帝以谋反罪于崇祯三年（1630）八月将其处死。

袁崇焕不仅是雄姿英发的名将，也是风流儒雅的诗人。《三管英灵集》卷七收明末袁崇焕诗歌66首，并评论："史称公慷慨负胆略，以边才自许。

后以杀毛文龙论死，而边事益无人，明祚遂移。读其遗诗，不啻如见其人也。公不必以诗名，而作皆豪迈有真气，足称其为人，故所登独多云。"①袁崇焕是叱咤风云威震塞北的民族英雄，其诗在史书、方志和前人的粤西诗总集中皆未著录。梁章钜搜访其诗，从其后人处得袁崇焕《乐性堂遗稿》二卷，并将其中十之七八收入集，袁诗精华，有赖存焉。

与王贵德等明末诗人一样，袁崇焕多创作咏史怀古诗，每每自创新意，另辟蹊径，大发议论，而与之前的诗人所咏观点不同，可见袁崇焕强大自主的生命力，灌注在诗歌里。袁崇焕面对江山破碎，朝政腐败，也从各朝各代的盛衰故事里寻找经验教训，关注历史其实是对现实的深情不舍。如《浯溪》、《燕然山》、《浣衣里》、《望鹿门山》、《黄金台》、《太白楼》、《韩淮阴侯庙》、《啸台》、《夷门》、《上蔡县》、《博浪城》等。如《燕然山》：

> 兵战乃危事，不得已用之。白骨多如莽，哀痛心焉悲。
> 功成亦云幸，况敢贪天为。不求舆人颂，但愿圣主知。
> 名成在竹帛，国史无弹讥。敬慎可不败，夸张将谁欺？
> 陋彼汉窦宪，燕然勒铭词。不能善其后，物盛理必亏。
> 惜哉班孟坚，此理不及窥。吾今策马过，扬鞭生忧思。②

《燕然山》不提史事，起首就发议论，表达反战的人文思想，将军的战功赫赫是以累累白骨为代价的，来之不易，不该贪图功名，袁崇焕讽刺东汉窦宪，燕然山勒石记功，也讽刺明末腐败的将军，为了自己的功名和私利，飞扬跋扈，张扬放肆，不知敬畏谨慎，骄纵必然轻敌无法，必然导致失败。正如窦宪鄙陋之人，得势便嚣张，只看眼前，不能善后，被汉和帝铲除，因为窦宪作铭词而受到株连的班固，也看不到"物盛理必亏"的道理，可悲可叹。袁崇焕翻案之语，没有赞扬抵抗匈奴的窦宪，而是对军功反思。袁崇焕亦建立了赫赫战功，但他仍能戒骄戒躁，反省谨慎，一方面寄托了他对明朝边陲外患频仍、将骄兵惰、尸位素餐的忧虑；另一方面则

---

① （清）梁章钜：《三管诗话校注》，蒋凡校注，广西人民出版社，1996，第104页。
② （清）梁章钜：《三管英灵集》，卷七，清道光桂林汤日新堂刻本，国家图书馆藏，以下袁崇焕诗均引自卷七。

是对混乱朝局中如履薄冰的忧惧。

再如《浣衣里》："忠臣血入地，地厚为之裂。今溅帝王衣，浣痕亦不灭。灵质偏成磷，光焰九天彻。精诚叩帝阍，愿化一寸铁。良工铸作剑，剑锷百不折。斩尽奸人头，依旧化为血。血污常如新，抚摩触手热。什袭在笥中，留作裳衣设。后来谁可同，惟有南八舌。"袁崇焕歌颂历史上的忠臣烈士——血溅帝王衣的嵇绍和南霁云。诗歌没有直书史事，而是用象征的笔法，写忠臣之热血和精魂永世不灭，其血死后渗入泥土，铸成宝剑，再斩奸臣之头，并将反抗战斗的精神代代相传。这首诗托古言志，抒发自己战斗的豪情和至死不渝的正义精神。袁崇焕《东林党人榜中无姓名书此志感》一首，更是看出，袁崇焕与那些趋炎附势、趋利避害的朝臣不同，明末魏忠贤等宦官得势，气焰极为嚣张，他们的《东林点将录》，实际上是一份打击名单，将反对他们乱政的东林党人一一迫害，常人避之不及，而袁崇焕表达了对东林党的敬仰，誓言与忠臣为伍，直言批判宦官奸党一网打尽、斩草除根的狠辣。袁崇焕始终相信人间正道，忠臣义士定能胜邪。

山水诗也是袁崇焕诗的一大题材，袁崇焕在中进士之前，曾游历天下名山大川，所到多有吟咏；后征战南北亦每逢大江大河，则抒发建功豪情，如《断桥》《斑竹岩》《海山楼》《独秀山》《黄河》《剡溪》《舟中春涨》等诗。他或是徜徉山水，信笔轻描，从容不迫的呈现出山水的明秀之气。如《藤江夜泛》："江水白茫茫，行舟趁晚凉。笛声三弄罢，渔火一星光。沽酒寻茅店，收帆认柳塘。刚逢明月上，夜色正苍苍。"诗歌视角与众不同，丝毫没有夜晚的沉重和江湖飘泊之感，反而活泼轻盈，随遇而安。再如《独秀山》："玉笋瑶簪里，兹山独出群。南天撑一柱，其上有青云。"奇秀之中蕴寓力量，豪迈之人有豪迈之语，有青云直上的高远志向。另如《黄河》："河水奔流去，喧腾万马声。源从天上落，性本地中行。浊处真须激，清来自太平。济川吾有志，击楫动深情。"袁崇焕的山水诗往往具有爆发力，又有放有收，抒情言志显露不藏，拯济浊世，击楫誓中流，抒发欲抵抗外族侵略，保家卫国的激情壮志。再如《舟过平乐登筹边楼》："何人边城借箸筹？功成乃以名其楼。此地至今烽火静，想非肉食所能谋。我来凭栏试一望，江山指顾心悠悠。闻道三边兵未息，谁解朝廷君相忧。"登楼望远，满腹抱负，指点江山，舍我其谁。袁崇焕的诗歌自有英雄本色，是明末乱世中的强心剂，比无用武之地的文士茫然伤感之歌，要慷慨激扬的多。

袁崇焕征战塞北，但所存边塞诗的数量并不多，《边雨》、《边雪》、《边风》三首描写北方战场的环境，怜惜边兵之苦。如《边雨》："风斜雨急阵云平，想为军中洗甲兵。万帐关心衣暗湿，一时昂首马齐鸣。防人薄我晨传箭，避水移山夜拔营。颇幸屯田今岁熟，先期十日已收成。"虽然边疆风雨骤变，但士兵士气昂扬，万马齐鸣，在艰难的环境中辗转扎营，皆无怨声。袁崇焕胸怀阔达，感谢天降好雨，盼望边民丰收。而《再出关》则唱出征的豪情壮志："重整旧戎衣，行途赋采薇。山河今尚是，城郭已全非。马白趋风去，戈应指日挥。臣心期报国，誓唱凯歌归。"《别李溪南诸友出边》、《关上与诸将话旧》均是高唱保家卫国之决心的诗歌，袁崇焕自信与友人整顿河山，指日可待。

袁崇焕功勋卓著，千里勤王，挥师回京，但却蒙受奇冤，中离间计，崇祯皇帝将其逮捕入狱。他悲愤交加，百感交集，在狱中写《入狱》、《闻韩夫子因焕落职泣赋》、《狱中对月》、《题壁》、《忆母》、《忆弟》、《寄内》等。但袁崇焕依然慷慨志气，并无失路之悲，大义凛然，洞察世事，无畏无惧，犹能劝慰亲人朋友："但留清白在，粉骨亦何辞！"（《入狱》）"此身早晚知为醢，莫覆中庭哭过哀。"（《闻韩夫子因焕落职泣赋》）"上将由来无善死，合家从此好安贫。"（《忆弟》）"当时自矢风云志，今日方深儿女情。作妇更加供子职，死难塞责莫轻生。"（《寄内》）但面对老母亲白发人送黑发人，袁崇焕还是悲愤不已，"思亲想及黄泉见，泪血纷纷洒不开。"（《忆母》）生离死别之际，反省平生，悔恨对科举功名的追逐，与亲人的长久离别，英雄之深情尤为动人。亲情诗是袁崇焕诗歌的题材之一，大英雄自有绕指柔，在乱世之中身不由己，每每思念，皆写出深情，如《弟煜来军中省视》、《偕弟煜夜坐有作》、《哭弟燦》、《归家后作》、《闲居示弟煜》、《到家未百日即为崇祯元年诏督师辽蓟拜命入都》等。但面对冤案，身正无惧，视死如归，奈何英雄陨落，亲人流放，国家分崩。今人幸因《三管英灵集》存的 66 首诗，知其为人，豪迈多气，龙吟虎啸之音，奇语动魂。

谢良琦（1624—1671）字仲韩，号石臞，全州人。崇祯十五年（1642）

中举。谢良琦青少年时代生活在明末，中举后二年吴三桂引清军入关，一度隐居家乡；壮年生活在清初顺治至康熙初年，经地方官推荐入仕，但才高气傲，耿直自负，屡屡碰壁。入清后历任淳安、蠡县县令。后调常州府通判兼司狱讼。继任宜兴县令，后补延州通判。曾与王渔洋、金圣叹等为友。有《醉白堂诗文集》，现存诗 300 余首。《三管英灵集》选谢良琦诗 56 首，包括五古 11 首、七古 10 首、五律 14 首、七律 19 首、七绝 2 首。

苏时学《暇日偶翻两粤前辈诗集有所得戏作论诗绝句十五首》其五评明末清初谢良琦："辀轩从古略南荒，谁识人间醉白堂。更有奇文雄一代，中原旗鼓孰相当。（全州谢石臞，别驾良琦。石臞文可方同时侯魏，而天才横逸。殆将遇之二百年，来世无知者，非粤西一憾事耶！）"① 肯定了谢良琦在粤西文坛的地位，其文和其词的成就较高，而其诗则略逊一筹。

《三管英灵集》选谢良琦五七言古题乐府，如《拟古》《苦寒行》《出门》四首、《春闺怨》《秋闺怨》《短歌行》《长相思》二首、《明镜歌》《赠歌者》《白纻歌》《故人潇湘来》等，或代言征夫思妇的相思，或以物象象征孤直品质，或写仕宦被谗的无可奈何，皆借古寄寓生平之况，希求有人援引之意。古题古意，并无创新。

谢良琦的咏怀诗情感真挚，赋到沧桑，沉郁苍凉，颇似老杜。《秋怀》《述怀》《望远》《感怀》等，数量不多，皆作苦吟，抒写自己身世坎坷、异代遭乱、怀才不遇的人生感叹。其中《述怀》最能剖析心迹："坎壈万古身，少小集忧患。始归自闽峤，屡空逢岁宴。终年婴疾病，慈母劳永叹。荏苒十二春，荒忽竟强半。遂失严父尊，旧业任漫漶。十四颇笃志，图籍恣探玩。幸致不肖躯，邂逅遭世乱。自兹事湖海，踪迹永奔窜。终愧南山隐，浩歌白石烂。生平霜雪志，与世尽冰炭。百为无一成，空惊时序换。高怀寄吟啸，落笔天真漫。（《三管英灵集》脱句：谁从百代下，俯仰快淹贯？邈然顾六合，文采正颓散。）虽之名山藏，所性自习惯。在昔观圣贤，闻道在多难。"② 谢良琦感叹自己的一生远离家乡，遭受时乱，隐居不成，清白不存。但犹能理性的安慰自己，自古圣贤尽贫贱，多灾多难的人生，

---

① （清）苏时学著，阳静校注《〈宝墨楼诗册〉校注》，巴蜀书社，2014，第 144 页。
② （清）梁章钜：《三管英灵集》，卷八，清道光桂林汤日新堂刻本，国家图书馆藏，以下谢良琦诗均引自卷八。

才能磨练意志，体会大道。

羁旅游宦是谢良琦诗的一大题材，《三管英灵集》所选的《秋夜乡思》、《江雨》、《钱塘春泛》、《钱塘夜泛》、《江行杂咏》二首、《涉江》、《道中》、《渡黄河晚宿大集村》、《旅夜有怀湖上心函上人》、《阳羡署中》、《九月十五夜坐月》、《旅怀》、《旅中》、《泛舟》、《江行杂体》、《山居苦雨》、《寄家信》、《枫林晚泊》等，数量众多，但意象不出前人范围，首首雷同，前后重复，不出伤春悲秋，酒醉酒醒，孤客寂寞，念远思乡之情，情感虽真，但在意象、意境上并无创新之意。仅七律《归棹》，抒写十年阻隔，终归家园的喜悦："不禁狂喜卷诗书，一棹潇湘问故居……"，没有苦涩的意象、音韵，是谢良琦少有的音节流畅的快诗。

谢良琦空有才华，却无处施展，身仕两朝，矛盾悲戚，活在"薛荔春寒未制衣"（《感怀》）的矛盾之中，家乡是他生平中最可得到安慰的心灵栖居之地，屡屡吟唱。异族的统治，软弱的性格，使得谢良琦未能用直抒胸臆的方式高歌，而是选择拟古象征、物象象征的方式曲折抒情。痛饮醉酒，而未有李白狂歌之豪逸，苦吟沉郁，而未有杜甫博大家国之底蕴。

总之，明代是广西诗史的发展期，诗人诗歌数量增多，出现了吴廷举、蒋冕、戴钦、王贵德、袁崇焕和谢良琦一些大家，但能够从广西诗坛脱颖而出，在明代诗坛占有一席之位的诗人少之又少。

第三节 《三管英灵集》建构广西诗史的繁荣期

《三管英灵集》所选清代诗歌最多，选 443 位诗人的 2883 首诗歌，占《三管英灵集》全部诗歌的 4/5，可见清代广西诗人诗歌的极大繁荣。所选清代诗人诗歌较多的朝代是乾隆、嘉庆、康熙三个时期。选诗最多的朝代是乾隆朝，共 228 人，1668 首诗，其次是嘉庆朝，共 103 人 755 首诗，再次是康熙朝，共选 43 人 149 首诗，道光朝选 28 人 121 首诗，雍正朝选 27 人 121 首诗，顺治朝选 7 人 10 首诗。进入清代以后，顺治、康熙、雍正几朝，社会逐渐稳定，异代的阴影渐渐退去，朝廷科举制的恢复，广西文人也逐渐增多，而在乾嘉时期达到了顶峰，乾嘉时代社会政治开明，经济繁荣，文化教育兴盛，这是广西的诗人涌现的动因之一。梁章钜选诗止于道光

（1821—1850）前半期，仅选已逝世诗人，因视角的局限，不可避免地造成所选诗人之少，不能概观道光广西诗坛的全貌。

梁章钜也关注清代家族诗人，如灌阳唐纳牖、从子唐之柏。上林张鹏展和曾祖辈张鸿翩、张鸿㬓兄弟，祖父张友朱，父亲张滋，兄弟张鹏超、张鹏衢，儿子张元衡、张元鼎。苍梧的关为寅、关为宁兄弟。全州谢赐履、儿子谢庭琪、侄子谢济世。武缘的刘定逌、刘定遴皆有大明山之咏。桂平的陈纯士、弟陈元士、陈良士。临桂的陈宏谋、侄子陈钟琛、陈钟璐、女儿陈莹英、孙陈兰森、曾孙陈兆熙、曾孙陈元焘、曾孙陈鼎勋、兆熙子陈守增。临桂的周龙炽、周龙舒。临桂的周琢、周琼、子周贻绪。临桂的陈秉仁、陈秉义。临桂的陈星联、陈星麟。临桂朱昌煐、子朱绪、孙朱凤森、朱亨衍、子朱若东、孙朱依㬊、朱依鲁。桂平的潘鮔、兄潘鲲、弟潘鯛和潘鱲、侄子潘兆萱。平南的彭廷模、彭廷楷。平南的黎建三、叔父黎庶恂、族兄黎龙光、子黎君弼。平南的袁珏、袁昭夏、袁昭采、袁昭建、袁昭勤、袁昭同、袁昭馨、袁瀌。归顺州的童毓灵、童葆元。马平的杨廷理、子杨立冠、内兄欧阳金、内弟欧阳镐、欧阳镒。灌阳卿彬、子卿祖一、卿祖培、卿祖授。这些家族诗人家风代代相继，构成了清代广西诗坛发展的动因之一。如上林张氏家族多为学官，他们的诗歌主要是学官斋署所作的咏怀诗或酬唱诗。而苍梧的关为寅、关为宁兄弟皆喜弹禅，诗有禅意。苏时学《暇日偶翻两粤前辈诗集有所得戏作论诗绝句十五首》其六评二关："二关棣萼喜联吟，浅语偏能悟道深。应与江门传一脉，月明如水彻禅心。（苍梧关钦山孝廉为寅，弟静叔孝廉为宁。二关兄弟并喜谈禅，诗派与白沙子近，故云。）"[①] 二关思想继承明代广东白沙先生陈献章的"江门学派"，注重"宗自然"、"贵自得"，突出个人在天地万物中存在的意义。白沙先生之学开创了明末清初岭南文化的繁荣，也带动了广西文化的发展，成为广西诗坛发展的动力。

一　顺康雍粤西诗坛别开生面

顺康雍朝三朝天下初定，粤西诗人的创作，从异代之悲歌向新的方向

---

① （清）苏时学著，阳静校注《〈宝墨楼诗册〉校注》，巴蜀书社，2014，第144页。

开拓：一则越来越个性化生活化，从关心国家命运到抒写自己的所见所闻和性情；二者典雅化，出现歌功颂德粉饰太平之音。

顺治时代中试的诗人，在康熙年间也做官，活动在各地，有唐纳牖、唐之柏、高熊征、庞颖、黄元泰等。诗人多写游于外省的山水羁旅诗，并无新意。顺治十四年举人灌阳唐之柏，唐纳牖从子，"唐之柏，字松文，灌阳人，顺治丁酉举人，授汉阳知县。汉阳自明末困于兵，之柏在任，又当吴三桂肆逆，大兵往来益著，盘错才，设水口，义渡船，清丁户，缉奸宄，修学教，士分校，得人擢云南南安州。邑中敛钱助行却不受，调昆阳，迁顺天。治中政绩卓然，为户部刑部郎，上官倚重之，以老乞休。"① 《禹稷庙》一首，较为特别，写于康熙年间刑部山西司郎中任，怀念历史先贤，又能关注现实生民，有句："门对晴川阁，祠当大别岭。我来瞻谒处，饥溺亦怦然。"② 写出了清代早期，战争给人民带来的灾难犹未平息，诗人民胞物与之心，仰拜禹稷，做好父母官，期望天下大定，所治无饥民。高熊征，岑溪人，顺治十七年举人，康熙时吴三桂叛乱，征为平滇三策，草拟讨贼文檄，后授武官，《初度日答唐参戎羽云步韵》写出了广西文人经受国家动荡的心情："万劫空存一苦身，天涯幸与德为邻"③。清代顺康时期，国家创伤深重，动乱四起，广西士人多为避难，隐居家乡不出，笼罩在诗人心灵上的悲怆，挥之不去。

康熙朝中试的诗人有：张鸿翮、廖必强、张友朱、谢赐履、戴朱纮、李廷柱、王之骥、唐尚訏、潘毓梧、关正运、王维泰、覃思孔、张星焕、刘宏基、关为寅、张翀、时之华、莫应斌、黄元贞、蒋依锦、张鸿瓛、关为宁、蒋纲、李彬、蒋寿春、朱亨衍、谢济世、刘昭汉、王廷铎、植廷纪、卿悦、唐时雍、王维岳、蒋春泽、蒙帝聘、刘传礼、黄定坤、李之珩、刘世灯、李御旌、黄坤正、王维翰、王维相。这一时期广西诗人的山水、羁旅、咏史、怀古诗大多已有太平之音、高远寄托。但少数诗人仍然关注异代的创伤，如永宁刘宏基的《拜张别山先生墓》二首，其一云："破碎河山已莫支，英风犹自壮登陴。国亡一死终成志，命绝于今尚有诗。骨葬天涯

① （清）谢启昆修，胡虔纂《广西通志》，第 10 册，广西人民出版社，1988，第 6834 页。
② （清）梁章钜：《三管英灵集》，卷九，清道光桂林汤日新堂刻本，国家图书馆藏。
③ （清）梁章钜：《三管英灵集》，卷九，清道光桂林汤日新堂刻本，国家图书馆藏。

依宿莽，魂招夜月肃灵旗。生平不尽离骚泪，洒向荒园拜墓时。"① 诗赞张别山（号同敞），清军攻破桂林，被执狱中四十余日，与老师瞿式耜同时不屈就刑，成仁取义。选诗较多较有特点的是谢赐履、谢济世叔侄。

谢赐履（1661—1727），字建候，一字勿亭，广西全州人，三藩叛乱平定后，康熙二十年举人，任感恩县令（今海南省东方县），任仅两月，丁忧归。服阕，补四川黔江县令。康熙五十四年秋，擢永平府知府，官至山东巡抚、右金都御史。有《悦山堂诗集》，存诗 580 余首，《三管英灵集》选 34 首，包括五古 10 首、七古 8 首、五律 7 首、七律 9 首。

讽喻诗是他诗歌的一大题材，谢赐履首先是有政绩政声的官员，然后才是诗人，他官宦所到之处，勤政爱民，具有儒家情怀，用诗记录仕宦之旅，及眼见的社会现实，学习白居易和杜甫的讽喻精神。《三管英灵集》所选诗歌似谢赐履的仕宦编年史，行迹俨然。任感恩县令，写了《望海》、《渡海》，最初面对风涛怒卷的大海，产生敬畏之感；用奇崛惊险的意象和韵律写渡海之险。在海南写了《采香歌》："琼南春半风雨稀，琼南香崽采香归……盛朝贡筐遍海内，岁一输香岂敢爱？官今索价不索香，谓非官买不中解。开年便急来年供，如雨官符不少懈。五月新谷二月丝，丝谷卖尽耕桑废。岁额百斤岂云多？苦输价值常数倍。民不病香实病价，非关尤物为民瘕。即今府主号龚黄，何不令民自解香？忍令民急眼前疮。（《三管英灵集》脱最后一句）"② 诗人同情采香崽辛苦劳累至极，地方官吏只要银子不要香，又故意压低价格，使得香贱不值钱，年年威逼征银，不与民休息。讽刺地方官贪得无厌，欺压贫困人民，朝廷贵族享乐尤物，不知怜惜百姓。

任黔江县令，又写《藤杖》、《采根谣》、《牧童谣》二首等讽喻诗。任永平知府，写了前后《赈饥三十韵》，《三管英灵集》选后者。河北平州雨涝灾害，所辖滦县、昌黎、迁安、乐亭四县暴雨成灾，庄稼全毁，百姓嗷嗷待哺。谢赐履急令四县造册开仓赈济，又动员富户借粮赈灾，几天内得粮万余担，派人分发。谢赐履将人民疾苦之状一一描绘，深切同情与

---

① （清）梁章钜：《三管英灵集》，卷十，清道光桂林汤日新堂刻本，国家图书馆藏。
② （清）梁章钜：《三管英灵集》卷九，清道光桂林汤日新堂刻本，国家图书馆藏，以下谢赐履诗均引自卷九。

关怀：“自从仲冬来，今已三月后。所至踵相属，扶携逮童叟。蒙袂或垂头，捉襟或露肘。病者或捧心，悲者或疾首。或抠提其孩，或女掖其母。或则手壶瓢，或则肩篓簸。奔走益腹枵，尘土增面垢。菜色而柴立，对之心酸久。”面对男女老少乡亲的窘迫，谢赐履不禁心酸，但作为知府，谢赐履理性处理帮助灾民，并在诗歌末尾高扬斗志。《宿滦州丰裕社有述》也是怜惜饥民，自我反省之作，谢赐履言：“我生初崎岖，苦辛尝惯习。”因生来饱尝疾苦，所以更能够体会饥民之苦，怀有更大的责任感，砥砺前行。

羁旅山水也是谢赐履的题材之一。在四川写了《酉溪道中杂诗》三首、《道中杂体》二首、《黔南》、《过巴东县》、《八月初二晚泊彝陵》二首、《乌鸦观》等，写自己在黔江做官时的旅途奔波，或写过溪水之艰险，或写攀山环境之奇险，自艾自怜，思乡念亲。另外还有《晴川阁》、《暮秋》、《病起》、《己丑元日》、《登岳阳楼》、《九日风雨》诸首，皆浓郁厚重的羁旅愁怀。较为放达的是《登岳阳楼》：“放眼遥空百尺楼，鱼龙侧鼓浪动高秋。波通九派风涛阔，天入重湖日月浮。畦菜尽堪输赋税，田粮编不到汀洲。范公文字真千古，出处谁先天下忧？”谢赐履以儒家仁爱之心观眼中山水，所见皆不是纯粹美景，而是托起生民的天地自然，登上岳阳楼，联想到的也是胸怀天下的范仲淹，且时刻反省自己，见贤思齐，“却愧廿年虚填窃，更无豪发补民艰”（《多病思归为日已久陈斋韩以诗相留次韵抒怀》）。谢赐履将谢家家风传递给了他的子侄，也将诗歌的传统传递下去。

谢济世（1689—1756），谢赐履侄子，字石霖，号梅庄，广西全州人。康熙五十一年（1712）进士，授翰林院检讨。雍正四年，官监察御史，因劾田文镜遣戍，雍正七年，又因注释《大学》，不宗程朱，文字狱得罪。乾隆继位，授湖南粮道，复坐事解任。济世居塞外九年，得究心经籍，著有《以学居业集》、《西北域记》、《纂言内外篇》等。今人整理有《梅庄杂著》。《三管英灵集》选诗 34 首，包括四古 4 首、五古 5 首、七古 3 首、五律 6 首、七律 10 首、五绝 1 首、七绝 5 首，众体兼备。《三管英灵集》卷十一谢济世传后《退庵诗话》云：“梅庄先生掉鞅词坛，别开生面，而含毫著想，迥不犹人。譬诸宋贤，虽不同韩范司马，要不失为张乖崖一辈人物矣。"① 称赞谢济世在同时代的诗歌中，脱颖而出，大胆而言，从容镇定，立意新颖，不同于人，像北宋耿直敢言的名臣张咏。

谢济世脱罪戍边远征，留下用血泪写就的入狱诗《丙午十二月初七日下狱次日旋奉旨免死释放发军前效力赎罪感恩述事次东坡狱中寄子由韵寄从弟佩苍实夫二首》，第一首写死罪免除的惊魂未定，第二首则豪迈辞别："尚方借剑心何壮，腆背书辞气渐低。已分黄泉埋碧血，忽闻丹阙放金鸡。花看上苑期吾弟，萱护高堂仗老妻。且脱南冠北庭去，大宛东畔贺兰西。"远别家人而写的亲情诗也感情真挚，不事雕琢，不避俚俗。如《西征别儿子梦连》、《燕哺蒺藜行》、《汉上别内弟蒋五元楚时五弟假归余北上》、《布被》、《寄衣曲》、《寄画像归戏题》、《乞归养不获遣珠儿南归呈严君》等。但赦还感恩之诗则不无卑态。到了边塞留有一些边塞诗，写边塞之景，如《夏至雪》，将北方"惊倒中华百岁翁"的景色描写得奇崛豪迈；写对家乡的思念《月夜与陈二登台长分韵得倾字》；写边塞的风土事物，如《乳子茶》、《乳子酒》；写送别《送常将军班师回京赴西安镇二首》。

谢济世因文字狱被贬，多作咏史怀古诗，借前人酒杯抒发自己的块垒，如《昌平道中望长陵》、《浯溪》、《谒余忠宣墓》、《明妃曲》、《金山郭璞墓》。又如《孤竹城夷齐庙》，赞扬夷齐的礼让，而讽刺现实政治中权贵党争不断，"叹息人间世，纷纷蛮触争。"《归田重游龙隐岩题石壁》："尚有前踪在，凄其怀蒋公。伏蒲甘折槛，定策苦辞封。大礼千秋愤，孤忠九庙恫。长崖留短句，吟罢涕沾胸。"赞扬明代蒋冕不顾个人安危，于国家大礼议之际，金声玉振，尽上忠言，令明世宗和奸臣鼠辈无言以对，朝廷上下为其凛然大义折服。在蒋冕的事迹中，寄托了谢济世的忠义思想和胆识勇气，以及自己因言得罪的无怨无悔，正义宣言。

谢济世因其品行和经历，诗作超越了同时代诗人的太平粉饰之音，而"掉鞅词坛，别开生面"，并影响着粤西后辈诗人，如《三管英灵集》卷十三武宣人陈仁，雍正十一年进士，有《题谢石霖先生军中观易图》："九年关外双蓬鬓，万里军前一老儒。绝寨茫茫天地阔，平沙漠漠

---

① （清）梁章钜：《三管英灵集》，卷十一，清道光桂林汤日新堂刻本，藏国家图书馆，以下谢济世诗均引自卷十一。

雪霜铺。苍凉独坐孤峰石，慷慨闲看八卦图。河洛至今谁讨论？世人空自说程朱。"① 赞扬谢济世戍边之后，亦能发光发热，参与军事，制定谋略，与那些空谈性命的儒者决然不同。谢济世有所作为的精神影响了粤西后辈。

雍正朝中试的文人有：周宗旦、陈宏谋、刘新翰、王维峄、冯世俊、谢庭琪、杨嗣璟、黄匡烈、吕炽、曹銮、陈汝琮、卿如兰、黄位正、苏其焰、陈仁、张淳、居任、梁建藩、李舒景、谭龙德、刘王斑、赵一清、朱昌煐、李文彧、王之纯、王之彦、吴荆璞。

在这些粤西文人中，政治文化影响力最大的是陈宏谋。《三管诗话》卷中云："桂林陈文恭公，为我朝理学明臣……于诗文不甚措意，《培远堂偶存稿》中寥寥数篇……而余更从朱濂甫太史处录得《应制颂》四首，承平雅颂之音，足为《三管集》增重矣。"② 陈宏谋并不关注作诗，其文集中所留诗歌亦少，梁章钜评价陈宏谋："陈文恭公本不以诗见长，而信手拈来，却头头是道。"③《三管英灵集》选陈宏谋诗 20 首，包括四古 16 首、五古 2 首、七古 2 首，体裁局限。诗歌题材亦是局限，多为歌功颂德的长篇应制四言颂体诗，其余几首也是题画、酬唱，无足可论。陈宏谋的女儿陈莹英也工于诗，著有《含英轩诗》，可惜二十八岁就夭逝了。卷五十一选其诗 18首，有《先文恭公讳日》。

与陈宏谋同时的是诗人刘新翰。有同学之谊，同年中举。刘新翰（约1701—1765），字含章，号铁楼，永宁人。雍正元年（1723）中举，官江阴知县。《三管英灵集》选刘新翰诗 32 首，包括五古 4 首、五律 8 首、七律17 首、五绝 1 首、七绝 2 首，可见刘新翰擅长写近体律诗。《三管诗话》卷中云："《谷音集》中《课耕》、《纳稼》诸篇，颇有储太祝格意。五律学杜。其《秋兴》八首虽为时所称，则具体而已。"④ 梁章钜认为刘新翰《谷音集》中的《课耕》、《纳稼》诸诗像储光羲的田园诗，风格立意朴素自然。

---

① （清）梁章钜：《三管英灵集》，卷十三，清道光桂林汤日新堂刻本，藏国家图书馆。
② （清）梁章钜著，蒋凡校注《〈三管诗话〉校注》，广西人民出版社，1996，第 100 页。
③ （清）梁章钜著，蒋凡校注《〈三管诗话〉校注》，广西人民出版社，1996，第 103 页。
④ （清）梁章钜著，蒋凡校注《〈三管诗话〉校注》，卷中，广西人民出版社，1996，第104 页。

近体诗学杜甫，而《秋兴》八首只是具备了杜诗的基本风格或样式而已，未得其精髓。

刘新翰的诗歌学习杜甫关心现实，作为地方官员，刘新翰关心江南百姓，劝其耕种，如《澄江劝农》、《劝农口号》、《课耕》、《纳稼》，描写田园生活画面，赞扬自食其力、不畏劳苦的百姓，批评富家小儿暴殄天物。刘新翰生活困顿，每每自伤身世，如《对雪》："万里同云合，乾坤黯淡闲。池光不借月，野气欲迷山。邃阁金樽暖，豪家炉火闲。谁怜茅屋下，有客正摧颜。"① 题目和五律的形式皆学习杜甫，但没有杜甫家国深厚的感怀，仅仅止于贫富对比和感叹自己贫寒的生活境遇，"薄宦吴江上，归心粤峤前。"（《和祖司马九日吴江之作》）"飘零无计度残年，回首乡园一怆然。"（《京邸感怀》）正如梁章钜所评，刘新翰的《秋兴》八首等五律、七律，只是学杜甫的体式和意象，在情感上抒发羁旅客愁，并无深意。仅有一首《都狼怀古》，咏怀黄巢之乱时，唐子向一人单枪匹马迎战之功，但立意并不新颖："尔日何人司桂管，不教一将助仁忠。"总之，刘新翰诗歌的语言不够锤炼，律诗的韵律亦不圆融，现实之作的讽喻与情感皆欠缺力度。

综上所述，就《三管英灵集》所选清代顺康雍三朝诗人诗歌来看，广西诗坛已经消散了明末清初的风云际会，也挣脱了明代复古的阴霾，进入自我经历的书写，尤其是二谢，大笔如椽，独抒性情，难能可贵。但这一时期也出现了歌功颂德的承平之音，整体水平不高。

二 乾嘉道粤西诗坛全面繁荣

乾嘉是清中叶社会发展和文化发展的高峰期，粤西诗人诗歌倍增，一代接一代，大多有自己独特的风格。并不再是个体性的诗歌抒写，而结成诗社、形成派别，有所继承。或是以地域为中心，出现了地域性的诗人继承关系，如苍梧罗大钧、邓建英、施惠宪等。或是以家族为单位，几代诗人盛名远播，如桂平潘氏家族的潘鮔、潘鲲、潘鲷和潘鱯、潘兆萱。或是结成诗社，如隐山诗社的黄东昀、冷昭、刘映菜、朱依真等。这一时期还出现了影响粤西诗坛的盟主李秉礼。可见，乾嘉时代粤西诗坛的全面繁荣。

----

① （清）梁章钜：《三管英灵集》，卷十三，清道光桂林汤日新堂刻本，藏国家图书馆。

乾隆朝跨度较长，活动在乾隆朝的诗人较多，有 220 余人，诗歌 1600 余首，在数量、质量上均超过了顺康雍三朝，成为清代粤西诗坛繁荣的标志。在乾隆年间中试或游宦的诗人，成就较高的有朱若东、李时沛、胡德琳、龙皓乾、刘映菜、潘鮔、杨廷理、罗大钧、黎建三、左方海、邓建英、黄东昀、龙献图、张鹏展、熊方受、朱依真、叶时晳、袁思名、倪诜、李秉礼等。

乾隆朝的粤西诗人继承顺康雍三朝粤西诗人抒写自我经历，仕宦所到皆为题材，如石燕山，义宁人，乾隆九年举人，官浙江龙游县知县，《三管英灵集》选诗 7 首，《龙邱怀古》六首咏怀龙游的古人故事，《壬辰夏抵龙游任祷雨纪事》，均作于龙游知县任的古体诗，古直气劲，不同流俗。

朱若东，号晓园，临桂人，乾隆十年进士，官山东泰武临道。《三管英灵集》选诗 21 首，擅长写近体律诗，在山东写的《岱宗纪游八首》是其代表作，《三管英灵集》选五首，似山水纪游，意境开阔。朱若东的诗大多是山水田园题材，其诗更切近日常士大夫生活，写食葛菜、修剪园中竹、瓶中花香、信步戴村、山楼远眺等，雍容和缓，清丽雅致。与湖南邓显鹤交游唱和。邓显鹤《沅湘耆旧集》卷八十一有《舟次闸河喜晤朱晓园掌科赠二绝句》，自注："朱时巡视漕务"诗云："百丈牵江去复停，岸花寥落晚烟青。旌麾偏借羁人色，云水频看使者星。""孤櫂悠悠鬓欲皤，人闲迢递是关河。"《晓园叠和前诗原韵奉酬》："喜共仙舟信宿停，绿渠晚对雾云青。更阑却忆前时事，顼阓追随候晓星。""遮莫林闲短发皤，旧游回首邈星河。春风鹭羽襁褓处，频送清音唤碧波。"① 诸多清人文集中有与朱若东的交游唱和诗，生平交友众多。

李时沛（1730—1807），字雨亭，兴安人，乾隆十七年（1752 年）中举人，乾隆十九年（1754 年），任盐城县知县，在江南做官 20 余年。50 岁辞职回乡，隐居家中，闭门著书。将江南做官所写诗编成《南游集》2 卷，辞职回家所写诗编成《归田集》4 卷。《三管英灵集》选李时沛 8 首，除《拟古辞君子行》五古，有汉魏古诗慷慨多气的格调，余者皆是五七言律

---

① （清）邓显鹤纂《沅湘耆旧集》，岳麓书社，2007，第 731 页。

诗，抒写山水羁旅：《瓜州夜泊》、《罢官书怀》、《秋夜杂感》二首、《对菊漫兴次沈菊人韵》、《秋日偕何生游鳌山寺》、《重游杨柳田庵》。李时沛传后，梁章钜引韩梦周《南游集序》："先生诗上溯四始六义，下逮汉魏六朝唐宋大家，靡不撷其华而寻其根，指归大要。见于《淮阴侯》、《余中宣怀古》等什，为清江杨清悫公所赏。湘源谢梅庄后，坛坫代兴，独树一帜，谁当抗者？"丁湘锦《南游集序》云："余曩以诗游于漕帅杨方来、督学罗方城二先生之间。二先生皆喜称雨亭先生佳句，如'石人无语阅沧桑'句，杨所喜也，'鸥鹭烟里尽情啼'句，罗所喜也。而余尤击节其《续稿》中'忽听松风生，似与幽人语'，则幽淡靓深，殊有王辋川风味。而'支离谁念风尘苦？颠倒终凭造化仁'，哀而不怨，亦古人所未道也。"① 可见，李时沛是粤西诗坛继谢济世之后，又一个独抒性灵者，山水诗有王维之幽淡。黄达《怀人绝句三十首》之《李雨亭时沛》云："訾家洲傍桂山青，小筑吟窝李雨亭。我欲访君秋月夜，猿啼江岸不堪听。"② 黄达字上之，华亭人，乾隆十七年（1752）进士，官淮安教授，在江南与李时沛交好。可见李时沛在乾隆年间的吴中诗人中享有盛名。

胡德琳（生卒年不详），字书巢，号碧腴，临桂人，袁枚妹婿。乾隆十七年（1752）进士，授四川什邡知县，补山东济阳、历城知县，擢济宁、东昌、莱州、登州知州，济南知府署山东粮储等职，后被罢官，执教于曹州书院。有《碧映斋诗存》。《三管英灵集》选胡德琳诗61首，包括五古42首、七古2首、五律10首、七律1首、五绝1首、七绝5首。梁章钜《三管诗话》卷中云："乾隆初，粤西诗人以胡书巢太守为最。"③ 正总结了胡德琳在乾隆年间粤西诗坛居于第一的地位。

胡德琳用五古写纪游诗，最有成就，官宦所历，经大山大川，必有所记，诗篇篇幅均较长，才华恣肆，随意抒写。梁章钜称："书巢诗以五古为胜，关中诸作尤健，故《三管集》中所录特多。"④ 《三管英灵集》多选其五古诗中描写关中的作品，如《望华岳》、《至华州望少华山》、《途中回望

---

① （清）梁章钜：《三管英灵集》，卷十五，清道光桂林汤日新堂刻本，藏国家图书馆。
② （清）黄达：《一楼集》，卷九，清刻本。
③ （清）梁章钜著，蒋凡校注《〈三管诗话〉校注》，广西人民出版社，1996，第113页。
④ （清）梁章钜著，蒋凡校注《〈三管诗话〉校注》，广西人民出版社，1996，第113页。

二华》、《大散关》、《连日望终南山皆在云雾中今日稍晴对百数峰历历可见》
二首、《柴关岭》、《凤岭》、《马鞍岭》、《鸡头关》、《五丁峡》、《朝天峡》、
《牛头山》、《剑门关》、《夹江道中望峨眉》 等，学李白的雄放，学韩愈散
文化结构，叙述、抒情、议论相结合，意象奇怪，想落天外，笔补造化，
风格奇崛。

如《柴关岭》："山多树如荠，高低隐嶙峋。古藤相樛葛，杂乱连松筠。
郁郁长蛇走，森森万戟陈。木栈或断续，我马时逡巡。舍车共徒步，四顾
惊莽榛。颠倒卧雪中，行将摧为薪。慨念造化功，雨露非不均。中岂无梁
栋，才大宁久湮。"① 由山林栈道的雄奇景象描写，过渡到诗人战战兢兢、
步履维艰鸟道跋涉的叙述，最后议论造化成栋梁，才华终会为世所用的豪
迈之语。

再如《鸡头关》："谷口分褒斜，蜀栈半秦埃。危碥叹才过，雄关惊还
又。有舆不可乘，绝足失驰骤。下马扶人行，策杖气为疚。螺壳几折旋，
羊肠相纠缪。忽忽出苍顶，云烟生衣袖。汉江一线明，俯视空宇宙。鸡帻
何葳蕤，天半伸其脰。赤色映斜阳，高冠如甲胄。危立致峨峨，似欲逞一
斗。过此渐坦夷，平原如列绣。炊烟浮村墟，树木杂橘柚。出谷马频惊，
不驱而自走。一笑失旅愁，天府展遐觏。" 此诗写诗人入四川的奇险旅途，
散文化的笔法和结构，擅长比喻，将山谷雄关的小道，比喻作"螺壳几折
旋"、"羊肠相纠缪"，将曲曲折折、弯弯绕绕的小路形象化，也将无形的纠
结急躁之情有形化。胡德琳的五古诗跌宕有致，大起大落，"忽忽出苍顶，
云烟生衣袖"，一句气势高远，始为转折，又用一连串新颖的比喻，写眼前
的山河。渐渐从高到低，渐近平原，好似人生跨越艰险，终于有了着落，
迎来了新的坦途，于是最后一句开怀而笑，"天府展遐觏"，对未来充满
期望。

此外，胡德琳还写了与家人朋友的交游诗，如《寄香亭并柬令兄存斋》
六首（袁枚之堂弟袁树号香亭）、《九日喜晴寄畅亭即事以山气日夕佳为韵
与诸子分体赋诗得五首》、《示内子》、《昭化舟中寄怀云巢即次赠别韵》，数
量不多，但感情真挚。梁章钜还爱其七律《归舟杂兴诗》，云"独得含豪邈

---

① （清）梁章钜：《三管英灵集》，卷十六，清道光桂林汤日新堂刻本，藏国家图书馆。

然之致。"① 属袁枚性灵一派。

入蜀的契机使得胡德琳钦慕李白的遗韵，并终身以之为典范，"吁嗟蜀道难，高歌多慷慨。平生负奇气，浩然窥正养……常怀谪仙人，轩轩起霞想。一别空千年，发言谁我赏。"（《李子耿堂阅余入蜀草题赠古风一篇次韵奉酬并柬高白云太史》）胡德琳在山东济南，曾作《黄岗雪中拜李沧溟先生墓》，追慕明末诗坛宗工巨匠"后七子"李攀龙，李号沧溟，历城（今山东济南）人，主张诗宗盛唐。正是仕宦经历影响了胡德琳学诗的步伐，融会贯通，而跻身乾隆初粤西诗坛之首的地位。

在胡德琳之后，擅长写古体诗的是龙皓乾，贺县人，乾隆十八年举人，有《省斋诗存》，《三管英灵集》选其诗 10 首，七律 2 首外皆为古体，诗学韩愈琴操，《将归操》、《倚兰操》、《越裳操》、《岐山操》、《履霜操》，风格幽古，较为独特。

刘映棻，字午亭，临桂人，乾隆二十八年进士，官河南开封通判，有《午亭诗集》。《三管英灵集》选 47 首诗，包括五古 3 首、七古 6 首、五律 22 首、七律 11 首、七绝 5 首。擅长五七言律诗。刘映棻的五七言古诗所选数量虽少，皆为长篇，善于换韵，题材多样，有讽喻诗《憎鼠》；有山水风物《客有谈晋省石花鱼之美者有感而作》、《游隐山》、《刘仙岩》；先生博极群书，最熟史事，还有咏史怀古《明刑部郎中杨公故里》、《龙隐岩党人碑》、《陆丞相家庙行》、《钱王祠表碑》。五律七律则一部分是纪游诗：《讲堂后院看梅》、《舟中度岁》、《仲秋郊行》二首、《东山村》、《福州林秀才友声访旧袁州署自延平附舟至光泽复晤于袁城不得意将归嘱其致意从游诸子》、《书怀》、《游西湖》四首、《日夕过江东村》二首；另一部分是咏史诗：《韩忠定公故里》、《阅明史光熹朝事》五首、《狄梁公故里》、《蔡忠恪公祠》、《卧龙冈》二首、《阅三国志有感旅人作》四首、《余姚》二首、《韩信墓》、《房公井》、《咏明史十首之四》、《闻沂州汪古愚刺史修元遗山墓》二首等。

由上可见，刘映棻所作多为咏史诗。朱依真《九日怀人八首》其三赞

---

① （清）梁章钜著，蒋凡校注《〈三管诗话〉校注》，广西人民出版社，1996，第 113 页。

其诗云："刘郎史圣亦诗豪，五夜雄谈认颏豪。"① 说明了刘映棻诗歌的咏史诗风格雄豪的特点。

桂平潘氏家族是诗歌世家，在乾嘉三管吟坛具有一定成就，皆为《三管英灵集》收录。民国《桂平县志》卷三十六《文学传》云："至于比青配白，含徵咀商，则潘钜与兄鲲、弟鲷潘蠡导青源于前，周绍祖、黄体正、林圣沧与子凤，鸣振芳尘于后。乾嘉诗学于斯为盛。若夫丙厓之《梅花》九首、小江之《秋柳》八章、布芬芳于吴下，酬逸响于阮亭，最哙炙人口者也。"② 潘氏家族的近体诗最有特点，音韵流畅，比对工整，擅长托物言志，名满江南。

潘钜（1737—1792），字丙崖，乾隆三十一年进士，曾任直隶灵寿、广平县知县、正定县通判、桂林府学教授，有《闲居行路前后集》。《三管英灵集》选诗 28 首，长于五七言律绝。乾隆五十一年，告老还乡，在桂平设清远山房教授生徒，乾隆五十七年，他的学生徐建帮、黄瑶、陈丕绩同榜中举，《三管英灵集》卷三十二选黄瑶诗一首。潘鲲，潘钜兄，字博上，号厚池，乾隆三十年（1764）拔贡生，官吉水知县，有《竹居诗集》，《三管英灵集》选 7 首。潘蠡，潘钜弟，字力之，号小江，乾隆三十年（1764）举人，官西林、阳朔、平乐教谕，有《小潘诗集》，《三管英灵集》选诗 18 首。潘鲷，潘钜弟，字献上，乾隆间贡生，有《濠舟诗集》，《三管英灵集》选诗 7 首。潘钜侄子潘兆萱，嘉庆廪贡生，写诗不下 3000 余首，"晚寓桂林删去十分之九，存诗三百余"③，辑为《三十三峰草堂集》，又将父兄伯叔辈潘钜、潘蠡、潘鲲三人的诗辑录，名《三爱堂集》。《三管英灵集》收潘兆萱诗 25 首、夫人黄氏诗 2 首。道光藤县苏时学《暇日偶翻两粤前辈诗集有所得戏作论诗绝句十五首》其九评诸潘："落花吟罢赋闲居，曾是文清赏识余。三十三峰能继起，一家词赋乐何如。"④ 在潘家诗人中，潘钜与潘兆萱成就略高，前者知名于乾隆粤西诗坛，后者为嘉庆粤西诗坛添彩。

潘钜曾入吴中文清公刘墉幕，与江南名士雅集唱和，在吴中诗人中享有

① （清）朱依真著，周永忠校注《〈九芝草堂诗存〉校注》，巴蜀书社，2014，第 16 页。
② （民国）程大璋：《桂平县志》，台北：成文出版社，1968，第 1534~1535 页。
③ （民国）程大璋：《桂平县志》，台北：成文出版社，1968。
④ （清）苏时学著，阳静校注《〈宝墨楼诗册〉校注》，巴蜀书社，2014，第 144 页。

盛名。《三管英灵集》选其《和高青邱梅花九首》中的二首。《三管诗话》
卷中潘鮔条云："丙崖为诸城刘文清公门下士。公尝跋其《梅花诗》云：
"粤西潘丙崖，余丙子岁主试所得士。来幕中阅文者数月，联吟颇富。《和
高青邱梅花》九首，饶有风骨。于其归也，为刻以充行箧，且以示吴下知
诗者云尔。时乾隆辛巳九月十七日。"① 乾隆二十一年（1756）六月，刘墉
充广西乡试考官，潘鮔中举；乾隆二十四年（1759）十月，刘墉调任江苏
学政，乾隆二十六年（1761），潘鮔曾游学刘墉江阴幕府（明清两代江苏学
政治署不设在省城而是江阴），联吟酬唱。当时江浙士子集聚于此，均诗歌
唱和，追慕明代苏州诗人高启梅花诗。《刘文清公遗集》卷十七亦有《和高
青邱梅花九首》；陈樽，字俎行，号酌翁，浙江海盐人，其《古衡山房诗
集》卷十二，也有《和吴秀才熙和高青邱梅花九首》；赵文哲，字损之、升
之，号璞函、璞庵，江苏上海（今上海）人，其《媕雅堂别集》卷四有
《和高青邱梅花诗九首》；金兆燕，字棕亭，一字钟越，安徽全椒人，其
《棕亭诗钞》卷八，标明乾隆辛巳年送别诗一首后，也收录《又同用高青邱
梅花九首韵志别》；唱和者还有汤大奎，字曾辂，号纬堂，江苏武进人，其
《炙砚琐谈》卷上云：

> 庚辰秋试报罢，同人赋落叶诗用高青邱梅花诗韵九首，吕云庄岳
> 自擅场，其七云："登山临水总依依，万里寒芜淡夕晖。天地侧身迷北
> 望，江湖惊鹊杳南飞。翠微寺里云原薄，乌柏门前树亦稀。直待春风
> 破林杪，相逢何啻锦衣归。"陈吉人讷，秋田先生孙也，诗亦有家法，
> 句云："九月清砧新妇怨，一溪寒日小姑愁。将军一去功名薄，司马重
> 来涕泪多。"杨敦复简，句云："谩言流水无穷意，只作凌云未到思。"
> 清丽可诵。②

潘鮔与这些江南名士交游雅集，并与陈樽、金兆燕乾隆三十一年
（1766）同中进士。临行前刘墉资助刊刻潘鮔的诗集，潘鮔诗名大盛于粤西

---

① （清）梁章钜著，蒋凡校注《〈三管诗话〉校注》，广西人民出版社，1996，第115页。
② （清）汤大奎：《炙砚琐谈》，卷上，清乾隆五十七年赵怀玉亦有生斋刊本。

内外，粤西诗人皆喜其梅花诗。

潘鉅前后《山居》诗，《三管英灵集》各选其二，题曰前后《山居感怀》。民国《桂平县志．艺文志》转载道光黄体正、王维新纂《桂平县志》："袁旧志云：《前后闲居行路集》清腴秀润，大都抒写性灵，不尚宗派，五七律最工，古体次之。集中前后《山居》各三十首，后作精微，恬适如读陶诗。三十首中，情文相生，词意递贯，必全录，始见匠心。"① 仅选四首，大略见恬淡风格，写退隐之情安然自得。《落花和韵》四首亦为其代表作，读来清腴秀润。

潘兆萱，字紫虚，嘉庆间贡生，《三管英灵集》选其诗 25 首，多为五律。其七古《壶山谒雷酒人墓》："壶山山上酒人墓，壶山山下桃花树。桃花年年烂漫开，酒人岁岁壶山住。桃花万树春风催，酒人一往何时回……"② 诗歌潇洒流丽，钦慕清初桂林的雷酒人的超脱旷达。七古《十五夜画亭坐月》亦清旷有神，"万籁俱寂神魂清。诗成明月入潜谷，据枕一梦游神京。"五律亦佳，如《昆仑秋望》、《山馆》、《飞来峰》等，皆能在写景状物中寄寓精神力量。《白沙驿用李空同旧韵》，向明前七子之李梦阳学习。《寄内》诗满藏深情。

杨廷理（1747—1813）字清和，号双梧，柳州府马平人。乾隆四十二年（1777）拔贡。先后任福建归化、宁化、侯官知县。五十一年八月，任台湾府同知。天地会林爽文反清，杨廷理坚守府城擢台湾知府。后以政绩显著升台湾道兼提督学政，加按察使衔。乾隆六十年，因清查库款案被诬革职。嘉庆元年（1796），流放伊犁。戍满返回，于嘉庆十一年九月，重任台湾知府。杨廷理生前曾自刻诗集 9 种，今存《知还书屋诗钞》9 卷。《三管英灵集》选诗三十四首，包括五古 1 首、七古 3 首、五律 9 首、七律 18 首、七绝 3 首。擅长近体诗。《三管英灵集》卷四十二选其子杨立冠诗 14 首。许乔林《知还书屋诗钞序》："诗人多藉山川之助，而军旅篇什，气韵易雄。""斯精神意气浩然有以长存，今于柳州杨双梧先生之诗见之。"③

---

① （民国）程大璋：《桂平县志》，台北：成文出版社，1968，第 1999～2000 页。
② （清）梁章钜：《三管英灵集》，卷四十七，清道光桂林汤日新堂刻本，藏国家图书馆。
③ （清）杨廷理：《知还书屋诗钞》，清代诗文集汇编本 418 册，上海古籍出版社，2010，第 539 页。

《三管英灵集》 选其气韵沉雄的军旅诗和写西域奇景的边塞诗，如《伊犁三台》、《天马歌》、《纪梦》、《雪花吟》、《小草》 二首等。尤其是《雪花吟》，学盛唐高岑，一韵到底，古质豪壮如高适；连用新奇恣肆的比喻如岑参："天山雪花贱如土，寒云才布天葩吐"①。杨廷理的诗光明磊落，率直而言，如其为人。

同时更多选杨廷理羁旅游宦之作，杨廷理一生辗转大江南北，西域等地仅仅是一个客居之所，在他乡每每以诗歌抒发远离故土的孤独苦闷，《九日》 二首、《九日寄怀》、《排闷》、《腊月十五夜闻丝竹有感》、《大风折柳偶成一律》、《郊外晚行》、《荒斋》、《残冬即事》、《十一日申刻忽雪》、《郊行》 等即是。再如《信步》："信步夕阳下，诗成字未安。心随鸟语碎，兴共烛花残。万里膏尘阁，三年戍客单。幽怀长惘惘，谁与劝加餐。" 再如《西来》："西来何日复东归，万里飘零愿总违。吉语空传心恻怆，乡书不到梦稀微。抛残松菊荒三径，瘦损腰肢减半围。此去凭谁话岑寂，新诗吟罢掩双扉。" 杨廷理五律、七律学杜甫、李商隐，将身世之感融入阔大渺茫的时空背景，而愈加深厚，这些诗歌退去桀骜之气，而柔以诗书之气。

杨廷理妻子的几位兄弟，是他自小一起同窗的好友，皆擅长写诗。内兄欧阳金，字柏畊，乾隆二十六年（1761）进士，官至山东登州知府，有《柏畊诗钞》，《三管英灵集》 选其诗 31 首，以五七言律诗见长，如五律《楚江杂咏》 14 首、《闲居杂咏》 4 首，皆为咏怀诗；七律《梅》 2 首、《鹤》 4 首，皆为咏物。内弟欧阳镒，字梅坞，乾隆四十五年举人，曾官甘肃永昌、合水知县，有《潇野吟草》，《三管英灵集》 选其诗 2 首。内弟欧阳镐，字介石，乾隆间诸生，有《寄情轩诗草》，《三管英灵集》 选其诗 4 首。

黎建三，字谦亭，平南人，乾隆三十三年举人，官甘肃泾州直隶州知州，有《学吟存草》、《游草漫录》、《续游小草》、《悔初草》，今存《素轩诗集》。《三管英灵集》 选其诗 80 首，包括五古 16 首、七古 6 首、五律 16 首、七律 15 首、五绝 4 首、七绝 23 首，可为众体兼备。叔父黎庶恂，乾隆

① （清）梁章钜：《三管英灵集》，卷二十，清道光桂林汤日新堂刻本，藏国家图书馆，以下杨廷理诗均引自卷二十。

四十五年进士，任山东高密知县，《三管英灵集》选诗 4 首，其中有《送谦
亭侄重赴甘肃》。族兄黎龙光乾隆时拔贡生，《三管英灵集》选诗 1 首。子
黎君弼，嘉庆三年举人，《三管英灵集》选诗 1 首。

黎建三传后《退庵诗话》云：

> 家宫詹九三叔父尝序谦亭诗曰："谦亭以孝廉作循吏，往来数十
> 年，不辍于诗，今读其诗而知其性情之和平忠孝，且以知其政之恺悌
> 慈祥；读其诗而知其学问之明通淹贯，且以知其政之敏练廉能。至于
> 古体滂浡豪迈，五言短章駸駸乎登古乐府之堂，而律之俊逸浑厚、流
> 丽清新，固人人所共爱。而余独爱其以见道之言发泄于草木虫鱼以抒
> 其抱负，所谓真学问真性情者也。"①

正如梁上国所云，黎建三古体诗滂浡豪迈，五七言古体或用古乐府旧
题，如《拟古》、《弃置辞二首》、《古意》、《咏怀》、《碌碌吟》、《短歌》、
《将进酒》、《鼓吹曲》。或模拟古诗之意，抒情言志，如《秋怀三首寄友》、
《岁暮高平客邸感述》、《舟夜》、《六盘山》二首。或关心黎庶，如《斗米
谣》，悲悯穷人卖儿女买米也换不来生计，诗人不禁感叹："人命贱比犬与
鸡，吁嗟何以为烝黎？"②

黎建三古体诗学李白豪迈纵横，兼学李贺哀艳奇诡。如《将进酒》：
"愁城何所似？积铁高且坚。蚕丛崒岌青摩天，五丁束手心茫然。夜来驱愁
饮一斗，寒灯熠熠松风吼。酒亦不得醉，愁亦不可去。中宵倚户数繁星，
碧海神山杳何处，壶倾缥粉鲸吞波，四更月出颜微酡。荒鸡角角奈尔那，
红日依旧白发多。"《仿昌谷体》："榆钱落尽过重午，露湿钩栏草虫语。陌
头折赠柳初黄，脉脉丝条几许长。单绡委筐虚团扇，憔悴清歌羞相见。空
堂五月欲惊秋，玉骨棱棱一把愁。蜡烛啼红箭沉水，梦向芳洲采莲子。"

律诗多写山水羁旅，思乡咏怀，多是愁情弥漫，《三管英灵集》所选多
有意境重复之诗。少数诗俊逸浑厚，流丽清新，如《古张掖郡》、《襄阳舟

---

① （清）梁章钜：《三管英灵集》，卷二十二，清道光桂林汤日新堂刻本，藏国家图书馆。
② （清）梁章钜：《三管英灵集》，卷二十二，清道光桂林汤日新堂刻本，藏国家图书馆，以
下黎建三诗歌均引自卷二十二。

中》，还有《岳阳楼》："客路二千里，巴陵第一楼。山横南楚尽，云接汉江流。空阔鱼龙静，高寒鼓角愁。永怀忧乐语，万古思悠悠。"

黎建三的诗歌语言不够锤炼，意境不够圆融，蹈袭前人意象，创造力不强。如《红叶》："西风青女怨，吹泪渍林间。客爱停车晚，书怜作纸慳。晴烘黄叶渡，冷艳夕阳山。摇落悲凡植，霜天独驻颜。"蹈袭晚唐小李杜意象。

罗大钧，字子乐，苍梧人，乾隆三十三年举人，官陕西商州直隶州州同。有《松崖诗稿》。《三管英灵集》选诗 25 首，包括五律 15 七律 2 七绝 8，全力写近体诗。《三管英灵集》多选其游宦山水诗，意境阔达，如《过青岚山》："往来辙迹各纷纷，上岭朝暾下夕曛。此日壮游西北去，马蹄踏碎万峰云。"① 如《丽江杂诗用杜少陵秦州诗韵二十首》八首，学杜甫韵，笔力豪拓，指点江山，描写边境的壮观图景，议论战争兵法，又感伤远来官宦，组诗具有逻辑结构。

邓建英（1766—1821），苍梧人，字方辀，又字望乡，自号白鹤山人。乾隆五十四年举人，受到广西巡抚谢启昆称赞"粤西奇士"，后任山西榆社知县，有《玉照堂集》、《晋中吟草》。诗学罗大钧。《三管英灵集》选诗 46 首，众体兼备。其中有《送广文罗松崖师之官永淳》、《陪罗松崖师晚过水月阁》写出对罗大钧的追慕。苏时学《暇日偶翻两粤前辈诗集有所得戏作论诗绝句十五首》其七评邓建英："少日才名压辈行，年年书剑客殊方。老来始作风流宰，三晋云山入锦囊。（苍梧邓方舟大令建英）"②，邓建英建苍梧第一个诗社——云林诗社，与苍梧施惠宪相交，施有《秋草追和邓方辀先生韵》（《三管英灵集》卷三十七），《三管英灵集》选施惠宪诗 4 首。与苍梧左桂舟友善，邓建英有《左桂舟以感遇诗见示因和答四章以广其志》（《三管英灵集》卷二十三）邓建英诗集为左桂舟所刻。

邓建英七古英光四射，挥洒自如，寓寄奇气。如《渡羚羊峡》、《辽州城南双松歌》、《西湖酒楼醉歌赠刘星山明府》等，山水、咏物、酬赠、咏怀，题材广泛，无事不可入，无意不可入。其《磨剑行赠侠客》较有特色：

---

① （清）梁章钜：《三管英灵集》，卷二十一，清道光桂林汤日新堂刻本，藏国家图书馆。
② （清）苏时学著，阳静校注《〈宝墨楼诗册〉校注》，巴蜀书社，2014，第 144 页。

"壁间三尺龙泉剑，夜来忽向匣中鸣。血斑退尽雪光寒，凌空仰掷如飞电。酌君酒，举君杯，吁嗟乎！睚眦之仇安足道，藏在匣中人未见。晓起狂磨脸激滟。凌空仰掷如飞电。举杯看剑复几回。以子之才剑之宝，何不乘风破浪直指澎湖岛？"① 虽也用前人意象语句，但化用无痕，流畅飞扬，并将自己的情怀表达的淋漓尽致。再如《桂林处士曾静如著〈自课集稿〉数卷，予曾为作序，身没之后稿不复见矣，周肯之邀予访诸其弟欲呈志局，不遇而返》："世间何物能长久，惟有笔墨留光芒。岂知中亦须福命，几人泉下摧肝肠。静如昔日我畏友，诗似昌黎文似柳。肯将饱暖累生前，共信声华应死后。艰难困顿果终身，妻子全无弟更贫。锦囊心血落谁手，破璧颓垣亦别人。穆堂尚书今复见谓谢中丞，暴骨遗骸搜欲遍穆堂云刻一人稿，如收遗骸暴骨。念旧重欣得广文，静如有灵当自荐。月明携手绕城东，季弟飘零未易逢。谁鼓三敲人语静，疏林飒飒起悲风。"谢启昆编《广西通志》征集诗人别集，是乾隆朝广西的一大盛事，邓建英代为寻访故友旧集而不得，七古一篇记之，从议论到称赞友人，到怜惜抒情，到叙述，到写景烘托，有结构而又无结构，信笔而行，从意而发，不可多得。

黄东昀，灵川人，字晴初，号南溪，乾隆三十五年举人，有《半规山房诗存》。《三管英灵集》选诗 46 首，众体兼备，尤擅长五七律。少时受业于仁和杭世骏，诗、古文皆有渊源。粤西前辈胡德琳亦亟称之。

黄东昀师承仁和杭世骏。《三管诗话》卷中黄东昀条云："灵川黄晴初孝廉（东昀）有《半规山房诗存》，才调颇足掩其辈流。余独爱其《寄桂堂老人》一律，云：'廿载闲抛九陌尘，白头耆旧太平民。探梅晓拨鹤亭棹，访俗晴欹乌角巾。种树十年知已大，著书满屋未全贫。老成凋谢今存几？眼底灵光第一人。'桂堂未详何人？而诗则清老无敌。"② 《三管英灵集》卷二十四《寄桂堂老人》"耆旧太平民"，原注："近闻自号秦亭老民"。杭世骏（1696—1772），字大宗，号堇浦，晚号秦亭老民，仁和（今杭州）人，雍正二年（1724）举人，乾隆元年（1736）召试博学鸿词，授翰林院编修，

① （清）梁章钜：《三管英灵集》，卷二十三，清道光桂林汤日新堂刻本，藏国家图书馆，以下邓建英诗均引自卷二十三。

② （清）梁章钜著，蒋凡校注《〈三管诗话〉校注》，广西人民出版社，1996，第 121～122 页。

校勘武英殿《十三经》、《二十四史》。乾隆八年（1743）罢归，后主广东粤秀书院、扬州安定书院。黄东昀追慕秦亭老民（杭世骏）、桂堂老人这些隐居德高之人，求追平淡超脱的精神和诗风，因此此诗能"清老无敌"。黄东昀《岁暮怀人》八首《三管英灵集》选四首，其一怀杭世骏，其二怀胡德琳。

黄东昀受到胡德琳影响较大。《三管英灵集》选《岁暮怀人》其二云："五马朱幡领大州，二千石是昔诸侯。梅花分赋开东阁，地志新编聚胜流。梓里征文曾有约，前己卯书巢在里每以文献无征，为言欲效文载，诗载之例，或以诗文存人，或以人存诗文，甚盛事也。今十四年矣，未知尚能记忆否也。选楼分集几时哀。书巢常言，欲选自汉魏以至本朝诗，分为二集，一以声稀味淡为主。十年别仅通宵语，不尽情悬古驿楼。"[①] 胡德琳想要学习《粤西文载》、《粤西诗载》编辑粤西汉至清的诗文总集，成就粤西诗文总集的志向远大，令黄东昀佩服。胡德琳还想编辑声稀味淡为标准的诗歌选集，见出其追求的诗风，影响了黄东昀对诗坛的看法和对诗歌的追求。《三管英灵集》选黄东昀《胡书巢观察以湘管联吟诗册见寄次韵奉答》，"人间到处争华屋，杂沓雄飞丝与竹。谁拼澄怀冷似冰，爱闻雅度清如玉……"可见诗坛前辈对他的提携和鼓励，使他对诗坛具有反省和批判的精神，找到了学习的方向和楷模，即追求清雅诗风。

黄东昀所在的乾隆年间，粤西诗雕砌字句无深意，浮浅不师古，东昀病焉。于是与友人冷昭、刘映棻、朱依程（春岑）、朱依韩（秋岑）、朱依真（小岑）兄弟，结诗社于隐山，又与李秉礼相交往，多作山水田园诗，模范王孟一派，当时风气几一变清雅。《三管英灵集》选黄东昀《仲冬偕朱春岑秋岑小岑游七星山遍访岩洞诸胜返憩栖霞寺小饮山亭候月出始归以云峰缺处涌冰轮为韵得五言七首》。其一云："天晴山逾好，暖翠霏缤纷。虽离市厘近，而无嚣尘氛。重来隔五载，人事惭纷梦。譬彼素心友，索居惜离群。别久乍相遇，两意饶欢欣。又如吻正渴，忽闻佳醖芬。一杯才到手，未醉意已醺。努力探幽胜，山林可策勋。济胜况有具，风景更无垠。树外一声磬，蔼蔼生白云。"其二："北斗悬列宿，南天标七峰。峰峰有异态，

---

① （清）梁章钜：《三管英灵集》，卷二十四，清道光桂林汤日新堂刻本，藏国家图书馆，以下黄东昀诗均引自卷二十四。

朵朵青芙蓉。天风吹欲活，白日照逾浓。我欲踞巅上，手探瑶枢踪。长空净如洗，厥候唯仲冬。仰视但一气，寒碧难为容。时有双白鸟，点破苍翠重。嗒然不可说，俯听溪流淙。"二首皆有禅意，清新雅丽。此外还选《冬至后一日同朱春岑小岑泛舟还珠洞……》、《中秋前三日刘午亭李松圃小集斋中……》等与友人徜徉桂林山水，洗涤心灵的作品。

黄东昀还有咏史怀古的题材，如《登浯溪观中兴碑颂》、《汴梁杂咏》十首选二、《晋阳杂咏》十首，若非才力，断不能组诗首首创意不雷同。早年还有关心民生的诗，如《捕蝗谣》四言古体民歌，"民生自天，天心仁爱。蝗亦天生，而为民害……"对岭南蝗灾所害人民的同情。

朱依真，与黄东昀同在隐山诗社，字小岑，临桂人，乾隆间布衣，有诗集《九芝草堂诗存》，曾总纂《临桂县志》，分纂谢启昆主编的《广西通志》。《三管英灵集》选诗 42 首，包括五古 12 首、七古 9 首、五律 6 首、七律 8 首、七绝 7 首。众体兼备，且题材广泛。为乾嘉晚期诗坛"粤西诗人之冠"。梁章钜在《三管诗话》卷中云：

> 朱小岑布衣（依真），髫龄即嗜声律，不喜为制举业，而于十七史，丹铅数过，诗格亦日高，随园老人至粤西时，与之唱和，推为粤西诗人之冠。有《九芝草堂集》。邓显鹤序云："小岑刻意为诗，以微眇夐邈沈鸷镌削之思，写其冲夷高旷严冷削洁之概，幽而不怨，涩而不僻，乃适肖其为人。"非过誉也。余辑《三管诗》，于布衣所存独多，且有美不胜收之憾。常喜诵其《题万东斋课读图》一律云："略剪茆茨见古淳，地偏花药有精神。家风远过刘长盛，童子皆如井大春。天际鹤鸣时上下，隙中驹影易因循。绘图拈出穷经力，不敢浮荣眩后人。"词旨深稳，落落方家。①

长篇古体诗学韩愈、李贺，字奇韵险。如五古《书所见》、《龟滩》、七古《出陡戏作用昌黎〈斗鸡〉韵》、《黄鹤楼》、《淫雨叹》、《代州吊周将军歌》、《题邢鲁堂太守把臂图》、《题伏波岩米南宫画像》、《花园镇阻雨因谒

---

① （清）梁章钜著，蒋凡校注《〈三管诗话〉校注》，广西人民出版社，1996，第 143 页。

方公祠》、《灵丘城李存孝故里》等，题材无所不包，而遣词造句极为用力，博古通今，叙述议论，学习韩愈和李贺的奇崛出险。如《代州吊周将军歌》："雁门城摧阵云黑，桡枪扫地倾西北。天亡已见渑池渡，巷战俄闻太原赤。绣幡铜马何纷纷，燎原弗戢昆冈焚。男儿死耳南霁云，抚膝不作降将军。转呼转斗弓矢尽，枪急身轻犹陷阵。脱帽争知右袒多，免胄何辞一身殉。将军战死明社倾，眇逆长驱薄帝京……"① 首句便似李贺意象，但古为今用，有所创新自为诗意，读来战场凛然惨烈，寒意逼人，将军不屈就死，精神不死。福州陈寿祺曾在《赠桂林朱小岑布衣依真（甲寅）》诗中云："罗罻谁能及鸳鸱，桂海高人有朱穆。父兄文采接风流，<small>小岑尊人桐庄太守仲兄秋岑贡士皆以文学名</small>小年唊唾生珠玉，厌听名经千佛喧。耻登试席孤罴伏，九芝草堂云气寒。招隐湖山即濠濮，平生耽奇语欲奇。亦近昌黎亦昌谷，晓风残月吊屯田。寒食饧箫断仍续，千古魂销江醴陵。草色斜阳远天绿，迩来旗鼓偃中原。随园词坛善推毂，老过西粤得君诗。……"② 正道出了朱依真的诗学渊源，学韩愈李贺，长篇古体散文化，驾驭游刃有余，有赖其才气和创新的精神。

五七言律诗写景、咏物、酬赠，每每一物一象，苦吟其状，隐喻精神，立意新颖，如《野鸭》、《红柳》等，且与临川李秉礼（松圃）、李宗澳（厓竹），高密李宪噩（怀民、石桐）、李宪乔（少鹤）等寓居桂林的诗人酬赠，互相学习，朱依真有《石桐先生能诗，尤精五律。常撰主客图，以张文昌、贾长江为主，余人为客。复衷己与令弟少鹤诗为二客吟，幽深冷峭，不减唐贤。读其诗，思其人久矣。今始获晤于韦庐。勉成二章奉赠，并送其北归二首》，受到高密诗人李宪噩、李宪乔摹写晚唐贾岛、姚合五律的影响。《三管英灵集》多选朱依真与这些诗人的酬赠之作：《李少鹤明府招引普陀岩分韵得在字》、《酬李松圃见答》、《寄李石桐少鹤兄弟》、《初秋过李松圃一鑑楼留饮感旧作》。朱依真诗风与李秉礼等人学晚唐的幽深冷峭不同，而正如人所评幽涩枯淡，有宋人成熟老练理智内敛的意味，"亲交我亦嗟零落，便觉中年无好怀"（《南皮》）。林昌彝《射鹰楼诗话》亦评：

---

① （清）梁章钜：《三管英灵集》，卷三十四，清道光桂林汤日新堂刻本，藏国家图书馆，以下朱依真诗均引自卷三十四。

② （清）陈寿祺：《绛跗草堂诗集》，卷二，清刻本。

"《九芝草堂诗存》，临桂朱小岑布衣依真著。布衣之学，自六经子史下，及百工技艺，无不精研殚虑。其为诗以微渺夐邃、沈鸷镵刻之思，以寄其冲夷高旷严冷、峭洁之概，幽而不思，涩而不僻，尤精词曲。其所著人间世院本，几于唱遍旗亭。性狷介，视人世烜耀赫奕，脂韦腼涊之习，去之若浼。与临川李松圃秉礼友善，四方名宿如杨石墟祖桂、李洞冈常吉、许密斋巽行、王若农尚珏、浦柳愚铣、朱心池锦、刘松岚闻涛诸君子，觞咏赠答，极一时文讌之盛。钱塘袁简斋至临桂，亟称其诗，至比之赵文子垂陇之会，云小岑两客吾闽，尝与闽县陈恭甫先生唱和，长篇押险韵，叠至数十首，三鼓不竭。恭甫先生称为坛坫之雄，当三舍避之。余从其族孙伯韩侍御，录存其诗若干首，信饮谷栖丘含贞养素者之多风雅士也。"① 朱依真一介布衣，学问深厚，诗亦深不可测，被成为"粤西诗人之冠"，为乾嘉粤西诗坛繁荣的标志之一。

乾嘉粤西诗坛繁荣的另一个表现，是寓桂文人的诗坛凝聚力，临川李秉礼、李宗澳（秉礼族人），高密李宪噩、李宪乔为代表的诗人，带动了粤西诗人的集会与创作活动，引导了他们对五言律诗的写作和闲淡诗风的形成，不可不说有改变诗坛风气之功，汪辟疆先生曾肯定说："先是，清初诗学，以虞山渔洋为主盟，天下承风，百年未替。然末流之弊，宗虞山者，则入于馇饤肤廓；宗渔洋者，则流于婉弱空洞。李怀民生于乾隆国势隆盛之时，亲见举世皆阿谀取容，庸音日广，慨然有忧之。乃与少鹤精研中晚唐人格律，而救以寒瘦清真，一洗百年以来藻缋甜熟之习，虽当时排斥者实繁有徒，然数十年中清才拔俗之士，多有闻而信之者。"（《论高密诗派》）② 但另一方面三李却将粤西诗坛带向了题材和体裁的局限，风格的趋同和模拟晚唐的风气。

寓桂诗人李秉礼（1748—1830），字松圃，一字敬之，号韦庐，工诗画，有《韦庐诗内外集》。《三管英灵集》选李秉礼诗 59 首。李原籍江西临川，出身于桂林富商家庭，乾隆年间曾官至刑部江苏司郎中，但供职不久，年仅 30 性喜归隐，即辞官回桂林养亲。积极促成广西诗坛与外省文人的交

---

① （清）林昌彝：《射鹰楼诗话》，卷十七，清咸丰元年刻本。
② （清）汪辟疆：《汪辟疆文集》，上海古籍出版社，1988，第 262 页。

往，为广西诗坛的繁荣作出了贡献。李秉礼家族皆好文学，喜结交文人，清代许多外地的诗人来到桂林，大都入住李秉礼家，诗酒相会，吟诗作画，交流心得，盛况一时。

《三管英灵集》卷五十五李秉礼传后《退庵诗话》云："韦庐处富豪之境，而能为幽深澹远之辞，此其可贵。幼与高密李宪乔善，其内集皆宪乔所点定，谓能以明爐之质澄远之怀，写为清泠之音，都雅之奏，洵非溢美。袁子才亦极称之。盖其专学左司，自成家数，存稿虽多，皆出一律，今每体更登数首，已足见其梗概。"李宪乔《韦庐诗集序》："韦庐之学为诗，涵濡于韦，根底于陶，若三谢，若王孟，若储若柳。"左司即韦应物。李秉礼、李宪乔诗均为山水田园一派，长于五七言律诗，引领了众多粤西诗人的山水吟唱，朱依真《九日怀人八首》其八评李秉礼："诗场短李善推敲，五字长城未易掊。"左方海，临桂人，乾隆三十四年进士，官弋阳县知县。《三管英灵集》选左诗 18 首，长于律诗，与李秉礼、朱依真兄弟相交游。《三管英灵集》选其《寒夜与朱秋岑小饮话旧》、《和李松圃园居杂兴》二首。义宁石讚韶有《读韦庐诗次其集中韵还寄李松圃郎中》三首，其一《耽吟》，赞其诗风格似陶谢："诗情澹如此，陶谢宜知心。"其二《咏闲》，赞美李秉礼隐居精神。其三《东坡赤壁图》亦次李秉礼韵。

清乾隆末年至嘉庆初年，山东高密诗派人物李宪乔（少鹤）曾官归顺州知州，影响了归顺州诗人童毓灵与袁思名、唐昌龄、童葆元的创作；又多次寓柳，柳州诗人叶时晳与龙振河、欧阳镐等师从其门下。

童毓灵，字九皋，归顺州人，乾隆间岁贡生。《三管英灵集》选诗 26 首，李宪乔制《重订中晚唐诗人主客图》、推崇张籍、贾岛，童亦步趋之，有《哭李少鹤先生六首之二》、《送李少鹤……》、《寄唐碧川》。童葆元有《九月登宾山有怀唐碧川》《和李少鹤……》。袁思名，归顺州人，字监川，一字子实，号岛鹤，乾隆间诸生。从李宪乔游，受其诗歌主张影响，专学贾岛，刻苦幽峭，以五言律诗为主，《三管英灵集》选 36 首，《述志上少鹤先生》等。《三管英灵集》卷五十何福祥有《题袁子实诗后》，评价袁思名："鬓半苦吟白，人缘古貌惊。琢诗期到骨，入世耻浮名。老干霜余尽，寒潭潦尽清。无求山水外，一卷足生平。"评其苦吟雕琢的诗歌风格。唐昌龄，归顺州人，字心一，号碧川，一号梦得，乾隆间贡生。从山东李宪乔（少鹤）游，《三管英灵集》存 4 首。龙振河，马平人，乾隆间拔贡生，恭城教谕，有《题李少鹤游衡山图》，《三管英灵集》选诗 3 首。叶时晳，字亮工，号鹤巢，马平人，清乾隆诸生。师从李宪乔门下，相从登览龙城胜迹，诗酒唱酬。时人孙顾崖题叶时晳所居之处为"鹤巢"，李宪乔云："鹤巢识见高远，不肯随俗转移，谁言越无雪耶？"并为叶时晳诗集题名为《越雪集》。叶时晳诗作有唐人风格，《三管英灵集》选诗 27 首，多为五律。廖鼎声《咏叶时晳》（童葆光、童毓灵、袁思名三人亦在内）："《主客图》成有师法，二童入室真古交。升堂岛鹤律渐细，仅许到门唯鹤巢。"

龙献图（1754—1838），字雨川，临桂人，乾隆四十五年举人，官平乐训导，云南监道库大使。乾隆后期中试的诗人，在嘉庆和道光早期仍有创作活动。道光四年（1823），从云南归田，《陈午桥学使赐诗送行次韵奉答并序》曰："道光癸未七夕前一日，图将归里。"① 龙献图解官归故里，开始了近十六年的田园生活。与吕璜、黄暄、陈元焘、陈兆熙、李宗澳等友人一起游山玩水、相互酬唱。八十岁大寿，友人以诗为他祝寿，并相互唱和。道光十八年（1838），龙献图病逝，终年八十四岁，跨越了乾嘉道光三个时代。平乐训导十年，教育出陈继昌、李超松等人。《三管英灵集》选龙献图《哭门人李伯贞学博》，李伯贞，即李超松，《三管英灵集》卷三十八云：临桂人，嘉庆三年举人，官迁江县（今来宾市迁江镇）训导。选诗 2 首。

龙献图有《耕馀草》、《宦游小草》、《归田草》，为诗人一生行迹。现存《易安堂集》。《三管英灵集》选龙献图诗 26 首，包括五古 2 首、七古 8 首、五律 6 首、七律 5 首、七绝 5 首。

龙献图早年诗歌有关注现实的讽喻诗，七古《戽水谣》、《采买谣》即是。还有幽默风趣的长篇古体，立意新奇，前人未有，如《元旦雪作歌》、《观欧阳葆真少尉寓斋所藏书画》、《雪夜作歌柬唐莲舫明府》登。试举七古《空舲峡》："空舲峡中顺风起，舟人挂帆坐船尾。余亦长吟拜下风，击楫中流颜色喜。须臾河伯舞回风，舟如木叶飘江中。欹斜反侧不得住，屈原邀我游龙宫。舟人支撑猛如虎，左拒右拒施篙橹。纸船那有铁梢公，僮仆相

---

① （清）梁章钜：《三管英灵集》，卷二十八，清道光桂林汤日新堂刻本，藏国家图书馆，以下龙献图诗均引自卷二十八。

觑面如土。我时吟诗声正长，吟声乍歇风声扬。书生赋命本穷薄，人舣瓮头心惝惶。久之船头风浪静，舟人喜说活残命。长年徐徐散纸钱，念佛人人喜相庆。仆人稳坐获更生，谓我平生忠信行。平生忠信历坎轲，何日深居安乐窝。"写诗人与仆人在江上忽然遇上大风，几乎为之丧身江中。但龙献图以幽默风趣的口吻，快意流畅叙述此诗，还能几笔刻画船工、诗人和仆人的形象特征、性格心理，如"屈原邀我游龙宫"、"我时吟诗声正长，吟声乍歇风声扬"，"仆人稳坐获更生，谓我平生忠信行"。等句，读来妙语解颐。最后一句就势议论，从江上颠簸，想到人生颠簸，顺遂与忠信并无关系，深具哲理意味，特写出文人的辛酸。

再如五古《向唐莲舫明府借酒》："我性不能饮，厥名曰饭囊。一饱腹果然，捻髭意扬扬。暇日弄柔翰，自谓笔阵强。昨忽上诗坛，鏖战翰墨场。岂意逢大敌，弃甲走且僵。三战复三北，诗城欲乞降。平日诗胆大，耻为城下盟。愿借曲秀才，传檄招散亡。呼奴提壶卢，缒城走苍黄。问途酒泉郡，假道糟丘旁。如效申包胥，哭秦复楚疆。如作申叔仪，登山呼乞粮。君如许从事，我愿为步兵。投醪饮将士，旗鼓仍相当。收复桑榆功，凯歌声琅琅。"诗选自早年所作《耕馀草》，幽默酣畅，以赛诗为战场，比喻形象生动，将穷酸秀士自负得意和诗歌败北后的借酒消愁、哭天抹泪、重整旗鼓、以求再战的滑稽行为和心理转变，惟妙惟肖的活脱脱绘出。

龙献图后期归田所作诗歌，渐为平淡。正如其说："归来学诗歌，俗学多畔援。进取我不能，不为但称狷。后得韦庐诗，披吟达昏旦。古之闲淡宗。如游上清院。天籁含宫商，人籁何足算。虽云识迷途，骚坛敢专擅。""松圃宗陶韦，公诗亦雄健。"（《八十生辰，李崖竹广文寄诗志祝，次韵奉答》）年轻时狷介不羁的诗风退去，而认同李秉礼和李宗澳的平淡幽闲，开始多写近体律绝，题材也不再出奇，回归平淡的日常生活，如《种菜》、《春游即景》、《七十自寿》二首、《秋日斋中即事》，但幽默多气仍是其不变的性格和风格，"莫嫌老景颓唐甚，倚案犹能一笑歌。"（《七十自寿》其一）

张鹏展（？—1840），字南崧，乾隆五十四年（1789）进士，入翰林院为武英殿纂修，嘉庆十五年（1810）提督山东学政，官至通政使司通政使。嘉庆二十五年（1820）张鹏展归乡省亲，称病辞官，长期任广西各地书院山长。《三管英灵集》选诗 59 首,五古 17 杂古 1 七古 7 五律 22 七律 8 七绝 4,众体兼备。

五古《拟古》七首、《别岁》、《守岁》等,模拟魏晋古诗,感叹时光流逝,思乡念远,寄托自己的孤淡品性,而《留仙村杂咏》组诗,描画山水田园,亦古淡舒缓。七古《温观察殉难》、《磐石溪》、《董家堤遇雪》等,或纪人纪事,或描摹风景,或即兴酬唱,或题画,皆能纵横驰骋,才思如涌,如《十六夜偕汤谦山郑榕塘步月至……》,学习杜甫《饮中八仙歌》:"每因酒狂欲上天,况复高会列群仙。南丰素性喜豪放……谦山得意书更疾……对酒若不倾怀抱,未知此会更何年。"① 五律七律送别,写景工整平稳,所选数量虽多,成就不高。张鹏展作山长期间,培养了诸多广西士子,如《三管英灵集》卷四十五选韦天宝,武缘人,曾求学于上林名士张鹏展,嘉庆二十五年中进士,官四川巴县知县,次年,道光元年(1821),长途跋涉到达四川,不久病逝,张鹏展怜惜,为其作传。《峤西诗钞》选其诗《抵凤署感作》。《三管英灵集》选一首《游穿岩_{在凤山西北}次友人韵》。

熊方受(1761—1825),字介兹,号梦庵。永康人。乾隆五十五年进士,官山东兖沂曹济道,晚年退隐江南。梁章钜与熊方受有交谊,官辙所到,往往步其后尘,晚年在扬州又遇熊方受,可惜诗集没有索得,《三管英灵集》存熊方受诗 59 首,是《峤西诗钞》等总集未存,包括七古 3 五律 2 七律 39 七绝 15,长于近体。

熊方受七古所选虽少,但为精品,除为人题画外,二首咏史怀古《题蒯通传后》、《醉中书韩襄毅公轶事后》均能立意出奇,胆略雄词。熊方受也用五七言律绝写咏史怀古,如《上官婉儿》、《卫庄姜》等。

熊方受的亲情诗也是一大题材,女儿出嫁他欣喜作组诗《腊日次女润华于归偶成四章即示敦臣陈婿》,临行时托付嘱咐,又写《十一日将解缆南归留别敦臣婿》二首。女儿去世他悲痛不已,作《毗陵舟中悼亡女孟娴》二首,思念亡女,作《梦孟娴女》二首、《书孟娴亡女卷子》。弟弟去世他

---

① (清)梁章钜:《三管英灵集》,卷三十,清道光桂林汤日新堂刻本,藏国家图书馆,以下张鹏展诗均引自卷三十。

作《亡弟庆之几前》二首。妻子去世作《悼亡》二首。妻兄去世《吊陈铭庭舅兄》。侄子陈继昌及第，便作《妻侄陈莲史及第诗以贺之》二首。不能一一举尽。熊方受情感真挚抒发对亲人的爱和思念，尤为动人。

在山东做官，写有《曹县城上作》、《别东昌》，从诗中可见出一个勤勤勉勉的地方官形象："不待闻鸡先起舞，风前忘却鬓毛斑。"①（《《曹县城上作》》）"出郭青旗犹昨日，劝农父老话桑麻。"（《别东昌》）慈悲仁爱的长者，诗风从容稳重，温柔敦厚，不仅将仁爱给了山东百姓，也以宽广胸襟，容纳喜爱的山川美景："终古此山先得日，诸峰无雨亦生云。"（《登岱》）立足高远，摹画如神。

熊方受在京为官时，参与了法式善为首的文人雅集。"自法式善于嘉庆二年（1797）考证出西涯地址后，便于每年六月九日，李东阳生日之际招集文士雅集，以示纪念。……以嘉庆二年（1797）六月二十日法式善招同人于积水潭赏荷小聚为例，所得朋旧和诗有：……熊方受《嘉庆丁巳又六月廿日，时帆前辈邀石楼大令集积水潭，分得水字》。"② 熊方受的诗歌并没有太突出的特点，或因所留诗歌较少，无法窥见总貌。但熊方受与京城文人集团的交往，使他的诗名超越了粤西诗坛。

朱桓亦是影响较大的一位粤西诗人。《三管英灵集》卷三十二选临桂朱桓 30 首，桓字芝圃，一字海谷，乾隆五十八年（1793）进士，由检讨迁御史，嘉庆年间历任福州知府、福建盐法道、两广盐运使。"善书画，官福建时，海贼归诚，奉檄受降，曾绘图以传世。善书用笔极劲，有明人遗意。兼写竹兰石，亦古劲多姿。"③ 当时岭南名士多有题画诗存世，如贺长龄《海上受降图诗为朱芝圃前辈作》小序："嘉庆十四年，洋匪朱渥投诚，时公守福州，董其事。"④（《耐庵詩文存》诗存卷二）陈寿祺亦有《海上受降图朱芝圃太守属题桓》⑤《送梁茝林仪部入都章钜》陈寿祺，字恭甫，福建

---

① （清）梁章钜：《三管英灵集》，卷三十一，清道光桂林汤日新堂刻本，藏国家图书馆，以下熊方受诗均引自卷三十一。
② 李淑岩：《法式善诗学活动研究》，黑龙江大学出版社，2013.08，第182~183页。
③ 政协广西临桂县委员会办公室：《临桂文史》，第7辑，1994，第86页。
④ （清）贺长龄：《贺长龄集》，岳麓书社，2010，第434页。尚有贺长龄《题朱芝圃前辈秋帆载石图》。
⑤ （清）陈寿祺：《绛跗草堂诗集》，卷五，清刻本。

闽县人。刘嗣绾《题朱芝圃前辈海上受降图》①，林则徐《〈芸馆集仙图〉朱芝圃观察桓属赋》道光六年（1826）作，自注：图为癸丑同年同馆雅集作。（《云左山房诗钞》卷二）② 林公丁母忧在福州原藉守制时所作。孙尔准《为朱芝圃都转题瀛馆集仙图》序："英煦斋师乾隆癸丑入词馆，仿西园雅集，遗意为图，遍写同岁馆选诸君，各肖其貌，命尔准作记。此嘉庆癸酉岁事也，道光癸未，芝圃重摹此图，属题，距馆选盖三十年矣。"③《题朱芝圃海上受降图二首》吴嵩梁《朱芝圃观察海上受降图》："闽粤之交多剧贼，以船为家水为国。前明筹海有遗编，制胜仅闻胡与戚。……"④ 七古谢启昆《九日同汪文轩韩湘帆李松圃朱芝圃登刘仙岩归饮铜鼓亭裴山以恙不至得诗二首即柬裴山》⑤。由上可见朱桓乾嘉年间与两广、福建名士的交往。《临桂县志》载，朱桓有《自适吟》、《筱庭文集》。朱桓五古《述训》讲述生命哲理；五古《雀角行》为现实生活冲突的寓言诗。擅长用五律写山水羁旅，如咏怀柳宗元和自述心事的《愚溪》。

在嘉庆年间中试的较有成就的诗人有周贻绪、朱凤森、袁珏、刘棻、钟琳、蒋卜德、吕璜、何家齐、彭炅、钮维良、罗辰、潘兆萱等。从诗人队伍和成就来看，已经没有乾隆朝中试诗人的意气风发和特立独行了，朱凤森的吏治和吕璜的文章成就大于诗名，钟琳、何家齐、潘兆萱、罗辰、蒋卜德等诗人则属于中小诗人，创新力不强，仍沿着乾隆临川二李和高密二李的影响，多写五律，多写羁旅山水和隐逸。只有刘棻众体兼备，较有个性。

《三管英灵集》卷三十八临桂周贻绪，周琼之子，嘉庆三年举人，选诗21首，多悼亡、咏物（卷二十五周琼8首），就有《熊介兹太史见过不遇……》一首，又可见熊方受对粤西后辈诗人的影响。

朱凤森，字蕴山，广西临桂人。嘉庆六年（1801）恩科进士，嘉庆十五年（1810）任河南浚县知县。嘉庆十八年（1813）白莲教进攻浚县，朱

① （清）刘嗣绾：《尚絅堂集》，诗集卷四十六云心集上，清道光大树园刻本。
② （清）林则徐：《林则徐全集》，第六册，诗词卷，海峡文艺出版社，2002，第147页。
③ （清）孙尔准：《泰云堂集》，诗集卷十二，清道光刻本。
④ （清）吴嵩梁：《香苏山馆诗集》，卷十二，清木犀轩刻本。
⑤ （清）谢启昆：《树经堂诗续集》，卷五，铜鼓亭草下，清嘉庆刻本。

凤森率城中兵民坚守，并撰写《守浚日记》记述守城经过，因功加同知衔，后官至奉政大夫。梁章钜认为其经世济民，捍城有功，"盖不可以诗人目之"①，所以，因人存诗。

《三管英灵集》选朱凤森诗歌 56 首，包括五古 32 首、杂古 1 首、七古 4 首、五律 3 首、七律 16 首，所选朱凤森古体诗为多。朱凤森有《仿江文通杂诗三十首》，学习江淹，分别拟古诗人风格创作，述及诗人情感及其生平事迹（后被选入铁保的《熙朝雅颂集》），梁章钜将朱凤森从江淹到汤惠休的 30 首歌咏（江淹、李陵、班婕妤、魏文帝、曹植、刘桢、王粲、嵇康、阮籍、张华、潘岳、陆机、左思、张协、刘琨、卢谌、郭璞、孙绰、许询、殷仲文、谢混、陶渊明、谢灵运、颜延之、谢惠连、王微、袁淑、谢庄、鲍照、汤惠休）全部选入《三管英灵集》，可见其对朱凤森古体诗歌的看重。这些诗也是对古代文人的歌咏，但内容形式方面的创新性不大。

梁章钜选其河南浚县所作近体七律《守城八首》，梁章钜引那彦成的《韫山诗稿序》云："其书卷与志气，是其素裕。又更军旅阅历，益殊伟。故其诗英特发越，不仅诗人，亦不仅循吏"；又引陈用光对朱凤森诗歌的评价："韫山同年负经济才，尤工于声律，有幽燕伉爽之气。"梁章钜总结其诗"皆能状其英姿飒爽、顾盼自雄之概。"② 此外梁章钜还选录朱凤森河南浚县所作七律《读卢楠集》："匡庐飞瀑昔同游，红藕香深玉簟秋。卯酒不妨呼鬲县，奇书谁许借荆州。阿蒙吴下传三异，眇目山人画一筹。莫道时清才子贵，为怜李广不封侯。"诗前有小序云："楠在缧绁中，作《蠛蠓集》，蠛蠓者，醯鸡也，盖以托迹两大，若叶之于林，杯之于海，似蠛蠓者然。山人谢榛携楠诗，集游贵人间曰：楠在而诸君不救，尚哀湘吊贾为乎？吴人陆光祖拯之。"③ 卢楠是浚县人，数次赴乡试不第，以资为太学生。博闻强记，负才傲物，因怠慢县令，被诬为杀人，论死系狱凡十数年。谢榛为之鸣冤京师，浚县代知县陆光祖为之平反，获释。出狱后遍游吴会，落魄病酒，郁郁而卒，有《蠛蠓集》行世。朱凤森咏史怀古，更是对所在时

① （清）梁章钜著，蒋凡校注《〈三管诗话〉校注》，广西人民出版社，1996，第 84 页。
② （清）梁章钜著，蒋凡校注《〈三管诗话〉校注》，广西人民出版社，1996，第 140 页。
③ （清）梁章钜：《三管英灵集》，卷三十九，清道光桂林汤日新堂刻本，藏国家图书馆，以下朱凤森诗均引自卷三十九。

代、所在地域人才的珍惜和看重，亦如谢榛、陆光祖为提拔人才奔走呼告，《三管英灵集》还选朱凤森在浚县写的《希贤书院劝学诗》二首，朱凤森的诗歌显示了他的吏治理想和儒家情怀。

朱凤森还有一些写景诗，如《趵突泉》、《登黄鹤楼》、《潇湘逢故人歌》，皆能以景寓志。朱凤森的诗歌既有好古雅正的一面，也因仕宦经历影响，有英姿发越的一面。迥然不同于乾嘉粤西隐逸诗人的清淡诗风。朱凤森诗歌的气质精神影响了其子岭西五大家之一朱琦的创作。

袁珏，字醴庭，平南人，嘉庆七年进士，历官平乐、镇安教授，有《今是轩诗草》。《三管英灵集》选诗 55 首，包括五古 38 首、五律 7 首、七律 8 首、七绝 2 首。擅长五古。梁章钜为袁珏进士同年，评价其五言胜于七言，尤其欣赏《咏史杂咏》五古 12 首，咏老子、苏秦、信陵君、淮阴侯等，有长有短，立意新奇。杨紫卿则欣赏其《镇安道中》长篇五古 8 首，此外袁珏还有《记园中草木十一首用坡公韵》，亦是五古写就，组诗结构严谨，第一首总论园中草木盛衰变化，此后一首一花或一树，最后一首又总论，层次分明。梁章钜选袁珏七律《梅花用高青邱韵四首》、《滕王阁》、《鹦鹉洲》、《舟过槎江寻秦淮海遗韵》，声律抑扬，可见袁珏追慕前辈文人的诗歌。

因从事教育事业，袁珏也用诗歌承载教育思想。写有《阅近人诗集漫作》针对近人无精思的诗学观念，总结学诗写诗的理论和方法、步骤，提示后学。梁章钜《三管诗话》评价：“醴庭有《阅近人诗集漫作》云……此醴庭自抒所得，精理名言，非复严沧浪之但拈妙悟者矣。”肯定了袁珏以议论为诗，以学问为诗，理性思考，总结经世致用的道理。还有《夏叙儿子学书作诗示之》，教导儿子书法的精神、理论和方法。《曝书》则讲自己收藏书籍的爱好和过程。袁珏将读书、学诗的经验传授家人及学子，以身言教，娓娓道来。袁珏不但以诗歌传承诗法、书法，还与家乡士人交往，爱惜有才华的后进之士，有《哭周湘帆秀才》二首、《夜坐怀胡云浦孝廉》[1]、《留别黎笙斋秀才》等。之所以袁珏对广西后学怜惜爱护有加，是因为作为

---

① 平南彭昱尧于道光三十年（1850 年）为胡云浦写的哀辞中说：“先生以幼孤强学，嘉庆庚午（嘉庆十五年 1810）举于乡。”

学官的袁珏也曾受到前辈的奖掖，他有《哭中丞钱裴山夫子》一首，可知钱楷视学广西时，袁珏或在其幕，他赞扬恩师："灵淑山川聚，名贤应运生。清寒忘富贵，辛苦得功名。爱士心常切，衡文法最精。春风来岭表，爱敬洽群情。"① 时钱楷劝告广西士子勤苦读书才能成就功名，激励了年少的袁珏；袁珏还有《哭大学士纪晓岚夫子》，诗句云："人知姓氏同君实，帝谓文章过史迁。珠玉唾馀争拾取，艺林佳话至今传。"② 袁珏将前辈文人的学问和道德深植内心，学习实践，并将之传给广西学子。梁章钜《三管诗话》卷中袁珏条："醴庭于师友之情最笃，形于诗者，皆情溢乎文。如《哭钱裴山中丞》云……《哭纪文达师》云……余与醴庭同出师门，师骑箕之年，余亦未在京，读此同有山木之痛也。"③ 苏时学《暇日偶翻两粤前辈诗集有所得戏作论诗绝句十五首》其八评平南袁珏："醴庭仙骨本珊珊，五岭归来主坫坛。可惜奇才偏偃蹇，一官博得腐儒餐。（平南袁醴庭教授）"④ 正是仕途偃蹇，仅为学官，使得袁珏有与众不同的诗歌题材，和对诗歌的驾驭能力。《三管英灵集》还选了潘兆萱《秋夜怀黄茂才一斋袁进士醴庭》、胡美夏《秋日偕袁醴庭同年蒋岳麓学博游真仙岩》，可见袁珏与粤西诗人交往之一斑。

《三管英灵集》卷四十一选灌阳卿祖培诗2首，乃梁章钜同年嘉庆七年进士，道光二年逝世。晚年"尝寝疾，同年生三四人往省，见其裘敝，几见鹑，恐其为寒气所中，酿制一新者，遗之再三，却许以他日还，而后受。张公鹏展者，公乡之贤人也，自山东学政回京，知公贫，馈百金不受，强而暂留。后卒。"⑤ 卿祖培与陶澍两人相交甚厚。卿氏在学术、吏治上有许多过人见解。对于嘉道之时"又念近世学者侥幸弋获，束宋儒之书不观"的学风，卿祖培十分忧虑，"恐其陷溺深而生心害政也"，便上疏皇上，"请明教法，以端士习，而储人才"。卿氏上疏的主旨是，提倡实学，反对八

---

① （清）梁章钜：《三管英灵集》，卷四十，清道光桂林汤日新堂刻本，藏国家图书馆，以下袁珏诗均引自卷四十。
② （清）梁章钜著，蒋凡校注《〈三管诗话〉校注》，广西人民出版社，1996，第151页。
③ （清）梁章钜著，蒋凡校注《〈三管诗话〉校注》，广西人民出版社，1996，第151页。
④ （清）苏时学著，阳静校注《〈宝墨楼诗册〉校注》，巴蜀书社，2014，第144页。
⑤ （清）陶澍：《陶文毅公全集》，第五册，卷四十六，台北：文海出版社，1966，第3375～3376页。

股，通经致用。陶澍《太常寺少卿卿公墓表》（卿祖培）云："考彬岁贡生，三世知名，而考尤以纯德称，少孤事母，至孝居丧庐墓三年，哭踊之地成坰。经学深邃，著有《周易贯义》、《洪范参解》《律吕参解》、《楚辞会真》等书，道光元年春敕祀乡贤。"《三管英灵集》卷四十三选灌阳嘉庆诸生蒋卜德《挽拙园先生》，即悼念卿彬，字雅林，卿祖培父亲，岁贡生，邃深经学，晚尤嗜易，嘉庆十八年卒，年六十六。子祖培，能承其学。"兄弟三人，长祖一，举乾隆戊申乡试第一。官广东海丰知县。"《三管英灵集》选卿祖一诗 2 首。

刘菜字香士，嘉庆十二年举人，有《爱竹山房诗文集》。《三管英灵集》选诗41首，包括五古17首、七古5首、杂古4首、五律4首、七律5首、七绝6首，长于古体诗。五古学陶，清淡舒缓。七古《宋皇祐平蛮碑歌》、《驱寒》、《下墟》、《分龙雨歌》等，学韩愈，奇句拗调，《驱寒》全用平声韵，一韵到底。

刘菜多作咏史诗，如《读汉晋史纪偶述》，"读书自鉴古，寸心相默印"①，《髀肉生》、《荒鸡舞》、《柳侯碑》、《咏晋史》、《苏武节》、《姜肱被》、《祖生鞭》、《郑崇履》一系列的咏史怀古诗从古史故事中寻找至理，有述有评，借鉴人生。《游景风阁怀古三章》追怀谢灵运、羊祜、苏轼。

刘菜诗歌受到道家信仰的影响时而表现为消散自然的书写。《地远》，《缓步仿辋川体》，《消闲六咏》之《问月》、《观鱼》、《扫花》、《倚石》、《对酒》、《抱琴》，浓厚的道家隐逸情趣流淌其间。《人间世》则以直接议论的形式阐述庄子哲学的道理。"床头展道书，吾欲安吾静。"（《夏日新晴漫兴》）平常的坐卧中皆是修行，诗歌的题材日常生活化，但能学习陶渊明、王维、白居易和苏轼的旷达与超脱，有境界的提升和审美的雅化，"人境贵知足，膏粱亦信美。"（《日午苦饥调蔬菜充膳便得一饱》）刘菜这种赏玩人生的态度也表现在对诗歌艺术的实践中，其《洞庭舟中玩月》岂止玩弄自然意象于笔端，更是用五平五仄体，"银潢悬晶毯，雨界徹一色。""星垂歌江流，入抱仰兔魄。"给人耳目一新之感。《三管英灵集》还选刘菜七

① （清）梁章钜：《三管英灵集》，卷四十一，清道光桂林汤日新堂刻本，藏国家图书馆，以下刘菜诗均引自卷四十一。

绝《漓江竹枝词》六首，学习刘禹锡民歌体的清丽韵致。

《三管英灵集》还选刘棻《梦云樵》、《怀阳云樵同年三十韵》，灵川阳耀祖（云樵）与刘棻同年乡试中举，官广东佛冈同知，有《苍云馆诗钞》，《三管英灵集》选其诗3首。此二首怀念故人，感叹同漂泊仕宦和怀才不遇的命运，互相激励。

刘棻转益多师，众体兼尝试，诗歌的题材亦是开阔，为嘉庆道光年间粤西诗人中独抒性情者，其诗有赖《三管英灵集》得以保存。

钟琳，字四雅，苍梧人，嘉庆十二年举人，历署马平教谕，迁唐县、昌平、直隶知县。有《咀道斋诗草》。《三管英灵集》选诗30首，包括五古5首、七古1首、五律9首、七律6首、七绝9首。五古《杂诗》三首模拟汉魏古诗，抒情说理，感叹人生。《出门》则叙事白描离乡告别亲人难分难舍的心酸图景，古朴感人。钟琳多用近体律诗写游宦山水诗，《郊行》、《舟中》、《过全州》、《归舟》、《暮泊新堤》、《西湖》等，少有凄楚悲慨之音，大多简澹清新，《偶成》总结平生："生平徒自负英雄，六上金台一梦空。壮志销磨轮铁里，吟诗不敢怨春风。"

刘书文，字墨园，象州人，嘉庆十三年进士，官浔州府教授。《三管英灵集》选诗4首皆为咏史诗。《过黄叔度墓》、《朱仙镇谒岳武穆祠》、《鄂王坟下作》、《题桃花扇传奇》，皆为铮铮铁骨之音，较有特色。

蒋卜德，字瑶圃，灌阳人，嘉庆初诸生，有《怀忠堂稿》，《峤西诗钞》选诗49首，《三管英灵集》亦选诗49首，包括五古4首、七古1首、五律31首、七律3首、五绝2首、七绝8首，长于写五律。用五律写羁旅客愁、描摹山水、亲友近闻。如《水明楼晚眺》、《晚次九江望琵琶亭》、《湘江夜雪》、《秋夜不寐》等。《挽拙园先生》述说对卿彬的悼念。蒋卜德诗题材和体裁均较为局限，并无新意和独特的风格。

吕璜（1778—1838），字礼北，号月沧，永福人，嘉庆十六年进士，历知浙江庆元、奉北、山阴、钱塘等，升杭州府同知，时称循吏。晚年归里，以古文名，曾任榕湖书院、秀峰书院山长，有《月沧诗文集》。《三管英灵集》选吕璜诗55首，包括五古14首、七古8首、五律15首、七律14首、七绝4首。《三管诗话》卷中，梁章钜云，巡抚广西时，结识秀峰书院主讲吕璜，吕璜是桐城派古文家吴德旋的弟子，吴的老师是姚鼐，吕璜是桐城派古文在广西的代表人物。其学识丰厚，见识深刻，为师者楷模。并称："月沧诗古体胜于近体。与余年来唱和之作，仅《东坡生日》及《铜鼓》二首，皆七古。"① 可见吕璜擅长古体诗，古体诗以古文章法行之，质朴苍劲，稳重理性，不争奇语奇势，如七古《王春城明府假山初成戏用昌黎山石韵赋长句以赠》，娓娓道来。

吕璜诗歌题材较为局限，除劝学诗较有特色，其余多为次韵酬唱和题画。梁章钜特欣赏其《示经古书院诸生》，"而余特爱其《示经古书院诸生》五古三首，托体甚高，足以不朽。爱重录之以为粤之士人劝焉。"② 如前二首云：

> 古人贵通经，所贵在致用。近人务说经，乃务以哗众。群经述作残，大旨条贯共。汉唐笺注家，谈言祗微中。宋贤炳薪传，道积鉴斯洞。论足周圣涯，亦足醒昏雾。奈何鬼琐流，嚣然复聚讼。党护故纸堆，张汉而抑宋。瓦砾偶拾取，浪诩怪石供。供之犹自可，持作弹九弄。岂知仁义府，高坚屹不动！

> 将为古文章，汉唐多可宗。北宋有作者，亦复称豪雄。其义根六经，其语羞雷同。学诗溯汉魏，千九百年中。师资转益多，毕竟将安从？取法必最上，超超自行空。老氏贵知希，诗文理常通。人世交口誉，境地知未崇。果且进于古，笑讥或易丛。倘求合于人，古音听谁聪？

第一首，论近世经学，恢复了汉代古文经学考证训诂的做法，而舍弃宋儒义理和经世致用是偏颇的，不应该有派别之见。

第二首，论学文者，学汉唐宋皆可，皆为本于六经，皆为对前人的创新。学诗则当学汉魏，千百年来，人们以汉魏古诗为最高古；若转益多师，则或混淆不清，不知所从，无师可从，因此应"取法乎最上"，才能超越近

---

① （清）梁章钜著，蒋凡校注《〈三管诗话〉校注》，广西人民出版社，1996，第159～160页。
② （清）梁章钜著，蒋凡校注《〈三管诗话〉校注》，广西人民出版社，1996，第159～160页。

体诗的体式束缚，自由驰骋诗思。清代以来的近世诗人皆讥笑明代复古派的学古，文为时文，诗为新诗，这是吕璜先生反对的，其自有一份对古诗和古文的持守。

道光十四年（1834）广西布政司郑祖琛（梦白）于丽泽门创建榕湖经舍（即经古书院），以经学古学课诸生，延年已五十八岁的吕璜主讲。吕璜于诗、古文皆有法，讲学强调以六经为根柢，通经致用，并将桐城派古文传播到广西，座下出现了朱琦、王拯等古文大家。《示经古书院诸生三首》，标明讲学意向并在经学、诗学、古文、著述几个方面指导学生，希望广西学子继承传统，超越创新。王拯有《榕湖经舍感怀八首追次永福师月沧先生秀峰书院杂诗韵》，其中有诗句："乡邦考文献，磊落数贤存。南阁经声远，东溪道脉尊。原泉须到海，蕡实要培根。"① 称赞吕璜师辑考广西一省文献、向广西学子传播经学的成就。

自道光十五年（1835）至十八年（1838），吕璜主讲秀峰书院。嘉庆四年他肄业于此，此番回归执教，欣然之情溢于言表，其《秀峰书院杂诗八首》有句："峤外英才苗，才偏萃此多，由来觇远抱，非止擢魏科。"（其一）"观天防坐井，井底岂能豪。技到文章小，名争日月高。先生竽又滥，都讲礼频叨。模范吾何有？登堂首重搔。"（其三）"箧中三万卷，廿载枉相随，老合书城拥，闲犹廪粟縻。岂真稽古力，亦有下帷思。教本能兼学，归来惜已迟。"（其四）"将衰才举子，受性不如人。纸笔粗知好，仁贤愧未亲。麻中蓬易直，果下马宜驯。用尽析薪力，何时渠负薪。"（其七）② 对主讲才人辈出的秀峰书院，表示早有其愿，谦虚期望在这里教学相长。

《三管英灵集》选吕璜诗歌大多为酬唱之作，如《丙申十二月十九日梁茞林中丞招同宾仃数君于署斋为东坡作生日》、《铜鼓歌次和梁中丞》、《梁中丞和苏集聚星堂韵元什见示因和一首》、《十九日同黄春庭李厓竹陈桂舫李春桥……登独秀峰……》、《题云中江树图呈林少穆先生》等唱和诗、题赠诗，可知吕璜除江南做官与同僚名士交游唱和外，晚年也与广西巡抚梁章钜、两广总督林则徐、桂林秀峰书院黄暄、桂林书法家陈鏐、江西诗人

---

① （清）王拯：《龙壁山房诗草》，卷十五，续修四库全书本。

② （清）梁章钜：《三管英灵集》，卷四十四，清道光桂林汤日新堂刻本，藏国家图书馆。

李宗澳、湖南画家李人华等相交游。

何家齐，字双镜，永淳人，拔贡生，有《小隐园诗稿》。《峤西诗钞》选诗38首、《三管英灵集》选诗34首，包括五古6首、五律19首、七律7首、七绝2首。擅长写近体诗，尤其是五律，写山水羁旅、季候隐逸，长于描摹刻画，属对工稳，诗风清幽，如《落叶》、《落花》、《高秋》、《孤馆》、《对月》、《离家》、《秋思》、《高台》、《山居》、《闻砧》等，意境并无开阔，多有重复的意象和情感。七律多学老杜，但并无新意。

彭炅，平南人，嘉庆间布衣，有《爱庐诗草》，《三管英灵集》选诗10首，平南双忠祠作《双忠行》，桂平《太仆祠》。《春柳四首》诗学李商隐，华艳秾丽。

粟葆文，号介石，临桂人，嘉庆二十四年举人。况澄有《癸未端午莲龛先生偕仰山兼山丈宗二宗三粟介石邓雨韭及少吴游闸河醉赋》《四月四日同门诸子宴莲龛先生于陶然亭，赋此感怀》况澄道光壬午（1822）进士，道光癸未即1823年，与况澄同在京城。况澄还有《挽粟介石》："别来何限胸中事，没后相思欲致辞。才比子瞻难作弟，身同伯道竟无儿。工愁素日心如炙，多病青年鬓有丝。旧雨于今零落尽，不堪重读白杨诗。"①《三管英灵集》选粟葆文诗5首。

罗辰，字星桥，临桂人，嘉庆间诸生，《三管英灵集》选诗20首，多为近体。徐世昌《晚晴簃诗汇》录罗辰诗二首《山楼》、《庆将军西爽分赋》，小传："罗辰，字星桥，桂林人。有《芙蓉池馆诗草》。"诗话云："星桥擅丹青，缋名山图数十幅，各系以诗。阮文达督粤时，延为幕客，亟相引重，称其诗才敏捷，不事彩镂。比于清水芙蓉，而名为画掩。猿臂善射，能挽强弓，思立功名，惜其不遇。嘉应叶约三赠之诗云：'尽揽江山胜，淋漓水墨新。风云参变化，花鸟助精神。绿酒联吟社，青衫客暮春。宵阑看烛跋，肝胆话轮囷。'"②《芙蓉池馆诗草》存诗300余首。《芙蓉池馆诗草》有阮元等多人题辞及序言。《三管英灵集》选七古《铜雀瓦砚歌》、《观猎》，五律《闲居吟》组诗、《秋兴》等皆描画雕刻，诗如其画。罗辰

① 陈柱编，高湛祥、陈湘校评《〈粤西十四家诗钞〉校评》，下册，广西人民出版社，1997，第390页。

② （清）徐世昌：《晚晴簃诗汇》，中华书局，1990，第6177页。

除工山水画外，还工花卉兰竹、金石篆刻，著《芙蓉池馆诗草》，罗辰之女罗杏初也能诗。查氏，罗辰妻，查瑶溪，号瑶溪女史，有《芙蓉池馆集》。

龚之琦，字春皋，永宁人，嘉庆间布衣，著有《风尘集》。选诗 7 首，《舟夜不寐》、《顺风行舟》、《过牂牁江》等皆为羁旅诗。《过柳城》："寒烟处处飞花雨，绕郭青青杨柳堤。醉后绿条曾系马，酒家仍在板桥西。"七绝清新流畅。

总之，乾嘉粤西诗坛大家辈出，《三管英灵集》所选诗作数量最多，所选具有代表性。

道光年间是清代社会的转折期，国势的下降，动乱频仍，欧洲侵略者滋扰。鸦片战争爆发，正好是梁章钜编纂《三管英灵集》的终结点，也是所选粤西诗人生平时代的终点。时代的风云变幻还未体现在这些道光中期已逝诗人的身心上和诗歌中。因此，仍然延续着乾嘉时代羁旅山水的主题，乾嘉时代的诗人晚年也仍生活在道光初年。而道光年间中试的诗人也极少，选诗较多的是商书浚、曾克敬、黎文田、黄圻、关修、陈玉、吴希濂、张敬等。

商书浚、曾克敬为"杉湖十子"中较早去世的诗人。在杉湖北岸的补杉楼聚会的诗人包括龙启瑞、朱琦、汪运、彭昱尧、商书浚、杨继荣、曾克敬、李宗瀛、赵德湘、黄祖锡等人，被称为"杉湖十子"。商书浚，字麓原，临桂人，道光十一年（1831）举人。王拯《存恕堂遗诗序》称其"少困饥寒"，替人抄写为生。科举挣扎了三十多年，落落寡欢，曾为幕僚，怀才不遇，后隐居著述，逝世较早，王拯怜惜其诗遗落，搜集整理为《存恕堂遗诗》，"杉湖十子"之一彭昱尧参与编选《三管英灵集》，选其诗 6 首，其中五律 3 首，皆为羁旅之作，思乡之念。七古《答劳云岑》，则气象高远，大开大合："君不见衡山突兀撑青天，祝融紫盖相钩连。长江西来急如箭，倒影欲动苍松巅……"①

曾克敬，王拯在其墓表中称，字跻堂，号芷潭，广西平乐人。道光十三年进士，道光十五年授翰林院编修，充武英殿协修，道光十八年（1838）卒于京城。《三管英灵集》选其诗 10 首，多为山水羁旅。廖鼎声《拙学斋

---

① （清）梁章钜：《三管英灵集》，卷四十八，清道光桂林汤日新堂刻本，藏国家图书馆。

论诗绝句》评曾克敬："病鹤支离许独飞，情伤捧檄逊斑衣。搜来奇句低徊绝，如此清才死合非。"以"奇句""清才"评论曾克敬诗学李贺韩愈，七古皆意象出奇，"红冰泪湿绿云下，憾遏湘流入絃写。鲛人啼血龙女愁，洪涛雪捲君山秋。"（《湘中絃》）"长风吹月半天紫，倒影星河入湖底。"（《二月夕望由湘阴入湖南……》）① 另如五律《黄河晓渡》、《登湘山寺浮图绝顶》等6首，皆才高豪迈。

黎文田，临桂人，道光十四年举人，选诗7首，其中五律《励志诗》四首较有特点，格言警句之体式。

黄圻，临桂人，道光间布衣，选诗10首，多为古体诗，选诗多为广西风景名物，郁林州的《越王船》、博白的《绿珠井》、《将军岭》、临桂的《颜公岩》、《铜鼓歌用昌黎石鼓歌韵》等。

关修，临桂人，道光间监生。选诗3首，也写《铜鼓歌》，其《时辰表》写西洋名物，较有新意。

陈玉，马平人，道光间太学生。选诗19首，大多为古体诗，选陈玉《古莲池纪游》组诗10首，描写皇家园林的风光。《谒柳侯祠》、《谒刘蕡祠》皆取材于柳州本地，赞扬唐代寓居柳州文人的精神及其影响。

吴希濂，马平人，道光间诸生。选诗6首，《古意》、《神滩》、《采莲曲》，有拟古之风。《有忆》七律抒发生平感慨。

综上所述，《三管英灵集》选诗从中唐至清道光前半期，建构了广西诗坛的发展历程，即由唐至清广西诗人诗歌渐趋繁荣的历史过程。唐宋时代是广西诗人诗歌的发生期，代表作家是晚唐二曹和宋代契嵩。明代是广西诗人诗歌的发展期，明代广西诗人诗歌不是从一开始就发展繁荣起来的，经历了明初期的酝酿，明中后期的发展。代表作家是吴廷举、蒋冕、戴钦、王贵德、袁崇焕、谢良琦等，但他们没有形成流派，往往风格因自身性格和经历而诗风各异。清代是广西诗人诗歌的高潮期。顺康雍粤西诗坛别开生面，尤其是谢赐履、谢济世抒写个人经历，独抒性情。而清代粤西诗人诗歌的全面繁荣集中在乾隆、嘉庆年间。

《三管英灵集》建构广西诗史最大的贡献，是通过选诗总结乾嘉年间众

---

① （清）梁章钜：《三管英灵集》，卷四十四，清道光桂林汤日新堂刻本，藏国家图书馆。

多诗人的题材、体裁、风格、地位和影响。乾嘉粤西名家辈出:胡德琳古体奇崛,是乾隆初年粤西诗坛最重要的诗人;朱依真博古通今、老练内敛,是乾嘉晚期诗坛粤西诗人之冠;刘棻众体兼备,转益多师,题材多变,是乾嘉晚期粤西诗坛重要的诗人;李秉礼一代盟主,与临川李宗澳、高密李宪噩、李宪乔引领广西诗人学贾岛、姚合五律,转变粤西诗坛为闲淡的诗风。乾嘉粤西诗人风格多样:刘映棻是清代广西诗坛的咏史"诗豪";邓建英题材广泛、众体兼备,七古尤英光四射;龙献图古体幽默酣畅,机智多气;朱凤森古体雅正与英姿发越兼备。乾嘉粤西诗人亦盛名远播,在全国诗坛亦有影响力,如乾隆年间的潘鮰以梅花诗和山居诗,在刘墉幕为中心的江南诗人中享有赞誉;熊方受在法式善为中心的京城文人集团中较有诗名;朱桓为官福建时为岭南名士所激赏等。

第六章 《三管英灵集》的诗学
思想及地域价值

梁章钜将《三管英灵集》中附缀的《退庵诗话》先行出版，命名为《三管诗话》刊行。《三管诗话》是广西流传下来第一部较为丰富完整的，明确以"诗话"命名的地域诗学著作。其中收录了未收录《三管英灵集》的广西无名氏诗人诗歌，收录了广西诗人诗歌断句遗篇，及广西诗人诗事，还收录了非广西籍诗人歌咏广西的诗歌等，具有重要的地域文献价值，对保存广西诗人、诗歌、诗事、诗论等文献做出了贡献。梁章钜在此基础上，还对各种诗歌诗事文献加以考订和考证，有序整理著录。梁章钜还评析了诸多诗歌，表达了自己对于诗歌创作构思、诗歌风格鉴赏、诗歌评论方法等诗学思想，反映出清代中期诗评家对清前期诸多诗学流派的思想吸收和融合并用。

第一节 《三管诗话》与《退庵诗话》、
《三管英灵集》的关系

梁章钜论诗，成绩卓著，诗话著作就有《东南峤外诗话》、《闽川诗话》、《闽中闺秀诗话》、《雁荡诗话》、《三管诗话》、《长乐诗话》、《退庵随笔》"学诗"二卷、《试律丛话》、《南浦诗话》、《读渔洋诗随笔》。其中诸多地域诗话是在编辑各省诗文总集的同时，搜辑地方诗人诗事和诗歌评论编辑而成，如《东南峤外诗文钞》之中附《东南峤外诗话》、《闽诗钞》之中附《闽中闺秀诗话》、《三管英灵集》之中附《三管诗话》等。

一 《三管诗话》 先行刊刻之原因

《三管英灵集》未刊刻之前，梁章钜欲将这部广西诗人诗歌总集定名为《三管诗钞》，梁章钜《归田琐记》之《已刻未刻书目》曰："《三管诗钞》五十八卷，辑录广西通省古近人遗诗，已刻。"① 在《三管诗钞》原稿中所附缀的诗话皆以《退庵诗话》云，梁章钜离开广西前将手稿交给黄暄，并应他人之邀，将《退庵诗话》摘取出来，汇成一部广西诗话，刊刻时改为《三管诗话》定名。因此，《三管诗话》是先于《三管英灵集》刻印问世的。在《三管诗话·自序》中，梁章钜简要介绍了先行刊印《三管诗话》的原因："濒行，乃以全稿归秀峰山长黄春亭明府。春亭沈潜好学，必能是正而督成之。惟所缀诗话，好事者皆以先睹为快，乃复略加删润，别为三卷，先付梓人。昔秀水朱氏编《明诗综》，缀以《静志居诗话》；近人即有专取诗话别订成书者。今亦窃仿其例。楮墨无多，则时地限之。而区区抱残守阙之心，当亦都人士所不忍听其湮没者。拾遗捃逸，尚望同志者扩而充之云尔。道光二十一年岁次辛丑孟夏之月，福州梁章钜撰。"② 从这篇序中，见出《三管诗话》刊刻于道光二十一年（1841），先行刊刻《三管诗话》有三个主要原因：

第一，在《三管诗钞》手稿最初的传播过程中，或是参与编选诗歌的编辑，或是州郡文人学者，或是书商，希望将诗话摘录出版，以便先睹为快，梁章钜便先行将其付梓。梁章钜《归田琐记》之《已刻未刻书目》曰："《三管诗话》四卷，自序已刻"③，可见梁章钜在临行前，将摘录出的四卷本《三管诗话》略为删改润色，分为三卷，交付书商。

第二，在《三管诗钞》中附缀诗话的体例，及《三管诗话》的先期出版，皆是向清初朱彝尊《静志居诗话》学习。"昔秀水朱氏编《明诗综》，缀以《静志居诗话》；近人即有专取诗话别订成书者。今亦窃仿其例。"④《明诗综》在体例上，首创了一种在诗歌总集中附录自撰"诗话"的形式，

① （清）梁章钜：《归田琐记》，中华书局，1981，第121页。
② （清）梁章钜著，蒋凡校注《〈三管诗话〉校注》，广西人民出版社，1996，第1页。
③ （清）梁章钜：《归田琐记》，中华书局，1981，第121页。
④ （清）梁章钜著，蒋凡校注《〈三管诗话〉校注》，广西人民出版社，1996，第1页。

并为此后诸多总集所效仿。朱氏在所编《明诗综》中补缀收录诗人诗歌的诗事及后人对诗歌的评论，这些诗话原先散在各个诗人的名下，后嘉庆间姚祖恩将诗话抽绎而出，汇集一书，刊刻单行为《静志居诗话》传世，凡二十四卷。《静志居诗话》曾燠序云：嘉庆末，姚氏因有感于"明诗话无专本，兹从《明诗综》摘出，编而梓之"，《三管诗话》即效仿此体例。《静志居诗话》摘录《明诗综》中各家之有"静志居诗话"者，无诗话者则连其人也不录，因此《明诗综》录诗人三千四百余家，《静志居诗话》所录有诗话的诗人锐减至一千五百余家，《三管英灵集》录广西诗人五百六十余家，而《三管诗话》仅收录有诗话的诗人一百一十家。"《静志居诗话》编次大致按原书之序，仅略有调整，如将宗潢、宫掖、乐章等卷提前至卷一诸王后。"①《三管诗话》亦然，记载了 110 位诗人的 161 则诗话，其中上卷56 则，中卷 44 则，下卷 61 则，与中国古代传统型诗话一样，随笔而写的形式下却有着条目的谨严安排，按照时代的发展、诗人生平的先后而排列，与《三管英灵集》著录诗人顺序基本一致。

《三管诗话》对《静志居诗话》体例的因袭与差异。在《明诗综》原书中，一般有各家诗人小传、汇评、诗话、诗选四项，《静志居诗话》则录小传、诗话两项，有时则录诗作若干附于诗话后，如卷十三李攀龙条诗话后，即接录其《古意》、《怀子相》、《赠梁伯龙》等三诗。《明诗综》"诗话"外的一些评诗语，也被冠之"又云"，与所评之诗一起辑出，"如卷十三王世贞条诗话后，接着辑静志居评其《袁江流钤山冈》诗之语及原诗。又以按语与附录的形式，摘录原书汇评部分的有关评语及诗作，以期收到互参的功效。"②《三管诗话》著录诗人诗事，或引《三管英灵集》中收录的诗人相关诗歌，或援引总集未收录的诗人的断句佚句，以期与总集达到互参的效果，最后梁章钜发表自己的诗话见解，每则基本上是由四个部分组成，"即诗事背景、所引相关的诗歌、引用的典籍与考证辨析以及编撰者的评析。"③

梁章钜有时对诗歌加以自己的评论，但大多是或直接援引其他诗话论

---

① 骆玉明编，汪涌豪著《中国诗学》，第 3 卷，东方出版中心，2008，第 402 页。
② 骆玉明编，汪涌豪著《中国诗学》，第 3 卷，东方出版中心，2008，第 402 页。
③ 欧阳少鸣：《梁章钜评传》，南京大学出版社，2012，第 252 页。

著对诗人诗歌的评析,不似《静志居诗话》以附录的方式将他人诗话对诗人诗歌的评论录于自己的诗话见解之后。可见朱彝尊《静志居诗话》下尽功力,独创性强,诗学阐述丰富,而《三管诗话》难免以辑佚的功用为首,自我著述不多。

第三,《三管诗话》先行刊刻的原因之一,是挖掘其保存广西诗人诗事的重要意义,为广西后世学人所学所用。从《三管英灵集》中抽出诗话先行刊刻,《三管诗话》先出,《三管英灵集》晚出,且《三管诗话》是梁章钜在结束广西仕宦生涯,临别桂林前,留下的一部出版性成果,这是对自己广西巡抚、广西学政的政治文化事业最好的总结,惜乎"楮墨无多,则时地限之。而区区抱残守阙之心,当亦都人士所不忍听其湮没者。拾遗捃逸,尚望同志者扩而充之云尔。"① 由于时间和精力的限制,《三管诗话》没能将广西诗人诗话收录殆尽,但其所作的努力和成果,已经足以成为广西士人的骄傲,《三管诗话》保存了散佚的诗人诗事,不至于听任时间洪流和世代变幻将广西优秀的诗人淹没无闻,而以诗人诗歌诗话及后世人的诗评存广西古代的诗歌史和文化史,其意义的重大,先行刊刻《三管诗话》,无论对梁章钜自己,还是对广西诗人而言,都是最好的交代。正如梁章钜在福建浦城南浦书院任教时所编辑的地方诗话《南浦诗话》的例言中所云:"是编意在抱残守缺,不专论诗,故零星掇拾,细大不捐。亦间有美闻轶事,弗忍舍置,及蒙识所及,足以订志乘之误者,虽于诗无取,仍附为按语于后,将以助一方之掌故,非敢矜一己之见闻。"② 梁章钜性喜网罗旧闻,乃于训课馀暇,搜采邑中志乘,旁及四部书籍,汇集成帙,《南浦诗话》仅以蒲城一地郡邑闻见所及掇拾而已。相比之下,《三管诗话》规模较大,不仅是一个城市,涉及广西一省地域的诗人诗事,但二者的编纂精神是一致的,为地域存诗人,存诗歌,存诗事,存诗话,抱残守缺,以待后世来者再补充之是梁章钜的谦虚说法。《三管诗话》亦有多处按语,是梁章钜对诗人诗歌诗事的独特赏评,及对前人观点的辩证论证和周详考证,是梁章钜编纂多部地域性诗歌总集及诗话著作积累的学术思想使然。

---

① (清)梁章钜著,蒋凡校注《〈三管诗话〉校注》,广西人民出版社,1996,第1页。
② (清)梁章钜:《南浦诗话》,台北:广文书局,1977,第1页。

二 《三管诗话》 与 《退庵诗话》 的关系

《三管诗话》经梁章钜增删润色，于道光二十一年（1841）先行刊印，《三管英灵集》之《退庵诗话》后出，可能在出版前，《退庵诗话》又有改动，因此后来刻印的《退庵诗话》有《三管诗话》没有著录的行文，现已无从考证是梁章钜在刻印《三管诗话》时，删去了原来《退庵诗话》的行文，还是黄暄等人在付梓前增加了《三管诗话》的行文。但二者的差别之处还需重视，两相比较，行文互参互补，才是研究目的，蒋凡先生以道光二十一年刻本为底本，再参考道光年间刻印的《三管英灵集》，校注《三管诗话》，颇能将二者互校，取其精华留存。

第一，《退庵诗话》著录者，《三管诗话》未录。

《三管英灵集》卷二十二黎建三小传后附注，《退庵诗话》云：

> 家宫詹九三叔父尝序谦亭诗曰："谦亭以孝廉作循吏，往来数十年，不辍于诗，今读其诗而知其性情之和平忠孝，且以知其政之恺悌慈祥；读其诗而知其学问之明通淹贯，且以知其政之敏练廉能。至于古体滂浡豪迈，五言短章骎骎乎登古乐府之堂，而律之俊逸浑厚、流丽清新，固人人所共爱。而余独爱其以见道之言发泄于草木虫鱼以抒其抱负，所谓真学问真性情者也。"此宫詹视学粤西时，谦亭之子槐门所请序也。《峤西诗钞》所登未尽其菁华，杨紫卿所选亦约，适平南彭先生兰畹携谦亭全集来，故悉录其尤雅者，足以传谦亭矣。①

此段《三管诗话》所无。

《三管英灵集》卷十李廷柱小传后附录《退庵诗话》，云："《北流县志》载，廷柱曾立军功于福建，后家北流，有平土寇，赖天锡功，虽武弁，好读书，每登临吟咏不辍，著有《临流三集》、《叩角吟》、《燕赵馀言》。"②此段《三管诗话》未有。

---

① （清）梁章钜：《三管英灵集》，卷二十二，清道光桂林汤日新堂刻本，藏国家图书馆。

② （清）梁章钜：《三管英灵集》，卷十，清道光桂林汤日新堂刻本，藏国家图书馆。

再如《三管英灵集》选录曾居于广西平南的袁崇焕《盆中小榕树日渐长大移植于地诗以纪之》诗，题下称引《退庵诗话》云："袁醴庭言公旧居在白马驿，临大河。今为何氏所有。榕树大可合抱，青翠盘郁，舟行数里，尚可望见。即公手植树也。嘉庆己卯，何氏伐之以广其居。此诗结句遂成谶语矣。"① 此段评语在《三管诗话》中未有收录，仅见《退庵诗话》，这段评论当出自袁崇焕后人袁珏的《醴庭诗话》，在《退庵诗话》中未标明出处。梁章钜考证袁崇焕的籍贯，评价袁崇焕的人格魅力及诗歌风格特点，总结云："公不必以诗名，而作皆豪迈有真气，足称其为人，故所登独多云。"② 此句为《三管诗话》所无，仅见《退庵诗话》。

又如梁章钜《三管英灵集》选谢济世的诗歌，并在其选诗之后附录《退庵诗话》云："梅庄先生掉鞅词坛，别开生面，而含毫着想，迥不犹人。譬诸宋贤，虽不同韩范司马，要不失为张乖崖一辈人物矣。"③ 称赞谢济世的诗词立意新颖，不同于人，像宋代文人张咏。

再如《三管诗话》卷中陈仁一则，将《三管英灵集》之《退庵诗话》中的陈仁从方苞学习古文，取得古文成就，不仅仅以诗歌著称的一段话删去了，并将较详细的简略叙述之，可能梁章钜认为其学习古文的经历与诗话相隔较远，因此删去。

第二，《三管诗话》与《退庵诗话》在个别的字词上斟酌有异。如《三管诗话》卷中潘鲳一则云：桂平的潘鲳为刘墉的门生，梁章钜引刘墉《梅花诗跋》言，刘墉赞潘鲳的《和高青邱（明代高启）梅花诗》九首"饶有风骨"。梁章钜说，浔州诗人皆看重其梅花诗，可见其流传盛名，但其实，九首中词意颇有复衍处，余为择录二首入《三管集》。其余断句如"灞岸总教诗债负，江城莫放笛声频"，"草深南陌寻春后。雪满孤山放鹤时"，"尚不失为雅音也"④。《三管英灵集》引《退庵诗话》为"尚不失为佳句"。

《三管英灵集》卷二十六王铠小传后云："李兆元《中州觚余》云：王

① （清）梁章钜：《三管英灵集》，卷七，清道光桂林汤日新堂刻本，藏国家图书馆。

② （清）梁章钜著，蒋凡校注《〈三管诗话〉校注》，卷上，广西人民出版社，1996，第84页。

③ （清）梁章钜：《三管英灵集》，卷十一，清道光桂林汤日新堂刻本，藏国家图书馆。

④ （清）梁章钜著，蒋凡校注《〈三管诗话〉校注》，卷中，广西人民出版社，1996，第115页。

东岩著有《拾余草》，罢官后，流寓保阳，无力付梓。朱韫山以其残稿一卷见示。其中佳句如……绝有风致。又《题徐西斋学博小照》云：……虽晚唐亦不过是矣。"① 而《三管诗话》卷中王铠一则著录略有差异："李勺洋《中州觚馀》云：王铠，字东岩。广西临桂人。乾隆戊戌进士，官直隶宝坻县知县，著有《拾馀草》。罢官后，流寓保阳，无力付梓。朱韫山以其诗草一卷示余，其中佳句如……绝有风致。又《题徐西斋学博小照》云：……饶有晚唐风味。"②

《三管英灵集》卷三十四朱依真小传后附录："《峤西诗钞》云：小岑幼即嗜声律，不喜制举业，廿一史丹铅数过，诗格日高，袁子才至桂林，称为粤西诗人第一，相与唱和。见《随园诗话》。邓显鹤序云：小岑刻意为诗，以微眇夐邃沈鸷镌削之思，寄其冲夷高旷严冷削洁之概，幽而不怨，涩而不僻，乃适肖其为人。"《三管诗话》卷中则云：

> 朱小岑布衣（依真），髫龄即嗜声律，不喜为制举业，而于十七史，丹铅数过，诗格亦日高，随园老人至粤西时，与之唱和，推为粤西诗人之冠。有《九芝草堂集》。邓显鹤序云："小岑刻意为诗，以微眇夐邃沈鸷镌削之思，写其冲夷高旷严冷削洁之概，幽而不怨，涩而不僻，乃适肖其为人。"非过誉也。余辑《三管诗》，于布衣所存独多，且有美不胜收之憾。常喜诵其《题万东斋课读图》一律云："略剪荫茨见古淳，地偏花药有精神。家风远过刘长盛，童子皆如井大春。天际鹤鸣时上下，隙中驹影易因循。绘图拈出穷经力，不敢浮荣眩后人。"词旨深稳，落落方家。③

可见《三管诗话》改动删削了原总集中的文字，又加上了梁章钜编辑总集时对朱依真诗歌的欣赏和多录之事。

《三管诗话》与《退庵诗话》个别条项顺序颠倒。如《三管诗话》中

---

① （清）梁章钜：《三管英灵集》，卷二十六，清道光桂林汤日新堂刻本，藏国家图书馆。
② （清）梁章钜著，蒋凡校注《〈三管诗话〉校注》，卷中，广西人民出版社，1996，第138页。
③ 梁章钜著，蒋凡校注《〈三管诗话〉校注》，广西人民出版社，1996，第143页。

曹唐诗话二则，"张为《主客图》载……"条在先，"《峤南琐记》云：……"条在后。而《退庵诗话》中则相反。

第三，《三管诗话》是对《退庵诗话》的加工，时有补充其不足之处。如《三管诗话》卷中王铠一则引李勺洋诗话，比《三管英灵集》卷二十六王铠小传后所引李勺洋诗话更长，补充了下二段："又云：朱韫山以其尊甫宝亭先生诗稿示余。按：先生讳绪。尝作《劝孝歌》、《戒淫歌》垂训子弟，兼劝世人，洵盛德君子也。韫山举孝廉，公车北上，先生作诗四首示之；极其沈挚。兹录其第三首云：……又云：桂林山多奇秀，黛色参天，甲于西南。读书岩峰上有：'南天一柱'四大字。朱韫山句云。'撑天分楚粤，拔地镇滇黔。'可想见其千寻竦立之概。韫山又有《叠彩岩》句云：……"①

再如《三管英灵集》卷一曹邺小传之后，附录了《退庵诗话》一则："退庵诗话云：曹邺诗，《唐书·艺文志》作三卷，《宋史·艺文志》作二卷，陈振孙《（直斋）书录解题》作一卷，今本二卷乃全州蒋文定公所刻，附曹唐诗一卷，即四库所录也。其实吾闽长乐谢肇淛瓯甯范邦秀皆先有刻本，蒋文定公特重加校梓而。"② 后《三管诗话》辑出，并在此后添加了大段文字："据曹能始先生学佺序称：邺，阳朔人。自以为魏武之后。有读书堂在县东塞山岩。解学士缙诗有'年深寺废无人住，惟有古岩名读书'之句。旧传县北龙头山下乃其家，然后亦迁在临桂之阜财坊，观察使令狐定名其所居为迁莺坊。盖据莫休符《风土记》。今方志及各家著录俱云桂州人，则阳朔统其内矣。"③ 此则诗话辑录了广西地理书中有关曹邺的家乡及其居住读书遗址，并进一步辨析各典籍文献中关于曹邺家乡的著录并不矛盾。可见，《三管诗话》先刊行，梁章钜在付梓之前，进行过删改和补充。《三管英灵集》曹邺五十首选诗后，《退庵诗话》云：《西郎山》、《东郎山》"此二诗亦祠部集所无，《全唐诗》亦未录，词意颇浅率，姑附录于此。"④ 而《三管诗话》卷上曹邺一则云："按：此二诗为《曹祠部集》所无，《全

---

① 梁章钜著，蒋凡校注《〈三管诗话〉校注》，广西人民出版社，1996，第148页。
② （清）梁章钜：《三管英灵集》，卷一，清道光桂林汤日新堂刻本，藏国家图书馆。
③ （清）梁章钜著，蒋凡校注《〈三管诗话〉校注》，广西人民出版社，1996，第7页。
④ （清）梁章钜：《三管英灵集》，卷一，清道光桂林汤日新堂刻本，藏国家图书馆。

唐诗》亦不之载。词意浅率，当是撰方志者所伪讬。姑录而辨之。"① 则弃录的意识更为明确。

《三管诗话》卷上十八则翁宏条：

> 翁宏，字大举，桂林人。唐末寓居昭贺间。《春残》句云："落花人独立，微雨燕双飞。"《秋残》句云："客程江外远，归思夜深多。"皆情景兼到之作。②

《退庵诗话》没有此段，是梁章钜对《三管英灵集》所选翁宏《春残》、《秋残》诗的评价，辑录《三管诗话》时补充。

三 《三管诗话》与《三管英灵集》的关系

第一，《三管诗话》有时直接将《三管英灵集》中的诗人小传及小传附注摘录，并加工补充诗事。与《静志居诗话》仿效史书的体例一样，《三管英灵集》亦在诗人名下加简短的小传，若有更为详细的生平事迹需要说明，则在小传之后加附注。《三管诗话》会将详细的诗人小传附注辑录出来，成为诗话的一部分。如《三管诗话》卷上，曹邺诗事之前，就援引了《三管英灵集》曹邺小传附注，文字有异，更为详尽。

《三管英灵集》卷二，五代梁嵩小传云："嵩，平南人，南汉白龙元年举进士第一，官至翰林学士。见时多虐政，乞归养母，因献《倚门望子赋》以见志。朝廷怜之，听其去，锡赉皆却之不受，请蠲本州一岁丁赋，从之。州人感其德，身后岁祀不绝。今白马庙其遗迹也。事迹具《十国春秋》。"梁章钜将其收录《三管诗话》，并在此段文字中加入《三管英灵集》所选梁嵩诗歌《殿试荔枝诗》，并将自己所歌咏梁嵩的《述祖德三十首》之一，载录在此段文字之后，以表达对粤西先祖梁嵩的敬仰之情。

《三管英灵集》在诗人小传后著录的"退庵诗话"，也以记诗人事迹为主，而《三管诗话》偏重于诗事、诗评。文字上的差异由此而出。如《三

---

① （清）梁章钜著，蒋凡校注《〈三管诗话〉校注》，广西人民出版社，1996，第23页。
② （清）梁章钜著，蒋凡校注《〈三管诗话〉校注》，广西人民出版社，1996，第34页。

管英灵集》卷二赵观文小传后引"退庵诗话"云："乾宁二年试《观人文化成天下赋》、《内出白鹿宣示百僚诗》，放进士张贻宪等二十五人，赵观文第八。被黜者诉不当，乃重试，观文遂魁多士。时中官刘季述辈专横，观文以为言忤宰相意，谢病归。"

《三管诗话》卷上十六则云：

> 唐乾宁二年，廷试《观人文化成天下赋》、《内出白鹿宣示百官诗》，放进士张贻宪等二十五人，临桂赵观文第八。被黜者诉不当，乃重试《曲直不相入赋》、《询于刍荛诗》，考落九人，观文遂魁多士。当时褚载贺以诗云："一枝仙桂两回春，始觉文章可致身。已把色丝邀主眷，又将彩笔冠群伦。龙泉再淬方知利，火浣重烧转见新。今日举头看御榜，大能荣耀苦心人。"可惜观文无诗可传。余仅从方志中录得《舜庙祭器》四言颂一首，所谓以诗存人也。①

可见《三管诗话》删去了《退庵诗话》中有关赵观文政治归宿的传记，详尽列出其廷试之诗，及他人的贺诗，增重诗话的笔墨，突出其诗才，并阐述缘何将赵观文仅存一诗选入《三管英灵集》，以及从何处搜得，及诗歌的价值和意义。

卷二安昌期，《三管诗话》对安昌期《题峡山石壁》的诗事著录，引自《宋诗纪事》，并引述全诗，而《三管英灵集》在《题峡山石壁》之后的附注标明，此诗事引自《平乐县志》，所以引述略有不同。

《三管英灵集》卷二，欧阳辟小传后附注："《困学纪闻》云，欧阳辟桂州人，东坡南迁至合浦时，为石康令，出其诗稿数十幅。注东坡诗者以为文忠之后，非也。"《三管诗话》卷上三十一则云：

> 欧阳辟，字晦夫，灵川人。尝从学于梅圣俞。东坡南迁至合浦时，辟适为石康令，出其诗稿数十幅，事见东坡诗中。而注坡诗者，误以为六一先生。后人《困学纪闻》曾辨之。梅圣俞有《送门人欧阳辟还

---

① （清）梁章钜著，蒋凡校注《〈三管诗话〉校注》，广西人民出版社，1996，第 29~30 页。

桂林诗》亦可证，盖当时闻人也。梅诗云："客心如萌芽，忽与春风动。又随落花飞，去作西江梦。我家无梧桐，安可久留凤？凤巢在桂林，乌啣不得共。无忘桂枝荣，举酒一以送。"乃其推重如此。今仅存《寄王公器》一篇六百余字。①

梁章钜在《三管诗话》中，不但引述《困学纪闻》中的考证，且以梅尧臣之诗进一步论证考辨《困学纪闻》之观点。比之《三管英灵集》小传附注的内容更为详实。

第二，与《三管英灵集》主要收录广西籍诗人诗歌标准不同的是，《三管诗话》作为诗话著作，辑录范围更为宽广。《三管诗话》辑录广西无名氏诗人的诗歌和少数民族民歌作品，辑录没有被梁章钜录入总集的广西诗人的断诗残句，以及这些人的诗事，非广西籍诗人歌咏广西的诗歌，还有非诗人的广西文人的生平成就等，是对总集的补充。《三管诗话》在体例形式上是《三管英灵集》的附缀，但在内容上与《三管英灵集》互补。

如《三管诗话》卷上第一条：

窃谓粤西诗事莫古于此，惜但曰"郡人"而不著名氏耳。汪晋贤森《粤西诗载》虽首录《喻猛颂》，而遗其后八句，又不及《陈临歌》，《平乐府志》录《陈临歌》，而又遗其次首三句。今皆补录，以冠《三管诗话》之前，真凤一毛麟角矣！②

《梧州府志》中的《喻猛颂》和《平乐府志》中的《陈临歌》作者皆为无名氏，即"郡人"，梁章钜认为"粤西诗事莫古于此"，广西最古老的诗事，值得收录，以补充《粤西诗载》和《平乐府志》所录诗歌的残缺，另收录北齐魏收一首，诗歌正咏怀汉代陈临，以及记岭外巫术祭祀的风俗。再如《三管诗话》卷上第二条，记晋朝避世横州的董京佚诗二首，亦是汉代以后诗事之最古者矣，值得收录，但因《三管英灵集》的收录标准是只

---

① （清）梁章钜著，蒋凡校注《〈三管诗话〉校注》，广西人民出版社，1996，第52页。
② （清）梁章钜著，蒋凡校注《〈三管诗话〉校注》，广西人民出版社，1996，第14页。

收录广西籍诗人诗歌，故舍弃。《三管诗话》卷上第三条，记士燮是汉代的广西苍梧人，治春秋的学者，因其为粤西著作之最先者，惜无诗可传，《三管英灵集》未录。《三管诗话》卷上第四条，引《全州志》中的民歌一首《除虎歌》，称可以入粤西诗事，因不明作者为谁，籍贯为何，《三管英灵集》舍弃不录。

总之，《三管诗话》与《三管英灵集》中的《退庵诗话》及诗人小传、附注等互为补充。《三管诗话》不仅仅是《三管英灵集》所选广西诗人诗歌的附缀，而是梁章钜在编选诗人诗歌时，对庞杂材料的整理、辨析、甄选思路和过程的体现，是《三管英灵集》选诗的基础。因此，总结《三管诗话》的诗学思想及地域价值，更有助于我们理解梁章钜《三管英灵集》的评诗选诗标准和选诗方法。

第二节 《三管英灵集》诗话的诗学思想

梁章钜《三管诗话》虽然是一部地方诗话，但其中随笔评论诗人、诗歌、诗事颇有特色，能够切中诗人诗歌的风格体式的独特性，其诗学理念丰富，既体现了对各代广西诗人诗歌法度的多方面见解，又体现了对论诗的学术理路的看法，也表达了对清代几大诗论学说的公正评价和借鉴采纳。现分论如下。

一 儒家诗教 载道雅正

梁章钜在《三管诗话》卷上评唐代曹邺未登第时所作《四怨三愁五情》诸篇，多怨愤嗟叹之语，皆仕途坎坷怀才不遇所致，"顾其诗乃多怨老嗟卑之作。盖坎壈不遇，晚乃成名，故一生寄托不出此意。"[①] 且曹邺一生之诗皆未脱苦情自卑之感；又评曹邺登第以后的诗歌，"何其浅也"、"皆无深致"，如《杏园即席上同年诗》的"匆匆出九衢，僮仆颜色异"。《献恩门诗》的"名字如鸟飞，数日便到越"。《寄阳朔友人诗》："我到月中收得种，为君移向故园栽。"梁章钜所例举的三首诗歌断句皆为登第后所作，或

---

① （清）梁章钜著，蒋凡校注《〈三管诗话〉校注》，广西人民出版社，1996，第17页。

拜谒致敬考官，或与宴同年，或寄送家乡落第故友，皆未出中第的喜悦、夸耀、感恩之情，并无经世致用或学问修养的深意。即使是被当时人及后世诗论者称道的曹邺《读李斯传》及《始皇陵下作》二首咏史怀古之作，梁章钜也认为诸家选本取之实在荒谬，这些诗歌皆无深致也，诗歌语言和意旨皆浅显无深意，见出以曹邺为代表的晚唐诗笔力之弱。从梁章钜批评曹邺诗歌，可见其传统的儒家诗教观，温柔敦厚，不可激切愁苦，更不能空疏无学，意味浅薄。

又《三管诗话》卷中引朱桓的《憎蚊》句云："呼童莫漫全驱去，知有山农露体眠。""虽不必实有其事，而语则可风矣。"① 见出梁章钜对艺术夸张、想象、虚构等特性的认识，诗歌想象和夸张的目的是为了暗寓风旨，关乎风化教化，表达诗人对百姓的体恤和关怀，民胞物与之心，赤子之心。《三管诗话》卷中，梁章钜评价藤县陈（筼圃邑侯）倜诗作《东兰州竹枝词》》"东兰州前九曲河，河流曲走霸陵阿。霸陵岩洞穿山背，石乳结成玉匼罗。会道山中产首乌，年年官遣采山隅。不知更向州民看，姑已白头蒙白须。"梁章钜云："此诗所谓谈言微中也"②。语意精微，切中时弊，含义深远。这样雅正的讽喻，才使诗者写诗深具意义，追求诗歌的言志抒情，以及存志之高远，抒情表达之雅正内敛。又《三管诗话》卷中梁章钜记述吕炽《恭与九老会纪恩诗》的写作缘由，并评论此诗："此诗系先生手稿，藏闵孝廉（光弼）家。应制如此庄雅，直接唐音，粤西诗所仅见也。"③ 又如《三管诗话》卷中："陈文恭公本不以诗见长，而信手拈来，却头头是道。"④ 如其《登碧鸡山呈尹制府》云："隔山相望觉山高，才上山头山又小。尽日登高兴未足，举头还羡他山好。"此当与苏文忠"脚力尽时山更好，莫将有限趁无穷。"语意参互观之。梁章钜认为陈宏谋诗歌不求工而能自然拈来意味无穷，将自身的修养、抱负、学识和富有执着追求的人格精神渗入诗歌写作，与苏轼的诗句意思不同，却同样富有理趣，并令人认同与信服。

---

① （清）梁章钜著，蒋凡校注《〈三管诗话〉校注》，广西人民出版社，1996，第 117 页。
② （清）梁章钜著，蒋凡校注《〈三管诗话〉校注》，广西人民出版社，1996，第 124 页。
③ （清）梁章钜著，蒋凡校注《〈三管诗话〉校注》，广西人民出版社，1996，第 108 页。
④ （清）梁章钜著，蒋凡校注《〈三管诗话〉校注》，广西人民出版社，1996，第 103 页。

梁章钜又在《三管诗话》卷上，记明代弘治武缘举人李（白夫）璧《琢玉亭书感》的题名意义和诗事，李璧题名 "以志磨切之意"，即砥砺学问、休养人格、精进日新的精神，并评论其诗 "可想见其有道之概"。① 赞扬 "粤西二李"（李璧和清朝的李梅宾）的 "流风馀思"。诗以载道，诗歌离不开学问、修养和道理，两条诗话一反一正，比较之后，即能见出梁章钜论诗看重诗歌的深刻寄托。

总之，梁章钜最根本的诗学理念是传统的儒家诗教观：言志载道、雅正微讽、温柔敦厚、含蓄蕴藉等。《退庵随笔》 "学诗" 二卷，开篇即提出学习的经典是《诗经》，"然三百篇之宗旨，'思无邪' 三字尽之，则人人所可学也；三百篇之门径，'兴观群怨' 四字尽之，则人人所同具也；三百篇之性情，'温柔敦厚' 四字尽之，则人人所当勉也。此不可以时代限之也。但就此三层上用心，源头既通，把握自定，然后再学其词华格调，则前人言之详矣"② 与《退庵论文》一样，梁章钜在《三管诗话》传统儒家雅正的诗学理念，诗歌要发挥颂美与怨刺的功用，劝导仁政与匡救俗世，"乐而不淫，哀而不伤"，在诗歌的情感表达上既不溢美，又不矫激尖刻，既不过分又非不及，"发乎情，止乎礼"；在诗歌的内容上，真实正大；在风格上典雅蕴藉。

这种儒家诗教观的形成，一方面与梁章钜出身于书香世家及长期的仕宦生活有关。梁章钜 "其祖父梁天池少年即以文驰名，前后教学 50 余年，为一代宿儒。其父梁翼斋曾任知县，后亦以教学为毕。"③ 福州梁芷林中丞晚年归田，有一印云："二十举乡，三十登第，四十出守，五十还朝，六十开府，七十归田。"④（徐珂《清稗类钞·隐逸》）纵观其一生，从求学考试的知识积累到长期为政为官的吏治磨练，梁章钜一直秉承儒家价值观，达则兼济天下的理想，和超越所有困难的意志，也影响到他的诗学研究和理念中，主张诗歌的价值在于言志抒情，承载儒家之道，诗歌中也要表达儒者修养和持守，不做戚戚苦吟。

---

① （清）梁章钜著，蒋凡校注《〈三管诗话〉校注》，广西人民出版社，1996，第 72 页。
② （清）梁章钜：《退庵随笔》卷二十，江苏广陵古籍刻印社，1997，第 3 页。
③ 何绵山：《闽台文学论》，海洋出版社，2012，第 95 页。
④ （清）徐珂：《清稗类钞》，第 6 册，中华书局，1986，第 1446 页。

另一方面或受清代以来诗学思潮的影响。清初为了建立新的政治秩序和文化秩序，提倡诗歌歌咏大治盛世和温柔敦厚的时代之音，提倡诗歌教化统一领土上的国民。清初的学者也在反思明代灭亡的文化原因，反思明代空疏的心学，和李贽等儒学异端，和狂禅思想的偏激，是清初的学者钱谦益、黄宗羲、顾炎武等人提倡拯救国家、社会的实学，他们的诗学也主张经世致用，有风人之旨，挽救世风。桂林陈继昌称赞梁章钜诗集《退庵诗存》"推本伦纪，鉴别金石，逢源于经籍，殚精于时务，诗也而政教寓焉"。① 乾嘉学派学者的学术和诗学，都讲求经世致用的理性主义精神，无征不信，归于雅正。这些新时代思想的转变，深深烙印在梁章钜的学术和追求之中，也影响了他中正和平，温柔敦厚的儒家诗学观。

此外，或受到师从翁方纲学诗影响。同治年间《长乐县志·文苑传》载："章钜扬历中外垂四十年，文章经济昭著一时。公余之暇，网罗文献，手自撰述。东南名士如钮布衣树玉、郭明经麐、董明经士锡、朱孝廉绶、姜文学皋、杨明经文孙皆在馆下。又师大兴翁阁学方纲、仪征阮相国元。"② 梁章钜有文学才华，九岁学作诗，成进士后在南浦开藤花吟馆，与乡里名流作诗唱和，乾隆二十年（1755）学诗于翁方纲，次年入宣南诗社。梁章钜早年跟随翁方纲学诗，嘉庆二十年（1815）41 岁的梁章钜在京城任职，再次拜谒翁方纲，为翁方纲入室弟子，直至嘉庆二十三年（1818）翁方纲去世。被翁方纲视为最后一位有成就的入室弟子，"余与海内才士以诗相切劘者，垂五十年。其就吾斋学诗称著录弟子者，亦不下百十辈。苣林最后至，而手腕境界，迥异时流，又最笃信余说。"（《退庵诗存题词》）③ 梁章钜之诗歌为翁方纲所欣赏，"其五、七古取材奥衍，用笔生健，用险韵而控制自如；近体亦质实不佻，功力纯正"，与翁方纲一样讲求以才学思力为诗。梁氏也有与老师同游崇效寺的记录："崇效寺西来阁前丁香一树，相传为渔洋竹垞手植，四月十三日侍覃溪师往观，寺僧磨石乞勒记，因同作

---

① （清）梁章钜著；郭琳校点《楹联丛话》，陈继昌：《楹联丛话序》，鹭江出版社，1996，第 3 页。

② （清）彭光藻、王家驹、杨希闵等纂《长乐县志》，清同治年间刻本（微缩文献），藏国家图书馆。

③ （清）梁章钜：《退庵诗存》，清代诗文集汇编编纂委员会编：《清代诗文集汇编515 册》，上海古籍出版社，2010，第 21 页。

诗"，与师拜览王士禛、朱彝尊游赏之处，留有《次覃溪师游崇效寺韵》，"是日同游者为查梅舫廷尉淳、陈石士编修用光、鲁服斋侍御垂绅、戈姗如孝廉宝树、李兰卿舍人"。梁章钜入苏斋学习之时，翁方纲已八十三岁，离去世仅三年，但翁方纲仍以令人难以置信的旺盛精力，孜孜不倦地教导学生。① 在这三年中，梁氏深受肌理派诗论的影响。翁方纲论诗主张将"义理"、"文理"、"肌理"结合起来写诗，即将思想意义、诗歌结构和学问材料完美的组织起来。在梁章钜的记载中，常常见到翁方纲殷切的教诲文字，如梁氏《藤花吟馆诗钞》中翁方纲的题词，对梁的诗文直指缺点，并鼓励梁章钜精进不已，这是梁章钜诗歌进步和诗论成熟的原因之一。

二 情景交融 情真景真

梁章钜在《三管诗话》中多处提到"情景交融"的诗学理念，如《三管诗话》卷上评价五代翁宏的《春残》、《秋残》诗句"皆情景兼到之作"②，诗人将情感寄寓在景物描写中，或不托景来写情则过于直露，或仅仅在写景上求工巧的画工之笔，则会忽略情感的表达。又《三管诗话》卷中，梁章钜评论武宣（今广西崇左县）陈寿山观察陈仁的诗句情景交融，如《送客》云："一樽酒尽花同醉，千里人归月共行。"《漫成》云："已觉宦途容我拙，何妨世态让人工。"认为陈仁的诗句多为"情景交融之句"③，殊难多得。又《三管诗话》卷中，梁章钜叙述马平县的杨廷理，在台湾时，遇天地会林爽文之乱，自作《三不死乐府》。后以事出戍。著《西来》《东归》各草，多悲壮之声。《九日》云："惆怅风前铁勒城，何堪九日听秋声？穷荒酒醒沙场梦，故国云牵戍客情。愁思不禁添雪鬓，壮心欲尽卷风旌。搔头犹记登高处，谁筑新亭补跨鲸？"又《散步》句云："心随鸟语碎，兴共花烛残。"梁章钜评价其诗歌"可见其情绪矣"④，用悲壮之音，将国破家残的痛心之情和保家卫国的理想之志，寄托在边疆城池和战旗之景中；或是寄托在鸟语花烛的日常生活之情景中。

---

① 李阳洪：《梁章钜的书法题跋与翁方纲的关系》，西南师范大学，2005，第17页。
② （清）梁章钜著，蒋凡校注《〈三管诗话〉校注》，广西人民出版社，1996，第34~35页。
③ （清）梁章钜著，蒋凡校注《〈三管诗话〉校注》，广西人民出版社，1996，第106页。
④ （清）梁章钜著，蒋凡校注《〈三管诗话〉校注》，广西人民出版社，1996，第117页。

梁章钜认为情景交融的前提是情真景真。《三管诗话》卷上梁章钜云，曹邺中第诗《杏园即席诗》与《成名后献恩门》一诗，同为艺林笑柄。虽为诗家所笑，亦有可取之处，逼真写出了科举人的痛楚和痴然，"然此诗情景逼真，遂亦不可磨灭"。如"故衣未及换，尚有去年泪"，及"对酒时忽惊，犹疑梦中事"，"语皆痛切，结处尤得立言之体"。至《献恩门诗》"名字如鸟飞，数日便到越"二话，诚有可笑；然"春风得意马蹄疾，一日看遍长安花"，诗人情状，大半如斯，无足怪矣。① 曹邺的诗歌虽然因直露浅俗和无深意而受到他人耻笑，但梁章钜没有全面否定其诗歌，梁章钜例举其诗歌诸句，肯定其白描手法的运用和情景交融的表现方式，情因亲身经历而真实不虚，景又将经历真实再现于诗歌中，因此让人感动难忘。《三管英灵集》卷一曹邺诗歌附《退庵诗话》云："若夫'何以保此身，终身事无缺'，榜上几人曾设此想？正可觇祠部之树立矣！"情景交融的前提是情真景真，曹邺登第之诗不事雕琢，本于抒发自己特有的真实情感，平白之语言蕴藏年年考试不顺意的痛切心事，因此感人，与孟郊诗歌未中第的坎坷不平之鸣与中第后的惊喜极为相似。正如袁枚《随园诗话》所言："凡作诗，写景易，言情难。何也？景从外来，目之所触，留心便得；情从心出，非有一种芬芳悱恻之怀，便不能哀感顽艳。"② 诗歌的情感表达，需要从心而出，表达真挚的情感，才能动人心魂。梁章钜在《退庵随笔》"学诗"中，评论王士禛，"王渔洋谈艺四言，曰典曰远曰谐曰则，而独未拈出一真字，渔阳所欠者，真耳"③ 者，一切外在的诗学追求都是舍本求末的虚妄，唯有写自己胸中之意，以真心真情作诗才是正当的路径。

此外，梁章钜论诗有时单独用"情到"或"状景"的评语，如《三管诗话》卷中梁章钜赞朱桓诗句"皆句朴而情至"④。《三管诗话》卷中，"醴庭（袁珏）于师友之情最笃，形于诗者，皆情溢乎文。"梁章钜举袁珏的《哭钱裴山中丞》诗，钱楷嘉庆时督广西学政；和《哭纪文达师》二首，梁

---

① （清）梁章钜著，蒋凡校注《〈三管诗话〉校注》，广西人民出版社，1996，第 21 页。
② （清）袁枚著，唐婷译注《〈随园诗话〉译注》，上海三联书店，2014，第 25 页。
③ （清）梁章拒：《退庵随笔》，卷二十一，江苏广陵古籍刻印社，1997，第 557 页。
④ （清）梁章钜著，蒋凡校注《〈三管诗话〉校注》，广西人民出版社，1996，第 117 页。

章钜云："余与醴庭同出师门，师骑箕之年，余亦未在京，读此同有山木之痛也。"①

《三管诗话》卷中云："童其澜观察由浙寄籍永宁（广西永福县西北寿城），迁临桂。"工于诗，有句云："河冰夜照狐踪渡，沙碛朝寻马迹投"，"极能状塞垣风景"。②《三管诗话》卷上，梁章钜赞王元诗，在晚唐为出色语。而余尤爱其《登祝融峰》"翠欲滴潇湘"五字，为未经人道也。③

梁章钜对诗歌情感丰沛的赞赏，对诗歌景物摹写工致的欣赏，比之对诗歌情景兼得的表彰数量不多，也可说明梁章钜认为诗歌最高境界是情景兼融，这表现出其对诗歌情景交融的表现方法带来的圆融风格的提倡。情景论是中国古代诗学的核心理论之一，探讨的是诗歌创造的审美艺术质素的构成和生发问题，清代诗学界，讨论情景论的大家很多，到了王国维蔚为大观，与梁章钜过从甚密的翁方纲、袁枚都有过这个论题，其对梁章钜的情景之论或有一定影响。

三 风韵才调 自然渺远

首先，梁章钜论诗崇尚"风韵"、"才调"之说。如《三管诗话》卷上，梁章钜评价蒋冕的诗歌成就和诗歌风格："余初莅桂林，即得《湘皋集》遍读之，古诗寥寥数篇，诚未见杰出之作，近体风韵不减唐人，而七律尤有气力。盖文定尝受诗法于李西涯（李东阳），所诣与香山为近。"④梁章钜认为蒋冕的近体诗成就高于古体诗，七律尤佳，有"气力"，蒋冕为"茶陵诗派"中人，学诗于李东阳，风格颇似白居易近体诗气韵平易流丽，因此，风韵气度不输唐诗。《三管诗话》卷中评价胡德琳的诗《陶然亭次韵》"风调亦好"⑤，称赞其诗风韵才调的高明。又《三管诗话》卷中，梁章钜评论灵川黄东昀有《半规山房诗存》，"才调颇足掩其辈流"，梁章钜独独喜爱其《寄桂堂老人》一诗"廿载闲抛九陌尘，白头耆旧太平民。探梅

---

① （清）梁章钜著，蒋凡校注《〈三管诗话〉校注》，广西人民出版社，1996，第151页。
② （清）梁章钜著，蒋凡校注《〈三管诗话〉校注》，广西人民出版社，1996，第99页。
③ （清）梁章钜著，蒋凡校注《〈三管诗话〉校注》，广西人民出版社，1996，第33页。
④ （清）梁章钜著，蒋凡校注《〈三管诗话〉校注》，广西人民出版社，1996，第73页。
⑤ （清）梁章钜著，蒋凡校注《〈三管诗话〉校注》，广西人民出版社，1996，第120页。

晓拨鹤亭桌，访俗晴献乌角巾。种树十年知已大，著书满屋未为贫。老成
凋谢今存几？眼底灵光第一人。"赞其诗"清老无敌矣"①。才思情调，清空
老成。黄东昀清空老成的风格源于其才学丰沛，格调高溢。朱彝尊《静志
居诗话》诗话中也提到了"清老"的风格，30多次提到"清"的范畴②，
诗歌风格之"清"源于诗人的人格精神超拔，及才学修养影响的格调高迈，
正是明代王世贞《艺苑卮言》所云："才生思，思生调，调生格。思即才之
用，调即思之境，格即调之界。"③ 以为诗人才思决定作品之格调。所谓
"才"、"调"理论发展到明代七子复古派，就是"格调"的诗学理论了。
梁章钜也认为黄东昀的诗歌"清老"胜在才情格调，格调是从修养中来，
从工夫中来，不是凭空的，格调的最高境界就是韵。正如翁方纲认为王士
祯变明代七子"格调"为"神韵"，玄乎其玄，其实就是格调。

又《三管诗话》卷中载：

> 朱小岑布衣（依真），髫龄即嗜声律，不喜为制举业，而于十七
> 史，丹铅数过，诗格亦日高，随园老人至粤西时，与之唱和，推为粤
> 西诗人之冠。有《九芝草堂集》。邓显鹤序云："小岑刻意为诗，以微
> 眇夐邈沈鸷镌削之思，写其冲夷高旷严冷削洁之概，幽而不怨，涩而
> 不僻，乃适肖其为人。"非过誉也。余辑《三管诗》，于布衣所存独多，
> 且有美不胜收之憾。常喜诵其《题万东斋课读图》一律云："略剪茆茨
> 见古淳，地偏花药有精神。家风远过刘长盛，童子皆如井大春。天际
> 鹤鸣时上下，隙中驹影易因循。绘图拈出穷经力，不敢浮荣眩后人。"
> 词旨深稳，落落方家。④

广西临桂朱依真不喜仕进，一生布衣，其诗文特立独行，不喜时文束
缚，专研十七史，因其丰富的才学和修养，诗歌格调甚高，为袁枚推为

① （清）梁章钜著，蒋凡校注《〈三管诗话〉校注》，广西人民出版社，1996，第121页。
② 李瑞卿：《静志居诗话》"清"的范畴：《辽宁师范大学学报（社会科学版）》，2002，第2页。
③ （明）王世贞：《艺苑卮言》，卷一，凤凰出版社，2009，第14页。
④ （清）梁章钜著，蒋凡校注《〈三管诗话〉校注》，广西人民出版社，1996，第143页。

"粤西之首",梁章钜肯定其诗意旨深刻稳健,落落大方。

其次,梁章钜着意推崇的是意境自然、风调清新、不废雕琢而力趋淡远的风格,反映了梁章钜的审美价值取向以及诗歌美学主张。如《三管诗话》卷中,梁章钜评价临桂朱若东《载村即目》诗句"茅茨欲断炊烟接,渔艇初归野渡昏","雅有画意",又《补山楼晚眺》句子"石径潺潺侵客屐,水田漠漠学僧衣","亦颇自然"。① 又《三管诗话》卷中评价胡德琳的诗,"而余最爱其《归舟杂兴诗》,云:'画舫笙箫入夜清,竹西更吹古芜城。二分明月无人管,廿四桥头空复情。'独得含豪邈然之致。"② 诗歌用杜牧咏史怀古诗咏扬州的名句,含蓄蕴藉,风格邈远悠然。又《三管诗话》卷中,梁章钜评价临桂朱依鲁《病中忆崇效寺花》"用意淡远",陆放翁所谓"诗到无人爱处工"也。

四 摹古无痕 意境生新

《三管诗话》第五十二则,梁章钜引《四库全书总目提要》对马平(广西柳江县)戴钦的著作著录情况,并评价其诗歌好摹古,"钦与何景明、李濂、薛蕙等同时友善。所作颇刻意摹古,然不越北地之余派也。"并举戴钦《游老君洞》七律(名山江上遍维舟)一首评价其诗"虽亦是袭取唐人之貌,而声律俱足,在三管吟坛中,不得不推为巨擘矣。"③ 不越北地之余派也,说明戴钦之诗,格调在李梦阳等前七子复古风气范围中。北地,指李梦阳。梦阳为甘肃庆阳人,庆阳古属北地郡,故云。可见明代诗坛复古风气对广西诗人同样产生了影响。从以上评论可见,梁章钜不赞成明代以前后七子为代表的诸多复古派抄袭唐人、"刻意摹古"的诗法,但并不全然否定,欣赏一些既有唐人风貌,又声律流畅,没有刻意工巧,没有声律生疏痕迹的作品。"梁氏并不否定诗歌创作需要学问修养,但他反对悖于诗歌的本质特征而堕入堆砌经学的歧途。"④

---

① (清)梁章钜著,蒋凡校注《〈三管诗话〉校注》,广西人民出版社,1996,第115页。
② (清)梁章钜著,蒋凡校注《〈三管诗话〉校注》,广西人民出版社,1996,第113页。
③ (清)梁章钜著,蒋凡校注《〈三管诗话〉校注》,广西人民出版社,1996,第82页。
④ 颜莉莉:《梁章钜〈退庵随笔〉诗学初探》,《闽西职业技术学院学报》,2008年第3期,第33页。

梁章钜主张在模拟古人，化用前人诗句时，能发挥自己的创造力，创造自己的风格，让诗歌的意境生新。如《三管诗话》卷中。赞赏广西桂林龙济涛《送人》句云："人意那如山色好，故园千里送君归。""此从'桃花潭水'语翻出，亦自意境一新。"① 梁章钜认为桂林儒学教官龙济涛诗句化用李白诗句，李白《赠汪伦》"桃花潭水深千尺，不及汪伦送我情"，龙在此诗中反其意用之，以为人情深浅不如故园依旧，表达强烈的思乡依依不舍之情，"意境一新"。

此外，梁章钜论诗还注重总结诗人诗歌的诗歌史承继，辨析其诗格、体式的渊源，如《三管诗话》卷中梁章钜论壮族诗人刘新翰的诗歌，称其"《谷音集》中《课耕》、《纳稼》诸篇，颇有储太祝格意。五律学杜，其《秋兴》八首虽为时所称，则具体而已。"② 刘新翰诸现实主义诗歌学习储光羲的田园诗，而《秋兴八首》学杜甫《秋兴》诗，只是体式具备而已，偶有佳句。

五　以学为诗　妙悟空疏

《三管诗话》卷中，梁章钜引袁珏的《阅近人诗集漫作》："土生三代后，患在不好名。好名亦有道，所贵心专精。好名亦多术，最上惟研经。余功及子史，南面罗百城。胸中有千古，腹内多甲兵。其次习一艺，艺成名即成。如何今之人，但耽吟咏情。作诗大易事，巴词亦可听；作诗大难事，妙悟由心生。读书复养气，气平心自平。因之涉物趣，洋溢来纵横。正声在天地，何为不平鸣？声希味更淡，体格亦所争。于此苟未备，守口当如瓶。"评论曰："此醴庭自抒所得，精理名言，非复严沧浪之但拈妙悟者矣。"③ 袁珏论诗之诗，倡导诗人要博学多识，精通经史子，以才学为诗，批评今人空疏无学，浅易则巴词俚语，艰深则妙悟空虚。也提倡儒家雅正的诗歌抒情，反对韩孟诗派不平则鸣的凄苦之音，并反对舍弃雅正情怀，一味追求体式格调等外在形式的苦吟雕饰之风。袁珏生于乾嘉时代，深受当时学术风气的影响，秉承"以诗言志"、"以学为诗"等正统诗学。梁章钜也是汉学家，同样受到乾嘉学术的影响，论诗主张才学格调，融会贯通。

---

① （清）梁章钜著，蒋凡校注《〈三管诗话〉校注》，广西人民出版社，1996，第118页。
② （清）梁章钜著，蒋凡校注《〈三管诗话〉校注》，广西人民出版社，1996，第104页。
③ （清）梁章钜著，蒋凡校注《〈三管诗话〉校注》，广西人民出版社，1996，第154页。

他称袁珏所说是至理名言，也不赞同韩愈的不平则鸣，强调儒家的温柔敦厚的正声，肯定其论诗之诗的价值，认为比之，宋代严羽《沧浪诗话》妙悟之说即有空疏之弊。

六 就诗论诗 不赖名爵

清代立国以降，诗选诗话著作众多，多有选诗家因诗人名爵地位高低来编排诗人次序，或以此决定所选诗人诗歌的多少；诗话中也有根据诗人名位高低来论其诗歌水平高低的不当评判，这是梁章钜坚决反对的。如其在《三管诗话》卷上载："张通政《峤西诗钞》托始于蒋文定公，即未免有名位之见。而梅轩尚书诗又列文定之后，尊弟而抑兄，岂真所谓近人论诗多序爵耶？"[1] 梁章钜抨击清代以官位名望高低来品论诗歌等第优劣的文坛陋习，并认为《三管英灵集》之前的广西诗歌总集，即张鹏展的《峤西诗钞》也未能免俗，将明代蒋冕排于首位，因蒋冕于嘉靖三年曾出任内阁首辅大学士，实为宰相，位极人臣；而将蒋冕的哥哥蒋昇（字诚之，又字梅轩，全州人）排在之后，这样尊弟抑兄，非按年代先后的排序，显露出张鹏展的选诗论诗意识，有看重爵位名禄之嫌。梁章钜惜乎蒋昇的诗歌仅存三首，将其收录《三管英灵集》卷三明代诸家中，而蒋冕诗收录卷四，梁章钜选蒋冕诗歌六十三首，并非因其官爵名位，一来其《湘皋集》保存下来，原本《湘皋集》有十本，前八本为蒋冕作，后二本为蒋昇作，而后蒋昇诗歌二本散佚不存；二来梁章钜评诗选诗自有标准，选其优秀诗歌，而不因其他。

反对以官爵名位论诗，是梁章钜一贯的诗学主张。如其《南浦诗话》卷八称："魏宪，字维度。顺治间福清诸生。……诗颇自负，所著《枕江楼集》不下千余首。又尝选《本朝百家诗》，入选者多显官，而列己于末，而朱竹垞检讨不与焉。检讨尝有诗云：'近来论诗多序爵，不及归田七品官。'盖指此也。"[2] 借朱彝尊之口，抨击魏宪之流的文学商贩恶习和功利的选诗目的，多列身世显赫的官宦之诗，或是将自己的诗歌趁机列入，一切不以

---

[1] （清）梁章钜著，蒋凡校注《〈三管诗话〉校注》，广西人民出版社，1996，第76~77页。

[2] （清）梁章钜：《南浦诗话》，卷八，台北：广文书局，1977。

诗歌质量为第一位的评诗选诗，都是偏门左道，有违论诗选诗的公正严明。

七　杜绝附会　舍末求本

梁章钜认为附会政治的诗谶为荒唐无稽之论，但并不反对暗示诗人才华及仕宦命运的诗谶。《三管诗话》卷上，梁章钜引袁珏《醴庭诗话》对袁崇焕的评价："自如先生一代伟人，吟咏乃其小事。而《黄河诗》云：'浊处真须激，清来自太平。'乃早兆本朝应运，文章之关气数如此。"① 梁章钜认为袁珏的阐释荒谬，梁章钜云："浊处真须激"五字，古今治河妙谈，即潘季驯、靳紫垣所谓"束水攻沙"也。公又有《九河故道诗》，云："神禹疏九河，千秋一大智。众流翕受多，力大不可制。怒涛日奔驰，所贵杀其势。九河既疏通，流注去积滞。浊流自滔滔，其利可万世。如何任壅塞，故道不可记。遂使圣人功，一旦委平地。泥淤水必移，地狭浪必肆。补筑日增高，决溃更滋弊。微禹吾其鱼，隐忧昌有济，早能为经营，事半功倍易。凭谁讲上策？复造万世利。""合而观之，知公不但洞精韬略，兼有行水之长。瞻言百里，岂诗人所能窥其涯涘哉！"② 梁章钜有据有论，反对清代立国以降，诗歌阐释的政治意义附会，微言大义，离诗歌的本意颇远，以诗歌谶语的形式歌功颂德，粉饰时代，殊不知乃袁崇焕借治河之理表达自己的雄心大志。梁章钜批评袁珏论诗生拉硬拽，将袁崇焕之诗句成为有关朝代命数气运的诗谶，而论诗应从诗之本体出发，不可舍本逐末，梁章钜将微言大义的论诗之法作为大忌，见出其汉学家古文经学研究的朴实严谨，鄙夷汉代今文经学微言大义的阐述路径，可见其治学的学术思想对诗学理念的深刻影响。

梁章钜仅反对论诗时，宏大政治对诗歌意旨的附会，不反对诗评家暗示诗人才华命运的诗谶故事叙事。如《三管诗话》卷中梁章钜引《陈文恭年谱》载，"公为诸生时，尝课徒于里中吕祖阁。梦吕祖赐以二语，云：'人原多道气，吏本是仙才。'是岁癸卯即领解，后扬历中外，卒不愧其言。"③ 陈宏谋之子陈钟珂在为其父所编《培远堂年谱》中，载有此段诗事，

① （清）梁章钜著，蒋凡校注《〈三管诗话〉校注》，广西人民出版社，1996，第86页。
② （清）梁章钜著，蒋凡校注《〈三管诗话〉校注》，广西人民出版社，1996，第86页。
③ （清）梁章钜著，蒋凡校注《〈三管诗话〉校注》，广西人民出版社，1996，第102页。

梁章钜述而不评，并无批评之意，无独有偶，梁章钜又在《三管诗话》卷中，记述陈继昌先生三元及第的诗谶、俗语谶、事示、梦示等，可见这些神异民间故事的著录，有助于读者轻松一笑，理解诗人及其诗歌，无伤大雅，所以多处引用。

总之，梁章钜《三管英灵集》的诗学理念丰富，既体现了对诗歌法度的多方面见解，又体现了对论诗的学术理路的看法。第一，在情感表达上，主张传统儒家诗教观，言志载道，抒情雅正；在表现手法上强调情景交融，且情真景真；在诗歌审美风格上，讲求风韵才调、自然渺远；在诗歌技巧上，反对摹拟古人，追求用典模拟无痕，意境生新；在诗歌的创作构思上，主张踏实积累的以才学为诗，反对心灵妙悟的空虚大言。第二，就诗论诗，不以名爵地位左右对诗歌的品鉴；杜绝政治性的微言大义和随意附会，要舍末求本，以诗歌为主体来讨论诗歌。这些诗学思想使梁章钜《三管诗话》超越了地域性诗话的局限，而具有时代的烙印，为清代诗学理论做出一定贡献，但不得不指出，梁章钜《三管诗话》未能有自己独创性的理论学说，缺乏论证体系等，梁章钜在清代诗学领域中的地位，不及他的老师翁方纲等人。

先于梁章钜的诗学领域，有王士祯的神韵说，翁方纲的肌理说，沈德潜的格调说，袁枚的性灵说流行于世。梁章钜论诗也深受各家影响，对各家观点，既有赞同也有否定。梁章钜有《读渔洋诗随笔》云："余尝问诗于文达纪师、苏斋翁师之门。二师皆令熟读王渔洋诗，而议论风旨微有不同。文达师之论平而允，苏斋师之论精而严。要旨于渔洋有深契而不惜以金针度人者也。"梁章钜跟随翁方纲和纪昀学诗，他按照两位老师的指引，去读王士祯的《渔洋诗话》，并说纪晓岚的评论公平而允当，翁方纲的评论精深而严谨，对"神韵说"的肤浅空疏既有批评，也有欣赏的一面，所以梁章钜也并不一概否定王士祯的神韵说，论诗也多处举"风韵"之语。梁章钜主张以才学为诗，欣赏诗歌老成深刻，正是受到了翁方纲肌理说的影响。梁章钜也多处论说格调、才调、风调，受到明代王世贞等七子和沈德潜格调说的影响，诗话也多处引称沈德潜之语，知其并不排斥格调之说。梁章钜还多处引袁枚的性灵说及诗论，如《三管诗话》卷中载：胡书巢有《石洞沟寄浦山师》，梁章钜引《随园诗话》说明浦山师即张庚，并引袁枚语称赞胡"诗之超拔，实能青出于蓝。"① 因此梁氏论诗，于清代神韵、格调、性灵、肌理四大派，不持门户派别之见，而是兼取各家之长，出自性灵的情真景真是作诗的前提，才思格调是作诗的构思路径，义理辞章是作诗的材料架构，神韵是诗歌所达到的境界，四者并不悖逆。

第三节 《三管英灵集》诗话的地域价值

《三管英灵集》所附诗话极具诗学价值，从诗歌创作、诗歌品鉴、论诗方法等方方面面，表达了自己的诗学思想，在清代众多诗学流派中兼取众家之长，融会贯通，体现了梁章钜学术思想和诗学思想的广博和包容。此外，《三管英灵集》选诗及其所附诗话还具有地域价值，体现在：其一，地域诗歌文献的搜辑整理；其二，地域诗歌文献的考订考证；其三，地域诗学文献的辑录；其四，地域民族民俗文化的保存。

一 地域诗歌文献的搜辑整理

较为自觉的以地域视野关注文学和诗学，始于宋代的江西诗派，到了清代，地方诗人诗文总集及地域诗话的编纂蔚为大观，诗论家有了更为明显的地域意识，创作诗话的目的和意义，正在于对地方文献的收集和整理，彰显地方诗人诗歌在文学史上的成就、地位和价值。梁章钜在《三管诗话·自序》中云："近人即有专取诗话别订成书者。今亦窃仿其例。楮墨无多，则时地限之。而区区抱残守阙之心，当亦都人士所不忍听其湮没者。拾遗捃逸，尚望同志者扩而充之云尔。"② 可见，梁章钜不忍心收集来的广西诗人、事迹、诗歌和诗事遗失，望传于千古，为广西士子熟习，为非广西的文人了解广西地域生长的诗人及诗歌成就，以扩充诗国之大观。

第一，对广西诗人诗歌的辑录。

《三管诗话》辑录广西最早的诗歌。因广西地处偏远边陲，诗人较之内地本来就很少，若不在史料中搜集和整理就会淹没无闻，尤其是清代，考

---

① （清）梁章钜著，蒋凡校注《〈三管诗话〉校注》，广西人民出版社，1996，第113页。
② （清）梁章钜著，蒋凡校注《〈三管诗话〉校注》，广西人民出版社，1996，第1页。

取功名的诗人会在典籍中留下名字，多数的郡县诗人及其诗集则没有著录。如《三管诗话》卷上第一条载汉代的广西诗歌《喻猛颂》，并称"窃谓粤西诗事莫古于此，惜但曰'郡人'而不著名氏耳。汪晋贤森《粤西诗载》虽首录《喻猛颂》，而遗其后八句，又不及《陈临歌》，《平乐府志》录《陈临歌》，而又遗其次首三句。今皆补录，以冠《三管诗话》之前，真凤一毛麟角矣！"① 因《梧州府志》中汉代诗歌《喻猛颂》、和《平乐府志》中的《陈临歌》为无名郡县之人而做，梁章钜以为这是广西有记载的诗歌文献之首，"粤西诗事莫古于此"，材料珍贵，凤毛麟角，收录进《三管诗话》，对于勾勒广西诗歌史的开端具有意义；又梁章钜此前的诗歌总集很少注意，即使如汪森《粤西诗载》著录也不全整，所以收录此二首以补充《粤西诗载》和《平乐府志》所录诗歌的残缺。

梁章钜注重关照和搜辑全国性诗歌总集中收录的广西诗歌，还补充辑录其他广西地域总集未收录的广西诗歌。如《三管诗话》卷中第五十七则，梁章钜引沈德潜《国朝诗别裁》中录的粤西诗人蒋纲《舟次书怀》和曹銮《苦水铺》二首。并指出，沈德潜在《国朝诗别裁》中，于粤西诗只录两人，一为全州蒋有条进士（纲）《舟次书怀》……沈评以为"妙能活用"；又曹玉如进士（銮）《苦水铺》……沈评谓"'断头掉尾'四字，写尽从前狞恶，直可作古谣谚读。"② 由此可见，清初广西诗歌在诗坛不受重视的情况，及广西诗歌的成就和地位尚属下层。又《三管诗话》卷中第六十二则载，梁章钜引用张维屏（张南山）《国朝诗人征略》辑录的陈宏谋遗句，云："疾风劲草见，盘错利器别。人生际屯蹇，至性乃昭揭。"又，"香炉峰势最奇秀，芙蓉面面生云烟。""而余更从朱濂甫太史处录得《应制颂》四首，承平雅颂之音，足为《三管集》增重矣。"③ 梁章钜对广西诗歌的搜辑和关照跳出了广西地域总集的局限，而能从全国性诗歌总集的著录着眼，并将此寥寥可数的诗歌收录入《三管诗话》保存，为《三管英灵集》增重。再如《三管诗话》卷上四十六则，讲述自己收录全州蒋冕六十三首诗歌的原因："朱竹垞《明诗综》第录《湘山寺》五绝一首，固难免俞廷举（广

① （清）梁章钜著，蒋凡校注《〈三管诗话〉校注》，广西人民出版社，1996，第7页。
② （清）梁章钜著，蒋凡校注《〈三管诗话〉校注》，广西人民出版社，1996，第93页。
③ （清）梁章钜著，蒋凡校注《〈三管诗话〉校注》，广西人民出版社，1996，第100页。

西全州人，为本乡先贤蒋冕刻印的《湘皋集》四十卷）反唇之讥。而张南崧《峤西诗钞》所收，亦尚有遗珠之叹。"① 梁章钜说，俞廷举讥讽朱彝尊《明诗综》仅仅收蒋冕一首，数量太少，张鹏举《峤西诗钞》所收蒋冕诗歌三十六首，也有"遗珠之叹"，为补充广西地域总集广西诗歌收入数量的局限，故梁章钜收录蒋冕诗歌六十三首。再如，《三管诗话》卷中第五十八则，梁章钜记述全州谢济世的生平事迹，及下狱赦免后所写诗二首《次东坡狱中寄子由韵寄从弟佩苍》，幸由长沙士人保存，此二诗《峤西诗钞》不载，故录。梁章钜弥补《峤西诗钞》不足，补充其所遗落的广西诗歌，在选诗的数量和对地域诗歌文献的收集整理方面，超越了之前的广西诗歌总集。

梁章钜还辑录广西诗人的诗歌断句。如《三管诗话》卷上第十四则，梁章钜录引张为《主客图》所载的晚唐曹唐遗句四句。《三管诗话》卷上第十九则，辑录五代翁宏的残句六首十二句。《三管诗话》卷上第二十九则，梁章钜记宋代全州人唐谏在蜀做官的事迹及离蜀的诗句，指出唐谏非唐介，因是断句，《三管英灵集》未收录。《三管诗话》卷上第三十八则，梁章钜辑录明代洪武年间宜州人陈愚的小传和临终自赞诗。《三管诗话》卷上第三十七则，梁章钜记明代全州诗人于中的小传和残句，见《全州志》、《广西通志》，因残句《三管英灵集》未收此诗人。断句残篇无法收录到总集中，梁章钜不忍这些仅留片段诗歌的广西诗人湮没无闻，便将之收录《三管诗话》。

梁章钜还辑录了历代典籍所收录的粤西诗人留存之广西石刻题壁诗。广西名山多有岩洞、庙宇，古代的广西诗人在山川、岩洞中修行、学习、游览，留下了很多题壁诗，如《三管诗话》卷上第三十六则，梁章钜引宋人笔记《曲洧旧闻》中载秦观贬横州，有粤西无名氏诗人，为秦观事感伤，作题壁诗一首。又《三管诗话》卷上第三十九则，梁章钜引《广西通志》云：蒋兴，灌阳人。隐于仙源洞修炼，不知所终。太守顾璘尝访其洞，得兴所栖石题诗，云："水曲桃花岸，灵岩信有仙。虫书留古洞，鹤驾去何

---

① （清）梁章钜著，蒋凡校注《〈三管诗话〉校注》，广西人民出版社，1996，第73~74页。

年？白犬眠金灶，苍龙饮玉泉。愧非嵇叔夜，来此竟空还！"① 又《三管诗话》卷上第四十则载：闵鹤翀（叙）《粤述》云：华岩洞在灵川县西南二十里，高广数仞，清泉回绕。相传有桃花片阔寸许，从洞中流出。石壁上有诗，云："岩前流水无人入，洞口碧桃花自开。东望蓬莱三万里，等闲归去等闲来。"②《三管诗话》卷中六十七则梁章钜引苍梧罗大钧《松崖诗稿》中的《班女祠》诗序解释班娘娘的事迹和班娘娘庙的遗迹，并有题诗。罗大钧《松崖诗稿》早已失传，此诗人亦仅见乾隆《梧州府志》卷十六"选举志"记，乃乾隆三十三年举人，苍梧人。这些题壁诗大多无作者的题识，梁章钜认为广西无名氏的题壁诗也具有保存流传的价值，收录《三管诗话》，其题材或为道教隐逸，或为游仙，或为山水风景之作，均反映了古代广西的地理文化特色、广西文化传播和广西诗人的心态信仰。

梁章钜还关注广西古代的僧侣道徒留下的诗歌及诗集，希望通过辑录《三管诗话》得以为世所知。《三管诗话》卷下第一二一则引《四库全书提要》对宋代藤州僧人契嵩集子《镡津集》的叙录；《三管诗话》卷下第一二五则引《粤西丛载》中所载的临桂后唐卢道士遗诗。《三管诗话》卷上第三十五则，引《广西通志》所载宋代鳌山道人的诗事及诗句，鳌山在庆远城东南（宜州）。《三管诗话》卷下一二二则引《冷斋夜话》和《历代吟谱》中的桂林僧人景淳的诗句，梁章钜所本为《宋诗纪事》。《三管诗话》卷下一三七则，引《一统志》所载来宾佛日禅师的临终偈；《三管诗话》卷下一三八则，引《历代吟谱》所载湘南宋僧文喜的《失鹤》诗句；《三管诗话》卷下一三九则记桂州鹿苑圭禅师的诗偈，当皆是粤西人。《三管诗话》卷下第一二四则，引《广西通志·名胜志》所载的粤西平岛山唐代道士叶靖诗句。

第二，对广西诗人诗事的辑录。

《三管诗话》作为随笔性的地域诗学著作，并非随意而论，而是按照广西古代诗人的年代顺序排列，其地域文献整理的价值，还在于对广西诗人诗事的辑录。

① （清）梁章钜著，蒋凡校注《〈三管诗话〉校注》，广西人民出版社，1996，第62页。
② （清）梁章钜著，蒋凡校注《〈三管诗话〉校注》，广西人民出版社，1996，第64~65页。

　　《三管诗话》辑录广西最早的诗事和著作。《三管英灵集》著录最早的广西诗人是中唐诗僧全真，此前时代的广西诗歌并非一片空白，《三管诗话》卷上第二则除了收录最早的汉代广西诗歌外，还收录晋朝避世横州董京佚诗二首，称之为"亦汉以后诗事之最古者矣"。《三管诗话》卷上第三则又收录士燮一人，士燮是汉代的广西苍梧人，治春秋的学者，其《春秋注》等著作著录在《汉书·艺文志》，梁章钜称其为"此粤西著作之最先者"，惜无其诗可传，著录入《三管诗话》。可见，梁章钜在诸多史料中探索寻佚，为广西诗歌、广西诗事、广西学术著作探源，其承担广西文苑文化传播的地域精神十分强烈，也见其考证渊源流变的严谨的学术理路。

　　留存诗歌本就不多的广西诗人，其诗事更是珍贵如玉。《三管诗话》卷上第十六则录《唐诗纪事》载褚载的《贺赵观文重试及第诗》补充赵观文的诗事。《三管诗话》卷上第二十则辑录五代桂林翁宏与廖融的交游，及二人留下的交游诗歌。廖融的《谢翁宏以诗百篇见示诗》云："高奇一百篇，造化见工全。"廖诗又云："积思游沧海，冥搜入洞天。神珠迷罔象，瑞玉匪雕镌。"见其互相推重如此。梁章钜认为"则翁诗之富可想，今仅存全首者三篇，零句亦不多，可叹也！"①

　　广西诗人诗事的辑录，不仅仅具有保存文献的意义，且增强了诗歌总集的丰富性和趣味性。如《三管诗话》卷上第十五则，梁章钜引孙光宪《北梦琐言》卷五所载的一则诗事，岳阳李员外欣赏曹唐飘渺的才情，后见曹唐体态，笑其肥胖，游仙则恐壮水牛载不动。又《三管诗话》卷上第二十一引梁章钜自作《述祖德》三十首其一，咏五代平南梁嵩退仕隐居之事，补充梁嵩诗事。《三管诗话》卷上第二十六则，梁章钜录清人笔记中的冯京轶事，未及第前的题壁诗，有大志向。《三管诗话》卷上第二十七则，梁章钜录宋人笔记《郡阁雅谈》所载周渭《赠吴崇岳》诗事。《三管诗话》卷上第三十四则，引《宋诗纪事》所载安昌期《题清远峡和光洞》诗事。梁章钜援引诗话、笔记中的诗人故事入《三管诗话》，丰富广西诗人的生平记录，增强了诗歌总集的趣味性。

　　广西诗人诗事的援引，也增强了后世学人对广西诗人精神品质的认识，

---

① （清）梁章钜著，蒋凡校注《〈三管诗话〉校注》，广西人民出版社，1996，第37页。

形成广西文化特有的精神力量，使其与广西诗脉一起流传千古。① 又如《三管诗话》卷上第四十二则，引《月山丛谈》云：梧州吴东湖（吴廷举），自先世成籍受屯田四十亩，及历仕数十年，不增尺寸。尝于祖墓前作书屋其间，制十景以咏其事。黄太泉谓余曰："尚见《东湖十咏》，谓当如洛阳名园之盛。及过其处，广不盈亩，可笑也。""后其子至无宅以居。乡先辈之俭德如此。"② 《三管诗话》第四十四则，引徐学谟《世庙识馀录》所载的吴廷举不愿意拜南京工部尚书，所上奏疏中引用白居易和张咏的诗句，表达嘲谑之意。《三管诗话》卷上第四十九则，梁章钜引《尧山堂外纪》、《西樵野记》中对三聘蒋冕，蒋冕写拒绝出仕诗的记录，并认为历史上可能并无此事，诗歌亦"鄙俚"，是"齐东野语之谈，姑录而辨之。"《三管诗话》卷上第五十则，梁章钜引《尧山堂外纪》所载张溉"燕子单"学士名号由来的诗事，及张溉赠严嵩编修过全州的诗歌。《三管诗话》卷上五十六则引《粤西文载》所载的"兴业何世锦，其子以事建言，得罪下狱，举家失措，独不变色，从容赋《阅邸报》。"③ 《三管诗话》卷中五十九则，引《随园诗话》对谢济世的评价，说他不信风水，《题金山郭璞墓》即为证。《三管诗话》卷中六十则，梁章钜记载传闻中的谢济世诗事一则，谢济世在京以石榴诗讽刺瞧不起"边省人"的举子们。《三管诗话》卷中六十四则，梁章钜引彭绍升《测海集》所载，陈宏谋的仕宦行迹，来阐释陈宏谋诗句的意思。《三管诗话》卷中六十六则梁章钜引《培远堂年谱》所载刘新翰与陈宏谋的同窗之谊，知遇知音之情。《三管诗话》卷中八十二则，梁章钜叙述马平县的杨廷理，在台湾时，遇天地会林爽文之乱，自作《三不死乐府》。后以事出戍。著《西来》《东归》各草，多悲壮之声。《九日》云："惆怅风前铁勒城，何堪九日听秋声？穷荒酒醒沙场梦，故国云牵戍客情。愁思不禁添雪鬓，壮心欲尽卷风旌。搔头犹记登高处，谁筑新亭补跨鲸？"又《散步》

---

① 可参考胡大雷《粤西士人的文化精神刍议——桂学研究之一》，潘琦主编：《桂学序论》，广西师范大学出版社，2010，第 10 页。文章以《三管诗话》为例，例举说明广西文人的文化精神。

② （清）梁章钜著，蒋凡校注《〈三管诗话〉校注》，广西人民出版社，1996，第 68 页。

③ （清）梁章钜著，蒋凡校注《〈三管诗话〉校注》，广西人民出版社，1996，第 89 页。

句云："心随鸟语碎,兴共花烛残。"可见其情绪矣。① 以上所举梁章钜所援引广西诗人诗事,使后人对广西乡贤的人格魅力和道德修养加以赞赏。

第三,对非广西籍诗人歌咏广西之诗的辑录。

按照《三管英灵集》的收录标准,只收录广西籍诗人的诗歌,因此,梁章钜将非广西籍诗人描写广西内容的诗歌收录在《三管诗话》,这些诗歌的辑录仍然具有重要意义,通过各个时代诗人之歌咏广西,他们或是去广西做官游宦,或是去漫游赏景访友,或未曾到过广西歌咏想象之中的广西等,均可以复原各时代广西的风土人情、地理文化的面貌,以及各个时代诗人与广西地域文化的关系。梁章钜将这些诗歌辑录在《三管诗话》卷下最后一部分,仍然是按照时代的先后梳理诗人的歌咏广西诗歌。

唐以前关于广西诗歌的辑录。《三管诗话》卷下第一〇一则辑录非广西籍诗人所作涉及广西作品,或是全诗或是与广西有关的佳句,上讫汉代张衡《四愁诗》,梁章钜称其为"他邦人士诗为粤西而作者,莫古于此。"②,仍然有为歌咏广西诗歌寻根探源之精神。以下又梳理六朝诗人,谢朓、庾肩吾、苏子卿等。以下为李峤、宋之问、沈佺期、杜易简、王昌龄、杨衡、柳宗元、刘长卿、杜甫等唐代诗人,下至钱起《送李判官赴桂林幕》、戴叔伦《过柳州》、韩愈《送桂州严大夫》,其间所录诗人并未严格按照作者生平的前后排列,如将孟浩然《题梧州陈司马小斋》列在柳宗元、刘长卿、杜甫《寄杨五桂州谭》之后。从所录看来,中晚唐诗人寓居或游宦广西的居多。

汉张衡《四愁诗》云:"我所思兮在桂林,欲往从之湘水深。"他邦人士诗为粤西而作者,莫古于此。此后惟谢朓《将游湘水寻句溪》句云:"方寻桂水源,过帝苍山垂。"范云《咏桂树》句云:"南中有八树,繁华无四时。"庾肩吾《饯湘州刺史》句云:"《九歌》扬妙曲,八桂动芳枝。"苏子卿《南征》句云:"一朝游桂水,万里别长安"。六朝诗人仅此。至如李峤《安辑岭峤事平罢归》句云:"风生丹桂晚,云起苍梧夕。"宋之问《始安秋日》句云:"桂林风景异,秋似洛阳春。

---

① (清)梁章钜著,蒋凡校注《〈三管诗话〉校注》,广西人民出版社,1996,第117页。
② (清)梁章钜著,蒋凡校注《〈三管诗话〉校注》,广西人民出版社,1996,第179页。

晚霁江天好，分明愁杀人。卷云山角戢，碎石水磷磷。"又《下桂江悬
黎壁》句云："江回云壁转，天小雾峰攒。……舟子怯桂水，最云斯路
难。"又《桂林黄潭舜祠》句云："虞帝巡百越，相传葬九疑。精灵游
此地，祠树日光辉。"又《登逍遥楼》诗云："逍遥楼上望乡关，绿水
澄泫云雾间。北去衡阳二千里，无因雁足系书还。"沈佺期《入鬼门
关》句云，"昔传瘴江路，今入鬼门关。土地无人老，流移几客还？"
杜易简《湘川新曲》句云："昭潭深无底，橘州浅而浮。"王昌龄《送
任五之桂林》句云："桂林寒色在，苦节知所效。"刘禹锡《蛮子歌》
句云："蛮语钩辀音，蛮衣斑斓布。熏狸掘沙鼠，时节祠盘瓠。"杨衡
《桂州与陈羽念别》云："碧桂水连海，苍梧云满山。"刘长卿《入桂
渚》句云："片帆落桂渚，独夜依枫林。"又《送裴二十七使岭南》句
云："桂林无叶落，梅岭自花开。"又《送独孤判官赴岭南》句云："苍
梧云里夕，青草嶂中春。"又《送郭主簿》句云："驿路南随桂水流，
猿声不绝到蛮州。"柳宗元《岭南江行》诗云："瘴江南去入云烟，望
尽黄茅是海边。山腹雨晴添象迹，潭心日暖长蛟涎。射工巧伺游人影，
飓母偏惊旅客船。从此忧来非一事，岂容华发待流年！"又《登柳州城
楼寄漳汀封连四州》诗云，"城上高楼接大荒，海天愁思正茫茫。惊风
乱飐芙蓉水，密雨斜侵薜荔墙。岭树重遮千里目，江流曲似九回肠。
共来百粤文身地，犹自音书滞一乡。"又《柳州峒氓》诗云："郡城南
下接通津，异服殊音不可亲。青箬裹盐归峒客，绿荷包饭趁虚人。鹅
毛御腊缝山罽，鸡骨占年拜水神。愁向公庭问重译，欲投章甫作文
身。"又《寄韦珩》句云："桂州西南又千里，漓水斗石麻兰高。阴森
野葛交蔽日，悬蛇结虺如蒲萄。"又《种柳戏题》句云："柳州柳刺史，
种柳柳江边。"又《柳州寄京中亲故》句云："林邑山连瘴海秋，牂牁
水向郡前流。劳君远问龙城地，正北三千到锦州。"又《酬曹侍御过象
县见寄》诗云："破额山前碧玉流，骚人遥驻木兰舟。春风无限潇湘
意，欲采苹花不自由。"……①

---

① （清）梁章钜著，蒋凡校注《〈三管诗话〉校注》，广西人民出版社，1996，第 179 ~
180 页。

《三管诗话》卷下第一○二则接续上条，梳理中晚唐诸诗人写广西的诗歌。有张籍《送人至桂林》、白居易《送严大夫赴桂林》、张祜《走笔赠许玖赴桂林幕》、王建《南中》《桂岭》、李商隐《桂林路中作》又《桂林即事》又《昭州》又《异俗》二首、项斯《蛮家》、李洞《送曹郎中南归》、张泌《送容州唐中丞》、李德裕《鬼门关》、许浑《送杜秀才往桂林》、卢纶《寄岭外故人》、郑谷《送曹邺吏部归桂林》、张固《独秀山》、戎昱《桂林口号》、杨汉公《觜洲晏游》、欧阳宾《觜家洲》，梁章钜也没有严格按照诗人生平先后顺序来著录，可能是沿袭《粤西诗载》卷十的错误。张泌是五代宋初的诗人，而以上皆为唐代的诗人。梁章钜云："若宋人诗，则多不胜录也。"这些诗歌诗句梁章钜引自《粤西诗载》，罗列于此，疏于安排整理，且因宋人之歌咏广西诗歌数不胜数，便没有接续收集整理下去，或碍于时间所限，或非《三管英灵集》本预设之收集对象，舍弃不列，或提示学人在《粤西诗载》中找寻余脉，或待留与后人为继。可见《三管英灵集》与《粤西诗载》所收诗歌范围之不同，《三管英灵集》收录广西籍诗人诗歌，《粤西诗载》收录歌咏广西的诗歌，《三管诗话》作为第一部明确以诗话命名的广西地域诗话著作，不可不将诗人诗歌诗事的范围扩大，关注歌咏广西的作品，正是对《三管英灵集》内容的弥补。

《三管诗话》对宋代有关广西诗歌的辑录。《三管诗话》卷下第一二八则引《困学纪闻》和《竹坡诗话》中所载的朱敦儒的《壁地广中诗》，乃朱敦儒在广西所作的诗。《三管诗话》卷下第一二九则，引《广西旧志》中宋代横州梁世基的诗。《三管诗话》卷下第一三○则，引《粤西文载》黄无悔送全州蒋举归家侍亲诗。《三管诗话》卷下第一三一则，引郎仁宝《七类修稿》所载的刘三吾吊兴安赵元隆诗歌。《三管诗话》卷下第一三二则，载湘山寺题壁诗中最佳的一首，宋代韩驹五律，韩是江西诗派重要人物之一，此诗《粤西诗载》题为《湘山》。《三管诗话》卷下第一三三则引《冷斋诗话》、《苕溪渔隐丛话》所载的《贵县志》云：宋流寓南山寺的僧人奉恕与章惇的对诗，《三管英灵集》有小传，章惇徽宗时因党争贬雷州，《冷斋诗话》诗题为《夏云》，两人诗意暗含讽刺。《三管诗话》卷下第一三五则，引《列仙通纪》所载的吕洞宾赠全州道士蒋晖的诗歌。《三管诗话》卷下第一三六则记夏六启赠平乐龙道人诗。《三管诗话》卷下第一四○则引《广西旧志》所载的流寓广西的黎兆选贺县题蛇石诗。

第四，流寓广西的诗人之诗歌诗事的辑录。

流寓广西的僧徒道侣隐士之诗事。《三管诗话》卷下第一二〇则，梁章钜记全州湘山寺的来历，及开寺祖师柳州周全真（寂照大师）的诗偈，引自邝露《赤雅》。《三管诗话》卷下第一二七则，梁章钜记载兴安县真仙观道人的诗事，归真子与桂州唐字正的相遇，及诗谶。《三管诗话》卷下第一四三则引邝露《赤雅》所载恭城木客所作的诗歌，唐诗中也有木客作的句子，苏轼说"山中木客解吟诗"。梁章钜认为木客作诗的"诗学渊源，其来远矣"。①

有关广西风土名物的歌咏。《三管诗话》卷下第一四二则，引邝露《赤雅》中所载的北流鬼门关的艰险，唐宋诗人多谪岭南路过此地而死，所以邝露题了四个大字"诗人鲊瓮"。梁章钜引黄庭坚的诗句"入鲊瓮中危万死，鬼门关外更千岑。"②《三管诗话》卷下第一五五则梁章钜记施闰章《昭州黄牛滩得黄抑公同年书》全诗，诗前有施闰章的序言，意思是黄拜太平府守，太平府（今属于崇左县）极为边苦，施闰章非常同情其仕宦之苦，寄诗。梁章钜按"以今太平府风土人情较之，此诗已为乐土。若以此诗赠今日之太平守，则人人以为不称矣。一麾至此者，慎勿但视为畏途也。"③以上两则皆是对广西边苦之地的诗事的辑录，而梁章钜颇为正面的提出广西风物古今变化，今非昔比，劝慰游宦广西的官员摆正心态，不要视为畏途。

游宦广西的官员之诗及诗事辑录。比较典型的是清代施闰章、商盘和袁枚、赵翼在广西的诗事辑录。《三管诗话》卷下第一六〇则，梁章钜记自己重视施闰章出使桂林的时候，独秀峰读书岩题名，并考《愚山年谱》，摘录施闰章出使桂林之事，及留下的文和诗，并可惜他未留下山水诗，只有《发昭潭诗》两句"涧壑蛟涎出，衣裳蜃气生"④，实写粤西风景而已。

又《三管诗话》卷下第一四五则梁章钜例举评价商盘知州郁林时，所

---

① （清）梁章钜著，蒋凡校注《〈三管诗话〉校注》，广西人民出版社，1996，第252页。
② （清）梁章钜著，蒋凡校注《〈三管诗话〉校注》，广西人民出版社，1996，第251页。
③ （清）梁章钜著，蒋凡校注《〈三管诗话〉校注》，广西人民出版社，1996，第273页。
④ （清）梁章钜著，蒋凡校注《〈三管诗话〉校注》，广西人民出版社，1996，第288页。

作的《郁林纪风诗》五首中的诗句，"皆纪实语"，为典型的写风土人情的纪行诗。《三管诗话》卷下第一五〇条则记商盘诗《卜夫人守城歌》及其序言，卜夫人是明代广西陆川县令的妻子，乾隆二十年陆川县令石崇先修其墓，商盘作咏史诗。《三管诗话》卷下第一五一则，引《广西旧志》录有汉代碑《养奋汉和帝时举方正碑》，《粤西丛载》亦引《金石录》录此碑，曹昭《格古要论》录蔡邕《九疑山碑》，梁章钜称二汉碑皆不存，所以梁章钜录商盘作郁林刺史时作的《访养奋古碑歌》全文，存养奋其事，养奋是东汉郁林人。以上几则诗话将商盘在广西活动创作的事迹梳理出来。

《三管诗话》卷下第一四一则，记袁枚《访韦铁髯钵园诗序》所评论的流寓桂林的韦大德的诗事，说其有仙风道骨，并录袁枚的诗歌。《小仓山房诗集》卷三〇所载《重入桂林城作》，说明袁枚在乾隆四十九年（1784年）第二次入桂，再访钵园，故作诗吊铁髯居士韦大德。《三管诗话》卷下第一四六则，梁章钜引《随园诗话》所载袁枚再次去广西，有人记忆五十年前金鉷在官厅作的对联，以及时任广西巡抚的吴垣（树堂）的和诗诗句。《三管诗话》卷下第一四七则，引《随园诗话》卷十所载袁枚再次去广西，诗会好友之佳诗丽句，以及他们赠给袁枚称赞袁枚的诗，包括浦柳愚山长、朱兰雪布衣、朱心池明府等。《三管诗话》卷下第一四七则，引《随园诗话》卷六所载岑溪县诸生谢际昌送岑溪令李少鹤（流寓广西乾隆诗人的佼佼者）的诗句，袁枚说就像是跟随韩愈到贬所阳山的区册。《三管诗话》卷下第一五二则，梁章钜记袁枚重游桂林时，与江西临川后迁桂林的李秉礼、广西布衣诗人朱依真的钟馗画像题诗。几则诗事相加，将袁枚前后游宦广西的经历和交游梳理出来。

又《三管诗话》卷下第一五六则，梁章钜录赵翼出守镇安（今属于广西德保县）所作《纪镇安风土诗》全诗，诗歌赞边地民风淳朴、地理风俗殊异。梁章钜按云："此诗前半胪列详悉，后幅抒写和平。乃今之守镇安者，辄怨恨牢愁，儳然不可终日。固由今昔情形不同，亦其人之度量相越远哉！"①《三管诗话》卷下第一五七则，梁记赵翼诗句反映出的镇安虎患。《三管诗话》卷下第一五八则，梁记赵翼诗句反映出的镇安树海的实景，赞

---

① （清）梁章钜著，蒋凡校注《〈三管诗话〉校注》，广西人民出版社，1996，第 275 页。

其诗"摹写尽致"。《三管诗话》卷下第一五九则,梁章钜记自己写的咏桂林栖霞寺旁双忠亭(明末广西留守镇臣为桂王尽节者)的诗事及诗句,并记赵翼先生《风月洞怀瞿张二公诗》,并赞赵翼的诗比自己的更好,"用事沉着,尤合咏史体裁,余所不及也。"①。几则诗话将赵翼在广西的诗事梳理出来。

二 地域诗歌文献的考订考证

通过各种典籍所载广西诗人诗歌异文的比对,考订文字。如《三管诗话》卷下一二三则举出苏轼《苏文忠集》中有《送邵道士彦肃还都峤诗》云:"乞得纷纷扰扰身,结茅帮峤与仙邻。少能寡欲颜长好,老不求名语益真。许迈有妻还学道,陶潜无酒亦从人。相从十日还归去,万劫清游结此因。"梁章钜云:"都峤山为道书三十六洞天之一,在梧州府容县。则道士为容县人,名彦肃。而《广西志》,作'彦甫'恐误。又《瓮牖闲评》亦载此诗,'纷纷'作'胶胶',而今《通志》载此诗,'寡'作'宽','妻'作'时','从'作'随','清游'作'千山',皆当以集订正之。"② 苏轼送道士彦肃的诗歌,非广西诗人诗作,却是有关广西诗人的诗事,苏轼集子早出,而《广西通志》等典籍后引用,有所疏漏错误,梁章钜校正过来,录入《三管诗话》。《三管诗话》卷上第七则,梁章钜引蒋冕《二曹集跋》,指出蒋冕时代的曹邺集中《读李斯传》有十二句,而《唐文粹》节略其首尾八句,只剩下四句选入,《古文真宝》因袭之,梁章钜指出今《二曹集》和《全唐诗》中都是十句,也是删节版。又《三管诗话》卷下第一〇四条则梁章钜引唐代郑叔齐《独秀山新开石室记》所引的刘宋颜延之的诗句"未若独秀者,峨峨郛邑间",梁章钜说此诗不见《颜光禄集》,见于《赤雅》,但《赤雅》"郛郭"似误。

考证诗作的作者。《三管诗话》卷上第十则,梁章钜考曹邺《老圃堂诗》是否为曹邺所作,因《全唐诗》著录一说薛能作,蒋冕刻《曹祠部集》无此诗,《唐诗纪事》引《又玄集》说曹邺作,《粤西诗载》引此诗说曹邺作，梁章钜未有明确定论，因此只存疑在《三管诗话》，未将此诗选入《三管英灵集》。可见，梁章钜考辨分析意识和严谨的收录标准。《三管诗话》卷下第一五三则，梁章钜录桂林城外白龙洞石刻，唐代李渤《留别南溪山》诗，称此诗是南宋绍兴间临桂张仲宇刻，而《广西旧志》此诗录有二首，梁章钜认为可能是张去李久远，遗漏一首，或是认为后一首是唐代李涉所作。

考证广西诗人的诗作真伪。《三管诗话》卷上第十一则，梁章钜认为《东郎山》、《西郎山》似非曹邺作，《广西旧志》中有，因《全唐诗》、蒋冕刻《曹祠部集》均无，词意粗率，《三管英灵集》不选。梁章钜对广西诗人诗歌及诗事的考证，皆为《三管英灵集》选诗的前提，存疑辨析考证之后，再决定诗人诗歌能否选入《三管英灵集》。《三管诗话》卷下第一四四则，梁章钜评《赤雅》所载的邝露入瑶族部落，亲见女将领云㵟娘，并为云㵟娘写了咏赞诗歌，诗歌铺张夸诞，梁章钜认为不可信。"瑶中有王母裘，织成钱文。予意以为西王母所服。云㵟娘笑曰："君不闻'子规夜啼山竹裂，王母昼下云旗翻'耶？"夫幕客素称通品，何至遽认卉服为仙衣？蛮姬即有慧心，岂能背诵杜诗若流水？此书之夸诞，至是极矣。"① 《三管诗话》卷上第十三则，晁公武称曹唐游仙诗有百余篇，实际上曹唐游仙诗只有九十八首。曹能始评曹唐作鬼诗，并举例句："井底有天春寂寂，人间无路月茫茫"，今曹唐集中不见此诗。见《郡斋读书志》卷四，又见葛立方《韵语阳秋》卷二，梁章钜认为"或尧宾已自删之，故不满百篇欤？"②《三管诗话》卷下第一四四则，梁章钜评《赤雅》所载的邝露入瑶族部落，亲见女将领云㵟娘，并为云㵟娘写了咏赞诗歌，诗歌铺张夸诞，梁章钜认为不可信。"瑶中有王母裘，织成钱文。予意以为西王母所服。云㵟娘笑曰："君不闻'子规夜啼山竹裂，王母昼下云旗翻'耶？"夫幕客素称通品，何至遽认卉服为仙衣？蛮姬即有慧心，岂能背诵杜诗若流水？此书之夸诞，至是极矣。"③

考证广西诗人的生平时代。《三管诗话》卷上第十七则，梁章钜考《全

---

① （清）梁章钜著，蒋凡校注《〈三管诗话〉校注》，广西人民出版社，1996，第253页。
② （清）梁章钜著，蒋凡校注《〈三管诗话〉校注》，广西人民出版社，1996，第26页。
③ （清）梁章钜著，蒋凡校注《〈三管诗话〉校注》，广西人民出版社，1996，第253页。

唐诗》、《唐诗纪事》中有桂林人王元的诗，均录王元为晚唐五代人，梁章钜认为"今《临桂县志》与翁宏并列于宋人，盖误。"① 《三管诗话》卷上二十二则，引《粤西文载》中五代全州唐仁杰的诗歌三首六句，《全唐诗》中都有，梁考证《全唐诗》"庸仁杰""泉州"人是刻误。

考证诗人的生平事迹。《三管诗话》卷上四十一则，梁章钜对《明史》本传所言，吴廷举下狱是因为"发中官潘忠罪"存疑，查阅梧州吴廷举的《西巡类稿》，在《西巡类稿》中无"发中官潘忠罪"之说法，可见史传误传，实为刘瑾穿凿附会论罪，使得吴廷举忠义受诬下狱，垂死而释。又《三管诗话》卷上第六则对蒋冕《曹祠部集》二卷序，介绍曹邺生平的考证、补充，"然郑谷《云台编》有《送曹邺吏部归桂林诗》，则又尝官吏部，冕考之末尽也。"②

考证广西诗人的籍贯。《三管诗话》卷上五十三则，梁章钜考证袁崇焕的籍贯，考《明史》本传、《广西通志》、《浔州府志·选举表》、袁珏诗《修前明蓟辽督师家自如先生遗稿》、《登贤书后回东莞遏墓诗》、《游雁门诗》等，最后考订袁崇焕祖籍广东东莞，居平南，寄籍广西藤县。

考证广西石刻所载作品正误。《三管诗话》卷下第一〇五则，考证柳宗元龙城石刻（马平县柳侯祠内）与《龙城录》（笔记小说或认为是宋人伪托之作）中称引石刻的字略有不同，有人认为《龙城录》不足信，梁章钜认为是柳宗元看到的原龙城石刻不存，柳宗元重书，后人又临摹，故字迹因近似而讹，并引韩愈《罗池庙碑》证明《龙城录》称引不误，今石刻误。《三管诗话》卷下一五四则，梁章钜考证梧州《冰井铭》（唐代元次山作，立碑）石碑的渊源流传，并记清代初施闰章顺治九年过梧州时，求之已不可得，梁章钜录施闰章的《冰井行》全文。梁章钜云"《广西通志》冰井条下，仅载前明叶盛一记，而不载此诗，亦漏略矣。"③ 此条可补《广西通志》之缺。

考证诗人诗歌中的地理名物。如《三管诗话》卷下第一〇七则，考证永福的兰麻岭，考《太平寰宇记》，柳宗元诗句"桂州西南又千里，漓水斗

---

① （清）梁章钜著，蒋凡校注《〈三管诗话〉校注》，广西人民出版社，1996，第33页。
② （清）梁章钜著，蒋凡校注《〈三管诗话〉校注》，广西人民出版社，1996，第17页。
③ （清）梁章钜著，蒋凡校注《〈三管诗话〉校注》，广西人民出版社，1996，第271页。

石麻兰高",《峤西琐记》诸书多称"麻兰",只有《李义山集》中《祭兰麻神文》独称"兰麻",此岭在桂林永福县,永福在桂林西两百里,岭在永福县西南六十里。

考证所选诗歌的注释。《三管诗话》卷下第一〇八条,对《李义山集》中《即日诗》原注的考证,原注"宋考功有'小长安'之句也。"梁章钜考宋之问的集子有《桂林三月三日诗》并无"小长安"之句,而《全唐诗》中张叔卿《流桂林诗》有句"莫问苍梧远,而今世路难。胡尘不到处,即是小长安。"① 所以,梁章钜认为李商隐的原注有误。

三　地域诗学文献的辑录保存

《三管英灵集》选诗和诗话的地域价值还表现在,对广西地域诗学文献的搜辑和整理。从梁章钜所引的诗论数量来看,广西古代的诗学并不繁荣,甚至是非常落后;从梁章钜所引诗论的年代来看,广西清代以前的诗论或散佚颇多,很难收集;广西的诗论到了清代,也是为数不多,凤毛麟角,将清代的广西诗论搜集录入总集和诗话,使广西地域诗学的少数文献保存下来。

第一,辑录了灵川朱龄的论诗绝句。《三管诗话》卷中第八十九则,梁章钜记录广西灵川诗人朱龄《题国朝六家诗钞后》,并收录《三管英灵集》卷二十九。乾隆时刘执玉所选的清代初期诗歌选集《国朝六家诗钞》,只选清初的六大诗人的诗歌,广西灵川诗人朱龄在书末附有论诗绝句六首,论宋琬、施闰章、王士禛、赵执信、朱彝尊、查慎行各一首:

> 灵川朱霁峰广文（龄），《题国朝六家诗钞后》云:"展卷风骚列几篇,怨悱不乱更缠绵。挑灯一夜西窗雨,犹恐乌台锁暮烟。"（宋荔裳）"温柔敦厚本诗源,谁启希贤入圣门? 流水高山深寄意,人间犹自管弦繁。"（施愚山）"万卷随驱意自赅,垂绅搢笏韵低徊。九仙骨被山龙衮,门外凭伊作谜猜。"（王渔洋）"身是仙人被放回,流萤弃去尚悲哀。谈龙不放新城老,空自飘零一代才。"（赵秋谷）"八斗才多气有

① （清）梁章钜著,蒋凡校注《〈三管诗话〉校注》,广西人民出版社,1996,第220页。

余，连营壁垒北储胥。世人误信沧浪语，未见斋中咏读书。"（朱竹垞）
"南北东西数十年，奇情变态剧屯邅。亏他廊庙山林地，落笔皆如意欲
然。"（查初白）广文自编其诗曰《蒿藜集》，自序云："昔欧阳文忠公
尝与尹师鲁诸人登嵩山，见藓书成文，有若'神清之洞'四字。异日
复往视之，洞口云封，字亦乌有。余诗不足传，过则付之无何有者，
得毋类是？"亦可谓善于设譬矣。①

　　刘执玉《国朝六家诗钞》选录清初六位诗人的诗歌，依次为宋琬《荔
裳诗钞》、施闰章《愚山诗钞》、王士禛《阮亭诗钞》、赵执信《秋谷诗
钞》、朱彝尊《竹垞诗钞》、查慎行《初白诗钞》。朱龄，初名吾龄，字希
九，号霁峰，广西灵川人，乾隆五十一年举人，官兴业训导，有《蒿藜
集》，《三管英灵集》卷二十九收其诗 12 首②。《题国朝六家诗钞后》六首
其一，论宋琬人生坎坷不平，曾因山东于七案牵连诬陷入狱，其诗学习
《国风》、《小雅》、《楚辞》反映现实、深有寄托的传统，风格豪宕磊落，
怨悱而不乱；其二，论施闰章之诗本于圣贤温柔敦厚传统，格调高远，不
同世俗绮丽之风；其三，论王士禛之诗，学问渊博，诗思驰骋自由，语言
言简意赅、含蓄蕴藉，诗歌有儒雅之气，韵律悠扬，神仙神韵空灵之姿，
诗意无迹可求，难以笺释。其四，论赵执信之诗，有李白诗歌飘逸之仙气，
却因观演《长生殿》之事削官，才华横溢，飘零无依，陷入人生的困境。
其五，朱彝尊之诗，驰骋才气，以学问为诗，体势森严，笔力雄健，与王
士禛妙悟神韵的诗风不同。其六，查慎行一生屡试不第，漂泊东西南北，
困顿窘迫，无论在江湖还是在庙堂，其诗歌挥洒自如，落笔成诗，均能达
意，格调老成。六首诗均能知人论世，抓住诗人独特的风格特点，评论公
正允当，不愧为善评诗者。
　　第二，辑录了平南袁珏的论诗之诗，保存了袁珏《醴庭诗话》的一些
论述。《三管诗话》卷中第九二则，梁章钜收录广西平南袁珏的《阅近人诗
集漫作》：

① （清）梁章钜著，蒋凡校注《〈三管诗话〉校注》，广西人民出版社，1996，第 145 页。
② （清）梁章钜：《三管英灵集》，卷二十九，清道光桂林汤日新堂刻本，藏国家图书馆。

士生三代后，患在不好名。好名亦有道，所贵心专精。好名亦多术，最上惟研经。馀功及子史，南面罗百城。胸中有千古，腹内多甲兵。其次习一艺，艺成名即成。如何今之人，但耽吟咏情。作诗大易事，巴词亦可听。作诗大难事，妙悟由心生。读书复养气，气平心自平。因之涉物趣，洋溢来纵横。正声在天地，何为不平鸣？声希味更淡，体格亦所争。于此苟未备，守口当如瓶。此醴庭自抒所得，精理名言，非复严沧浪之但拈妙悟者矣。①

袁珏著有《醴庭诗话》，此诗论诗人创作之要，批评近世诗人不求上进，不讲修养钻研，没有一技艺之长；倡导诗人要博学多识，精研诸经，馀及子史，胸中有千古文章，修养浩然正气，戒骄戒躁，心平气和，博物通识，广涉物趣，才能以才学为诗，吟咏性情，纵横恣肆，天机洋溢。批评今人空疏无学，浅易则巴词俚语，艰深则妙悟空虚；反对韩孟诗派不平则鸣的凄苦之音，提倡儒家温柔敦厚、宁静淡泊的诗学传统，追求格调之高，而非宋代严羽《沧浪诗话》所提倡的妙悟肤浅。袁珏与梁章钜为嘉庆年间的进士同年，同样受到乾嘉学术风气的影响，汉学家严谨的考证训诂，扎实的学术知识系统，也受到清初顾炎武有为国家的实学思想影响，他们论诗主张"以诗载道"、"以学为诗"等正统诗学的风尚，追摹宋诗为典范。梁章钜称袁珏所说是至理名言，肯定其论诗之诗的价值，比严羽之诗论更言之有物。

第三，辑录了吕璜的论诗古诗。《三管诗话》卷中第九十四则载，梁章钜巡抚广西时，结识秀峰书院主讲吕璜先生，吕璜，广西永福人，嘉庆进士，是桐城派古文家吴德旋的弟子，吴的老师是姚鼐，吕璜是桐城派古文在广西的代表人物。其学识丰厚，见识深刻，为师者楷模。梁章钜特欣赏其劝学古诗三首，三首层层深入，非但劝学，也表达了吕璜师对于学术和诗歌的见解。

月沧诗古体胜于近体。与余年来唱和之作，仅《东坡生日》及

① （清）梁章钜著，蒋凡校注《〈三管诗话〉校注》，广西人民出版社，1996，第154页。

《铜鼓》二首皆七古。而余特爱其《示经古书院诸生》五古三首，托体甚高，足以不朽。爰重录之以为粤之士人劝焉。① 诗云：

古人贵通经，所贵在致用。近人务说经，乃务以哗众。群经述作残，大旨条贯共。汉唐笺注家，谈言祗微中。宋贤炳薪传，道积鉴斯洞。论足周圣涯，亦足醒昏雾。奈何鬼琐流，嚣然复聚讼。党护故纸堆，张汉而抑宋。瓦砾偶拾取，浪诩怪石供。供之犹自可，持作弹九弄。岂知仁义府，高坚屹不动！

将为古文章，汉唐多可宗。北宋有作者，亦复称豪雄。其义根六经，其语羞雷同。学诗溯汉魏，千九百年中。师资转益多，毕竟将安从？取法必最上，超超自行空。老氏贵知希，诗文理常通。人世交口誉，境地知未崇。果且进于古，笑讥或易丛。倘求合于人，古音听谁聪？

岭西多藏书，亦少专己儒。转恐啬于义，或病稽古疏。著述矢天籁，不受绳墨拘。专集凡几家？未恢宏远模。大府幸鉴此，首辟博雅途。泛滥极瀛海，因之识归墟。《咸》、《韶》有正声，岂容杂笙竽。终期收远名，始亦慎所趋。伊余愧薄劣，况久风尘驱！谓我比老马，我材实蹇驽。平生亿交游。谈艺时不孤。咫闻或多矣，分饷心区区。

第一首，论近世经学，恢复了汉代古文经学考证训诂的做法，而舍弃宋儒义理和经世致用是偏颇的，不应该有派别之见。

第二首，论学文者，学汉唐宋皆可，皆为本于六经，皆为对前人的创新。学诗则当学汉魏，千百年来，人们以汉魏古诗为最高古；若转益多师，则或混淆不清，不知所从，无师可从，因此应"取法乎最上"，才能超越近体诗的体式束缚，自由驰骋诗思。可见吕璜崇尚古朴的诗学，膺服于老子的美学学说，倡导大音希声，古朴自然的诗歌风格，梁章钜所例举的吕璜唱和诗也皆为古体诗。清代以来的近世诗人皆讥笑明代复古派的学古，文为时文，诗为新诗，这是吕璜先生反对的，其自有一份对古诗和古文的

---

① （清）梁章钜著，蒋凡校注《〈三管诗话〉校注》，广西人民出版社，1996，第159～160页。

持守。

第三首，论广西地域著述情况。强调广西本土的藏书规模宏大，却没有专门研究某领域的大儒学者，儒家义理和古代的典章制度都疏于考察。广西文人的著作皆自由写就，不受学术规范和理路的束缚，很多观点还是未研究论证的自然观点。再说广西文人的经史著作或诗文别集数量不多，没有远大宏富的规模。吕璜称赞梁章钜编辑广西诗歌总集和广西地域诗话的工作意义重大，且期盼他能够将广西古代雅正的诗歌选入，切忌不分优劣，无原则的收录诗歌，也不可趋于时论。可见，吕璜对于广西学术文化的自觉忧虑，一颗拳拳师者之心；以及其崇尚雅正古朴的诗学理念。

《三管英灵集》卷四十四还保存了吕璜的诗论诗《姚子寿见过以诗见贻次韵答之》等三首。其中，《题梁竹云参军（衍绪）诗本》评其诗"清气本来钟太华，中声难得近初唐。"《题陆韬山（元烺）茂才诗本》评陆元烺①诗歌："烺然留得古音存，逸品还将读画论。低首惊看到东野，平心悔说薄西昆。辟支果悟诸天偈，汉上襟消旧日魂。毕竟难删惟绮语，樊川以后又梅村。"

第四，辑录陈仁论诗之诗。《三管英灵集》卷十三，陈仁小传："仁字寿山，又字体斋，武宣人，雍正十一年进士，由编修改御史，历官湖北粮道，调四川建昌道，有《用拙斋诗草》。"其《读杜工部集》：

> 杜陵野老少不羁，胸襟落落千秋期。读书万卷欲有为，明光三赋天子奇。
>
> 河西一尉羞卑栖，京华旅食心事违。残杯冷炙何凄其，欻闻渔阳来鼓鼙。
>
> 奔走行在神忘疲，麻鞋谒帝轻流离。一官初拜肝胆披，陈涛疏救非为私。
>
> 灵武赫怒匪所思，向令生当贞观时，比肩王魏非公谁。
>
> 攘攘盗贼何时夷，秦州成州身世危。瘦弟寡嫂天一涯，枫林拾橡

---

① 陆元烺，字韬山，号虹江，浙江海宁人。嘉庆丁丑（1817 年）进士，道光中，由刑部郎中出守贵州镇远府知府。见《贵州通志·宦迹志》贵州省文史研究馆点校，贵阳：贵州人民出版社，2004，第 374 页。

充调饥。

青衫老死亦何悲，可怜乾坤犹疮痍。花溪草阁瀼东西，秋风茅屋愁难支。

西望太华横参差，一帆无恙下梓夔。茫茫湘水去住迷，穷饿迫出奇崛词。

一饭不忘君与黎，恨不并世生吕伊，重树唐家宏达基。

嗟公之心今古稀，浩气不挠扶天维。岂但诗史高难跻，忠爱直接三百遗。

愧我爱慕心口追，混茫元气无端倪。①

诗人书写杜甫一生的经历，心慕其浩然情感，忠爱家国、渴望复兴的思想，并知人论世，其奇崛的诗歌风格正来源于生活中的穷顿困厄。《三管诗话》卷中陈仁一则云，陈仁从方苞学古文十年，梁章钜曾见其《四节妇记》，赞其甚得古文之法，不愧是方望溪门派。粤西人只知他工于诗，未知其古文成就。方苞有《陈西台年表》，赞其为人为文，"颇知慕古节慨"，欣赏杜甫等古代的先圣贤达。《桂平县志》存陈仁作《特赠左仆寺卿太守刘公神道碑》，浔州有乾隆间浔州知府刘浩墓，吴三桂乱时，守城殉节而死。

第五，《三管英灵集》卷二十五录吴道萱《读白太傅诗》，小传："道萱，字霁堂，横州人，乾隆四十年进士，官福建仙游县知县。"其诗云：

恬淡心怀讽谕词，岂因名位重当时？能开一代风流局，独擅三唐蕴藉诗。

半世苔岑联梦得，两军旗鼓敌微之。杭州山水苏州月，几许闲情唱柳枝。

《三管诗话》卷中载："横州吴霁堂先生（道萱），与先叔父太常公为乙未进士同年，知吾闽仙游县时，先资政公适主讲县之金石书院，故先代交情最笃。后先生以亏帑获罪，资政公为经纪其身后事，并捡拾其遗诗数纸，

---

① （清）梁章钜：《三管英灵集》，卷十三，清道光桂林汤日新堂刻本，藏国家图书馆。

今所录入《三管集》者是也。先生诗诸体并工,《采莲曲》一首,尤得古乐府遗意。《读白太傅集》云:'能开一代风流局,独擅三唐蕴藉诗,半世苔岑联梦得,一生旗鼓敌微之。'当时吾乡耆宿多能诵之。"① 梁章钜叙述其叔父梁上国与横州吴道萱同为乾隆四十年(1755)进士,父亲梁赞图曾在福建仙游的金石书院主讲,故与仙游县知县吴道萱交情甚笃。梁章钜将父亲藏吴道萱的遗作,收入《三管英灵集》。诗歌赞扬白居易早年直言救世的讽谕诗,晚年风流恬淡的闲适诗,及其在唐代诗坛的地位,与中唐诗人刘禹锡、元稹的交游佳话,诗歌风格流利平易,源于对江南地域文化及江南民歌的汲养。

第六,《三管英灵集》卷二十九选石汉诗歌 6 首,"汉,字泮浦,藤县人,乾隆间诸生,有《溪香诗集》。"其《读李太白诗风雨骤至》云:"我读太白诗,如入无人境。饱餐上池水,使我心清回。缅想身世殊,悠然发深省。坐我白玉楼,乐奏笙箫进。啖我赤凤脯,沃以琼浆冷。一身饫且乐,未觉夏日永。雨声忽澎湃,六月变阴猛。电掣重云黑,疑是蛟龙骋。不然作鬼神,变化出俄顷。平生明月身,此际空留影。掩卷起长叹,窗竹摇斜景。"②

第七,卷三十四选朱依真诗歌,未选其论词绝句二十二首、《少陵祠下作》、《读金寿门〈冬心居士集〉漫题四首》、《题顺德张药房诗册》、《李厓竹志于诗,间以诗法质予,愧无以答其意。为述古今得失,平日自厉者赠之》等论诗论词之作,仅选其与李秉礼、李宪乔交游所作诗,诗中对二李的诗学、诗法多有赞赏。如《石桐先生能诗,尤精五律。常撰主客图,以张文昌、贾长江为主,余人为客。复衺己与令弟少鹤诗为二客吟,幽深冷峭,不减唐贤。读其诗,思其人久矣。今始获晤于韦庐。勉成二章奉赠,并送其北归二首》其一云:"嘉识胶东叟,居然稷下贤。诗如人瘦健,心与古周旋。一字严南董,终身奉阆仙。剧怜相见晚,何况是离筵。"其二云:"去去几千里,凌寒舟上迟。楚云不断处,湘水欲生时。听雪篷收暝,敲冰砚有澌。同行有王缙,商榷画中诗。"③

---

① (清)梁章钜著,蒋凡校注《〈三管诗话〉校注》,广西人民出版社,1996,第 118 页。
② (清)梁章钜:《三管英灵集》,卷二十九,清道光桂林汤日新堂刻本,藏国家图书馆。
③ (清)梁章钜:《三管英灵集》,卷三十四,清道光桂林汤日新堂刻本,藏国家图书馆。

《寄李石桐少鹤兄弟》二首，其一："石叟摧修干，卓然如石介。说诗用秦法，弃灰者抵罪。纷纷柳下季，常苦伯夷隘。鹤也万夫雄，自负本领大。鹍鹏不受缚，溟渤供盲怪。椎锥示敦朴，剸犀见锋快。于法不苟同，于古两不背。其音即非至，要亦梅苏辈。世耳不易悦，奸声复相害。譬张咸池奏，勿与巴里对。譬赍章甫冠，毋向荆蛮卖。斯文有代兴，相期百祀外。"其二："余生托寒素，依人比赁春。岂为诸侯宾，感激夷门风。之子何所闻，顾我蓬篙中。欢然采我诗，牛铎应黄钟。我诗何足陈，恐不察我衷。勿谓寒岩木，随分污春红。丈夫各有心，不为可怜虫。重子类古人，聊复披心胸。引领望朝日，寄怀东海东。"

《酬李松圃见答》："黄钟音镗鎝，变徵多激烈。七律虽异响，入耳皆可悦。声诗要如此，嗜好等秦越。所操何必同，于义无乖刺。平生抱结癖，肠胃不耐热。九曲黄河冰，万古昆仑雪。更值冰雪晨，苦调转凄喂。君诗务敦厚，风雅道未沫。初阳变云物，淑气动林樾。恍聆师文奏，坐令造化斡。持与我诗较，狐貉形裋褐。又如立坐部，杂然进堂阒。藉使众听荧，常恐后夔察。才非元白匹，兴拟皮陆垮。敢云佗山助，爱此瑶华撷。请回清庙瑟，载和塞管咽。"

朱依真诗歌多学苏轼，用苏轼诗歌之韵，《黄州赤壁》一首咏史怀古，也是追慕苏轼之作："赤壁矶前发棹迟，钓鱼谋酒复何时。江山万古美如此，老子当年兴可知。鹤侣难寻畴昔梦，鹊巢应在最高枝。兰亭若许方金谷，铁绰歌凌横槊诗。"

第八，《三管英灵集》卷三十八朱庭楷小传："庭楷字小裴，临桂人，嘉庆六年拔贡生，官甘肃知县。"道光十一年任北流教谕，选诗歌 17 首。其中有《八月十四夜月（读东坡集感赋）》："玉蟾流影皎如雪，寒光直泻银河洁。庭树无声夜漏长，愁人独坐愁心结。此时对月月初团，隔巷笙箫复闻咽。呼童满酌金叵罗，狂吟水调酬东坡。玉宇高寒良可念。丹枫渺渺将如何。阳羡买田未归去，仇池如梦参岷峨。古来大贤犹落拓，人生无地无蹉跎。凉州酒，甘州歌，唾壶击碎醉颜酡。倚栏玩月舞婆娑，不饮能无笑媚娥。"①

---

① （清）梁章钜：《三管英灵集》，卷三十八，清道光桂林汤日新堂刻本，藏国家图书馆。

第九，《三管英灵集》卷三十九选朱凤森拟古诗和论诗之诗。朱凤森，字蕴山，广西临佳人。嘉庆六年（1801）恩科进士，嘉庆十五年（1810）任河南浚县知县。嘉庆十八年（1813）白莲教农民起义军进攻浚县，朱凤森率城中兵民坚守。并撰写《守浚日记守城诗》记述守城经过，因功加同知衔，后官至奉政大夫。有《仿江文通杂诗三十首》，朱凤森学习江淹，分别拟古诗人风格创作，述及诗人情感及其生平事迹（后被选入铁保的《熙朝雅颂集》），梁章钜将朱凤森从江淹到汤惠休的 30 首歌咏（江淹、李陵、班婕妤、魏文帝、曹植、刘桢、王粲、嵇康、阮籍、张华、潘岳、陆机、左思、张协、刘琨、卢谌、郭璞、孙绰、许洵、殷仲文、谢混、陶渊明、谢灵运、颜延之、谢惠连、王微、袁淑、谢庄、鲍照、汤惠休）全部选入《三管英灵集》，可见其对朱凤森诗歌及对朱凤森诗学思想的看重。此外梁章钜还选录朱凤森的《读卢楠集》："匡庐飞瀑昔同游，红藕香深玉簟秋。卯酒不妨呼鬲县，奇书谁许借荆州。阿蒙吴下传三异，眇目山人画一筹。莫道时清才子贵，为怜李广不封侯。"诗前有小序云："楠在缧绁中，作《蠛蠓集》，蠛蠓者，醯鸡也，盖以托迹两大，若叶之于林，杯之于海，似蠛蠓者然。山人谢榛携楠诗，集游贵人间曰：楠在而诸君不救，尚哀湘吊贾为乎？吴人陆光祖拯之。"卢楠（1507—1560），字次楩，一字少楩，又字子木，浚县人。数次赴乡试不第，以资为太学生。博闻强记，负才傲物，因怠慢县令，被诬为杀人，论死系狱凡十数年。谢榛为之鸣冤京师，浚县代知县陆光祖为之平反，获释。出狱后遍游吴会，落魄病酒，郁郁而卒。有《蠛蠓集》行世。

（明）卢楠《咏史》："眼底眇曹吴，当年意自如。中原威已震，西蜀路偏孤。数值虞翻笥，欺成陆逊书。荆门从此失，计笑卧龙疏。"

另选有在浚县写的《希贤书院劝学诗》二首。

第十，《三管英灵集》卷四十选袁珏论诗之诗。《读史杂咏》十二首之《曹大家》："女子守闺阁，知书世所訾。独钦曹惠姬，文章胜男子。名门有二难，文武乃媲美。上书救其生，操笔续其史。令弟马季良，渊源自始"曹大家，大家本义为"大姑"，是汉代关中地区对年长女子的尊称。曹大家即班昭，一名姬，字惠班。因她的丈夫是曹世叔，班昭在汉和帝元年时（89），已经 41 岁了，又因为博学高才，颇受宫里人的尊敬，所以被称为

"曹大家"。七十余岁的班昭病逝，"皇太后素服举哀，使者监护丧事"，这的确是相当高的规格了。班昭"所著赋、颂、铭、诔、问、注、哀辞、书、论、上疏、遗令"，均搜集编撰，称为《曹大家集》，显示了她与众不同的才华及社会地位。

《读史杂咏》十二首之《马宾王》（马周）、《李药师》（李百药）、《李太白》、《韩昌黎》等，其中《李太白》云："骏马扶名姬，金樽酌美酒。天之福诗人，豪情克消受。若使居翰林，日在帝左右，鼓鼙动地至，谈笑能靖否。才高数自奇，身穷诗不朽。至今仰光芒，岂徒免覆瓿。"①

《韩昌黎》诗云："公诗硬语盘，公遇坎坷久。公文如江潮，公名如山斗。瘴乡住不死，佛骨早已朽。三上宰相书，晚年颇悔否？贫贱乃困人，贤者亦常有。"

《阅近人诗集漫作》："士生三代后，患在不好名。好名亦有道，所贵心专精。好名亦多术，最上惟研经。余功及子史，南面罗百城。胸中有千古，腹内多甲兵。其次习一艺，艺成名即成。如何今之人，但耽吟咏情？作诗大易事，巴词亦可听；作诗大难事，妙悟由心生。读书复养气，气平心自平。因之涉物趣，洋溢来纵横。正声在天地，何为不平鸣？声希味更淡，体格亦所争。于此苟未备，守口当如瓶。"梁章钜评论云："此醴庭自抒所得，精理名言，非复严沧浪之但拈妙悟者矣。"②

第十一，《三管英灵集》卷四十一选平南胡朝璃咏怀苏轼诗，胡曾为桂林府教授，收诗歌一首《夜泊藤县登浮金亭有怀苏公》："山川终古秀，苏子昔曾游。感慨成陈迹，登临动旅愁。鸥心波外迥，鸿爪雪余留。忽听渔歌发，微吟且泊舟。"③

第十二，《三管英灵集》卷四十一选刘棻怀苏轼诗。《游景风阁怀古三章》（阁在叠彩山）之一"我怀苏文忠，……诗境法华传，名心静空王。"《柳侯碑》并序《宋皇祐平蛮碑歌》

第十三，《三管英灵集》卷十四选石燕山《龙邱怀古六首》之《杨盈川

① （清）梁章钜：《三管英灵集》，卷四十，清道光桂林汤日新堂刻本，藏国家图书馆。
② 可参考胡大雷：《粤西士人的文学理论》，粤西士人与文化研究，广西师范大学出版社，2014，第187页。
③ （清）梁章钜：《三管英灵集》，卷四十一，清道光桂林汤日新堂刻本，藏国家图书馆。

炯》："杨公文雅士，雄词烁金玉。罢直承明庐，微官此羁束。琴堂发高咏，秀夺盈川绿。伟哉浑天赋，摛藻何华缛。遗编缅犹昨，芳韵杳难续。所嗟仕宦拙，廿年始一擢。才多福泽悭，郁郁终微禄。文章憎命达，千古同一局。三复少陵诗，为公荐春醁。"①"燕山，字北平，一字桂堂，义宁人。乾隆九年举人，官浙江龙游县知县。"道光《义宁县志》有传。

第十四，卷十六选胡德琳《寄香亭并柬令兄存斋》六首其五："士穷乃工诗，斯语不吾欺。堂堂欧与梅，千古真相知。舫斋始编纂，笔墨同娱嬉。作序愧皇甫，点画惭羲之。（余昔为香亭手抄诗集序之，题曰《舫斋诗》始，香亭后赠句云：编集敢劳皇甫序，删诗还借右军书。）曷来邮筒中，清吟寄江湄。妙得江山助，老成语益奇。斯道本性情，嗜者忘渴饥。才力固天赋，大小分程期。郊岛特寒瘦，厥味等蟏蛸。轻俗到元白，终成识者嗤。不见万丈光，李杜真吾师。哲兄实仙才，鸾凤供鞭笞。君姿亦绝伦，骥足相攀追。我学叹日落，荒秽久不治。何日细论文，樽酒还相持。"袁枚从弟袁树，号香亭。

第十五，卷二十三选邓建英《桂林处士曾静如著〈自课集稿〉数卷，予曾为作序，身没之后稿不复见矣，周肯之邀予访诸其弟欲呈志局，不遇而返》：

> 世间何物能长久，惟有笔墨留光芒。岂知中亦须福命，几人泉下摧肝肠。
>
> 静如昔日我畏友，诗似昌黎文似柳。肯将饱暖累生前，共信声华应死后。
>
> 艰难困顿果终身，妻子全无弟更贫。锦囊心血落谁手，破壁颓垣亦别人。
>
> 穆堂尚书今复见谓谢中丞，暴骨遗骸搜欲遍穆堂云刻一人稿，如收遗骸暴骨。念旧重欣得广文，静如有灵当自荐。
>
> 月明携手绕城东，季弟飘零未易逢。谁鼓三鼓人语静，疏林飒飒

① （清）梁章钜：《三管英灵集》，卷十四，清道光桂林汤日新堂刻本，藏国家图书馆。

起悲风。①

卷二十四黄东昀《胡书巢观察以〈湘管联吟〉诗册见寄次韵奉答》：

人间到处争华屋，杂沓纷飞丝与竹。谁拚澄怀冷似冰，爱闻雅度清如玉。

污人难避庚尘红，末契遥怜君子绿。一篇诗从山左来，清风远动笃谷。

读诗可惜未读画，意关分动翠流目。画诗摩诘省前身，佳句杜陵收掌录。

韵事从知重艺林，酸咸嗜好迥殊俗。落落诸君吾未识，秋水蒹葭怅一曲。

几时软语接夜阑，定许三月不知肉。使君相寄意良深，玉体如持分许穆。

第十六，卷四十二选蒋玉田论诗之诗。小传云原名蒋光璠，全州人，嘉庆十三年举人，官教谕，选其诗一首《夏日读滕廉斋学博诗卷》学博亦学官。诗云："高人有本性，……"追慕太平府人宾州训导滕问海。

第十七，卷四十八选徐岱云《答林咸池寄霁月斋诗草》："骚坛树帜斗才华，输与孤山处士家。鹤老瘦添诗里骨，梅寒香沁笔头花。各缘多艺称三绝，手为工吟惯八叉。料得词林应借重，不容和靖更餐霞。"②

第十八，卷十五李时沛传后，梁章钜引韩梦周《南游集序》："先生诗上溯四始六义，下逮汉魏六朝唐宋大家，靡不撷其华而寻其根，指归大要。见于《淮阴侯》、《余中宣怀古》等什，为清江杨清悫公所赏。湘源谢梅庄后，坛坫代兴，独树一帜，谁当抗者？"丁湘锦《南游集序》云："余曩以诗游于漕帅杨方来、督学罗方城二先生之间。二先生皆喜称雨亭先生佳句，如'石人无语阅沧桑'句，杨所喜也，'鹧鸪烟里尽情啼'句，罗所喜也。而余尤击节其《续稿》中'忽听松风生，似与幽人语'，则幽淡靓深，殊有王辋川风味。而'支离谁念风尘苦？颠倒终凭造化仁'，哀而不怨，亦古人

---

① （清）梁章钜：《三管英灵集》，卷二十三，清道光桂林汤日新堂刻本，藏国家图书馆。
② （清）梁章钜：《三管英灵集》，卷四十八，清道光桂林汤日新堂刻本，藏国家图书馆。

所未道也。"① 李时沛诗集和丁湘锦的诗集序皆不存，这段摘录弥足珍贵。

第十九，《三管诗话》卷上《桂林诗评》条：《全唐诗》② 中载《桂林诗评》云："去帆看已远，临水立多时。" 又："家贫为客早，路远得书稀。" 又："瀑布五千仞，草堂瀑布边。" 又："我忆云门寺，门前千万峰。" 又："一瓶居世外，万木老禅中。" 又："秋江洗一钵，寒日晒三衣。" 又："空山行客少，独树晚蝉多。" 皆不知何人所作，《桂林诗评》亦不知何氏之书也。③

《桂林诗评》又见著录于《诗体辨源》："齐己'十势'之说，仿于皎然，虚中仿于《二南密旨》，文或'十势'又仿于齐己，大抵皆穿凿浅稚，互相剽窃。《桂林诗评》略言大体，较前三家稍为有见。中有象外句格、当句对格、当字对格、十字句格、十字对格，虽非本要，未为穿凿。又有假色对格、假数对格、盘古格、腾骧格，则又穿凿鄙陋矣。"④《桂林诗评》早已不存，《三管英灵集》加以注意，录入诗话。

四　地域民族民俗文化的保存

广西是少数民族聚集的地方，少数民族有壮族、瑶族、侗族等，少数民族诗人、少数民族百姓，留下众多少数民族歌谣，以及唱歌跳舞对歌的风俗，梁章钜注意搜辑粤歌、瑶歌、俍歌、壮歌歌谣及歌谣集，为保存地域民族民俗文化做出一定贡献。

搜辑粤西民歌、民族歌谣、歌谣集。如《三管诗话》卷上第四则引《全州志》中的民歌一首《除虎歌》，称可以入粤西诗事。《三管诗话》卷中第九十五则梁章钜引用《四库全书提要》中对康熙年间吴淇《粤风续九》四卷的提要，梁章钜云，"余曾遍访之不获"，说明此书已经不存，梁章钜摘录《提要》中的介绍，提要称卷首有孙桂芳《刘三妹传》，称"是始造歌者"。梁章钜说"粤歌、瑶歌、俍歌、壮歌，今见李调元《函海》中，为节

---

① （清）梁章钜：《三管英灵集》，卷十五，清道光桂林汤日新堂刻本，藏国家图书馆。
② （清）彭定求等编《全唐诗》，二十一册，上海古籍出版社，1986，第 228 页。
③ （清）梁章钜著，蒋凡校注《〈三管诗话〉校注》，广西人民出版社，1996，第 40 页。
④ （明）许学夷：《诗体辨源》，卷三十五，明崇祯陈所学刻本。

录于后，似即《粤风续九》所载。"，"至刘三妹事，亦见《粤述》。"① 梁章钜考察了刘三姐对歌传说故事在粤西典籍中的著录，以及各民族歌谣在粤西典籍中的收录情况。《三管诗话》卷中第九七则，梁章钜录辑有粤西民歌的集子，并各举所录的民歌一二，如梁绍壬《两般秋雨庵随笔》，睢阳修和《粤歌》，濠水赵文龙《瑶歌》，东楼吴代《僙歌》，四明黄道《壮歌》。《三管诗话》卷中第九十八则，《浔州旧志》载录平南民谣，称平南人少；《三管诗话》卷中第九十九则，记录广西桂平藤峡的民谣，称盗贼多劫商船。

《三管英灵集》卷四十一刘菜有《漓江竹枝词》四首等；苍梧钟琳有《漓江杂诗》四首等。《三管诗话》卷中，梁章钜评价藤县陈（筼圃邑侯）個诗作《东兰州竹枝词》"东兰州前九曲河，河流曲走霸陵阿。霸陵岩洞穿山背，石乳结成玉叵罗。会道山中产首乌，年年官遣采山隅。不知更向州民看，姑已白头蒙白须。"语意精微，切中时弊，含义深远。

以广西民族民俗为内容诗歌的辑录。《三管诗话》卷中第九十六则，梁章钜录宣化金虞《壮家诗》及其诗序，诗序称金虞视学广西的时候，有《双江卧游草》诗，步行壮家村，了解到春天有踏歌"认同年"（即野外相配偶）的习俗，写到："乌浒滩边熟壮家，也知留客叹无茶。山棚岂乏摈榔树？酒户难胜浪荡花。桐布垂腰觇俗陋，绣巾搓手向人夸。春江跳月浑闲事，认得同年鬓已华。"

广西民间信仰。《三管诗话》卷中六十七则梁章钜引苍梧罗大钧《松崖诗稿》中的《班女祠》诗序解释班娘娘的事迹和班娘娘庙的遗迹，并有题诗。

总之，梁章钜在地域诗歌文献、诗学文献的搜辑整理和考订考证方面颇具功力。扎实详尽的文献整理、逻辑精审的考证辨析、客观公正的论断评判等诗话写作方法，受清代朴学学术思潮影响，在学术与诗学相互渗透的时代，将自身积累的学术思想、治学方法等渗透到诗话著作的创作中，梁章钜也将自己的老师阮元、纪昀、翁方纲等朴学大师的治学思想和学术路径，发挥到《长乐诗话》、《南浦诗话》、《三管诗话》以及其他地域性诗话的创作中。梁章钜的《三管诗话》是广西留存下来的第一部地域诗话著

---

① （清）梁章钜著，蒋凡校注《〈三管诗话〉校注》，广西人民出版社，1996，第164页。

作，具有重要的地域文献价值和地域文化价值，从大量的史料、诗话、诗文总集别集、笔记等著作中，搜辑到广西诗人诗歌、诗事和诗学材料，考订考证，汇集成册，以诗话存诗人、诗歌，梳理出广西古代的诗歌发展史和诗学面貌，游宦寓居广西诗人的诗歌创作和经历，以及广西民族民歌的文化传播样式，古代民俗风土名物的地方特色等。

但不可否认，《三管诗话》在整理分析材料时也有一定的疏漏。如《三管诗话》卷上第四十七则梁章钜称，李璧将蒋冕送别舅舅的诗歌集成《琼瑰录》二卷，并为之作序。"此书仅见《四库存目》，粤西人多不能举其名，亦未知全州蒋氏尚有存本否也。"① 实际上，《四库全书总目》无此语，《天一阁书目》载录此书。

此外，《三管诗话》很难与朱彝尊的《静志居诗话》等清代诗话著作相媲美，大量援引材料，而评诗论诗的观点只言片语，没有诗学上的独特创建和深刻的论辩，或也受到汉学家精于材料的搜辑爬梳和考证考辨的学术方法的影响，而在理论的创新上不够突出；可能也是受到地域性的局限，广西的诗歌诗学在全国诗坛上的成就不高，可总结的理论不多。

---

① （清）梁章钜著，蒋凡校注《〈三管诗话〉校注》，广西人民出版社，1996，第75页。

第七章 《三管英灵集》的比较研究

《三管英灵集》在编纂目的、编纂内容、编纂体例等方面均受到此前广西总集《粤西诗载》和《峤西诗钞》的影响，并有超越和创新。因此，从编纂目的、编纂体例、收录标准、诗人异同、选诗多寡、诗史建构等方面比较《三管英灵集》与《粤西诗载》、《峤西诗钞》等，才能总结《三管英灵集》在广西总集编纂史上的价值与疏漏，及其历史地位。

第一节 《三管英灵集》与《粤西诗载》的比较

《粤西诗载》是清初汪森编纂的诗词总集，共二十五卷，其中诗二十四卷，词一卷。汪森字晋贤，安徽休宁人，徙居浙江桐乡，于康熙三十二年（1693 年）官桂林通判；康熙三十九年（1700 年）调任太平府（今广西崇左）通判；康熙四十一年（1702 年）回桐乡丁母忧，在广西仕宦十年。十年间汪森颇感粤西地方志阙略，遍考粤西山川风土，翻阅地方志、别集和总集，"取历代诗文有关斯地者，详搜博采，记录成帙，归田后复借朱彝尊家藏书"①，又查阅汲古阁藏书，荟萃订补，历时十二年编成《诗载》，收录汉代至明代各体诗歌 2965 首，词 45 首，共诗人 832 人。康熙四十三年（1704）梅雪堂刊刻。而《三管英灵集》亦编纂于梁章钜仕宦广西的五年间（1836—1841），刊刻于谢任之后（1841—1845），有道光桂林汤日新堂刻本，距离《粤西诗载》的编纂与刊刻近一个半世纪之久。同样是仕宦广西的外省官员，有感于广西文献记载的缺失，大力搜录资料，荟萃成编，为

---

① （清）永瑢，纪昀主编，周仁等整理，《四库全书总目提要》，卷一百九，集部四十三，总集五，海南出版社，1999，第 1039 页。

广西的文献保存、文化建设作出贡献。但《三管英灵集》与《粤西诗载》在编纂目的、编纂内容和编纂体例等方面有不同。

一 收录标准不同：有关广西诗歌的总集与广西籍诗人诗歌的总集

《粤西诗载》选录有关广西的诗歌，大多为外省诗人的诗歌，本土诗人的极少；《三管英灵集》选录广西籍诗人的诗歌，选其集中优秀的诗歌，不以写广西为选录标准。《粤西诗载》和《三管英灵集》的编纂内容和编纂标准不同，皆因二总集编纂的目的不同。

《粤西诗载》编纂的目的之一是探究广西诗坛与文脉发生发展的外因，故所录多为游宦广西的外省诗人。汪森思考广西诗坛的繁荣何以可能？因何成就？他认为广西诗歌与文化的发源和传承不可或缺的动力是各时代中原寓桂大诗人的影响。汪森《粤西通载·发凡》云："其兴文教也……若以粤西论，则宜推柳子厚始。"① 认为柳宗元在柳州培养了大批士人，惜无流传者，二曹去柳未远，当受其诗风影响，"中间授受，必有其人，独恨世远年湮，无从考其源流而"。将唐代广西诗坛风气之先者晚唐二曹，与中唐柳宗元建立了联系，指出了广西诗坛源头发生的外因，虽然仅为证据不足的推断。又罗列了诸多游宦广西的唐宋文人，在哲学、文学、德行等方面影响着广西士人的成长，"昔人云：张栻、吕祖谦之道被于桂；范祖禹、邹浩之正气行于昭；柳宗元之文著于柳，冯京、黄庭坚之德动于宜；二陈、三士之经启乎梧；谷永之恩、陆绩之儒播乎浔；马援之约束播乎邕。斯言良然。顾唐以上无论已，今观子厚、志完、鲁直、敬夫，其诗文传于粤西甚夥。引掖后进，为斯文宗主。"② 这些唐宋文人将中原的文明和诗歌传播到广西偏僻之地，培养广西士子，带动了广西诗歌的创作。所以"兹编所录，宋之文人为最盛"，则见宋代为广西诗坛发展的重要阶段，有更多的文人游宦广西，或贬谪，或侨居，或经过，或游览，留下描写广西山川的诗歌，

---

① （清）汪森编，桂苑书林编辑委员会校注《〈粤西诗载〉校注》，第一册，广西人民出版社，1988，第4页。
② （清）汪森编，桂苑书林编辑委员会校注《〈粤西诗载〉校注》，第一册，广西人民出版社，1988，第4~5页。

使广西隐秀风光彰显于世，闻名宇内，并产生推动力，促进广西诗坛在宋以后的全面繁荣。明代陈琏、解缙、曹学佺、顾璘、田汝成、茅坤、黄佐等仕宦广西的官员，亦留下了大量广西山水诗，皆"宏才硕学，以发挥其奇秀，足令粤右增光。"① 汪森精选了汉代至明代宦游广西诗人的诗歌，为后世呈现了广西与中原的文化交流史。汪森在《粤西通载·发凡》的最后，才梳理广西本土诗人，他们得到粤西灵秀山水滋养和中原大诗人的教化影响，取得科举功名，走出广西，又将广西的文化传至中原，赵观文、冯京、蒋冕、张鸣凤、吴廷举、舒应龙等，他们的山水之作，同样将广西名胜远扬传播。惜乎广西本土诗人地位不高，诗集刊刻流传后，多散佚不存，无从查找，"索之粤西不得，访之我浙之藏书家亦不得，今间有采者，亦散见之一二而，故是编所辑，出之本省者，不及十之二三。"② 可见，所录多外省诗人，本土诗人较少的客观原因是文献的缺失。

汪森编纂《粤西诗载》的目的之二，即搜集可查文献中的书写广西山川、名胜、气候、民族、风俗、物产、政治、文教、经济、军事等方方面面的诗歌，补充广西方志之缺，有益后世了解广西。汪森认为这些诗歌"当与粤西山水并存不朽"③ 者，尤其是描写广西山水的诗歌，因粤西"声明文物之盛，虽逊于中土，若林壑岩洞之奇特，则凤称山水区者，亦或莫过之。"（《粤西诗载·序》）④ 汪森以为粤西与众多地域相比较，最特别的就是独步天下的山水之美，任职广西的十年间，汪森遍寻山川，瞻仰题刻，徘徊流连，回去后查找地方志不可得其诗及其题诗人，又叹可翻阅的清初志乘太少，寥寥数本，提及某山某水某诗人题诗又太少。因此，十年间汪森购书藏书，并从中抽录与广西有关的诗歌，编纂总集的目的就在于将有关广西的诗歌文献搜辑，以补地方志之缺，以备后世地方志之用；并使山

---

① （清）汪森编；桂苑书林编辑委员会校注《〈粤西诗载〉校注》，第一册，广西人民出版社，1988，第6页。

② （清）汪森编；桂苑书林编辑委员会校注《〈粤西诗载〉校注》，第一册，广西人民出版社，1988，第6页。

③ （清）汪森编；桂苑书林编辑委员会校注《〈粤西诗载〉校注》，第一册，广西人民出版社，1988，第5页。

④ （清）汪森编；桂苑书林编辑委员会校注《〈粤西诗载〉校注》，第一册，广西人民出版社，1988，第8页。

水的诗歌与真实的山水并存不朽，让外界了解广西之美，未到广西者可以此总集而心领神会，心向往之，"俾粤西之山川风土，不必身历而恍然有会。其仕于兹邦者，因其书可以求山川风土之异同，古今政治之得失，且以为他日修志乘者所采择焉，未必无裨益也。"① 而后世游宦广西者，可以此总集考察广西的历史、地理等。

以上两点即《粤西诗载》之所以编辑有关广西诗歌的总集的原因。《三管英灵集》编辑广西籍诗人诗歌的总集亦有两方面的考虑。

第一，《三管英灵集》关注广西诗坛与文脉发生发展的内因，故所录为中唐至清道光年间广西籍诗人。按照时代先后和诗人科举中试年先后，排列诗人次序，有意识梳理广西古代诗歌发生、发展的历史线索，选具有代表性的广西诗人及其优秀的诗歌作品，在诗话中记载并评价这些诗人在广西诗歌发展史中的地位，使广西士子及后世学诗者能了解广西诗人的继承发展，交游立派及其成就。因此，《三管英灵集》录粤西诗人所作诗歌，或在粤西而作，或游宦外省而作，不必非描写粤西山川风物者。

第二，《三管英灵集》编纂的目的还在于，补充此前广西总集的遗憾，编纂收录广西诗人更广泛、体例更严谨的诗歌总集。梁章钜在《凡例》中云："粤西诗向无汇集，上林张南松通政始有《峤西诗钞》之刻，征采阅十载而成创辟之功勤矣，顾览者犹有未餍于心。兹编则搜罗较广而体例亦加严，非竞美于前人，实增华于踵事。"② 梁章钜认为此前广西诗人诗歌总集凤毛麟角，且未成规模，所以欲在汪森《粤西诗载》和张鹏展《峤西诗钞》的基础上，将粤西诗人诗歌文献更广泛的搜集、整理、汇编。《粤西诗载》只选入写广西的诗歌，而不录广西籍诗人并未作于广西、并非写广西的诗作。有些著名作家虽未到过广西，但只要所写作品与广西的人和事有关，亦一律收录。例如，韩愈虽未到过广西，因他的《送桂州严大夫》写的是想象中的桂林景物，也收入《粤西诗载》，《粤西诗载》不是收录广西籍贯作家作品的总集，因此梁章钜得出在张鹏展《峤西诗钞》之前"粤西诗向无汇集"的论断，且没有选录清代诗歌。梁章钜不满足只是选录写广西的

---

① （清）汪森编；桂苑书林编辑委员会校注《〈粤西诗载〉校注》，第一册，广西人民出版社，1988，第8页。

② （清）梁章钜：《〈三管英灵集〉凡例》，桂林汤日新堂清道光刻本，藏国家图书馆。

诗歌，更关注所有粤西籍贯诗人的诗歌，《三管英灵集》选周渭《赠吴崇岳》一首，并说明："此诗非为粤西而作，故《粤西诗载》不录，岭外宋诗存者无几，因亟收之《三管集》中。"①可见梁章钜存粤西诗人诗歌的拳拳之心，《三管英灵集》与《粤西诗载》的编纂理念之不同。

相较而言，《粤西诗载》更关注各时代诗人名士对广西的描写和影响，以史学和地理学的标准辑录诗歌，所选诗歌并不能突出性反映诗人名士的诗歌成就；而《三管英灵集》更关注广西诗坛的本土发展规律，并以纯诗学的标准选择广西诗人艺术性高的诗作，是真正意义上的诗歌总集。

二 编纂体例不同：以诗歌体裁分类编排与按诗人生平先后编排

《粤西诗载》以体裁分类编排诗歌，同一体裁下按时代先后编排诗人；而《三管英灵集》以时代和中试年先后编排诗人次序，同一诗人下按诗歌体裁编排诗歌。

《粤西诗载》以诗歌体裁分类编排诗歌：卷一四言古诗 34 首、卷二五言古诗 55 首、卷三五言古诗 65 首、卷四五言古诗 38 首、卷五五言古诗 65 首、卷六七言古诗 76 首、卷七七言古诗 63 首、卷八七言古诗 56 首、卷九七言古诗 38 首、卷十五言律诗 176 首、卷十一五言律诗 179 首、卷十二五言律诗 173 首、卷十三七言律诗 126 首……卷二十五言排律 50 首七言排律 11 首、卷二十一五言绝句 157 首六言绝句 16 首、卷二十二七言绝句 268 首……卷二十四七言绝句 225 首。《粤西诗载》以诗歌体裁分类编排后，每一类诗歌体裁下的诗人按时代先后排列。如卷二和卷三为汉至元诗人的诗歌，卷四和卷五皆为明代诗人的五言古诗。但同一时代诗人排序则较为杂乱，并未按生平或中试年编排。

《粤西诗载》以体裁为经，以诗歌为纬，诗歌下仅著录诗人姓名，若选录同一诗人多首同体裁诗歌，则仅在第一首诗后著录诗人姓名，且无小传。这样的体例造成两个问题：其一，诗人的不同体裁诗歌分散在各卷，并不集中，不能总览诗人的广西山水风物诗和广西行迹。如《粤西诗载》共选

---

① （清）梁章钜著，蒋凡校注《〈三管诗话〉校注》，广西人民出版社，1996，第 48 页。

蒋冕诗 38 首，分别在卷五五言古诗 2 首、卷七七言古诗 1 首、卷十一五言律诗 2 首、卷十六七言律诗 11 首、卷二十一五言绝句 9 首、六言绝句 3 首、卷二十三七言绝句 10 首。其二，《粤西诗载》无诗人小传，则大量诗人生平不可知或不可考，不利于研读理解诗歌。正因诗人散落在各体诗歌之下，还有《粤西文载》中，传记无法与诗人和诗、词、文章结合在一处，所以汪森将诗人的传记和有关诗人的诗话单独录入《粤西丛载》，但不利于读者翻阅查找，知人论世。《粤西诗载》无诗人小传，后《三管英灵集》选录《粤西诗载》所选之诗人诗歌，便以《广西通志》等史料考证后补充之，如《三管英灵集》卷三所录陈政、陈珪、熊梦祥等，查《广西通志》均不止一个，《三管英灵集》编者无从定论其籍贯，则于诗人小传后加按语，言明某某地亦有此人，以示存疑。

《粤西诗载》编纂后至《三管英灵集》编纂的道光年间，全国各地出现了众多一省诗歌总集，或一朝诗歌总集，体例愈加成熟。《三管英灵集》为存广西古代诗人及其诗歌，在体例上既有借鉴吸收，又更加严谨，避免了《粤西诗载》体例上的问题。

第一，《三管英灵集》主要按诗人生平时代编排诗人次序。诗人之下必标明小传或有传后附注；诗人诗歌后附缀《退庵诗话》。《三管英灵集》共57 卷，著录中唐至德年间至清朝道光年间 569 人，梁章钜按照诗人生平所在时代先后排列诗人次序。若诗人的生平年代和籍贯不可考，则将这些诗人统编在一册。《凡例》第十条云："其年代、里居均不可考者，另为一册。"①《三管英灵集》第一卷至第四十九卷将广西籍诗人生平时代先后排序，以晚唐诗人曹邺始，以清朝诗人袁昭勤终。《三管英灵集》第五十卷，著录生平年代、中试时间不能考者，籍贯可考者 11 人；著录生平年代、籍贯均不能考者 8 人。《三管英灵集》先将广西籍诗人按照生平时代先后顺序排列，而后再排列"闺秀"、"方外"、"流寓"诸卷。流寓广西的诗人也不是短期寓桂，而是常年寓居，或退隐居至身没者。

第二，按科举录取先后编排诗人次序。生平时代的主要依据不是诗人的生卒年，而是科举甲乙科中第的时间先后。梁章钜《三管英灵集》基本

---

① （清）梁章钜：《〈三管英灵集〉凡例》，桂林汤日新堂清道光刻本，藏国家图书馆。

遵循按科举录取先后著录诗人的体例。正如"凡例"第十条云："编次以其人乡、会中式之年为先后，其未与甲乙科者，约计其时代附焉。"① 即以诗人乡试、会试中第时间，及选为副榜、贡生、监生、诸生等的时间为先后排列。若诗人中进士，则小传中不再录其中举人年份，以其中进士时间为排序依据；如若未中进士，则录其中举年份，以其中举时间为排序依据。若两位诗人同年中试，则先录中进士者，再录中举人者。《三管英灵集》将生平年代不可考的"贡生"、"监生"、"诸生"等，约略估计其年代，排列在同时代进士诗人、举人诗人之后。

第三，诗人之下按诗歌体裁著录选诗。最早按照诗歌体裁选诗的粤西诗歌总集是汪森《粤西诗载》，后张鹏展《峤西诗钞》加以创新，搜辑广西籍诗人的诗歌，以诗人的科举中试年排序，但也向汪森《粤西诗载》学习，在诗人名字下，所选每个诗人的诗歌均按体裁编排。梁章钜《三管英灵集》借鉴《峤西诗钞》和《粤西诗载》的优点，也继承了此体例，《三管英灵集》所选每位诗人名下的诗歌，则按照诗歌体裁有序著录，先录古体诗，再录近体诗。《三管英灵集》除了借鉴《峤西诗钞》，当也借鉴了清初以来的《明诗综》、《国朝诗别裁集》，以及其他地域诗总集编纂体式，及借鉴了《东南峤外诗钞》等梁章钜早年编纂的地域诗歌总集。

《三管英灵集》与《粤西诗载》编纂体例不同。相较而言，《粤西诗载》的体例主要为了突出广西山水风物诗歌本身，突出了诗歌的地域意义；分体裁编排，也可为后世学诗者提供各体范本。但诗人、小传及诗话均处于次要地位，隐蔽不显，而不能集中有序体现地域诗人的价值和地域诗坛的发展状况。而《三管英灵集》的体例借鉴《粤西诗载》，又避免了《粤西诗载》片面呈现诗歌的问题，避免了《粤西诗载》诗人排列混乱的弊病，《三管英灵集》以诗人为经，以诗歌为纬，又加小传和诗话，层次清晰，诗史结合，有选有评，全面呈现粤西诗人的代代相继和粤西诗歌发展史。

三　《三管英灵集》编纂依据的主要文献之一即《粤西诗载》

《粤西诗载》选诗依据的文献十分广泛，涉及的诗人别集和外省方志更

---

① （清）梁章钜：《〈三管英灵集〉凡例》，桂林汤日新堂清道光刻本，藏国家图书馆。

多，广采博收，许多资料取之金石遗刻，著录的许多作品不仅不见于作者之别集或有关总集，而且也是志乘所未载，有较高的文献价值，因此编纂长达十二年时间，辗转各地，功劳甚高。而《三管英灵集》编纂仅用五年时间，且非出自一人之手，更多依据《粤西诗载》、《峤西诗钞》和《广西通志》这些现有文献。其中，选唐代至明代的诗歌，多依据或参校《粤西诗载》。

第一，《三管英灵集》选诗引自《粤西诗载》。将二总集所选诗人诗歌比对，可发现诸多事例，有些诗人别集无存，诗歌散见总集和方志，《三管英灵集》便以《粤西诗载》为选诗依据。《三管英灵集》所选明代诗人诗歌基本选自《粤西诗载》。如《粤西诗载》卷十五选傅惟宗《流杯桥》、《龙湾》二首；《三管英灵集》卷三选傅惟宗《龙湾》一首。《粤西诗载》卷八选李纯《龙巷石》、《藤江》二首；《三管英灵集》卷三选李纯此二首。《粤西诗载》卷十六录蒋冕《柳山书院》、《漱玉岩》、《游湘山寺》，《三管英灵集》卷三录蒋冕《柳山书院》、《㟀岩》（《粤西诗载》作《漱玉岩》）、《湘山寺》（《粤西诗载》作《游湘山寺》）。《粤西诗载》卷十六韦銮《仙槎亭》，《三管英灵集》卷五录。《三管英灵集》卷五选甘振三首，《粤西诗载》、《广西通志》均收三首。《三管英灵集》卷五陈献文《金鼎禅踪》选自《粤西诗载》卷十六，《粤西诗载》共录陈诗三首。卷五张鸣凤十五首，《粤西诗载》亦录其十五首。《三管英灵集》卷五选曹学程《湘山小馆即事》，《粤西诗载》卷十九录；卷五王问六首均选自《粤西诗载》；卷八朱绍昌《游罗秀山》二首选自《粤西诗载》，雍正《广西通志》仅录其一。

有些诗人别集或以刻本或以抄本流传，但《三管英灵集》编辑时未能搜罗得见，仍依据《粤西诗载》等总集选诗。如《三管英灵集》卷五戴钦传后，引《四库全书总目提要》所云戴钦《鹿原存稿》九卷的结集情况，乃戴钦侄子戴希颢辑。汪森编《粤西诗载》，依据了戴钦《鹿原存稿》，他在《粤西通载·发凡》中说："（粤西）明世登春秋两闱者甚众，而求其著作，仅见戴时亮、蒋文定、李月山、张羽王三四种而已。"《粤西文载》卷五十二、五十九又分别收录周仲士的《鹿原存稿序》和戴希颢《鹿原稿跋》。惜乎戴希颢辑《鹿原存稿》的明刻本今已不存，仅存《鹿原集》明抄本，藏国家图书馆。① 而《三管英灵集》选戴钦诗所据是《粤西诗载》，而非戴钦别集，因《三管英灵集》卷五戴钦九首，八首见于《粤西诗载》，《同诸公寺中对雪》一首，见朱彝尊《明诗综》卷四十、《四朝诗》明诗卷五十五，如果梁章钜搜集到戴钦别集的刻本或抄本，定不会只选九首诗。且《三管英灵集》所收戴钦诗八首文字沿袭《粤西诗载》，而与今存的明抄本《鹿原集》不同。

第二，《粤西诗载》收录汉代至明代的广西山川风物诗，并不全面，仍有遗漏；《三管英灵集》广泛搜罗，补充缺失。如《三管英灵集》卷三选方矩《布雍泉》、唐瑄《独秀山》，《粤西诗载》、《峤西诗钞》均无载。《三管英灵集》卷五选陈赟《柳州二月榕叶尽落偶题》，《粤西诗载》卷二十四载，《蛮中》《粤西诗载》无载，见雍正《广西通志》卷一百二十四，卷七十二选举志著录。《粤西诗载》卷十五选明代张廷纶《乌江濯清（平南）》、《鱼洲瑞雁》、《渌水灵源》、《将滩古渡》四首，《三管英灵集》选张廷纶《畅岩怀古》、《将滩古渡》。《三管英灵集》卷八陈瑾二首《青山废寺览古》，见《粤西诗载》、雍正《广西通志》；《拜宋经略本路安抚使石公墓》见乾隆《广西通志》，《粤西诗载》无载。《粤西诗载》仅卷二十一有张翀《大龙潭》一首，《三管英灵集》不录，而所录张诗三首均来自《明诗综》。

除了选诗依据《粤西诗载》，《三管英灵集》的诗人小传和诗话，均大量引用《粤西诗载》。如《三管诗话》卷下，诸诗人写广西诗歌条，记张籍《送人至桂林》、白居易《送严大夫赴桂林》、张祜《走笔赠许玖赴桂林幕》、王建《南中》、《桂岭》、李商隐《桂林路中作》又《桂林即事》又《昭州》又《异俗》二首、项斯《家蛮》、李洞《送曹郎中南归》、张泌《送容州唐中丞》、李德裕《鬼门关》、许浑《送杜秀才往桂林》等等诗歌或诗句，梁章钜也没有严格按照诗人生平先后顺序来著录，可能是沿袭《粤西诗载》卷十的错误。张泌是五代宋初的诗人，而以上皆为唐代的诗人。梁章钜后云：“若宋人诗，则多不胜录也。”这些诗歌诗句引自《粤西诗载》，或非《三管英灵集》本预设之收集对象，舍弃不列，或提示学人在

---

① 可参考刘汉忠《戴钦著述的刊刻流传》，政协柳州市柳北区委员会文史编辑组，柳北文史，第7~8辑，政协柳州市柳北区委员会刊印，1992，第64页。石勇：《戴钦生平及著作考》，广西社会科学，2007，5，第100~103页。

《粤西诗载》中找寻余脉，或待留与后人为继。将《粤西诗载》中诗人写广西的诗歌收录《三管诗话》正是对《三管英灵集》选诗内容的弥补。《三管英灵集》选诗从唐代始，为体例严谨，不录汉代无名氏的广西诗歌，就将之记在《三管诗话》中，如《三管诗话》卷上第一条载汉代广西诗歌《喻猛颂》，并称"窃谓粤西诗事莫古于此，惜但曰'郡人'而不著名氏耳。汪晋贤森《粤西诗载》虽首录《喻猛颂》，而遗其后八句，又不及《陈临歌》，《平乐府志》录《陈临歌》，而又遗其次首三句。今皆补录，以冠《三管诗话》之前，真凤一毛麟角矣！"[①] 因《梧州府志》中汉代诗歌《喻猛颂》、和《平乐府志》中的《陈临歌》为无名郡县之人而做，梁章钜以为这是广西有记载的诗歌文献之首，"粤西诗事莫古于此"，材料珍贵，凤毛麟角，收录进《三管诗话》，对于勾勒广西诗歌史的开端具有意义，又可弥补《三管英灵集》选诗内容的局限和不足，还补充了《粤西诗载》和《平乐府志》所录诗歌的残缺。

综上所述，《三管英灵集》与《粤西诗载》在编纂目的、收诗标准、编纂体例等方面存在差异，但《三管英灵集》编纂又能借鉴《粤西诗载》的体例上的优点，依据其详实的诗歌资料选诗，补充《粤西诗载》在体例和内容方面的问题与不足，成就超越前代的广西诗歌总集。

第二节　《三管英灵集》与《峤西诗钞》的比较

《峤西诗钞》与《三管英灵集》是继《粤西诗载》之后，真正意义上的广西诗歌总集，《三管英灵集》在编纂体例、选诗标准、所选诗人诗歌等方面均向《峤西诗钞》学习，但在编纂目的、编纂体例和内容上，仍有诸多不同之处。

一　编纂目的不同："存一省之文献"与"增华于踵事"

《峤西诗钞》与《三管英灵集》编纂的目的不同，《峤西诗钞》作为第一部广西诗歌总集，欲"存一省之文献"，由广西上林张鹏展历时十年编纂

---

① （清）梁章钜著，蒋凡校注《〈三管诗话〉校注》，广西人民出版社，1996，第7页。

而成，共 21 卷，收入粤西 250 多位诗人的诗作 2100 多首。而《三管英灵集》是继《峤西诗钞》后的第二部广西诗歌总集，欲"增华于踵事"，补充《峤西诗钞》的不足。因此，在广西诗歌总集编纂史上取得的成就和地位不同。

张鹏展道光二年（1822）所作《峤西诗钞·序》即说明编纂《峤西诗钞》的目的："峤西诗之刻，凡以存一省之文献也。粤西士习，大抵务实而不务名。上焉者生平刻励于道德经济之业，不屑于雕章棘句以示长。间有山林绩学之士，风雨一编，苦心镂刻，只以自怡，未尝刻集以炫于世。是以粤西之诗，少有存者。夫山川之精气为人，人心之精者为言，言之委婉成文者为诗。其发舒于人伦日用之间，为忠爱，为孝慈，为节义，为廉介，为恬适。胥足炳耀于山川，其精气不可掩也。特无人掇拾汇萃以垂示于后，使仅如天籁之啸于空，自起自灭，过而不复留，为足惜尔！粤西自唐有二曹专集行世，家有其书，先之仅传'黄牛'、'丝布'之咏，出于女子。迨宋数百年，现在专集者惟一方外契嵩，科名如冯当世、王世则，文学如张仲宇、张茂良、滑懋、唐弼、欧阳辟、蒋砺、石安民，或见称于张南轩，或受诗于梅圣俞，或与苏东坡相酬答，赫赫为一代大儒所许。迄今求其逸句残篇，了不可复得，此亦望古者之所心恻也。

展素不能诗，嘉庆庚午奉仁宗睿皇帝命，充山东乡试主考，并督学山东，见德州庐雅雨运使纂其乡人诗，仿元遗山《中州集》之例刻之，名曰《山左诗钞》。展因其为时已久，复采其后六十余年之诗，续之曰《山左续钞》。任满携刷本入都，分送诸友。时吾乡之官于京者卿敦甫、何弨甫、卓宽甫咸以为吾粤西诗素无辑本，何不采取汇纂，俾不尽湮没，亦敬梓之意也。展不揣固陋，遂与公启征求。起癸酉，迄壬午。陆续所得，钞录成帙，其中德望素著者，正襟朗诵，得所矜式。或浮沉仕路，隐约山林，亦可诵其诗而见其心：聊以存一省菁华于万一。夫前乎此，既放轶者多，无从寻索，近时有作，又或以穷山邃谷，阻于地不克遍觅。所得只此，倘不及时镌刻，恐久而愈湮。此则展之所区区不能自释也夫。道光二年壬午孟夏之月，澄江张鹏展序。"①

---

① （清）张鹏展：《峤西诗钞》，上林丛书编印所，1944。

《峤西诗钞》序言介绍了张鹏展编纂广西诗歌总集的缘起、目的和经过。张鹏展乾隆五十四年（1789）进士，入翰林院为武英殿纂修，嘉庆十五年（1810）提督山东学政，用三年时间搜集山东十郡二州诗人的诗歌，编成《山左诗续钞》三十二卷，积累了地域诗歌总集的编纂经验。后付梓刊刻，嘉庆十八年（1813），携带《山左诗续钞》归京。为同乡友人卿敦甫、何弨甫、卓宽甫①称赞，并共起意编纂第一部广西一省诗歌总集，为家乡的文献汇编整理出力，因广西诗集刊刻、流传、存世者甚少，唐代仅有二曹，宋代仅有契嵩，就连科举仕宦有成的大儒，诗集大多湮没无存，散逸殆尽，仅剩逸句残篇，致使长期以来，广西诗人不为世人所了解，他们以诗言志，用诗表达的思想情感更是无人所知。张鹏展痛惜家乡诗人诗歌不能卓然昭世，欲将不朽的诗歌精魂继承发扬，遂有志于汇萃编辑第一部广西诗歌总集。自此开始查阅文献，征求别集，至嘉庆癸酉（嘉庆二十三年，1818），始摘录选抄，编排整理。嘉庆二十五年（1820）张鹏展归乡省亲，称病辞官，长期任广西各地书院山长，继续编纂《峤西诗钞》，至道光壬午（道光二年1822）成书21卷，前后近十年，搜集文献，编纂整理，完成首"存一省之文献"的编纂目标。

梁章钜肯定张鹏展的《峤西诗钞》对整理广西籍诗人和诗歌有开创之功，是广西诗歌总集前无古人的力作。但梁章钜认为张鹏展的《峤西诗钞》虽有"创辟之功"，仍读来让人有未能满足之感。《三管英灵集·凡例》第一条就指出梁章钜在《峤西诗钞》之后编纂《三管英灵集》的原因，他认为："粤西诗向无汇集，上林张南松通政始有《峤西诗钞》之刻，征采阅十载而成创辟之功勤矣，顾览者犹有未餍于心。兹编则搜罗较广而体例亦加严，非竞美于前人，实增华于踵事。"②《峤西诗钞》的收录范围并不全面，只存明清两代的广西籍诗人诗作，没有收录唐宋两代的广西诗人诗歌，很

---

① 卓儞（1777~1847），字毅夫，号宽甫，别号潊园，广西藤县人。嘉庆五年（1800）庚申恩科举人，十四年（1809）己巳恩科进士，钦点内阁中书、协办内阁侍读、充文渊阁检阅、国史馆校对、山东登州府海防同知，任职十五年。回乡丁忧不仕，先后主讲藤县经古书院、梧州传经书院、桂林秀峰书院，历时十八年。有《致远堂卓宽甫先生文集》、《致远堂卓宽甫先生诗集》。参见广西壮族自治区图书馆，广西壮族自治区桂林图书馆·广西文献名录》，广西人民出版社，2009，第37页。

② （清）梁章钜：《〈三管英灵集〉凡例》，桂林汤日新堂清道光刻本，藏国家图书馆。

难称之为"存一省之文献",广西诗歌史并未全面构建;在编纂的体例、内容诸多方面亦有不足和疏漏,又为遗憾。正如张鹏展《峤西诗钞·凡例》十二条云:"是编辑未遍,阅省志及郡县志,业有专集未经寄到者,尚有数十种。其志乘所未载者,遗漏必多,再汇而辑之,是所望于同志之君子云。"[①] 梁章钜编纂的目的是将张鹏展"存一省之文献"的事业进行下去,查缺补漏,完善广西的诗歌总集。《峤西诗钞》编纂的 20 几年后,梁章钜在广西任所积极准备编纂《三管英灵集》,以官方之力征集文献,在对《粤西诗载》和《峤西诗钞》的学习继承,发扬光大基础上,搜罗范围更广泛,编纂标准、体例更为严谨,不仅存一省文献之精华,且理一省文化发展之统绪,《三管英灵集》的确超越前人之总集,成为粤西通代诗总集的集大成者。且与张鹏展此前有编纂地域诗歌总集《山左诗续钞》的经验一样,梁章钜嘉庆十四年(1809),三十五岁,在福建南浦也辑《东南峤外诗文钞》三十卷;另外,梁章钜还辑录了《闽诗抄》五十卷,为其编纂广西诗歌总集提供了经验。

但《三管英灵集》编纂仅用五年时间,且非出自一人之手,更多依据《粤西诗载》、《峤西诗钞》和《广西通志》这些现有文献,所谓"增华于踵事",亦难免有限。通过比较《峤西诗钞》和《三管英灵集》的收录标准、编纂体例和选诗内容,才能看出两部总集各自的价值和疏漏。

二 收录标准的继承与超越

第一,梁章钜继承《峤西诗钞》的收录标准,编选粤西籍诗人之诗,非粤西籍诗人除长久流寓粤西者不选。

《峤西诗钞》共 21 卷,录广西籍诗人和侨寓广西诗人,《峤西诗钞》在"凡例"第八条对"流寓"广西的诗人有所定义:"侨寓间有入辑,以寄寓经数十载者,始行采入,馀不敢录。"[②] 即需寓居十年以上的外省诗人才入选,但在体例上未将广西籍诗人和侨寓诗人清晰分卷排序。梁章钜对寓居广西诗人的寓居时间规定较为灵活,《三管英灵集》"凡例"第九条云:"闽

---

① (清)张鹏展:《峤西诗钞》,上林丛书编印所,1944。
② (清)张鹏展:《峤西诗钞》,上林丛书编印所,1944。

秀、方外各编为卷于后，流寓又后之，非久于粤者不阑入。"① 寓居时间为多久，未及《峤西诗钞》十年以上的标准确定清晰。但《三管英灵集》将流寓广西诗人 10 人，单独成卷（卷 55、卷 56、卷 57），编于最后，较易查看。《三管英灵集》还规定，凡未能考证广西诗人具体里居、生平年代者则单卷收录（卷 50：年代出处未详者十一人，年代居邑未详者八人）；不录广西无名氏之诗；诗人里居若存争议，未能确定广西籍者，不录入《三管英灵集》，而在《三管诗话》录入，表示存疑。《峤西诗钞》仅将广西"闺秀" 14 人，单独一卷，列于最后。《峤西诗钞·凡例》云："自三百篇多存女子之作，嗣后选诗家不遗闺秀，亦以存风教也。兹集闺秀为一卷。""方外诗曾寄到十余人，以未知时代，俱不载入。"② 可见，《峤西诗钞》继承总集编纂的传统，将广西女诗人选入，但广西僧道，因生平时代不详，弃而不录。《三管英灵集》弥补了《峤西诗钞》的遗憾，将广西"闺秀"诗人（卷 51、卷 52、卷 53）20 人、"方外"诗人（卷 54）12 人，编选于年代里居不详的广西籍诗人之后，"流寓"诗人之前。条理清晰，便于查阅。

第二，《三管英灵集》录已故诗人之诗，《峤西诗钞》也录在世诗人之诗。《峤西诗钞》后几卷也收在世诗人之诗，"是编本以存乡献，后数卷间采近人作。惟有用一生心力，业已裒然成集，不忍割去，是以数首可存者，一并纂入。"③ 张鹏展为存一省文献，近人篇目亦不忍舍弃。如《峤西诗钞》卷十五选朱凤森（1776—1832）诗 5 首，《峤西诗钞》于道光二年（1822）刊刻，时朱凤森任浚县知县。《峤西诗钞》卷十八选滕问海诗 55 首，道光二年（1822）刊刻时，滕已年逾七旬，滕问海乾隆年间考取贡生后，于嘉庆二十二年（1817）到宾州（今宾阳）任训导，为官十多年。而《三管英灵集》仅录已故诗人之诗，严格收录"近代之诗，必其人皆已往者"④。梁章钜巡抚广西，结识晚年退居的秀峰书院山长吕璜。按照《三管英灵集》的收录标准，凡在世的诗人概不入选，不想吕璜于道光十八年（1838 年）⑤

① （清）梁章钜：《〈三管英灵集〉凡例》，桂林汤日新堂清道光刻本，藏国家图书馆。
② （清）张鹏展：《峤西诗钞》，上林丛书编印所，1944。
③ （清）张鹏展：《峤西诗钞》，上林丛书编印所，1944。
④ （清）梁章钜：《〈三管英灵集〉凡例》，清刻本，藏国家图书馆。
⑤ （清）徐世昌：《清儒学案》，卷八十九，第 4 册，中华书局，2008，第 3571 页。

去世，梁章钜便从吕璜之子吕小沧处得吕璜诗集二卷，将其中精品选入《三管英灵集》。诗人已经逝世才能更为全面客观的评价其诗歌成就，倘若在世则难免主观片面，这可能是梁章钜收录已故诗人作品的原因之一。

第三，《三管英灵集》继承《峤西诗钞》编选诗歌之正体，弃录别体诗歌，辨体意识更为明晰，也更为灵活。《峤西诗钞》的收录标准就比较严谨了，应制诗、联句诗、集古诗、回文诗等诗之别体皆排除在外。《峤西诗钞·凡例》第五、六条云：

五、应制之作，自有矩度，宜别为选，兹缺不录。

六、集古回文等体，文人炫博逞奇，原非注意之作，联句一体，亦一时兴会所寄，只可存之本集，兹概未纂入。①

这就将功利性和娱乐性的诗歌排除在外，提高了选诗的质量。《三管英灵集》继承之，对总集编选的诗体要求，作更细致的辨析和更细致的说明。"凡例"之七云："应制之作，唐人编集未尝区别，后人则厘为别体。兹集摘收其赓歌、朝庙之篇，其科场试帖概不厕入。""凡例"之八云："全唐诗谚谜、占辞、酒令皆编为卷，是编唯录正体，外此，虽填词亦不载。"② 梁章钜收录诗歌的标准之一是只录正体诗歌，而不录娱乐性的别体诗歌，认为《全唐诗》为求全备，没有辨别诗歌的艺术价值，诸如谚谜、占辞、酒令等娱乐目的的诗体一概收录，《三管英灵集》不求全收全录，而需甄别厘选上乘诗作，因此排除包括词在内的一切娱乐诗体，提升总集的品质。但他没有像张鹏展一样，将应制诗完全排除在外，而是具体分析，将其中奉皇命所作唱和诗和朝庙祭祀的颂体诗纳入选列。梁章钜选陈兰森《环漪亭赏桂燕集同人赓唱》二首，即为"赓歌"。又如梁章钜选蒋冕《元夕应制四首》和《元宵应制六首》，《峤西诗钞》未选。又如梁章钜选录陈宏谋的颂体诗数篇，"而余更从朱濂甫太史处录得《应制颂》四首，承平雅颂之音，足为《三管集》增重矣。"③，梁章钜从朱琦处录得陈宏谋的四首应制诗艺术

---

① （清）张鹏展：《峤西诗钞》，上林丛书编印所，1944。
② （清）梁章钜：《〈三管英灵集〉凡例》，桂林汤日新堂清道光刻本，藏国家图书馆。
③ （清）梁章钜著，蒋凡校注《三管诗话校注》，广西人民出版社，1996，第100页。

价值较高，因此选入。《峤西诗钞》仅收陈宏谋四首诗，其颂体诗不在选列。《三管英灵集》对于考试诗体，在具体操作中也并非一概不选，如卷二选五代梁嵩《殿试荔枝诗》，与梁章钜的凡例说明相违背。在收录诗之正体的标准上，《三管英灵集》与《峤西诗钞》一以贯之，去除功利性、娱乐性的诗歌，均以选录具艺术价值的诗歌为本位，但未如《峤西诗钞》严谨。

第四，《三管英灵集》的选诗标准更为明确，将"即诗存诗"与"因人存诗"相结合。《峤西诗钞·凡例》第一条云："诗以钞名，不同选例。选者出其意见，以示抉择。钞者汇萃成编，务以存真也。"① 张鹏展主观认为编辑广西诗歌总集，更大的意义不是选诗的诗学价值，而是存录一省诗人诗歌的文献价值，但客观上并未作到所见皆录，仍是选择甄别后钞录诗歌，必然带有自己的主观意见。《三管英灵集》超越《峤西诗钞》的不出意见的钞录标准，收录标准更为明确与灵活，"即诗存诗"与"因人存诗"相结合。《三管英灵集》"凡例"第四条指出，收录诗人诗歌的标准之一"即诗存诗"，即注重诗歌本身的艺术性，这是《三管英灵集》最主要的收录标准。"其学力精到、卓然名家者，固有美必收；其他偶然成韵，及耽癖而诣未至者，亦必量为采择，一以取其天籁之真，一不没其苦吟之志。"② 梁章钜以"即诗存诗"作为选诗的标准，在具体的诗人诗作中甄别优劣，择优而录，由论诗名家的观点作引导，并在自我鉴赏之后作选择。梁章钜引袁枚语评价胡德琳的诗长于五古，"关中诸作尤健，故《三管集》所录特多。"③《三管英灵集》选临桂胡德琳的六十一首诗入卷十六，袁枚的评价梁章钜深以为然，故多选其五古及关中之作，即《望华岳》、《至华州望少华山》等篇。《峤西诗钞》仅选刘新翰诗十七首，未选其《秋兴八首》，而《三管英灵集》选刘诗三十二首，梁章钜认为刘新翰学杜，此八首虽仅体式具备，亦足可观，因此选入。

《三管英灵集》凡例第五条"因人存诗"，即"其名在鼎彝，诗为雅颂，珍如拱璧，在所不遗；至若理学、经济、气节、勋名，炳于史册，在人耳

---

① （清）张鹏展：《峤西诗钞》，上林丛书编印所，1944。
② （清）梁章钜：《〈三管英灵集〉凡例》，清道光桂林汤日新堂刻本，藏国家图书馆。
③ （清）梁章钜著，蒋凡校注《〈三管诗话〉校注》，广西人民出版社，1996，第113页。

目间者，其人虽不以诗名，而但得靓其遗篇，即风雅赖之不坠。"① 梁章钜广泛搜罗史书、方志中所载的粤西人诗歌，有遗必收；即使此人不以诗歌著名，而以品德、学问、功绩等为人熟知，人名大于诗名，也会将其遗诗收录入集，是为"因人存诗"。《三管英灵集》卷二收唐代赵观文的《桂林新修尧舜祠祭器颂》，因"惜观文无诗可传。余仅从方志中录得《舜庙祭器》四言颂一首，所谓以诗存人也。"② 赵观文是唐代进士科考试中的第一个广西籍状元，是广西科举士子的先驱，因此，梁章钜搜录方志中赵观文仅存的四言颂体诗入集，因进士之名而存其诗，知其人而知其诗，实现了《三管英灵集》尽可能完整的保存粤西诗人诗歌的编纂目的。

如上所述，《三管英灵集》对收录标准详细说明，比《峤西诗钞》更为清晰和严谨。

三 编纂体例的继承与超越

在编纂体例上，《三管英灵集》主要学习《峤西诗钞》，又能借鉴其他诗歌总集，去除《峤西诗钞》的弊病，而超越之。

第一，《三管英灵集》学习《峤西诗钞》的编纂体例，以科名先后为主要依据排列诗人次序，又去除《峤西诗钞》以名位排序的弊病。

《峤西诗钞·凡例》第七条云："编次先后，多以科名为断，间有送到较迟，及文学隐逸之士，无从详核，亦按世次节略叙入。"③ 张鹏展说明《峤西诗钞》以粤西诗人的科名前后为主要依据，排列诗人次序，若无科名，则约略估计生平时代排序。《三管英灵集》继承之，"凡例"第十条表明，录入诗人的次序按照诗人乡试或会试的中试年先后排列，若诗人并未参加过上述考试，则根据其生平估略其年代，大概排序。与《峤西诗钞》基本相同。但梁章钜《三管诗话》卷上批评《峤西诗钞》将明代宰辅蒋冕排在第一位的编排，"张通政《峤西诗钞》托始于蒋文定公，即未免有名位之见。而梅轩尚书诗又列文定之后，尊弟而抑兄，岂真所谓近人论诗多序

---

① （清）梁章钜：《〈三管英灵集〉凡例》，清道光桂林汤日新堂刻本，藏国家图书馆。
② （清）梁章钜著，蒋凡校注《〈三管诗话〉校注》，广西人民出版社，1996，第30页。
③ （清）张鹏展：《峤西诗钞》，上林丛书编印所，1944。

爵耶?"① 《峤西诗钞》诗人均著录小传，小传中中试年以干支纪年，此与《三管英灵集》不同，《峤西诗钞》蒋昇传云："成化二十三年与弟蒋冕同中进士。"梁章钜认为首列蒋冕，又将其兄蒋昇排在大学士蒋冕之后，透露出张鹏展以名位先于诗人诗歌的选编意识，违背了以科名先后为主，生平年代为辅的排序体例。梁章钜则主张诗人排序及选诗的多寡都应摒弃这种政治功利的编纂意识。梁章钜在《南浦诗话》卷八又借朱彝尊之话语，批评清初以来多有总集编纂者以名爵地位论诗排序，所以他在《三管英灵集》中不论诗名大小，尽可能收录所有粤西诗人之诗，主要按照乡试或会试中试年编次诗人先后，上承朱彝尊《明诗综》不以诗人身份地位编选诗歌的编纂思想。正是以地位为先的编纂思想，致使《峤西诗钞》在实际编排诗人次序时的混乱无序，如《峤西诗钞》卷一，最早的几位明代诗人排序为：蒋冕、王惟道、王惟舆、陈瑶、陈琬、蒋昇、吴廷举。《三管英灵集》的排序则为：王惟道、王惟舆、陈瑶、陈琬、蒋昇、吴廷举、蒋冕。吴廷举（1463—1528）亦为成化二十三年进士，蒋冕生卒年为1463年—1533年，因此，按照先按科名年，后考虑生平年的编排体例，《三管英灵集》的排序较为恰当。

第二，《三管英灵集》继承《峤西诗钞》诗人之下按体裁编排诗歌的体例。

《峤西诗钞》第三条云："各家原本有分年分集者，今概依古今体编载。"② 最早按照诗歌体裁选诗的粤西诗歌总集是汪森《粤西诗载》，但他的选诗标准是选取描写粤西内容的诗歌，这样就突出了诗歌的地域意义，而不能集中有序体现地域诗人的价值和地域诗坛的发展状况。后张鹏展《峤西诗钞》加以创新，搜辑广西籍诗人的诗歌，以诗人的科举中试年排序，但也向汪森《粤西诗载》学习，在诗人名字下，所选每个诗人的诗歌均按体裁编排。梁章钜《三管英灵集》借鉴《峤西诗钞》和《粤西诗载》的优点，也继承了此体例，《三管英灵集》所选每位诗人名下的诗歌，则按照诗歌体裁有序著录，先录古体诗：五古、七古、杂言古体，再录近体诗：五

---

① （清）梁章钜著，蒋凡校注《〈三管诗话〉校注》，广西人民出版社，1996，第76~77页。
② （清）张鹏展：《峤西诗钞》，上林丛书编印所，1944。

律、七律、五绝、七绝等。

第三，《三管英灵集》学习《峤西诗钞》诗人之后加小传的体例，且大量诗人的小传抄录自《峤西诗钞》。如卷三王惟道传："容县人，洪武十八进士，官江西参政"，《峤西诗钞》卷一王惟道传："容县人，洪武乙丑进士，官江西参政（崇祀乡贤，传载邑志）。"明显由《峤西诗钞》抄录而来。《峤西诗钞》诗人小传后附录转载史书和省志中的诗人传记。《峤西诗钞》录诗人字和号，《三管英灵集》每每将其号，录为"又字"，而混淆造成错讹。《三管英灵集》的诗人小传有些没有《峤西诗钞》详尽。

第四，《峤西诗钞》对诗人诗事的引录和对诗人诗歌的评点不多，且留有张鹏展好友李监榆、李少白等人的评点。《峤西诗钞·凡例》第四条云："是编辑于京邸，延山左李监榆先生宝裔，及友人李少白同编定，公余之暇，与卿敦甫、何弨甫、卓宽甫诸人稍加商酌，圈点照二人原本，或间参鄙见。取其便于初学。"① 这些评点大多是针对张鹏展家族中诗人诗歌，如张鹏展曾祖父张鸿翮、祖父张友朱、兄弟张鹏衢、张鹏超之诗，入选较多，且保留评点，虽说"便于初学"，也有因私尊亲的选诗弊病。《三管英灵集》则著录了诸多诗话中的诗事，梁章钜本人对诗人诗歌的评论也较多，标注《退庵诗话》，后整理先行刻印《三管诗话》，明确效仿朱彝尊《明诗综》的《静志居诗话》之例。是为对《峤西诗钞》评点的超越。

四　收录诗人和诗歌的异同

《峤西诗钞》是《三管英灵集》编纂的主要文献来源之一，诸多诗人诗歌均录自《峤西诗钞》；《三管英灵集》又广泛搜罗，比之《峤西诗钞》所选诗人诗歌更多。

第一，收录诗人的范围不同，《三管英灵集》收唐宋明清诗人，《峤西诗钞》仅收明清诗人，《三管英灵集》所录诗人更多。

《峤西诗钞》录明代蒋冕至张鹏展生活的清道光初年的广西诗人诗歌，仅录 250 多人。《峤西诗钞·凡例》第二条云："是编纂自前明，以唐之二曹已有专集，宋元诗存者寥寥。虽明诗相去未远，尚有传本。惟采集未广，

---

① （清）张鹏展：《峤西诗钞》，上林丛书编印所，1944。

仅就所见纂入。"① 张鹏展梳理了广西诗人诗歌的结集流传情况：唐代二曹有别集流传；宋元广西诗人诗歌流传极少，别集无存；明代别集刻本、稿本比之前代尚多。惟清代诗歌情况未明说，相较而言，别集应是更多。录诗为何仅就明清两代，原因是"采集未广，仅就所见纂入"。由于资料的匮乏，搜集的局限，和编纂思想的不同，《峤西诗钞》有许多遗漏未录的广西诗人诗作，在张鹏展采录编纂过程中，由于广西地域广阔，诗人众多，诗人活动也不仅仅限于广西，省外的文献资料查找更为不易，因此采集不可能周遍；且在省州县志等地方文献中查找到诗人已有诗歌别集，但仍有很多没有能够寄到张鹏展的手中，使得最终收录的诗人诗歌范围并不全面。《峤西诗钞》卷一录明代广西诗人 17 人，96 首诗；而《三管英灵集》录明代诗人 74 人，471 首诗。《峤西诗钞》卷一录清代广西诗人 227 人，而《三管英灵集》录清代诗人 443 人，2800 多首诗，比《峤西诗钞》所录诗人多了 216 人，其中《三管英灵集》比《峤西诗钞》多录道光年间诗人 28 人，多录顺治、雍正、康熙、乾隆、嘉庆五朝诗人 188 人。《三管英灵集》选录诗人范围之广，有赖于搜集的文献之广，也包括借鉴《峤西诗钞》，《峤西诗钞》所选大多数诗人，均选入《三管英灵集》，《峤西诗钞》未载之诗人如遗珠，为《三管英灵集》所收录。如《三管英灵集》收录了《峤西诗钞》没有收录的明代平南诗人袁崇焕的诗歌六十六首，梁章钜在《三管诗话》卷上讲到收录的原因："公《省志》无传。朱氏《明诗综》及张氏《峤西诗钞》均无诗。余搜访得醴庭所辑《乐性堂遗稿》二卷，如获珙璧，亟登之《三管集》中者，盖十之七八。"② 梁章钜之前的广西诗歌总集《峤西诗钞》和《粤西诗载》，以及朱彝尊编纂的《明诗综》均未录袁崇焕的诗歌，就连《广西通志》都没有袁崇焕的传记，《明史》本传称袁崇焕是广东东莞人，而梁大力搜寻考证，得出袁崇焕是广西平南人的论断，并从袁崇焕的家族后人平南袁珏那里得到袁崇焕的集子，便将他所存诗歌的大多数都录入《三管英灵集》，加以颂扬，独具慧眼，成为保存袁崇焕诗歌的功臣。可见梁章钜有意识的在《峤西诗钞》所选诗歌之外，钩沉搜集，对广

---

① （清）张鹏展：《峤西诗钞》，上林丛书编印所，1944。
② （清）梁章钜著，蒋凡校注《〈三管诗话〉校注》，广西人民出版社，1996，第 84 页。

西诗人诗歌加以辑佚和保存。

但仍有《峤西诗钞》钞录的清代诗人，不见《三管英灵集》著录，包括：张温、潘锦、石龙辉、黄景鹏、谭检、胡孔宜、廖桐、王伟观、李致微、郑希侨、廖肇璟、廖大闻、殷弼、谭条、黄学文、范光琪、王廷襄、黄体正、蒋光璁、王维新、覃武保、廖重机、罗懿光、黄彦坊、封豫、莫震、黄立林、蓝景章、张希吕、李草柱、潘任姬 31 人。除此之外的《峤西诗钞》选录诗人，均见《三管英灵集》著录。

第二，同一诗人选诗数量有异同。《峤西诗钞》与《三管英灵集》均选诗人 220 人①。见表 13。

表 13 《峤西诗钞》与《三管英灵集》同选诗人的选诗数量比较

诗人	《峤西》	《三管》	诗人	《峤西》	《三管》	诗人	《峤西》	《三管》
蒋冕	54 首	63 首	蒋倬	3 首	3 首	黄之裳	2 首	4 首
王惟道	1 首	1 首	袁珙	1 首	1 首	朱绪	1 首	13 首
王惟舆	1 首	1 首	陈俌	7 首	5 首	梁之瑰	2 首	仅目录
陈瑶	1 首	1 首	潘蠡	5 首	1 首	刘爵	1 首	1 首
陈琬	1 首	1 首	朱应荣	1 首	3 首	邓培绥	1 首	1 首
蒋昇	1 首	3 首	李舒景	1 首	1 首	朱桓	37 首	30 首
吴廷举	1 首	22 首	黄匡烈	1 首	1 首	朱棨	11 首	16 首
李璧	5 首	2 首	史如玑	3 首	10 首	李冲汉	1 首	1 首
舒应龙	1 首	1 首	刘映棻	36 首	47 首	袁思名	37 首	36 首
杨际熙	1 首	2 首	刘士登	1 首	1 首	张鹏超	3 首	2 首
舒宏志	1 首	1 首	潘鲲	2 首	7 首	覃朝选	6 首	13 首
曹学程	1 首	1 首	刘勖	1 首	1 首	吴宗伯	1 首	1 首
李永茂	2 首	2 首	潘鲴	11 首	7 首	黄晨	1 首	1 首
王贵德	20 首	96 首	谭龙德	2 首	1 首	朱依真	59 首	42 首
唐世熊	1 首	1 首	麦润	1 首	1 首	李秉礼	118 首	59 首
陆经宗	3 首	1 首	黄东昀	19 首	46 首	朱凤森	5 首	56 首
石梦麟	1 首	1 首	黎建三	46 首	80 首	倪承诜	3 首	诜 11 首

① 《三管英灵集》卷三十七倪诜，与《峤西诗钞》卷十五倪承诜同一人，别名倪诜。

续表

诗人	《峤西》	《三管》	诗人	《峤西》	《三管》	诗人	《峤西》	《三管》
谢良琦	92首	56首	黄谟烈	1首	1首	高士昌	2首	1首
谢赐履	44首	34首	潘安成	1首	1首	邓建英	38首	46首
唐纳牗	8首	3首	孙跃龙	1首	1首	易凤廷	3首	庭2首
高熊征	1首	2首	左方海	11首	18首	陈乃凤	16首	5首
蒋纲	1首	1首	唐国玉	1首	1首	吕璜	2首	55首
张鸿翩	16首	6首	周琢	3首	9首	王作新	1首	1首
陈宏谋	4首	3首	潘澂	1首	1首	余继翔	1首	1首
谢济世	19首	34首	雷济之	8首	7首	张伟松	2首	1首
刘新翰	17首	32首	骆哲桂	5首	5首	胡美夏	2首	3首
唐之柏	1首	1首	李时沛	12首	8首	黄家珪	1首	1首
庞颖	1首	1首	俞廷举	16首	1首	王时中	2首	6首
卿悦	1首	1首	何愚	11首	2首	容易道	1首	1首
廖必强	1首	1首	关瑛	3首	煐3首	黄琮	20首	2首
李彬	1首	1首	李有根	3首	5首	袁珏	28首	55首
张鸿谳	9首	3首	石讚韶	1首	1首	叶时晰	26首	哲27首
蒋依锦	2首	2首	冯绍业	1首	5首	朱庭楷	25首	17首
王维泰	1首	5首	刘定遴	1首	1首	何启铭	3首	1首
王廷铎	1首	1首	卿彬	2首	1首	陈乃书	1首	1首
莫应斌	2首	1首	居任	2首	2首	黎君弼	1首	1首
覃思孔	1首	1首	杨廷理	14首	34首	石汉	20首	6首
曹銮	1首	1首	朱依鲁	17首	14首	周绍祖	5首	3首
蒋寿春	5首	4首	黄毓瑛	12首	8首	萧清香	1首	1首
陈仁	1首	13首	韦作衡	1首	1首	田毓芝	1首	之1首
王维峄	1首	1首	黄定坤	1首	1首	余明道	28首	11首
冯世俊	3首	2首	朱依炅	2首	35首	滕问海	55首	21首
卿如兰	1首	1首	黎龙光	1首	1首	朱庭标	10首	5首
朱亨衍	9首	7首	卢建河	2首	2首	韦天宝	1首	1首
谢庭琪	5首	4首	柯宗琦	3首	4首	潘兆萱	42首	25首
唐时雍	2首	1首	王英敏	1首	1首	钟琳	11首	30首

诗人	《峤西》	《三管》	诗人	《峤西》	《三管》	诗人	《峤西》	《三管》
李文彧	5 首	4 首	卢佐音	1 首	4 首	苏文琪	6 首	3 首
黄元泰	1 首	1 首	李玠	1 首	1 首	黄金声	2 首	2 首
黄明懿	3 首	2 首	张宗器	3 首	3 首	石先扬	1 首	1 首
李廷柱	4 首	8 首	麦宜楫	1 首	1 首	张元鼎	5 首	6 首
张友朱	5 首	2 首	曾明	9 首	7 首	蒋卜德	49 首	49 首
时之华	5 首	5 首	朱钧直	15 首	11 首	蒋玉田	1 首	1 首
黄位正	1 首	2 首	蒋励宣	6 首	13 首	谭所赋	1 首	1 首
王星烛	1 首	2 首	童毓灵	36 首	26 首	汪廷璐	1 首	1 首
文谟	1 首	1 首	蒋学韩	4 首	7 首	唐逢年	2 首	1 首
宋运新	1 首	1 首	全龄	2 首	11 首	袁昭建	3 首	2 首
邓松	2 首	2 首	卿祖一	4 首	2 首	袁昭采	2 首	2 首
李蓁	1 首	1 首	袁纬绳	4 首	26 首	蓝景章	1 首	1 首
曹兆麒	1 首	1 首	廖大间	2 首	4 首	滕楫	6 首	2 首
李开葱	1 首	1 首	苏秉正	6 首	4 首	唐玉弟	1 首	1 首
廖方莲	1 首	1 首	龙振河	5 首	3 首	唐联弟	1 首	1 首
王佐	1 首	1 首	许兆琛	1 首	1 首	罗瑛	9 首	6 首
刘定逌	2 首	6 首	石持安	1 首	1 首	石禾玉	1 首	2 首
廖方皋	1 首	1 首	黄苏	10 首	7 首	罗氏	2 首	2 首
胡德琳	26 首	61 首	陈元焘	2 首	2 首	白蕙	1 首	1 首
潘鉅	8 首	28 首	何家齐	38 首	34 首	唐氏	7 首	7 首
关为寅	4 首	4 首	唐昌龄	8 首	4 首	赵宜鹤	4 首	5 首
朱若东	21 首	21 首	张鹏矞	1 首	1 首	黄氏	3 首	2 首
黄坤正	2 首	2 首	苏厚培	3 首	2 首	查氏	2 首	2 首
张淳	1 首	1 首	童葆元	4 首	4 首	罗氏	9 首	8 首
封致治	1 首	1 首	黄瑶	1 首	1 首	陆小姑	4 首	30 首
周位庚	2 首	2 首	陈元士	1 首	1 首	秦璞贞	6 首	6 首
张滋	7 首	3 首	卿祖勅	1 首	1 首			
甘澍	3 首	3 首	胡世振	1 首	1 首			

从表 13 可见，《三管英灵集》以《峤西诗钞》为主要的选诗来源之一，直接抄录《峤西诗钞》的诗人与选诗；在此基础上，《三管英灵集》又依据别集、总集、方志等更多文献资料，弥补《峤西诗钞》选诗数量的不足。

首先，有些诗人诗歌为《三管英灵集》直接抄录自《峤西诗钞》。如《峤西诗钞》卷一选陆经宗诗 3 首：《春日山中对雨》《山居偶兴》、《步入响水岩》，《三管英灵集》选《春日山中对雨》1 首，且对诗中文字修改。《三管英灵集》卷五选李璧二首《旅怀》《琢玉亭书感》，《广西通志》、《粤西诗载》不见著录，选自《峤西诗钞》，文字改易，《峤西诗钞》卷一还选李璧《入境书怀》、《道出下沙》、《亏容江》。《三管英灵集》卷九选庞颖一首《河南道中早行》，抄录自《峤西诗钞》卷四，文字无异。《三管英灵集》卷九选廖必强《君子阁遇大员上人》，抄录自《峤西诗钞》，文字无异。再如《峤西诗钞》卷三选张鸿翮诗 16 首，《三管英灵集》卷九选张鸿翮诗 6 首，均取自《峤西诗钞》，其中 4 首被《三管英灵集》编者修改文字。《峤西诗钞》卷四选张鸿瓛诗 9 首，《三管英灵集》卷十选张鸿瓛 3 首，取自《峤西诗钞》，其中 2 首改易文字。《峤西诗钞》卷三选唐纳牖诗 8 首，《三管》依据《峤西诗钞》选 3 首：《放歌》、《佛山五日》、《虎邱塔春望》，文字改易。《三管英灵集》卷三十三选童毓灵诗 26 首，小传云："毓灵，字九皋，归顺州人，乾隆间岁贡生。"未著录别集，可见编纂《三管英灵集》时并未见童毓灵别集，而《峤西诗钞》卷十一存其诗 36 首，《三管英灵集》所选均依据《峤西诗钞》。《三管英灵集》卷十选李彬一首《南山秋夜》，抄录自《峤西诗钞》卷四，《峤西诗钞》对李彬《愚石居集》之《南山秋夜》（贵县南山寺石刻碑与原本同）改动较大，《三管英灵集》所录依据《峤西诗钞》，仅一字之差。《峤西诗钞》卷八选李时沛诗 12 首，《三管英灵集》卷十五选录其中 8 首《拟古辞君子行》、《瓜州夜泊》、《罢官书怀》、《秋夜杂感》、《对菊漫兴次沈菊人韵》。《峤西诗钞》卷十选朱依鲁诗 17 首，《三管英灵集》卷二十五据此选 14 首，文字大多同。由此可见，《峤西诗钞》是《三管英灵集》选诗的主要文献来源之一。

其次，同一诗人所选诗歌，因收录标准和文献来源不同，而选诗不同。如《峤西诗钞》卷三选高熊征诗 1 首《题丁孝子》；《三管英灵集》卷九选高诗 2 首《韩泉颂》、《初度日答唐参戎羽云步韵》。《峤西诗钞》卷九选俞廷举诗 16 首,《三管英灵集》卷二十一选俞诗 1 首《八月十九日送董植堂之山陕次民部吴东石同年韵》,不见《峤西诗钞》收录。

再次,同一诗人,《三管英灵集》所选诗歌数量少于《峤西诗钞》,因选录目的不同,有意删减选诗数量。如《三管英灵集》卷五十五选李秉礼诗 59 首,李秉礼传后《退庵诗话》云:"韦庐处富豪之境,而能为幽深澹远之辞,此其可贵。幼与高密李宪乔善,其内集皆宪乔所点定,谓能以明媵之质澄远之怀,写为清泠之音,都雅之奏,泂非溢美。袁子才亦极称之。盖其专学左司,自成家数,存稿虽多,皆出一律,今每体更登数首,已足见其梗概。若《峤西诗钞》所载一百余首,而仍不少遗珠,则不如从略之,为得体要也。"《峤西诗钞》选诗最多的诗人即李秉礼,梁章钜删减并非否定李秉礼诗歌的成就之高,诗歌之美,而有意与《峤西诗钞》相区别,择其重要的代表性作品而录。《三管英灵集》卷九选谢赐履 34 首诗,《悦山堂诗集》民国广益堂刻本(据乾隆抄本刊印)共收集谢赐履 581 首诗,《峤西诗钞》卷三收谢诗 44 首,《三管英灵集》未收者有:《过云归庵》、《舟子》、《述拙百韵》、《渝城行》、《七月廿八日过夔州,水淹滟滪石五丈,他舟无敢行者》、《八月初二日晚泊彝陵》、《送石塘太史瘐樽四十韵》、《十三日赈饥城紫,橄滦牧赏钱不至,适明日当至连柏庄》,《三管英灵集》或依据《峤西诗钞》删减,且选诗相同者往往据《峤西诗钞》校勘文字,而与广益堂刻本多不同。

最后,同一诗人,《三管英灵集》补充《峤西诗钞》选诗数量的不足。因和《峤西诗钞》不同的编选理念,及文献来源不同,而同一诗人所选诗作数量不同。如《峤西诗钞》卷四选谢济世诗歌 19 首,《三管英灵集》卷十一选录谢济世诗歌 34 首,《三管英灵集》收《峤西诗钞》未收的全州谢济世的两首狱中诗作《丙午十二月初七日下狱次日旋奉旨免死释放发军前效力赎罪感恩述事次东坡狱中寄子由韵寄从弟佩苍实夫二首》,并在《三管诗话》卷中云,谢济世被赦免后,自求外出,授湖南粮道,"长沙士人感其遗爱,片纸只字,俱珍重之,故传此二首。而《峤西诗钞》遗之。"① 诗人活动范围扩大,广西籍诗人因仕宦等经历,足迹遍布全国各地,诗歌搜集

---

① (清)梁章钜著,蒋凡校注《〈三管诗话〉校注》,广西人民出版社,1996,第 95 页。

的范围也不能集中于广西，谢济世的此二首诗就是从长沙士人处得到，梁
章钜认为极为珍贵，录入《三管英灵集》，补《峤西诗钞》所遗之缺憾。再
如《峤西诗钞》卷一选明代王贵德诗 20 首，小传未著录其诗集；而《三管
英灵集》选王贵德诗 96 首，小传著录其诗集《青箱集剩》，可能张鹏展未
见王贵德别集，而梁章钜搜到王贵德《青箱集剩》，因此入选较《峤西诗
钞》为多。再如《峤西诗钞》卷一选明代吴廷举诗 1 首，或选自地方志等
文献，未见吴廷举别集；而《三管英灵集》卷四选吴廷举诗 22 首，或搜到
吴廷举别集抄本，所选文字与今存《东湖吟稿》（存吴廷举诗约 420 首）道
光二十二年（1842）刻本不同。又如《三管英灵集》选录蒋冕诗歌六十三
首，《峤西诗钞》选录蒋冕诗歌五十四首，梁章钜《三管诗话》卷上云：
"朱竹垞《明诗综》第录《湘山寺》五绝一首，固难免俞廷举反唇之讥。而
张南崧《峤西诗钞》所收，亦尚有遗珠之叹。"① 俞廷举乃广西全州人，于
嘉庆二十一年（1816）为本乡先贤蒋冕刻印了《湘皋集》四十卷。梁章钜
称，俞廷举曾讥讽清初朱彝尊编纂《明诗综》，仅仅收蒋冕一首诗歌，数量
实在太少，梁章钜认为不仅仅是朱彝尊，就连关注广西诗人的张鹏展编集，
未免让人有"遗珠之叹"，故梁章钜将蒋冕集中更多质量上乘的诗作展示于
众，就在选诗数量上超过了《峤西诗钞》。再如，黎建三《素轩诗集》道光
刊本收其诗歌 515 首，张鹏展《峤西诗钞》选黎建三诗歌 46 首，《三管英
灵集》选黎建三诗 80 首，《峤西诗钞》选录广西诗人的诗作数量比之诗人
别集诗歌数量较少，张鹏展虽是去粗取精，这也未免令人遗憾。《三管英灵
集》卷二十二黎建三小传后《退庵诗话》云："《峤西诗钞》所登未尽其菁
华，杨紫卿所选亦约，适平南彭先生兰畹携谦亭全集来，故悉录其尤雅者，
足以传谦亭矣。"② 杨季鸾为《三管英灵集》选诗，选黎建三诗数量应比
《峤西诗钞》更多，后来梁章钜得彭昱尧收藏的黎建三别集，认为《峤西诗
钞》所选黎建三诗歌数量少，未能选出其诗歌精华之全貌，因此在杨季鸾
选诗的基础上有所增加，选出尤为雅正的作品，保存粤西诗人及诗歌。这
是《三管英灵集》选诗最主要的价值所在。

---

① （清）梁章钜著，蒋凡校注《〈三管诗话〉校注》，广西人民出版社，1996，第 73 页。
② （清）梁章钜：《三管英灵集》，卷二十二，清刻本，藏国家图书馆。

第三，《三管英灵集》以《峤西诗钞》作为校勘依据，与诗人别集等文献相对比参校。如《峤西诗钞》卷十四收录朱依真诗 59 首，《三管英灵集》卷三十四选朱依真诗 42 首，《三管英灵集》以《峤西诗钞》参校朱依真《九芝草堂诗存》之诗，《九芝草堂诗存》卷七《赠别蒋湘雪用其集中和东坡歧亭诗韵》① 有句："慎此百炼刚，毋使鼻蚁缺"，其中"鼻蚁"，《三管英灵集》作"蚁鼻"，《峤西诗钞》作"蚁鼻"。蚁鼻，比喻微细，葛洪《抱朴子·论仙》："此所谓以分寸之瑕，弃盈尺之夜光；以蚁鼻之缺，捐无价之淳钧。"《三管英灵集》或据《峤西诗钞》校改。《峤西诗钞》与诗人别集文字有异，梁章钜则对比诗意，更改错讹，选择艺术性更好的本子。再如《峤西诗钞》录吴廷举五古一首《有怀》，在吴廷举《东湖吟稿》卷一题为《怀寂》②，梁章钜从《峤西诗钞》著录诗题为《有怀》，《峤西诗钞》与别集中此诗有异字句，《三管英灵集》参考，《东湖吟稿》之《怀寂》句云："世孰知苦心？仰天真茹荼。"其中"真茹荼"，《三管》参考《峤西诗钞》，改为"独长吁"。再如《峤西诗钞》选谢良琦诗 92 首，《三管英灵集》卷八选谢诗 56 首，很多诗歌题目和文字与谢良琦《醉白堂诗文集》（民国三十二年翻印光绪十九年王鹏运刻）有异，《三管英灵集》往往沿袭《峤西诗钞》的校改。

但《三管英灵集》与《峤西诗钞》的校勘思想不同，《峤西诗钞》存真求实，稍加校改；《三管英灵集》校勘以求最佳诗意的文字表达，因此二者校改原诗的程度不同。《峤西诗钞·凡例》第一条云："诗以钞名，不同选例。选者出其意见，以示抉择。钞者汇萃成编，务以存真也。"③《峤西诗钞·凡例》第四条又云："公余之暇，与卿敦甫、何弨甫、卓宽甫诸人稍加商酌，圈点照二人原本，或间参鄙见。取其便于初学。"④ 可知，张鹏展与友人校勘《峤西诗钞》选诗，仅是"稍加商酌"，期望抄录别集等文献中诗歌的原貌，而"以存其真"，因此，除校改错讹，稍加修饰外，并不大量修

---

① （清）朱依真著；周永忠校注《〈九芝草堂诗存〉校注》，巴蜀书社，2014，第 213 页。
② （明）吴廷举：《东湖吟稿》，沈乃文主编《明别集丛刊》，第一辑，第七十三册，黄山书社，2013，第 560 页。
③ （清）张鹏展：《峤西诗钞》，上林丛书编印所，1944。
④ （清）张鹏展：《峤西诗钞》，上林丛书编印所，1944。

改原作。而梁章钜认为："诗载本集、又旁见他刻，往往字句互异，必悉心比校，择其长者从之。若只见本集，无别本可校，其中间有义意未醒、音律弗协足累一篇者，亦必悉心为之斟酌，期得其本意而止。"不可否认《三管英灵集》在校勘时更为细致，"悉心比校"，"悉心斟酌"，以求文字更好地表达诗意，但过犹不及，《三管英灵集》编纂者不但擅自修改别集所选诗歌，致使诗人原有的诗歌风貌大打折扣，且大量校改从《峤西诗钞》所录诗歌，往往改后不及原诗。如《三管英灵集》卷三选石梦麟《弃田》，《粤西诗载》、《广西通志》均不见著录，《峤西诗钞》题为《当办》，《三管英灵集》照《峤西诗钞》录，诗题改为《弃田》，且大量删改字句。是为《三管英灵集》不及《峤西诗钞》之处。

综上所述，两部粤西诗人总集编纂目的、收录标准、编纂体例、收录内容和校勘思想不同，总集的风貌和特点就同中有异，既有继承和超越的关系，又有各自的问题和疏漏，取得了不同的成就和地位，《峤西诗钞》首次汇编整理广西一省的诗歌文献，《三管英灵集》继承完善之而集大成；《峤西诗钞》成就"创辟之功"，《三管英灵集》在编纂的体例、内容、价值等方面均后来者居上。

结论 《三管英灵集》的价值、
疏漏与历史地位

《三管英灵集》57 卷，选诗人起自中唐肃宗至德元年（756 年）寓居全州诗僧全真（周宗慧），终于清代道光十八年（1838 年）逝世的诗人吕璜、龙献图和道光二十年（1840 年）逝世的诗人张鹏展，共 569 人，选诗 3546 首。是梁章钜广西任职五年期间，主持编纂的地域总集。《三管英灵集》搜集整理并保存了广西历代诗人的诗歌、诗人小传和诗话，也反映了广西的名胜古迹、社会生活、民族风俗，以及政治、经济、文化等，是清代广西诗歌总集的集大成者，具有一定的文献价值、史料价值、诗学价值、编纂价值、地域文化价值。超越了清前期的《粤西诗载》和《峤西诗钞》，影响了之后的广西诗歌总集的编纂和广西诗史的书写。

一 《三管英灵集》的价值

1. 文学史料价值

《三管英灵集》具有保存、辑佚广西诗人诗歌、小传、诗话的文学史料价值。

《三管英灵集》广泛搜集与整理诗歌文献，众多粤西诗人诗歌均有赖《三管英灵集》保存。《三管英灵集》诗歌的文献采摭范围主要涵盖了史部、集部两大类，包括方志、别集、总集等。有些诗人别集已散失不存，片言只语有赖方志保存流传，如《三管诗话》卷上赵观文条云："惜观文无诗可传。余仅从方志中录得《舜庙祭器》四言颂一首。"[1] 梁章钜集合人力，遍搜广西史部方志和地理名胜志等文献，将诗人的代表诗作或别集佚诗选入

---

[1] （清）梁章钜著，蒋凡校注《〈三管诗话〉校注》，广西人民出版社，1996，第 30 页。

《三管英灵集》。而梁章钜编纂《三管英灵集》的道光年间，所依据之州县府志，有些今已亡佚，个别条目有赖《三管英灵集》存世。《三管英灵集》选诗依据的许多粤西诗人别集，今已不存，有赖《三管英灵集》使其作品传世，如选袁崇焕 66 首、熊方受 59 首、袁珏 55 首、刘映棻 47 首、黄东昀 46 首、刘棻 41 首、罗大钧 25 首等，其中有些诗人诗歌总集亦无所载，如《三管英灵集》收录了《峤西诗钞》没有收录的明代平南诗人袁崇焕的诗歌 66 首，梁章钜之前的广西诗歌总集《峤西诗钞》和《粤西诗载》，以及朱彝尊编纂的《明诗综》均未录袁崇焕的诗歌，就连《广西通志》都没有袁崇焕的传记，《明史》本传称袁崇焕是广东东莞人，而梁大力搜寻考证，得出袁崇焕是广西平南人的论断，并从袁崇焕的家族后人平南袁珏那里得到袁崇焕的别集《乐性堂遗稿》，便将他所存诗歌的大多数都录入《三管英灵集》，今袁崇焕的诗歌仅见《三管英灵集》，《三管英灵集》成为保存袁崇焕诗歌的唯一文献。再如梁章钜选熊方受诗 59 首，其诗集《偶然小草》今亦无存，梁章钜与熊方受有交谊，官辙所到，往往步其后尘，晚年在扬州又遇熊方受，可惜诗集没有索得，梁章钜多方搜索，录熊方受诗 59 首，是《峤西诗钞》等总集未存，是保存熊方受其人其诗的功臣。再如广西刘棻，详细里居未详，嘉庆十二年举人，有《爱竹山房诗文集》，别集今亦不存，《三管英灵集》选诗 41 首，为《峤西诗钞》等总集未录。苍梧罗大钧，乾隆三十三年举人，有《松崖诗稿》，今佚，《三管英灵集》选诗 25 首，为《峤西诗钞》等总集未录。《三管英灵集》选苍梧邓建英诗 42 首，小传著录别集《玉照堂集》、《晋中吟草》，选诗所据为二集嘉庆刻本，后《晋中吟草》散佚，苍梧梁应时红色方格抄本三卷存《晋中吟草》诗歌一部分，今存《玉照堂诗钞》六卷，为嘉庆十七年（1812）桂林左桂舟刻本。《三管英灵集》保存了邓建英《晋中吟草》中的一些诗歌是《峤西诗钞》和梁应时红色方格抄本所无，为《三管英灵集》仅存，为补遗邓建英的诗歌提供依据，如《左桂舟以感遇诗见示因和答四章以广其志》、《辽州城南双松歌》、《四月十六日钟修竹招饮江楼既而泛月更酌席上送丁紫庭之桂林仍次前韵》二首等。由上可见，梁章钜有意识钩沉搜集，对广西诗人诗歌加以辑佚和保存，具有文献价值。

除此之外，《三管英灵集》选诗来源文献的范围与类型还增加了手稿、断纸、石刻、画册等多种原始文献形式，扩大了传统总集编撰的资料收集范围。手稿如吕炽《恭与九老会纪恩诗》，此诗系先生手稿，藏《三管英灵集》编纂成员之一闵光弼家。断纸如横州吴道萱诗十二首，吴道萱与梁章钜叔父梁上国同为乾隆四十年（1755）进士，父亲梁赞图曾在福建仙游的金石书院主讲，故与仙游县知县吴道萱交情甚笃。梁章钜将父亲藏吴道萱的遗作数纸，收入《三管英灵集》。广西诗人诗歌石刻遍布于广西名山大川风景名胜，梁章钜编纂《三管英灵集》，还注意搜集非书籍文献，使诗歌总集具有了地域文化传承的意义，如宋代李时亮的南溪山白龙洞题诗，不见著录于历代总集、诗话中，梁章钜搜罗入集，在诗题《白龙洞》下注："石刻熙宁八年八月四日李时亮题。"画册题诗，如《三管诗话》卷中，记述梁章钜到扬州拜访晚年的熊方受，唱和诗歌，熊方受为梁章钜画册题诗，但先生扬州逝世后，梁章钜没能看到其生前所留之别集，深为愱惜，于是将其《题梁茝林观察沧浪亭画册》选入《三管英灵集》。《三管英灵集》与以往选诗纯以集部作为采摭对象的诗歌总集不同，反映出梁章钜对于总集编撰方法的努力尝试与实践，以及对广西诗人诗歌的最大力量的搜罗保存，使得《三管英灵集》具有辑佚的文献价值。

《三管英灵集》广泛搜罗考察唐代以来的笔记杂著、州郡府县地方志、别集总集、诗话文献等，诸多诗人诗作诗句、诗事，连同各时代散佚的各类广西地方文献就有赖《三管英灵集》保存。如《三管诗话》卷下记载了《梧浔杂佩》所云的苍梧特产"桑寄生酒"，晋代张华曾写诗赞美其味，梁章钜云"余至粤西近五年，惜未得一尝。"[1] 所引明代张所望撰《梧浔杂佩》一卷，今已不存，正体现了《三管英灵集》保存广西诗人诗歌诗话的文献价值。《三管英灵集》还保存了袁珏《醴庭诗话》的只言片语，袁珏的《今是轩诗草》亦散佚，有赖《三管英灵集》著录，并选其诗与断句。梁章钜的《三管诗话》是广西留存下来的第一部地域诗话著作，具有重要的地域文献价值和地域文化价值，从大量的史料、诗话、诗文总集别集、笔记等著作中，搜辑到广西诗人诗歌、诗事和诗学材料，考订考证，汇集成册，以诗话存诗人、诗歌，梳理出广西古代的诗歌发展史和诗学面貌，游宦寓

---

[1] （清）梁章钜著，蒋凡校注《〈三管诗话〉校注》，广西人民出版社，1996，第290页。

居广西诗人的诗歌创作和经历，以及广西民族民歌的文化传播样式，古代民俗风土名物的地方特色等。

《三管英灵集》搜集了方志、总集、别集、家谱、类书、石刻等资料中的诗人佚诗，弥补诗人诗集未全之遗憾；以诗人散佚的诗或诗稿弥补方志等史料中诗人小传缺失之不足，自觉追求史诗互补的编纂目的。《三管英灵集》选诗从中唐至清道光前半期，建构了广西诗坛的发展历程，即由唐至清广西诗人诗歌渐趋繁荣的历史过程，唐宋时代是广西诗人诗歌的发生期，代表作家是晚唐二曹和宋代契嵩。明代是广西诗人诗歌的发展期，明代广西诗人诗歌不是从一开始就发展繁荣起来的，经历了明初期的酝酿，明中后期的发展。代表作家是吴廷举、蒋冕、戴钦、王贵德、袁崇焕、谢良琦等，但他们没有形成流派，往往风格因自身性格和经历而诗风各异。清代是广西诗人诗歌的高潮期，顺康雍粤西诗坛别开生面，代表作家有谢赐履、谢济世、陈宏谋、刘新翰；而清代粤西诗人诗歌的全面繁荣集中在乾隆、嘉庆、道光年间。

《三管英灵集》收录广西诗歌史料，选录代表作家作品，建构广西诗史最大的贡献，是通过选诗总结乾嘉年间众多诗人的题材、体裁、风格、地位和影响。乾嘉粤西名家辈出：胡德琳古体奇崛，是乾隆初年粤西诗坛最重要的诗人；朱依真博古通今、老练内敛，是乾嘉晚期诗坛粤西诗人之冠；刘棻众体兼备，转益多师，题材多变，是乾嘉晚期粤西诗坛重要的诗人；李秉礼一代盟主，与临川李宗澳、高密李宪噩、李宪乔引领广西诗人学贾岛、姚合五律，转变粤西诗坛为闲淡的诗风。乾嘉粤西诗人风格多样：刘映棻是清代广西诗坛的咏史"诗豪"；邓建英题材广泛、众体兼备，七古尤英光四射；龙献图古体幽默酣畅，机智多气；朱凤森古体雅正与英姿发越兼备。乾嘉粤西诗人亦盛名远播，在全国诗坛亦有影响力，如乾隆年间的潘鮔以梅花诗和山居诗，在刘墉幕为中心的江南诗人中享有赞誉；熊方受在法式善为中心的京城文人集团中较有诗名；朱桓为官福建时为岭南名士所激赏等。

2. 文献价值

《三管英灵集》具有校勘粤西诗歌、考据粤西诗人诗事的文献价值。包括通过各种典籍所载广西诗人诗歌异文的比对，考订文字；考证诗作的作者；考证广西诗人的诗作真伪；考证广西诗人的生平时代；考证诗人的生平事迹；考证广西诗人的籍贯；考证广西石刻所载作品正误；考证诗人诗歌中的地理名物；考证所选诗歌的注释等。

《三管英灵集》具有重要的校勘价值。或依据方志中存诗，校订补正别集、总集中诗歌、诗人传记的错讹和脱字。如《三管英灵集》卷三黎暹《傅节妇吟》，此诗见《粤西诗载》中多脱字，《三管英灵集》从《怀集县志》补正。再如《三管诗话》卷上，以《梧州府志》为依据，补正《粤西诗载》所载汉代广西民歌《喻猛颂》之脱句，又以《梧州府志》补正《平乐府志》所载《陈临歌》的脱句。又如《三管英灵集》卷五，载林应高小传："应高字虚忠，怀集人，万历二十一年贡生，官尤溪县丞。"而雍正《广西通志》云林应高官职为龙溪丞；《怀集县志》云官龙门县丞。皆误。康熙福建《尤溪县志》："林应高，怀集人，由岁贡，万历三十四年任。"《三管英灵集》从尤溪县丞之说著录，纠正《广西通志》和《怀集县志》之误。《三管英灵集》的编纂也体现了梁章钜的校勘思想。第一，在校勘方法上，重视不同版本的对校，仅有本集则自校。第二，在校勘原则上，不迷信古本，择长不择古。第三，在校勘目的上，改易音律、字句以期更好地传达诗人之意。

《三管英灵集》具有重要的校勘价值，可以作为参校本，校勘今存晚于《三管英灵集》的广西诗人别集的错讹。如临桂龙献图今存别集，为光绪秦焕校、近人黄华表壁山阁印行《易安堂集》线装本，藏桂林图书馆，内有《耕馀草》316首、《宦游小草》70首、《归田草》103首，为诗人一生行迹。《三管英灵集》选26首，《三管英灵集》选诗所据非后人《易安堂集》校刻本，而是三部诗集手稿本或抄本，因卷二十八龙献图传仅著录《耕馀草》、《宦游小草》、《归田草》，龙献图于道光十八年（1838）去世，诸集尚未刊刻。《三管英灵集》所据底本更早，因此，《三管英灵集》可纠壁山阁本错讹，具有校勘价值。再如朱琦参与编纂《三管英灵集》时，父亲朱凤森去世8年，《韫山诗稿》尚未刊刻，《三管英灵集》选诗所据为朱凤森《韫山诗稿》手稿本，校正出今存《韫山诗稿》咸丰刻本和光绪刻本的抄刻讹误。再如卷四十二选苍梧钟琳30首诗，钟琳《咀道斋诗草》今存桂林图书馆藏光绪十八年《咀道斋诗集》重刻本（重刻底本为道光二十六年嘉乐轩藏板镌刻的刻板，已无存）①。《三管英灵集》选钟琳诗 30 首，依据的并非《咀道斋诗集》道光二十六年（1846）刻本，因《三管英灵集》的编成时间约在道光二十一年（1841），《三管英灵集》选诗底本为《咀道斋诗集》稿本或抄本，因此，《三管英灵集》具有重要的校勘价值，校正出光绪刻本的抄刻错讹。再如卷四十四选吕璜诗 55 首，吕璜《月沧诗文集》今存两个版本：揭阳姚梓芳于光宣间编印的《桂岭五大家文集》聚珍版刊本《月沧诗文集》、黄蓟民国二十四年（1935 年）辑《岭西五大家诗文集》丛编之《月沧诗文集》桂林典雅铅印本②，而《三管英灵集》编选吕璜诗，所据为吕璜诗集稿本，《三管诗话》卷中吕璜条云："时余方钞辑《三管诗》，凡生存者，例不入选。而月沧骤归道山，乃就哲嗣小沧求其遗稿，录为一卷，犹憾美不胜收也。"③ 因此，《三管英灵集》具有校勘价值，校勘出民国岭西本和光宣聚珍版的诸多错讹。

《三管英灵集》具有考据粤西诗人诗事的价值。如对袁崇焕籍贯为平南的文献考据；对湘南、清湘与全州的地名文献考据；对传说中柳宗元龙城石刻的考据等。如《三管诗话》卷下柳宗元龙城石刻条，引谢启昆《广西通志》卷二百一十五"金石略一"之"柳宗元龙城刻名"条，载石刻原文和《龙城录》的异文，后云："右刻在马平县柳侯祠内。案：《龙城录》所云，与此微有异同。伪书不足凭，然兹刻实宗元书也。"④ 梁章钜经考据，观点不同，认为《龙城录》所记为正，可以凭据；石刻乃柳宗元重书断石，后人又临摹，造成现存石刻的错讹。梁章钜在地域诗歌文献、诗学文献的搜辑整理和考订考证方面颇具功力。扎实详尽的文献整理、逻辑精审的考证辨析、客观公正的论断评判等考据方法，受清代朴学学术思潮影响，在学术与诗学相互渗透的时代，将自身积累的学术思想、治学方法等渗透到

---

① 民国广西统计局编《广西省述作目录》，杭州古籍书店据广西统计局 1934 年编印本影印，72。

② 按：胡永翔广西大学 2000 硕士学位论文《月沧诗文集校注》，校勘所据为黄蓟于民国二十四年（1935 年）辑印的《岭西五大家诗文集》之《月沧诗文集》；参校揭阳姚梓芳于光宣间编印的《桂岭五大家文集》聚珍版刊本。未参校较接近吕璜稿本的《三管英灵集》。

③ （清）梁章钜著，蒋凡校注《〈三管诗话〉校注》，广西人民出版社，1996，第 159～160 页。

④ （清）谢启昆修，胡虔纂《广西通志》，第 9 册，广西人民出版社，1988，第 5615～5616 页。

总集和诗话编纂中，梁章钜也将自己的老师阮元、纪昀、翁方纲等朴学大师的治学思想和学术路径，发挥到《三管英灵集》和《三管诗话》的文献考据和编纂中。

梁章钜身历乾隆、嘉庆、道光三朝，学术主张以宋学为本、汉学为用的汉宋调和观，推崇经世致用之学，反对汉学和宋学的各持一端，难能可贵。其《退庵随笔》卷十四《读经·一》有明确阐述："治经者，不拘汉学宋学，总以有益身心，有裨实用为主，否则无论汉学无益，即宋学亦属空谈。说经者亦期于古圣贤立言之旨，愈阐而愈明，方于学者有益。乃今之墨守汉学者，往往愈引而愈晦，抱残守缺，远征冥搜，每一编成，几与秦延君之释《尧典》二字二十万言；汉博士之书驴券，三纸尚未见驴字。吾友谢退谷所谓'诵记虽得，探讨虽勤，而一遇事全无识见，一举念只想要钱'，不亦重可叹哉。纪文达师曰：'汉儒说经，以训诂专门，宋儒说经，以义理相尚，似汉学粗而宋学精，然不明训诂，义理何自而知？概用诋排，视犹土苴，未免既成大辂，追斥椎轮，得济迷川，遽焚宝筏，于是攻宋儒者又纷纷而起。余撰《四库全书》，《诗部总叙》有曰：宋儒之攻汉儒，非为说经起见也，特求胜于汉儒而已，后人之攻宋儒，亦非为说经起见也，特不平宋儒之诋汉儒而已；韦苏州诗曰：水性自云静，石中亦无声。如何两相激，雷转空山惊。此之谓矣。平心而论，王弼始变旧说，为宋学之萌芽。宋儒不攻《孝经》，词义明显，宋儒所争，只今文古文字句，亦无关宏旨，均姑置弗议。至《尚书》、《三礼》、《三传》、《毛诗》、《尔雅》诸注疏，皆根据古义，断非宋儒所能。《论语》、《孟子》，宋儒积一生精力，字斟句酌，亦断非汉儒所及。盖汉儒重师传，渊源有自；宋儒尚心悟，研索易深。汉儒过于信传，宋儒勇于改经，计其得失，亦复相当，惟汉儒之学，非读书稽古不能下一语，宋儒之学，则人人皆可以空谈，诚有不尽厌人心者，是嗤点之所自来也。'"① 正是这样的学术主张渗透在《三管英灵集》的校勘和考据之中，校勘不仅仅遵从古本，还注重诗歌语言的达意恰当；考据不仅仅运用汉学的方法，还注重义理的创新。使得《三管英灵集》不

---

① （清）梁章钜著《退庵随笔》，《续修四库全书》版第 1197 册，上海古籍出版社和北京线装书局联合出版，2003，第 341 页。

仅仅具有总集的文献整理价值，还具有学术价值。

3. 诗学价值

《三管英灵集》辑录与保存广西诗人表达诗学思想和观点的诗歌文献，梁章钜又在诗话中表达自我的诗学见解，评论所收录的广西诗人诗歌的特点，在清代诗学背景下，既有所借鉴诗学范畴和思想，又有自己的树立，具有很好的诗学价值。

《三管英灵集》辑录与保存广西诗人表达诗学思想和观点的诗歌文献。辑录了灵川朱龄的论诗绝句《题国朝六家诗钞后》；辑录了平南袁珏的论诗之诗《阅近人诗集漫作》；辑录了吕璜的论诗古诗《示经古书院诸生》三首、《姚子寿见过以诗见贻次韵答之》、《题梁竹云参军（衍绪）诗本》、《题陆韫山（元烺）茂才诗本》；辑录陈仁《读杜工部集》等诗。梁章钜有意识地选录诗人论诗之诗，梳理清代全国性诗学思潮，清晰地呈现了广西诗人诗学观点变化发展的过程。

梁章钜仿照朱彝尊《明诗综》之《静志居诗话》，将《三管英灵集》中附缀的《退庵诗话》先行出版，命名为《三管诗话》刊行。是广西流传下来第一部较为丰富完整的，明确以"诗话"命名的地域诗学著作。《三管诗话》与《退庵诗话》互为补充，具有重要的地域文献价值，对保存广西诗人、诗歌、诗事、诗论等文献做出了贡献。其一，地域诗歌文献的搜辑整理；其二，地域诗歌文献的考订考证；其三，地域诗学文献的辑录；其四，地域民族民俗文化的保存。梁章钜《三管诗话》虽然是一部地方诗话，但梁章钜还评析了诸多诗歌，表达了自己对于诗歌创作构思、诗歌风格鉴赏、诗歌评论方法等诗学思想，反映出清代中期诗评家对清前期诸多诗学流派的思想公正评价、吸收和融合。梁章钜《三管诗话》的诗学理念丰富，既体现了对诗歌法度的多方面见解，又体现了对论诗的学术理路的看法。第一，在情感表达上，主张传统儒家诗教观，言志载道，抒情雅正；在表现手法上强调情景交融，且情真景真；在诗歌审美风格上，讲求风韵才调、自然渺远；在诗歌技巧上，反对摹拟古人，追求用典模拟无痕，意境生新；在诗歌的创作构思上，主张踏实积累的以才学为诗，反对心灵妙悟的空虚大言。第二，就诗论诗、不以名爵地位左右对诗歌的品鉴；杜绝政治性的微言大义和随意附会，要舍末求本，以诗歌为主体来讨论诗歌。这些诗学思想使梁章钜《三管诗话》超越了地域性诗话的局限，而具有时代的烙印，为清代诗学理论做出一定贡献。先于梁章钜的诗学领域，有王士禛的神韵说，翁方纲的肌理说，沈德潜的格调说，袁枚的性灵说流行于世，梁章钜论诗也深受各家影响，对各家观点，既有赞同也有否定。梁章钜有《读渔洋诗随笔》云："余尝问诗于文达纪师、苏斋翁师之门。二师皆令熟读王渔洋诗，而议论风旨微有不同。文达师之论平而允，苏斋师之论精而严。要旨于渔洋有深契而不惜以金针度人者也。"梁章钜跟随翁方纲和纪昀学诗，他按照两位老师的指引，去读王士禛的《渔洋诗话》，并说纪晓岚的评论公平而允当，翁方纲的评论精深而严谨，对"神韵说"的肤浅空疏既有批评，也有欣赏的一面，所以梁章钜也并不一概否定王士禛的神韵说，论诗也多处举"风韵"之语。梁章钜主张以才学为诗，欣赏诗歌老成深刻，正是受到了翁方纲肌理说的影响。梁章钜也多处论说格调、才调、风调，受到明代王世贞等七子和沈德潜格调说的影响，诗话也多处引称沈德潜之语，知其并不排斥格调之说。梁章钜还多处引袁枚的性灵说及诗论，如《三管诗话》卷中载：胡书巢有《石洞沟寄浦山师》，梁章钜引《随园诗话》说明浦山师即张庚，并引袁枚语称赞胡"诗之超拔，实能青出于蓝。"① 因此梁氏论诗，于清代神韵、格调、性灵、肌理四大派，不持门户派别之见，而是兼取各家之长，出自性灵的情真景真是作诗的前提，才思格调是作诗的构思路径，义理辞章是作诗的材料架构，神韵是诗歌所达到的境界，四者并不悖逆。

4. 编纂价值

《三管英灵集》编纂体例亦张然有法，在《三管英灵集》"凡例"中标明，对广西诗歌总集和其他地域诗歌总集借鉴超越，具有一定的编纂价值。

《三管英灵集》第一卷至第四十九卷将广西籍诗人按生平时代先后排序，以晚唐诗人曹邺始，以清朝诗人袁昭勤终。《三管英灵集》第五十卷，著录生平年代、中试时间不可考者，籍贯可考者11人；著录生平年代、籍贯均不能考者8人。《三管英灵集》先将广西籍诗人按照生平时代先后顺序排列，而后再排列"闺秀"、"方外"、"流寓"诸卷。流寓广西的诗人也不

---

① （清）梁章钜著，蒋凡校注《〈三管诗话〉校注》，广西人民出版社，1996，第113页。

是短期寓桂，而是常年寓居，或退隐居至身没者。

《三管英灵集》编纂体例，主要是按诗人中第年份编排先后次序，同中试年下，主要按照科举考试的等级来排列，又将科举体系之外的广西布衣诗人、土县官、土司官列于后。体现了儒家政治观、诗教观、伦理观对梁章钜编纂思想和编纂形式的影响。除此之外，名望高低、长幼尊卑、每卷平均等，均是《三管英灵集》编排卷次和诗人次序的辅助因素。然后，诗人之下按诗歌体裁著录选诗；诗人之下还著录小传和诗话。这样的编纂体例继承了《明诗综》、《清诗别裁集》、《峤西诗钞》、《粤西诗载》、《滇南诗略》，以及梁章钜《东南峤外诗钞》等诗歌总集的编纂经验，尤其将《峤西诗钞》的以各时代广西诗人为纲与《粤西诗载》的以诗歌体裁为纲结合起来，成为广西古代诗歌总集体例精严而超乎上者。

梁章钜等编纂成员对此前时代诗歌总集选诗标准、编纂经验的思考、借鉴与超越，形成了《三管英灵集》特有的收录标准和编纂理念。其一，梁章钜以选粤西诗人之诗为最基本的收录标准，将生平里居不可确考的粤西诗人之诗单卷著录；与《文选》以来的总集编纂不同，《三管英灵集》不录粤西无名氏之诗。见其收录标准之地域性及收录标准之精严。其二，模范《文选》录已故诗人之诗，继承朱彝尊《明诗综》不以诗人身份地位和编纂者人际关系、个人好恶左右选诗标准的特点，超越了清朝魏宪《本朝百家诗》、张鹏展《峤西诗钞》等以官爵名位为尚的编纂意识。其三，只收录诗之正体，在诗歌辨体基础上超越《粤西诗载》的诗词皆选，而只录诗；也不同于《全唐诗》，不选没有艺术性的应试之体和娱乐之体。其四，以诗歌的艺术性为最重要的收录标准。择取名家之美作，以旨意深致、情感真挚、情景交融、声律流美等为"美"之标准，诗人组诗去其语意雷同留美作。其五，即诗存诗与因人存诗的兼顾，继承清初《国朝松陵诗征》等地域诗歌总集的编纂经验和编纂理念，既选一省之诗坛圭臬，为后学树楷模；又收无人为传的小诗人之诗，或一省之不以诗著称的名宦之诗，为地方诗集史册俱添华彩。正是以上收录标准和编纂理念，使《三管英灵集》超越了《粤西诗载》和《峤西诗钞》，成为收录广西诗人诗歌更广更精、体例完备的广西诗歌总集。《三管英灵集》不同于《粤西诗载》只关注描写广西之诗的眼光，更注重广西诗人的代代涌现及诗人走出本土的诗歌的时代性和艺术性, 立足于地域又有所超越,《三管英灵集》 因此而能与清代非地域性的诗歌总集实现诗人与诗歌的互见, 不仅可见一省之中粤西诗人成就之大小, 也知诗人在时代诗坛中的成就与地位。

5. 地域文化价值

梁章钜的 《三管英灵集》 地域文化价值, 体现在通过广西诗歌文献的搜辑整理、考订考证, 保存广西的民族民俗文化。地域诗歌文献的整理, 包括 《三管英灵集》 广西籍诗人的诗歌的辑录, 和 《三管诗话》 对描写广西风景名物诗歌的辑录, 二者具有交叉。

前者使得广西籍大诗人、清代乾嘉道光年间众多广西籍中小诗人、广西籍壮族等少数民族诗人、广西籍诗人家族、广西籍僧人道侣、广西籍闺秀诗人及其诗歌得以留存。且大量选入广西籍诗人描写广西山水风物、民族民俗文化内容的诗歌。具有广西特色的铜鼓题材, 就有卷十一刘昭汉 《铜鼓岩》、卷四十九关修 《铜鼓歌》、卷五十钟儒刚 《抚署铜鼓歌》 等; 柳州刘蒉祠的咏史怀古题材就有滕间海 《柳州谒刘贤良祠》、袁纬绳 《谒刘司户祠》、张鹏展 《刘司户祠》; 七星岩元祐党籍碑的咏史怀古题材就有卷五十二罗柔嘉 《岭右党人碑》、卷十九刘映棻 《龙隐岩党籍碑》、卷二十六周维坛 《读龙隐岩党籍碑》、卷四十八黄圻 《元祐党籍碑并序》; 桂林独秀山的歌咏有唐瑄 《独秀山》、袁崇焕 《独秀山》 等, 不胜枚举, 尤其是山水诗数量众多, 广西的山水精神与真实的山水和广西山水诗并存不朽。《三管英灵集》 选录诗歌, 特别抓住这些诗人对地域文化的关注点和传承关系, 形成了对广西文化的精神象征。

而各朝代非广西籍诗人所作有关广西风土名物的诗歌和广西无名氏的民歌则辑录在 《三管诗话》 中, 通过各个时代诗人之歌咏广西, 他们或是去广西做官游宦, 或是去漫游赏景访友, 或未曾到过广西歌咏想象之中的广西等, 均可以复原各时代广西的风土人情、地理文化的面貌, 以及各个时代诗人与广西地域文化的关系。广西是少数民族聚集的地方, 少数民族有壮族、瑶族、侗族等, 少数民族诗人、少数民族百姓, 留下众多少数民族歌谣, 以及唱歌跳舞对歌的风俗, 梁章钜注意搜辑粤歌、瑶歌、俍歌、壮歌歌谣及歌谣集, 以及广西民族民俗、广西民间信仰为内容的诗歌。以上两方面地域诗歌文献, 均反映了古代广西的地理文化特色、广西文化传播和广西诗人的心态信仰。这是《三管英灵集》的地域文化价值所在。

总之，《三管英灵集》具有文学史料价值、文献价值、诗学价值、编纂价值、地域文化价值。但亦有诸多疏漏和问题。

二 《三管英灵集》的疏漏

《三管英灵集》的编纂有诸多的疏漏与问题，原因主要有三：其一，《三管英灵集》的编纂时间较短。从道光十六年（1836）六、七月梁章钜到任广西巡抚兼学政后不久，至道光二十一年（1841）夏四月梁章钜将《三管英灵集》手稿交付黄暄，再到黄暄最后编定结集，五年有余。而《峤西诗钞》、《粤西诗载》的编纂均十年左右。其二，《三管英灵集》非一人编选。由广西巡抚兼学政梁章钜主持编纂并亲自选诗，编组成员还有：湖南诗人杨季鸾主选诗与总司校勘，临桂诗人朱琦参与编选校勘；道光十八年（1838）秋，编校工作由杨季鸾、朱琦之手移交临桂闵光弼、平南彭昱尧，道光二十年（1840）年冬，闵光弼、彭昱尧上京赶考，没能继续编校工作；最后由黄暄校订结集。多人编纂难免选诗标准不一，校勘思想不同，而编纂面貌不同，产生疏漏。其三，编选诗人、诗歌较多，采集文献的范围较大，途径不同，先到先录，后到补充，造成了排序和体例的疏漏。况周颐在《三管英灵集》批注中已指出诸多疏漏，今经考察和校勘，知《三管英灵集》的疏漏和问题主要在以下几个方面。

1. 体例的疏漏

《三管英灵集》体例上的缺漏在所难免，排序有颠倒错误，排序依据时有混乱不一，殊为遗憾。《三管英灵集》诗人排序的疏漏之处，如明代永乐年间的诗人陈珪、陈昌、方矩的著录顺序错误，根据几位诗人小传，按照科举中试年排序，正确次序应是陈珪、方矩、陈昌。这类颠倒次序的现象源于征集诗歌的过程持续到编纂诗选的时候，后收集到的诗人诗歌只能加在某一时代的末尾，不再改变原稿诗人次序的基本面貌。但也有一类排序错误，并不是征集先后造成的。如卷二十五清代乾隆年间的诗人排序，按照科举中试年排序的体例，唐国玉应排在朱依鲁、龙其襄、石讚韶、周琢之前。或因编纂者分卷时，考虑将较为出名的，且选诗较多的诗人朱依鲁排在卷首，以便突出，选诗次多的龙其襄、石讚韶、周琢随其后，便将选诗只有一首的唐国玉次序调整：朱依鲁十四首、龙其襄四首、石讚韶五首、周琢九首、唐国玉一首、冯绍业一首。再如卷二十六将乾隆五十二年进士翰林院检讨周维坛，列于乾隆四十三年进士直隶保坻县知县王铠、乾隆四十二年举人陆川县教谕朱沉之前，选周维坛诗歌九首、王铠诗歌十一首、朱沉诗歌十一首，是将较为有名官职较高的诗人排在卷首，与所选诗歌的数量无关。《三管英灵集》以诗人中试年先后排序为主，兼及官职地位名望高低和诗歌数量排序卷首，灵活多变，但排序依据混乱不一。另有其他错录错考所造成的疏漏也是总集编纂者难以避免的，如卷十一著录康熙末年的进士、举人、贡生、诸生等，错将雍正元年的举人周宗旦录入。

2. 诗人的疏漏

《三管英灵集》所录诗人虽远远超过《粤西诗载》和《峤西诗钞》，但还有大量未录的广西诗人。《三管英灵集》未录之人，如五代裴谐、裴说兄弟。"裴说为何处人史籍未明言。考《唐才子传》卷一〇《裴说传》、《十国春秋》卷七五《翁宏传》，裴说乃裴谐兄。据《十国春秋》所载，裴谐与翁宏同邑，而翁宏乃桂州人，则裴谐与裴说亦即为桂州（今广西桂林）人。"① 还有《全宋诗》所录的上林的韦旻②，永福王世则③，《三管英灵集》未录。《峤西诗钞》钞录的清代诗人 31 人，不见《三管英灵集》著录：张温、潘锦、石龙辉、黄景鹏、谭检、胡孔宜、廖桐、王伟观、李致微、郑希侨、廖肇璟、廖大闻、殷弼、谭条、黄学文、范光琪、王廷襄、黄体正、蒋光璁、王维新、覃武保、廖重机、罗懿光、黄彦坊、封豫、莫震、黄立林、蓝景章、张希吕、李草柱、潘任姬。

《三管英灵集》诗人小传时有疏漏，选录的诗人名、字、号有诸多错漏，或号误录为字，诗人履历，包括籍贯、生平时代、中试年和官职、为官地多有错漏，著录的别集名称亦时有错误。如卷三尚用之传："用之，临桂人，宣德间官本路提刑。"《三管英灵集》将其传为"临桂人"、明代"宣德人"误，经考，尚用之，"江都人，宋宣和中，任广西提点刑狱，后寓桂林。"因此尚用之应列于卷五十六、五十七"流寓"诸诗人内。卷五十

---

① 吴在庆：《唐五代文史丛考》，黄山书社，2006，第 65 页。
② 黄权才：《宋代文献研究》，广西民族出版社，2007，第 183 页。
③ 黄权才：《宋代文献研究》，广西民族出版社，2007，第 184 页。

一邓氏未著录年代，经考为明代闺秀。卷五十四诗僧奉恕，小传著录贵县人，经考实为四川眉山人，流寓贵县南山寺。王延襄《老圃诗稿》误录《草堂诗稿》；覃思孔《木斋诗集》误录《不斋诗集》；滕问海《湄溪山人诗稿》误录《梅溪山人诗稿》；王作新《水竹山庄诗稿》误录《水竹庄诗稿》；俞廷举《弋园诗集》误录《一园诗集》。

《三管英灵集》所选诗人有重复录入。如卷十四与卷十七，均录上林人荔浦训导李舒景，或为一人。再如卷二十九所选清代乾隆年间灵川诗人全龄与朱龄或为一人。

3. 选诗的疏漏

《三管英灵集》选诗数量浩大繁多，造成重收诗作和误收他人诗作的情况。重收诗作如《三管英灵集》卷三王惟道《再登都峤》与卷六王贵德《再游都峤》重；《三管英灵集》卷三明李冲汉《游灵犀水》与卷十一李之珩《游灵犀水》重。误收诗作，如卷一曹邺名下，误收薛能《老圃堂》；卷一曹邺名下，误收曹唐《送刘尊师祗诏阙庭》二首；卷二曹唐名下，误收《洛东兰若归》；卷三郁林陈昌，误收嘉兴平湖陈昌《送吴素行之广西》；卷三藤县陈暹五首，误收福建闽县陈暹五首，《三管英灵集》收录《粤西诗载》中陈暹诗歌，或未见《粤西文载》中的陈暹传，而误以为乃藤县陈暹作，误收。卷三黄佐九首，误收广东香山黄佐九首，《三管英灵集》卷三黄佐传云："佐，横州人，景泰七年举人。"共选黄佐诗九首，今考此一首作者为明代广东香山黄佐，字才伯，号泰泉，正德十六年（1521）进士，改庶吉士，授编修。历官江西按察金事，少詹事兼翰林学士。有《泰泉集》十卷。黄佐曾宦游广西，时间约为嘉靖初年（1522 年后），做广西提学，并主持修《广西通志》六十卷，得到两广总督林富的鼓励，蒋冕（正德间为礼部户部尚书兼大学士、嘉靖初退）作序。《三管英灵集》以为广西黄佐所作，并根据《广西通志》横州黄佐而作传。雍正《广西通志》卷七十一"景泰七年丙子科举人"下著录："黄佐，横州人。"[①] 误收。

梁章钜选组诗力求选其精华，去除重复诗意的诗歌，但组诗的选录难免以偏概全。如清代潘钜前后《山居》诗各三十首，《三管英灵集》各选其

① （清）金鉷修《广西通志》，卷七十一，清文渊阁四库全书本。

二，题曰前后《山居感怀》。对此，民国《桂平县志．艺文志》转引袁湛业修，黄体正、王维新纂道光《桂平县志》云："袁旧志云：《前后闲居行路集》清腴秀润，大都抒写性灵，不尚宗派，五七律最工，古体次之。集中前后《山居》各三十首，后作精微，恬适如读陶诗。三十首中，情文相生，词意递贯，必全录，始见匠心。其从子兆萱辑诸父诗为《三爱堂集》于《山居》五律录其前，而遗其后，无以见老境之精纯。至《峤西诗钞》、《三管英灵集》，所采寥寥，而于后《山居》之作，则抽录其二三首，于全构之体段精神俱失矣。大抵文章，千古得失寸心，著作之家必须删定自为，及身刊出，以听去取于后人淘汰。久之精华仍在，不能尽灭也。今邑中所存之《闲居行路集》有传钞，而无刻本，于是采诗之家，随见随收，往往失其全而得其偏，录其次而遗其上，流传渐远，或至无传，为可惜耳。"① 选诗家去粗取精，将组诗有所雷同者尽删，或选其梗概，以存大略，却将组诗的形神结构破坏，这不仅是《三管英灵集》的问题，恐为总集编纂难以避免。

《三管英灵集》抄录选诗非一人之手，所抄录的诗歌数量巨大，来源文献浩繁，文献的承载方式各样，所以造成了大量的校勘错误，抄录错讹和脱句漏句，刊刻时也难免有形近错讹。有些沿袭《广西通志》或《粤西诗载》、《峤西诗钞》等地方文献的错误和对诗歌的改动，而不加考辨。有些是妄加改动诗人诗歌，或《广西通志》或《粤西诗载》、《峤西诗钞》等地方文献著录的诗人诗歌的字词句，少有点铁成金，也有不尊重古人诗歌原貌的。除抄录错漏外，主观的原因就是校勘思想，求编纂者自以为的诗歌达意之字词句，而非保存诗歌原生态的字词句。

4. 诗话的疏漏

《三管英灵集》中的诗话多有文字的错讹，为转引前人诗话，沿袭其误，未加考辨，或抄录致误。《三管诗话》在整理分析材料时也有一定的疏漏，或是记错文献来源，或不标明转引文献，或立论证据不足，主观臆断。如《三管诗话》卷上，梁章钜称，李璧将蒋冕送别舅舅的诗歌集成《琼瑰录》二卷，并为之作序。"此书仅见《四库存目》，粤西

---

① （民国）程大璋：《桂平县志》，台北：成文出版社，1968，第1999~2000页。

人多不能举其名，亦未知全州蒋氏尚有存本否也。"① 实际上，《四库全书总目》无此书著录，《天一阁书目》载录此书。《三管英灵集》的诗话也记录一些荒诞不经的诗事，如《三管诗话》卷下，记唐代欧阳询是粤西山洞中的白猿所生。

诗话无创新性。《三管诗话》很难与朱彝尊的《静志居诗话》等清代诗话著作相媲美，大量援引材料，而评诗论诗的观点只言片语，没有诗学上的独特创建和深刻的论辩，或也受到汉学家精于材料的搜辑爬梳和考证考辨的学术方法的影响，而在理论的创新上不够突出；可能也是受到地域性的局限，广西的诗歌诗学在全国诗坛上的成就不高，大多没有形成流派，可总结的理论不多。

5. 目录的疏漏

目录统计的一些疏漏。第一，缺目和有目无诗。《三管英灵集》目录所选诗人 568 人，卷三十三著录童葆元诗歌四首，目录遗漏未录，据此统计进目录，所选诗人共 569 人。目录著录"卷三十三"有"梁之瑰二首"，实则有目无诗，仅著录于目录，卷三十三遗漏未录入诗歌题目和诗歌。第二，目录著录诗人诗歌数量与卷内所选不符。卷十五选藤县乾隆初岁贡生胡子佩诗一首《春夜怀友人却寄》，而目录著录"胡子佩八首"，有误。卷十八选临桂清乾隆间诸生陈梦兰诗十五首，目录著录"陈梦兰十四首"有误。卷二十六选全州乾隆四十二年举人蒋励宣诗十三首，目录著录"蒋励宣十四首"有误。卷四十六选临桂嘉庆间诸生俞鸿四首，目录著录"俞鸿三首"有误。第三，目录所录诗人名字与卷内不符，如卷四十六卿祖授一首，目录错录"卿祖绥"。在有限时间内编排卷录不可避免出现校勘和统计上的失误。

综上所述，《三管英灵集》编纂出现了体例、所选诗人、诗人小传、所选诗歌、诗话和目录统计、校勘的疏漏，使得总集存粤西诗人诗歌的价值打了折扣。况周颐以研究者、选诗者和学诗者的不同眼光对《三管英灵集》批注，补充了《三管英灵集》总集编纂的某些不足和缺失。

---

① 梁章钜著，蒋凡校注《〈三管诗话〉校注》，广西人民出版社，1996，第 75 页。

三 《三管英灵集》 的历史地位

梁章钜深具保存地方文化遗产的责任感与使命感，调配官方的力量和广西的文化资源，大力编修《三管英灵集》，对广西地方文学文献、地方文化有意识的整理、保存、弘扬，以编纂总集的形式贯通广西文学、广西文化的发展脉络，接续文学、文化的道统。与此前广西诗歌总集《粤西诗载》、《峤西诗钞》相比，选诗人和诗歌数量更多，广西籍诗人里居范围更广，从朝臣到布衣、从本土到流寓，从僧道到闺秀诗人身份更全面，编纂体例更为明确严谨，编纂标准更为精细灵活，建构广西诗史更为完整，因此，《三管英灵集》在吸收借鉴两部总集的同时，又明显实现了超越，成为清代广西诗歌总集的集大成者。

1. 清代广西诗歌总集的集大成

汪森《粤西诗载》选录有关广西的诗歌，大多为外省诗人的诗歌，本土诗人的极少；《三管英灵集》选录广西籍诗人的诗歌，选其集中优秀的诗歌，不以写广西为选录标准。《粤西诗载》和《三管英灵集》的编纂内容和编纂标准不同，皆因二总集编纂的目的不同。《粤西诗载》编纂的目的之一是探究广西诗坛与文脉发生发展的外因，故所录多为游宦广西的外省诗人。汪森思考广西诗坛的繁荣何以可能？因何成就？他认为广西诗歌与文化的发源和传承不可或缺的动力是各时代中原寓桂大诗人的影响。而《三管英灵集》关注广西诗坛与文脉发生发展的内因，故所录为中唐至清道光年间广西籍诗人。按照时代先后和诗人科举中试年先后，排列诗人次序，有意识梳理广西古代诗歌发生、发展的历史线索，选具有代表性的广西诗人及其优秀的诗歌作品，在诗话中记载并评价这些诗人在广西诗歌发展史中的地位，使广西士子及后世学诗者能了解广西诗人的继承发展，交游立派及其成就优劣。汪森编纂《粤西诗载》，搜集可查文献中的书写广西山川、名胜、气候、民族、风俗、物产、政治、文教、经济、军事等方方面面的诗歌，补充广西方志之缺，有益后世了解广西。相较而言，《粤西诗载》更关注各时代诗人名士对广西的描写和影响，以史学和地理学的标准辑录诗歌，所选诗歌并不能突出性反映诗人的诗歌成就；而《三管英灵集》更关注广西诗坛的本土发展规律，并以纯诗学的标准选择广西诗人艺术性高的诗作，是真正意义上的诗歌总集。《三管英灵集》与《粤西诗载》编纂体例不同：《粤西诗载》以体裁分类编排诗歌，同一体裁下按时代先后编排诗人；而《三管英灵集》以时代和中试年先后编排诗人次序，同一诗人下按诗歌体裁编排诗歌。相较而言，《粤西诗载》的体例主要为了突出广西山水风物诗歌本身，突出了诗歌的地域意义；分体裁编排，也可为后世学诗者提供各体范本。但诗人、小传及诗话均处于次要地位，隐蔽不显，而不能集中有序体现地域诗人的价值和地域诗坛的发展状况。而《三管英灵集》的体例借鉴《粤西诗载》，又避免了《粤西诗载》片面呈现诗歌的问题，避免了《粤西诗载》诗人排列混乱的弊病，《三管英灵集》以诗人为经，以诗歌为纬，又加小传和诗话，层次清晰，诗史结合，有选有评，全面呈现粤西诗人的代代相继和粤西诗歌发展史。

《峤西诗钞》与《三管英灵集》是继《粤西诗载》之后，真正意义上的广西诗歌总集，《三管英灵集》在编纂体例、选诗标准、所选诗人诗歌等方面均向《峤西诗钞》学习。《峤西诗钞》与《三管英灵集》编纂的目的不同，《峤西诗钞》作为第一部广西诗歌总集，欲"存一省之文献"，而《三管英灵集》是继《峤西诗钞》后的第二部广西诗歌总集，欲在"存一省之文献"基础上"增华于踵事"，补充《峤西诗钞》的不足，遂仿《河岳英灵集》之名，以"三管"为名，明确的地域总集编纂意识。梁章钜肯定张鹏展的《峤西诗钞》对整理广西籍诗人和诗歌有开创之功，是广西诗歌总集前无古人的力作。但梁章钜认为张鹏展的《峤西诗钞》虽有"创辟之功"，仍读来让人有未能满足之感。《峤西诗钞》的收录范围并不全面，只存明清两代的广西籍诗人诗作，没有收录唐宋两代的广西诗人诗歌，很难称之为"存一省之文献"，广西诗歌史并未全面构建；在编纂的体例、选诗诸多方面亦有不足和疏漏，又为遗憾。梁章钜继承《峤西诗钞》的收录标准，编选粤西籍诗人之诗，非粤西籍诗人除长久流寓粤西者不选。《三管英灵集》模范《文选》录已故诗人之诗，不似《峤西诗钞》也录在世诗人之诗，保持公正的评价。《三管英灵集》批评《全唐诗》录娱乐性诗体，继承《峤西诗钞》编选诗歌之正体，对别体诗歌也辨析之后，区别甄选，辨体意识更为明晰，也更为灵活。《三管英灵集》学习《峤西诗钞》的编纂体例，以科名先后为主要依据排列诗人次序，又去除清朝魏宪《本朝百家诗》和

《峤西诗钞》 以名位排序的弊病。《三管英灵集》 选诗标准明确为即诗存诗与因人存诗的兼顾，继承清初《国朝松陵诗征》 等地域诗歌总集的编纂经验和编纂理念，既选一省之诗坛圭臬，为后学树楷模。《峤西诗钞》 对诗人诗事的引录和对诗人诗歌的评点不多，且留有张鹏展好友李监榆、李少白等人的评点。这些评点大多是针对张鹏展家族中诗人诗歌，如张鹏展祖父曾张鸿翮、祖父张友朱、兄弟张鹏衢、张鹏超之诗，入选较多，且保留评点，虽说 "便于初学"，也有因私尊亲的选诗弊病。《三管英灵集》 则著录了诸多诗话中的诗事，梁章钜本人对诗人诗歌的评论也较多，标注 《退庵诗话》，后整理先行刻印《三管诗话》，明确效仿朱彝尊《明诗综》 的 《静志居诗话》 之例。是为对《峤西诗钞》 评点的超越。《三管英灵集》 又广泛搜罗，比之《峤西诗钞》 所选诗人诗歌更多。《三管英灵集》 收唐宋明清诗人，《峤西诗钞》 仅收明清诗人，《三管英灵集》 又依据别集、总集、方志等更多文献资料，弥补《峤西诗钞》 选诗数量的不足。《峤西诗钞》 首次汇编整理广西一省的诗歌文献，《三管英灵集》 继承完善之而集大成；《峤西诗钞》 成就 "创辟之功"，《三管英灵集》 在编纂的体例、内容、价值等方面均后来者居上。

此外，《三管英灵集》 也影响了此后广西地域总集的编纂，张凯嵩《杉湖十子诗钞》，民国陈柱 《粤西十四家诗钞》、黄辉清 《广西诗见录》、吕集义 《广西诗征丙编》 等，皆得益于《三管英灵集》 对清乾嘉道光年间诗人诗歌的辑录，而在其基础上，继续编纂广西清后期至民国的诗人诗歌。

2. 清代地域总集的后出转精者

清初（顺治、康熙朝） 开始，纂辑地方文学总集的规模性与系统性等方面均取得了远超前人的成就。就诗歌总集而言，出现在经济发达或文化传统深厚的地域，且府、县两级的诗歌总集较多，而一省之诗歌总集凤毛麟角，仅江苏、浙江、湖北、福建、广东、广西等几省有所纂辑，如黄登的《岭南五朝诗选》、廖元度 《楚风补》、曾士甲 《闽诗传初集》、汪森《粤西诗载》 等。清中叶 （乾隆、嘉庆、道光朝），"总集编纂的地域范围不断扩大，几乎遍及全国。大量之前极少或从未有过此类总集的地区也都纷纷加入到这一活动中来，可谓盛况空前。"① 此时出现诸多"国朝"地域诗歌总集，即只辑录清代的地域诗人诗歌总集，而通代一省的诗歌总集也蔚为大观，仍然集中在江浙、湖南、江西、甘肃、云南、贵州、广东、广西等南方诸省。如阮元《两浙輶轩录》、邓显鹤《沅湘耆旧集》、曾燠《江西诗征》、梁善长《广东诗粹》、温汝能《粤东诗海》、李调元《蜀雅》、李苞《洮阳诗集》、袁文典袁文揆《滇南诗略》、傅玉书《黔风》、张鹏展《峤西诗钞》、梁章钜《三管英灵集》等。《三管英灵集》后出转精，堪称一省通代诗歌总集之力作。

但是《三管英灵集》编纂诸多问题与疏漏，及其地域局限，难以与总集编纂史上的名家著作相媲美，也是不争的事实。

---

① 夏勇：《清代地域诗歌总集编纂流变述略》，西南交通大学学报（社会科学版），2009（1），第 6 页。

附录：梁章钜《退庵论文》的
文章学思想

梁章钜有《退庵论文》、《制义丛话》、《楹联丛话》等阐述文章学思想的理论著作。研究者多论其对八股文体和楹联文体的理论著述，及其《文选旁证》的文献价值，而忽略《退庵论文》的文话研究。

《退庵论文》乃梁章钜《退庵随笔》之一部分。《退庵随笔》二十卷，有阮元、贺长龄序，于道光年间初刻于陕西；后刊于桂林，补为二十二卷，二版均有散佚；同治十一年（1872），其子梁恭辰增补重刊。《退庵随笔》卷十九"论文"，共五十余条，民国时被收入有正书局所印《文学津梁》，称《退庵论文》单行，后又有《历代文话》本。《退庵论文》以随笔形式辑录历代文论家文话，借为例证，略加评点，阐述观点。

一 秉承儒家文论观

第一，以文章入世的儒家价值观。《退庵论文》开宗明义，提出文章的意义和价值，在于成就儒士的身心修养和社会实践，"古言儒行，必曰近文章，今之自命为儒者，乃不以无文为耻，甚可怪也。"① 文章有成就儒者德行学问事业，有为社会的终极功用。梁章钜认为学子当把曹丕《典论·论文》作为座右铭，警醒自己在有限的生命中留下"千载之功"，梁章钜一生实践这个座右铭，笔耕不辍，以七十余种著作为后人留下了宝贵的文章财富即是明证。梁章钜认为文章选本应该坚持精选有社会功用的文，他评价清代的《唐宋文醇》，称其"去取谨严，考证典核，其精者足以明理载道、

---

① （清）梁章钜：《退庵论文》，王水照编《历代文话》，第五册，复旦大学出版社，2007，第5155页。

经世致用；其次者亦有关法戒、不为空言；其上者矩蠖六籍，其次者波澜意度，亦出入于周秦、两汉诸家。"① 梁章钜认为这样的选本超越了清代早期一些古文家 "以古文为时文" 的文章选本，文章写作的目的若仅仅限于考试文体，就很难达到文以载道和经世致用的价值实现。传统的儒家文论及清代早期实学思潮的影响，深刻烙印在梁章钜的思想之中，决定了他对文章写作和文章选本的认识。

第二，儒家经典文论是学文论文的典范。除了学习先秦经典传释不同的风格之外，还可在经典中学习作文之法，即经典对近世学文者具文法学意义。梁章钜认为：

> 作文之法有已标举于经传之中者，如《易》言 "修辞立诚"，《书》言 "辞尚体要"，《诗》言 "穆如清风"，《戴礼》言 "达而勿多"，《左氏》言 "辞之无文，行之不远"。合而观之，作文之本末备举，后人千言万语，恐不能出其范围。②

儒家经典中已有作文之法，为后世之范。修辞立诚，即将人品与文品结合，强调文章修饰词句要本于真实的情感，不虚假妄饰。辞尚体要，将语言和文体联系起来，作文选择言辞要合乎文体之要义。从经典中提示的言辞表达与作者的关系、与文体的关系、与文气的关系、与思想的关系、与修饰的关系等等。经典只言片语揭示了作文的方方面面。梁章钜认为儒家经典是学习的主要典范，"作文自然以道理经书为主。"③

二　通达的文章辨体观

第一，文章选本的选文标准必须严谨，严格辨析文体而后选文；论文学文则需追本溯源。《退庵论文》第二条云："选文但宜以秦汉为断，近选

① （清）梁章钜：《退庵论文》，王水照编《历代文话》，第五册，复旦大学出版社，2007，第5160 页。

② （清）梁章钜：《退庵论文》，王水照编《历代文话》，第五册，复旦大学出版社，2007，第5156 页。

③ （清）梁章钜：《退庵论文》，王水照编《历代文话》，第五册，复旦大学出版社，2007，第5156 页。

辄把《檀弓》、《考工记》、《左传》、《国语》压卷，实乖体裁，而论文则必溯源于经传，以端其本。"① 梁章钜对清代文章选本加以批评，他认为选文的标准必须属于"文"体的范畴之内，梁章钜取狭义的"文"之概念，从文体发生流变的角度，指出先秦"文"与"经"、"史"不分，秦汉时代才有真正意义的"文"的独立，之后"文"就不与"经"、"史"等非文体混合了，所以选文要以秦汉为时代上限。但论文与选文不同，从文体学的角度看，论文要追溯文的渊源流变，必须上溯先秦经史，其风格等是学文论文者必参考之书。梁章钜引用"古之善论文者"柳宗元《答韦中立论师道书》中的观点："本之《诗》以求其恒，本之《礼》以求其宜，本之《易》以求其动"，"参之《谷梁》以厉其气，参之《孟》《荀》以畅其支，参之《国语》以博其趣。"② 引用与柳氏原文略有出入，柳宗元体会儒家经典的精髓：《诗经》之恒、《礼》之宜、《易》之动等，贯穿于文章写作的思想表达、文势架构之中；吸收每一部经传的突出特点，或正气或畅达或博趣，博采众长，才能自成一家风格。梁章钜进而将柳宗元的观点简化："如要典重则学《书》，要婉丽则学《诗》，要古质则学《易》，要谨严则学《春秋》，要通达则学《戴记》，要博雅则学《左》《国》，各就其性之近，期于略得其意，微会其通，自然不同于世俗之为文矣。"③ 梁章钜对诸经文体的辨析主要是从风格范式上加以区别，比之柳宗元辨体的体势之论更为具象化、时代化，能指引近世初学文者掌握，潜移默化，得其所长，融会贯通。

第二，作文也要精于辨体，骈体散体不可偏废。梁章钜认为作文之道，"取材不可不富，辨体不可不精。"④ 做到这两点要博采众多时代的文章体式，梁章钜梳理了文章发展史中具有独特个性的文之典范：《史记》、《汉书》、《文选》、徐陵和庾信文、初唐四杰文、张说和苏颋文、韩愈和柳宗元

① （清）梁章钜：《退庵论文》，王水照编《历代文话》，第五册，复旦大学出版社，2007，第5155页。
② （清）梁章钜：《退庵论文》，王水照编《历代文话》，第五册，复旦大学出版社，2007，第5156页。
③ （清）梁章钜：《退庵论文》，王水照编《历代文话》，第五册，复旦大学出版社，2007，第5156页。
④ （清）梁章钜：《退庵论文》，王水照编《历代文话》，第五册，复旦大学出版社，2007，第5156页。

文。在梁章钜梳理的文脉系统中有六朝、初唐的骈文，也有汉代历史散文和唐代古文，可见梁章钜通达的辨体观念，辨体的目的不是区别骈文散文，尊一端为正体和正统，而是提倡骈体散体结合的作文观念。为此梁章钜重提六朝"文笔之辨"，区分辨别文与非文、骈文与散文。

三　重提六朝"文笔之辨"

清中叶，以阮元为代表的文论家重提六朝"文笔之辨"，是在古文、骈文之争和汉学、宋学之争的语境下提出的，意在尊体骈文，为骈文争文之正统，与反对骈文的桐城派古文相抗衡。与阮元同时，称其为师的梁章钜深受影响，在《退庵论文》中引阮元《文言说》、《文韵说》、《书梁昭明太子〈文选序〉后》、《与友人论古文书》及阮福《学海堂文笔策问》① 等，来表达对阮元文章学的追慕。道光十六年（1836），阮元也在《〈退庵随笔〉序》中谦虚云："兄之拙著亦有与尊说暗合者。"②

梁章钜对六朝"文笔之辨"的重提，目的是追本溯源，厘清"文"之内涵，此乃"论文"之基础。梁章钜将"文笔之辨"分为"文笔对举"和"诗笔对举"两类。《退庵论文》三十则云："今人自编其所著之集，大概分诗与文两目而已。古人则不然，六朝以前多以文笔对举，或以诗笔对举。诗即有韵之文，可以文统之；故昭明《文选》，奄有诗歌。笔则专指纪载之作，故陆机《文赋》所列诗赋十体，不及传志也。"③ 六朝时诗体在文体之列，有韵之诗属于文这一大类，《文选》之"文"包括诗、赋等多种文体，所以"诗笔之辨"归根结底也是"文笔之辨"。何为"文"？何为"笔"？二者首先在形式、功能上有别，"文"有韵，"笔"无韵；"文"抒情言志，"笔"记载立意。梁章钜认为梁元帝对"文"的定义最为清晰："至梁元帝《金楼子·立言篇》以'杨榷前言，抵掌多识者，谓之笔；咏叹风谣，流连哀思者，谓之文'，又云'至如文者，惟须绮縠纷披，宫徵靡曼，唇吻摇

---

① 阮元在广州学海堂策问"文笔之辨"，其子阮福首对《学海堂文笔策问》，援引六朝唐宋诸家文论，今存于阮元《揅经室集》三集。（阮元《揅经室集》中华书局出版社，1993 年版，第 709~712 页。）

② （清）梁章钜：《退庵随笔》，江苏广陵古籍刻印社，1997，第 1 页。

③ （清）梁章钜：《退庵论文》，王水照编《历代文话》，第五册，复旦大学出版社，2007，第 5166~5167 页。

会，情灵摇荡'云云，语尤分晰。今人于文笔二字之分，不讲久矣！"① 梁章钜以为明清人已不讲文与笔的区别，虽用"文"的定义，却久已模糊"文"的内涵。重提文笔之辨的目的之一，是重新认识"文"的内涵，梁章钜基本上尊重并未改变六朝文论的格局，对此未做标新立异和别出心裁的阐释，"文"与"笔"在功能、内容、形式上有所区别，"文"即抒情言志、注重修辞、注重声韵之体；"笔"即立意记载、不注重修辞、声韵之体。

回归六朝"文笔之辨"语境后，辨别"文"与"笔"的核心问题是何为"韵"，这是何为"文"、何为"笔"更为根本性的问题，解决这个问题可以对清代古文家"或疑文必有韵之语，为不尽然"② 的怀疑做出驳辩。梁章钜以《文心雕龙·总术》篇为文论经典，刘勰通晓文理，"有韵者文"之说当具权威性；又引阮元《文言说》"韵"之阐释，阮元既是汉学家又是骈文家，精通考据，他从文字训诂学的角度考"韵"之源和含义，从"音"从"勾"，引申为声韵和对偶，又将孔子《易·文言》称为千古文章之祖，为声韵和对偶之文的经典。梁章钜发挥其说："今人之韵脚不足以该韵字"，刘勰"有韵者文"之"韵"不是"韵脚"，而是"声韵"的意思，又云古人之"韵"，"直是今人之平仄而已"③；"今之四六，非有韵之文而不能无平仄，即今之四书文亦断不可不讲平仄。试取前明及本朝各名家文读之，无不音调铿锵者，即所谓平仄也，即所谓韵也。"④ 以阮元的阐释为论据，梁章钜解除了古文家对刘勰"文"之定义的怀疑，驳判古文家对注重对偶、平仄之骈文和八股文的轻视。梁章钜重提六朝"文笔之辨"和"文"的内涵，与阮元同样意在提高骈文的地位，打破古文家的歧视，批驳桐城派古

① （清）梁章钜：《退庵论文》，王水照编《历代文话》，第五册，复旦大学出版社，2007，第5167页。
② （清）梁章钜：《退庵论文》，王水照编《历代文话》，第五册，复旦大学出版社，2007，第5167页。
③ （清）梁章钜：《退庵论文》，王水照编《历代文话》，第五册，复旦大学出版社，2007，第5169页。
④ （清）梁章钜：《退庵论文》，王水照编《历代文话》，第五册，复旦大学出版社，2007，第5172页。

文家"薄视诗文，遁而穷经注史"①，远离文之本质，不顾文之形式美的做法。

在六朝"文"定义的诸多标准中，阮元将对偶和声韵作为最重要的标准，有骈偶、声韵的才是真正意义上的"文"，骈文和属于骈文的八股文是"文"；不注重对偶、声韵的散体文则为"笔"，又借经典增强了理论的权威性和可信性，"这种做法在乾嘉时期的汉学家那里是普常的手法。"② 将比偶、声韵体式的骈文推上文章的正统地位，剥夺了桐城派古文家在文坛中的话语权，动摇其在唐宋后文统中一直处于独霸的正统地位。而梁章钜并未有为骈文争文之正统的目的，没有排斥和贬低散体单行之古文，借用六朝"文笔之辨"语境，只是强调"文"之内涵中形式的不可或缺，并进一步阐释清代古文和骈文、八股文之间的联系。

四 古文与骈文、八股文之关系

梁章钜认为若对照六朝"文"的涵义，清人将与骈体文相对的散体文称为"古文"是错误的，"今人于散体文则名为古文，众口一同，其实未考也。"③ 梁章钜的这一观点仍然以阮元文论为据，若按阮元所说，孔子《易．文言》那种沉思翰藻、奇偶相生、音韵相和者乃可称之为"文"，古文家自命名为"古文"的其实没有称之为"文"的特征：对偶和用韵；清人不重排偶、不协平仄、散体单行之"古文"不是"文"，而是"笔"，是"经"、"史"、"子"之类。"文"且不是，更不是"古文"。梁章钜虽同意阮元的散体文不宜称之为"古文"的观点，但《退庵论文》中不得不继续用指示散体单行的"古文"概念来与骈文和八股时文相对，六朝文笔之辨的语境只能暂时作为立论的依据，却并不能规范明清的文章语境；文笔毕竟是六朝文论的范畴，并不能真正规范变化了的清代文章的格局，重提辨体的思路只是一种论证手段。从唐宋古文到明代古文，再到清代古文，文

---

① （清）梁章钜：《退庵论文》，王水照编《历代文话》，第五册，复旦大学出版社，2007，第5172 页。

② 杨旭辉：《清代骈文史》，人民出版社，2013，第 438 页。

③ （清）梁章钜：《退庵论文》，王水照编《历代文话》，第五册，复旦大学出版社，2007，第5170 页。

章史上约定俗称的 "古文" 涵义随时代而变，但基本上指示散体文的概念。如程廷祚《与家鱼门论古文书》云："其别称古文，自近日始。一则对科场应试之文而言，一则由唐、宋诸子自谓能复秦、汉以前之文而言。"[①] 李塨《阎户部诗集序》云："自唐以排俪为时文，明以帖括偶比为时文，而指仿经、史散行者为古文。"[②] 以梁章钜《退庵论文》"古文" 概念的使用情况来看，多与骈文、八股文对举，强调其散体奇行和不同官方时文的属性。

梁章钜的古文、骈文之辨通达折中，主张骈散兼合。梁章钜赞同清代乾隆年间学者彭元瑞的文论观："萧选行而无奇不偶，韩集出而有横皆纵。"[③] 认为骈偶和散行是文章的两种主要形态，《文选》文和韩愈文对文章发展史的影响都是巨大的，《文选》之后骈文兴盛，散体文也走向了骈俪化；韩愈的古文运动之后，骈文也吸收了古文散体单行的气势、结构、技法等，可见骈文和散体文在相对立的同时又相辅相生。如果说阮元从辨体探源的角度，放大了散体文和骈文的区别和矛盾，"由前期尊体运动业已取得生存空间的业绩基础上，进一步扩展到争夺文章正宗地位，从而为骈文创作的持续发展提供理论支持。"[④] 那么梁章钜则从文章发展史的角度，看到散体文和骈文在六朝之后的地位升降和彼此学习变化。梁章钜进而认为"盖古今文体，此二语足以该之，亦阴阳对待之理，不能偏废也。"[⑤] 无论是作为文体还是作为文法的散体与骈偶，都似阴阳相克相生之道，二者的结合是文道之必然。所以，梁章钜主张骈散结合，骈文散文并存，不可独宠一端，这种通达的看法是古文骈文之争后，清中叶诸多文章家、理论家的共识。梁章钜在肯定骈文与散文异途同源的前提下，又强调两种文体具有共同的表述功能，六朝骈文并无诸多文体的限制，但是唐宋乃至明清，骈文可以承担的文体形式已经缩小到应用文的范围，尤其是八股文过于官方

① （清）程廷祚：《青溪集》，卷十，黄山书社，2004，第 230 页。
② （清）李塨：《恕谷后集》，卷二，中华书局，1985，第 22 页。
③ （清）梁章钜：《退庵论文》，王水照编《历代文话》，第五册，复旦大学出版社，2007，第 5156 页。
④ 陈志扬：《阮元骈文观嬗变及历史意义》，阮锡安、姚正根主编《阮元研究论文选》，下册，广陵书社，2014，第 803 页。
⑤ （清）梁章钜：《退庵论文》，王水照编《历代文话》，第五册，复旦大学出版社，2007，第 51556 页。

和过于形式局限，限制了骈文的发展和社会地位，使其成为古文家口中的"卑体"，梁章钜提倡的骈散结合和文体的互融就变得十分重要。梁章钜进而为学子总结作文之门径，"作文自然以道理经书为主，而取材不可不富，辨体不可不精。《史记》、《汉书》两家乃文章不祧之祖，不可不熟读。其次则莫如萧《选》。熟此三部然后再读徐、庾各集及唐初四杰、燕、许诸公而以韩、柳作归宿。"① 见梁章钜对古文与骈文体变源流的梳理和不偏不废的接受和学习态度。

梁章钜论骈散二体不可偏废，强调骈文的重要性，认为从文章发展史看，骈文不是走下坡路，而是代代皆有新变。

> 文章家每薄骈体而不论，然单行之变为排偶，犹古诗之变为律诗，风会既开，遂难偏废。自庾子山出，始集六朝骈体之大成，而导唐初四杰之先路。所作皆华实相扶，情文兼至，于抽黄俪白之中，仍能灏气舒卷，变化自如。……纯用六朝体格，亦恐非宜。惟有分唐四六、宋四六两派，各就性之所近而学之。②

梁章钜批评世人轻薄骈文，认为晚出的骈文与早出的散体文不可偏废，就如律诗由古诗流变的关系。六朝骈文只是文的一个发展阶段，骈文不是脱离文统的卑体异端，而是文之正统的必然发展，文之正统链条上的必然一环。虽骈文地位不必独尊，但为了公文体和应试体不得不学习骈文体式的渊源流变，不但学六朝骈文，也要学习唐代、宋代骈文的不同风格和体式。虽然重视骈文，但梁章钜反对骈文无所不用，好用骈文者必须"知所持择"，如写传志文就不易用骈文，因叙事直叙则可，无需用典事曲折表达，文浮于事则虚饰过度。

梁章钜论文主张骈散结合，却并不否定与骈文相对的"古文"，对历代古文选本的梳理和推荐亦见公正。梁章钜认为"选文但宜以秦、汉为断，

---

① （清）梁章钜：《退庵论文》，王水照编《历代文话》，第五册，复旦大学出版社，2007，第5156 页。

② （清）梁章钜：《退庵论文》，王水照编《历代文话》，第五册，复旦大学出版社，2007，第5173~5174 页。

近选辄把《檀弓》、《考工记》、《左》、《国》压卷，实乖体裁，而论文则必溯源于经传以端其本。"① 他批评古文家复古的不切实际，一味求古，先秦古文乃文体之源，论文辨体自当学习，但不宜模仿为近世典范，学文者可学秦汉以来之文，尤其唐宋诸家之文，若能将乾隆朝御选的《唐宋文醇》五十八卷熟读便可精进。

对于古文与八股时文的关系，梁章钜以为古文与时文的文法可以互通有无，互相学习，但忌过度和功利性。韩愈和欧阳修皆借知贡举选拔古文人才，不喜科举考试的程式之文，选韩欧文的茅坤和储欣却皆以应试的八股文眼光选唐宋八家的文章，一来都有为应试者选文的目的，二来都认为古文为八股文之源本。梁章钜引《四库全书总目提要》之语，间接批评"以古文为时文"的世风：

> 夫能为八比者，其源必出于古文，自明以来，历历可数。坤与欣即古文以讲八比，未始非探本之论。然论八比而沿溯古文为八比之正脉，论古文而专为八比设，则非古文之正脉。②

学习创作八股文的士子为求能于法度中出入经史，将"以古文为时文"作为进身之秘诀，从唐顺之、茅坤到储欣，一方面值得肯定的是"即古文以讲八比，未始非探本之论"，有助于博学多识、提升修养及文体、文法的融会贯通，八股文的局限必然会吸收古文来寻找突破；但另一方面，韩柳欧苏有助于时文，时文无法推出韩柳欧苏，为救八股文之弊而选的古文，必须符合八股文的程式和文法，已经不是秦汉唐宋古文的本来面目，将古文"时文化"不但是对经典的扭曲，且士子只知有茅、储诸家"选本"之古文，而学不到古文大家本来的风神韵度，水平低下自不待言，梁章钜引袁枚《随园诗话》之语批评"古文虽工，终未脱时文习气"③，即是"以时

---

① （清）梁章钜：《退庵论文》，王水照编《历代文话》，第五册，复旦大学出版社，2007，第5156页。
② （清）梁章钜：《退庵论文》，王水照编《历代文话》，第五册，复旦大学出版社，2007，第5160页。
③ （清）梁章钜：《退庵论文》，王水照编《历代文话》，第五册，复旦大学出版社，2007，第5172页。

文为古文"之谬，这是古文与时文相互影响后，两相伤害的不良风气，他认为只有《唐宋文醇》跳出了以八股文眼光评价古文的模式，注重经世致用，而非程式义理，可读可学。

梁章钜在论及八股文与古文的关系时，强调二者的互学互融，必须有度，不可盲目功利，并告诫学子二者的相通之处在于立言，若皆能从心而发，必定高人一筹，"制艺文虽只用于科举，然代圣贤立言，则与学古文初无二道"。① 如桐城派古文家方苞，古文每有时文气，时文则纯以古文法，却能得心应手，篇篇可读，因为他既有经术根基，而兼学诸子文、宋儒文等，又有词华，古文与时文均能言之有物，是处理古文与八股时文关系两相成就的典范，但方苞坚持古文和骈文的文体壁垒，其互相学习，是建立在固守文体形式的基础上，与梁章钜骈散兼学互融的文体观自又不同。

五　骈散兼选的《文选》观

与古文、骈文关系相关的另一个论题是《文选》观。梁章钜批评忽视《文选》价值的古文家，赞赏阮元等骈文家对《文选》的推重，清中期的骈散之争和骈文创作与文论的兴盛，带动了《文选》学研究的大热，梁章钜也加入了《文选》研究的行列。梁章钜经三十年编撰《文选旁证》四十六卷，在自序中说："伏念束发受书，即好萧选。仰承庭训，长更明师。南北往来，钻研不废。岁月迄兹，遂有所积。"② 可见其一生治学萧选的精深钻研；梁章钜的儿子梁恭辰《重刊文选旁证跋》中也说："先中丞公著作甚多，于萧《选》一书，致力者五十年，诠释义理，考证旧文，芸台相国最佩之。"③ 著名的《文选》学家阮元给予了梁章钜《文选旁证》充分的肯定。针对古文家轻视《文选》之论，梁章钜反驳云：

> 今之耳食者鄙薄萧选，而复不敢轻议史、汉，不知萧选中半皆史、汉之文，且有史汉以前之文，随声附和，不值与辨。昔唐李德裕家不

① （清）梁章钜：《退庵论文》，王水照编《历代文话》，第五册，复旦大学出版社，2007，第5175 页。

② （清）梁章钜著，穆克宏点校《文选旁证》，福建人民出版社，2000，第13 页。

③ （清）梁章钜著，穆克宏点校《文选旁证》，福建人民出版社，2000，第1293 页。

置《文选》，谓其不根艺实，盖自古有此耳食之徒矣。"①

明清两代古文家文必秦汉，更有崇尚先秦散文者，不重视萧统《文选》，并将《文选》与六朝骈文等同。桐城派方苞反对在古文中用六朝骈俪之词藻，后姚鼐"排斥《文选》与魏晋骈俪文方面，则与方苞一脉相承。"② 最能显现姚鼐文章标准的《古文辞类纂》，其序目中明确排斥《文选》，称"昭明太子《文选》，分体碎杂，其立名多可笑者。后之编集者，或不知其陋而仍之。"③ 梁章钜以《文选》选有《史记》、《汉书》等先秦两汉的散文为依据，证明全然否定《文选》者的荒谬，也证明了《文选》亦是骈散兼选不偏废。梁章钜还反驳友人乾嘉经学家谢金銮（字退谷）的鄙视《文选》之说："文有三理：善言德行者，道理足也；达于实务者，事理足也；笔墨变化者，文理足也。三者俱无，则《昭明文选》之文而已。"④ 梁章钜认为谢先生实为过于贬低《文选》价值，《文选》之文并非没有德行道理之文，如崔瑗《座右铭》、韦昭《博弈论》；《文选》之文并非没有实用的社会功用，如枚乘《谏吴王》、班彪《王命论》等；也并非没有行文的文理，如屈原、司马迁之文。因谢先生崇尚宋儒心性之学，最看重的文章选本是真德秀的《文章正宗》，评价《文选》一无是处，过于偏颇。

梁章钜认为不能以"比偶非古"而贬低《文选》所选骈文；也不能片面的将《文选》定性为骈文选本，近世学人不读《文选》实为差谬。但梁章钜并不否定宋儒之学，对清代汉学、宋学之争也看得通透，不拘一端，《退庵论文》也赞美朱熹之文句句有理，评论清初汪藻之文近南宋诸家，本于六经；论文也主张文以载道，雅正深醇；他也批评汉学考据家作文，"率喜繁征博引，以长篇炫人，然气不足以举之，每令阅者不终篇而倦。其意

① （清）梁章钜：《退庵论文》，王水照编《历代文话》，第五册，复旦大学出版社，2007，第5156页。
② 於梅舫：《阮元文笔说的发轫与用意》，阮锡安、姚正根主编《阮元研究论文选》，下册，广陵书社，2014，第783页。
③ （清）姚鼐纂，胡士明、李祚唐标校《古文辞类纂》，古文辞类纂序目，上海古籍出版社，1998，第17页。
④ （清）梁章钜：《退庵论文》，王水照编《历代文话》，第五册，复旦大学出版社，2007，第5156页。

自谓源于史汉，然史公文字精彩，虽长不厌。"① 指出了考据家枯燥的学问气行文的缺失，但不否认学问研究本身的价值，他自己也精于汉学考证。

梁章钜对《文选》选本性质的认知不偏不倚，正是其骈散结合的选文观和创作观的反映，调和了清中叶古文、骈文之争背景下，世人对《文选》的极端理解，也调和汉学和宋学的矛盾，文承载思想，不论是何等道理学问，都应该是包容并蓄的，且文不仅仅是承载学问道理的工具，而是儒者言行修养的一部分。《退庵论文》开篇第一则即云："古言儒行，必曰近文章，今之自命为儒者，乃不以无文为耻，甚可怪也。"② 因此，不能忽略为文的形式，形式与立意的创造与完美一同构成了为文者的人格修养与德行完善，正是宽广高远的文人胸怀，对文章的深刻领悟，使梁章钜的骈散之辨中正持明，对当今为文者亦大有启发和裨益。

六 曲折生姿的文法学

第一，读经典文章及选本。读书是作文的基础，"劳于读书"，正是为了"逸于作文"。读书的目的是学习和模仿，文章浩如烟海，需在古今典籍中找到最经典的文章选本或别集。梁章钜先以时代为序，梳理文章流变史中的优秀文本，转益多师。梁章钜认为《文选》之后的文章总集是《文苑英华》，但《文苑英华》一千卷"富而不精"，不易阅读，其后姚铉去粗取精，编为一百卷《唐文粹》，与宋初倡导复古的古文家穆修等人相呼应，矫五代之弊，学习唐文者最易研读。而南宋吕祖谦《宋文鉴》选文经世致用，为朱熹所欣赏；吕祖谦的《古文关键》也是学文的必读书。梁章钜引福建李光地《榕村语录》评朱熹的文章，胜在事理具足，一字不落空，虽比不上班、马、韩、柳，但自与古文的风格不同，可以学习。梁章钜肯定金代元好问的文章成就，评其"古文绳尺严密，根底盘深。"③ 梁章钜批评真德

① （清）梁章钜：《退庵论文》，王水照编《历代文话》，第五册，复旦大学出版社，2007，第5164页。

② （清）梁章钜：《退庵论文》，王水照编《历代文话》，第五册，复旦大学出版社，2007，第5155页。

③ （清）梁章钜：《退庵论文》，王水照编《历代文话》，第五册，复旦大学出版社，2007，第5162页。

秀《文章正宗》选文的宗旨过于"论理"，不重视文章的文采，所以此选本并不流行。梁章钜推荐福建蔡文勤的《古文雅正》，赞赏蔡文勤的"雅正"兼顾文质，相辅相成的选文理念。梁章钜赞赏元代苏天爵所撰《元文类》"论者谓可与《唐文粹》、《宋文鉴》鼎立而三。厥后程敏政之《明文衡》，虽极力追之，终莫能及也。"①，以上他梳理了唐宋金元各大家成就及最易研读的文章选本。

接着他梳理明代的文章大家，宋濂第一，然后是刘基、方孝孺、李东阳、唐顺之、归有光、王慎中，可看这些大家的全集，其余的就看明文选本，较好的摒弃复古模拟风气的是程敏政《明文衡》和黄宗羲《明文海》。梁章钜还批评明代的台阁体、前七子及三袁之文，前七子实乃复古之毒瘤，"厥后摹拟剽贼，日就窠臼，风会递转，门户遂分。"②梁章钜认为今人崇尚复古，且以为越古越好，学唐宋古文不如学秦汉古文，但仅仅是摘得《史记》、《汉书》的只言片句，套在时文的模式中，所以以古文为时文，并未学得古人的创造力。而清前期的文章，梁章钜推荐宋牧仲《三家文钞》，三家（侯方域、魏禧、汪藻）之中尤为推崇汪藻之文"其气体浩瀚，疏通畅达，颇近南宋诸家"。③另外，朱彝尊和方苞、毛奇龄之文也应涉猎。

读赋必读的选集是清康熙御选的《历代赋汇》，以及记载赋体渊源流变的元祝尧《古赋辨体》，王惕甫《读赋卮言》。学习骈文先读《文选》，再读徐陵庾信、初唐四杰、李商隐、彭文勤的《宋四六选》、陈维崧《四六》、《林蕙堂集》、《思绮堂集》等。

读书对作文的作用，主要是摹仿借鉴的作用，古人作文，多有摹仿者。有所继承，又经孕育变化而有所发展。既从前人著作中取法，又不为法度所缚。

第二，追求曲折生姿的文章结构和行文风格，不强求高简古淡。梁章钜认为少时作文"以英发畅满为贵"，淋漓尽致表达思想和情感，畅所欲言

① （清）梁章钜：《退庵论文》，王水照编《历代文话》，第五册，复旦大学出版社，2007，第5162页。

② （清）梁章钜：《退庵论文》，王水照编《历代文话》，第五册，复旦大学出版社，2007，第5163页。

③ （清）梁章钜：《退庵论文》，王水照编《历代文话》，第五册，复旦大学出版社，2007，第5163页。

自然议论，待逐渐年纪成熟后，思想老成，再求其"高简古淡"和言有尽而意无穷的境界。而"错综见意，曲折生姿"的文章结构和离合变幻的文势也要通过锻炼得取，"皆从熟出也"，文章写作贵在勤加练习，熟练于胸。

> 朱子尝言："文须错综见意，曲折生姿。"李习之尝叫人看韩公《获麟解》，一句一转，可悟作文之法；而不叫人看《原道》，以其稍直也。近魏叔子言："古人之妙，只是说而不说，说而又说，是以极吞吐往复、参差离合之致。"袁简斋亦言："天上有文曲星，无文直星"，虽是戏言，亦自有致。①

追求曲折多变的文章结构也必须注意不可走向拖沓冗长、大发议论的对立面。梁章钜云："今考据家作文字，率喜繁征博引，以长篇炫人，然气不足以举之，每令阅者不终篇而倦。其意自谓源于《史》《汉》，然史公文字精采，虽长不厌，《汉书》则冗沓处实多，马班之高下即在此。《史记》中长短亦不一律，如《项羽本纪》长八千八百余字，《赵世家》长一万一千一百余字，而《颜渊列传》仅二百四十字，《仲弓列传》仅六十三字，何尝必以长为贵乎？朱子尝言：凡人做文字，不可太长，多照管不到；宁可说不尽。韩欧文皆不欲说尽，东坡虽是一往滚将去，他里面自有法度。今人不理会他里面法度，只管学他一滚做将去，故无结构。"② 梁章钜反对清代考据学家以繁琐考证习气入文，旁征博引，玄乎其玄，然文章和思想气脉一尽，就很难支撑起过长的文章结构，让阅读者倦怠不已。梁章钜通过比较《史记》和《汉书》的文章，批评《汉书》的冗长拖沓，并通达的认为文章应该像《史记》一样，应长则长，应短则短，曲折多姿的结构并不是求长求尽，而是法度之内的驰骋变幻。苏轼文章看似散漫，实有辞达之意了然于心，言有尽而意无穷。文章不但要在简洁中达意，还要在结语上下功夫，最好是"不结之结"，切忌太过太露。

---

① （清）梁章钜：《退庵论文》，王水照编《历代文话》，第五册，复旦大学出版社，2007，第5165页。

② （清）梁章钜：《退庵论文》，王水照编《历代文话》，第五册，复旦大学出版社，2007，第5164~5165页。

第三，注重文章的删润与修改。他指出："百工治器，必几经转换，而后器成；我辈作文，亦必几经删润，而后文成。"举欧阳修修改文章和同乡朱仕锈文章贴壁修改的例子，说明文成后，要反复删润，"至万无可去，而后脱稿示人"，这是后学所当取法的。但是自己修改往往有所局限，有时"私于自是，不忍于割截"，有时"其间妍媸抑又自惑"，不知从何下手。因此，梁章钜提出要结交"有公鉴，无姑息"的良友修改。

总之，梁章钜秉承儒家文论观，提倡文以载道，文以有为社会，主张选择经世致用的文章选本学习。梁章钜具有通达的辨体意识，文章选本精严辨体而后选文。综上所述，梁章钜重提六朝"文笔之辨"、厘清"文"之内涵，与阮元一样意在提高骈文地位，批驳桐城派古文家穷经注史，远离文之本质，不顾文之形式，贬低骈文地位，以散体文为文章正统的观点。继承阮元之外，梁章钜的文章学观点也具有独特性。第一，相较于阮元否定古文家的散体文为"文"，只承认比偶、声韵的骈体文为"文"的矫枉过正；梁章钜的古文、骈文之辨更为通达、折中，认为"文笔之辨"是六朝文论的范畴和语境，只是立论的依据和手段，实已不能规范明清的文章学格局。第二，梁章钜主张骈散结合，骈文散文并存，地位不必独尊，不可独宠一端。梁章钜从文章发展史的角度，看到散体文和骈文异途同源，在六朝之后的地位升降和彼此学习变化，无论是作为文体还是作为文法的散体与骈偶，都似阴阳相克相生之道，具有共同的表述功能，却也有彼此更为适合的表达文类，二者的结合是文道之必然。第三，梁章钜在论及八股文与古文的关系时，强调二者的互学互融，必须有度，不可盲目功利，"以古文为时文"和"以时文为古文"不可两相妨害；二者的相通之处在于立言，皆求从心而发，言之有理有物，才能两相成就。比之阮元"是四书排偶之文真乃上接唐宋四六为一脉，为文之正统也"① 之说，将八股文视为骈文一脉，视为文章正统中的正统之观点的过分抬高；梁章钜写作《制义丛话》，客观梳理八股文的渊源流变，指导后学写作八股文的体式、特点等，并不过度拔高八股文的地位，略胜一筹。最后，梁章钜批评忽视《文选》价值的古文家，认为《文选》亦是骈体散体并选的选本，不能将《文选》

---

① （清）阮元撰，邓经元点校《揅经室集·三集》，中华书局，1993，第608页。

与骈文选本等同。主张学习经典的文章选本，揣摩各种文章体式，梳理各文体的渊源流变，追求曲折生姿的文章结构和行文风格。梁章钜骈散结合的文体学观点辩证通达，既有清中叶文论家的共识眼光，又有自己独特的角度，为古文、骈文、八股文创作与理论的兴盛做出了一定贡献，但援引诸家文论为多，自我著述偏少，未能在清中叶的文章学领域独树一帜，也是遗憾之处。

参考文献

古籍

（宋）李焘：《续资治通鉴长编》，中华书局，1985。

（宋）杨仲良：《皇宋通鉴长编纪事本末》，（第三册），黑龙江人民出版社，2006。

（元）脱脱等：《宋史》，中华书局出版社，2000。

（清）梁廷楠著，林梓宗校点《南汉书》，广东人民出版社，1981。

（清）吴任臣：《十国春秋》，第二册，中华书局，1983。

（清）吴兰修：《南汉纪》，后主纪，清道光十四年淳一堂刻本。

（民国）赵尔巽等：《清史稿》，选举五，第12册，中华书局，1977。

（明）王世贞：《弇州史料》，后集卷六十八，明万历四十二年刻本。

（清）王夫之：《永历实录》，岳麓书社，1982。

（清）蒋良骐撰，林树惠等校点《东华录》，中华书局，1980。

（清）黄叔璥：《国朝御史题名》，清光绪刻本。

（清）官修：乾隆四十二年《大清缙绅全书》，京师琉璃厂世锦堂刻本。

（清）徐世昌：《清儒学案》，卷八十九，第4册，中华书局，2008。

（清）吴廷燮：《唐方镇年表》，卷七，中华书局，1980。

（民国）蔡冠洛：《清代七百名人传》，中国书店1984。

（民国）闵尔昌：《近代中国史料丛刊》，碑传集补，文海出版社影印民国21年本，1973。

（清）穆彰阿，潘锡恩等纂修《（嘉庆）大清一统志》，上海古籍出版社，2008。

（清）金鉷修《（雍正）广西通志》，商务印书馆影印文渊阁四库全书本，1983。

（清）谢启昆修，胡虔纂《（乾隆）广西通志》，第 10 册，广西人民出版社，1988。

（清）谢旻等修，陶成等纂《江西通志》，台北：成文出版社影印文渊阁四库全书本，1989。

（清）阮元等修，陈昌齐纂《广东通志》，商务印书馆，1934。

（清）陈寿祺：《（同治）福建通志》，第 71 册，台北：华文书局影印清同治刻本，1968。

（清）王轩等撰《山西通志》，台北：华文书局股份有限公司影印光绪十八年刻本，1969。

（清）王增芳等修，成瓘等纂《（道光）济南府志》，清道光二十年刻本。

贵州省毕节地区地方志编纂委员会点校《大定府志（道光二十九年刻本）》，中华书局，2000。

（清）吴九龄修，史鸣皋等纂《（乾隆）梧州府志》，凤凰出版社影印清同治十二年刻本，2014。

（清）欧樾华等修《（同治）韶州府志》，清同治刻本。

（清）苏士俊纂，何鲲增修《南宁府志》，凤凰出版社影印道光刻本，2014。

（清）夏敬颐，褚兴周纂修《浔州通志》，卷五十，广西桂平县志编纂办公室刻，1987。

（清）单此藩、陈廷藩、蒋学元纂《灌阳县志》，清康熙四十七年刻本。

（清）蔡呈韶等修，胡虔、朱依真撰《（嘉庆）临桂县志》，清嘉庆七年刻本。

（清）张允观修《（乾隆）北流县志》，清乾隆十三年刻本。

（清）王巡泰修《兴业县志》，清乾隆四十六年刻本。

（清）苏勒通阿修，彭煜基纂《续修兴业县志》，清嘉庆十九年刻本。

（清）萧烜修，范光祺纂《（道光）灌阳县志》，广西省图书馆抄本。

（清）吴征鳌修，黄泌、曹驯纂《（光绪）临桂县志》，清光绪三十一年刻本。

（清）徐作梅修，李士琨等纂《（光绪）北流县志》，台北：成文出版社影印清光绪六年刻本，1975。

（清）封祝唐纂《（光绪）容县志》，台北：成文出版社影印光绪二十三年刻本，1974。

（清）夏敬颐、王仁钟修，梁吉祥纂《（光绪）贵县志》，光绪二十一年紫泉书院刻本。

（清）徐作梅修，李士琨等纂《（光绪）北流县志》，台北：成文出版社影印光绪六年刻本，1975。

宁河县地方史志编修委员会编《（光绪）〈宁河县志〉译注》，宁河县地方史志编修委员会出版，1987。

番禺市地方志编纂委员会办公室整理《（同治）番禺县志》同治十年点注本，广东人民出版社，1998。

（清）彭光藻、王家驹、杨希闵等纂《长乐县志》，清同治年间刻本（微缩文献），藏国家图书馆。

（清）蒯光焕、李百龄原修，罗勋、严寅恭原纂，黄玉柱续修，王栋续纂《（同治）苍梧县志》，中国地方志集成，广西府县志辑第 77—78 册，凤凰出版社，2014。

（民国）程森：《德清县志》，台北：成文出版社影印民国二十年铅印本，1970。

（民国）温德溥修，曾唯儒纂《武鸣县志》，民国四年铅印本。

（民国）刘振西：《隆安县志》，台北：成文出版社，1975。

（民国）梁崇鼎等：《贵县志》，台北：成文出版社，1967。

（民国）周赞元等修《怀集县志》，台北：成文出版社影印民国五年刊本，1975。

（民国）程大璋：《桂平县志》，台北：成文出版社，1968。

（民国）玉昆山等：《信都县志》，第二册，台北：成文出版社，1967。

（民国）陈美文修《李繁滋、文同书等纂》，灵川县志，台北：成文出版社影印民国十八年石印本，1975。

（民国）陈赞舜修，覃祖烈纂《（民国）宜山县志》，宜州市地方志办公室点校发行，2000。

（民国）杨盟修，黄诚沅纂《（民国）上林县志》，台北：成文出版社影印民国二十三年本，1968。

（民国）温德溥修，曾唯儒纂《武鸣县志》，民国四年铅印本。

（清）宗经、羊复礼、夏敬颐辑《广西通志辑要》，台北：成文出版社影印光绪十六年桂林唐九如堂刻本，1976，藏广西省图书馆。

（明）曹学佺：《广西名胜志》，广西师范大学出版社，2012。

（明）张鸣凤撰，李文俊注《〈桂故〉校注》，广西人民出版社，1988。

（明）张鸣凤著，齐治平、钟夏校点《〈桂胜·桂故〉校点》，广西人民出版社，1988。

（明）邝露：《赤雅》，蓝鸿恩考释，广西民族出版社，1995。

（明）徐弘祖著，闫若冰等校点《徐霞客游记》，上册，齐鲁书社，2007。

（清）法式善：《清秘述闻》，清代史料笔记丛刊清秘述闻三种上册，中华书局，1982。

（清）王家相、魏茂林、钱维福撰《清秘述闻续》，清代史料笔记丛刊清秘述闻三种中册，中华书局，1982。

（宋）陈振孙：《直斋书录解题》，山东画报出版社，2004。

（宋）晁公武：《郡斋读书志校证》，孙猛校证，上海古籍出版社，1990。

（清）永瑢、纪昀主编《四库全书总目提要》，海南出版社，1999。

（清）永瑢等：《四库全书总目》，中华书局，1965。

民国广西统计局编《广西省述作目录》，杭州古籍书店据广西统计局1934 年编印本影印。

（唐）范摅：《云溪友议》，卷中，古典文学出版社，1957。

（唐）刘肃撰，许德楠、李鼎霞点校《大唐新语》，中华书局，1984。

（宋）刘斧：《青琐高议》，中华书局，1959。

（宋）方勺：《泊宅编》，卷一，中华书局，1983。

（宋）普济辑，朱俊红点校《五灯会元》，第三册，海南出版社，2011。

（宋）孙光宪：《北梦琐言》，商务印书馆，1939。

（宋）胡仔：《苕溪渔隐丛话》，前集卷五十七，商务印书馆，1937。

（宋）陈应行：《吟窗杂录》，中华书局，1997。

（宋）陈舜俞：《庐山记》，卷四，殷礼在斯堂丛书重刊元录本。

（宋）王明清：《挥麈录》，上海书店出版社，2009。

（宋）文莹：《湘山野录》，中华书局，1984。

（宋）乐史：《太平寰宇记》，第三十八册，光绪八年金陵书局刻本。

（宋）周去非著，杨武泉校注《〈岭外代答〉校注》，中华书局，1999。

（宋）洪迈：《夷坚志》，九州图书出版社，1998。

（明）魏浚：《峤南琐记》，笔记小说大观丛书三十九编第 5 册，台北：台湾新兴书局，1983。

（明）陈耀文：《天中记》，卷三十四，清文渊阁四库全书本。

（明）蒋一葵：《尧山堂外纪》，卷九十六，明万历刻本。

（清）褚人获撰，李梦生校点《坚瓠集》，上海古籍出版社，2012。

（清）王士祯：《居易录》，清文渊阁四库全书本。

（清）王士祯：《带经堂诗话》，下册，人民文学出版社，1982。

（清）王晫：《今世说》，卷八，中华书局，1985。

（清）赵翼、姚元之撰《檐曝杂记　竹叶亭杂记》，中华书局，1982。

（清）吴文溥：《南野堂笔记》，中华国粹书社 1912 年石印本。

（清）梁章钜：《浪迹丛谈》，中华书局，1981。

（清）梁章钜：《归田琐记》，退庵自订年谱，中华书局，1981。

（清）梁章钜：《楹联丛话》，中华书局，1987。

（清）梁章钜：《退庵随笔》，上海古籍出版社，1996。

（清）张维屏：《花甲闲谈》，清道光富文斋刻本。

（清）张维屏：《桂游日记》，线装书局，2003。

（清）阮葵生：《茶余客话》，上海古籍出版社，2012。

（清）梁恭辰：《北东园笔录》，进步书局民国影印本，藏国家图书馆。

（清）徐珂：《清稗类钞》，第 6 册，中华书局，1986。

（宋）李昉：《太平御览》，卷四百六十五，四部丛刊三编影宋本。

（明）王钦若：《册府元龟》，卷六百八十一，明刊本。

（宋）刘克庄：《后村千家诗校注》，胡问侬、王皓叟校注，贵州人民出版社，1986。

（宋）孙绍远：《声画集》，清文渊阁四库全书本。

（元）方回编（清）纪昀刊误，诸伟奇，胡益民点校《瀛奎律髓》，黄山书社，1994。

（清）沈季友：《檇李诗系》，卷九，清文渊阁四库全书本。

（清）朱彝尊：《明诗综》，中华书局，2007。

（清）汪瑞：《明三十家诗选》，清同治癸酉蕴兰吟馆重刊本，藏国家图书馆。

（清）沈德潜编《清诗别裁集》，上海古籍出版社，2013。

（清）邓显鹤纂：《沅湘耆旧集》，岳麓书社，2007。

（清）魏宪：《百名家诗选》，清康熙枕江堂刻本，藏湖南图书馆。

（清）姚鼐纂，胡士明、李祚唐标校《古文辞类纂》，上海古籍出版社，1998。

（清）吴景辂：《国朝松陵诗征》，例言，清乾隆爱吟阁刊本，藏国家图书馆。

（清）彭定求等编《全唐诗》，中华书局，2008。

（清）李调元编，何光清点校《全五代诗》，下册，巴蜀书社，1992。

（清）汪森辑，桂苑书林编辑委员会校注《〈粤西诗载〉校注》，广西人民出版社，1988。

（清）汪森辑，黄盛陆等校点《〈粤西文载〉校点》，广西人民出版社，1990。

（清）汪森：《〈粤西丛载〉校注》，上册，广西民族出版社，2007。

（清）张鹏展：《峤西诗钞》，上林丛书编印所，1944。

（清）梁章钜：《三管英灵集》，桂林汤日新堂清道光刻本，藏国家图书馆。

（清）徐世昌编，闻石点校《晚晴簃诗汇》，中华书局，1990。

（民国）陈柱编，高湛祥、陈湘校评《粤西十四家诗钞校评》，广西人民出版社，1997。

（唐）曹邺：《曹祠部集》，上海古籍出版社影印清《文渊阁四库全书》第 1083 册集部 22，1987。

（唐）曹唐著，陈继明注《曹唐诗注》，上海古籍出版社，1996。

（唐）黄滔：《莆阳黄御史集》，丛书集成初编影印天壤阁丛书本，中华书局，1985。

（唐）李商隐著，（清）冯浩笺注《玉溪生诗详注》，清乾隆德聚堂刻本。

（唐）杜牧著，（清）冯浩笺注《樊南文集详注》，清乾隆德聚堂刻本。

（唐）许浑著，罗时进笺证《〈丁卯集〉笺证》，江西人民出版社，1998。

（宋）契嵩：《镡津集》，禅门逸书，初编，第3册，台北：明文书局，1981。

（宋）契嵩：《镡津文集》，元刻本，藏国家图书馆。

（宋）契嵩：《镡津文集》，四部丛刊本，上海书店出版社，1986。

（宋）契嵩：《镡津文集》，（日）大正一切经刊行会，大正新修大藏经第52册，台北：新文丰出版有限公司，1996。

（明）王贵德著，谢明仁、江宏注《〈青箱集剩〉校注》，巴蜀书社，2010。

（明）严嵩：《钤山堂集》，卷八，明嘉靖二十四年刻本。

（明）田汝成：《田叔禾小集》，卷八，明嘉靖四十二年田艺蘅刻本。

（明）黄佐：《泰泉集中山大学中国古文献研究所编》，全粤诗，卷二二七第七册，岭南美术出版社，2009。

（明）吴廷举：《东湖吟稿》，沈乃文主编：《明别集丛刊第一辑》，第七十三册，黄山书社，2013。

（明）蒋冕著，唐振真、蒋钦挥、唐志敬点校《湘皋集》，广西人民出版社，2001。

（明）戴钦著，滕福海、石勇校注《〈戴钦诗文集〉校注》，巴蜀书社，2014。

（清）汪辟疆：《汪辟疆文集》，上海古籍出版社，1988。

（清）胡德琳：《碧腴斋诗存》，（清）袁枚著，袁枚全集第七册，江苏古籍出版社，1993。

（清）杨廷理：《知还书屋诗钞》，清代诗文集汇编本418册，上海古籍出版社，2010。

（清）蒋励宣：《巢云楼存诗》，吕朝晖主编，全州历史文化丛书：六人集，广西人民出版社，2001。

（清）谢良琦著，熊柱等注《醉白堂诗文集》，广西人民出版社，2001。

（清）谢赐履著，蒋钦挥等点校《悦山堂诗集》，广西人民出版社，2001。

（清）邓建英：《玉照堂诗钞》，嘉庆十七年左桂舟刻本，藏桂林图书馆。

（清）邓建英：《玉照堂诗钞》，罗渭川家藏咸丰抄本，藏桂林图书馆。

（清）朱依真著，周永忠校注《〈九芝草堂诗存〉校注》，巴蜀书社，2014。

（清）龙献图著，李国新校注《〈易安堂集〉校注》，中央编译出版社，2015。

（清）邓显鹤著，弘征点校《南村草堂文钞》，岳麓书社，2008。

（清）邓显鹤：《南村草堂文钞》，卷四，清咸丰元年刻本。

（清）李彬：《愚石居诗集续编》，民国 23 年（1934）。

（清）李彬：《愚石居诗文集》，大马站播文印刷场，民国 11 年（1922）。

（清）谢济世著，胡思敬汇编《谢梅庄先生遗集》，清代诗文集汇编，二六六，上海古籍出版社，2010。

（清）谢济世著，黄南津校注《梅庄杂著》，广西人民出版社，2001。

（清）陈宏谋：《培远堂偶存稿》，清代诗文集汇编，二八 0，上海古籍出版社，2010。

（清）李秉礼：《韦庐诗内外集》，清代诗文集汇编本 423 册，上海古籍出版社，2010。

（清）朱凤森：《韫山诗稿》，清咸丰七年刻本，藏桂林图书馆。

（清）罗辰：《芙蓉池馆诗草》，杨健主编：北京师范大学图书馆藏稀见清人别集丛刊第 15 册，广西师范大学出版社，2007。

（清）贺长龄：《贺长龄集》，岳麓书社，2010。

（清）刘嗣绾：《尚絅堂集》，诗集卷四十六云心集上，清道光大树园刻本。

（清）孙尔准：《泰云堂集》，诗集卷十二，清道光刻本。

（清）谢启昆：《树经堂诗续集》，卷五，铜鼓亭草下，清嘉庆刻本。

（清）吴嵩梁：《香苏山馆诗集》、《续修四库全书》集部第 1489-1490 册影印华东师范大学图书馆藏清木犀轩刻本，上海古籍出版社，1995。

（清）施闰章撰，何庆善、杨应芹点校《施愚山集》，黄山书社，1992。

（清）赵翼著，华夫主编《赵翼诗编年全集》，第二册，天津古籍出版社，1996。

（清）程廷祚：《青溪集》，卷十，黄山书社，2004。

（清）李塨：《恕谷后集》，卷二，中华书局，1985。

（清）梁章钜：《铜鼓联吟集》，清道光刻本，国家图书馆藏。

（清）梁章钜：《退庵诗存》，清代诗文集汇编 515 册，上海古籍出版社，2010，第 21 页。

（清）欧阳厚均撰，方红姣校点《欧阳厚均集》，卷上，岳麓书社，2013。

（清）陶澍：《陶澍全集》，岳麓书社，2010。

（清）陈庆铺：《籀经堂类稿》，清光绪九年刻本。

（清）包世臣：《小倦游阁集》，清小倦游阁抄本。

（清）商盘：《质园诗集》，浙江古籍出版社，2016。

（清）施闰章著《清名家诗丛刊初集》，施闰章诗，广陵书社，2006。

（清）魏元枢：《与我周旋集》，北京出版社影印清乾隆五十八年清祜堂刻本，1998。

（清）方履籛：《万善花室文稿》，商务印书馆，1936。

（清）王拯：《龙壁山房文集》，台北：文海出版社，1970。

（清）龙启瑞著，吕斌校笺《龙启瑞诗文集校笺》，岳麓书社，2008。

（清）林则徐著，林则徐全集编辑委员会编《林则徐全集》，海峡文艺出版社，2002。

（清）陶澍：《陶文毅公全集》，第五册，卷四十六，台北：文海出版社，1966。

（清）林直：《壮怀堂诗初稿》，清咸丰六年福州刻本。

（清）郑献甫：《补学轩文集》，台北：文海出版社，1975。

（清）陈寿祺：《绛跗草堂诗集》，卷二，清刻本。

（清）黄本骥：《黄本骥集》，岳麓书社，2009。

（清）苏时学著，阳静校注《〈宝墨楼诗册〉校注》，巴蜀书社，2014。

（宋）阮阅：《诗话总龟》，周本淳校点，人民文学出版社，1987。

（宋）胡仔：《苕溪渔隐丛话》，商务印书馆，1937。

（宋）计有功：《唐诗纪事》，下册，中华书局，1965。

（宋）罗大经：《鹤林玉露》，卷十，上海书店影印涵芬楼刻本，1990。

（宋）魏庆之编《诗人玉屑》，上册，上海古籍出版社，1978。

（宋）尤袤：《全唐诗话》，中华书局，1985。

（宋）陈应行：《吟窗杂录》，卷十八下，明嘉靖二十七年崇文书堂刻本，藏国家图书馆。

（元）陈世隆编，徐敏霞校点《宋诗拾遗》，第三册，辽宁教育出版社，2000，第107页。

（明）王世贞：《艺苑卮言》，卷一，凤凰出版社，2009。

（明）许学夷：《诗体辨源》，卷三十五，明崇祯陈所学刻本。

（清）厉鹗：《宋诗纪事》，上海古籍出版社，1983。

（清）陈田：《明诗纪事》，上海古籍出版社，1993。

（清）陈田辑：《明诗纪事》，第14册，商务印书馆，1936。

（清）朱彝尊：《静志居诗话》，第三册，台北：明文书局，1991。

（清）袁枚：《随园诗话》，卷八，浙江古籍出版社，2011。

（清）袁枚著，李洪程笺注《随园诗话》，笺注，中册，台北：兰台出版社，2012。

（清）袁枚著，唐婷译注《〈随园诗话〉译注》，上海三联书店，2014。

（清）李调元著，詹杭伦、沈时蓉校正《雨村诗话》，校正，巴蜀书社，2006。

（清）汤大奎：《炙砚琐谈》，卷上，乾隆五十七年赵怀玉亦有生斋刊本。

（清）梁章钜著，蒋凡校注《〈三管诗话〉校注》，广西人民出版社，1996。

（清）梁章钜：《南浦诗话》，台北：广文书局，1977。

（清）梁章钜：《退庵论文》，王水照：《历代文话》，第五册，复旦大学出版社，2007。

（清）梁章钜：《穆克宏点校》，文选旁证，福建人民出版社，2000。

（清）阮元撰，邓经元点校《揅经室集》，中华书局，1993。

（清）郑方坤辑，刘大治点校《全闽诗话》，福建人民出版社，2006。

（清）林昌彝著，王镇远、林虞生标点《海天琴思录》，上海古籍出版社，1988。

（清）林昌彝：《射鹰楼诗话》，清咸丰元年刻本。

（民国）雷瑨：《青楼诗话》，民国十五年扫叶山房石印本。

（民国）杨钟义：《雪桥诗话三集》，台北：文海出版社，1975。

著作

刘介：《广西僮族文人文学史概要》，广西壮族自治区科学工作委员会僮族文学史编辑室刊印，1959。

严懋功：《清代徵献类编》，台北：中华书局，1968。

桂林市文物管理委员会编：《桂林石刻》，桂林市文物管理委员会，1977。

郑振铎：《西谛书话》，三联书店，1983。

傅增湘：《藏园群书经眼录》，中华书局，1983。

广西地方史志研究组：《广西历史人物传》，第四册，广西地方史志研究组编印，1983。

东方学会编《国史列传》，台北：明文书局，1985。

钱仲联：《近百年诗坛点将录》，中州古籍出版社1986。

欧阳若修，周作秋、黄绍清等编《壮族文学史》，广西人民出版社，1986。

广西壮族自治区通志馆编《广西方志提要》，广西人民出版社，1988。

广西通志馆旧志整理室：《广西方志传记人名索引》，广西人民出版社，1989。

上林县志编委会编《上林县志》，广西人民出版社，1989。

钱仲联主编《清诗纪事》，第十六册咸丰朝卷，江苏古籍出版社，1989。

吴肃民，莫福山编《中国少数民族文学古籍举要》，天津古籍出版社，1990。

清史编委会编《清代人物传稿（下编）》，第 6 卷，辽宁人民出版社，1990。

陈相因、秦邕江：《广西方志佚书考录》，广西人民出版社，1990。

《桂平县志》编纂委员会编《桂平县志》，广西人民出版社，1991。

湖南省地方志编纂委员会编《湖南省志》，第三十卷，湖南出版社，1992。

刘汉忠：《戴钦著述的刊刻流传》，政协柳州市柳北区委员会文史编辑组：《柳北文史》，第 7~8 辑，政协柳州市柳北区委员会刊印，1992。

隆安县志编委会编《隆安县志》，广西人民出版社，1993。

怀集县地方志办公室编《怀集县志》，广东人民出版社，1993。

潘其旭，覃乃昌主编《壮族百科辞典》，广西人民出版社，1993。

何书置：《柳宗元研究》，岳麓书社，1994。

政协广西临桂县委员会办公室：《临桂文史》，第 7 辑，政协广西临桂县委员会办公室刊印，1994。

武鸣县政协文史学习委员会编《武鸣风景名胜荟萃》，武鸣县政协文史学习委员会刊印，1995。

熊光嵩：《灌阳县志》，新华出版社，1995。

平乐县地方志编纂委员会：《平乐县志》，方志出版社，1995。

季啸风：《中国书院辞典》，浙江教育出版社，1996。

李荣典：《临桂县志》，方志出版社，1996。

苍梧县志编纂委员会编《苍梧县志》，广西人民出版社，1997。

马山县志编纂委员会编《马山县志》，民族出版社，1997。

中国第一历史档案馆编《纂修四库全书档案》，上册，上海古籍出版社，1997。

秦国经主编《中国第一历史档案馆藏》，清代官员履历档案全编，第 23 册，华东师范大学出版社，1997。

谢正光、佘汝丰编著《清初人选清初诗汇考》，南京大学出版社，1998。

全州县志编纂委员会编《全州县志》，广西人民出版社，1998。

吕余生：《桂北文化研究》，广西人民出版社，1999。

韦湘秋：《广西历代词评》，广西教育出版社，2001。

柯愈春：《清人诗文集总目提要》，上册，北京古籍出版社，2001。

贺州市地方志编纂委员会编《贺州市志》，下册，广西人民出版社，2001。

王碧秀、林庆元主编《林则徐经世思想研究》，中国文史出版社，2002。

柳州市地方志编纂委员会编《柳州市志》，广西人民出版社，2003。

陈庆元、文学：《地域的观照》，上海远东出版社，2003。

王军伟：《传统与近代之间——梁章钜学术与文学思想研究》，齐鲁书社，2004。

彭书麟等：《主编中国少数民族文艺理论集成》，北京大学出版社，2005。

郑振铎：《西谛书话》，三联书店，2005。

吴在庆：《唐五代文史丛考》，黄山书社，2006。

吴明贤主编《知不足丛稿》，巴蜀书社，2006。

潘荣胜主编《明清进士录》，中华书局，2006。

钱海岳：《南明史》，第7册，中华书局，2006。

徐雁平：《清代东南书院与学术及文学》，上卷，安徽教育出版社，2007。

黄权才：《宋代文献研究》，广西民族出版社，2007。

骆玉明编，汪涌豪著《中国诗学》，第3卷，东方出版中心，2008。

广西壮族自治区图书馆，广西壮族自治区桂林图书馆编《广西文献名录》，广西人民出版社，2009。

傅璇琮编《中国古代诗文名著提要》，汉唐五代卷，河北教育出版社，2009。

梁超然：《三书斋文存》，第一卷，古代文学研究（一），广西人民出版社，2010。

黄大宏：《唐五代逸句诗人丛考》，中华书局，2011。

罗尔纲：《绿营兵志》，商务印书馆，2011。

欧阳少鸣：《梁章钜评传》，南京大学出版社，2012。

中国古籍总目编纂委员会编《中国古籍总目》，集部，第 4 册，上海古籍出版社，2012。

钟乃元：《唐宋粤西地域文化与诗歌研究》，民族出版社，2012。

何绵山：《闽台文学论》，海洋出版社，2012。

李淑岩：《法式善诗学活动研究》，黑龙江大学出版社，2013。

马镛：《清代乡会试同年齿录研究》，上海科学技术文献出版社，2013。

陈锋：《清代财政政策与货币政策研究》，武汉大学出版社，2013。

徐毅：《绥服远人清帝国治理广西的教化策略》，社会科学文献出版社，2013。

桂海碑林博物馆编撰《桂林石刻撷珍》，漓江出版社，2013。

王德明：《论〈峤西诗钞〉的编纂思想及其独特价值》，《八桂文化与文学研究论集》，广西师范大学出版社，2013。

杨旭辉：《清代骈文史》，人民出版社，2013。

刘子扬：《清代地方官制考》，故宫出版社，2014。

郑维宽：《历代王朝治理广西边疆的策略研究》，《基于地缘政治的考察》，社会科学文献出版社，2014。

胡大雷：《粤西士人与文化研究》，广西师范大学出版社，2014。

陈志扬：《阮元骈文观嬗变及历史意义》，阮锡安、姚正根主编《阮元研究论文选》，下册，广陵书社，2014，第 803 页。

李焱：《对联漫话》，中国文史出版社，2015。

期刊：

李瑞卿：《静志居诗话》"清"的范畴，《辽宁师范大学学报》（社会科学版）2002 年第 2 期。

谢明仁：《清代广西籍诗人的总集：〈三管英灵集〉价值略论》，《广西文史》2005 年第 3 期。

石勇：《戴钦生平及著作考》，《广西社会科学》2007 年第 5 期。

颜莉莉：《梁章钜〈退庵随笔〉诗学初探》，《闽西职业技术学院学报》2008 年第 3 期。

夏勇：《清代地域诗歌总集编纂流变述略》，《西南交通大学学报》（社会科学版）2009 年第 1 期。

杨莹：《梁章钜与广西》，《中国民族博览》2016 年第 4 期。

学位论文

张维、朱琦：《〈怡志堂诗文集〉校注》，广西大学硕士论文，1999。

胡永翔：《〈月沧诗文集〉校注》，广西大学硕士论文，2000。

赵志方、李秉礼：《〈韦庐诗集〉校注》，广西大学硕士论文，2001。

曾赛男：《〈玉照堂诗钞〉校注》，广西大学硕士论文，2002。

韦盛年：《〈韫山诗稿〉校注》，广西大学硕士论文，2003。

周毅杰：《〈悦山堂诗集〉校注》，广西大学硕士论文，2004。

李阳洪：《梁章钜的书法题跋与翁方纲的关系》，西南师范大学硕士论文，2005。

方立顺：《〈愚石居集〉校注》，广西大学硕士论文，2008。

吕文娟：《谢济世诗文研究》，广西师范大学硕士论文，2009。

后　记

这本书是我的博士后出站报告。2013 年 11 月至 2017 年 11 月，我在广西师范大学文学院工作的同时，进入广西师范大学中国语言文学博士后流动站，跟随导师王德明先生做广西历代诗歌总集的研究工作，我的研究题目即《〈三管英灵集〉研究》。

研究《三管英灵集》是我学术长征路上的一个重要转折点。此前我博士论文研究的题目是《唐诗的历史想象》，是一个哲学视角的文学研究，我的研究虽擅长自圆其说的逻辑演绎，但缺乏文献材料作为根基，缺乏文献学的研究方法，所以工作后，我的研究无法再生出新的学术创新点。正在焦虑彷徨之际，王德明老师为我拨云见日，指点迷津，他问我愿不愿意跟着他读博士后，做一个偏于文献学的题目，研究清代广西诗歌总集的集大成之作《三管英灵集》，他说这个总集没有整理本、校注本，也没有研究专著，此题目既关注了清代诗歌文献整理研究的这个热点，又能服务广西地方文献的研究。我无比欣喜感激，心想终于可以从过去的局限中跳出来重新学习，以弥补自己的不足了。我也意识到，这个题目对我的难度之大，第一，我没有文献学的功底，于是边学习边研究；第二，我没有研究过清代诗歌，于是广泛查阅清代文史资料；第三，非广西籍的我对广西地方文学、文化知之甚少，于是在广西区图和桂图大量搜集地方文献。最终本书研究出《三管英灵集》的文献价值、文学价值、文化价值及其地位。但本书仍有许多不尽如人意的遗憾和疏漏，如未能将这部总集整理校注，未能将总集对广西诗歌史的梳理更细致地呈现，只能在今后的研究中去修正、拓展和深化了，还有因有限学识和急惰疏忽造成的字句错讹，幸有社会科学文献出版社的编辑们仔细把关，帮我更正，在此表示衷心的感谢。这次研究经历使我获益良多，从此，我的学术研究转到了清代地方诗歌总集的领域，还以此研究为基础，申报并获得了国家社科基金一般项目"清代岭南地方诗总集研究"，所以本书的出版并不意味着一个课题的结束，更大的机遇和挑战还在前方，激励我不断学习并前进。

感谢我的导师王德明先生，在研究选题、文献搜集、构思架构、内容修改、论文发表、项目申报等多方面，给我细致指导、无私帮助和极大鼓励。王老师为人儒雅随和，为学严谨认真，既有宽阔的学术视野，又有深远的学术格局，他的人品和学问是我的榜样。每次见面他都是衣冠磊落、腰身笔挺，显露文化精英的独特气质，每次他都询问我近日的工作和生活，更关怀我的事业和前途，他每每简短却深刻的指点总能让糊涂的我受益匪浅。在我心里，他不仅仅是我的博士后导师、工作导师，更是我的人生导师。

本书写作得到了广西师范大学文学院诸多老师的悉心指导，在此表示衷心感谢。感谢吴大顺院长对我们青年教师的关怀厚爱，本书才得以忝列桂学研究院的出版资助计划；感谢胡大雷老师在研究方法、内容修改和项目申报等方面给我的悉心教导，胡老师以他的《文选》研究和《玉台新咏》研究为例，为我指引方向，于是我认真阅读他馈赠我的研究著作，不断揣摩，学习总集研究的方法，借鉴研究经验；感谢莫道才老师在本书写作、内容修改和论文发表等方面给我的帮助和鼓励；感谢刘汉忠老师、杜海军老师、韩晖老师对我的学术指导和生活关怀；感谢孙艳庆老师、梁冬丽老师、王娟老师、刘敬老师、陈胤老师在研究工作中对我的屡次帮助和鼓励，如果没有广西师范大学文学院古代教研室这么优秀的学术平台，就没有我的成长、进步和收获，得遇诸多良师益友，是我最大的幸运。

还要感恩我的母亲和爱人，全力支持我的研究工作，代替我承担起照顾孩子的重任，他们人生最大的梦想就是看到我实现梦想，看到我可以从事自己喜欢的中国古代文学专业学术研究，可以从事中国古代文学的教学工作，因为他们知道，这是我生命的密码，无法抛弃，无法割舍。

十年前，当我怀揣梦想，不惧现实，只身一人，由北而南，来到桂林的时候，也正是桂花开满校园的季节，桂花的甜香和着樟树的清新，沁入心脾，四围青山，烟岚缭绕。而此时此刻，仍要不忘初心，坚持自己的学术理想，心有昀光，砥砺前行，循此征程，以达天际！

图书在版编目（CIP）数据

《三管英灵集》研究 / 张彦著. -- 北京：社会科
学文献出版社，2019. 12
ISBN 978-7-5201-5683-7

Ⅰ.①三… Ⅱ.①张… Ⅲ.①古典诗歌-诗歌研究-
中国-唐代-清代②《三管英灵集》-研究 Ⅳ.
1207. 22

中国版本图书馆 CIP 数据核字（2019）第 222531 号

《三管英灵集》研究

著　　者／张　彦

出 版 人／谢寿光
组稿编辑／宋月华　刘　丹
责任编辑／刘　丹

出　　版／社会科学文献出版社·人文分社（010）59367215
　　　　　地址：北京市北三环中路甲 29 号院华龙大厦　邮编：100029
　　　　　网址：www.ssap.com.cn
发　　行／市场营销中心（010）59367081　59367083
印　　装／三河市龙林印务有限公司

规　　格／开　本：787mm×1092mm　1/16
　　　　　印　张：36.25　字　数：570 千字
版　　次／2019 年 12 月第 1 版　2019 年 12 月第 1 次印刷
书　　号／ISBN 978-7-5201-5683-7
定　　价／288.00 元

本书如有印装质量问题，请与读者服务中心（010-59367028）联系